全国高等教育自学考试指定教材
汉语言文学专业（本科段）

中国现代文学史

（2011年版）
［含：中国现代文学史自学考试大纲］
全国高等教育自学考试指导委员会　组编

主　编　丁　帆　朱晓进
审稿人　陈思和　张新颖　王光东

北京大学出版社
PEKING UNIVERSITY PRESS

图书在版编目(CIP)数据

中国现代文学史/丁帆、朱晓进主编. —北京：北京大学出版社，2011.9
(全国高等教育自学考试指定教材)
ISBN 978-7-301-19307-5

Ⅰ.①中…　Ⅱ.①丁…②朱…　Ⅲ.①中国文学-现代文学-文学史-高等教育-自学考试-自学参考资料　Ⅳ.①I209.6

中国版本图书馆 CIP 数据核字(2011)第 154974 号

本书采用出版物版权追溯防伪凭证，读者可通过手机下载 APP 扫描封底二维码，或者登录互联网查询产品信息。

书　　　名：	中国现代文学史
著作责任者：	丁　帆　朱晓进　主编
责任编辑：	张文礼
标准书号：	ISBN 978-7-301-19307-5
出版发行：	北京大学出版社
地　　　址：	北京市海淀区成府路 205 号　100871
网　　　址：	http://www.pup.cn　电子邮箱：编辑部 wsz@pup.cn　总编室 zpup@pup.cn
电　　　话：	邮购部 62752015　发行部 62750672　出版部 62754962　编辑部 62752022
印　刷　者：	河北涿县鑫华书刊印刷厂
经　销　者：	新华书店
	787mm×1092mm　16 开本　19.5 印张　433 千字
	2011 年 9 月第 1 版　2024 年 12 月第 23 次印刷
定　　　价：	35.00 元

未经许可，不得以任何方式复制或抄袭本书之部分或全部内容。
版权所有，侵权必究
举报电话：010-62752024　电子邮箱：fd@pup.cn
图书如有印装质量问题，请与出版部联系，电话：010-62756370

组编前言

21世纪是一个变幻莫测的世纪,是一个催人奋进的时代。科学技术飞速发展,知识更替日新月异。希望、困惑、机遇、挑战,随时随地都有可能出现在每一个社会成员的生活之中。抓住机遇,寻求发展,迎接挑战,适应变化的制胜法宝就是学习——依靠自己学习、终生学习。

作为我国高等教育组成部分的自学考试,其职责就是在高等教育这个水平上倡导自学、鼓励自学、帮助自学、推动自学,为每一个自学者铺就成才之路。组织编写供读者学习的教材就是履行这个职责的重要环节。毫无疑问,这种教材应当适合自学,应当有利于学习者掌握、了解新知识、新信息,有利于学习者增强创新意识、培养实践能力,形成自学能力,也有利于学习者学以致用、解决实际工作中所遇到的问题。具有如此特点的书,我们虽然沿用了"教材"这个概念,但它与那种仅供教师讲、学生听,教师不讲,学生不懂,以"教"为中心的教科书相比,已经在内容安排、形式体例、行文风格等方面都大不相同了。希望读者对此有所了解,以便从一开始就树立起依靠自己学习的坚定信念,不断探索适合自己的学习方法,充分利用自己已有的知识基础和实际工作经验,最大限度地发挥自己的潜能,达到学习的目标。

欢迎读者提出意见和建议。

祝每一位读者自学成功。

全国高等教育自学考试指导委员会
2011年6月

目 录

中国现代文学史自学考试大纲

课程自学考试大纲前言 ………………………………………………………… 5
Ⅰ 课程性质与课程目标 ………………………………………………………… 7
Ⅱ 考核目标 ……………………………………………………………………… 9
Ⅲ 考核知识点与考核要求 …………………………………………………… 10
Ⅳ 大纲说明与考核实施要求 ………………………………………………… 30
附录:参考样卷与参考答案 ……………………………………………………… 33
大纲后记 …………………………………………………………………………… 40

中国现代文学史

第一章 文学革命与"五四"新文学(1917—1927)

第一节 概述 …………………………………………………………………… 43
第二节 鲁迅 …………………………………………………………………… 46
一、概述 ………………………………………………………………………… 46
二、《呐喊》《彷徨》和《故事新编》 ………………………………………… 48
三、《野草》《朝花夕拾》 ……………………………………………………… 56
四、杂文 ………………………………………………………………………… 58
第三节 小说创作 ……………………………………………………………… 60
一、概述 ………………………………………………………………………… 60
二、叶绍钧 ……………………………………………………………………… 63
三、郁达夫 ……………………………………………………………………… 65
第四节 诗歌创作 ……………………………………………………………… 67
一、概述 ………………………………………………………………………… 67
二、郭沫若 ……………………………………………………………………… 71
三、闻一多 徐志摩 …………………………………………………………… 73

第五节　散文创作	76
一、概述	76
二、周作人	79
三、冰心　朱自清	80
第六节　戏剧创作	82
一、概述	82
二、田汉	84

第二章　30年代文学(1928—1937)

第一节　概述	87
第二节　茅盾	91
一、概述	91
二、《蚀》、《野蔷薇》	94
三、《子夜》	96
第三节　巴金	99
一、概述	99
二、《激流三部曲》	101
三、《寒夜》、《憩园》	104
第四节　老舍	106
一、概述	106
二、《骆驼祥子》	108
三、《四世同堂》	111
第五节　沈从文	113
一、概述	113
二、《边城》	117
三、《八骏图》	119
第六节　曹禺	121
一、概述	121
二、《雷雨》、《日出》	126
三、《北京人》	129
第七节　小说创作	131
一、概述	131
二、丁玲　张天翼	135
三、叶紫　吴组缃	138
第八节　诗歌创作	141
一、概述	141

二、戴望舒 ·· 143
三、臧克家 ·· 145
第九节　散文创作概况 ·· 146
第十节　戏剧创作概况 ·· 148

第三章　40年代文学（1937—1949）

第一节　概述 ·· 151
第二节　国统区文学创作 ·· 155
一、概述 ·· 155
二、沙汀　艾芜 ·· 160
三、钱锺书　路翎 ·· 164
四、张爱玲　张恨水 ·· 167
五、艾青 ·· 170
六、穆旦 ·· 172
七、夏衍　陈白尘 ·· 174
第三节　解放区文学创作 ·· 177
一、概述 ·· 177
二、赵树理 ·· 180
三、孙犁 ·· 183
四、李季　阮章竞 ·· 184

第四章　50至70年代文学（1949—1977）

第一节　概述 ·· 187
第二节　"十七年"的小说 ·· 191
一、概述 ·· 191
二、几部重要的长篇小说 ·· 199
三、王蒙　茹志鹃 ·· 206
第三节　"十七年"的诗歌 ·· 208
一、概述 ·· 208
二、闻捷　郭小川　贺敬之 ·· 212
第四节　"十七年"的散文 ·· 215
一、概述 ·· 215
二、杨朔　秦牧　刘白羽 ·· 220
第五节　"十七年"的戏剧 ·· 223
一、概述 ·· 223
二、老舍的《茶馆》 ·· 225

第六节 "文革"文学 ··· 229
  一、概述 ··· 229
  二、浩然的《金光大道》 ··· 232

第五章 新时期文学(1978—2000)

第一节 概述 ··· 236
第二节 新时期小说 ··· 239
  一、概述 ··· 239
  二、王蒙 张贤亮 刘心武 ··· 247
  三、高晓声 陆文夫 汪曾祺 林斤澜 ································· 251
  四、韩少功 张承志 贾平凹 ··· 258
  五、莫言 张炜 马原 苏童 余华 ····································· 262
  六、王安忆 陈染 ·· 272
第三节 新时期诗歌 ··· 275
  一、概述 ··· 275
  二、"朦胧诗" ·· 277
  三、第三代诗人 ·· 280
第四节 新时期散文 ··· 283
  一、概述 ··· 283
  二、巴金 张中行 余秋雨 ·· 286
第五节 新时期戏剧 ··· 291
  一、概述 ··· 291
  二、沙叶新 高行健 ··· 294
  三、90年代戏剧 ··· 297

后　　记 ··· 302

全国高等教育自学考试
汉语言文学专业(本科段)

中国现代文学史自学考试大纲

全国高等教育自学考试指导委员会制定

大纲目录

课程自学考试大纲前言 ··· 5
Ⅰ 课程性质与课程目标 ··· 7
  一、课程性质和目的任务 ·· 7
  二、课程的学科目标 ·· 7
  三、与相关课程的联系与区别 ·· 8
  四、课程重点与难点 ·· 8
Ⅱ 考核目标 ·· 9
Ⅲ 考核知识点与考核要求 ·· 10
  第一章 文学革命与"五四"新文学（1917—1927）···································· 10
    第一节 概述 ·· 10
    第二节 鲁迅 ·· 11
    第三节 小说创作 ·· 12
    第四节 诗歌创作 ·· 12
    第五节 散文创作 ·· 13
    第六节 戏剧创作 ·· 14
  第二章 30年代文学（1928—1937）··· 14
    第一节 概述 ·· 15
    第二节 茅盾 ·· 15
    第三节 巴金 ·· 16
    第四节 老舍 ·· 16
    第五节 沈从文 ··· 16
    第六节 曹禺 ·· 17
    第七节 小说创作 ·· 17
    第八节 诗歌创作 ·· 18
    第九节 散文创作概况 ·· 18
    第十节 戏剧创作概况 ·· 19

- 第三章 40年代文学(1937—1949) ……………………………… 19
  - 第一节 概述 ……………………………………………………… 20
  - 第二节 国统区文学创作 ………………………………………… 20
  - 第三节 解放区文学创作 ………………………………………… 21
- 第四章 50至70年代文学(1949—1977) ………………………… 22
  - 第一节 概述 ……………………………………………………… 22
  - 第二节 "十七年"的小说 ………………………………………… 23
  - 第三节 "十七年"的诗歌 ………………………………………… 24
  - 第四节 "十七年"的散文 ………………………………………… 24
  - 第五节 "十七年"的戏剧 ………………………………………… 25
  - 第六节 "文革"文学 ……………………………………………… 25
- 第五章 新时期文学(1978—2000) ………………………………… 26
  - 第一节 概述 ……………………………………………………… 26
  - 第二节 新时期小说 ……………………………………………… 26
  - 第三节 新时期诗歌 ……………………………………………… 28
  - 第四节 新时期散文 ……………………………………………… 28
  - 第五节 新时期戏剧 ……………………………………………… 29

Ⅳ 大纲说明与考核实施要求 ………………………………………… 30
- 一、大纲的目的作用 ………………………………………………… 30
- 二、教材与参考书 …………………………………………………… 30
- 三、自学要求、方法指导 …………………………………………… 30
- 四、关于考试命题的若干规定 ……………………………………… 31

附录:参考样卷与参考答案 …………………………………………… 33

大纲后记 ………………………………………………………………… 40

课程自学考试大纲前言

为了适应社会主义现代化建设事业的需要，鼓励自学成才，我国在20世纪80代初建立了高等教育自学考试制度。高等教育自学考试是个人自学，社会助学和国家考试相结合的一种高等教育形式。应考者通过规定的专业课程考试并经思想品德鉴定达到毕业要求的，可获得毕业证书；国家承认学历并按照规定享有与普通高等学校毕业生同等的有关待遇。经过近三十年的发展，高等教育自学考试为国家培养造就了大批专门人才。

课程自学考试大纲是国家规范自学者学习范围、要求和考试标准的文件。它是按照专业考试计划的要求，具体指导个人自学、社会助学、国家考试、编写教材及自学辅导书的依据。

为更新教育观念，深化教学内容方式、考试制度、质量评价制度改革，更好地提高自学考试人才培养的质量，全国考委各专业委员会按照专业考试计划的要求，组织编写了课程自学考试大纲。

新编写的大纲，在层次上，专科参照一般普通高校专科或高职院校的水平，本科参照一般普通高校本科水平；在内容上，力图反映学科的发展变化以及自然科学和社会科学近年来研究的成果。

全国考委文史专业委员会参照普通高等学校中国现代文学史课程的教学基本要求，结合自学考试汉语言文学专业的实际情况，组织编写的《中国现代文学史自学考试大纲》，经教育部批准，现颁发施行。各地教育部门、考试机构应认真贯彻执行。

全国高等教育自学考试指导委员会
2011年5月

I. 课程性质与课程目标

一、课程性质和目的任务

《中国现代文学史》是一门全面系统地介绍和学习自"五四"以来中国现代文学发展历史、文学发展状况和重要作家作品的课程,是汉语言文学专业本科必修的一门基础课程。

《中国现代文学史》的课程目的和任务是:正确认识中国现代文学的性质、发展过程及其特点;历史地、科学地分析和评价各个历史时期的重要作家和代表性作品及其在中国现代文学史上的地位;全面系统地了解"五四"文学革命以来的文学思潮、文学运动、文学批评和文学创作发展演变的基本情况以及中国现代文学的主要成就和经验教训;让学生掌握中国现代文学的基本知识,同时培养学生具备一定程度的研究文学现象和作家作品的能力。

二、课程的学科目标

《中国现代文学史》课程涵盖了1917年前后至今发生于中国的文学运动、文学论争、文艺思潮和在此期间出现的文学社团、流派以及所有不同类型作家的创作,内容丰富而庞杂。这就要求考生在学习和复习时,必须首先系统地对所学的知识有一个整体和全面的了解。对中国现代文学的发展过程及其总体面貌和基本特征,都有所理解和把握。要明确了解中国现代文学的历史范畴、起止年代与标志性事件;熟练掌握中国现代文学发展的基本轮廓与总体特征;在了解中国现代文学史基本面貌的基础上,从宏观上认知文学史上重要的文学运动与文学思潮的发展脉络;思考各阶段文学运动、文学思潮的特点。要能够从历史的和审美的角度去认识与评价中国现代文学不同阶段发展的重要特征、重要作家的基本创作情况和作家作品的思想意义及艺术价值等。对其重要的作品要能从思想与艺术(含人物形象)层面作较为深入的分析。考生应该认真学习课程内容,在理解的基础上全面系统地掌握课程的主要知识。

三、与相关课程的联系与区别

《中国现代文学史》课程内容、考核目标的设置和命题，要围绕课程的目的任务来进行，要充分体现文学史的性质，要注意与专科阶段开设的《中国现代文学作品选》课程的联系与区别。《中国现代文学作品选》课程的内容，是中国现代文学史上优秀的有代表性的部分作品，属《中国现代文学史》课程内容的一部分；但《中国现代文学史》课程内容比《中国现代文学作品选》课程内容要丰富广泛，对作品的学习要求也有其不同点，是要求把作品放在文学发展历史中以及作家创作道路中来加以考查，来分析评价其特点、成就、地位和价值意义。

四、课程重点与难点

《中国现代文学史》要求考生把基本知识的记忆融入到对整个文学史的了解和把握之中，在兼顾广泛、扎实全面地学习的基础上，对那些风格鲜明、分量厚重、地位突出、在文学史上有着重要影响的作家作品进行重点学习领会和理解。这是本课程学习和考试的重点，考生应该特别予以重视，在复习时必须深入细致。对作家的创作概况、审美追求、独特风格、价值意义等应作为课程的重点深入地学习和体会。在学习中，对于重点内容，考生要着重从以下三个方面加以把握：一是基本知识点的掌握，要求准确到位。二是知识面的掌握应较全面宽泛，对中国现代文学史的基本面貌要大致做到心中有数。应尽可能拓宽自己的知识面，对中国现代文学历史进程的发展轮廓，对各类文体的流变演进的线索，对各时期的文学现象、各文学社团和流派的基本情况以及重要作家作品的主要思想内容和艺术特色等，都应该能够做到大致了解，心里有底。三是要在分析问题和论述问题时表现出综合应用的能力，其中最重要的环节是理解准确，领会深刻，表达清楚。在分析论述的过程中，考生应该全面调动自己的知识积累，充分发挥自己的联想能力、概括能力和论析能力，并尽可能表达出对有关问题的独到见解。

II. 考核目标

本大纲在考核目标中，按照识记、领会和简单应用、综合运用三个层次规定其应达到的能力层次要求。三个能力层次是递进关系，各能力层次的含义是：

大纲中所列的识记部分：要求考生熟记本课程中的名词、概念和知识的含义，并能正确认识或识别。考生对课程基本内容，特别是一些基本的文学史知识的识记要达到一定的准确程度，对知识面的把握达到一定的宽广程度，准确无误地记住每个章节的知识点。

大纲中所列的领会和简单应用部分：要求在识记的基础上，能把握本课程中的基本概念、基本原理和基本方法，简单运用本课程中的基本概念、基本原理和基本方法，聚合一定的知识点，简析和论述一般的理论问题或实际问题。考生对课程中的一些重要的名词概念、作家作品、文学思潮、流派团体、人物形象、艺术风格等的领会和掌握要达到一定的准确程度。

大纲中所列的综合运用部分：要求考生在领会和简单应用的基础上，运用所学过的本课程规定的诸多知识点，综合分析和解决稍复杂的理论和实际问题。考生要能够运用具体材料，发挥归纳、综合、分析、阐释的能力，对问题作出较为圆满的回答。考生对课程内容的理解程度、分析和表述能力均需达到一定的水平。

III. 考核知识点与考核要求

第一章 文学革命与"五四"新文学（1917—1927）

【一】学习目的与要求

通过本章的学习，了解"五四"文学革命发生的背景，了解《新青年》杂志在文学革命中的重要作用，领会"五四"文学革命的主要内容和意义，领会新文学与封建复古思潮的论战及其意义，掌握"五四"文学社团和创作思潮流派情况，重点把握以鲁迅、郭沫若等为代表的新文学创作的重要意义，深刻理解"五四"时期新文学在诗歌、小说、话剧、散文创作方面的成就。

【二】考核知识点与考核要求

第一节 概述

（一）识记
1. "五四"文学革命发生的背景。
2. 《新青年》杂志在文学革命中的重要作用。
3. 胡适、陈独秀、刘半农、周作人等人在文学革命讨论中的代表性文章和重要观点。
4. 文学革命最初的创作实绩，代表性作家作品。
5. "五四"时期各文学社团代表性人物、主要刊物。
6. 文学革命论争中的守旧派代表人物和主要观点。
7. 20世纪20年代开始出现的台湾新文学运动的基本情况。

（二）领会和简单应用
1. "五四"文学大致经历的三个阶段。
2. "五四"文学革命与守旧的文学思想发生的冲突和斗争。
3. "学衡派"、"甲寅派"。
4. "文学研究会"。
5. "创造社"。

6. "语丝社"和"语丝文体"。

（三）综合运用

1. "五四"文学革命的主要内容。
2. "五四"文学革命的深刻、伟大的历史意义。

第二节 鲁迅

（一）识记

1. 鲁迅的生平和创作道路。
2. 鲁迅文学创作概况。
3. 《狂人日记》发表时间和刊物。
4. 《呐喊》和《彷徨》的成书情况和题意。
5. 作为"神话、传说及史实的演义"的总集的《故事新编》。
6. 写于1922—1926年的《补天》、《奔月》、《铸剑》。
7. 写于1934—1935年的《理水》、《采薇》、《出关》、《非攻》、《起死》。
8. 写于1926年，带有回忆性质的叙事散文《朝花夕拾》，最初陆续刊载于《莽原》，总题为《旧事重提》，1927年成书时改为现名。
9. 鲁迅杂文创作的基本情况。

（二）领会和简单应用

1. 鲁迅的思想特点。
2. 《狂人日记》，以"表现的深切和格式的特别"，从问世起就引起的巨大反响。
3. 《狂人日记》在艺术表现上，采用的独特的创作方法和形成的独特艺术效果。
4. 《阿Q正传》的思想意义和社会意义。
5. 阿Q的思想性格特征。
6. 《阿Q正传》独特而鲜明的艺术风格和杰出的艺术成就。
7. 《故事新编》的思想内容。
8. 《故事新编》的写作特点。
9. 《野草》的写作背景。
10. 《朝花夕拾》的写作背景。
11. 鲁迅前期杂文的主要内容和思想意义。
12. 鲁迅后期杂文的主要内容和思想意义。

（三）综合运用

1. 鲁迅在小说创作方面取得的成就。
2. 《呐喊》、《彷徨》中的揭露封建制度和封建思想吃人的总主题。
3. 《呐喊》、《彷徨》中农民题材小说的思想内容。
4. 《呐喊》、《彷徨》中知识分子题材小说的思想意义。

5. 《呐喊》、《彷徨》的人物形象塑造。
6. 《呐喊》、《彷徨》的创作方法、艺术风格和主要表现手法。
7. 《野草》的主要思想内容。
8. 《野草》在艺术上的探索和主要艺术成就。
9. 《朝花夕拾》的基本内容。
10. 《朝花夕拾》的写作特点和艺术风格。
11. 鲁迅杂文的主要艺术成就。

第三节　小说创作

(一) 识记

1. 20年代现代小说创作的基本情况。
2. 《新潮》作家群的小说作品。
3. 文学研究会的主要小说作家重要的小说作品。
4. 创造社主要小说作家重要的小说创作。
5. 叶绍钧的散文和童话作品创作。
6. 20年代台湾已开始出现的新文学的小说创作。

(二) 领会和简单应用

1. "问题小说"。
2. "乡土文学"视阈下的小说。
3. 1925年前后出现的无产阶级革命文学的观念和创作。
4. 赖和小说创作的题材特点和艺术特色。
5. 叶绍钧创作出版的长篇小说《倪焕之》。
6. 郁达夫的"自叙小说"。
7. 郭沫若20年代创作的心理分析小说。

(三) 综合运用

1. 叶绍钧小说创作的思想内容。
2. 叶绍钧小说创作的艺术风格。
3. 《沉沦》独特的艺术风格。
4. 《春风沉醉的晚上》、《薄奠》、《迟桂花》所标示的郁达夫创作风格的变化。
5. 郁达夫的小说的主要艺术特点。

第四节　诗歌创作

(一) 识记

1. 20年代新诗创作的基本情况。

2. "诗体大解放"。
3. 20年代新诗各个作家群体的主要诗人和代表性作品。
4. 20年代的政治抒情诗。
5. 20年代的台湾新诗创作。
6. 郭沫若的生平思想和文学创作情况。
7. 闻一多的诗歌主张和新诗创作情况。
8. 徐志摩的新诗创作情况。

（二）领会和简单应用
1. 初期白话诗的共同艺术特点。
2. 湖畔诗社诗人的新诗创作。
3. "小诗运动"与冰心的小诗创作。
4. 冯至本时期的诗歌创作。
5. "新月诗派"的格律诗主张和诗歌创作。
6. "象征诗派"与李金发诗歌创作。

（三）综合运用
1. 郭沫若诗集《女神》的主要思想内容和艺术特色。
2. 郭沫若诗集《女神》在中国新诗发展史上的意义和贡献。
3. 闻一多诗的主要思想意义和艺术特色。
4. 徐志摩诗的主要思想意义和艺术特色。

第五节　散文创作

（一）识记
1. 20年代散文创作的基本情况。
2. 《新青年》设立"随感录"栏目与杂文兴盛。
3. 20年代散文各个作家群体的主要作家和代表性作品。

（二）领会和简单应用
1. "语丝文体"。
2. "美文"。
3. 郭沫若与郁达夫的散文创作的特点。
4. 徐志摩的散文创作。
5. 瞿秋白的《新俄国游记》（又名《饿乡纪程》）和《赤都心史》与中国现代报告文学的萌芽。
6. "五四"时期的散文的文学史意义。

（三）综合运用
1. 周作人散文的内容特征和艺术成就。

2. 冰心的散文创作及其主要艺术特色。
3. 朱自清散文的题材类型和主要艺术特色。

第六节　戏剧创作

(一) 识记
1. 中国现代戏剧最初的发展情况。
2. "春柳社"。
3. 《终身大事》。
4. 20年代主要话剧团体。
5. 20年代主要话剧作家和代表性话剧作品。
6. "南国社"。

(二) 领会和简单应用
1. 民众戏剧社。
2. "问题剧"与"写实的社会剧"。
3. "爱美剧"。
4. 郭沫若20年代的历史题材戏剧创作。
5. 洪深的话剧创作及其剧作《赵阎王》。

(三) 综合运用
1. 丁西林《一只马蜂》、《压迫》等喜剧创作。
2. 田汉的《咖啡店之一夜》、《获虎之夜》、《名优之死》等话剧创作的主要艺术成就。
3. 田汉在1927年4月以后的戏剧创作情况。

第二章　30年代文学（1928—1937）

【一】学习目的与要求

通过本章的学习，了解20年代末关于革命文学的倡导与论争，了解30年代初"左联"成立的经过、主要贡献及其历史局限；掌握30年代出现的主要文学流派和创作群体；掌握左翼代表作家的创作；掌握左翼之外的作家的创作；重点把握茅盾、巴金、老舍、沈从文、曹禺创作为新文学发展所作出的重要贡献；较全面地掌握和理解30年代新文学在诗歌、小说、散文、话剧的创作方面的主要成就。

【二】考核知识点与考核要求

第一节　概述

（一）识记
1. 以"五四"文学革命为开端的中国新文学，到1928年发生的重要转折。
2. 无产阶级革命文学倡导运动的发起和发展情况。
3. 无产阶级革命文学的论争。
4. "中国左翼作家联盟"成立的情况。

（二）领会和简单应用
1. "左联"进行的主要文学活动。
2. 民主主义、自由主义作家的文学运动及其文学创作。
3. 关于"文学基于普遍人性"的论争。
4. 关于"文艺自由"的论争。
5. 关于"大众语"的论争。
6. 关于两个口号的论争。
7. 30年代台湾新文学发展的主要特点。
8. 30年代香港新文学的产生和文学创作情况。

（三）综合运用
1. 无产阶级革命文学的倡导和兴起有着特定的历史背景和深刻的历史原因。
2. 30年代较为重大的文学论争。
3. 30年代文学发展的基本面貌和文学创作的鲜明特点。

第二节　茅盾

（一）识记
1. 茅盾的主要文学活动和文学创作道路。
2. 茅盾的主要文学作品。

（二）领会和简单应用
1. "社会剖析派小说"。
2. 茅盾的"文学为人生"的主张。
3. 短篇小说集《野蔷薇》的主要内容和艺术价值。
4. 短篇小说"农村三部曲"（《春蚕》、《秋收》、《残冬》）和中篇小说《林家铺子》。

（三）综合运用
1. 《蚀》三部曲的思想内容和艺术特色。

2. 长篇小说代表作《子夜》的思想意义、人物形象塑造和主要艺术成就。
3. 茅盾对中国现代小说的发展所作出的突出贡献。

第三节　巴金

（一）识记

1. 巴金的生平和文学创作情况。
2. 巴金主要小说作品。

（二）领会和简单应用

1. 巴金早期接受无政府主义思想的情况。
2. 巴金的短篇小说创作及其艺术上的特点。
3. 《憩园》的主要内容和艺术风格。

（三）综合运用

1. 《激流三部曲》的主要思想内容、人物形象塑造和主要艺术特点。
2. 《寒夜》的主题思想、风格特征和突出的艺术成就。
3. 巴金小说在中国现代文学史上的独特意义和重要地位。

第四节　老舍

（一）识记

1. 老舍的生平和文学创作情况。
2. 老舍的主要小说作品。

（二）领会和简单应用

1. 老舍的《老张的哲学》、《赵子曰》、《二马》三部长篇小说。
2. 老舍的《月牙儿》、《微神》、《断魂枪》等短篇小说佳作。
3. 老舍作品所体现的作家的文化反思。

（三）综合运用

1. 长篇小说《骆驼祥子》的思想内容、人物形象塑造和主要艺术成就。
2. 《四世同堂》主题和题材的独特性、人物形象的塑造和主要艺术特色。
3. 老舍在中国现当代文学史上的独特贡献。

第五节　沈从文

（一）识记

1. 沈从文的生平和文学创作情况。
2. 沈从文文学创作的三个时期及其代表性作品。

（二）领会和简单应用

1. 沈从文小说中的"湘西世界"和"现代都市人生"两大类题材。
2. 《边城》的文化意蕴和独特的艺术表现手法。
3. 《八骏图》的写作意图和独特的叙事手法。

（三）综合运用

1. 沈从文作品所展现的人生形式和融入的作者的理想。
2. 沈从文小说的题材内容和主要艺术特色。
3. 沈从文的创作为中国现代小说的发展作出的重要贡献。

第六节　曹禺

（一）识记

1. 曹禺的生平和戏剧创作情况。
2. 曹禺的主要话剧作品。

（二）领会和简单应用

1. 曹禺剧作的问世标志了中国现代话剧艺术的成熟。
2. 曹禺戏剧具有的悲剧意味。
3. 曹禺剧作人物性格的刻画。
4. 曹禺的剧作具有的强烈的戏剧性。
5. 曹禺剧作的戏剧结构。
6. 曹禺剧作在戏剧语言方面的特色。

（三）综合运用

1. 《雷雨》的主题思想、人物形象塑造和艺术特色。
2. 《日出》的主题思想、人物形象塑造和艺术特色。
3. 《北京人》的思想内容、人物形象塑造和艺术特色。
4. 曹禺剧作对中国现代话剧发展的重要贡献。

第七节　小说创作

（一）识记

1. 30年代小说创作的基本情况。
2. 30年代小说作家形成的几个主要群落。
3. 左翼作家群代表性作家和作品。
4. 蒋光慈、柔石、丁玲、沙汀、艾芜等作家的小说创作情况。

（二）领会和简单应用

1. "东北作家群"的小说创作。

2. "京派作家群"的代表性作家及其主要创作。
3. "新感觉派"作家群的代表性作家及其主要创作。
4. 30年代台湾作家杨逵小说作品的思想内容和艺术成就。
（三）综合运用
1. 丁玲小说创作的思想和艺术成就。
2. 张天翼小说创作的思想和艺术成就。
3. 叶紫小说创作的思想和艺术特色。
4. 吴组缃小说创作的思想和艺术特色。
5. 30年代长篇小说取得的突出成就。

第八节　诗歌创作

（一）识记
1. 30年代新诗创作的基本情况。
2. 30年代主要诗歌流派及其代表性诗人和作品。
（二）领会和简单应用
1. 30年代政治抒情诗歌的创作。
2. 30年代唯美派诗歌的创作。
3. 30年代的现代派诗歌的创作。
4. 30年代乡土诗歌的创作。
5. "中国诗歌会"的诗人及其创作。
6. 殷夫的"红色鼓动诗"。
（三）综合运用
1. 戴望舒的诗歌创作及其主要艺术成就。
2. 臧克家诗歌的主要内容、思想特征和艺术特点。

第九节　散文创作概况

（一）识记
1. 30年代散文诗创作的基本情况。
2. 30年代专门性散文刊物的刊行情况。
（二）领会和简单应用
1. 30年代议论性散文的突出成就。
2. 30年代报告文学的兴盛。
3. 30年代抒情散文方面的主要成就。
4. 30年代叙事散文方面的主要成就。

5. 30年代哲理散文方面的主要成就。
6. 30年代游记散文方面的主要成就。
（三）综合运用
30年代散文发展所取得的主要成就。

第十节　戏剧创作概况

（一）识记
1. 30年代戏剧运动的基本情况。
2. 30年代戏剧创作的代表性作家作品。
（二）领会和简单应用
1. 上海艺术剧社。
2. "无产阶级戏剧"。
3. "中国左翼戏剧家联盟"。
4. "国防戏剧"。
5. "农民戏剧实验"。
6. 洪深的"农村三部曲"（《五奎桥》、《香稻米》、《青龙潭》）主要思想内容。
（三）综合运用
1. 30年代左翼戏剧运动和左翼戏剧创作的主要成就。
2. 30年代中国现代戏剧的鲜明的阶段性特征。

第三章　40年代文学（1937—1949）

【一】学习目的与要求

通过本章的学习，了解40年代文学发展的特殊环境，了解40年代国统区、解放区、沦陷区三个区域的文学发展状况，掌握三个区域的文学运动、文学论争、文学社群和创作思潮流派情况，领会《在延安文艺座谈会上的讲话》的主要内容和意义，掌握这一时期以1942年延安文艺座谈会的召开为界解放区文学发生的变化，掌握这一时期国统区文学发展的整体动向，深刻理解40年代新文学在诗歌、小说、话剧、散文的创作方面的成就。

【二】考核知识点与考核要求

第一节 概述

（一）识记

1. 40年代文学发展的基本状况。
2. 40年代文学形成的三个区域。
3. 40年代文学发展的三个阶段。
4. 40年代重要的文学运动和文艺思想论争情况。

（二）领会和简单应用

1. 40年代文学独特的创作现象和文学体裁现象。
2. "孤岛文学"。
3. 抗战初期关于文艺与抗战关系以及抗战文艺公式化、概念化问题的论争。
4. 关于文艺的"民族形式"问题的讨论。
5. 关于现实主义与主观论的论争。
6. 40年代台湾文学社团和文学创作的基本情况。
7. 40年代香港文学的基本情况。

（三）综合运用

1. 40年代各区域文学发展的阶段性特征。
2. 《在延安文艺座谈会上的讲话》的主要内容及其对抗战以来整个文艺界的创作和理论批评产生的影响。

第二节 国统区文学创作

（一）识记

1. 40年代国统区小说创作的基本情况。
2. 40年代国统区戏剧创作的基本情况。
3. 40年代国统区新诗创作的基本情况。
4. 40年代国统区各类体裁文学创作的代表性作家和作品。

（二）领会和简单应用

1. 40年代以抗战为主要题材的抗战小说的名篇。
2. 40年代以社会剖析和世情讽刺为主题的小说。
3. 40年代历史题材的小说。
4. 40年代后期出现的以徐訏和无名氏为代表的"现代罗曼司"小说。
5. 40年代台湾和香港小说创作情况。
6. 抗战初期出现的小型化街头剧、活报剧等。

7. 40年代以现实为题材的戏剧创作。
8. 40年代历史题材戏剧创作的两个高潮及其主要的戏剧作品。
9. 40年代的国统区重要的诗歌流派"七月诗派"。
10. 40年代的国统区重要的诗歌流派"九叶诗派"。

（三）综合运用
1. 沙汀小说创作的思想和艺术成就。
2. 艾芜小说创作的思想和艺术成就。
3. 钱锺书《围城》的思想意蕴、主要艺术特色。
4. 路翎的《财主底儿女们》等作品的思想内容、人物形象塑造和主要艺术特色。
5. 张爱玲小说的思想内容和艺术价值。
6. 张恨水小说的主要艺术特色。
7. 艾青诗歌的主要思想内容、独特的情调以及在诗歌艺术上的独特建树。
8. 穆旦诗歌的艺术风格和主要艺术成就。
9. 夏衍戏剧创作的思想内容和艺术风格。
10. 陈白尘戏剧创作的思想内容和艺术特色。

第三节　解放区文学创作

（一）识记
1. 40年代解放区小说创作的基本情况。
2. 40年代解放区戏剧创作的基本情况。
3. 40年代解放区新诗创作的基本情况。
4. 40年代解放区散文创作的基本情况。
5. 40年代解放区各类体裁文学创作的代表性作家和作品。

（二）领会和简单应用
1. 抗战初期延安戏剧创作以小型作品为主。
2. 秧歌剧的改造创新。
3. 旧戏曲的改造与新编。
4. 新歌剧的创造及其代表性作品《白毛女》。
5. 根据地早期的朗诵诗和街头诗。
6. 文艺座谈会以后解放区大量出现的新民歌创作。
7. 解放区短篇小说创作的主要成绩。
8. 解放区的章回体抗日题材小说。
9. 解放区反映农村改革的长篇小说。
10. 赵树理小说创作的基本情况与"赵树理方向"。

（三）综合运用

1. 《在延安文艺座谈会上的讲话》发表以后，解放区文学创作发生的重要变化。
2. 赵树理小说的思想意义、人物形象塑造和评书体的小说形式的创造。
3. 赵树理对中国现代小说民族化的贡献。
4. 孙犁小说的思想内容和艺术特色。
5. 李季长篇叙事诗《王贵与李香香》的艺术特色。
6. 阮章竞长篇叙事诗《漳河水》的艺术特色。

第四章 50至70年代文学（1949—1977）

【一】学习目的与要求

通过本章的学习，了解"十七年文学"和"'文革'文学"的生成环境和文化背景，了解"十七年文学"和"'文革'文学"发展的基本脉络，了解本时期文化与文学领域所展开的一系列思想批判运动，反思"十七年文学"和"'文革'文学"的历史经验和教训，掌握"十七年文学"和"'文革'文学"的主要创作群体和主要创作现象，重点把握产生重大影响的文学作品，深刻理解本时期在诗歌、小说、话剧、散文等文体创作方面的成绩和不足。

【二】考核知识点与考核要求

第一节 概述

（一）识记

1. "十七年文学"发展的基本情况。
2. "中华全国文学艺术工作者代表大会"。
3. "十七年"时期文艺领域所开展的一系列思想批判运动的基本情况。

（二）领会和简单应用

1. 关于电影《武训传》的讨论。
2. 对《红楼梦》研究的批判。
3. 对胡风文艺思想的斗争。
4. "百花齐放，百家争鸣"的方针。
5. 对新编历史剧《海瑞罢官》的批判。
6. "天安门诗歌"运动。

7. 50—70年代台湾文学的发展状况。
8. 50—70年代香港文学的发展状况。

（三）综合运用

1. "十七年文学"中现实主义文学创作的实绩和明显不足。
2. "十七年"和"文革"十年文学的历史教训。

第二节 "十七年"的小说

（一）识记

1. "十七年文学"中小说创作的基本情况。
2. "十七年文学"中小说创作的代表性作家和作品。
3. "十七年"时期的小说在历史题材和现实题材两个领域取得的成绩。

（二）领会和简单应用

1. "十七年文学"中以民主革命和抗美援朝战争为题材的小说。
2. "十七年文学"中的历史题材小说。
3. "十七年文学"中的农村题材小说。
4. "十七年文学"中的工业题材小说。
5. "十七年文学"中的大胆"干预生活"的小说。
6. 50—70年代台湾小说创作的几种形态。
7. 白先勇、欧阳子、林海音、陈映真、於梨华、聂华苓、琼瑶等台湾作家的小说创作。
8. 刘以鬯、金庸、梁羽生等香港作家的小说创作。

（三）综合运用

1. "十七年文学"历史题材小说的主要成就。
2. "十七年文学"现实题材小说的主要成就。
3. "十七年文学"中小说创作的主要缺失。
4. 吴强小说《红日》的题材内容和艺术特色。
5. 罗广斌、杨益言小说《红岩》的思想和艺术特点。
6. 梁斌小说《红旗谱》的思想和艺术成就。
7. 杨沫小说《青春之歌》思想和艺术特点。
8. 柳青小说《创业史》的艺术成就。
9. 王蒙小说《组织部新来的青年人》的艺术特点。
10. 茹志鹃小说《百合花》的艺术特点。

第三节 "十七年"的诗歌

（一）识记

1. "十七年文学"中诗歌创作的总体面貌。
2. "十七年文学"中诗歌创作的主要代表性诗人和作品。

（二）领会和简单应用

1. 50年代初期反映抗美援朝战争的诗歌作品。
2. 反映各条战线火热斗争生活的诗歌作品。
3. 1956年"双百方针"提出以后诗歌创作出现的某些变化。
4. 1958年在全国范围内开展的"新民歌运动"。
5. 50年代末少量抒写真情的诗作。
6. "十七年文学"中的少数民族诗歌创作。
7. 50—70年代台湾的诗歌创作状况。

（三）综合运用

1. 闻捷爱情诗的主要艺术特色。
2. 郭小川诗歌的艺术特色。
3. 贺敬之诗歌的思想内容。
4. 50年代"颂歌"给诗坛带来的新诗风和存在的缺失。

第四节 "十七年"的散文

（一）识记

1. "十七年文学"中散文发展的基本状况。
2. "十七年文学"中散文创作的主要代表性作家和作品。

（二）领会和简单应用

1. "十七年文学"中的通讯、报道、特写体散文创作。
2. "十七年文学"中的抒情散文、游记散文、传记散文和杂文创作。
3. 余光中、三毛、杨牧等台湾作家的散文创作。
4. 香港70年代活跃着的一批以学者身份进行散文创作的作家。

（三）综合运用

1. "十七年"散文创作的经验教训。
2. 杨朔散文的思想内容和独特的艺术风格。
3. 秦牧散文的思想主题和艺术成就。
4. 刘白羽散文的时代气息和艺术特色。
5. 董桥散文创作的成就。

第五节 "十七年"的戏剧

（一）识记

1. "十七年文学"中戏剧发展的基本概况。
2. "十七年文学"中戏剧创作的代表性作家和作品。

（二）领会和简单应用

1. "十七年文学"工业题材戏剧的创作。
2. "十七年文学"农村题材戏剧的创作。
3. "十七年文学"革命战争题材戏剧的创作。
4. "十七年文学"以知识分子思想改造为题材的戏剧创作。
5. "十七年文学"历史题材戏剧的创作。
6. "十七年文学"中旧剧改造和新剧创新方面的成就。
7. "十七年文学"中的"新编历史剧"。
8. "十七年文学"歌剧的创作情况。

（三）综合运用

1. "十七年文学"中戏剧创作的主要成就和不足。
2. 老舍《茶馆》的艺术成就。

第六节 "文革"文学

（一）识记

1. "文革"文学的基本状况。
2. 《万山红遍》、《春潮急》、《李自成》（第二部）、《沸腾的群山》、《昨天的战争》、《大刀记》、《山呼海啸》、《闪闪的红星》、《万水千山》、《三上桃峰》、《园丁之歌》、《创业》、《海霞》等作品。

（二）领会和简单应用

1. 《部队文艺工作座谈会纪要》与"文艺黑线专政论"。
2. 对"黑八论"的批判。
3. "样板戏"。
4. "三突出"创作原则、"主题先行论"等创作理论。
5. 受制于政治，为阴谋家所控制与操纵的"文革"主流文学。
6. "文革"时期的"地下文学"创作。

（三）综合运用

分析浩然的《金光大道》之于"文革"时期主流文学的特征。

第五章　新时期文学（1978—2000）

【一】学习目的与要求

通过本章的学习，了解新时期文学发生和发展的背景，了解"文革"结束后文艺界的拨乱反正、正本清源对文学发展的重要作用，领会新时期文艺界经历的一系列的专题讨论与争鸣及其意义，掌握新时期文学呈现的主要发展态势，把握新时期主要文学创作的思潮和流派情况，重点掌握重要作家的重要作品，较全面地理解新时期文学在诗歌、小说、话剧、散文的创作方面的主要成就。

【二】考核知识点与考核要求

第一节　概述

（一）识记
1. 新时期中国文学发展的基本概况。
2. 新时期文学各发展阶段的文学创作潮流及其代表性作家和作品。

（二）领会和简单应用
1. "文革"结束后文艺界的拨乱反正、正本清源。
2. 新时期文艺界经历的一系列的专题讨论与争鸣。
3. 文学创作中现实主义的回归与现实主义的深化。
4. 文学创作中"现代派"与"先锋文学"的繁荣。
5. 90年代文学所呈现出的多种形态和多元格局。
6. 80年代以后台湾文学发展的主要特点。
7. 80年代以后香港文学的创作概况。

（三）综合运用
新时期文学呈现的主要发展态势。

第二节　新时期小说

（一）识记
1. 新时期的小说发展的基本情况。
2. 新时期的小说创作的代表性作家和作品。
3. 新时期先后出现的不同的小说潮流。

（二）领会和简单应用

1. "伤痕小说"。
2. "反思小说"。
3. "改革小说"。
4. "寻根小说"。
5. "现代派小说"。
6. "实验小说"。
7. "新写实小说"。
8. "晚生代小说"。
9. "女性小说"。
10. "现实主义冲击波小说"。
11. 王蒙的小说创作情况。
12. 80年代以后台湾重要的小说家黄凡、袁琼琼、朱天文等人的作品。
13. 80年代以后香港小说的代表作家西西、施叔青、陶然等人的作品。

（三）综合运用

1. 新时期小说创作的整体特点和主要成就。
2. 王蒙新时期小说创作的特色及其对新时期文学的主要贡献。
3. 张贤亮小说创作的思想和艺术特色。
4. 刘心武小说创作在思想和艺术上的探索。
5. 高晓声小说创作的思想和艺术成就。
6. 汪曾祺小说的艺术风格和突出成就。
7. 林斤澜小说的思想意义和艺术特征。
8. 韩少功小说的思想和艺术特色及其对新时期文学的主要贡献。
9. 张承志小说的思想和艺术特色。
10. 贾平凹小说的思想和艺术特色及其对新时期文学的主要贡献。
11. 莫言小说创作在艺术上的探索及其对新时期文学的主要贡献。
12. 张炜小说创作的思想和艺术特色。
13. 马原小说创作在艺术上的探索及其主要艺术特色。
14. 苏童小说的艺术风格及其小说创作的主要成就。
15. 余华小说的先锋性及其所取得的突出成就。
16. 王安忆小说的艺术的发展及其对新时期文学的主要贡献。
17. 陈染小说创作的艺术特色。

第三节　新时期诗歌

（一）识记
1. 新时期诗歌发展的基本情况。
2. 新时期诗歌创作的代表性诗人和作品。

（二）领会和简单应用
1. 新时期诗人队伍的主要构成。
2. 新时期诗歌呈现出的不同的美学形态。
3. 新时期诗歌在艺术上的多向探索。
4. "朦胧诗"的主要特点及其代表性作家作品。

（三）综合运用
1. 新时期诗歌创作的整体特点。
2. 北岛诗歌的主要思想和艺术特点。
3. 舒婷诗歌的主要思想和艺术特点。
4. 顾城诗歌的主要思想和艺术特点。
5. 第三代诗人的共同特点及其形成的主要"流派"或"群落"。
6. 海子、于坚、翟永明等人的诗歌创作。

第四节　新时期散文

（一）识记
1. 新时期散文发展的基本情况。
2. 新时期散文创作的代表性作家和作品。

（二）领会和简单应用
1. 论述新时期散文创作的主要特色。
2. 新时期不同的散文品种呈现出的不同的美学形态。
3. 新时期报告文学的主要成就。

（三）综合运用
1. 新时期散文创作的主要成就。
2. 巴金《随想录》的思想价值。
3. 张中行散文创作的内容和艺术特征。
4. 余秋雨散文的思想和艺术成就。

第五节　新时期戏剧

（一）识记

1. 新时期的戏剧创作的基本情况。
2. 新时期主要的戏剧作家和有影响的戏剧作品。

（二）领会和简单应用

1. 新时期现实主义精神在戏剧中的复归。
2. 70年代末期形成的"社会问题剧"创作高潮。
3. "荒诞剧"《屋外有热流》。
4. 90年代戏剧创作的基本格局。
5. 90年代主旋律戏剧创作的主要成绩。
6. 90年代通俗戏剧的题材特征和代表性戏剧作品。
7. 90年代先锋性实验话剧的发展情况。
8. 90年代"商业戏剧"的创作情况。
9. 90年代戏曲现代化的探索。

（三）综合运用

1. 80年代"探索戏剧"的主要成就。
2. 沙叶新剧作的主要思想和艺术成就。
3. 高行健在戏剧艺术探索上的主要成就。

IV. 大纲说明与考核实施要求

一、大纲的目的作用

大纲针对自学考试的特点，对课程目标、课程内容和范围，需要掌握的程度和能力层次要求，考核的目标、考核的要求、考试命题等作了纲要式的明确、具体的表述和规定。它是指导个人自学、社会助学和进行考试命题、编写教材和自学指导书的依据。

大纲把课程内容按识记、领会和简单应用、综合运用三个能力层次，细化为明确具体的考核目标，落实到每一个具体的可测量的考核点。

本课程共6学分。

二、教材与参考书

教材：全国高等教育自学考试指导委员会组编本《中国现代文学史》，丁帆、朱晓进主编，北京大学出版社2011年版。

参考书：国试书业组编《中国现代文学史自考辅导与同步训练》，华中师范大学出版社2011年版。

三、自学要求、方法指导

（一）自学者在学习中要做到遵本循纲。

所谓本，就是教材，所谓纲，就是大纲。自学者要认真学习和领会教材。学习教材是基础，大纲所指定的教材，是大纲系统、深入阐发和展开之本源。在学习教材的过程中，必须要与大纲对照，明确教材中各种内容的不同能力层次要点，切实准确地、有重点地全面把握教材内容。要认真学习和领会本大纲。自学应考者要先从大纲入门，提纲挈领地了解课程的基本内容和结构体系，确立一个总体概念。在自学应考过程中，要依据大纲中对各部分内容的能力层次要求进行学习，掌握重点，兼及一般，既有系统，又分主次，提高学习成效。同时，自学者还要重视阅读教材中论及的重要作家作品和相关文学史资料，以增强对作家作品的感性认识并提高分析评价作品的能力。学习本课程，不应死记硬背大纲和教材中的现成结论，应尽可能多读作品和文学史材料，通过思考、分析、领会、理解大纲和教材中的观点与结论，要把学习和识记、应考、分析能力的培养统一起来。

（二）要掌握不同考查层次的不同试题的解题要求。

第一考查层次——识记，是测试考生对课程基本内容的掌握，特别是对一些基本的文学史知识识记的准确程度和对知识面把握的宽广程度。解题的关键在于全面、系统解释学习课程内容，扎实地掌握课程中的基本概念，正确把握问题的界限，理解问题的内涵与实质，必须对中国现当代文学有较为熟练的把握，持有扎实的基础知识，准确无误地识记每个章节的知识点和面。

第二考查层次——领会和简单应用，是测试考生对课程中一些重要的名词概念、作品、思潮、流派团体、人物形象和艺术风格等知识的领会程度和掌握的准确性。根据课程中的有关史实、现象、理论、观点等，直接提出问题，解题的难度在于要点的把握，解题的关键在于考生在掌握一般知识的基础之上要有领会和简单的分析与阐述的能力。考生要明确名词的来龙去脉，会运用概括的语言进行解释，对提出的问题要抓住要点，要求观点明确、思路清晰、语言通晓、层次清楚，能够灵活联系作品实际，简明扼要、准确生动地分析出所学内容，无需展开论证。

第三考查层次——综合运用，是测试考生对课程内容的理解程度，以及分析和表述能力水平的高低。一般是要求考生针对论题，运用具体材料，发挥归纳、综合、分析、阐释的能力，对问题做出回答，解题的关键在于考生领会掌握一般知识并在领会的基础之上加强对问题理解的深度。考生要有综合运用的能力，答题时阐释基本观点要准确，论证要合理，阐释问题必须条理清晰、表述明确，可以按照自己对作家作品或文学现象的独特感受和体验来展开论证，但须注意言之成理，持之有据，发挥得当。

四、关于考试命题的若干规定

本课程的命题考试，应根据本大纲规定的考核目标和考核要求来确定考试范围，不可超纲，不可逾越各考核点的能力层次规定，避免增加考试的难度。属于高层次能力的考核点，必须同时包含低层次能力要求的测试，因此，也可化解为低层次能力的命题内容。根据下列各种比例规定（按百分制设定，每种规定可有5分以内的浮动幅度），合理掌握内容覆盖面、重点内容、能力层次和难易度之间的关系来组配试卷。

  1. 文学运动、文学思潮和社团流派部分试题和文学创作及作家作品部分试题的比例大致为20：80。

  2. 试题按能力层次分为三种，即识记性试题、领会和简单应用性试题、综合运用性试题，三者的比例大致为20：50：30。

  3. 本课程命题一般采用的题型有：单项选择题、多项选择题、名词解释题、简答题、论述题等。

  4. 试题难易度分为易、较易、较难、难四个层次，考试题中各难度层次所占分数比例一般以20：30：30：20为宜。

  5. 试题量以中等水平的应试者能在规定时间内答完全部试题为度。

  6. 本课程考试采用闭卷笔试方式，考试时间为150分钟。

附录：参考样卷与参考答案

一、单项选择题（在每小题列出的四个备选项中只有一个是符合题目要求的，请将其代码填写在题后的括号内。错选、多选或未选均无分。）

1. "五四"文学革命开始于【 】
   A. 1915年 B. 1916年
   C. 1917年 D. 1919年
2. 在20年代积极提倡"写实的社会剧"和"爱美剧"的戏剧团体是【 】
   A. 民众戏剧社 B. 春柳社
   C. 辛酉社 D. 南国社
3. 鲁迅的《朝花夕拾》是一部【 】
   A. 抒情散文集 B. 回忆性叙事散文集
   C. 传记 D. 杂文集
4. 下列不属于闻一多"三美"诗歌主张内容的是【 】
   A. 建筑美 B. 绘画美
   C. 戏剧美 D. 音乐美
5. 散文《往事（一）》、《往事（二）》、《山中杂记》的作者是【 】
   A. 朱自清 B. 冰心
   C. 徐志摩 D. 周作人
6. 30年代首先发起无产阶级革命文学倡导运动的是【 】
   A. 文学研究会 B. 新月社和语丝社
   C. 创造社和太阳社 D. 京派和海派
7. 丁玲小说《太阳照在桑干河上》的时代背景是【 】
   A. 解放战争时期 B. 抗日战争时期

C. 大革命时期　　　　　　　　D. 建国初期

8. 下列创作小说《送报夫》、《模范村》等作品的台湾作家是【　】
A. 赖和　　　　　　　　　　　B. 杨牧
C. 杨逵　　　　　　　　　　　D. 余光中

9. 下列沈从文的以知识分子为题材的小说是【　】
A.《边城》　　　　　　　　　B.《二月》
C.《萧萧》　　　　　　　　　D.《八骏图》

10.《四世同堂》中的冠晓荷是【　】
A. 老派市民的形象　　　　　　B. 革命者的形象
C. 民族败类的形象　　　　　　D. 正直的知识分子形象

11. 1956年5月2日，为文艺界解放思想、繁荣创作，毛泽东在最高国务会议上提出的方针是【　】
A. "革命现实主义和革命浪漫主义相结合"　　B. "走现实主义的广阔道路"
C. "根本任务"论和"三突出"原则　　　　　　D. "百花齐放，百家争鸣"

12. 下列"通过叙写女主人公的成长过程，展示了三十年代前期北平抗日救亡运动的情景，概括了一代青年知识分子寓个体于集体，寓人生于革命的生活道路"的作品是【　】
A.《青春之歌》　　　　　　　B.《红岩》
C.《三家巷》　　　　　　　　D.《红旗谱》

13. 下列属于闻捷的诗歌是【　】
A.《白雪的赞歌》　　　　　　B.《桂林山水歌》
C.《雷锋之歌》　　　　　　　D.《天山牧歌》

14. 下列均属于杨朔的一组散文是【　】
A.《香山红叶》、《樱花雨》、《荔枝蜜》
B.《艺海拾贝》、《樱花雨》、《荔枝蜜》
C.《白杨礼赞》、《荔枝蜜》、《茶花赋》
D.《日出》、《香山红叶》、《茶花赋》

15. 下列均属于"文革"期间革命"样板戏"的现代京剧作品是【　】
A.《海岛女民兵》、《红灯记》、《海港》
B.《虹南作战史》、《奇袭白虎团》、《沙家浜》
C.《红灯记》、《智取威虎山》、《海港》
D.《白毛女》、《金光大道》、《智取威虎山》

16. 下列均属于新时期"伤痕小说"的一组作品是【　】
A.《燕赵悲歌》、《伤痕》、《神圣的使命》
B.《乔厂长上任记》、《晚霞消失的时候》、《伤痕》
C.《班主任》、《大墙下的红玉兰》、《许茂和他的女儿们》
D.《平凡的世界》、《墓地与鲜花》、《班主任》

17. 陈奂生这一人物形象最早出现于高晓声的小说【 】
A. 《"漏斗户"主》　　　　　　　B. 《李顺大造屋》
C. 《陈奂生上城》　　　　　　　D. 《陈奂生出国》

18. 张承志的《北方的河》、《黑骏马》等小说在文体风格上呈现出【 】
A. 纪实性小说的倾向　　　　　　B. 诗化小说的倾向
C. 戏剧化小说的倾向　　　　　　D. 传记体小说的倾向

19. 下列王安忆作品中被称为"雯雯系列"的一组作品是【 】
A. 《荒山之恋》、《幻影》、《一个少女的烦恼》
B. 《雨,沙沙沙》、《锦绣谷之恋》、《当长笛solo的时候》
C. 《命运》、《雨,沙沙沙》、《广阔天地的一角》
D. 《小城之恋》、《命运》、《广阔天地的一角》

20. 高行健的《车站》在艺术表现方式上较为典型地运用了【 】
A. 浪漫派戏剧的艺术表现方式　　B. 写实派戏剧的艺术表现方式
C. 传统话剧的艺术表现方式　　　D. 荒诞派戏剧的艺术表现方式

二、多项选择题（在每小题列出的五个备选项中至少有两个是符合题目要求的,请将其代码填写在题后的括号内。错选、多选、少选或未选均无分。）

21. 下列每组中,人物形象都出自茅盾作品的有【 】
A. 赵伯韬、静女士、张曼青　　　B. 方罗兰、胡国光、孙舞阳
C. 吴荪甫、莎菲女士、梁刚夫　　D. 冯云卿、王仲昭、陆梅丽
E. 屠维岳、章秋柳、梅行素

22. 曹禺剧作的艺术特色有【 】
A. 人物形象生动、富有个性而又具有典型性
B. 独特的结构艺术、善于运用有关情节结构的多种技巧
C. 富有丰富潜台词和具有充分个性化的戏剧语言
D. 运用白描的艺术手法、具有朴素的艺术风格
E. 追求戏剧的诗意、具有情景交融的诗意境界

23. 郭沫若的诗歌《女神》表达的主要精神内容有【 】
A. 呼唤新世界诞生的民主理想　　B. 表现了抗日救亡的战斗精神
C. 充分表达对自我的崇尚和对自然的礼赞　D. 表达了无产阶级革命的战斗激情
E. 显示彻底破坏和大胆创新的精神

24. 下列属于京派作家的是【 】
A. 废名　　B. 萧乾　　C. 艾芜
D. 沙汀　　E. 沈从文

25. 王蒙写于新时期的小说作品有【 】
A.《组织部新来的青年人》 B.《活动变人形》
C.《青春万岁》 D.《布礼》
E.《春之声》

三、名词解释题
26."爱美剧"
27."左联"
28."寻根小说"

四、简答题
29. 简述《阿Q正传》的思想意义和社会意义。
30. 略论艾青诗歌在艺术上的独特建树。
31. 简述新时期报告文学的主要成就。
32. 简析"朦胧诗"的主要特点。

五、论述题
33. 结合作品分析巴金小说《激流三部曲》的主要艺术特色。
34. 论述老舍戏剧《茶馆》的主要艺术成就。

参考答案

一、单项选择题
1. C　2. A　3. B　4. C　5. B　6. C　7. A　8. C　9. D　10. C
11. D　12. A　13. D　14. A　15. C　16. C　17. A　18. B　19. C　20. D

二、多项选择题
21. ABDE　22. ABCE　23. ACE　24. ABE　25. BDE

三、名词解释题

26. 要点：1921年3月，沈雁冰、郑振铎、陈大悲等发起成立民众戏剧社，主张为人生而艺术，强调戏剧反映时代，提倡"写实的社会剧"，针对堕落了的文明戏，他们提倡"爱美剧"，即"非职业"的业余演剧，以摆脱商业化倾向，不受"座资底支配"，进行严肃的艺术创造。

27. 要点："左联"是"中国左翼作家联盟"的简称；1930年3月2日在上海成立，鲁迅等四十余人出席了中国左翼作家联盟的成立大会，会上通过了左联理论纲领，宣告以"站在无产阶级解放斗争的战线上"，"从事无产阶级艺术"作为左联的奋斗目标；"左联"进行了一系列的文学活动，加强了对马克思主义文艺理论的译介与传播，推进文艺大众化运动，积极开展创作，培养了大批新作家。

28. 要点："寻根小说"的真正兴盛是在80年代中期；韩少功的《文学的"根"》、阿城的《文化制约着人类》、郑万隆的《我的根》、李杭育的《理一理我们的根》等文章纷纷表达了文化上的寻根倾向，同时，他们又以自己的创作实践来体现自己的文学主张，"寻根小说"便得以形成；"寻根小说"最显著的特点是以现代意识关照现实和历史，反思传统文化，探寻中国文化重建的可能性；作品题材和文化反思对象具有地域特点；注重对题材所蕴涵的深层的历史文化信息进行艺术传达，在表现手段上将中国传统文学的手法与现代派的象征、暗示、抽象等方法相结合，丰富和加深了作品的文化意蕴。

四、简答题

29. 要点：（1）作品通过对阿Q的遭遇和阿Q式的革命的描写，深刻地总结了辛亥革命之所以归于失败的历史教训：革命的对象不仅仍然执掌着政权，而且发了"革命"财，而应在革命中得到解放的民众依旧是任人宰割的奴隶。（2）小说由此暗示了辛亥革命更深层次的悲剧：革命没有真正唤醒民众，阿Q即使参加革命并掌握政权，他那样的落后的革命意识也将导致"革命"变质。小说要告诉人们，要使真革命获得胜利，首先需要有真的革命者和觉醒了的人民。（3）《阿Q正传》具有广泛的社会意义，它画出了国人的灵魂，暴露了国民的弱点，达到了"揭出病苦，引起疗救的注意"的效果。（4）《阿Q正传》具有深远的历史意义，作品所揭示的"阿Q精神"，作为一种历史的和社会的"病状"，将在相当长的一个历史阶段中存在，它将作为一面"镜子"，使人们从中窥测到这种精神的"病容"而时时警戒。

30. 要点：（1）注重诗歌意象的选取和诗歌形象的创造。在艾青的诗中，特别注重采用独特、生动、具体可感而又具有丰富底蕴的意象，使一些抽象的东西得以形象化地表述。（2）注重感觉印象与所宣泄的主观感情的有机融合。感觉印象与主观感情融合下的诗歌意向便具有了象征意义，能引起人们丰富的联想。（3）散文化语言和自由体形式的追求。艾青的诗常常以散文式的诗句自由地抒写，诗歌中不仅意象纷呈，而且容纳了大量的现实生活细节，辅之以有规律的排比和反复，造成了和谐的节奏与回荡的旋律，呈现出别样的音乐美。

31. 要点：（1）新时期的报告文学从一开始就确立了追求真实与解放思想的特性，在"文革"结束后的最初几年，报告文学成为知识分子审视他们刚刚经历过的那个时代、反思历史、借以"立此存照"的有力的工具。（2）新时期报告文学反映生活非常广泛，全方位、多角度、多层次地反映了新时期改革的主旋律。如一大批写不同科学领域和知识分子五彩人生的优秀报告文学作品，及时传达了尊重科学、尊重知识的新的时代信息；许多报告文学以70年代末80年代初的边境战争和国际性的体育比赛为背景，涌现出一批军事、体育题材的报告文学作品；大批报告文学作家们对"社会问题"一直投入了深深的关注；新时期报告文学在思想方面，比其他任何时期都更强烈地表现出"干预生活"的姿态。（3）新时期报告文学在艺术表现手法方面，也越来越成熟与多元化。

32. 要点：（1）"朦胧诗"主要吸收西方现代主义诗歌如象征主义、意象派、超现实主义等诗歌流派的表现技巧，注重象征、暗示、联想、变形、意象等手法的运用，在美学特征上更加朦胧、多义。（2）"朦胧诗"表达了这批诗人对人的本质的现代思考和对人的自我价值、心灵自由的追求，也表现了对于现实的严峻批判、怀疑以及对美好境界的朦胧向往。（3）"朦胧诗"最有代表性的诗人诗作如《回答》（北岛）、《致橡树》（舒婷）、《远与近》（顾城）、《纪念碑》（江河）、《大雁塔》、《诺日朗》（杨炼）等，以独特的诗意情愫和特别的表现方式，引起了诗坛的广泛注意，促进了新时期诗歌创作的发展。

五、论述题

33. 要点：（1）《激流三部曲》具有很高的典型化程度。作品中巴金将高家作为整个社会的代表或"缩影"来写，高公馆里，发生在主仆之间，新老两代之间，夫权统治与妇女反抗的斗争之间,新旧思想以及主子内部矛盾关系之间的错综复杂的对抗,就是当时社会上各种尖锐矛盾的缩影,而高家金字塔型的权力结构就集中体现了几千年中国社会的封建专制主义的法则,作品所描写的社会生活和揭示的问题都有着很强的典型性。(2)作品在塑造人物形象方面,运用抒情化方式,注重发掘人物的内心世界。作品中人物性格鲜明,面目各异。作品在表现人物,尤其是表现肯定型人物形象时,重在刻画人物内在的心灵美、人情美,重在传情上。(3)作品在结构上以事件为主线索,以场面串联故事。作品将各种大大小小的事件联结在一起,构成了网中的结,并通过场面描写把各种人物会聚起来。前后场面常有所呼应,形成作品的完整性。(4)作品在风俗画的描写中寄寓作家强烈的道德评判。作品中对许多风俗的描写都异常精彩,但作家的目的在于揭示这些风俗画后面的阶级对立,在于否定这种风俗画及其背后的社会表征。

34. 要点:(1)《茶馆》匠心独运的艺术构思。与传统话剧所不同的是,这部戏没有贯穿始终的故事情节和戏剧冲突,而是在纵向的时间选择上截取了三个历史片断借以展示三个时代的运命变迁,在横向的人物行为表现方面,选择了一个最有表现力的地点,即可以容纳各色人物的茶馆,一个大茶馆就是一个小社会。作品靠"一个茶馆三幕戏"埋藏了三个时代。(2)《茶馆》在艺术上的出色表现还在于它为我们提供了极为成功的艺术典型。剧作中正式出场的人物达七十人之多,其中有名有姓的将近五十人,这些人物性格各异、职业各不相同,作品的设计使人物群落主次分明、重点突出、性格鲜明,而人物的身世、遭遇和不同时段的继承关系又让我们看到了时代发展的面影。(3)《茶馆》在语言方面也体现了老舍作为一个语言大师所达到的炉火纯青的境界。作品的语言都是经过提炼的北京方言,带有浓厚的地方文化意味,朴素流畅而又韵味十足。作品注重人物对白的性格化和个性化呈现,闻其声知其人,三言两语就勾勒出一个人物形象的轮廓来。

大纲后记

  《中国现代文学史自学考试大纲》是根据全国高等教育自学考试汉语言文学专业（本科）考试计划的要求，由全国考委文史类专业委员会组织编写。2011年4月文史类专业委员会对本大纲组织审定。

  参加《中国现代文学史自学考试大纲》编写的有南京大学丁帆教授、南京师范大学朱晓进教授。

  复旦大学陈思和教授、张新颖教授，上海大学王光东教授等参加审稿并提出了改进意见。

  大纲编审人员付出了辛勤劳动，特此表示感谢。

全国高等教育自学考试指导委员会
文史类专业委员会
2011年5月

全国高等教育自学考试
汉语言文学专业(本科段)

中国现代文学史

全国高等教育自学考试指导委员会　组编

第一章
文学革命与"五四"新文学（1917—1927）

第一节 概述

中国现代文学以"五四"文学革命为开端。"五四"文学革命的直接背景和动力是"五四"新文化运动。"五四"时期以陈独秀主编的《新青年》[1]为主要阵地，反对旧道德、提倡新道德，兴起了"民主"与"科学"的新文化思想启蒙运动。《新青年》大力介绍自由平等学说、个性解放思想、社会进化论，给人们提供思想武器。

"五四"文学革命是新文化运动的一个组成部分，对封建主义的批判必然地转向了对封建主义文学的攻击，反对文言，提倡白话，反对旧文学，提倡新文学是文学革命运动的主要内容。"五四"文学革命承继了梁启超、黄遵宪等人提倡的"新民"、"救国"的近代文学改良精神，有着"诗界革命"、"小说界革命"与"新文体运动"的基础。西方文学的译介客观上也培养了人们对西方新的文学形式的接受习惯。1917年1月，《新青年》刊出胡适的《文学改良刍议》，提出从"八事"入手，即：须言之有物，不模仿古人，须讲求文法，不作无病之呻吟，务去滥调套语，不用典，不讲对仗，不避俗字俗句。他主张书面语与口头语接近，要求以白话文学为"正宗"。2月的《新青年》上发表了陈独秀的《文学革命论》，提出"三大主义"："曰推倒雕琢的阿谀的贵族文学，建设平易的抒情的国民文学；曰推倒陈腐的铺张的古典文学，建设新鲜的立诚的写实文学；曰推倒迂晦的艰涩的山林文学，建设明了的通俗的社会文学。"他把文学革命当作"开发文明"、改变"国民性"并借以"革新政治"的"利器"，同时也肯定文学自身独立存在的价值。

胡适、陈独秀的"文学革命"的主张得到了刘半农、钱玄同等人的响应。他们除了撰文支持文学革命，还在《新青年》上发表了"双簧信"。钱玄同化名王敬轩，仿照旧文人的口吻，汇集其反对新文学和白话文的种种观点与言论，写成一封致《新青年》的信；刘半农根据王敬轩的信，逐一辩斥。此举引起了广泛的社会注意，扩大了新文学的影响。

---

[1] 《新青年》原名《青年杂志》，1915年9月15日在上海创刊，1916年9月第2卷第1号起改刊名为《新青年》。

1918年，《新青年》编辑部扩大，陈独秀又办了《每周评论》杂志，北京大学傅斯年、罗家伦等创办了《新潮》月刊，一起提倡白话文，开展如何建设新文学的讨论，发表白话文学创作。胡适发表了《建设的文学革命论》，提出"国语的文学，文学的国语"，周作人发表《人的文学》、《平民的文学》，从人性、人道主义的角度来要求新文学的内容，提出文学应对人生诸问题加以记录和研究。大家对怎样建设新诗、新小说、新戏剧也进行了探讨。

文学革命带来文学观念、内容、语言载体、形式各方面全面的革新与解放，其实绩体现在创作上。1918年5月，鲁迅发表了他的第一篇白话小说《狂人日记》，把矛头指向几千年的封建制度，小说的形式是完全现代化的。接着《新青年》、《新潮》上又陆续出现了一批新文学作品。胡适、沈尹默、刘半农进行了第一批白话新诗的尝试，有《鸽子》、《月夜》、《相隔一层纸》等。这一时期许多报刊都显示了新文学创作的实绩。

在"五四"以后的短短几年里，西方文艺复兴以来的各种文学思潮和左右着它们的哲学思潮先后涌入中国。受各种不同文艺思潮与艺术方法影响的作家们组成文学社团，创办体现自己追求的文艺刊物。各种团体中，影响最大、最有代表性的是文学研究会和创造社。文学研究会1921年1月在北京成立。发起人有周作人、朱希祖、蒋百里、郑振铎、耿济之、瞿世英、郭绍虞、孙伏园、沈雁冰、叶绍钧、许地山、王统照十二人。人们习惯称文学研究会的创作为"人生派"或"为人生"的文学。在创作方法上，文学研究会强调写实主义，沈雁冰接编、革新的《小说月报》基本上成了文学研究会的会刊。

创造社1921年7月成立于日本东京，成员郭沫若、张资平、郁达夫、成仿吾、田寿昌等人都是当时在日本的留学生。他们创办《创造》季刊、《创造周报》、《创造日》、《洪水》等刊物，主张"为艺术而艺术"，强调文学必须忠实地表现作者自己"内心的要求"，重视文学的美感作用。创造社成员的作品大都侧重自我表现，带浓厚主观个人抒情色彩。创造社的文学活动以1925年"五卅"为界，分为前后两期。后期创造社新增加了李初梨、冯乃超、彭康、朱镜我、李一氓、阳翰笙等，出版《创造月刊》、《文化批判》、《流沙》等杂志，提倡"表同情于无产阶级"的革命文学，思想明显"左"倾，1929年2月被当局查封。

稍后的文学社团与文学研究会倾向相近的有语丝社、未名社等；与创造社倾向相近的有南国社、弥洒社、浅草—沉钟社。《语丝》周刊创办于1924年11月，多发表针砭时弊的杂感小品，以倡导这种幽默泼辣的"语丝文体"而获"语丝派"的称号。莽原社、未名社是20年代中期成立于北京，得到鲁迅扶持的青年作家社团，刊物有《莽原》、《未名》。南国社是田汉领导创立的一个综合性艺术社团，以戏剧的成就与影响最大。弥洒社1923年成立，发起人胡山源推崇创作灵感。浅草社成立于1922年，沉钟社成立于1924年，由原浅草社成员冯至、陈翔鹤等加上杨晦、蔡仪等组成。刊物有《浅草》季刊、《沉钟》周刊，致力于介绍外国文学，作品特点朴实而带点悲凉，有浪漫主义色彩。其他具有自身鲜明特色的社团，如湖畔诗社、新月社。湖畔诗社（1922）以写作爱情诗闻名。新月社1923年成立于北京，1927年在上海筹办新月书店和《新月》月刊。这是一个自由主义作家的文学团体，受西方唯美主义影响较深。闻一多、徐志摩倡导新格律诗，余上沅等对旧剧的"程式化"、"象征化"加以肯定。

"五四"文学革命与守旧的文学思想发生了冲突和斗争。1919年初，新文学阵营开展了对以林纾为代表的守旧分子的斗争。林纾写了《论古文白话之相消长》、《致蔡鹤卿太史书》，对白话文大加讨伐，攻击北京大学的新派人物"覆孔孟，铲伦常"。又发表文言小说《荆生》、《妖梦》，咒骂文学革命人物。新文化的先驱蔡元培、李大钊和鲁迅都对林纾进行了批驳。1922年，新文学阵营又与"学衡派"进行了斗争。梅光迪、吴宓等创办的《学衡》杂志，因其观点态度相近而被称为"学衡派"。他们以融贯中西古今的姿态，提出"昌明国粹，融化新知"，反对新文化运动和文学革命，思想倾向保守。在斗争中，鲁迅对学衡派的驳斥最为有力，《估〈学衡〉》揭露其"于新文化无伤，于国粹也差得远"。与《学衡》相呼应的有章士钊所办《甲寅》杂志上的复古论调。1923年他写了《评新文化运动》、《评新文学运动》，试图从理论上否定新文学。新文学阵营对之进行了全面有力的批驳。

"五四"文学大致经历了三个阶段。1917年至1920年是新文学的萌芽期，1921年新文学社团出现到1926年北伐战争前夕，是文体大解放的创作活跃期，1926年春到1927年冬，创作一度沉寂。"五四"文学革命有着深刻、伟大的历史意义。其一，在内容上彻底批判、否定了整个封建制度及其思想文化体系；始终贯穿、体现了个性解放、民主与科学、探索社会解放道路的启蒙思想主题；以农民、平民劳动者、新型知识分子等人物形象代替了旧文学主人公帝王将相、才子佳人。其二，文学观念发生了重大变化，传统的"文以载道"的文学观念被"人的文学"、"为人生的文学"、"为艺术的文学"、"平民的文学"等观念所取代。其三，文学语言获得了解放，文体形式经历了全面革新，创作方法进行了多样化探索，奠定了20世纪中国文学的基本审美价值取向和多元并存的接受心理基础。其四，建立了中国文学与世界文学的密切关系，自觉地借鉴、吸收外国文学及文化的营养，形成了面向世界而又不脱离传统的开放性现代文学。

台湾文学是中国文学的一部分，受中国大陆"五四"新文化运动的影响，台湾新文学运动于20世纪20年代开始出现。其时台湾虽然尚处于日本殖民统治之下，但台湾知识分子和文化人仍然在精神上、思想上和文化上，心系祖国。中国大陆发生的新文化运动，他们不但十分关心，而且还深受震动，于是，他们或在日本成立文化组织，或亲赴大陆学习，以不同的方式，将"五四"新文化运动的精神带到台湾，组织并领导了台湾的新文化、新文学运动。1920年1月，在日本留学的台湾青年在东京成立了"新民会"，它对1921年10月在台北成立的"台湾文化协会"产生了重大影响，而"台湾文化协会"则对台湾新文学运动的产生起了重要的推动作用。1920年7月，陈炘在《台湾青年》创刊号上，发表了《文学与职务》一文，提出近来中国大陆提倡白话文学，是一种负有传播文明思想、改造社会使命的真正的文学，台湾文坛应朝这一方向去努力。接着，甘文芳发表《实社会与文学》，陈瑞明发表《日用文鼓吹论》。这三篇文章是台湾最早提出改革台湾文学、提倡白话文的文章。1923年4月15日，《台湾民报》在东京创刊，并于1927年7月移入台湾发行。该刊致力于"用平易的汉字，或是通俗白话，介绍世界的事情，批评时事，报导学界的动静……提倡文艺，指导社会……启发台湾的文化"，该刊全部采用白话文，特辟文艺专栏，定期刊载文艺论文与作品。该刊被称为是"台湾新文学运动的摇篮"。1923年，黄呈聪和黄朝琴在《台湾》杂志上先后发表了《论普及白话文的新使命》和《汉文改革论》两篇文章，较为深入地提倡文学革命，并产生了广泛的影响。1924年4月，曾在北京求学、深受"五四"新文学运动影响的张我军在《台湾民报》上发表了《致台湾青年的一封信》和《糟糕的台湾文学界》两篇文章，向台湾旧文坛发起猛烈攻击，这两篇文章受到守旧派的回击，于是，张我军又发表了《为台湾的文学界一哭》，予以回应。"五四"时期曾经出现过的新旧文学论战，在台湾再次上演。几乎在新旧文学论争的同时，台湾新文学提倡者就已经开始着手新文学的建设工作。他们以《台湾民报》为阵地，介绍大陆的新思潮和作家作品；提出建设新文体的理论主张；提出建设具有台湾特点文化的主张；着手进行新文学的创作。

第二节　鲁迅

一、概述

鲁迅（1881—1936），浙江绍兴人，原名周樟寿，字豫山，1892年进三味书屋读书时改为豫才，1898年去南京求学时取学名周树人。"鲁迅"是1918年5月在《新青年》上发表《狂人日记》时始用的笔名。少年时代，正适家道式微，祖父周介孚因科场案入狱，父亲患病不起，从小康人家坠入困顿的途中，鲁迅深深领略了世态炎凉。他母亲娘家在农村，使他从小有机会接触和了解农村与农民。1898年，他到南京进了江南水师学堂，第二年又转入江南陆师学堂附设的矿务学堂。此间，他接触到了宣传变法维新的《时务报》和当时翻译过来的科学与文艺书籍，受到很大影响，特别是阅读了严复翻译的《天演论》，接受了进化论思想，激发了变革图强的热情。

1902年3月鲁迅考取官费到日本留学，先在东京进了弘文学院。1904年4月，鲁迅在弘文学院毕业。同年9月，他离开东京，前往仙台医专学医。鲁迅在仙台两年，一方面得到了老师藤野先生公正无私的关怀与帮助，另一方面也受到了一些日本学生的民族歧视。特别是在一次放映记录日俄战争的幻灯画片后，鲁迅受到了很大刺激：画面上是一个被日军捉住的说是为俄军当侦探的中国人，在他行将被日军砍头示众时，周围站着看热闹的同样是一群中国人，他们面对惨剧却神情麻木。在这一刺激之后，鲁迅深深感到："医学并非一件紧要事，凡是愚弱的国民，即使体格如何健全，如何茁壮，也只能做毫无意义的示众的材料和看客",“所以我们的第一要著,是在改变他们的精神,而善于改变精神的是,我那时以为当然要推文艺,于是想提倡文艺运动了"。[1] 1906年4月初,鲁迅离开仙台回到东京,开始了他的文学活动。从1908年起,鲁迅和周作人翻译了许多外国短篇小说,合编为《域外小说集》(两册),并在朋友的帮助下得以出版问世。鲁迅之所以译这些作品,乃是为了借他人之新声,发国民之愚昧。1909年鲁迅离开日本返回祖国。

1918年起,鲁迅开始参与《新青年》杂志的活动。1918年5月,鲁迅在《新青年》发表了在现代文学史上具有划时代意义的第一篇白话小说《狂人日记》。因其强烈的反封建的战斗性,加上形式的别致,小说发表后立即引起巨大反响。此后鲁迅一发而不可收地发表了一系列小说作品。除小说外,鲁迅还在《新青年》的"随感录"栏目中发表了许多杂文。在文学创作之外,鲁迅还先后支持和组织了语丝社、未名社,出版《语丝》、《莽原》、《未名》等刊物,主编过《国民新报·文艺副刊》,还编辑了《未名丛刊》和《乌合丛书》等。1925年和1926年,他在先后发生的"女师大风潮"和"三·一八惨案"中声援学生,支持群众斗争。"三·一八"后,鲁迅受北洋政府通缉的威胁,于1926年8月26日离开北京前往厦门大学担任文科教授。

1927年9月鲁迅离开广州,10月定居上海。在与创造社、太阳社进行的有关革命文学问题的论争中,鲁迅加深了对现实革命斗争的认识和对马克思主义的理解。1930年中国左翼作家联盟成立,鲁迅列名发起人,并参加了"左联"的领导工作。这一时期,他先后编辑过《萌芽》、《前哨》、《十字街头》和《译文》等公开或秘密的刊物,并参与了《文学》和《太白》的编辑工作。在创作上,他主要是以杂文为武器,投身于左翼文化运动,同时也以历史为题材创作小说。1936年10月19日,鲁迅在上海逝世。

鲁迅的思想是中国20世纪最宝贵的精神财富之一,毛泽东称他是"中国文化革命的主将",是"伟大的文学家"、"伟大的思想家和伟大的革命家"。[2] 他的思想具有丰富复杂、博大精深的特点。进化论是鲁迅前期思想的一个重要内容,鲁迅摒弃了进化论中"弱肉强食"等消极的因素,汲取了进化论中注重生存斗争、相信事物的新陈代谢和社会的不断进步、强调人类精神发展的重要性等积极因素。个性主义思想也是鲁迅早期思想的重要内容之一,从他所强调的"掊物质而张灵明,任个人而排众数"[3] 的主张中,可以看出鲁迅所受尼采思想影响的痕迹。但鲁迅主要是从尼采思想那里汲取一种"图强"的精神,他呼唤精神界战士、主张与阻碍进步的庸众作战,其目的在推进整个民族的进步。关于改造国民性问题的见解,也是鲁迅早期思想的重要组成部分。在寻求中华民族解放道路的进程中,鲁迅深深感受到了中国国民性的弱点、劣点,他坚信"国民性

---

[1] 鲁迅:《〈呐喊〉自序》,《鲁迅全集》第1卷,第417页,人民文学出版社1981年版。
[2] 毛泽东:《新民主主义论》,《毛泽东选集》第2卷,第698页,人民出版社1991年版。
[3] 鲁迅:《坟·文化偏至论》,《鲁迅全集》第1卷,第46页,人民文学出版社1981年版。

可以改造于将来",因此决心"先行发露各样劣点,撕下那好看的假面来"[1],以引起疗救的注意。但上述思想在鲁迅那里并非一成不变的,鲁迅就曾说他在1926年前后,因目睹残酷现实,受到很大震动,原先所循着进化而进行的"思路因此轰毁"[2]。在后期,鲁迅克服了早期思想中的偏颇之处,思想更趋成熟。

鲁迅是中国现代文学的开创者,他的文学创作最先显示了"五四"文学革命的实绩,而且在整个20世纪中国文学发展史中具有崇高的地位。

二、《呐喊》、《彷徨》和《故事新编》

鲁迅在小说创作方面取得了很高的成就。他创作于"五四"时期的白话短篇小说曾分别收入1923年8月由新潮出版社出版的《呐喊》和1926年8月由北新书局出版的《彷徨》两本小说集中。《呐喊》收1918—1922年所写的14篇小说(初版时收入15篇,1930年1月第13次印刷时抽出《不周山》一篇),鲁迅把这个集子题作《呐喊》,意思是指他受新文化运动的鼓舞,"有时候仍不免呐喊几声,聊以慰藉那在寂寞里奔驰的猛士,使他不惮于前驱"。"但既然是呐喊,则当然须听将令的了"。[3]后来,鲁迅把这时的创作称为"遵命文学",他说:"不过我所遵奉的,是那时革命的前驱者的命令,也是我自己所愿意遵奉的命令"。[4]《彷徨》收1924—1925年写的11篇小说。鲁迅经历了"五四"新文化运动统一战线的分裂,他独立地同反动势力进行着坚韧的斗争,但因"成了游勇,布不成阵"[5],而精神上有"寂寞"、"彷徨"之感。《彷徨》在反封建的内容上与《呐喊》相承续,艺术上则更加成熟。纵观《呐喊》和《彷徨》,它们无论在思想性还是在艺术性上,都更多地具有内在的统一性。

《狂人日记》是中国现代文学史上第一篇白话小说,1918年5月发表在《新青年》第4卷第5号,它标志着"五四"新文学创作的伟大开端。它以"表现的深切和格式的特别"[6],从一问世就引起了巨大的反响。

《狂人日记》通过对一个"迫害狂"患者的精神状态和心理活动的描写,揭露了从社会到家庭的"吃人"现象,抨击了封建家族制度和礼教的"吃人"本质。在思想上,《狂人日记》是中国"五四"新文学的一篇总序,它体现了文学上的彻底反封建的总体倾向。《狂人日记》对封建制度和礼教的揭露与批判是多层次展开的。作品首先揭示了"狂人"周围的环境:人们对"狂人"的围观、注视、议论,赵贵翁奇怪的眼色,小孩

---

[1] 鲁迅:《华盖集·通讯》,《鲁迅全集》第3卷,第26页,人民文学出版社1981年版。
[2] 鲁迅:《三闲集·序言》,《鲁迅全集》第4卷,第5页,人民文学出版社1981年版。
[3] 鲁迅:《呐喊·自序》,《鲁迅全集》第1卷,第419页,人民文学出版社1981年版。
[4] 鲁迅:《南腔北调集·〈自选集〉自序》,《鲁迅全集》第4卷,第456页,人民文学出版社1981年版。
[5] 同上。
[6] 鲁迅:《中国新文学大系·小说二集序》,《鲁迅全集》第6卷,第238页,人民文学出版社1981年版。

子们铁青的脸，路上行人交头接耳的议论，一伙青面獠牙人的笑，以及赵家的狗叫，这一切构成了一个充满杀机的生存空间。接着，作品通过"狂人"的联想，把"狂人"所处的环境扩展到广大的社会：狼子村佃户告荒时讲的挖人心肝煎炒了吃，去年城里杀了犯人时还有痨病患者用馒头蘸血舐，吃徐锡麟，构成吃人的社会罗网。历史地看，狂人从"易子而食"、"食肉寝皮"的记述联想开去，引出了一个触目惊心的发现："我翻开历史一查，这历史没有年代，歪歪斜斜的每页上都有写着'仁义道德'几个字。我横竖睡不着，仔细看了半夜，才从字缝里看出字来，满本都写着两个字'吃人'！"这个发现又把历史和现实具体的肉体上的吃人，上升到"仁义道德"等纲常名教吃人的更深的层次。在此基础上，作品还通过狂人的自省，把封建纲常名教"吃人"的含义引向深广。"四千年来时时吃人的地方，今天才明白，我也在其中混了多年"，"我未必无意之中，不吃了我妹子的几片肉"，狂人也被纲常名教毒害而成了吃人者。尤其是狂人所说的"有了四千年吃人履历"的我，显然不仅是狂人自身，而且是代指处于宗法制度和封建礼教之下的"中国人"，这无疑是说，纲常名教毒害了所有的中国人。作品由此完成了对封建礼教吃人本质的最深层次的揭露和批判。

《狂人日记》在表现"礼教吃人"的同时，还表现了强烈的反抗和变革的精神。狂人面对因循数千年之久的传统思想，大胆地提出了"从来如此，便对么？"的质疑，这集中体现了大胆怀疑和否定一切的"五四"时代精神。狂人还面对面地向食人者发出了警告："要晓得将来容不得吃人的人，活在世上"，渴望不再吃人的更高级的"真人"出现，这表现了一种改变旧世界、创造新世界的朦胧理想。最后，狂人期望未来，瞩目下一代，发出了"救救孩子"的呼喊，这更是一种向封建主义抗争的号召，同时也向世人昭示了一条变革社会的途径。

在艺术表现上，《狂人日记》冲破了传统手法，大胆采用了现实主义与象征主义相结合的创作方法，形成了独特的艺术效果。现实主义与象征主义相结合，在《狂人日记》中是通过"狂人"这个特殊的艺术形象来实现的。狂人首先是真实的活生生的狂人，塑造这一形象用了现实主义方法。在《狂人日记》里，作家对狂人病态心理的描摹，准确入微地写出了狂人的精神病态。但是，作品把"反对肉体上吃人"提升到"揭露礼教吃人"，是通过象征主义来实现的。作者巧妙地在狂人的疯话里，用象征、隐喻的手法，一语双关地寄寓了读者完全能够领略的战斗的深意；作品巧妙地在狂人的环境氛围、人物关系中融入了极精彩的象征性描画，从而使之具有一定的象征意义，使人对深刻丰富的"象外之意"产生联想。作品的思想性主要是通过象征主义方法来体现的。

《阿Q正传》是鲁迅的代表作，也是中国现代小说创作上的一个杰出成就。

作品对阿Q的身份特征和生活处境作了明确而具体的描写。阿Q是一个被剥夺得一无所有的贫苦农民，又是一个深受封建观念侵蚀和毒害，带有小生产者狭隘保守特点的落后、不觉悟的农民。他不敢正视现实，常以健忘来解脱自己的痛苦；他同时又妄自尊大，进了几回城就瞧不起未庄人，又因城里人有不符合未庄生活习惯的地方便鄙薄城里人；他身上有"看客"式的无聊和冷酷，如向人们夸耀自己看到过杀革命党，并口口声声"杀头好看";他更有不少符合"圣经贤传"的思想,如"不孝有三无后为大",严于"男女之大防"等;他有着守旧的心态,如对钱大少爷的剪辫子深恶痛绝,称之为"假洋鬼子",认为"辫子而至于假,就是没有了做人的资格";他身上有着畏强凌弱的卑怯和势利,在受了强者凌辱后不敢反抗,转而欺侮更弱小者。阿Q的这些小生产者的弱点和深刻的传统观念,说明他是一个不觉悟的落后农民。

阿Q的不觉悟,更突出地表现在他对"革命"的幼稚、糊涂、错误的态度和认识上。作品第七章写他在听说革命党进城的当天晚上,躺在土谷祠里朦胧中想象革命党到未庄的情形。他不仅仍然厌恶没有辫子的人,不喜欢女人"脚太大",而且他想象中的革命党只是"穿着崇正(祯)皇帝的素",是为反清复明、改朝换代而已;阿Q神往革命,不是为了推翻豪绅阶级的统治,而只是"想跟别人一样"拿点东西,是"要什么就有什么",可以随意夺取当年曾属于赵太爷、钱太爷们的"威福、子女、玉帛";阿Q抱着狭隘的原始复仇主义,认为革命后"第一个该死的是小D和赵太爷";阿Q还幻想着自己革命后可以奴役曾与他一样生活在底层的小D、王胡们。总之,阿Q这种革命观,是封建传统观念和小生产狭隘保守意识合成的产物。

阿Q思想性格最突出的特点是他的精神胜利法。他能用夸耀过去来解脱现实的苦恼,他连自己姓什么也说不清,却还这样夸耀:"我们先前——比你阔的多啦!你算是什么东西。"他能用虚无的未来宽解眼前的窘迫,他连老婆也没有,却还如此夸口:"我的儿子会阔得多啦!"他能以自己的丑恶去骄人,别人说到他头上的癞疮疤时,他却认为别人"还不配"。他能用自轻自贱来掩盖自己所处的失败者的地位,被别人打败了,就自轻自贱地承认自己是虫豸,并且立即从这种自轻自贱的"第一"中获取心理满足。他能用健忘来淡化所受的欺侮和屈辱,他吃了"假洋鬼子"的哭丧棒,便用"忘却"这件祖传法宝,将屈辱抛到脑后。总之,阿Q在实际上常常遭受挫折和屈辱,而精神上却永远优胜,总能得意而满足,所凭借的就是这种可悲的"精神胜利法"。

在《阿Q正传》中,作者把探索中国农民问题(即农民在民主革命中的处境、地位)和考察中国革命问题联系在一起,作品通过对阿Q的遭遇和阿Q式的革命的描写,深刻地总结了辛亥革命之所以归于失败的历史教训:革命的对象不仅仍然执掌着政权,而且"骤然大阔",发了"革命"财,而应在革命中得到解放的民众依旧是任人宰割的奴隶。小说由此暗示了辛亥革命更深层次的悲剧:革命没有真正唤醒民众,并未觉醒的民众糊里糊涂地参加革命,又糊里糊涂地被杀;而且可以想象,阿Q即使参加革命并掌握政权,他那样的落后的革命意识又将导致"革命"成为什么性质!小说要告诉人们的是:阿Q式的"革命"和杀害阿Q式的"革命"都只能使中国一天一天"沉入黑暗";中国迫切需要真正的革命,而要使真革命获得胜利,首先需要有真的革命者和觉醒了的人民!

《阿Q正传》具有广泛的社会意义,它画出了国人的灵魂,暴露了国民的弱点,达到了"揭出病苦,引起疗救的注意"的效果。《阿Q正传》具有深远的历史意义,作品所揭示的"阿Q精神",作为一种历史的和社会的"病状",将在相当长的一个历史阶段中存在，它将作为一面"镜子"，使人们从中窥测到这种精神的"病容"而时时警戒。

《阿Q正传》具有独特而鲜明的艺术风格：一是外冷内热，作者将思想启蒙者的高度热情，在小说中转化为对阿Q的痛苦生活、愚昧无知和悲剧命运的深切同情，哀其不幸，怒其不争，转化为对辛亥革命中途夭折的无比痛惜，转化为对赵太爷、假洋鬼子之流凶残暴虐、横行乡里的憎恶、鄙视；二是以讽抒情，作者以讽刺手法批判了阿Q的落后、麻木和精神胜利法，鞭挞了赵太爷、假洋鬼子等人的凶残、卑劣，谴责了知县大老爷、把总、"民政帮办"的反动实质，而其讽刺，又贵在旨微而语婉，虽无一贬词，而情伪毕露，同时在讽刺背后处处隐含着作者改革社会重铸国魂的革命热情；三是形喜实悲，作品展示了阿Q种种可笑的行径，未庄人的种种可笑可鄙等一出出喜剧，但在这种喜剧性场面后面却都隐藏着深刻的悲剧，我们在被那些喜剧场面引得发笑的同时，又总是有一股无情的力量，把我们的笑变成一种含泪的笑，作品这种形喜实悲的悲喜剧色彩，正是作品产生巨大艺术魅力的重要因素之一。

从《狂人日记》开始的反封建主题的思路，在《呐喊》、《彷徨》其他篇中，从各个不同的角度、侧面在延伸着、扩展着。《孔乙己》、《白光》通过孔乙己和陈士诚的悲剧命运，揭露了封建科举制度的"吃人"；《明天》、《祝福》通过对中国农村妇女命运的揭示，深入而具体地写出了封建礼教的"吃人"本质；《药》、《阿Q正传》等作品从更深的层次揭示了封建思想意识和封建愚民政策的"吃人"；《示众》等作品写出了"看客"的"吃人"；即如《高老夫子》、《肥皂》等作品，又何尝不是写出了封建伦理道德的陈腐虚伪同样在"吃人"……鲁迅在《狂人日记》中所揭示的揭露封建制度和封建思想吃人的总主题，几乎贯穿在他的《呐喊》、《彷徨》中的每篇小说中。

在《呐喊》、《彷徨》中，农民题材的小说占有重要的位置。鲁迅深切同情中国农民的命运，他看到农民们所遭遇的苦难，也洞察他们的弱点与病态，当然也更理解造成他们精神上病弱的社会原因和历史原因。在创作中，鲁迅真实地反映了农民在辛亥革命前后的社会地位和经济地位，展现了封建半封建农村的落后和闭塞的典型环境；同时，鲁迅着力塑造在这典型环境中生存、挣扎的中国农民的典型性格，把解剖中国农民灵魂和改造"国民性"问题联系起来，从而通过对农民性格中的愚弱、麻木和落后的批判，导向对造成这种性格的社会根源的揭露和批判。在这方面，《阿Q正传》堪称代表，其他如《药》、《风波》、《故乡》等也是如此。《药》通过清末革命者夏瑜惨遭杀害，而他的鲜血却被愚昧的劳动群众"买"去治病的故事，真实地显示了中国旧民主主义革命的不彻底性和悲剧性：由于这场革命没有真正唤起民众，因而缺少群众基础，不为广大群众所理解和接受。华老栓们的无知、迷信，既是落后、愚昧的民族社会生活的反映，也是旧民主义革命失败的必然原因之一。《风波》的背景是1917年张勋复辟时期江南一个偏僻的农村。小说通过发生在乡场上的一场因"皇帝又要坐龙庭"而引起的"复辟"与"剪辫"风波，揭露了辛亥革命后中国农村的停滞、落后和农民的贫困、愚昧与精神麻木。《故乡》中，辛亥革命后的农村，却愈益萧条，淳朴的农民们仍然生活在困苦之中。作品最震动人心的还不是闰土的贫困，而是在他身上所显示的精神的麻木、迷信和愚昧。鲁迅在中国旧民主主义革命的历史背景上，展示了农村现状和农民的生活图景，在与中国民主革命的联系中探索农民问题，这里所表明的是这样一个思想认识：中国必须有一场深刻而广泛的思想革命，这个革命的主要任务是清除以农民为中心的广大社会群众中根深蒂固的封建势力的影响。

在鲁迅的农民题材的小说中，同样值得重视的是他的一组以反映农村妇女命运为内容的作品，如《明天》、《祝福》、《离婚》等。在这些作品中，鲁迅在感受着农民及其他下层人民的精神苦痛，把批判锋芒指向毒害人民灵魂的封建宗法制度与思想的同时，更集中地对农民及其他小生产者自身的弱点进行了清醒的批判。《明天》中，单四嫂子的不幸不仅在寡妇丧子，更重要的是她周围一般人对于受苦人的冷漠以及她处在这样的氛围中不得不承受的精神上的孤独和空虚。《祝福》通过祥林嫂的悲剧命运，一方面批判了造成其悲剧的客观社会环境：封建的政权、族权、夫权、神权这四大绳索编织成的严密的网；另一方面，作品也把谴责的笔指向了祥林嫂周围的一大群不觉悟的有名无名的群众：婆婆的凶残、短工的麻木、堂伯收屋、鲁镇群众的奚落、柳妈告之以死的恐怖，他们和祥林嫂同属受压迫剥削的劳动者，然而偏偏又是他们维护着"三纲五常"，并用统治阶级的观念审视、责备、折磨着祥林嫂，不仅使她处于孤立无援的地步，而且构成了她悲剧的一个原因。作品深刻之处在于写出了祥林嫂的悲剧之所以不可避免，还在于她自身的原因：她满足于做稳了奴隶的地位，她的出逃、抗婚等反叛行为的背后却是"从一而终"的封建"女德"，她的捐门槛是出自在封建神权下感到的精神恐怖，她以封建礼教的是非为是非，这就注定了她的悲剧的命运。《离婚》写出了爱姑外表的刚强泼辣，敢于反抗，但同时也从她泼辣刚强的外壳下挖掘出了灵魂深处的软弱，在小说结尾，爱姑终于屈服。鲁迅正是通过对农民，包括广大农村妇女灵魂深处的病态与弱点的开掘，尖锐地提出了"改造国民性"的主题，在现代小说发展中产生了深远的影响。

鲁迅《呐喊》、《彷徨》中有大量知识分子题材的小说。鲁迅所写的知识分子题材小说有各种类型，其中有以深受封建科举制度毒害的下层知识分子为主人公的《孔乙己》和《白光》，有以封建卫道士为讽刺对象的《高老夫子》和《肥皂》，但鲁迅着力描写、倾注了更多艺术心血的，是那些在中国民主革命中寻找道路，彷徨、苦闷与求索的知识分子，他们是一些具有一定现代意识，首先觉醒，然而又从前进道路上败退下来，带有浓重的悲剧色彩的人物，如《在酒楼上》的吕纬甫、《孤独者》中的魏连殳、《伤逝》中的子君与涓生。对于最后一类知识分子，鲁迅一方面充分肯定他们的历史进步作用，一方面也着重揭示他们的精神痛苦和自身的精神危机。《在酒楼上》中的吕纬甫曾经是一个富有朝气的青年，在辛亥革命的高潮时期敢于议论改革，到城隍庙去拔神像的胡子。可是十多年后却形容大改，锐气尽消，变得迂缓而颓唐，他"敷敷衍衍，模模糊糊"地靠教"子曰诗云"混日子，残酷的现实生活已将他的灵魂挤扁了，他无力继续为自己过去的理想而奋斗，只能凄苦地自嘲像一只苍蝇"飞了一个小圈子，便又回来停在原地点"，在颓唐消沉中无辜销磨着生命。《孤独者》中的魏连殳曾经是一位"独战多数"的英雄,是一个使人害怕的"新党",即使在"五四"高潮之后,也还敢于发表一些"无所顾忌的议论",他在世人的侮辱、诽谤中顽强地活着。然而他只是孤独地挣扎着,终而失去了理想,最后采用玩世不恭的态度向社会进行着盲目的报复,甚至躬行起他"先前所憎恶所反对的一切",拒斥起他"先前所崇仰,所主张的一切了",成了一个真正的"失败者"。《伤逝》中涓生和子君的恋爱悲剧,固然有其客观的原因:中国封建势力过于强大,社会过于黑暗,在实现广泛的社会解放之前,小资产阶级知识分子想要单独地实现他们的理想是不可能的;但作品对其主观原因的揭示同样是深刻的:这一对"五四"时期勇敢地冲出旧家庭的青年男女,由于把争取恋爱自由看作人生奋斗的终极目标,眼光局限于小家庭凝固的安宁与幸福,缺乏更高远的社会理想来支撑他们的新生活,因而使他们既无力抵御社会经济的压力,爱情也失去附丽,结果,子君只好又回到顽固的父亲身边,最后凄惨地死去,而涓生则怀着矛盾、悔恨的心情,去寻找"新的生活"。鲁迅在他的小说中所提出的"知识分子历史命运与道路"的主题,在中国现代小说史上也是具有开创意义的。

《呐喊》、《彷徨》在艺术表现上作了许多成功的探索。在创作方法上,鲁迅开辟了多种创作方法的源头:《孔乙己》、《明天》、《阿Q正传》、《祝福》、《离婚》等作品显示了清醒的现实主义的特点,而《狂人日记》、《长明灯》则是现实主义与象征主义相结合的优秀之作,《肥皂》、《兄弟》、《白光》等对人物潜意识的描摹,在某些局部又带有心理剖析的色彩。

在艺术风格上,《呐喊》、《彷徨》中的小说也显示出了多样化的特点:鲁迅作品在整体上注重白描,但也有出色的抒情小说(如《伤逝》、《孤独者》、《在酒楼上》等)和杰出的讽刺小说(如《高老夫子》、《肥皂》等),以及荡漾着乡情和乡风的乡土小说(如《故乡》、《风波》、《社戏》等)。在格式上,鲁迅的小说"几乎一篇有一篇新形式"[1]:《狂人日记》所采用的是第一人称的主人公独语自白(日记体)的叙述方式;《孔乙己》通过截取人物生平片断的方式来概括人的一生;《药》从事件中途起笔;《离婚》则主要写了船上和尉老爷家这两个场面。这些写法,打破了中国传统小说有头有尾、单线叙述的格式。在表现手法上,《呐喊》、《彷徨》中的小说也堪称中国现代小说的典范。在情节的提炼和设置方面,鲁迅强调选材要严,开掘要深,他并不追求情节的离奇与曲折,而是严格依据表达的主题和塑造的人物性格的需要来设置和提炼情节,注意情节的深刻蕴涵。在塑造人物方面,鲁迅注重采用"杂取种种人,合成一个"[2]的办法,对生活中的原型进行充分的艺术集中和概括,使人物形象具有较为广泛的典型性。鲁迅强调写出人物的灵魂,要"显示灵魂的深"[3],因此他在塑造人物形象时,常常是以"画眼睛"的方式,通过眼睛这一心灵的窗户来"极省俭地画出一个人的特

---

[1] 沈雁冰:《读〈呐喊〉》,《时事新报》,1923年10月8日。
[2] 鲁迅:《且介亭杂文末编·〈出关〉的"关"》,《鲁迅全集》第6卷,第519页,人民文学出版社1981年版。
[3] 鲁迅:《集外集·〈穷人〉小引》,《鲁迅全集》第4卷,第513页,人民文学出版社1981年版。

点"[1]。鲁迅在写人物时，还注重用个性化的人物语言来揭示人物的内心世界，有时即使"并不描写人物的模样，也能使读者看了人物对话，便好象目睹了说话的那些人"[2]。此外，鲁迅小说在塑造人物时，还特别注重将人物摆在一定的环境中来加以表现，这种环境大到时代背景，小到人物具体生活的生存环境和生活氛围，从而使作品对人物性格形成原因的揭示和对人物性格社会意义与时代意义的揭示都得到了强化。总之，鲁迅的小说在艺术上一方面大胆借鉴了西洋小说的表现手法，另一方面又融合了中国传统小说的长处，从而创造了中国现代小说的新形式。

鲁迅在20年代创作的《补天》、《奔月》、《铸剑》和在30年代创作的《非攻》、《理水》、《采薇》、《出关》、《起死》8篇历史小说，后来一并收入《故事新编》中。《故事新编》中的作品，在取材和写法上都不同于《呐喊》和《彷徨》。鲁迅自己认为，这是一部"神话、传说及史实的演义"的总集。[3]他曾谈到历史小说写法上有"博考文献，言必有据"和"只取一点因由，随意点染，铺成一篇"这两大类型。而他自己的历史小说显然属于后者，即"叙事有时也有一点旧书上的根据，有时却不过信口开河"[4]。

《补天》、《奔月》、《铸剑》3篇写作于1922—1926年间，属于鲁迅前期的作品。《补天》作于1922年冬天，原名《不周山》，取材于女娲开天辟地，以黄土抟人，采石补天的神话。女娲用黄土造人，创造了人类，尔后人类互相残杀，共工与颛顼争权夺利，共工败，怒触不周山，天柱为之折断。女娲只得再"炼石补天"，苦心经营地修补世界。在故事情节的展开中，作者着重描绘了女娲进行创造工作时的辛苦喜悦，借助女娲这个形象，热情赞颂了先民的劳动创造精神和创造毅力。《奔月》与《铸剑》均写作于1926年岁末，是鲁迅在经历了"女师大"学潮和"三·一八"惨案后，离京南下，在厦门和广州时写的。《奔月》取材民间流传的嫦娥奔月的神话，以传说中的善射英雄夷羿作为小说的主人公。鲁迅对羿这个人物进行了再创造，一方面表现了他惊人的射箭本领和英雄气概，另一方面则描绘了他在功成业就之后的寂寞与潦倒。小说还塑造了羿的贪图享乐的妻子嫦娥和忘恩负义的学生逢蒙：嫦娥偷吃了羿的不死之药，弃他而去；而逢蒙却以从羿那儿学来的本领反过来加害于他。作品突出了羿的勇敢豪迈的性格，虽然寂寞和孤独，但并不悲观，而且渴望着战斗。《铸剑》取材于古代一个动人的复仇故事。眉间尺的父亲在奉命为大王铸剑的任务完成之日，被多疑而残忍的大王杀掉。儿子眉间尺为其父复仇的过程中，得黑衣义士宴之敖舍命相助，最后他们用自己的头颅来反抗暴政，与统治者同归于尽。小说在描写眉尺间的复仇行为时，着力描写了黑衣人宴之敖令人战栗的冷峻，他的全部精力集中在一个目标上，就是要为一切遭受苦难的人们复

---

[1] 鲁迅：《南腔北调集·我怎么做起小说来》，《鲁迅全集》第4卷，第513页，人民文学出版社1981年版。
[2] 鲁迅：《花边文学·看书琐记》，《鲁迅全集》第5卷，第530页，人民文学出版社1981年版。
[3] 鲁迅：《南腔北调集·〈自选集〉自序》，《鲁迅全集》第4卷，第456页，人民文学出版社1981年版。
[4] 鲁迅：《故事新编·序言》，《鲁迅全集》第2卷，第342页，人民文学出版社1981年版。

仇。这3篇历史小说，主要是通过古代的神话传说，歌颂了古代劳动人民的伟大的创造精神和复仇精神，赞扬了那些淳朴、正直、坚强的英雄人物，同时也无情地嘲笑和鞭挞了现实生活中的市侩习气和庸俗作风等。

《理水》、《采薇》、《出关》、《非攻》、《起死》比较集中地写于1934—1935年，是鲁迅后期之作。《非攻》与《理水》是歌颂性的小说。在东北三省失守，榆关失陷、华北告急之时，鲁迅选取了墨子止楚攻宋的故事，创作了《非攻》。作品中的墨子，是一个机智、善辩、反对侵略、反抗强暴的古代思想家的形象。小说在树立墨子这一理想人物形象的同时，也讽刺批评了那些在"九·一八"以后鼓吹"民气"的"空谈家"，暗示出卖国家秘密的"外交家"，以及当局政治腐败、军队无能等状况。《理水》歌颂了"中国的脊梁"式的人物——古代治水英雄大禹。小说用当时官场的庸俗腐败来反衬禹的伟大。他与众官员在如何治水上的一场争论，表现了他善于倾听百姓意见。大禹大胆革新的精神和那些官员们的昏聩顽固、墨守成规形成鲜明的对比。作品还以讽刺的笔触，对文化山上学者们趾高气扬的无聊争论，水利局官员脑满肠肥、作威作福的丑恶嘴脸，在嬉笑怒骂中予以极度的轻蔑和严厉的鞭挞。

《采薇》、《出关》与《起死》3篇小说，是以批判为主。《采薇》取材于武王伐纣的历史记载，通过周伯夷、叔齐"义不食周粟"，欲隐逸而不能，终于饿死首阳山的描写，批判否定了他们消极避世的思想。《出关》写的是孔老相争，老子失败后西出函谷关的故事，小说的主题是批判老子"消极无为"的思想。鲁迅此文，是针对30年代社会上出现的一种崇尚空谈的危险倾向而发的。《起死》取材于《庄子·至乐》篇中的一个寓言故事，用庄子与骷髅的消极出世和积极入世的矛盾冲突，来批判老庄哲学。情节是虚构的：庄子路遇500年前死去的人的骷髅，施法术使其死而复生后，对方却揪住庄子向其讨还衣物，纠缠不清。庄子在狼狈不堪之际，不得不一反其"无是非观"，而据理力争，喋喋不休地别生死，辨今古，分大小，明贵贱，从而自打耳光，宣告了虚无主义的破产。这篇作品采用了讽刺短剧的形式，尖锐地鞭挞了30年代某些文人宣扬的"唯无是非观，庶几免是非"、"彼亦一是非，此亦一是非"的老庄哲学的欺骗性。

《故事新编》在写作上的鲜明特点之一是依据古籍和容纳现代。《故事新编》各篇的主要人物、主要事件，都有历史文献的依据，但"博考文献"只是作为鲁迅历史小说的"基础材料"，在写法上，他只取"一点因由"加以"点染"，即在历史材料基础上进行加工、提炼、改造和艺术虚构，将现代人的生活融入古人古事之中。经过这样的艺术创造，形成了《故事新编》的古今交融的艺术特点：古人和今人有机地纳入同一形象系列，古代情节与现代情节有机地交融一体，从而加强了作品的艺术感染力，取得了更好的战斗效果。

不是"将古人写得更死"，而是将古人写活，这是《故事新编》又一个重要的艺术特色。古书的记载，以平面的记述为主，很少有对人物性格和内心世界的深入描绘。而鲁迅的历史小说则着重于对古人性格、精神和心理状态的深入开掘与扩展，并用"画眼睛"的手法加以渲染和强调。古人与现代人相距甚远，如何能将古人写活？在《故事新编》中，鲁迅主要是从现实生活出发，不给古人戴上光圈，不"神化"或"鬼化"古人，而是将古人当作人，寻找古今人思想感情上的相通之处加以推想和发展。

运用"油滑"手段，在穿插性的喜剧人物身上，赋予现代化的细节，为"借古讽今"服务，这是《故事新编》的重要手段。鲁迅在《故事新编·自序》中说，由于《补天》中穿插了一个古衣冠的小丈夫，陷入了"油滑"的开端，还说"油滑是创作的大敌，我对于自己很不满"。但从《补天》开始直至13年之后的《出关》中的婢女阿金，《起死》中的汉子和巡警等，这种"油滑"或"开一点小玩笑"的写法不仅没去掉，却越来越发展了。这些穿插性的喜剧性人物，有时还满口现代生活的语言，如"OK"、"古貌林"、"海派会剥猪猡"、"来笃话啥西"等，油腔滑调。这很像是戏剧舞台上丑角的插科打诨，有些类似鲁迅故乡浙东戏剧中的"二丑艺术"。舞台上的二丑人物，有时可以脱离剧情而插入有关现代生活的语言、动作，作用是对现实进行讽刺。鲁迅历来喜爱民间艺术（包括民间戏曲），因而，可以把《故事新编》中的"油滑"看作鲁迅吸取戏曲艺术的经验而作的一种尝试与创造。

三、《野草》、《朝花夕拾》

鲁迅的散文诗集《野草》和回忆性散文集《朝花夕拾》均为中国现代散文中的精品。《野草》中的散文写于1924年至1926年，陆续发表在《语丝》上，加上出版前写的《题辞》，共24篇。《野草》的写作时间大体上与小说集《彷徨》相同，心境也基本一致。作品表现了鲁迅在苦闷、彷徨中求索的心路历程，作品所包含的丰富多样的内容和复杂矛盾的心情，既反映了时代的矛盾状态，又体现了鲁迅在思想大转变前夕所作的严肃的自我解剖。

《野草》体现出了作者勇敢地面对黑暗现实的清醒的现实主义态度，以及作家尽管绝望、苦闷却始终坚持着的持续、韧性的战斗精神。《秋夜》中的"我"用那深刻而敏锐的眼睛，撕去了被星、月装饰起来的秋夜的"天空"的神秘，把它的黑暗、凶残、卑劣、顽固、狡猾和虚弱揭示给人间。"我"看到了小粉红花的梦、落叶的梦都于身无补，而且警惕到小粉红花的美丽的梦对战斗的枣树可能发生的不利影响；"我"看透了夜游恶鸟的得意的飞鸣，不过是倚仗着秋夜的淫威，于是"吃吃地"蔑视它、耻笑它。"我"赞扬了枣树的无畏无惧的韧性战斗精神：虽然只剩下了落尽叶子的枝干，却"默默地铁似的直刺着奇怪而高的天空"。《过客》中的"过客"经过长途跋涉，疲惫而又劳顿，然而他追寻着生命的呼唤，顽强而执著地前进着。无论是世故的恳挚的劝告，还是天真的热情的安慰，都无法使他改变主意。他不清楚前面是什么所在，料不定能否走完，却还是谢绝一切"好意"，拒绝一切"布施"，依旧奋然向前走去。"过客"这一形象表现出的是一种上下求索、自强不息的斗争精神。《这样的战士》中的"战士"，处身于"无物之阵"，遇见的是"一式的点头"，然而他始终保持清醒、坚韧的战斗精神，在任何情况下都"举起了投枪"。

《野草》是鲁迅彷徨时期的作品，它真实地记录了作者在探索如何继续前进时的思想矛盾，以及为了摆脱思想上的消极因素而开展的激烈的内心斗争和自我解剖。《希望》、《死火》、《影的告别》、《墓碣文》等篇都程度不同地抒写了作者内心的苦闷、矛盾和彷徨。例如《影的告别》，"影"的命运十分寂寞，"黑暗"会将它"吞并"，"光明"又使它"消失"，作家借此表白了自己"彷徨于明暗之间"的内心痛苦。但《野草》中的作品同时也给世人留下了反抗绝望的激愤倔强的心声：《影的告别》中，"影"没有给自己预约一个光明的"白天"和"黄金世界"，而是"在黑暗里彷徨于无地"，这种"和黑暗捣乱"的态度，是对现实的战斗的执著；《希望》的结论可以说是对"绝望"的否定；《死火》中"死火"宁肯"烧完"也要重返"火宅"；《墓碣文》中的死者，也以"坐起"驱走了他的不敢正视自身血肉的"酷爱温暖"的朋友……《野草》昭示了鲁迅极其痛苦、极其艰难的心灵历程，他一面同厄运搏斗，一面进行紧张的"内省"，努力结清旧账，不断寻求新路。

《野草》还对病态的社会和黑暗的现实进行了无情的针砭和批判。《淡淡的血痕中》、《失掉的好地狱》把矛头直指当局者的当前的罪行，喊出并点燃了深藏在群众心中的怒火；《失掉的好地狱》还对新旧军阀争斗的形势了作了预见性的估计。在《复仇》、《狗的驳诘》、《立论》、《死后》、《失掉的好地狱》、《淡淡的血痕中》、《颓败线的颤动》中，几千年的封建的政治压迫与文化专制的积淀造成的"主人"的凶残怯懦，"奴才"的巧猾、势利，"奴隶"们及弱者的麻木苟安以及求苟安自保而不能的难堪处境，都遭到了揭露和批判，其犀利与深刻程度和同时期的杂文相比，毫不逊色。

《野草》是鲁迅在艺术探索上的新成果，也是中国现代散文诗走向成熟的第一个里程碑。它是诗与散文的结合，或者说是散文形式写的诗，采用以抒情为主的手法，往往篇幅较短，内容含蓄、凝练，具备诗的构思和意境，却不必有诗的形式。《野草》具有哲理性、象征性和形象性相结合的艺术风格。最显著的特点，是在取象、造境、构思上的独特性：对现实景象和梦境的交错描写，把一些微妙难言的感觉、直觉、情绪、想象、意识与潜意识准确而生动地表现了出来，有着丰富的心理内涵。《野草》在语言上表现为反义词语的相生相克，由此又派生出句式、节奏上的回环反复，旨远而词约，言尽而意永，常有一种弦外之音、言外之意、意外之情、情外之理，把散文诗的抒情特点及诗的意韵发挥到了极致。《野草》大量运用了象征、隐喻手法，自然景物、人物或故事，往往既是写实的，同时又具有象征和隐喻的意义。写实的画面与象征、隐喻的内涵共同构成了一个幽深奇崛的艺术境界，从而发人深思，启发人去认识和探求人生，启发人以生活的哲理思考。

《朝花夕拾》共计10篇，写于1926年，都是带有回忆性质的叙事散文。最初陆续刊载于《莽原》，总题为《旧事重提》，1927年成书时改为现名。

《朝花夕拾》的写作背景与《野草》大致相同，写作时间也有所重叠衔接。鲁迅当时的心情是"想在纷扰中寻找一点闲静来",以回顾和反思以往的生活。这一组散文以深情、平易、清新、舒展的笔调,记述了自己的童年、少年、青年时代的生活片断;抒发了对亲朋和师友的诚挚怀念;展现了家乡的风俗、中外的社会相、清末民初的时代剪影;寄托了对现实的思考。鲁迅的童年与青年时代,是风云变幻的年代,《朝花夕拾》虽然没有直接去描写重大的历史事件,但却是以个人遭遇抒写时代风云。虽然是一些生活片段,但经过作者对往事的回味、咀嚼和总结,连缀起来,却构成了一幅半封建半殖民地中国生活的风俗画。《朝花夕拾》与鲁迅的小说一样,善于以生活琐事反映社会面貌。

《朝花夕拾》中所写的事和人,往往饱含着作家强烈的爱憎,闪烁着社会批判的锋芒,在平淡的叙述中寓有褒贬,在简洁的描述中分清是非,使回忆往事与批判现实融合在一起。作为"回忆文",这组散文基本上是追怀往事,但鲁迅行文中善于"以插曲表现大的事件",从而在每篇中可以发现,在叙事中往往掺有杂文笔法和对现实的批判。例如在给媚态的猫画像时,狠狠鞭挞了帮闲文人的丑态;在批判《二十四孝图》等封建读物时,作者也没忘记捎带抨击那些"以不情为伦纪,诬蔑了古人,教坏了后人"的"流言家"和"道学先生"等。

《朝花夕拾》以叙事为主,但同时穿插了议论,融入了浓厚的抒情,是叙事和议论、抒情的有机结合。当作者回顾往事、重提旧事时,总是撷取那些体会最深切的典型感受,以抒发内心方式表达出来,从而赋予作品以抒情、感人的力量。

清新恬淡与讽刺幽默的统一,这是《朝花夕拾》的艺术风格。这一组回忆散文,基调是恬静明快的,读来亲切动人,但在恬静平淡的回忆中,却时时可见讽刺机锋和幽默笔调,使人咀嚼回味之余,深受启发。

四、杂文

鲁迅从事过多种体裁的文学创作,数量最多的是杂文,他一生写下的大量杂文,编辑成集的共有16部之多。从1918年在《新青年》上发表"随感录"起至1936年逝世前未完篇的《因太炎先生而想起的二三事》止,杂文创作贯穿了鲁迅文学活动的始终。杂文是鲁迅这位精神界战士在思想、文化领域进行战斗和自我"释愤抒情"的重要文学形式。现代杂文正因鲁迅的积极倡导和大力实践,才得以从容踏入文学殿堂。

鲁迅的杂文创作以1927年为界,分为前后两个时期。

鲁迅前期的杂文收入《坟》、《热风》、《华盖集》、《华盖集续编》和《而已集》这五本杂文集中。广泛的社会批评和文明批评,是鲁迅前期杂文的特色,民主与科学是鲁迅前期杂文创作的指导思想,彻底的反帝反封建的精神是贯穿他杂文始终的灵魂。他从进化论出发,以个性主义和人道主义为武器,对陈陈相因的普遍性的社会现象和文化心理进行了深入的剖析和批判。如《我之节烈观》、《我们现在怎样做父亲》从伦理道德角度批判封建节烈观念和父权主义；《说胡须》、《看镜有感》批判国粹主义；《春末闲谈》、《灯下漫笔》揭露封建社会的吃人本质。鲁迅前期杂文的主要内容有：反对国粹主义；批判迷信落后思想；反对封建礼教，主张妇女儿童和青年的社会解放；揭示和批判国民性的弱点；对"整理国故"的否定和对欧化绅士的批判；对"打落水狗"和"韧性战斗"精神的提倡等。1925年前后随着实际政治斗争的展开，鲁迅前期杂文增加了政治批评的内容，围绕着女师大事件和"三·一八"惨案等重大事件，猛烈抨击了专制暴虐的北洋军阀政府和为虎作伥的现代评论派文人。《无花的蔷薇》、《记念刘和珍君》等篇满腔义愤地揭露了北洋军阀政府当局者的凶残和流言者的下劣，喊出了"沉默呵，沉默呵！不在沉默中爆发，就在沉默中灭亡"的悲切之声。

1928年后鲁迅的杂文主要收入如下集子：《三闲集》、《二心集》、《南腔北调集》、《伪自由书》、《准风月谈》、《花边文学》、《且介亭杂文》、《且介亭杂文二集》、《且介亭杂文末编》（该集为鲁迅去世后，由许广平编成）。与前期杂文相比，此期杂文思想更为锐利，内容也更为丰富。鲁迅后期杂文的内容非常广泛：有政治评论，如揭露当局的反动统治和文化"围剿"的罪行等；有对文艺界各种现象的评论，如对文艺界表现出来的倒退、复旧的倾向的批判，对文坛"捧杀"与"骂杀"现象的批评，对青年作家作品的评论等；有各种思想评论，如对社会上各种错误思潮的批判，对各种错误的文艺观的批评等。值得注意的是，鲁迅后期杂文中，政治内容大大增加。《为了忘却的记念》、《写在深夜里》控诉了国民党进行文化围剿、杀害"左联"五烈士的罪行。《中国人的生命圈》揭露日寇在"边境上是炸，炸，炸"，国民党在"腹地上也是炸，炸，炸"的暴行。同时，鲁迅后期仍然注意进行社会批评，写下了大量解剖中国社会思想的杂文。这些杂文仍像前期杂文那样对中国传统文明的弊病和各种丑恶的社会现象进行了综合性的解剖。《二丑艺术》、《爬和撞》、《帮闲法发隐》、《"题未定"草·二》等篇通过生动的形象，批判了二丑的投机艺术和小市民向上爬的市侩哲学，揭露了帮闲们的帮忙、帮凶的实质和"倚徙华洋之间，往来主奴之界"的西崽相。鲁迅后期杂文的文艺批评与政治批评、社会批评的关系更加密切，因而也是30年代中国社会思想和社会生活的最好的艺术记录。

善于抓取类型，画出富有典型意义的形象，使议论和形象相结合，这是鲁迅杂文的一个鲜明的艺术特点。如《中国人的生命圈》从"圈"到"线"到"○"，层层推演，逻辑严密，议论深刻，并创造出了具体的形象，饱含了爱憎之情。从"砭锢弊"的立意出发，鲁迅的杂文塑造了一系列否定性的类型形象。如：脖子上挂着铃铎作为知识阶级徽章领着群羊走上屠宰场的山羊（《一点比喻》），"折中，公允，调和，平正之状可掬"的叭儿狗（《论"费厄泼赖"应该缓行》），吸人血又先要哼哼发一套议论的蚊子（《夏三虫》），一面受着豢养、一面又预留退路的二丑（《二丑艺术》）……鲁迅对这些类型形象的塑造，融注了作者对社会的真知灼见，并且具有触类旁通的美感特征，这是鲁迅杂文突出的艺术成就。

鲁迅的杂文善于运用生动、幽默的语言，展开逻辑严密的论点；善于运用联想，将不同时空发生的现象联系起来分析，增强了作品的历史底蕴和深邃内涵；篇章短小精悍，笔墨凝练犀利，锐利如匕首投枪。鲁迅杂文好用反语、夸张等幽默讽刺手法，亦庄亦谐，庄谐并出，往往三言两语就能画出敌人的"鬼脸"，语言简洁峭拔，充满幽默感。鲁迅杂文造语曲折，往往不直接得出结论，而采用比喻、暗示、对比等手段，通过叙述描画突出事物的内在矛盾，含不尽之意于言外。如《现代史》一文表面上显得文不对题，通篇都在写变戏法，实际上是以此比喻现代史，揭露了现代统治者巧立名目、盘剥人民的本质。语言曲折婉转，寓意深刻丰富，表现出驾驭语言的卓越才能。

总之，鲁迅杂文是对中国议论性散文的创造性发展，它为中国文学创造了"杂文"这一富有生命力的文体范式。鲁迅把他充沛的才情、感兴与想象力，融入杂文中，而且表现得比他的其他作品更直截了当。因此，杂文是了解鲁迅思想、阅读理解他的其他作品的最好的参照资料。

第三节　小说创作

一、概述

中国文学的第一篇真正具现代意义的小说，是鲁迅刊载于1918年《新青年》杂志上的短篇小说《狂人日记》。在《狂人日记》之后，鲁迅紧接着又为新文学奉献了多篇优秀小说作品，为后来的新文学小说家们的创作树立了一个典范，也为中国现代小说的发展奠定了一个坚实的基础。

1919年间，更多的作家们开始了小说创作。除鲁迅外，现代小说最早的作者还有《新潮》的作家群，即《雪夜》、《一个勤学的学生》的作者汪敬熙，《渔家》、《贞女》的作者杨振声，《这也是一个人》、《春游》的作者叶绍钧，《花匠》的作者俞平伯等人。《新潮》的作家们这时候的作品，"技术是幼稚的，往往留存着旧小说上的写法和情调"，但是"他们每作一篇，都是'有所为'而发"。[1] 这些作品或揭露现实的黑暗，或反映民间的疾苦，或描写身边琐事，都体现出艺术"为人生"的启蒙主义倾向。

1921年以后，现代小说创作进入了作家群聚、流派竞起的繁荣时期。文学研究会和创造社是当时两个最大的文学社团，聚集在它们旗帜下的作家也最多。

文学研究会以"为人生"为基本创作宗旨。要"为人生"，就势必引起对人生的意

1　鲁迅：《中国新文学大系·小说二集导言》，《鲁迅全集》第6卷，第239页，人民文学出版社1981年版。

义和目的的广泛思考,这反映在当时文学研究会诸作家的创作上,出现了"问题小说"的兴盛期。最有代表性的作品有,冰心的《斯人独憔悴》、《两个家庭》、《超人》,庐隐的《海滨故人》,许地山的《缀网劳蛛》、《商人妇》,王统照的《沉思》、《微笑》等,以对现实的深切关注和浓郁的人道主义思想为基本特征,以揭示社会问题,表达对于人生与社会问题的思考和对于社会黑暗的批判为目的,从不同的角度提出了人生的问题。对于提出的种种人生问题,这批作家也试图提出各自的解决办法。冰心认为,解决人生问题的办法是"爱",她让人们用爱去解决一切人生苦闷与烦恼。与冰心"爱的哲学"相反,庐隐要揭开欢乐的假面具,打破人们的迷梦,以此宣泄愤世厌世的情绪。许地山则试图用宗教意识来解人间苦闷,他告诉人们,命运就像一张网,必须以达观的态度来对待它,坚韧不懈地补缀破了的网就是人生意义之所在。王统照的药方是以"美"和"爱"来弥合缺陷、净化人生。"问题小说"表达了作者们一定的现实主义创作精神,寓含着作者们对生活的努力探寻与思考,同时,作品也多融杂着作者们较强的主观感情投射,所表现的主题多呈现出哲理性和象征性的趋向。"问题小说"总的水平是参差不齐的,文学形象性和生动性欠缺是它的主要不足。真正能够"冷静地谛视人生,客观地,写实地,描写着灰色的卑琐的人生的,是叶绍钧"[1],虽然他也曾把"美"和"爱"当作生活的理想(如《阿凤》、《潜隐的爱》等),但1922年后他的注意力更多地转向了现实生活,写下了《火灾》、《线下》、《城中》三个短篇集。其中最成功的是对小市民和中下层知识分子灰色人生的描写。

到20年代中期,"问题小说"逐渐式微,"乡土文学"则走向勃兴。"乡土文学"的兴起是"为人生"而艺术的文学向前发展的必然结果:中国当时乡村人口占全国总人口百分之九十以上,要关注人生、表现人生,自然就不能忽视广大乡村人民的人生。乡土文学作家群崛起于1923年左右,代表作家有王鲁彦、废名、许钦文、彭家煌、许杰、蹇先艾、台静农等。这些作家都出身于全国各地的乡村,当时都寓居在北京与上海两地。在"五四"新的思想文化的观照下,他们对故乡社会有了更深的认识,同时,对遥远故乡亲人的思念也促使他们拿起笔,对他们记忆中的中国乡村社会进行描摹与揭示。乡土文学作家普遍地受到鲁迅乡村题材小说创作的深厚影响。在文学团体上,他们分属文学研究会、语丝社、莽原社等,但共同的志趣使他们将笔触一致地投向了中国乡村,并表现出了共同的创作倾向。

乡土文学小说作家们为中国现代文学奉献了一批优秀的小说作品,真切地展现了"中国农村宗法形态和半殖民地形态的宽广而真实的图画"[2],对现实民众的悲惨命运也作了真实深刻的描绘,对现实社会的黑暗进行了明确的批判。彭家煌的《陈四爹的牛》叙述了一个因丢了地主家的牛而无奈自杀的普通农民的悲惨故事;台静农的

---

[1] 茅盾:《中国新文学大系·小说一集导言》,《中国新文学大系》,上海良友图书出版公司1935年版。
[2] 严家炎:《中国现代小说流派史》,第68页,人民文学出版社1989年版。

《红灯》以深刻同情的笔调叙写了一位乡村母亲的痛苦命运；许钦文的《石宕》则将笔触伸向社会底层的农民工：为生计所迫，他们离开故土出外做工，尽管生命时刻受到威胁，但他们仍只有无奈地做下去。此外，许杰的《赌徒吉顺》、王任叔的《疲惫者》，以及废名的《浣衣母》，都表现了同样的主题。许钦文的《鼻涕阿二》就塑造了一位像阿Q一样不觉醒的乡村妇女形象，她是一个封建制度下的受害者，但却没有任何觉醒的表现，永远在黑暗中沉沦；蹇先艾的《水葬》以沉重的写实笔调，向人们展示了作者家乡贵州偏远乡村的水葬陋习，展示与批判了乡村民众的愚昧与麻木；许杰的《惨雾》冷峻而沉重，为人们描述了一场乡村械斗的惨酷场景，作者的情感蕴于客观的描述之中；彭家煌的《怂恿》揭示了一个乡村地头蛇鱼肉百姓的丑恶行径，《活鬼》以讽刺的笔调嘲讽了旧中国乡村的小孩子娶大媳妇的风俗习惯，其浓烈的喜剧氛围下寓含强烈的讽刺意味。

乡土小说作家们为中国现代文学提供了许多丰富多彩的地方风俗画，大大丰富了中国现代文学的文学画廊。由于作家们来自中国各地乡村，注重客观描述地方生活，所以，他们展现的社会风俗画各具地方特色，不论是在地方景物描写上，还是在语言上，都体现出浓郁的地域风貌特征。这些都为以后的中国现代乡土小说发展提供了有益的借鉴。乡土文学作品现实主义色彩强烈，其创作方法基本是写实的，但由于作家们与乡村社会的紧密联系，其小说创作又不同程度地带有作者的主体情感投射，作品常呈现出含泪的批判的特征。乡土文学作品多样的艺术表现风格和表现手法，为中国现代小说走向成熟作出了贡献。

与"为人生"的现实主义小说同时发展的还有创造社和接近创造社的一批作家们表现自我的小说。创造社遵循的是"为艺术而艺术"的文学主张，小说的取材多为自己个人的经历和身边琐事，所以有"自叙小说"（或曰"身边小说"）之称。其小说创作的代表作家是郁达夫、郭沫若、张资平等。这些作家的创作带有浓郁的抒情味，题材多以个人亲历或个人感受为主，他们叙事状物，都是为表达个人内心情怀，主体情感色彩投射强烈。郁达夫的《沉沦》、郭沫若的《漂流三部曲》是其中的代表作品。

20年代还有一些作家尝试创作了心理分析小说。例如郭沫若的《残春》、《叶罗提之墓》、《喀尔美罗姑娘》等就是最早运用意识流手法描写人物性心理的小说。再如鲁迅的《不周山》（《补天》），本意是"取了弗罗特说，来解释创造——人和文学的——缘起"的。[1] 此后，还有叶灵凤的《昙花庵的春风》，上官碧的《看虹录》，许杰的《萤光中的灵隐》、《暮春》等，都是这种尝试的产物。

1925年前后，无产阶级革命文学的概念和有关创作方法开始进入现代文学的领域，一些先行者更尝试进入革命文学的创作领域。在小说创作上，最突出的革命文学作家是蒋光慈，他此时期的代表作品有《少年漂泊者》与《短裤党》等，前者写了一个参加革

---

[1] 鲁迅：《故事新编·序言》，《鲁迅全集》第2卷，第341页，人民文学出版社1981年版。

命前的少年漂流的过程，作品既反映出一定的客观社会现实，又带有较强的主观色彩。后者直接反映革命者的现实斗争与生活，在中国现代文学中最早塑造了革命者的形象，但形象存在较强的概念化缺陷。《短裤党》可视作20年代文学与下一阶段文学的过渡期作品，在它的身上，已明显体现出下一阶段左翼文学的优点和缺失。

早在1922年，台湾就已开始出现新文学的小说创作，早期代表作有追风的《她要往何处去》（1922年4月发表）、无知的《神秘的自制岛》、柳裳君的《犬羊祸》、云萍生的《月下》等。其中追风的《她要往何处去》是台湾现代文学史上的第一篇小说。到了1926年，台湾新文学一些奠基性作品开始出现，小说方面主要有赖和的小说《斗闹热》、《一杆"称仔"》，杨云萍的《光临》，张我军的《买彩票》等。

赖和（1894—1943），原名赖河，笔名懒云、甫三等，彰化人。赖和幼时在民间书塾接受中国古典文学的教育，1941年毕业于台北医学校。在日本殖民统治时期曾两次入狱。赖和是台湾新文学的奠基者，也被称作"台湾的鲁迅"。他曾主持《台湾民报》文艺栏，参加过《台湾新民报》文艺栏及《南音》、《台湾新文学》等文艺杂志的编辑工作。赖和的主要作品有：小说《一杆"称仔"》、《可怜她死了》、《不如意的过年》、《善讼的人的故事》等14篇，新诗11首，随笔杂感13篇。1979年，李南衡将这些作品编为《赖和先生全集》出版。赖和的小说创作，其题材大致可以分为四个方面：（一）日本殖民统治下台湾人民的悲惨遭遇，如小说《一杆"称仔"》描写的是日本警察压迫台湾民众，台湾民众奋起反抗的故事；（二）日本殖民统治者的丑恶本质，如《不如意的过年》等；（三）传统封建思想和旧势力的愚昧，如《可怜她死了》这篇作品就反映出赖和反思封建思想和批判传统旧势力的现代精神；（四）台湾知识分子的苦闷。赖和在他的小说创作中，坚持反帝、反封建的精神，以现实主义的创作手法，直面现实，反映人生，塑造了丰富多样的人物形象。赖和以自己的作品，展现了一个具有强烈的民族意识的现代台湾知识分子的情怀。在艺术上，赖和的小说体现出较强的故事性、戏剧性和浓郁的地方色彩。在语言运用上，更是以口语化、生动性著称。特别是对台湾方言的成功运用，使赖和成为台湾新文学中极具代表性的一位作家，并代表了台湾新文学未来发展的一个方向。

二、叶绍钧

叶绍钧（1894—1988），字圣陶，江苏苏州人。1919年加入新潮社，同年在《新潮》上发表短篇小说《这也是一个人》，正式步入了新文坛。1921年叶绍钧参与发起文学研究会，并很快成为其小说创作上的主力作家。在20年代，叶绍钧先后出版了短篇小说集《隔膜》、《火灾》与《线下》。1928年，叶绍钧出版了长篇小说《倪焕之》，这是一部在中国现代长篇小说发展史上具有阶段性意义的重要作品。

在小说创作上，叶绍钧经历了从"问题小说"向更广泛的现实主义的发展过程。

在他创作的初期，是以对普泛"爱"的人道主义的追求作为他写作的题旨的。如《阿凤》、《寒晓的琴歌》等作品，就鲜明地表达了叶绍钧对于生活的爱心和人道主义的理想。在参加文学研究会以后，他的创作受到文学研究会"为人生"和写实主义的文学主张的强烈影响，创作思想有了一定的改变。

叶绍钧拥有多年的教育工作经验，在创作题材上，叶绍钧多取材于教育界的人和事，如小说《饭》，描写了一个穷愁寒苦的乡村教师的生活场景。作者对小说主人公的悲惨命运表示了深刻同情，同时，也在作品中反映了凋敝破败的乡村教育现实，对现实社会有所揭露和批判。叶绍钧在同一创作题材领域中更侧重的是对于小市民知识分子的"灰色"生活进行描摹与揭示。这些作品所塑造的一系列在现实生活压力下变得委琐可怜的小知识分子形象，既真实生动，又寓含强烈的社会批判意义，如《校长》、《前途》、《外国旗》、《潘先生在难中》等。《潘先生在难中》写小学教员潘先生为避军阀开战，匆匆忙忙带着妻子儿女赴上海逃难，后又担心被上级责骂，惶恐之下又无奈地只身返回故乡。学校恢复上班后，潘先生被众人推举书写欢迎得胜军阀的牌坊条幅，在书写过程中，尽管他也想到了逃难时的惨状和人民被军阀蹂躏的场景，但他还是拿起笔，写下了歌功颂德的"功高岳牧"、"威震东南"诸字。作品一方面借叙写潘先生的逃难经历揭示了社会现实的混乱与黑暗，同时又借这一形象，典型而充分地表现了小市民知识分子的自私与委琐。作品细致真切地刻画了潘先生的心理，其仓皇、犹豫、动摇、自慰的心理多侧面地得到了真实而充分的展现，人物形象跃然纸上，达到了很高的艺术水准。

除了教育界知识分子题材，叶绍钧还曾取农村生活题材，对中国农村的社会现实和农民的生活进行了表现。他的早期作品《这也是一个人》就是取材于农村社会，借展示一个农村妇女的悲惨命运，表达出对于社会的强烈控诉和对被欺凌与被侮辱者的深刻同情。叶绍钧刊载于1933年的《文学》杂志上的短篇小说《多收了三五斗》反映的则是当时农村中丰收成灾的畸形社会现象。由于投机米商拼命压低米价，使农民们的实际收入大受影响，再则苛捐杂税多如牛毛，结果，农民们早先的希望被完全击破，丰收反而使农民比往年更穷。作者站在农民的立场，以冷静的笔调叙写了事情发生的全过程，表现了农民从喜到悲的情感和命运变迁，作者强烈的思想感情蕴藉于叙述中，作品表现出了较强的艺术感染力。

1925年以后，随着社会政治的向前发展，叶绍钧的创作也表现出了新的趋向。他的创作题材已不仅局限在描写知识分子的"灰色人生"上，除了前述的农村题材的《多收了三五斗》外，《夜》、《某城纪事》等作品进入到时代革命的领域中，表现了叶绍钧在题材和思想上的突破。尤其是《夜》一篇，描写了一个年老妇女，在作为革命者的女儿女婿被反动派屠杀之后，她忍辱含悲，毅然挑起了抚养年幼外孙的重任。老妇人的坚忍勇毅，在作品中得到了充分的表现。叶绍钧创作于1926年的《抗争》中的主人公小学教员郭先生，对于当局的贪污腐败进行了有力的抗争，在被免职后，他也敢于以新的姿态去迎接生活。作品的形象不再是可怜的、委琐的，而是充满了新生希望的。与之相应，此阶段叶绍钧作品的情绪氛围也较之前的完全的"灰色"有所转变，增加了一些光明和亮色，作者的感情也不再是单纯的对弱者的讽刺与揭露，而是增添了对于勇者的歌赞与褒扬。

1928年，叶绍钧创作出版了长篇小说《倪焕之》。作品的问世，标志着叶绍钧不但在小说体裁的开拓上作出了新的贡献，而且，在表现生活内容的广度上也有所拓展。作品最大的特点是将知识分子个人的人生道路与对时代社会命运的探求结合起来，在个人命运的展示中寓含着丰富的社会历史内容。从作品中不但可以观阅到从辛亥革命到大革命失败的中国历史画卷，体会时代历史的波澜壮阔，而且还可以体察到一代中国知识分子的命运和人生探求轨迹，洞悉他们复杂丰富的内心世界。在艺术表现上，虽然作品的结构安排还略嫌沉闷，各篇章的写作上也不太均衡，但由于作者对作品所表现的教育题材有着丰厚的生活基础，对知识分子生活也相当熟稔，所以，作品为人们奉献的颇为鲜明的主人公人物形象，具有一定的艺术感染力。

在小说体裁之外，叶绍钧还创作过不少优秀的散文和童话作品，他是中国现代文学史上优秀的散文作家，也是中国现代童话创作的开创者。其中的散文作品《五月卅一日急雨中》、《没有秋虫的地方》和童话作品《稻草人》、《古代英雄的石像》等，都是中国现代文学史上的名篇。

在总体艺术风格上，叶绍钧以厚重朴实见长。他遵循的基本创作方法是以写实为主要特征的现实主义创作方法，他的写实笔调严谨而扎实，将深沉的个人情感蕴涵于客观叙述中，使作品具备冷隽含蓄、蕴藉深沉的艺术特点；叶绍钧小说的篇章结构安排，也体现着严密细致的基本特征，尽管他的小说表现形式多种多样，但围绕着主题与生活进行切实周密的编排布局，是叶绍钧所有小说共同的特点；在叙述语言上，叶绍钧也是从生活本身出发，注重炼字炼句，语言精练准确、纯正规范，这对于中国现代汉语的规范化有着积极的意义。

三、郁达夫

郁达夫（1896—1945），浙江富阳人。1913年随兄赴日求学，1921年毕业于东京帝国大学。1920年开始文学创作，1921年与郭沫若、成仿吾等人一起在日本组建成立创造社。1922年回国。在日期间，郁达夫创作了《银灰色的死》、《沉沦》、《南迁》等小说，于1921年结集为《沉沦》出版，这是中国现代文学史上第一部短篇小说集。此后，郁达夫还为中国现代文学奉献了《春风沉醉的晚上》、《薄奠》、《迟桂花》、《采石矶》等著名小说作品。同时，郁达夫在散文、旧体诗词等领域亦有很高的成就，是中国现代文学史上卓有成绩又独具风格的优秀作家。

郁达夫和他的创造社同道们选择的是以内心情感的表现作为主要的写作方法。他们的作品多以作家个人经历为创作基础，着重表达个人内心对于客观世界的感受，作品带有作家强烈的主观情感投射，表现出浓烈的抒情色彩和个人自剖色彩，而作品的叙述视角多是第一人称，主人公形象也多有作者的强烈投影，从而形成作者、叙述者与人物的三重合一。所以,一般文学史论者把这种小说称为"自叙传"小说或"身边小说"。郁达夫是"自叙传"小说的开创者与成就最卓著者。"自叙传"小说是中国现代抒情小说的开端,是与鲁迅所开创的现实主义小说不同的一种文学风格。

郁达夫早年创作的《沉沦》就是这种风格小说的典型作品。作品的主人公是一位留日学生,在留学的日子里,他深感祖国的落后贫困,并常陷入个人的性苦闷,在此背景下,他的思想充满着偏激的愤怒,甚至表现出一些变态的心理。在主人公的思想中,祖国的孱弱落后,与个人的肉体痛苦紧密地联系起来,并通过主人公的痛苦和怨愤得到了充分的表现。最后,主人公在绝望之中蹈海自杀,以他的不幸结局向那个时代提出了强烈控诉。《沉沦》以大胆直率的表现方法,真诚而充分地袒露了主人公隐秘的"性"心理世界,显示了作者对于封建礼教道德的反抗与批判以及对于个性解放的热烈追求,作者强烈的主体情感融注在作品中,使作品具有很强的震撼力。同题小说集问世后,因其描述的"露骨的真率",引起了社会广泛的关注和评论,毁誉参半。它的强烈突出的个性解放思想和鲜明独特的艺术风格,使它成为中国现代文学史上的一部名篇。

在《沉沦》之后,郁达夫继续他的"自叙传"小说的创作,如《茫茫夜》、《秋柳》、《空虚》等作品就是其中的几篇。这些作品都以一名叫于质夫的知识分子为主人公,他也曾留学日本,感受过异国游子的辛酸和祖国弱小的悲哀,回国以后,国内现实生活的压抑依然令他常陷入痛苦与苦闷之中。与《沉沦》一样,国家的贫弱与个人生活的性苦闷是造成主人公心灵痛苦的双重根源。作品的表现方法和创作风格也与《沉沦》相似,抑郁、孤愤、感伤、自卑,仍是郁达夫此时创作的基本感情基调,浓郁的抒情色彩和强烈的自剖性仍是他重要的艺术创作特征。

1923年前后,郁达夫的创作风格有所改变。他的创作题材不再局限于知识分子领域,创作的感情基调也有所改变。如《春风沉醉的晚上》、《薄奠》两篇,就将题材领域扩展到普通劳动者阶层,表现了普通劳动者的生活,塑造了劳动者人物形象。前者叙述的是作为知识分子的"我"与一名青年女工邻居之间发生的故事。虽然作品的重心是放在主人公的情感抒发上,但作品叙述的故事清晰完整,青年女工勤劳善良、朴实真诚的性格特征也很鲜明,他们共同的悲惨命运折射着社会的黑暗与不公,表达了作者对于社会的不满与控诉,女主人公的善良美好则成为这黑暗社会的一线微弱的光明。《薄奠》的主旨也大体相近,作品主人公是一位人力车夫,他的高尚品格不但博得了"我"的尊敬,还使"我"产生了与他的深厚友情。他的不幸命运是黑暗社会摧残的结果,也是对现实社会的沉重控诉。在这两部作品中,作者的主观表现色彩与抒情艺术特征仍然相当突出,但生活表现面的扩大、写实成分的增大,表现了作者思想的发展与艺术风格上的改变。

30年代,郁达夫的创作风格又有新的转变,首先是作品反映的社会生活面更为宽广,关注中心由早期的"性"的苦闷的描写转移到了"生"的苦闷的思考,对于下层民众的生活也有更多的表现。与思想内容的变异相应,在艺术风格上,郁达夫也呈现了新的发展,作品客观再现的成分进一步强化,自我表现的成分转弱。在思想和题材转变上表现最突出的作品是《她是一个弱女子》。作品在鲜明的政治背景下,展示了三个女性截然不同的人生道路，作品以客观描写的表现方法为主，同时，作品对于主人公的人生价值观表示了明确的取舍和评判。艺术风格转变最显著的作品是他创作于1932年的短篇小说《迟桂花》。作品的视野进入了中国的乡村生活，这里所有的是远离喧嚣的山间的幽静，纯洁无邪的山村女性，亲切和睦的山村人际关系。在这种恬静的环境中，人物的心灵得到了洗礼，回归了安谧与宁静。虽然作品仍带有较浓的主观抒情色彩，也有较细致的心理描述，但作品总的趋向是少了青春的躁动多了中年人的沉稳，对生活的深层感受代替了青春期单纯的性苦闷，恬淡平和的艺术旨趣代替了热烈与感伤的情绪袒露。这标志着郁达夫创作风格的转型，也是他的创作更成熟的表现。

郁达夫的小说创作多取材于自身经历或个人真实的情感体验，敢于剖析自己隐秘的内心世界，对之进行大胆的披露和展示，是郁达夫创作很突出的一个特点。郁达夫的创作虽有大胆的性心理披露，但他不是着意于猎奇，而是借之表示对于封建道德虚伪性的批判和对于个性解放的张扬，其积极意义要大于消极意义。当然，作品中的颓废和没落色彩，是我们应该注意甄别的。

郁达夫的小说创作不强调故事情节的曲折复杂，也不是凭依人物命运的复杂变迁而取胜，他创作的最显著特点，事实上也构成着他小说创作的基本方式，就是以作者真挚强烈的情感投射而感染读者，引起大众的共鸣。同时，作者也有意识地将主体情感的抒发与作品的情节发展结合起来，使二者得到很好的融合。

郁达夫小说的结构安排具有散文化的特点。作者不是把情感的抒发融于客观事物的叙写中，而是以情感流动为线索，将客观现实的描摹融入人物巨大的情感之流中。作品不着意于对情节、结构的安排与提炼，人物情绪的波动就是小说情节的发展。后期的《迟桂花》、《薄奠》等作品，虽然加强了故事性和人物塑造，结构安排已变得缜密圆熟，但其以人物情绪作为小说结构安排基础的原则依然基本未变。此外，在具体的叙述方法上，郁达夫也突出了他的散文化特点。如他晚期的《迟桂花》等作品，特别注意对小说意境的营造，小说环境氛围与作品情调往往达到一种诗意的融合。

郁达夫的文字清隽幽婉，感情色彩浓烈。无论状物写人，都既传神真切，又颇具抒情的韵味。尤其是他写景的文字，确实达到了情景交融、栩栩如生的境界，深刻体现出郁达夫所受到的中国古代小品文的影响，具有中国传统文学艺术的强大感染力。

第四节　诗歌创作

一、概述

新诗紧随文学革命运动登场，与"五四"白话文运动和思想启蒙运动相辅相成。

1917年2月《新青年》率先发表胡适的《白话诗八首》，已经使用白话，却还未摆脱旧诗词体式的束缚。1918年1月《新青年》发表了胡适、沈尹默、刘半农的九首白话诗。《一念》、《人力车夫》、《相隔一层纸》、《月夜》等诗标志着新诗在寻找新语言方面取得了重要的进展。第一批公开发表的新诗中，胡适的《鸽子》、沈尹默的《月夜》的赞颂个性精神，刘半农的《相隔一层纸》的人道主义关怀，都显示了"五四"思想革命特点。初期白话诗的共同艺术特点是强调"经验"，偏于说理，冲淡、平实，崇尚语言的自然节奏，明白如话，表现出散文化倾向。

"新诗运动从诗体解放下手"[1]，其关键是"诗体大解放"。所谓"诗体大解放"，就是"不但打破五言七言的诗体，并且推翻词谱曲谱的种种束缚；不拘格律、不拘平仄，不拘长短；有什么题目，做什么诗；诗该怎样做，就怎样做"[2]。经过"诗体大解放"，白话诗终于超越了主要依附传统的"古乐府式"、"击壤式"、"词曲式"蝉蜕阶段，进入自由创造的天地。

胡适（1891—1962）的诗集《尝试集》，1920年3月初版，是新文化运动中第一部白话新诗集。这些作品除部分偏于议论外，大多数是即事感兴，即景生情之作，常用直接描写、浅显的比喻象征等手法，言之有物，平实淡远。

刘半农的《相隔一层纸》、《人力车夫》等诗也是有影响的作品。《教我如何不想她》韵律和谐，节奏明快，用比兴手法，写远离祖国的游子情怀，"'她'可以是男的，女的，代表着一切心爱的他、她、它。歌词是刘半农在英国写的，有思念祖国和念旧之意"[3]。沈尹默的《鸽子》、《月夜》或托物寓意，或寓情于景，《三弦》则被胡适称为"从见解意境上和音节上看来"是"一首最完全的诗"。俞平伯的《冬夜》与康白情的《草儿》都是当时很有影响的诗集。刘大白的《卖布谣》、《田主来》之写农村阶级压迫、《红色的新年》之憧憬苏俄十月革命，其一贯作风是"以议论入诗"，"以哲理入诗"，而不免"用笔太重，爱说尽，少含蓄"。[4]朱自清曾与刘延陵、叶绍钧、俞平伯于1921年组织了"五四"文学革命后的第一个新诗社团——中国新诗社，出版了第一本诗歌刊物《诗》月刊（后算作文学研究会刊物）。他最初的诗作分别收入诗文集《踪迹》与《雪朝》（周作人、郑振铎、徐玉诺、俞平伯、郭绍虞、刘延陵、叶绍钧等八人之诗合集），他的《新年》、《光明》、《北河沿的路灯》、《煤》、《送韩伯画往俄国》、《赠AS》等都是有一定影响的诗作，他作于1922年的长诗《毁灭》则更贴近诗人"丢去玄言，专崇实际"的人生现实。周作人也一度写作新诗，《小河》（1919）以其语言的朴素、节奏的纡徐有致，与诗之深深的忧惧情感构成张力，不愧当时新诗中的杰作。

1　朱自清：《中国新文学大系·诗集导言》，《中国新文学大系》，上海良友图书出版公司1935年版。
2　胡适：《谈新诗》，《中国新文学大系·建设理论集》，上海良友图书出版公司1935年版。
3　赵元任语，见《一代学人赵元任》，《人物》，1982年第2期。
4　刘大白：《〈旧梦〉付印自记》，《旧梦》扉页署出版年月为1923年11月，版权页署民国13年3月。扉页错。

郭沫若的《女神》为诗坛开了浪漫的新风。

与《女神》同时出现于诗坛的，是湖畔诗人和小诗。湖畔诗人是指汪静之、应修人、潘漠华、冯雪峰等人。他们于1921年左右写诗，1922年春在杭州成立湖畔诗社，1922年4月出版诗合集《湖畔》，同年5月汪静之出版了个人诗集《蕙的风》，1923年出版诗合集《春的歌集》。所作诗多为歌唱大自然的清新美丽和友情、爱情的纯贞。他们诗中的真纯的自我抒情主人公形象是"五四"个性解放精神的别一表现形式。

小诗的形成受到了周作人所译介的日本的短歌、俳句和郑振铎所译介的泰戈尔的《飞鸟集》的影响。小诗，在当时是指"流行的一行至四行的新诗"[1]。最早的小诗作者有朱自清、刘半农等，对诗坛形成重大影响的，是冰心的《繁星》（1922年1月18日至20、22、23日连载于上海《时事新报·学灯》）、《春水》（1923）。冰心的小诗，从形式上看，最短两行，最长的十八行，一般是三五行。多抒写个人即时的感兴，或托物喻理，或借景抒情。宗白华的《流云》（1923）以及徐玉诺和何植三的小诗都是曾经产生一定影响的作品。小诗的讲求凝练与侧重表现内部世界，在新诗的艺术探索历程中具有桥梁的意义。

冯至（1905—1993）本时期的诗风是浪漫主义的，有诗集《昨日之歌》。1921—1923年所作诗主要受"五四"时期郭沫若等人的新诗影响，他的作品最初也在《创造季刊》发表，句子比较自由，对于音节、旋律、韵脚不甚在意，而注重诗意的提炼与表达。在冯至的诗艺探索过程中，可以见出德国浪漫主义诗歌尤其是海涅《还乡集》的影响。冯至的抒情诗，感情深沉含蓄，不似徐志摩、闻一多的热烈浓郁；在手法上，平淡中见奇巧，哀婉清丽，不似徐志摩、闻一多的瑰丽多彩，也不若郭沫若的直诉狂呼；在形式上，语言明净，大致押韵，有整饬美而不严整一律，不似闻一多《死水》的精严。《蚕马》、《吹箫人的故事》以叙事诗的形式，抒写来自传说的悲剧性的爱情故事，借以控诉旧式婚姻制度的罪恶，传达青年一代对于爱情的理想。冯至的叙事诗颇受歌德、席勒叙事谣曲的启示，其感伤、孤独的抒情底蕴与神秘色彩，赋予作品不可替代的价值。鲁迅称冯至为"中国最杰出的抒情诗人"[2]，而朱自清则更看重冯至的叙事诗，以为其"叙事诗堪称独步"[3]。1929年冯至诗集《北游及其它》出版，作者一贯谛视心灵的眼睛转向现实的人间，歌喉也由幽婉清丽一转为粗放激愤，显示了诗人涉世日深之际诗艺的调整。

20年代中后期出现于诗坛并对于新诗的发展形成重大影响的，是新月诗派（朱自清称之为"格律诗派"）与象征诗派。

新月诗派作为诗歌流派始于1926年4月1日的《晨报副刊·诗镌》，参与了编辑工作并以诗文创立流派的有徐志摩、闻一多、饶孟侃、刘梦苇、杨振声、朱湘等人。在《新月》阶段，发表新诗创作和理论（包括翻译）的作者主要有徐志摩、闻一多、饶孟侃、孙大

---

1 周作人：《自己的园地·论小诗》，《自己的园地》，北京晨报社1932年版。
2 鲁迅：《中国新文学大系·小说二集导言》，《中国新文学大系》，上海良友图书出版公司1935年版。
3 朱自清：《中国新文学大系·诗集导言》，《中国新文学大系》，上海良友图书出版公司1935年版。

雨、陈梦家、方玮德等，《新月》后期出现了曹葆华、卞之琳、孙毓棠、李广田等，已经趋向现代派；臧克家尽管师承闻一多，却钟情于苦难深重的现实。1931年创刊于上海的《诗刊》季刊，被徐志摩视为《晨报副刊·诗刊》的后继者，由徐志摩、邵洵美等编辑。主要作者有徐志摩、孙大雨、饶孟侃、方令孺、陈梦家、方玮德、卞之琳、邵洵美、梁宗岱等。新月诗派反对感伤主义，反对放纵，主张理性和节制；在艺术上要求艺术的"和谐"、"均齐"，强调诗人戴着镣铐跳舞，表现为追求诗歌的格律，它是倾向于古典主义的。在创作中，强调不在感情强烈时作诗，而在将记忆中的最根本最主要的情绪的轮廓用想象来表现。新月诗派的作诗法努力在诗人与诗之间拉开距离，着意于主观情绪的客观化。为建立新诗的形式规范，闻一多提出了"三美"的主张，同时他们尝试了现代叙事诗、戏剧独白体、无韵体、十四行等多种体式，为新诗尽了赋形的历史使命。

新月诗派的代表是徐志摩、闻一多。朱湘（1904—1933）也是前期新月诗派的重要诗人之一，有诗集《夏天》（1922）、《草莽集》（1927）、《石门集》（1934）、《永言集》（1936）。朱湘的叙事诗《王娇》和《猫诰》曾产生一定影响。《猫诰》富于机智与风趣，通过老猫教子的滑稽表演，对国民性的弱点进行了辛辣的讽刺。

象征诗派指以1925年出版李金发的诗集《微雨》为起点的，活跃在20年代中后期的诗派，它的代表人物是李金发，后期创造社三诗人穆木天、冯乃超、王独清以及姚蓬子、胡也频等人都是有影响的象征派诗人。象征主义诗歌在中国的出现，既是对于新诗流弊的反拨，也是现代诗歌发展的必然趋势。周作人说"我只认抒情是诗的本分，而写法则觉得所谓'兴'最有意思，用新名词来讲或可以说是象征"。[1] 穆木天在《谭诗——寄沫若的一封信》中则明确提出"纯粹的诗歌"的概念，认为诗歌世界是纯粹的表现的世界，而且有诗的思考法与表现法。在20年代中后期纯诗化成为诗坛的主流，适应了中国新诗自身艺术建设的历史要求。

李金发（1900—1976），广东梅县人。除《微雨》外，尚有诗集《食客与凶年》、《为幸福而歌》[2]。李金发认为，诗仅仅是"个人灵感的记录"，是"一种抒情的推敲，字句的玩意儿"。他写诗不"怕人家难懂"，不"希望人人能了解"，"只求发泄尽胸中的诗意就是"。李金发最富个人性的诗，是表现精神感受、心态感觉，抒发无以名状的情绪的诗。《弃妇》以弃妇形象暗示对于人生的个人化感受，《有感》中作者的感受则浓缩在一个富于张力的比喻中："如残叶溅／血在我们／脚上，／／生命便是／死神唇边／的笑。"《寒夜之幻觉》极尽幻觉之能事："巴黎亦枯瘦了，可望见之寺塔／悉高插空际／如死神之手。／Seine河之水，奔腾在门下，／泛着无数人尸与牲畜，／摆渡的人／亦张皇失措。"在形式上李金发不追求纯净、圆润、和谐，钟情于新奇、怪异和突兀；不甚着意整体形象、意境，而致意于一个个意象的奇特组合和其暗示的力量。他的诗受到

---

[1] 周作人：《〈扬鞭集〉序》，《扬鞭集》（刘半农），北新书局1926年版。
[2] 三本诗集均由北新书局出版，分别为1925年11月、1927年5月、1926年11月。

法国象征主义诗人波特莱尔、魏尔伦等人的影响。穆木天(有诗集《旅心》)、冯乃超(有诗集《红纱灯》)在诗歌中追求声音的朦胧和颜色的朦胧,他们讲究的音乐美、形式美是情绪和心灵的形式,其源头在法国象征派,与新月派的节制感性的格律不同。

20年代诗歌值得注意的还有政治抒情诗,蒋光慈的《新梦》(1925)、《哀中国》(1927),郭沫若的《前茅》、《恢复》等,是30年代革命的政治抒情诗的先驱。

20年代的台湾在新诗创作方面有赖和的《觉悟下的牺牲》、施文杞的《送林耕余君随江校长渡南洋》;追风的《诗的模仿》;杨云萍的《橘子开花》等;1925年12月,台湾现代文学史上的第一部新诗集——张我军的《乱都之恋》在台北出版。

二、郭沫若

郭沫若(1892—1978),原名郭开贞,号尚武。沫若是他1919年发表新诗时的笔名,后即以此为号。郭沫若出生于四川省乐山县沙湾镇一个地主兼商人家庭;1913年到天津求学,同年底在大哥的资助下取道朝鲜赴日本留学;1914年至1923年先后在东京第一高等学校预科、冈山第六高等学校、九州帝国大学医科学习。初到日本,异国生活中所受的民族歧视,个人婚事的失意,曾使郭沫若陷于消沉苦闷之中,因读《王文成公全书》,深受王阳明哲学的影响,由王阳明而老庄、孔子和印度哲学。郭沫若接触了印度诗人泰戈尔的诗,感受到清新恬淡的风味,由泰戈尔进而接触印度古诗人伽毕尔。后来他又喜欢德国诗人海涅、歌德,又由歌德引导到荷兰哲学家斯宾诺莎的著作,"对于泛神论的思想感受着莫大的牵引"[1]。"五四"时期,他还喜欢过康德、尼采,并接受过弗洛伊德的精神分析学说和厨川白村的文艺理论,以及当时颇流行的新浪漫派和德国新起的表现主义的影响。这些使郭沫若前期思想呈现出异常复杂的情况。

在泰戈尔式的无韵诗的启迪下,郭沫若写下了《死的诱惑》、《新月与白云》、《别离》等爱情诗,开始了他的文学创作。1919年"五四"运动爆发,不久,他的新诗开始在上海《时事新报》副刊《学灯》上发表。《凤凰涅槃》、《地球,我的母亲!》、《天狗》等名篇均写于这个时期。1921年6月,在他和成仿吾、郁达夫、田寿昌、张资平等人的努力下,创造社在日本正式成立,这是继文学研究会之后又一重要文学社团。1921年郭沫若诗集《女神》的出版,不仅确立了郭沫若在我国现代文学史上的卓越地位,同时也为中国新诗开辟了一个崭新的时代。

《女神》是郭沫若的第一部新诗集,也是中国现代文学史上第一部具有杰出成就和巨大影响的新诗集。占据《女神》一、二两辑主体部分的"五四"以后的诗作,体现了"五四"狂飙突进的时代精神,格调雄浑豪放,唱出了民主科学的时代最强音。

《女神》最强烈而集中地体现了诗人呼唤新世界诞生的民主理想。在《地球,我

---

[1] 郭沫若:《我的作诗的经过》,《郭沫若全集》(文学编)第16卷,第216页,人民文学出版社1989年版。

的母亲！》、《天狗》、《立在地球边上放号》等诗篇中，郭沫若凭借地球、大陆、海洋、宇宙等宏观物体和诸多意象，激励人们"不断地毁坏，不断地创造，不断地努力"，荡涤一切污泥浊水，拥抱一个崭新的世界！《凤凰涅槃》是一首庄严的时代颂歌，充满彻底反叛的精神和对光明新世界的热切向往。诗人借用凤凰集香木自焚而更生的神话，愤怒诅咒和否定"冷酷如铁"、"腥秽如血"的旧世界，热烈向往华美芬芳的"美丽新世界"。诗歌着力渲染了大和谐、大欢乐的景象。"光明"、"新鲜"、"华美"、"芬芳"，是对崭新世界的颂词；"生动"、"自由"、"雄浑"、"悠久"，是对时代精神的赞美。诗的结构从"序曲"开始，依次展开"凤歌"、"凰歌"、"凤凰同歌"、"群鸟歌"、"凤凰更生歌"，既表现了凤凰在死亡过程中的悲壮意味，又渲染了复生后的欢乐场景，诗歌以凤凰的死亡与再生，"象征着中国的再生"[1]。"五四"以后的祖国，在诗人心目中"就象一位很葱俊的有进取气象的姑娘，她简直就和我的爱人一样"[2]。因此，他为"年青的女郎""燃到了这般模样"（《炉中煤》）！他在"千载一时的晨光"中，向"年青的祖国"，"新生的同胞"，向扬子江、黄河、长城，向人间一切美好的事物，一口气喊出了27个"晨安"（《晨安》）。这种爱国热忱是诗人呈献给"五四"运动的最美好的诗情，也成为《女神》全书的诗魂。

　　《女神》充分表达了诗人对自我的崇尚和对自然的礼赞。《梅花树下的醉歌》赞美梅花即是赞美"自我"，这种"自我"是"宇宙的精髓"，"生命的泉水"，具有主宰世界的力量。《天狗》中飞奔、狂叫、燃烧着的"我"，更是气吞山河。诗歌通过这些狂放不羁的"自我"形象，表现了无法遏制的激情和无穷的神奇力量，以否定世间一切的传统偶像，摧毁封建的精神枷锁，追求彻底的个性解放。《女神》中还大量描写自然，讴歌自然，赋予自然以无限的生命力，表现了诗人对自然的礼赞。在他眼里，无限的大自然，生机勃勃，气象万千，"到处都是生命的光波；到处都是新鲜的情调"（《光海》）；在《地球，我的母亲！》一诗中，诗人由赞美地球，进而赞美劳动，赞美在地球上为人类造福的工人农民，称他们才是"全人类的保姆"，"全人类的普罗米修斯"。在这里，自然与人类已经融为一体，表达了诗人愿作自然之子以报答大地的深切感情。

　　《女神》显示了彻底破坏和大胆创新的精神。诗人对太阳、山河、海洋、生、死、火山、光明、黑夜等一切具有破坏与创造力量的事物，都无比崇拜："我崇拜创造底精神，崇拜力，崇拜血，崇拜心脏；我崇拜炸弹，崇拜悲哀，崇拜破坏；我崇拜偶像破坏者，崇拜我！我又是个偶像破坏者哟。"（《我是个偶像崇拜者》）在《匪徒颂》中，诗人对一切政治革命、社会革命、宗教革命、文艺革命、教育革命的"匪徒们"予以热烈赞颂，向他们三呼"万岁"。诗人在《立在地球边上放号》中歌唱"不断地毁坏，不断地创造，不断地努力"。《女神》中创造精神与反抗叛逆精神融合一体，构成了一个

---

[1] 郭沫若：《创造十年》，《郭沫若全集》（文学编）第12卷，第73页，人民文学出版社1992年版。
[2] 同上。

互补的整体。

《女神》表现出奇异的壮阔感和动态的诗美。丰富的想象、神奇的夸张、激越的音调、华美的语言和浓烈瑰丽的色彩，赋予《女神》浓郁的浪漫主义美学特征。《女神》中处处可见一个"开辟鸿荒的大我"的抒情形象，这个"大我"，占据宇宙的中心，具有伟大的气魄、健全的人格。这个"大我"，感情奔放，胸襟开阔，意态超拔，具有无比的生命力和创造力。他是勇于破旧创新的"五四"时代觉醒的民族形象的象征；热烈执著地追求着革命理想与个性解放；他胸襟博大，雄视整个世界与人类，充满了崇拜自我的现代感受与乐观精神，完美体现了"五四"狂飙突进的时代精神。《天狗》、《我是个偶像崇拜者》、《浴海》等都典型地体现了这一点。

《女神》实践了诗人绝对的自由，绝对的自主的艺术主张，这是与他的让感情"自然流露"的诗歌主张相一致的。它没有固定的格律和形式，完全服从诗人感情自然流泻的需要。既有独到的诗剧形式（如《女神之再生》、《湘累》、《棠棣之花》），更有自由活泼的自由体诗。多数篇章情绪消长的内在节奏与外在格律的节、行音韵一致和谐。激昂悲愤的凤鸟可以一连向宇宙提出十一个疑问，构成很长的诗节（《凤凰涅槃》），而渲染融融的春意则只需两行一节的两行体（《春之胎动》）；诗行可以长到像《胜利的死》中浩荡的语言行列，也可以短到如《天狗》每行两三字，以短促的排句传达某种跃动激荡的情绪；既有《凤凰涅槃》那样的数百行长诗，也有只有三行的《鸣蝉》；既有汪洋恣肆的自由诗，也有少数外在格律相对严谨、节行押韵大体整齐的《晴朝》、《黄浦江口》等。

《女神》在中国新诗发展史上的意义和贡献在于，集中而强烈地表现了冲破封建藩篱、扫荡旧世界的狂飙突进的"五四"时代精神；奇特雄伟的想象扩大了新诗的表现领域，创造了全新的现代诗歌抒情主人公的自我形象；诗的抒情性与个性化的本质得到了充分重视与加强；创作形式自由多变，大量采用比喻、象征手法，以人格化的自然为主，也化用了古代神话、历史故事甚至西洋典故，形象选择巧妙、恰切而新颖，证明新诗在艺术上足以充分表现新的时代与生活，在许多方面超过了旧诗词。

继《女神》之后，郭沫若20年代又出版了《星空》、《瓶》、《前茅》和《恢复》等四部诗集。

三、闻一多　徐志摩

闻一多（1899—1946），原名闻家骅，湖北浠水人，1913年考入清华学校，1922年毕业后赴美留学，专攻美术，1923年出版诗集《红烛》，1925年回国后在大学任教，1925年出版诗集《死水》。

闻一多留美期间，所在的芝加哥，正是"美国诗歌文艺复兴"运动的中心，《红烛》时期的闻一多受意象派影响，《火柴》、《玄思》有"浓丽繁密而且具体的意象"[1]。诗中秾丽色彩的灵感又受启发于弗莱契。弗莱契"唤醒"了闻一多"色彩的感觉",并启发闻一多重新发现李商隐,重新发现中国传统诗学的"秾丽之美"。《园内》、《忆菊》、《秋色》都具有这一特色。1923年夏天闻一多转学柯罗拉多,选修了《现代英美诗》、《丁尼生与布朗宁》等课程,读了许多美国"文雅派"、"抒情派"、英国"乔治派"等传统味较浓的作品,这种影响后来又与布朗宁偏重丑陋的手法相结合,构成《死水》时期闻一多诗的一大特色。

贯穿《红烛》和《死水》的诗魂,是闻一多浓烈、真挚的爱国主义情思。"太阳啊——神速的金乌——太阳!/让我骑着你每日绕行地球一周,/也便能天天望见一次家乡!"(《太阳吟》);他以"四千年的华胄底名花"——秋菊起兴,赞美"庄严灿烂的祖国",讴歌"我如花的祖国","我祖国底花"(《秋菊》);他还以流落失群的孤雁自比,从内心深处发出"不如归去"的慨叹,向往着"归来偃卧在霜染的芦林里,/那里有校猎的西风,/将茸毛似的芦花,/铺就了你的床褥/来温暖起你的甜梦"(《孤雁》)。在诗人的心目中,他眷念的"家"与"国"紧紧相连,祖国与中华文明不可分割,他所爱的是一个具有千年文明传统的文化中国。在一定程度上,闻一多代表了所有身在异国心念故土的炎黄子孙的共同情感。闻一多在一些诗篇中还抨击了"金元帝国"的罪恶,护卫民族尊严,抒写华工的劳碌和遭受凌辱的境遇,喊出对民族压迫的沉痛抗议。如《孤雁》、《洗衣歌》、《七子之歌》、《醒呀》等。

在《死水》等为代表的一些直面中国现实的作品中,他一面为满目疮痍的故国大地、为陷于深重苦难的人民唱出了悲哀的歌声,表现出自己希望破灭的深深痛楚,啼泪泣血地呼号如《发现》等;另一面,他又对复兴中国抱着坚定的信念,并努力呼唤起民众的爱国热情,如《一句话》、《祈祷》、《醒呀》等。代表作《死水》对社会现实的丑恶、腐朽,更是暴露透彻,态度决绝。诗篇对北洋军阀政府专制统治下令人窒息的时代气氛以象征的手法进行了真实的表现,在"这是一沟绝望的死水,/清风吹不起半点漪沦"和"不如让给丑恶来开垦,/看他造出个什么世界"这些诗行中,跳动着闻一多忧心如焚的爱国心。

作为前期新月派的主将之一,闻一多的诗歌理论对新月派诗人有着很大影响。其诗论的核心内容是讲究诗的"三美":音乐美、绘画美、建筑美。闻一多自己的诗歌创作实践了这些主张。音乐的美,主要是指音节和韵脚的和谐,一行诗中的音节、音尺的排列组合要有规律。闻一多在"顿"、"音步"的基础上,提出"音尺"的概念,"音尺"由音节组合而成。《死水》是闻一多自认为"第一次在音节上最满意的试验"[2]的力作。绘画的美,主要是指诗的辞藻要力求美丽、富有色彩,讲究诗的视觉形象和直观性。他的诗中,经常出现红、黄、青、蓝、紫、金、黑、白等表现色彩的词以及带有鲜

---

1 闻一多:《〈冬夜〉评论》,《冬夜草儿评论》,清华文学社1922年版。
2 闻一多:《诗的格律》,《晨报副刊·诗镌》第7号,1926年5月。

丽色彩感的物象，注重色彩对比，使诗画相通，设色浓淡相宜、深浅适中、错彩镂金、斑斓繁丰，令人目迷五色。如《忆菊》、《秋色》、《死水》以及《色彩》都是这方面的适例。建筑的美，主要是指从诗的整体外形上看，节与节之间要匀称，行与行之间要均齐，以求整饬。《死水》、《口供》、《静夜》、《一句话》、《洗衣歌》等都是具有建筑美的范作。

徐志摩（1897—1931），原名徐章垿，浙江海宁人。1916年秋赴津、京读大学，1918年8月赴美国留学，获文学硕士学位。1920年为追随思想家罗素赴英国，后进剑桥大学皇家学院以特别生身份随意选课听讲。两年的剑桥留学生活，形成了徐志摩浪漫主义的个性主义人生观和人生理想，即是对爱、自由和美的追求与信仰。

徐志摩有诗集《志摩的诗》（1925）、《翡冷翠的一夜》（1927）、《猛虎集》（1931）和《云游集》（1932）。以1927年为界，徐志摩的诗歌创作分为前后两期。收入《志摩的诗》、《翡冷翠的一夜》两集中的前期作品，除少数作品流露出一些消极、虚幻的情思外，大多具有比较积极的思想意义，真挚地独抒心灵，追求爱与美以实现个性解放，在一定程度上反映了"五四"的时代精神，格调清新健康。

《为要寻一颗明星》、《我有一个恋爱》抒写了作者对理想执著的追求。在这个追求的过程中，他显得自信、乐观、积极进取，尽管骑的是"一匹拐腿的瞎马"，尽管前面是"黑绵绵的昏夜"，追求者也勇于向"黑夜里加鞭"，直至倒下。在这些诗篇中，闪耀着个性主义的诗魂。徐志摩的爱情诗是他全部诗作中最有特色的部分。他有时以自己的感情经历为基础，有时则以假想的异性为对象。《起造一座墙》、《望月》、《再休怪我的脸沉》等就是这种真情的流露。他表达了为自由恋爱勇于向旧礼教挑战的决心，斥责"容不得恋爱"的世界（《这是一个懦怯的的世界》、《决断》、《翡冷翠的一夜》）；他也表现爱情生活中的痛苦（《丁当——清新》、《落叶小唱》）。有时，徐志摩还在一些诗中把对爱情的追求与改变现实社会的理想联系在一起（《雪花的快乐》）。这些诗篇包含着反对封建伦理道德、要求个性解放的积极因素，热烈清新，真挚自然。

徐志摩的诗作将理想之爱与现存社会礼法处理为极端对立关系，在他的笔下，庸俗的社会容不得爱情，这一观念中所隐含着的社会与人的灵性的对立模式，是同社会与大自然的对立模式同构的。他的诗把大自然称为"最伟大的一部书"。他的不少诗作里，经常出现大海星空、白云流泉、空谷幽兰、落叶秋声等众多美丽的物象景观。《朝雾里的小草花》（《庐山小诗两首》之一）、《五老峰》或精致，或宏伟，表现了诗人优雅健美的情趣。《再别康桥》与早年所作的《康桥再会吧》都以剑桥大学的校园景色为对象，抒发了深厚感情。情爱的性灵主题、歌颂自然的主题互为生发，情爱、性灵主题因此取得了超乎世俗的高贵、雅洁和清新，这类诗歌中有华兹华斯抒情诗的神韵；《沙扬娜拉》组诗、《泰山日出》等诗歌具泰戈尔式的冥思闲适；《去罢》、《这是一个懦怯的世界》则隐约可见拜伦式的反叛性与睥睨天地的倨傲；而《海韵》、《杜鹃》与济慈的《无情女郎》、《夜莺》的意象，《夜》中"威严的西风"、《黄鹂》中的"黄鹂"

与雪莱《西风颂》、《云雀》更有明显的借鉴关系。收在《猛虎集》和《云游》两集中的后期诗作，技巧日趋圆熟，情绪颇有"世纪末"色彩。以卢梭的自我解放、自我意识为基础的浪漫主义思想在19世纪末20世纪初的变种："世纪末"的情调，使徐志摩与哈代沟通了。他的《在哀克剎脱教堂前》、《两地相思》、《卡尔佛里》、《生活》显然受哈代诗的影响。

徐志摩的抒情诗，构思精巧，意象新颖，达到了相当高的艺术水准。在《雪花的快乐》中，诗人以"雪花"自比，那飞扬的雪花的意象，巧妙地传达了执著追求真挚爱情和美好理想的心声。脍炙人口的《沙扬娜拉》全诗仅四句，中心意象是一朵不胜娇羞的水莲花，用以状写日本女郎温柔多情的神态，贴切传神，既纯洁无瑕，又楚楚动人。

韵律和谐，富于音乐美。在大量的四行一节的抒情诗中，徐志摩常常使用重迭、反复、排比、对偶等手法，《雪花的快乐》里"飞扬、飞扬、飞扬"的连用，《再别康桥》开头的短短四行中，三次反复"轻轻的"，缠绵中不乏轻快的韵律。在用韵上，他多方采用西洋诗押韵的方法，《先生！先生！》用随韵（AABB），《为要寻一颗明星》用抱韵（ABBA），《他怕他说出口》用交韵（ABAB），使诗韵在和谐中显出变化。

章法整饬，灵活多样。徐志摩作为新格律派的代表诗人，十分讲究诗形和章法。他的诗虽以四行一节式较多，但从整体上看，节式、章法、句法、韵脚都各有变化，不太拘泥，讲究诗形而能不为其束缚，整饬中有变化，呈现出灵活多样的体式。《再别康桥》每节四行，隔行押韵，一、三行稍短，大抵六字，二、四行稍长，大抵八字，诗行有规律地长短错落，又大段整齐、匀称。《爱的灵感》长达396句，《沙扬娜拉》只有4句，《翡冷翠的一夜》一节74行，而《火车擒住轨》一节仅2行，足见其句法、章法的变化多端。

辞藻华美，风格明丽。徐志摩的诗思富于想象力，同时他又有很强的驾驭语言的能力，因而他诗歌的文辞非常丰富，辞藻显示出华丽、秾艳的特色。《她是睡着了》、《半夜深巷琵琶》、《秋月》都写得妩媚明丽，有很高的审美价值。《在病中》一口气连用七个比喻（博喻）形容病中的心情——瞬间的回忆。《再别康桥》中，夕阳中的金柳、潭底倒映的彩虹、水中的青荇、斑斓的星辉……织成了色彩明丽的画。

第五节　散文创作

一、概述

在"五四"新文学创作中，散文是最有成就的门类。鲁迅认为，"五四"之后，

"散文小品的成功,几乎在小说戏曲和诗歌之上"[1]。而朱自清则更热情洋溢地肯定,这个时期的散文创作"确是绚烂极了:有种种的样式,种种的流派,迁流曼衍,日新月异:有中国名士风,有外国绅士风,有隐士,有叛徒,在思想上是如此。或描写,或讽刺,或委曲,或缜密,或劲健,或绮丽,或洗炼,或流动,或含蓄,在表现上是如此"[2]。

"五四"时期稍有成就的作家,基本上都是散文家。"五四"时期最早出现的散文作品,是以议论时政为主的杂感短论,即杂文。1918年4月《新青年》第4卷第4期开始设立"随感录"栏目,先后发表了李大钊、陈独秀、鲁迅、周作人、钱玄同、刘半农等人的杂感文。稍后不久,李大钊、陈独秀主持的《每周评论》,李辛白主持的《新生活》,瞿秋白、郑振铎主持的《新社会》,邵力子主持的《民国日报·觉悟》等,都相继推出了类似的栏目,形成了声势浩大的杂感散文的创作浪潮。这些杂感文有一个共同的特点,这就是介绍各类西方思潮,包括柏格森、尼采、杜威、罗素等资产阶级思想家的学说,马克思的科学社会主义,以及空想社会主义、泛劳动主义、无政府主义、新村主义、基尔特社会主义等。借助这些西方理论,作家们对中国传统的、陈旧的价值观念进行了大胆而严厉的批判,充分展示了一代先驱者探索新的社会理想的激情。在杂感文创作中成就最高、也最具有代表性的作家无疑是鲁迅。鲁迅前期的杂感文主要收入《坟》、《热风》、《华盖集》、《华盖集续编》和《而已集》这五本杂文集中。除了杂文,鲁迅这一时期还创作了散文集《野草》和《朝花夕拾》,前者是一部散文诗集,后者属于抒情、叙事类散文,这两本散文杰作在艺术上均达到了相当高的境界。

周作人也是中国现代散文史上富有影响的作家。他曾是《新青年》"随感录"的重要作者,后来亦曾与鲁迅一起成为《语丝》的主要作者。《语丝》的作家除了鲁迅、周作人两位主将外,还有孙伏园、孙福熙、川岛、林语堂等。周作人的成就主要在叙事与抒情相结合的言志小品方面。前期作品的思想意义与社会作用比较积极,后期作品则更能代表周作人的创作个性,具有闲适、青涩、充满知识性和趣味性等特点。林语堂也是《语丝》的撰稿人,他早期的散文大多收入《翦拂集》中,总体倾向是反对封建思想意识,反对军阀统治,具有积极的思想意义。他在讨论"语丝文体"时提出"费厄泼赖",受到了鲁迅的批评。30年代创办《论语》,提倡闲适、幽默,更流于鲁迅所讥讽的"小摆设"一路。

在"五四"时期,散文方面取得突出成就的还有文学研究会的冰心、朱自清等人。他们的散文具有缜密、漂亮风格。

这一时期创造社的郭沫若与郁达夫也创作了不少散文作品,并具有一定的特色。

---

[1] 鲁迅:《小品文的危机》,《鲁迅全集》第4卷,第576页,人民文学出版社1981年版。
[2] 朱自清:《论现代中国的小品散文》,《文学周报》1928年第345期。

郭沫若的散文集有《塔》、《橄榄》、《水平线下》等。他的散文记叙的多是自己的个人生活，从回忆童年到描述在异国的生活经历，纵情抒写，无拘无束，似乎不讲究锤炼，但别有一股潇洒自如之态。这些自叙性的散文与他的自叙小说有时界限不甚分明，作品主人公的自我抒情色彩很浓。郭沫若还写过不少散文诗。1925年发表的《小品六章》是郭沫若散文的代表作，这些抒情小品式的散文诗好似一组清新、隽永、淡雅的牧歌，语言比较讲究雕饰，设景造境有回味余韵，体现了以狂飙突进的浪漫主义为主导特色的诗人郭沫若的另一种美学品味。郁达夫以小说闻名，但他的散文创作也取得了较高的成就。他的散文多收入《鸡肋集》、《奇零集》、《敝帚集》中。这些作品率真坦诚，感情炽烈而外显，时而狂放不羁，时而触景伤怀，具有比郭沫若还要浓烈的自叙传色彩。从内容上看，这些作品或抒发身世不幸的感喟，或倾泻世道不公的牢骚，或诉说生涯困顿的艰难和痛苦，有时也流露出对劳动人民的同情与尊敬。由于郁达夫的古典文学修养很深，因此其行文往往笔墨酣畅，富有神韵，显示了较强的驾驭文字的功力。但郁达夫的散文不太讲究章法，有时显得支离散漫，各篇作品在质量上也有高有低。

20年代中期，一批留学欧美的自由主义知识分子归国后结成"现代评论"派，其重要的散文作家有徐志摩、陈西滢、吴稚晖等。徐志摩以诗著名，但他的散文亦写得自由而华丽，自成一体。他的《北戴河海滨的幻想》、《翡冷翠山居闲话》、《我所知道的康桥》、《"浓得化不开"》等都是较有名的篇章。这类抒情散文多注重抒写性灵，想象丰富，结构繁复，语言铺张，辞藻浓艳。至于他的一些议论散文，则思想明显偏于保守，艺术价值也不如他的抒情散文。

这一时期的散文创作还应提到的是瞿秋白的两部通讯散文集《新俄国游记》（又名《饿乡纪程》）和《赤都心史》。这是瞿秋白1920年至1923年以北京《晨报》特约记者身份赴苏联考察，在苏期间根据自己的所见所闻与亲身感受所写下的一系列以报道十月革命、社会主义为主要内容的作品。这两部集子中的散文除通讯形式外，还有杂感、杂记、散文诗等。最值得注意的是它的某些篇目已经粗具报告文学形态，可视为中国现代报告文学的萌芽。

从文学史的角度看，"五四"时期的散文所显示出来的意义是十分重大的。首先，它打破了用白话不能作美文的迷信，是对传统文学的一种示威："在表示旧文学之自以为特长者，白话文学也并非做不到。"[1] 其次，"五四"时期散文的革故鼎新相当自觉而彻底，散文不仅完成了从古典形态向现代形态的转变，而且自此成为新文学的一个独立的门类，从而结束了文章与散文长期面目不分的历史。再次，"五四"散文所张扬的"个性解放"、民主与科学、反封建等理念，从此构成了20世纪中国文学宝贵的精神资源与反复言说的主题。

---

[1] 鲁迅：《小品文的危机》，《鲁迅全集》第4卷，第576页，人民文学出版社1981版。

二、周作人

周作人（1885—1967），浙江绍兴人，初名櫆寿，号星灼，1901年去南京水师学堂学习时改名作人，自号起孟，1909年又改号启明。1906年赴日求学，此间与鲁迅一起筹办过《新生》杂志。"五四"前后加入《新青年》，与陈独秀、李大钊、鲁迅等文化主将站在同一阵营。1918年他在《新青年》发表的《人的文学》一文，是继胡适《文学改良刍议》、陈独秀《文学革命论》之后的又一篇重要的论述文学革命的文章，主张"用这人道主义为本，对于人生诸问题，加以记录研究的文字，便谓之人的文学"，在当时产生过积极的影响。不久，周作人还提倡过同样有进步意义的"平民文学"的主张。周作人早期的创作是从新诗入手的，发表过《小河》、《两个扫雪的人》、《路上所见》、《北风》、《画家》等，以接近口语的白话作诗，完全摆脱了某些旧体诗无病呻吟的情调和束缚思想的格律，表达了作者对人生问题的严肃思考。周作人的主要成就集中体现在他的散文创作方面，其散文集有《自己的园地》、《雨天的书》、《泽泻集》、《谈龙集》、《谈虎集》、《永日集》、《看云集》等。周作人的散文值得注意的内容，大致有这样几个方面：

一、批判死鬼的精神。周作人在他的散文中传达了一个很特别的历史观念，即"过去是如此，现在是如此，将来也是如此"。所以，"僵尸"、"死鬼"、"重来者"是他常用的名词。他在《历史》一文中说，"天下最残酷的学问是历史，他揭去我们眼上的鳞，虽然也使我们希望千百年后的将来会有进步，但同时将千百年前的黑影投在现在上面，使人对于死鬼之力，不住地感到威吓"。在《代快邮》中又说，"我相信历史上不曾有过的事，中国此后也不会有，将来舞台上所演的还是那几出戏，不过换了角色、衣服和看客"。周作人警醒人们要认识到自己身上的"死鬼"精神，警惕各种历史沉渣的泛起。二、抨击国民性的弱点。如在《与友人论国民文学书》中曾提出："我们要针砭民族卑怯的瘫痪；我们要消除民族淫猥的淋毒；我们要切开民族昏瞶的痛疽；我们要阉割民族自大的疯狂。"在《新希腊与中国》中说，"中国人实在太缺少求生的意志，由缺少而几乎至于全无"。在《半春》中说，"中国多数的读书人几乎都是色情狂，差不多看见女子便会眼角挂泪，现出兽相。这正是讲道学的自然结果"。在《与友人论性道德书》中又说到"现代青年"的褊狭、自私和好走极端等。周作人还在许多场合批评了中华民族的自大，亦不过是无知与傲慢而已。三、宣扬一种隐逸的、逸乐的士大夫情趣。到了20年代末期，特别是1927年大革命失败后，周作人逐渐从斗争的中心淡出，从"十字街头"走进了象牙塔，从"叛徒"走向了"隐士"。在其许多散文中大写苍蝇、虱子、品茶饮酒、谈狐说鬼、评古籍、玩古董等，虽其中也偶有隐喻之作，但也更多显示出一种封建士大夫式的精神情趣，其中不乏消极的、负面的因素。

周作人的散文在艺术上取得了较大的成就。一、旁征博引，于谈天说地中显示出深厚的学识、才情。周作人是大学者、大学问家，一生读书颇多，因此，他的散文常常可以见出他在学养上的优势。比如《故乡的野菜》，在介绍每一种野菜时都征引了与这种野菜相关的大量的民俗、儿歌、古籍记载等，既显示了作者丰富的知识积累，又使读者在增长见闻的基础上获得一种知性的享受。二、舒展自如，娓娓而谈。如《乌篷船》，以书信的形式，好似絮语似地缓缓描叙，为友人作导游，介绍的又是故乡风情，因而情真意切，舒展自如，娓娓而谈，能让读者具体感受到浓郁的水乡气息和生活情趣。三、平和冲淡，恬适淡远。周作人却将"冲淡"作为自己散文创作的一个最主要的追求，这也构成了他散文一个极其重要的特色。仍以《乌篷船》为例，文本以淡笔写淡情，文中所写的是故乡常见无奇的乌篷船，但由于作者文笔朴素而优美，采用了质朴淡雅的抒情方式，能于平易的叙述和朴素的描绘中，抒写平和冲淡的情怀。四、语言简练而意蕴丰厚。周作人的散文语言，一方面简练、精确，另一方面则又具有较大的包容性，能在最有限的字句中，表现出丰富的内容。他的这一特色，无疑与他所具有的深厚的旧学基础和对西方语体的多年浸淫是分不开的。五、机智幽默，情趣似盎然而实苦涩。作者也有对现实的不满和不平，有许多牢骚、怨愤，但他并不明言，而是以一种反话正说、正话反说的方式表达出来，从而让人在感受到一种淡淡的嘲讽或风趣幽默效果的同时，又体会到一种压抑不住的苦涩。

三、冰心　朱自清

冰心（1900—1999），原名谢婉莹，福建长乐人。1913年，他们全家搬到了北京，冰心就读于一所教会女中。1919年，"五四"运动爆发时，冰心正就读于北京协和女子大学的理预科。她积极投身于爱国运动的行列，为了宣传，她不仅在北京女学界联合会会刊上发表文章，还在《晨报副刊》上发表小说，署名冰心女士。她的这些"问题小说"带有明显的反封建倾向，但往往又蒙有一层"爱的哲学"的色彩。冰心早期还写过一些婉约典雅的小诗，曾独步一时，被人们誉为"冰心体"。1921年，冰心加入文学研究会，并于此时倾力转入散文创作，发表于由文学研究会革新后的《小说月报》上的《笑》即是其散文已经取得了初步的成功并确立了自己的风格特征的一个标志。1923年夏，冰心于燕京大学毕业后赴美留学，在赴美前夕、赴美途中与在美期间，她完成了《寄小读者》的创作，同时还写了《往事（一）》、《往事（二）》、《山中杂记》等。

冰心早年散文中有一个鲜明而一贯的宗旨，这就是不遗余力地讴歌一种"爱的哲学"。比如她的《笑》，从安琪儿无比甜美的微笑，写到小孩子充满童真的微笑，再写到茅屋里老妇人慈母一般的微笑，三个笑容，层层递进，并巧妙地构成一体。作者以"心下光明澄静"，烘托"爱"的力量，爱似乎变成一座熔炉，熔化了一切。再如她的《往事（七）》，通过在大雨中的荷叶护卫红莲的描写，把荷叶比作母亲，把红莲比作女儿，展示母亲对女儿的深情，歌咏了母爱，其情亲切感人。冰心所主张的"爱的哲学"虽然并不深刻，但却具有一种超越时代、阶级的永恒性，因而才不仅在当时而且在今天都能够长久地打动人心。

冰心散文的艺术特色也比较显著。首先，她善于捕捉、表现刹那间涌现的感触、思绪，细腻地传达自己的内心世界，使作品具有浓郁的抒情性。与此相应，她的散文常常没有严谨的结构布局，而是如行云流水，自然卷舒，既空灵又飘逸。其次，在文体、文字上，冰心也有自觉的追求。冰心散文得力于中国古典文学的滋养颇多，但旧文学的语言一经她的处理，便脱去陈腐气息，别有一种非常独特的、美妙的韵味，既清丽又典雅。

朱自清（1898—1948），字佩弦，江苏东海人，后因举家迁往扬州，亦自称扬州人。1920年于北京大学哲学系毕业后，曾在江苏、浙江等地中学教书。1925年到清华大学任教直至去世。朱自清最早是以诗人身份步入文坛的，1922年以后转向散文创作，20年代出版的散文集有《踪迹》、《背影》，在当时曾引起广泛反响，作者亦成为"五四"以来最有影响的散文作家之一。其中的《背影》、《荷塘月色》等，长期以来被认为是散文创作的典范。

朱自清散文的题材大体上可分为四类：一、社会性、政治性较强的题材。如《白种人——上帝的骄子》、《执政府大屠杀记》等，这类作品多写于早期。二、描写感人至深的亲情、友情、人情。如《背影》、《给亡妇》、《儿女》、《一封信》、《阿河》等，这些作品涉及作者的父亲、妻子、儿女、友人、佣人等，多为脍炙人口的佳作。三、写景抒情。如描写自然风光的《桨声灯影里的秦淮河》、《荷塘月色》、《松堂游记》、《绿》以及以写地方史迹为主的《南京》、《说扬州》等。四、表现生活情趣。如散文集《你我》中的《看花》、《谈抽烟》、《择偶记》等，都是最好的代表。[1]

朱自清散文的主要艺术特色：一是善于细腻地描写景物。朱自清散文写景，调动了多种艺术手段，或工笔细描，或白描写意，或运用想象、联想，或借助比喻、通感，或由景生情，或融情于景，既复现了一个个构图完美、色彩斑斓的意境，又传达出这些意境内在的神韵。二是语言华美，修辞繁复。朱自清散文的语言，历来为评论家们交口称赞，"清幽"、"清秀"、"秀丽"、"隽永"是人们谈及他的散文语言时常用的词语，尤其难能可贵的是他常常能够在自然朴素的风格中立新意，造新语，于平淡中见神奇。朱自清的散文创作为中国现代散文的发展作出的贡献是非常突出的，即如李广田所说，"在当时的作家中，有的从旧垒中来，往往有陈腐气；有的从外国来，往往有太多的洋气，尤其是往往带来了西欧世纪末的颓废气息。朱先生则不然，他的作品一开始就建立了一种纯正朴实的新鲜作风"[2]。

1　李广田：《哀念朱佩弦先生》，《文学杂志》，1948年10月。
2　李广田：《朱自清选集·序》，《朱自清选集》，开明书店1951年版。

第六节　戏剧创作

一、概述

中国现代戏剧活动开始于留日学生组织的春柳社于1907年在日本东京演出《茶花女》和《黑奴吁天录》。中国人自己创作的话剧，最早是1911年洪深写的《卖梨人》和欧阳予倩写的《运动力》。自1919年胡适在《新青年》上发表《终身大事》起，现代话剧逐渐进入建设时期，此后出现了各种戏剧团体，形成了各种戏剧流派的雏形。1921年3月，汪仲贤、沈雁冰、郑振铎、陈大悲等发起成立民众戏剧社，5月创办了《戏剧》月刊，这是以新的形式最早出现的一个专门性戏剧杂志。民众戏剧社在文学主张上与文学研究会的为人生的现实主义文艺思想基本一致，他们对堕落了的文明戏进行猛烈的抨击，强调戏剧反映时代、人生的功利主义，提倡"写实的社会剧"。他们还提倡"爱美剧"，即"非职业"的业余演剧，以摆脱商业化倾向，不受"座资底支配"，进行严肃的艺术创造。与民众戏剧社同年成立的是上海戏剧协社，成员最早有应云卫、谷剑尘、欧阳予倩、洪深等人。他们也主张戏剧表现时代、人生，不遗余力提倡"爱美剧"，并重视舞台实践、剧场组织工作以及剧本的创作与改编，对促进我国现代话剧的正规化作出了很大贡献。除上述两个戏剧团体外，20年代还有朱襄丞、马彦祥等人领导的辛酉社和田汉领导的南国社（出版有《南国》半月刊），以及由蒲伯英、陈大悲创办的"人艺戏剧专门学校"和先后由赵太牟、余上沅、熊佛西主持的北平艺术专门学校戏剧系。这些团体或学校为20年代中国话剧的起步都作出了重要贡献。

与"五四"文坛上的"问题小说"同步，一批从内容到形式都借鉴易卜生的"问题剧"应运而生，在中国现代剧坛形成一股"易卜生热"。胡适的《终身大事》与南开新剧团的《新村正》等是最早运用现代话剧的形式表现"五四"时代精神的剧作。洪深介绍《终身大事》时说："这一时期，理论非常丰富，创作却十分贫乏。只有胡适《终身大事》一部剧本，是值得称道的。""田亚梅是那个时代的现实人物，而'终身大事'这个问题在当时确又是亟待解决的问题，所以也可以说是一出反映生活的社会剧。"[1]由于"五四"时代风气引导，20年代戏剧中出现了众多"娜拉"型戏剧作品和"出走型"戏剧人物，如余上沅的《兵变》、欧阳予倩的《泼妇》、成仿吾的《欢迎会》、熊佛西的《青春底悲哀》、张闻天的《青春的梦》等。余上沅的《兵变》描写了一对青年为自由婚姻所策划的一场讽刺喜剧。封建家长的愚蠢，封建礼教牺牲品的可悲可怜，均在舞台上淋漓尽致地展现。而两位相爱的年轻人则以其勇敢和机智摆脱了封建家长束缚。欧阳

---

[1] 洪深：《中国新文学大系·戏剧集导言》，《中国新文学大系》，上海良友图书出版公司1935年版。

予倩在1922年发表了著名的独幕剧《回家以后》和《泼妇》，后者也是一部"出走"的戏。具有民主思想和独立人格、敢作敢为的"五四"新女性于素心，为抗议丈夫讨姨太太，最后带着儿子离家出走。

此时，有许多作家以历史题材来影射现实"问题"。郭沫若此时就专注于历史题材戏剧创作，1923年发表了《卓文君》和《王昭君》，1925年又创作《聂嫈》，1926年将这三部戏剧结集为《三个叛逆的女性》出版。站在时代的高度，郭沫若将《卓文君》写成中国古代的"娜拉"，写她面对封建势力的代表——父亲卓王孙和公公程郑，毫无惧色，她揭露程郑的虚伪和淫念，将封建纲常抛在一边，义无反顾地追求理想。郭沫若是诗人写剧，奔放的热情、大胆的形象、优美的语言、动人的抒情，构成了其戏剧浓郁的诗的意境。在20年代，作为思想解放的产物，取材于我国古事古诗予以再评价和重新塑造人物的还有王独清的《杨贵妃之死》和《貂蝉》，袁昌英的《孔雀东南飞》，欧阳予倩的《潘金莲》等。

"问题剧"之后，"写实的社会剧"创作开始大量出现，产生了一批描写社会现实，反映真实人生剧作。蒲伯英的六幕剧《道义之交》和四幕剧《阔人的孝道》，揭露讽刺上流社会虚伪的"道义"和"孝道"。陈大悲的《良心》、《英雄与美人》、《幽兰女士》、《爱国贼》等十几部剧作，内容大多为革命党人的蜕变，伪君子的卑劣，官僚家庭的丑闻，军阀混战的灾难，妓院的陋习和妇女的悲惨命运，表现了社会生活的众多方面。熊佛西早期的戏剧集《青春底悲哀》是"问题剧"的路子，1924年至1926年间，戏剧创作转向反映现实中的平民生活和阶级民族矛盾，如《洋状元》、《一片爱国心》、《当票》等剧。汪仲贤的《好儿子》朴素地描写"一个普通家庭生活"，生动细致地描写在上海做经纪人的陆慎卿因失业造成家庭经济困窘，家庭矛盾激化，并终于铤而走险，被捕入狱的故事。"谷剑尘底《冷饭》和胡也频底《瓦匠之家》，都是想用写实的手法，去写出那中下层社会的痛苦生活的……这两出戏剧……多少是受了民国十四年以后'第二次着重文学底社会作用'的影响。"[1]

在20年代话剧创作中，田汉、洪深、丁西林取得了较高的成就。田汉在20年代发表了《咖啡店之一夜》、《获虎之夜》、《湖上的悲剧》、《名优之死》等二十多部戏剧。

洪深1912年至1916年在清华学校读书期间就是学生演剧的活跃分子，1915年他的话剧处女作《卖梨人》获学校锦标，1916年他又创作大型话剧《贫民惨剧》为募捐义演。1919年他以《有为之室》和《回去》两部戏剧考入哈佛大学，师从于美国著名戏剧家倍克教授，学习戏剧编撰，并对舞台装置、舞台艺术，剧场管理进行了全面的实习。1922年春洪深回国，创作话剧《赵阎王》，并自筹资金，自饰主角。《赵阎王》借鉴奥尼尔《琼斯皇》的戏剧手法，以大段的独白和心理幻觉表现人物的恐惧心理，使剧界耳目一新。1923年秋，洪深加入上海戏剧协社，执导演之职。成功执导了男女合演的《终身大

---

[1] 洪深：《中国新文学大系·戏剧集导言》，《中国新文学大系》，上海良友图书出版公司1935年版。

事》与男扮女装的《泼妇》。洪深还率先建立了正规的排演制度。最充分发挥和显示洪深的导演才能,并给当时戏剧界带来全面影响的,是他在1924年4月为戏剧协社编导的《少奶奶的扇子》的演出。剧作是根据英国剧作家王尔德的名作《温德米尔夫人的扇子》改编的。洪深对原作作了较大的改动,沿用原作的故事情节又将人物的环境、个性、语言、习俗全部中国化,以适应中国观众的审美情趣。同时,采用写实的演剧风格,演员表演自然细腻,舞台布景、灯光、道具力求写真。《少奶奶的扇子》的演出"是中国第一次严格按照欧美各国演出话剧的方式,有立体布景、有道具、有导演、有舞台监督。呈现出与文明戏和受文明戏影响的爱美剧完全不同的舞台风貌,因而'轰动全沪',开新剧未有的局面"[1]。

丁西林1923年写出的第一部独幕喜剧《一只马蜂》一鸣惊人,显露出他出众的幽默才能和高度的喜剧艺术技巧,他1926年发表的喜剧《压迫》与《终身大事》、《兵变》一样,都是当年学校爱美剧演剧的保留剧目,被洪深称之为"那时期的创作喜剧中的唯一杰作"[2]。丁西林剧中的人物大多接受民主思想的影响,情趣高雅,谈吐幽默,他们之间的思想性格差异构成了丁西林喜剧冲突的特有张力,在规定剧情的触发下,便飘溢出沁人心脾的温馨,这是以同情、体贴、善意为思想内涵的关怀和温暖,使人观之始觉细微有趣,继之感到惟妙惟肖,再之便是回味不尽,在会心的微笑中品味到其中的意蕴和美感。

二、田汉

田汉(1893—1968),原名田寿昌,1893年3月出生于湖南长沙。1916年至1922年就读于日本东京高等师范,1921年与郭沫若、郁达夫等筹组创造社。1924年创办小型文艺刊物《南国》半月刊,开展南国戏剧运动。

田汉1920年写成话剧《咖啡店之一夜》,并视其为"比较能介绍我自己的出世作"。剧作描写主人公白秋英在弥漫着感伤情调的咖啡店里,相遇已经抛弃前情携新欢的恋人——一个富商子弟,所激起的感情波澜,所体会到的人生孤寂。20年代田汉最有影响的剧作是《获虎之夜》与《名优之死》。《获虎之夜》(1922)以辛亥革命后湖南山村为背景,写猎户魏福生将女儿莲姑许配给富裕的陈家,而女儿却爱着她的表哥——双亲亡故后沦为流浪儿的黄大傻;魏福生为添嫁妆安置抬枪打虎,被抬枪打中的却是想看望莲姑的黄大傻;黄大傻在伤痛和悲哀之中倾诉了对莲姑的一片痴情和自己的孤独感。《名优之死》于1927年冬写成并演出,1929年底在南京演出时,补加了中间一幕,于是便定型为一个三幕话剧。剧本通过著名京剧艺人刘振声与流氓、恶棍杨大爷的尖锐斗争以及他惨死在舞台上的故事,揭露了旧社会的罪恶。该剧最成功的地方在于塑造了

---

[1] 茅盾:《文学与政治的交错——回忆录(六)》,《新文学史料》1980年第1期。
[2] 洪深:《中国新文学大系·戏剧集导言》,《中国新文学大系》,上海良友图书出版公司1935年版。

刘振声的艺术形象：他视艺如命，重视"戏德"，他宁可不顾疲劳自己演"双出戏"，也绝不迎合低级趣味来博取上座率。他十分爱惜人才，当他的艺徒刘凤仙经不住杨大爷的诱惑而走上邪路时，他十分痛心与愤懑，当面痛斥杨大爷，因而遭对手暗算，他则心力交瘁，为了捍卫艺术事业而倒在了为之奋斗了一辈子的舞台上。其凛然正气可歌可泣，他的人生充满了悲壮色彩，闪耀着中国传统艺人人格的光芒！

田汉的创作追求从内心出发，注重表现"灵的世界"，具有感伤情调。无论是白秋英感伤人生如沙漠孤行，或者黄大傻诉说最为动人的寂寞和悲凉，还是杨梦梅苦苦地书写"痛苦的爱"，田汉都是从人生哲理的角度，表现了一代青年感受黑暗压迫的苦闷和寻求路途的彷徨。在感伤情调的笼罩下，田汉早期创作出现两组有所交错的形象系列，首先是艺术家形象系列，田汉剧作里的主人公大多是歌女、乐师、诗人、作家或者是画家、京剧演员，即使是《南归》里浪迹天涯的流浪者也弹着吉他唱着感伤的歌，一身诗人气质。这些艺术家大多年轻、正直、善良，怀抱理想，热爱艺术，追求真挚的爱，然而他们是孤独的，受社会压迫，或与家人分离，或爱情生活遭遇磨难。其次是漂泊者形象系列，《梵峨嶙与蔷薇》中柳翠与秦信芳者都是孤身飘荡，最后要去做"巴黎的飘泊者"；《咖啡店之一夜》中的白秋英和林泽奇都有诉说自己像"一位孤独的旅客在沙漠里走"；就连那位没有登场的俄国盲诗人也是"被放逐的"，"抱着吉他在异国飘泊"；《获虎之夜》里黄大傻是四处乞讨的流浪儿；在《苏州夜话》和《名优之死》中，画家刘叔康和名优刘振声，皆辗转流离；《湖上的悲剧》，《古潭的声音》和《南归》中的主人公都是浪迹江湖的诗人。漂泊既是感伤的载体，又为感伤增加力度，因而田汉戏剧的漂泊者具有特定的历史内涵和浪漫主义的美学价值。

现实主义与浪漫主义熔为一炉、交互辉映，是田汉"五四"时期戏剧创作的重要艺术特色。田汉剧作中的"现实主义"主要是指对当时黑暗现实的真实描绘，而"浪漫主义"则既包括传统浪漫主义重主观、重想象的特点，又包含了西方现代主义思潮中的唯美主义、感伤主义等特质。在公认的现实主义力作《名优之死》中，主人公刘振声的人格上也闪耀着理想主义光彩。由刻意追求扣人心弦的戏剧性到追求像生活本身一样的真实，把抒情性与戏剧性有机地结合起来。结构巧、戏味浓，是田汉剧作的又一艺术特色。《获虎之夜》精设悬念，颇多巧合，故事冲突安排在"获虎之夜"、莲姑出嫁前夕，满以为又能获虎，可万没想到竟伤了人，而且偏巧又是莲姑恋人黄大傻。完全出乎意料，可又在情理之中——黄大傻，也只有黄大傻在那一晚会上山去，因为他要最后一次看心上人窗户上的灯光。而且，正是他的受伤，才让他自然而然地与莲姑见面，使得其心灵世界得以全面展开。而《名优之死》则不同，它自然、流畅，把戏剧性深深隐藏在纯朴自然的画面之中，主要通过人物的鲜明个性来吸引人，在形象塑造过程中抒发作者的情感，表面的热闹被凝练、简洁的描写所取代，不仅主要人物刘振声个性鲜明，他刚正抑郁的特征得到了充分的表现，而且其他人物也被塑造得栩栩如生。田汉戏剧作品的语言都比较凝练、简洁，而且十分个性化，有助于人物性格的塑造。

田汉在1927年4月以后的戏剧创作，如《火之跳舞》、《第五病室》、《垃圾桶》、《一致》等，显示出现实主义和阶级意识的明显强化。1930年3月，"左联"成立，田汉与鲁迅、夏衍、阿英等人为常务委员。1931年1月，中国左翼戏剧家联盟成立，田汉当选为主席。1932年田汉加入中国共产党。"转向"后的田汉创作了《梅雨》、《一九三二年的月光曲》、《洪水》等剧作，成为左翼戏剧运动中高产的剧作家。这些剧作注重表现工农群众所遭受的压迫剥削，注重从社会解放的角度表现半殖民地半封建社会的阶级矛盾和阶级斗争。独幕剧《梅雨》在描写失业工人潘明华的悲惨遭遇中揭示穷苦工人的自救之路，在"忍耐"的老实与"恫吓"的"愚蠢"对比中，写出潘明华女儿阿巧在革命者张先生的引导下，走向团结斗争。

30年代田汉还创作了许多表现抗日救亡主题的戏剧，如《暴风雨中的七个女性》、《乱钟》、《扫射》、《战友》等，这些戏剧与他描写工人农民苦难和反抗的剧本一样，多为配合政治宣传的急就章。在民族斗争的生死关头，观众的政治要求超过艺术的欣赏，所以，当时这些作品都具有较大的影响，而田汉也努力追求在新的高度上的思想和艺术的平衡，三幕剧《回春之曲》因为回归到他所擅长的抒情风格而取得了较高的成就。剧本以恋爱悲喜剧的形式描写了一个抗日救国的动人的故事：南洋华侨高维汉毅然告别热恋中的情人梅娘，回国抗日，在上海参加了"一·二八"抗战，因受伤而失去记忆，整天呼喊着"杀啊，前进啊！"三年后，当梅娘重新唱起当初告别时的歌曲，当窗外燃放起像"一·二八"战争激烈枪炮声的新年鞭炮时，高维汉奇迹般地恢复了记忆，主人公健康的"回春"，爱情的"回春"和呼唤祖国抗日的"回春"，在这个传奇性故事中得到了戏剧性的诗意的表现。

抗战爆发后，田汉怀着满腔热忱投身到抗日民族统一战线的戏剧运动中去。田汉探索和尝试过对平剧（京剧）、湘剧、桂剧、川剧等传统地方戏曲的改革，改编和创作了《新雁门关》、《新儿女英雄传》、《江汉渔歌》、《风云儿女》、《武则天》、《武松》等二十多个传统戏曲剧本。田汉1947年创作的话剧《丽人行》，则是他在整个民主主义革命时期戏剧创作的集大成之作。《丽人行》打破"幕"的分割，运用话剧的多场次结构，将全剧分为二十一场。剧中三位女性牵引出的三条情节线分别展开，又交织穿插：女工刘金妹被日兵强奸后含愤自杀被救，但被辱的经历已使她的生活无法回复到正常的轨道，迫害和苦难接踵而至；革命者李新群不畏艰险地从事地下革命工作，她刻印传单，办工人夜校，援助被捕同志，是剧中代表正义、光明和力量的形象；而李新群的同学梁若英则是动摇彷徨的资产阶级女性，她在丈夫章玉良去内地后，经受不住生活的艰难，与银行家王仲原同居，直至发现王仲原与女汉奸俞芳子混在一起才醒悟。剧终，刘金妹、李新群、梁若英在黄浦江边相遇，"她们三个女人，在美丽的夕阳中紧紧抱在一起，迎接新的斗争生活"。剧作通过这些交织在一起的人物关系和命运的变化，"全景式反映了抗战胜利前后光明与黑暗，正义与邪恶搏斗的艰苦岁月"。

新中国成立后，田汉在传统戏曲的改编和话剧创作方面都有新的突破和贡献。1958年发表的十二场历史剧《关汉卿》成功塑造了元代戏剧家关汉卿的艺术形象。

第二章
30年代文学（1928—1937）

第一节　概述

　　1928—1937年是中国现代文学史上的第二个十年，又统称为30年代文学。以"五四"文学革命为开端的中国新文学，到1928年发生了重要转折，其转折点就是1928年新文学队伍发生的新的组合以及随之开始的关于无产阶级革命文学的倡导和论争。

　　无产阶级革命文学的倡导和兴起有着特定的历史背景和深刻的历史原因。首先，大革命失败以后，现实政治斗争和新的革命形势，要求无产阶级在文学上提出自己明确的口号，旗帜鲜明地宣传自己的文艺主张，建设无产阶级文学。其次，1928年前后，正是国际无产阶级文学运动波澜壮阔地展开的时候，国际无产阶级文学运动包括苏联文学和西方有革命倾向的作家、作品给中国文学界以很大的影响。再次，大革命失败以后，大批原来参加实际革命工作的知识分子纷纷汇聚上海，多半以文艺为武器继续从事革命活动，即从实际的政治革命直接走向了革命的文学，提供了组织无产阶级革命文学队伍的可能性。最后，由于马克思主义思想和国际无产阶级文学思潮的影响，大批小资产阶级知识分子思想急剧左转，革命的小资产阶级作家由于历史原因，暂时成了无产阶级文化的代表。上述历史原因，导致了中国30年代无产阶级文学运动的兴起。

　　无产阶级革命文学运动首先由后期创造社和太阳社成员发起。1928年，创造社除老成员郭沫若、成仿吾等人外，又新增加了刚从日本回国的冯乃超、李初梨、彭康、朱镜我等文学青年，继续出版《创作月刊》，又新创刊《文化批判》。太阳社于1927年底成立，主要成员有蒋光慈、钱杏邨、孟超等人，出版刊物有《太阳月刊》、《海风周刊》等。1928年1月，郭沫若在《创造月刊》上宣称"个人主义的文艺老早过去了"，"代替他们而起的"将是"无产阶级文艺"。此后，在《文化批判》、《流沙》和太阳社的《太阳月刊》等刊物上发表了许多提倡无产阶级文学的文章。这些倡导初步论述了革命文学的根本性质、任务，接触到作家世界观的转变问题。革命文学的倡导者明确要"以农工大众为我们的对象"、"要使我们的媒质接近农工大众的用语"[1],但倡导者把文学的功能、作用归结为对实际革命运动的直接实践作用,这也在一定程度上让宣传作用、标语口号替代了文学自身的价值。创造社和太阳社举起无产阶级革命文学的旗帜,为30年代革命文学的发展作出了贡献,但他们或夸大文艺作用,或忽视文艺特征、轻视生活,或主张作家世界观的突变,对"五四"文学革命给予过多的否定,甚至把小资产阶级作家当作革命的对象,把批判矛头对准了鲁迅、茅盾、叶绍钧、郁达夫等,这些又都显示出无产阶级革命文学初创期的幼稚和不成熟。

鲁迅在与创造社的论争中肯定无产阶级革命文学的提倡,他对倡导无产阶级文学的意见是,"当先求内容的充实和技巧的上达,不必忙于挂招牌",针对创造社忽视艺术特性的错误,他指出"一切文艺固是宣传,而一切宣传却并非全是文艺"。[2]茅盾在此同时,主张描写小资产阶级的生活和他们的苦闷,如他在《蚀》三部曲中所写的那样。他在《从牯岭到东京》等文中批评了创造社有革命热情而忽视艺术性,形成标语口号化,既不能正确表现无产阶级意识,又不为工农大众所接受。

1930年,中国左翼作家联盟在上海成立。事先鲁迅与创造社、太阳社共同召开过以"清算过去和确定目前文学运动底任务"为中心的讨论会。在此基础上,1930年3月2日,鲁迅、冯雪峰、冯乃超、李初梨、蒋光慈、钱杏邨、田汉、阳翰笙等四十余人出席了中国左翼作家联盟的成立大会。郭沫若、茅盾、郁达夫都参加了左联。会上通过了左联理论纲领,宣告以"站在无产阶级解放斗争的战线上","援助而且从事无产阶级艺术的产生"作为左联的奋斗目标。鲁迅作了《对于左翼作家联盟的意见》的重要讲话,对无产阶级文学倡导期的经验教训作了科学总结,号召左联在"目的都在工农大众"的共同目标下扩大联合战线,"造出大群的新战士"。

左联进行了一系列的文学活动:一、加强了对马克思主义文艺理论的译介与传播。他们成立了马克思主义文艺理论研究会,加强对马克思主义文艺理论的翻译、介绍和研究工作。1928年以来,先后出版了《文艺理论小丛书》、《科学的文艺论丛书》。瞿秋白写了《马克思恩格斯和文学上的现实主义》等文章,周扬又发表了《社会主义的现实主义与革命的浪漫主义》,第一次向国内介绍了"社会主义现实主义"的理论。二、自觉地加强了与世界文学,特别是世界无产阶级文学运动的联系。他们设立国际文化研究会,介绍苏联文学作品和西方进步作家的作品。鲁迅和其他作家还积极引入和批判性地吸收俄国和西欧的资本主义文学遗产。三、推进文艺大众化运动。左联将文学的大众化作为建设无产阶级革命文学的"第一个重大问题"。讨论文艺大众化问题,尤其是为大众所熟悉的旧形式的问题,讨论如何对民族文化批判地继承,以克服"五四"新文学中所存在的脱离大众的"欧化"倾向。讨论中,鲁迅的"拿来主义"是如何对待中外文化

---

[1] 成仿吾:《从文学革命到革命文学》,《创造月刊》第1卷,第9期,1928年2月1日。
[2] 鲁迅:《三闲集·文艺与革命》,《鲁迅全集》第4卷,第84页,人民文学出版社1981年版。

遗产的基本理论问题上的重要突破，对现代文学的现代化与民族化发展有重要影响与意义。四、积极开展创作，左联作家如鲁迅、茅盾、丁玲、张天翼等都有出色的成就，同时也培养了大批新作家。

1935年"一二·九"运动爆发，在全民族救亡运动的推动下，由左翼作家周扬、郭沫若等提出的"国防文学"口号，立即得到了广泛响应。胡风、冯雪峰为补救其不足，提出了"民族革命战争的大众文学"口号，于是出现了有宗派主义情绪的论争。鲁迅为此抱病写了《论我们现在的文学运动》、《答徐懋庸并关于抗日统一战线问题》，主张两个口号并存，并解释了抗日统一战线内部的关系。1936年10月，鲁迅、郭沫若、巴金、谢冰心、周瘦鹃、林语堂等联合发表了《文艺界同人为团结御侮与言论自由宣言》，标志着新形势下文艺界开始了统一战线的筹建。1936年初，左联完成了它的历史使命，自动解散。

决定30年文学基本面貌的，不仅是无产阶级文学运动及其文学创作，还有民主主义、自由主义作家的文学运动及其文学创作。1929年，国民党政权曾经提倡"三民主义文学"，也发动过"民族主义文学运动"，写过些拙劣的政治宣传品，但从未有过影响与号召力。无产阶级文学是30年代新兴的文学，而民主主义、自由主义作家与上一个十年则是顺承发展的关系。文艺思想的论争，是30年代文坛的突出现象。积极展开文艺思想斗争正是左翼文学活动的重要内容，而论争对手往往是坚持人文主义观点的自由主义作家。较为重大的论争有：

一、关于"文学基于普遍人性"的论争。这场论争于1928—1930年发生在左翼作家与新月派理论家梁实秋之间。梁实秋针对左翼作家提倡的无产阶级文学，在《文学与革命》、《文学是有阶级性的吗？》等文章中主张"文学乃是基于固定的普遍的人性"，提出"文学是没有阶级性的"，主张"天才"创造文学。针对革命文学倡导者，他的批评有其合理性，也不无偏颇。鲁迅指出，文学只有通过人，才能表现"人性"；然而"一用人，而且还在阶级社会里，即断不能免掉所属的阶级性"。鲁迅还指出文学与阶级性的关系，是都带，而非"只有"[1]。

二、关于"文艺自由"的论争。论争发生在胡秋原、苏汶和左翼作家之间。1931年底，自称"自由人"的胡秋原连续发表文章，谈"文学与艺术，至死也是自由的，民主的"[2]，在左翼文学与国民党民族主义文学之间左右开弓。瞿秋白、冯雪峰著文批判。苏汶自称代表"作者之群"的"第三种人"为胡秋原辩解，展开论战。争论的焦点是文艺与政治的关系。苏汶等反对政治"干涉"文学，强调文学真实性的独立地位。左翼的反批评对于文艺与政治的关系有所阐发，却又片面地趋向另一极端。党内的理论家歌特（张闻天）撰文，维护文学真实性标准的独立价值，对真实性与党性、政治倾向性作了

---

[1] 鲁迅：《二心集·"硬译"与"文学的阶级性"》，《鲁迅全集》第4卷，第204页，人民文学出版社1981年版。
[2] 胡秋原：《阿狗文艺论》，《文化评论》创刊号，1931年12月25日。

较为辩证的分析。

三、关于"大众语"的论争。1934年5月由汪懋祖、许梦因等发动"文言复兴运动"引起。6月，进步作家集会，决定掀起反对文言、保卫白话的运动，展开大众语的讨论。这次论争的焦点集中于文学语言问题，参加人员涉及整个文化界，发表文章数百篇。论争总结了"五四""文白之争"以后文学语言发展的经验教训，批评了"欧化"与"半文半白"的倾向，纠正了一些左联作家否定白话、提出语言有阶级性等"左"的错误，探讨了现代文学语言的特点及其发展方向。此外，30年代还有左翼作家对林语堂、周作人"性灵文学"的批判；左翼作家与朱光潜、沈从文等的论辩，这些京派理论家强调文学与时代、政治的"距离"，追求所谓人性的、永久的文学价值。第二个十年文艺思想领域斗争的特点是，始终集中在文学艺术发展的外部关系（文艺与阶级、文艺与政治革命、文艺与生活和时代、文艺与人民）上，文学艺术内部关系问题、美学范畴的问题，却未能得到全面的展开，问题的争论也很不充分。

30年代文学发展的基本面貌，受到现实政治斗争、阶级斗争、社会革命的有力制约和影响。左翼文学运动和民主主义作家的文学活动，是推动30年代文学发展的主要力量。它们各自的发展、演变，以及它们之间的相互影响，构成了30年代文学发展的基本历史面貌。民主主义作家的文学活动，为30年代文学的发展作出了巨大贡献。他们创办了《文学》、《文学季刊》等一大批著名刊物，由此形成了文学见解和创作倾向各异的许多作家群体。他们重视艺术规律，创作成果斐然可观，老舍、巴金、曹禺、沈从文等，则卓然成为大家。

30年代的创作具有鲜明的特点。从文学内容上看：运用科学的社会理论（如茅盾等左翼作家）剖析中国社会；由文化层面（如老舍和京派作家）批判社会、探究人生；题材内容空前广泛，涉及中国社会各阶层生活，表现农村破产、农民的苦难和反抗斗争的内容尤为突出；新兴的都市文学引人瞩目。从文学形式上看：长篇叙事文学，特别是长篇小说形式日趋成熟，抒情写意小说长足发展；戏剧、诗歌、散文都有长足发展。从创作方法上考察：浪漫主义在变异中发展；现代主义崭露头角；现实主义成为主流，同时又包容浪漫主义、现代主义的方法技巧。文学理论批评，呈多元发展态势。

台湾新文学发展到30年代，呈现出三大主要特点，一是受世界性的左翼文学思潮，特别是日本左翼文学和大陆左翼文学的影响，台湾新文学在30年代也出现了追求文艺大众化的倾向，无产阶级文艺开始兴起。主要表现有：1932年，叶荣钟在《南音》上发表的《知识分配》中就号召知识阶级"向前到民间去，到农村去，到乡里去"；1934年，以实行文艺群众化为进取目标的"台湾文艺联盟"成立，以及1930—1931年间，在台湾文坛出现了倡导无产阶级文艺性质的刊物《伍人报》、《台湾战线》、《台湾文学》等。二是随着台湾新文学发展的深入，乡土文学的观念在台湾新文学中成为重要内容。这主要集中在乡土文学的论战，代表性的文章有：黄石辉的《怎样不提倡乡土文学》和《再谈乡土文学》（前一篇文章提出台湾新文学应是一种乡土文学的主张，后一篇文章则着重论述乡土文学的语言文字形式问题），以及郭秋生的《建设台湾白话文一提案》

和《建设台湾话文》等。黄、郭二人的主张引发了台湾新文学史上的第一场乡土文学论争。这场论争持续两年多,对台湾乡土文学的发展产生了重要影响。三是出现了真正的专业文学杂志和文学社团,出现了一批有影响的作家和作品。重要的文学刊物主要有《南音》、《福尔摩沙》、《先发部队》(《第一线》)、《台湾文艺》和《台湾新文学》等。主要的文学社团则有"盐分地带派"和风车诗社。而在创作上,相对于前一个时期的台湾文学,这一时期出现了台湾新文学创作的繁荣景象,小说方面除前一时期已经出现的作家赖和、杨云萍等人外,新出现的重要小说作者有杨逵(代表作《送报夫》)、朱点人(代表作《岛都》)、王诗琅(代表作《夜雨》)、愁洞(代表作《保正伯》)、翁闹(代表作《戆伯仔》)等;诗歌作者有王白渊(代表作诗集《荆棘之道》)、陈奇云(代表作诗集《热流》)、吴坤煌(代表作《飘流旷野的人们》)、郭永潭(代表作《世纪之歌》)、吴新荣(代表作《烟囱》)、杨炽昌(代表作《热带鱼》)、林永修(代表作《苍い星》)和李张瑞(代表作《肉体丧失》)等。

由于香港新文学的出现比内地的新文学晚将近十年,因此到20年代末30年代初,香港新文学才开始成型,并且,香港新文学的产生,不是其内部的自然发展,而是内地的新文学运动对它的催生与推动。1927年,香港的许多报纸开始出现刊登新文学作品的副刊,1928年8月,香港的第一本新文学杂志《伴侣》创刊,1929年春,香港的第一个文学社团"岛上社"成立,这些以新文学为追求目标的副刊、刊物和文学社团的出现,标志着香港新文学在20年代末正式登上了历史舞台。在大陆较为成熟的新文学的带动下,香港新文学虽然出现得较晚,但迈步的起点却不低,它甫一出现,声势就颇为壮阔。光是在1931年至1937年间,香港就出现了《激流》、《春雷》、《今日诗歌》、《新命》、《晨光》、《时代风景》、《时代笔语》、《文艺漫话》、《南风》等众多的文学刊物,1933年12月创刊的《红豆》月刊,则一直持续到1936年8月。这一时期香港新文学中的重要作家和作品有:小说家、诗人侣伦的小说《殿薇》、诗歌《讯病》、散文《夜声》等,诗人陈江帆的诗集《南国风》,路易士的诗集《行过的生命》、《上海飘流曲》,林英强的诗集《蝙蝠星》,侯汝华的《海上谣》,伦冠的《夜航》等。

第二节　茅盾

一、概述

茅盾(1896—1981),原名沈德鸿,字雁冰,浙江省桐乡县乌镇人。1913年茅盾考入北京大学预科,在读期间初步接触到西方作家的原著作品,三年预科期满,因家庭经济所困,于1916年进入上海商务印书馆工作,并在编辑工作之余从事翻译和写作。

早在1920年初，茅盾就发表了《现在文学家的责任是什么？》和《新旧文学平议之评议》等论文，为"五四"新文化运动摇旗助阵，其中提出的"文学为人生"的主张，更是成为稍后成立的文学研究会基本精神的先声。次年茅盾作为中坚力量参与组建了文学研究会，接手改组了《小说月报》，并担任了杂志的主编工作，使刊物由一个旧文学的发表地改变成为文学研究会和新文学作家们发表创作和传达先进思想的重要阵地。作为文学研究会的主要理论家，茅盾写了《〈小说月报〉改革宣言》、《文学与政治社会》等大量的文学理论文章，阐述和完善了"为人生的艺术"的文学观念。茅盾还翻译介绍了大量的外国文学作品，尤其是大力翻译了苏联和东欧的现实主义文学作品。这些介绍与翻译，对于文学研究会的现实主义文学乃至中国现实主义文学的发展都起到了重要的作用。

茅盾还是中国现代文学史上最早的从事共产主义运动的作家之一。他1921年即成为中国共产党的首批党员，并积极地参加了党的组建与宣传工作。1925年，茅盾直接参加了"五卅"运动。从"五卅"至1927年间，茅盾曾担任过国民党中央宣传部秘书和国民政府《民国日报》总主笔等职，一直以一个革命先行者的身份置身在社会革命的旋涡中心，见识了许多的人和事，也经历了内心思想的变动与发展。这一段复杂的生活经验，为他以后的创作提供了丰富的素材，并在其中得到了大量而直接的反映。

1927年大革命失败，他曾陷入过痛苦与迷惘之中。他此时期写作的《从牯岭到东京》等论文以及小说《蚀》三部曲，典型地表现了他的矛盾复杂心态。1928年7月，茅盾东渡日本，在日本期间，完成了短篇小说集《野蔷薇》中部分短篇小说的创作。这些作品，与《蚀》等作品一样，都是作者充满着痛苦和迷惘的心灵世界的真实体现，也表现出作者廓清心灵的惶惑、对于以往道路进行冷静反思的强烈企望。在日本期间，茅盾还积极地参加了国内的"革命文学"讨论，撰写了有关理论与批评文字，论文《读〈倪焕之〉》是他本阶段文学批评的杰作。

1929年，在日本的茅盾创作了长篇小说《虹》。作品虽未卒章，但内容还是相对完整的。作品真实地展示了一代知识分子在从"五四"到"五卅"的时代历史中寻求新的生活道路的心路历程，作品将人物的生活道路与真实而广阔的社会现实背景结合起来，具有较强的写实色彩。主人公梅行素女士是封建旧家庭中的叛逆者，受"五四"新思潮影响，在时代精神的感召下，她冲破了封建旧家庭的种种束缚，毅然开始了自己的奋斗与追求之路。在社会的种种欺骗、轻蔑与挑衅面前，她经受了心灵的苦闷、彷徨和失望。但在革命者梁刚夫的启发与引导下，梅行素逐步走出了迷惘与彷徨，开始以一种奋发昂扬的姿态向着接近人民大众的新的生活迈进。梅行素女士形象的塑造，标志着茅盾试图以一种表现知识分子与人民大众相结合的方式走出昔日的彷徨阴影，也表现着茅盾思想上的一次自我蜕变。

1930年冬，茅盾从日本回国，积极地参加了左联的活动，并开始创作中篇小说《路》与《三人行》。《路》通过表现主人公在生活道路上的曲折与摸索，明确提出"寻找革命者的引导"这一作品主旨。《三人行》描写了30年代初三个对社会不满的青年学生三种不同的人生选择。作者意在通过对三人生活选择的评判，突出革命道路是知识分子唯一正确可行的选择。这两部作品，表现了茅盾在他早就关注的知识分子道路问题上的新的探索，但作品人物概念化、理念化倾向明显，影响了作品的艺术感染力。

1932年到1937年间，是茅盾创作的鼎盛时期。1933年，茅盾创作出版了长篇小说《子夜》，作品以深广的社会思考和成熟的艺术技巧而轰动一时，奠定了茅盾在中国现代文学史上的重要地位。该时期他还创作发表了著名的短篇小说"农村三部曲"（《春蚕》、《秋收》、《残冬》）和中篇小说《林家铺子》等，出版了《春蚕》、《泡沫》、《烟云集》三个短篇小说集和《印象·感想·回忆》、《速写与随笔》等散文集。同时，茅盾还进行了大量的文学理论和批评工作，系统地评论分析了"五四"以来的现实主义作家作品，为革命文学的发展提出了建设性的理论意见。

抗战爆发后，茅盾以积极的爱国主义精神参与了国统区的许多文艺建设工作，并创作出了《第一阶段的故事》等文学作品，歌颂了抗战军民的爱国主义精神，揭露了背弃时代和大众的汉奸与卖国行为，以文艺的形式为民族革命战争进行服务。1940年前后，茅盾创作了长篇小说《腐蚀》和《霜叶红似二月花》（第一部）等作品。《腐蚀》揭露了国民党的反动特务统治。作品的生活背景是抗战后期的重庆，主人公赵惠明原是一个青年学生，在自我利欲和外在诱惑的侵袭下，她逐步堕落为一个特务分子，但她还没有完全泯灭人性，在黑暗的沉沦中她还保持着一种强烈的自新愿望。作品以主人公直抒胸臆的日记体形式写作，充分展示出人物复杂矛盾的内心世界，塑造了真切生动的人物形象，以此对社会现实进行了深刻的揭露。作品问世以后，引起了很大的社会反响，这是茅盾小说创作的又一个高峰。《霜叶红似二月花》（第一部），"本来打算写从'五四'到1927年这一时期的政治、社会和思想的大变动"[1]。作品的背景是辛亥革命到"五四"前夕的一个江南小县城。在很不完整的第一部里，作品已初步体现出对于广阔社会的宏观把握企图，并有许多精彩的家庭生活描写。作品的表现方法也较多地吸取了传统文学的长处，呈现出浓郁的民族风格特点。

茅盾以其丰硕的创作成果和富有特色的艺术创作特点，为中国现代小说的成熟与发展作出了相当突出的贡献。他小说创作的最大特点是，关注时代的风云变幻，表现出时代风采。他的作品多选择表现社会的重大题材，侧重对社会作全面而广阔的全景式摹画。与此相应，作品结构安排强调恢宏阔大，具有纵横捭阖的宏大气势。茅盾的作品都寓含着作者较强的理念色彩，表现出作者试图通过文学把握社会和时代规律的思想愿望，显示出作者对社会的冷峻深刻的解剖力。但这有时也会导致其作品存在艺术性、形象性上的不足。在创作方法上，茅盾遵循现实主义的表现方法。对现实的客观的切实的描写、真实地再现现实生活，是茅盾创作的突出特点。在茅盾的影响下，在现代文学史上曾出现了一大批追随他的创作风格的作者和作品，茅盾和这些作家的创作被后来一些

---

[1] 茅盾：《霜叶红似二月花·新版后记》，《茅盾文集》第6卷，第258页，人民文学出版社1958年版。

文学史家称为"社会剖析派小说"[1]。

在小说创作之外,茅盾同时还是现代文学史上著名的散文大家,他的散文创作达百万言之巨,其中有《白杨礼赞》、《卖豆腐的哨子》等散文名篇,具有很高的艺术价值。

新中国成立后,茅盾主要从事文化事业领导工作,兼写作一些文学评论文章,停止了文学创作。1981年,茅盾逝世。以他所留下的稿费建立的"茅盾文学奖"是当代长篇小说的一个重要的奖项。

二、《蚀》、《野蔷薇》

《蚀》是茅盾小说创作的处女作,它由三个各自独立成篇、相互间又有内在联系的中篇小说《幻灭》、《动摇》、《追求》所组成。作品写作时间是1927年9月至1928年6月。此时茅盾正在痛苦与困惑地思考着大革命失败的原因和知识分子的未来去向,作者在投稿时所用的笔名就是"矛盾",后由编辑叶绍钧改为"茅盾"。三部小说基本以时间为序,完整而清晰地再现了大革命失败前后青年知识分子的心态和命运,也真实地反映了作者内心的困惑与矛盾。作品在1927年至1928年的《小说月报》上连载,1930年结集为《蚀》出版。

茅盾创作《蚀》的目的,就是要表现"现代青年在革命壮潮中所经过的三个时期:(1)革命前夕的亢昂兴奋和革命即到面前时的幻灭;(2)革命斗争剧烈时的动摇;(3)幻灭动摇后不甘寂寞尚思作最后的追求"[2]。作品的事件和人物都由这一主题所统率,表现出浓烈的情感特征与时代气息。

《幻灭》描写的是一个小资产阶级女性对个性解放的由追求至幻灭的全过程。作品的主人公静女士是一个在温馨的家庭中长大的青年女学生,她对于社会有着良好的愿望与诗意的设想。起初,她曾试图沉浸在读书中,以躲避外界的喧嚣;当这个希望被现实世界的困扰所击破以后,她转而寻求男女爱情,希望借爱情来刺激平静沉滞的生命;但轻率的爱情使她尝到的只是苦果,她所热恋的爱人抱素竟是一个猎色的骗子,她不得不又一次开始逃遁。她先是装病住进了医院,在医院中她的热情被当时轰轰烈烈的大革命运动所唤起,于是满心向往着革命的新生活。在革命的现实生活中,她的梦想再次碰壁,她感受到的是黑暗与丑恶、虚伪与贪婪。失望之中,她遇到了革命军的少年军官强连长,她期盼在性爱的刺激中寻到生命的新的意义,但随着强连长因部队开赴前线而离开她,静女士只能又一次面临幻灭的打击。现实的残酷与丑恶,是造成静女士追求之梦破灭的根本原因,作品通过静女士追求的一次次幻灭,展示了当时的社会现实状貌,表

---

[1] 参见严家炎:《中国现代小说流派史》,人民文学出版社1989年版。
[2] 茅盾:《从牯岭到东京》,载1928年10月《小说月报》第19卷第10期。

达了作者对于现实社会的批判。同时，作品也对小资产阶级知识分子的软弱与不切实际思想进行了揭示和批判。

《动摇》侧重于对知识分子生存的社会现实环境的再现。作品借对一个小城市的政治风云变幻的描摹，真实地展现了时代社会的艰难与残酷，以及许多"革命"的虚伪残暴真相。知识分子革命干部方罗兰和混入革命队伍内部的胡国光是作品中的两个主要人物形象，作品的"动摇"指的就是方罗兰的对反革命的妥协动摇和胡国光背叛革命所导致的革命政权的动摇。方罗兰在革命事业上优柔寡断，忽略与纵容了胡国光对于革命的背叛，他的决策失误是导致革命事业失败的最关键原因。作品在叙写方罗兰事业方面的同时，还描写了他爱情与家庭生活的一面，在拥有传统女性美的妻子陆梅丽和具有现代新潮时代气质的女性孙舞阳之间，方罗兰也是犹豫和"动摇"的。方罗兰的形象在某个方面体现着作者对于知识分子弱点的反思与批判。作品中的另一个主要人物形象是胡国光。他也是革命事业"动摇"的另一个重要原因。胡国光本是一个劣绅，假装革命混入革命队伍，篡夺了革命的重要位置，在革命活动中，他投机取巧，以极"左"的面貌出现，破坏革命者的声誉，最后以残暴的手段镇压革命者，是革命最大的敌人。这一形象，也是现代文学史上较早出现的颇具典型性的反面人物形象。《动摇》如一面镜子，从一个小县城的政治风云变幻，折射出整个时代的历史状貌，也体现出作者对于现实的深沉忧虑和悲观性评价。

《追求》写的是大革命失败以后知识分子的人生追求悲剧。曾经为革命的潮流所激荡的青年知识分子，在大革命失败后的白色恐怖氛围下，他们的内心充满着失落、惶惑、苦闷与颓唐，但又不甘于受黑暗社会的压迫，他们对生活作了新的挣扎与追求。作品主要写了三类人物的追求道路。一个是张曼青，他选择的追求方式是教育，但在黑暗社会的打击面前，他的教育强国梦完全破灭，他变得越来越消沉，最终成为一个社会的完全失意者。一个是从事新闻工作的王仲昭，他身上也体现出一定的新闻改革的追求趣向，但他选择的追求方式更主要是爱情，希望以爱情的追求来躲避现实的压力。作品对这种爱情至上、以爱情为避世方式行为的虚伪性与浅薄性进行了充分的揭示和批判。塑造得最成功的人物形象是章秋柳，她的追求方式也最为特别。在革命失败、精神受到挫折以后，她作为一个青年女性，以一种畸形的方式对社会表示反抗。她追求的是肉欲的放纵，是放浪形骸、随波逐流。她曾试图以性爱来抚慰他人，但却染上梅毒，面临死亡的威胁。死亡成了她反抗社会与表现自我的最后机会，她以一种歌赞的态度来对待死亡，使命运呈现出绝望而又悲壮的色彩。通过对这三类方式不同、失败的结局却完全一样的追求者命运的展示，《追求》揭示了大革命失败后弥漫在知识分子中的困顿迷惘的情绪状况，从而真实地再现了时代历史状貌，反映了那一特定时代背景下的社会思想动态。

《蚀》真实地再现了大革命失败前后一代小资产阶级知识分子的心灵历史，揭示了时代社会的历史真相，是时代社会的真实体现。在艺术上，作品将客观描写与主观感情的投射相统一，将再现与表现的艺术技巧相融合。作品在人物心理描写、象征手法的运用等方面，也表现出了卓越的技巧，作品成功地作了现实主义创作方法与现代主义艺术技巧相融合的尝试。这些特点，使《蚀》具有恒久的艺术生命力。

《野蔷薇》是茅盾1929年7月出版的短篇小说集，它收录了作者创作于1928年至1929年的《创造》、《自杀》、《诗与散文》、《一个女性》、《昙》等5篇短篇小说。这些作品都以恋爱为题材，通过对时代青年知识分子生活苦闷、寄希望于爱情而最终又只能在迷惘中盘旋的现实心灵状况的描写，表现了与《蚀》相近似的"追求"与"幻灭"的主题。其中《诗与散文》一篇，描写的是一个青年学生的爱情故事。青年丙在空虚无聊里，希望借肉欲的放纵来充实自己，他勾引了邻居的少妇，把性爱视为生命的"散文"，但他又希望着纯情的表妹的爱，把她作为生命的"诗"来追求。最后，他"诗"与"散文"二者都失去了，只能希望去寻求别的道路。作品对人物的充满踌躇与犹疑的心理把握得非常准确，表现得也非常真切细腻，具有较高的艺术性。《昙》也是如此。主人公张女士本是一个娴静的青年女学生，但因为面临着家庭包办婚姻的压力，又受着女友的欺骗，所以处在个人命运与前途的歧路上，陷入了爱情的追求与逃避、家庭的反抗与退缩的两难之中。作品真切地描绘了人物的矛盾心理尤其是复杂的性心理活动，人物形象跃然纸上。《野蔷薇》的突出意义更体现在其艺术价值上，在创作中，茅盾较多地借鉴了现代西方文学的表现方法，尤为突出的是作品细腻真切的心理描写和运用环境氛围对人物心理的渲染烘托，使作品具有独特魅力和艺术价值。

三、《子夜》

《子夜》是茅盾的长篇小说代表作，也是中国现代文学史上具重要意义的一部作品。它的问世，标志着中国现代长篇小说发展的成熟。《子夜》一问世，即引起了很大的社会反响，以至于有论者把作品出版的1933年被称为"《子夜》年"[1]。

《子夜》写于1931年10月至1932年底，1933年由开明书店出版。茅盾创作这部结构宏大的作品，意在反映中国社会三方面的内容："（一）民族工业在帝国主义经济侵略的压迫下，在世界经济恐慌的影响下，在农村破产的环境下，为要自保，使用更加残酷的手段加紧对工人阶级的剥削；（二）因此引起了工人阶级的经济的政治的斗争；（三）当时的南北大战，农村经济破产以及农民暴动又加深了民族工业的恐慌。"[2]从作品创作的实际成果来看，虽然第三条线显得比较单薄，但整体而言，作品基本上为我们展示了一幅30年代中国的全景式生活图画，表现了当时社会的错综复杂的阶级关系和社会矛盾构成，同时，作品还真实全面地展示了中国民族资产阶级的衰败过程，揭示了中国民族资产阶级在帝国主义、买办资产阶级、统治阶级几重压迫以及与工人阶级不可调和的矛盾所导致的必然悲剧命运，显示了作者对中国社会的现实本质和未来社会发展趋

1　瞿秋白：《〈子夜〉和国货年》，《申报》1933年3月12日。
2　茅盾：《〈子夜〉是怎样写成的》，《新疆日报》1939年6月1日"绿洲"副刊。

向作出的独到思考。

《子夜》描绘了广阔的生活画面，塑造了众多的人物形象。其中塑造最成功的人物形象是民族资本家吴荪甫。吴荪甫是特定历史环境下的中国民族资产阶级的一个失败的英雄，作品中吴荪甫作为民族资产阶级的进步性和反动性、果敢性和妥协性得到了充分的表现。他曾游历过欧美，具有资本主义管理知识和开拓期资产阶级的性格与气魄，他的理想是在中国发展民族实业，摆脱帝国主义和买办阶级的束缚，最终在中国实现资本主义。他也曾表现出果敢、冒险、刚强、自信的性格，以及大胆的气魄和有远见的管理能力。但吴荪甫身上又深藏着民族资产阶级的软弱性和妥协性，在强大的帝国主义经济侵略面前，他的经济计划连连受挫，公司也面临倒闭的危险，在失意的情境中，他以孤注一掷的方式与赵伯韬在公债市场上决一死战，最后遭到惨败。作品还描述了吴荪甫与工人阶级的矛盾中所体现出的反动性和在家庭生活矛盾中体现出的封建性。对待工人，吴荪甫采取的是转嫁危机、残酷压迫的方法；在工人的斗争面前，他既痛恨又充满恐惧，通过收买工头屠维岳和依靠军警武力镇压工人运动。对待双桥镇的农民暴动，吴荪甫使出的也同样是镇压的手段。在家庭生活中，吴荪甫是一个暴君，他以封建家长的权威在公馆内颐指气使。吴荪甫在家庭中得不到妻子的理解，在事业上，也是孤立无援，得不到强有力的支持。

吴荪甫的形象充分显示了中国民族资产阶级的两重性，一方面反对帝国主义的经济压迫与侵略，期待着民族自强，但另一方面，又对工人阶级和农民运动满怀仇恨；一方面不满国民党的无能统治，同时又要依靠反动力量去帮其维持秩序、镇压工人运动。这种两重性，决定了吴荪甫性格的矛盾性和复杂性，决定了他的色厉内荏与外强中干，也决定了他不可避免的失败命运。吴荪甫的事业悲剧，是整个中国民族资产阶级悲剧的缩影，作品强调吴荪甫这一失败的不可避免性和失败背后所隐藏的巨大社会背景，显示了作者对于当时中国的社会现实性质和中国未来发展方向的思考。吴荪甫的形象及其失败命运，形象地揭示了当时中国社会的半封建半殖民地性质，更昭示了资本主义道路在中国是行不通的。

吴荪甫之外，《子夜》还塑造了赵伯韬、屠维岳和冯云卿等几个成功的人物形象。赵伯韬是一名买办资本家，他是外国垄断资产阶级的走狗，与反动统治阶级有着千丝万缕的联系，他的目的是要秉承帝国主义的旨意，消灭和吞并中国的民族工业。在个人形象上，赵伯韬是一个心狠手辣、诡计多端又贪婪无耻、淫荡腐朽的社会公害，他不但以狡诈的手段逼得吴荪甫破产，实现了他吞并吴荪甫工厂的目的，而且还以卑鄙无耻的手段玩弄女性，并以此为荣。赵伯韬这一形象，充分展示了剥削阶级的丑恶本性，也寄寓了作者的强烈愤怒与鄙视。屠维岳是资本家的走狗，但作者对这一形象并没有简单化，而是赋予了他丰富复杂的人物性格，从而使形象呈现出较强的立体性和艺术性。他起初也有一定的反抗精神，表现出一定的自尊要求，但当他被吴荪甫选定为奴才之后，就完全卖身投靠，死心塌地地为吴荪甫卖命。在分化、镇压工人的罢工运动时，他的阴险狡诈得到了较充分的揭示。屠维岳人物形象表现出丰富复杂的性格内涵，他是中国现代文学史上同类形象中较为优秀的一个。冯云卿本是一个乡下地主，因为农民运动，他离开乡下来到上海，希望在上海的投机市场中捞一把。但他出师不利，在股票交易中，遭到赵伯韬的算计，损失惨重。为了重整旗鼓，他不惜以亲生女儿作诱饵去勾引赵伯韬，以期套取赵伯韬公债买卖的秘密。在作品中，冯云卿出卖女儿前不无矛盾又充满龌龊的内心世界得到了真切细腻的表现，他虽然心疼女儿，也为封建礼教所折磨，但为了经济私利，他终于还是向金钱世界投了降。

纷繁复杂的人物世界、宏大宽阔的社会场景、气势宏伟的艺术构架，是《子夜》重要的艺术特色。作品涉及的内容非常广泛，从乡村到大都市，从普通工人到大资本家，从交易场斗法到家庭日常生活，作品无所不包，但作品的结构安排却是有条不紊，层次清晰。作品以吴老太爷到上海及去世开篇，为全书作了一个很好的铺垫：全书人物纷纷出场；吴荪甫的事业规划和家庭矛盾初步显露；工运、农运和公债斗法三条线索初露端倪；这些都为故事的下一步发展作了充分的铺垫。接着，作品以吴荪甫与赵伯韬斗法为主线，其他几条线索交织其间，情节疏密相间地逐步向前推进。作品最后，吴荪甫的命运有了明确的结局，各条线索也分别有了完整的收束。这种纵横捭阖、气势宏大的结构安排，体现出作者不凡的艺术气魄与胆识。

对于生活场景的准确描写，也是《子夜》突出的艺术特点。《子夜》描述的生活场景非常广泛，其描述多绘声绘色，精彩生动。如作品对吴荪甫与赵伯韬公债斗法的场所——证券交易所的描写，真是淋漓尽致，既充分透射出人物深刻的内心世界，又为我们展示了一幅时代生活的真实图画。对于人物心理的细致把握，是《子夜》又一显要的艺术特点。人物心理描写是茅盾的特长，《子夜》也不例外。比如前面所述的冯云卿在教女儿去勾引赵伯韬时的心理活动：他"脑子里滚来滚去只有三个东西：女儿漂亮，金钱可爱，老赵容易上钩"。同时，他又不能不忍受内心的痛苦与折磨，他"忍不住打一个冷噤，心直跳"，"突又扑索索落下几滴眼泪"。人物内心的卑劣无耻得到了充分的表现。再如吴老太爷进城那一节，作品对人物的下意识和幻觉作了细致的描写，把一个"古老社会的僵尸"在大都市文化冲击下的颓态作了形象的表现。此外，《子夜》还通篇运用了象征的艺术表现手法，最典型的是《太上感应篇》在作品中的几次出现，既象征着封建制度和思想的没落命运，对于作品主题也是一个很好的隐喻。

比较作品中对都市生活的精彩描绘，《子夜》在描述工人阶级和农民生活场景时显得较为单薄，人物形象也存在概念化的缺陷。这显然是作者用力不均所致，也因为作者对于乡村和工人生活相对不熟悉，缺乏丰富的生活素材。同时，《子夜》理念化色彩强烈的特点，既有其优越之处，也有其不足。按照理念去演示生活，必然会对生活本身的丰富性和复杂性构成影响，也多少有悖于文学表现真实生活的创作规律。这些，都多少影响了作品艺术的完整性。但整体而言，瑕不掩瑜，《子夜》的思想价值和艺术魅力还是很突出的。作品所展示的丰富的社会背景，可以作为30年代中国社会的一个缩影，使作品具有丰富的社会学意义，也体现了作者的史诗性追求。作品对于时代社会的宏观把握和准确剖析，对于人物形象本质的深入揭示，则充分体现了现实主义创作的独特魅力。

第三节 巴金

一、概述

巴金（1904—2005），原名李尧棠，字芾甘，"巴金"是他发表小说《灭亡》时开始使用的笔名。巴金出生于四川成都一个封建官僚地主家庭。他的母亲是他童年时代的第一位先生，她教会巴金"知道人间的温暖"，"知道爱与被爱的幸福"，教会巴金"爱一切的人，不管他们贫或富"。[1]同时，巴金身处封建大家庭也感受到了压迫，这压迫主要来自陈旧的封建家庭观念与长辈的权威。在这虚伪而阴森的礼教的囚牢中，巴金清晰地看到了自己的兄弟姐妹在挣扎、受难以至死亡，于是，他心中燃起了"憎恨"的火焰，并且逐步从家庭的专制意识到整个社会的僵化、腐朽与不公。

"五四"新文化运动的发生，各种广泛传播的"主义"与思潮，使巴金受到了从未有过的鼓舞与启发。在这些崭新的思想资源中，最先打开少年巴金心扉的是克鲁泡特金的政论《告少年》与廖抗夫的剧本《夜未央》。克鲁泡特金是俄国19世纪70年代无政府主义思想的理论家，巴金由于受到他的启蒙而对他的人格以及他的全部著作推崇备至，从此他开始研究起安那其主义；《夜未央》描写的是俄国民粹主义者的革命斗争生活，巴金对他们为了人民的解放而不惜牺牲自己宝贵生命的大无畏英雄气概极为景仰，从此他大量阅读了俄国革命民主主义者与民粹主义革命家的传记与著作，这就使他早期思想中革命民粹主义的思想内容得到了加强。巴金早期世界观的实质是"把革命民主主义的内核裹藏在无政府主义的外衣之中"。[2]

巴金最早的创作，是发表于1922年的《文学旬刊》与1923年《妇女杂志》上的一些新诗和散文，这些作品大多带有习作性质。1923年，巴金离开闭塞的四川到上海、南京等地求学，1927年，巴金赴法国留学，翌年在巴黎完成他的第一部中篇小说《灭亡》，1929年在《小说月报》发表后反响强烈。小说反映的是北伐战争之前1926年左右军阀孙传芳统治下的上海生活。主人公杜大心有强烈的正义感，有无畏的献身精神，人民的苦难与个人的不幸集于一身，使他变得异常阴郁、孤僻。在一次刺杀戒严司令的行动中，他不幸牺牲，在他死后，他的女友继承他的遗志，成功地组织了工人的罢工。在杜大心身上，最特出的特点是"恨人类"，这种"恨人类"的思想折射出作家面对着反革命阵营的疯狂反扑所激起的无比愤懑"绝望"的情绪。作品详细地表现了这个"恨人类"思想的成因：它植根于"人类爱"的思想之中，由爱成恨，残酷的阶级压迫的现实使他对"爱"产生了怀疑，同时，对群众的不觉悟感到痛心和失望；杜大心所恨的基本上全是

---

[1] 巴金：《短简·我的几个先生》，《巴金全集》第13卷，第15页，人民文学出版社1990年版。
[2] 汪应果：《巴金论》，第60页，上海文艺出版社1985版。

剥削者，因此"恨人类"思想实际上是有着不很明确但又颇为实在的阶级内容的。"恨人类"的思想虽然表述得不准确，但基本上还是反映了作者一种阶级意识的新觉醒。作品并不注重对人物个性的刻画，对环境也只作一般的描写，情节线索简单，未跳出"革命+恋爱"的公式，写景大多带有象征色彩，它的创作方法还不是充分现实主义的。值得注意的是，在艺术特色上，巴金已经在他的处女作中显示了自己心理刻画的技巧，包括运用"意识流"这种表现手法。

1928年底，巴金离法回国，仍然居住在上海。从1929年到1949年底，他一共创作了18部中长篇小说，12本短篇小说集，16部散文随笔集，还有大量翻译作品。在这当中，中长篇小说无疑代表着巴金1949年前创作的主要成就。比较著名的有：《灭亡》（1929）、《死去的太阳》（1933）、《激流三部曲》（《家》、《春》、《秋》，1933—1940）、《爱情三部曲》（《雾》、《雨》、《电》，1935）、《火》（第一、二部，1940，1942）、《憩园》（1944）、《第四病室》（1945）、《寒夜》（1947）等。在早期创作中，巴金自己所喜爱的是总题为《爱情三部曲》的三个中篇。《爱情三部曲》的重要性在于：它是巴金早年对"革命"这一重大的社会问题进行紧张而又持久思索的总结，是作家早期世界观的形象化展现。作品探索了革命的道路，思考了革命者的人生观、政治观以及他们对友谊、婚姻、爱情、家庭等多方面的态度，涉及面异常广泛，因此是巴金心目中所认为的一部革命者的"生活教科书"。

从1929年至1936年，短短八年期间，巴金一共写下63篇短篇小说，出版了《复仇集》、《光明集》、《电椅集》、《抹布集》、《将军集》、《沉默集》（一）（二）、《沉落集》、《神·鬼·人》和《长生塔》等10个短篇集。这些小说的题材非常广泛，涉及的生活面也很宽。按照题材来划分，大致上可归为三类：第一类作品，数量较多又较有特色，以反映外国人民的生活为主。这类作品集中在《复仇集》、《沉默集》（二）中，此外，《电椅集》、《光明集》中也有一部分。把外国人的生活作为主要内容来写而且数量如此众多，在中国现代文学史上，可以说是巴金的一个独特的贡献。这些作品大多取材于1927年作家在法国的所见所闻以及1935年作家在日本的经历，另有几篇则是取材于在中国活动的一些外国革命者的事迹。从主题上看，这些作品主要是全力以赴地攻击资本主义制度中一切丑恶的和不合理的现象，同时表达中国人民和世界人民那种亲密无间的友谊。其中《马拉的死》、《丹东的悲哀》、《罗伯斯庇尔的秘密》等三篇比较特别，反映的是百数十年前的法国大革命，其目的则是告诫读者不忘历史的教训。第二类作品，以反映国内各阶层人民的苦难生活以及他们的反抗斗争为主要内容，其中，反映普通劳动人民生活的作品占最大分量。描写农民生活的主要收在《将军集》和《抹布集》中。由于作家对这方面生活并不很熟悉，这部分作品写得不算很成功，但从一个侧面展示了30年代旧中国惨淡而又严峻的现实。第三类作品是童话，主要收在《长生塔》中。童话只是作家为了便于对社会现实表达自己的看法而借助的一种形式，其实质仍然是现实的象征，里面几乎每个形象，每句关键性的话，都影射着现实生活或表达着"革命"的主题。

30年代巴金的短篇小说在艺术上与同期其他短篇小说家相比，呈现出一些不同的特点：由于作家在创作上一贯偏重于感情的宣泄，因此在形式上，巴金多"用第一人称写小说"；在人物塑造上，巴金注重对人的心灵的探索，并从人的心理的角度来透视社会，注意人的复杂性格，而不作简单的伦理判断；在小说的结构上，巴金早期短篇小说中往往由一个说故事的主人公来对读者娓娓长谈，有时大故事里套小故事，或几个似乎互不相关的故事互相交织，但却表现了共同的主题。

二、《激流三部曲》

巴金的《家》写于1931年，最初在上海《时报》上连载，原题为《激流》，1933年出版单行本时改名为《家》。《激流三部曲》的总体构想是在后来的写作中逐步形成的。《激流三部曲》[《家》、《春》（1938）、《秋》（1940）]是巴金的代表作。其中《家》的成就最高，影响最大。巴金在《〈激流〉总序》中声称，"在这里我所欲展示给读者的乃是描写过去十多年的一幅图画，自然这里只有生活底一部分，但已经可以看见那一股由爱与恨，欢乐与受苦所组成的生活之激流是如何地在动荡了"。

《激流三部曲》所反映的内容时间是1919年到1924年，正是一个中国历史处于转折期的风起云涌的动荡时代，背景是当时中国还很闭塞的内地——四川成都。《家》通过描写高氏三兄弟的恋爱故事，特别是通过高觉慧与婢女鸣凤的爱情悲剧和高觉新与钱梅芬及瑞珏的恋爱悲剧，集中展现了在高老太爷统治下，充满着虚伪和罪恶的封建大家庭制度的典型形态。作品蕴涵了异常深广的思想内容：一、控诉封建家庭制度。作品以四川成都一个广有田产、几代为官的封建大家族——高氏家族为中心，描写了在历史的嬗变过程中，封建家族制度、封建礼教以及由此形成的传统习惯势力的腐朽、愚妄和凶残。作品要通过高氏大家族的败落事实宣告一个不合理的制度的死刑。二、作品喊出了青年一代的呼声。作者在《关于〈家〉》一文中说，"我要为过去那无数的无名的牺牲者'喊冤'！我要从恶魔的爪牙下救出那些失掉青春的青年"[1]。作品借屠格涅夫的话表达了青年一代的呼声："我们是青年，不是畸形人，不是愚人，我们应当把幸福争过来。"这既是为青年一代呼吁，也是号召广大青年起来反抗封建专制，投身于民主革命的洪流，去实现自身的解放，实现人生的理想。三、作品以批判旧家庭制度为窗口，进而对整个旧社会旧制度进行了批判。作品中写到高觉慧由反抗家庭专制走向反对社会专制，大胆宣传新思潮，参加反军阀反政府的斗争，与孔教会长冯乐山进行斗争等，这使作品的思想内容由反对封建家庭制度延伸到了对整个黑暗社会、整个旧制度的批判上，由揭示旧家庭的崩溃扩大到揭示旧制度必然灭亡的命运。三部曲的第二部《春》主要描写的是淑英抗婚的故事以及与之相对的蕙表妹的悲剧事件。最后一部《秋》表现的是旧

---

[1] 巴金：《关于〈家〉》，《巴金全集》第1卷，第442页，人民文学出版社1986年版。

家庭分崩离析、"树倒猢狲散"的结局。

在《激流三部曲》所塑造的众多人物形象群体中，高觉慧是一个新人的典型。高觉慧的主要性格特征是叛逆性，这主要体现在：一、觉慧置高老太爷的反对于不顾，积极参加了学生反帝反封建的政治运动，敢于坚持自己的政治态度，坚决站在进步的立场上。二、觉慧反对窒息青年生命的封建家庭制度，坚决不再走封建阶级的老路，自觉地成为封建阶级的逆子贰臣。三、觉慧反对封建阶级荒淫无耻的生活，鄙视高家长辈们之间的钩心斗角、尔虞我诈。四、觉慧反对封建的婚姻制度，不赞成"父母之命，媒妁之言"。他不仅追求婚姻恋爱的自由，敢于爱上家中的婢女鸣凤，而且对他的哥哥觉民和琴的自由恋爱也给予支持，帮助觉民抗婚，做出了封建家庭里没人敢做的事情。五、觉慧反对封建迷信。高老太爷病重时，陈姨太请人来捉鬼，觉慧与之展开针锋相对的斗争；后来他又否定了陈姨太"血光之灾"的鬼话，反对把瑞珏搬到城外去分娩。六、觉慧反对封建的等级制度，对下层婢女、仆人平等相待。最后，觉慧勇敢地离家出走，表现了他与旧家庭的决裂。觉慧的主导性格是叛逆，但诚如作者所指出的，这是一个"大胆"而"幼稚"的"叛徒"，他既有大胆的一面，也有幼稚的一面。"大胆"表现为不顾忌，不害怕，不妥协；而"幼稚"则表现为他思想上的局限。觉慧反抗的思想基础还只是资产阶级的个性解放，因此凡是危及他个性自由的，都坚决反对，而一旦这种危害暂时不存在或感觉不到时，他的叛逆性会有所缓和，当高老太爷临终前答应取消觉民的包办婚姻时，觉慧与高老太爷之间似乎又达成了一种"和解"。另外，他的平等思想并不彻底，时时还会暴露出他身上旧思想习性的残留。他与鸣凤相爱，这一方面反映出他的平等意识，但另一方面在他们的交往与平日对话中，觉慧身上时时会不自觉地流露出一种优越感；尤其是最后对鸣凤的"放弃"，其行动中所表露出的深层意识仍是不平等的：他自认为有主宰别人幸福的权利，他可以在愿意的时候对一个下等人施爱，使她获得幸福，也可以在他认为必要的时候使这种幸福全部被剥夺。鸣凤的死当然主要是封建专制制度造成的，但与觉慧的"放弃"亦不无关系。正因如此，他才在鸣凤死后那样深深地自责。作者正是真实地写出了这个人物的复杂性，才使这个形象更加丰满，有血有肉，更加能深刻地反映出从旧营垒中走出的小资产阶级知识分子在反抗旧社会旧制度的同时，自身所必然带有的某种矛盾性。作品通过这个形象表明，只有革命才是唯一的出路，逃离家庭、个性解放，仅仅是第一步而已。觉慧作为高家的第一个掘墓人，以后在《春》、《秋》中仍不断地给这个家庭以巨大影响，这就使他成为高公馆内部这股汹涌"激流"的原动力。

《激流三部曲》还塑造了一个在专制主义重压下的病态灵魂——高觉新。他是一个重要的贯穿全书的中心人物。觉新的典型意义在于：一、他的软弱动摇的性格完全是封建专制主义及封建家族制度造成的，他的悲剧集中反映了这种制度对健康人性的戕害。觉新原是一个"相貌清秀"、"聪慧好学"的青年，思想进步，心地善良、正直、忠厚，但却因为父亲的一句话，因为择偶时一次荒唐透顶的拈阄把前途断送了。觉新是长房长孙，这一角色派定意味着要由他来负这大家庭未来的主要责任。这种家庭结构决定了要由觉新来维护这个制度，处处对这种家庭机制起保证作用。现实和理想的尖锐冲突，造成了觉新性格的两重性。作品正是通过这个人物人格的分裂控诉了这种大家庭制度。二、觉新身上也表现出在封建专制主义重压下我们民族懦弱苟且的国民性。觉新所处的环境，上边有冯乐山、高老太爷，还有克明、克安、克定等长辈，他们像高高的金字塔重重地压在他的头上，使他动弹不得；加上根源于封建等级制度以及封建传统思想的毒害，使觉新处处怕别人说闲话，时时考虑"光宗耀祖"，担心高家从他手中败落，害怕承担不孝的罪名；如此等等，他每次总是自告奋勇地把头往绞索中伸去，其事事退让、懦弱苟且的心理和性格就是在这种环境里形成的。高觉新是《激流三部曲》中塑造得最有个性的艺术形象之一，作品注意挖掘这个人物内心的复杂性：觉新行动的动摇性，是他内心经历着的新旧两种观念激烈冲突的表现。作者将这种冲突写成是民族积淀心理在西方民主思想冲击下的痛苦挣扎，从而体现出历史的深度。作品注重人物心理活动的展现，例如觉新大段的内心情感的倾诉和很多富有人情味的细节回忆，就强烈地衬托出了人物的心境。觉新作为中国新文学史上"多余人"的代表，其艺术魅力是显而易见的。

高老太爷在《激流三部曲》的第一部《家》中也是一个重要的、值得注意的人物形象。他是封建大家族的统治者，是封建家长制的代表。作家着重突出了他性格中的专横、虚伪和孤独感。他专横暴戾，独断专行，又很虚伪，口头上仁义道德，实际上灵魂丑恶，奢侈荒淫。他临终产生孤独感，与他面对高家衰败、零落的现实有关，克安、克定的胡作非为，使他深感"失望和孤寂"，觉慧、觉民的叛逆举动，更使他预感到无法挽回家庭衰落的颓势。他临死前的"忏悔"，真实表现出人性的复杂。作品还揭示了他处于新旧交替时代所具有的矛盾的文化心态：出于繁荣家族的考虑，他顺应时势，送克明留学日本，送觉民、觉慧进外语学校，不让觉新走"仕途"老路，要其从商，他还拥有实业公司不少股票，这些都似乎是在努力使高家由封建经济形态向资本主义商品经济形态转化；但就这个人物整个的心理特质、日常行为规范、思想意识而言，仍是属于封建主义的，他总是在按封建纲常建立家庭秩序。作品正因为写出了这个人物性格的复杂性，所以避免了反面人物脸谱化、漫画化的弊病。

《激流三部曲》不仅在思想上达到了相当的高度，而且在艺术上也取得了较高的成就。作品的艺术特色可以归纳为这样四个方面：一、作品具有很高的典型化程度。作品中巴金将高家作为整个社会的代表或"缩影"来写，高公馆里，发生在主仆之间、新老两代之间、夫权统治与妇女反抗的斗争之间、新旧思想以及主子内部矛盾关系之间的错综复杂的对抗，就是当时社会上各种尖锐矛盾的缩影，而高家金字塔形的权力结构就集中体现了几千年中国社会的封建专制主义的法则，作品所描写的社会生活和揭示的问题都有着很强的典型性。二、在塑造人物形象方面，运用抒情化方式，注重发掘人物的内心世界。作品中出现的人物光有名有姓的就有六十多个，他们性格鲜明，面目各异。巴金在表现人物，尤其是表现肯定型人物形象时，重在刻画人物内在的心灵美、人情美，重在传情上。以鸣凤、瑞珏和梅这三位女性为例，作品在展示她们的内心活动时，有意识地写出了这三个人物心理的共同点，这就是，在最困难的时候也想到别人，想到对方,从而表达出巴金毕生所求的一个"爱"字。三、在结构上以事件为主线索,以场面串联故事。《家》中的学潮、过年、军阀混战、鸣凤之死……《春》中的海儿之死、蕙的婚礼、淑英出走……《秋》中的枚的婚礼、蕙的安葬直至大火、分家,这些大大小小的事件联结在一起,构成了网中的结,并通过场面描写把各种人物汇聚起来。而前后场面常有所呼应,形成作品的完整性。四、在风俗画的描写中寄寓作家强烈的道德评判。作品中对吃年夜饭的描写,对放花炮的描写都异常精彩,但作家的目的全在于揭示这些风俗画后面的阶级对立,在于否定这种风俗画及其背后的社会表征。

《激流三部曲》在中国现代文学史上有着非常独特的意义和重要的地位。首先,这部作品是我国现代文学史上集中描写封建大家庭的兴衰史并集中抨击封建专制主义制度的重要作品。对封建专制主义及封建家族制度的攻击是从鲁迅就开始的,其后许多作家关注这一主题,《激流三部曲》全面揭示了封建专制主义的特征、弊端和罪恶,指出了它必然灭亡的命运,是现代文学史上抨击这一罪恶制度的一座丰碑。其次,这部作品是现代文学史上反映"五四"精神的一部重要的长篇小说。"五四"运动是20世纪初期中国历史上的伟大事件,但它在现代文学史上却一直未能有所反映。《激流三部曲》虽然未直接描写"五四"运动,但却有"五四"风云的激荡,作品充分表达了"五四"的时代精神,反映了那一代青年人的奋起与追求,表现出了由"五四"所催生的崭新的价值观念。再次,《激流三部曲》对中国现代长篇小说这一体裁的发展具有十分重大的作用。"五四"小说创作以短篇为主,如何在摒弃了中国旧小说的内容与形式之后创造适应新观念、新内容的新的长篇小说的形式?现代文学史上不少杰出的小说家从不同的途径对此进行了探索。巴金学习借鉴西方小说的艺术形式与技巧,形成了以偏重于情感抒发为明显特点的艺术风格。《激流三部曲》的问世为我国现代中长篇小说走向成熟作出了贡献。

三、《寒夜》、《憩园》

《寒夜》是最能代表巴金40年代创作水平与风格的一部长篇力作。作品开始写于1944年一个寒冷的冬夜里,完成于1946年底。作品通过一个小公务员在现实生活的重压下所经历的家庭破裂的悲剧,揭示了旧中国正直善良的知识分子的命运,暴露了抗战后期"国统区"的黑暗现实。

作品中的主要人物是汪文宣和他的母亲以及妻子曾树生,抗战期间,一家人从上海来到四川。汪文宣与曾树生是一对大学毕业、自由恋爱结婚的夫妇,他们都曾经受过西方新思潮的影响,有过改造社会的理想,但是,在严峻的现实苦难中,他们不仅未能实现最初的理想,而且自身也成为社会悲剧的主角。由于国民党反动政府的腐败,他们的生活每况愈下,困苦的环境加深了婆媳之间的不和,家庭纠纷与冷酷的社会现实结合起来,构成了汪文宣不可抵抗的沉重负担。他生了肺病,但是他还挣扎,还敷衍,还挨着日子过。最终妻子离开了他,公司也将他辞退,就在日本宣布投降、国人欢庆抗战胜利的时候，他孤寂地死去。

《寒夜》在艺术上最突出的成就在于详尽地刻画了汪文宣这个人物的屈辱心理，深刻地表现了他被侮辱被损害的病态灵魂以及造成他心灵创伤的社会原因。他正直，不愿巴结上司；他善良，即使身陷困境还关心着朋友；他爱国，直到生命的最后一息还念念不忘抗战的胜利……然而，他又是个有着病态心理、内心分裂的人。他自卑自贱，当妻子被别的男人带走时，他不敢出面阻止；他在闹家庭纠纷时，只能以自责自戕来应对；他毫无主见，一切看别人的眼色行事……作家正是通过汪文宣性格的扭曲来尖锐地抨击社会的黑暗和战争的罪恶。日本侵略战争、国民党官员的横征暴敛，造成他生活的极度贫困，以至最终累得吐血；大后方风气的腐败促使他的妻子给人当"花瓶"，从而造成家庭内部的不和，无休止的争吵，带给他极度的心灵痛苦。巴金通过这个小公务员的悲剧揭露了国民党反动统治的罪恶，从而使作品具有极大的批判力量。

曾树生也是小说中刻画得较有深度的人物。巴金准确地揭示了这个人物的性格特征以及性格变化的轨迹。她年轻美丽，精力充沛，但内心深处却异常孤独、苦闷。苦闷的原因除了自己的理想在黑暗的现实中幻灭之外，还有她在家庭中所受到的精神折磨：她爱自己的丈夫，但病入膏肓的丈夫不仅使她身心得不到满足，而且使她感到一种恐惧和压抑；她的婆婆虽然也是一个知识分子，但两人的价值观却相距甚远，以致互相仇视。正当她苦闷无依的时候，年轻、富有而又健壮的陈主任出现在她的面前，她经不住引诱，并最终决定离开丈夫随陈主任去了兰州。

细腻入微地挖掘人物的内心世界，是《寒夜》在艺术上的鲜明特色。在作品中，人物的心理描写不是静态的，孤立的，作者透彻地揭示了那些隐蔽的心理过程，并且揭示出人物的心理活动在对立的情势下的运动。比如，曾树生决定离家去兰州，这个决定是在各方面影响下做出的，然而这些影响却常常使她的心理朝着相反方向运动。当她回家征求丈夫意见时，出乎意料的是丈夫同意她走，这反倒使她犹豫了，反而使她违心地说出"我不走"这句话来。与巴金的《家》等前期作品相比，《寒夜》在艺术上一个明显、巨大的变化是由"热"而"冷"。《家》中对封建专制制度发出的剑拔弩张的"我控诉"和激情抒发的表达方式，在《寒夜》中开始变为对黑暗社会现实的更为冷静、客观同时也更为深刻的剖析。作品的笔调是冷峻的，气氛是肃杀的，就像作品的标题一样，给予读者的感受是逼人的冬夜的寒气。这一变化，表明了作家艺术功力的深化。

《憩园》写于1941年初，完成于1944年。40年代初，巴金曾经回了一趟四川老家，旧地重游，特别是目睹故居的颓败，巴金无限感慨，"被一种奇异的感情抓住了"，仿佛找到了某种失落已久的"遥远的旧梦"。于是，他创作了中篇小说《憩园》。作品以一座被称为"憩园"的公馆为背景，表现了杨、姚两个富贵人家共同的悲剧命运。"憩园"的旧主人杨老三整日吃喝嫖赌，败尽了祖上的家产，沦落为乞丐。长期的游手好闲、好逸恶劳，已使他丧失了起码的谋生能力，而根深蒂固的封建等级观念又使他不屑于自食其力，他习惯了寄生虫的生活，万般无奈之下只好靠偷窃为生，最后被妻儿赶出家庭，在监狱里很不光彩地死去。杨老三是他那个家庭悲剧的直接制造者，同时在某种程度上也是封建制度的受害者，作者对这个人物给予了一定程度的同情。"憩园"的新主人姚国栋与杨老三一样，从祖上继承了大量财富，过着花天酒地、醉生梦死的生活。在他们的娇纵与金钱的腐蚀下，儿子小虎也不务正业，沦为蛮横无理、无恶不作的纨绔子弟。小虎的最后死去，实际上象征了这些依靠遗产生活的封建家族的必然破落。如果说《激流三部曲》揭示的是封建专制制度对蓬勃向上的年轻一代的扼杀的话，那么，《憩园》则反映了这种腐朽的制度对其自身成员人性的扭曲与毒害。

《憩园》的艺术风格与巴金其他作品均有不同。作品中既有游子归家寻梦的怀旧情绪，又有对人事变迁的哀伤、感慨，对于自己笔下这些行将衰亡的人物，巴金也是同情多于愤怒，叹息多于批判，这就使作品通篇蒙上了一层凄美的、抒情的调子，其文字也不像巴金的其他作品那样愤激、急促，而是相当舒缓、婉约。《憩园》的构思也别具一格，作品把两个互不相关的家庭故事巧妙地扭结在一起，写杨家主要以倒叙交代，写姚家则突出情节的不确定性、传奇性，两者互相映衬，构成了一种韵味丰盈的复调关系。《憩园》有意识地设置了一个故事的总叙述者"我"，这个"我"一方面冷静地、客观地叙述着杨、姚两家的悲欢离合，一方面则不时地从故事中跳出，以局外人的身份评说着笔下的人事沧桑，从而起到了一种较好的间离效果，给予读者以别样的阅读感受。

第四节　老舍

一、概述

老舍（1899—1966），生于北京，满族（正红旗），原名舒庆春，字舍予。1913年初考入京师第三中学，后因交不起学费而辍学，同年入北京师范学校，1918年7月毕业。先后任过小学校长、劝学员、中学教员，1922年在北京接受基督教洗礼，1924年赴英国伦敦大学东方学院任教五年，1925年在英国开始创作长篇小说，是中国现代长篇小说大家。此外，他还写过多样风格的散文、新旧体诗和鼓词、旧剧等。建国后，他创作了多部话剧，其中《茶馆》产生了很大影响，赢得了世界声誉；杰出的小说《正红旗下》刚开了一个头，未能写成。"文化大革命"起，他投湖殉难。

在英国任伦敦大学东方学院中文讲师期间，老舍完成了三部长篇小说：《老张的哲学》（1926）、《赵子曰》（1927）、《二马》（1929），先后在《小说月报》上连载。

《老张的哲学》展现了20年代黑暗势力的摧残逼迫下的北京普通市民的悲剧命运，对信奉"钱本位"市侩哲学、千方百计为自己捞钱、用恶劣手段拆散两对年轻恋人的老张进行了辛辣的讽刺。《赵子曰》写了一群住在北京"天台公寓"里的大学生，剖析了他们卑微的心理和空虚的灵魂。作品中有正义感和上进心的李景纯则寄托着作者的希望。《二马》的背景是英国，小说以马则仁（老马）、马威（小马）父子从北京到伦敦的生活轨迹为经，以中英两国国民性的比较为纬，展开了较为广阔的画面。小说讽刺了老马这个怯弱虚荣、思想僵化的"'老'民族里的一个'老'分子"。《二马》写了马氏父子之间的冲突，通过揭示他们的不同心态，鞭挞了旧势力对新事物的扼杀，反映了新生力量的挣扎，并且触及了东西方不同民族之间要求心灵沟通的愿望与这种愿望和现实之间的矛盾。以北京市民社会为观察视野，透视民族心态，批判国民劣根性，用讽刺与幽默兼备的笔调表现生活，是老舍上述三部作品共同的特色。虽然作者的美学风格尚未臻成熟，时有为幽默而幽默，甚至流于油滑之处，但已见老舍整个创作格局的端倪。

1929年老舍离英返国途中在新加坡勾留数月，写作了长篇《小坡的生日》。这部童话体的作品，借主人公小坡梦入"影儿国"的历险奇遇，表现了作者对被压迫民族的深切同情和"联合世界上弱小民族共同奋斗"的希望。

回国后到抗战爆发前，老舍执教于济南齐鲁大学和青岛山东大学，同时，创作了六部长篇，即《猫城记》（1932）、《离婚》（1933）、《牛天赐传》（1934）、《骆驼祥子》（1936）、《文博士》（1936—1937）。写于1930—1931年间的《大明湖》，原稿被战火所焚，未能出版；另有一部中篇《新时代的旧悲剧》（1935）及三个短篇小说集（《赶集》、《樱海集》、《蛤藻集》），显出旺盛的创作力。

《猫城记》写地球人"我"火星探险失事，被猫国人所俘，遍览猫国的政治、经济、文化、教育、军事，了解其愚昧、麻木、苟且偷安的国民性，目睹其自相残害并被"矮人"灭绝。科幻小说的形式中寄寓着明显的讽刺意旨。作品借猫人丑恶行径的描写，对中国这个古老民族的劣根性作了淋漓尽致、痛心疾首的剖析，并间接地抨击了当局内政外交的腐败、无能。老舍擅长于表现人性和国民性，但缺乏鲁迅那样的政治批判力，他把政党都称为"哄"，时而对"大家夫斯基哄"和信仰"马祖大仙"的青年学生作讽刺，对革命政党领导的人民革命斗争相当隔膜。小说中浓厚的悲观色彩，反映了作者内心的矛盾痛苦。《猫城记》复杂的思想倾向长期以来引起过不同的评价，但作品所表达的对国民党统治政权的辛辣讽刺，和对半殖民地半封建的旧中国国民性的严厉批判的主导倾向是应该肯定的。

《离婚》在暴露官场腐败、社会黑暗的同时，对因循守旧、敷衍、妥协的生存哲学进行讽刺与彻底否定。主人公之一的张大哥，是中国市民的庸俗无聊性格的代表，其"敷衍"生活的态度在国民中具有典型性。作品对市民性格和造成这种性格的社会生活环境、思想渊源和文化传统的揭示都有着重要的价值。《离婚》标志着老舍创作思想艺术的新高度，他的适度而有节制的幽默艺术也更成熟了。

《骆驼祥子》通过劳动者题材将老舍的思想和艺术成就更鲜明地突出在世人眼前。

从抗战爆发到新中国成立，这一阶段老舍的主要作品有长篇《火葬》（1944）、《四世同堂》（1944—1948）、《鼓书艺人》（1949）；中篇《我这一辈子》（1947）、中篇小说集《月牙集》；短篇小说集《火车集》、《贫血集》、《东海巴山集》、《微神集》；话剧《残雾》、《张自忠》、《面子问题》等；长诗《剑北篇》以及相当数量的通俗性大众化作品。这些作品内容广泛，风格各异，显示出老舍艺术创造的深厚功力。《四世同堂》是这一阶段的代表作。

《鼓书艺人》是老舍40年代末应邀在美讲学期间写成，英文本在纽约出版（1952），80年代由英文译回。该作是老舍城市底层社会生活长卷中不可或缺的组成部分。小说以抗战时期北方流落到重庆的鼓书艺人的遭遇为题材，着重写了方宝庆和唐四爷两个艺人之家。由艺人们的痛苦与抗争，揭开了旧中国城市的又一个阴暗的角落。艺人方宝庆父女对旧生活秩序的反抗、对新生活的积极寻求，显示出作者从对小人物的同情或批判转向了注重他们的觉醒与抗争。起着生活引导作用的革命者形象和抗战的大时代气息，给作品增添了前所未有的坚定昂扬的气息。

老舍短篇中的佳作《月牙儿》、《微神》、《断魂枪》、《柳家大院》、《黑白李》、《上任》等有很高的艺术造诣或思想价值。《月牙儿》根据被毁于"一·二八"战火的长篇小说《大明湖》重写，小说展示了母女两代相继被迫沦为暗娼的悲剧，发出了对非人世界的血泪控诉。《月牙儿》是以散文诗笔法来写小说，贯穿全作的"月牙儿"犹如一首乐曲的主旋律，既加强了情节的韵律感，又是对主人公命运的诗意象征，具有构成境界、渲染气氛、烘托心理、联络结构、含蓄点题等多重作用。小说从头至尾洋溢着一种凄清哀婉的情愫，有震撼人心的艺术魅力。《月牙儿》与《微神》等以另一种方法写被侮辱被损害者，作品略带象征神秘的气息，现实与梦境交融，具有浓郁的抒情风格。

老舍是北京市民文化的表现者和批判者。北京市民社会的生活内容，是老舍进行文化批判的重要领域，他的国民性批判也多是借此体现，中国人的国民性在市民阶层中体现得相当充分与全面，而北京又是保存中华民族传统文化最为典型、最为突出的文化古城。老舍是现代文学史上最有成就的幽默小说家，他的幽默以悲喜剧相交融、讽刺与抒情相渗透，将语言的机智与哲学的观照熔为一炉。老舍是文学语言大师。他对北京口语熟悉而有感情，反复琢磨加工，于俗白中求飘逸，简练而极富表现力，他还注意音节的韵律和谐；同时，老舍将西方语言的特点有机地融入日常语言的表现方式中，在思想内容与语言形式的统一融和中获得精湛自然的完美表达。

二、《骆驼祥子》

长篇小说《骆驼祥子》最初连载于《宇宙风》杂志（1936年9月—1937年10月），1939年首版单行本。

小说主人公祥子从乡间来到北平，以拉洋车为生。他勤劳朴实，善良正直，富有责任感与同情心。他的生活理想就是拉上自己的车，做一个独立的劳动者。经过三年在风雨血汗中的努力，祥子买了辆新车。可是很快地在一次军阀混战中，连人带车被抓，他丢了车；祥子没有放弃他买车的理想，刚攒够买一辆车的钱，又被孙侦探敲诈一空；车厂厂主刘四的女儿虎妞引诱祥子，迫使他不情愿地与其结了婚，用虎妞的钱买上车，虎妞难产而死，祥子只好卖了车还债。三起三落，祥子自暴自弃了，他日渐堕落，吃喝嫖赌，谋财害命，昔日"体面的，要强的，好梦想的，利己的，个人的，健壮的，伟大的"祥子，成了"堕落的，自私的，不幸的社会病胎里的产儿，个人主义的末路鬼"！

祥子的生活经历是一个悲剧。造成祥子悲剧的客观原因主要是把人变成鬼的旧社会的逼迫。祥子想自己买一辆人力车的愿望，正像农民想拥有土地一样，只不过是一个独立的劳动者的最低愿望，然而这一正当的愿望在那个社会里却是个奢望。祥子历尽艰辛，三起三落，求独立自主而终不可得，成了这个病态社会的牺牲品。另外，与车厂主女儿虎妞的婚姻也是祥子生活悲剧的因素之一。他们的婚姻是没有爱情的"强扭的瓜"，祥子的生活理想与虎妞的生活理想毫无共同之处，存在着尖锐的冲突。他曾经企图反抗命运，却最终屈从于命运的安排。虎妞的纠缠，她对于祥子的性欲和物欲的要求，对于祥子来说就是一种灾难。

作品对造成祥子悲剧的主观因素也进行了充分的发掘，对祥子思想上的局限与性格心理上的弱点作了深刻的揭示。祥子与生俱来的小农意识、狭隘的眼光，他的个人奋斗的思想，是构成他的悲剧的主观因素。祥子从一开始就执著地自以为只要拼命苦干，就可以改变自身的命运，一旦期望落空就立即走到反面去。祥子虽然是个体力上的强者，心灵上却常常是个弱者。在接踵而来的打击面前，他逐渐地自暴自弃起来，他对生活中出现的许多问题无力作出解答，为个人而努力的，也知道怎样毁了自己，祥子最终失去了全部道德价值，从人道走入了兽道。祥子的悲剧是沉沦的悲剧，是性格、命运和人类生存的悲剧。祥子的悲剧是对个人奋斗道路的彻底否定。

人物典型的成功塑造，是《骆驼祥子》的重要艺术成就。作品中的人物形象以祥子和虎妞最为突出。祥子代表了因农村破产而涌入城市的一批农民的遭际。作品在由要强到堕落的生命过程中展示了祥子的性格：祥子开始自己的奋斗史时，像一棵树那样"坚壮、沉默、而又有生气"，他年轻力壮，善良正直，乐于帮助与他命运相同的穷人，他坚韧、顽强，风里雨里地咬牙、饭里茶里地自苦，把"车"当成了宗教般的生命目标。买上了车以后，祥子就连遭厄运，想要的得不到，或是得到了也毫无保障；不想得到的东西，却被强加到头上。残酷的现实扭曲了他的性格，吞噬了这个一度有着强大生存能力的个人奋斗者，最终成了行尸走肉。作品以饱蘸血泪的笔刻画着祥子痛苦挣扎的形象。作品通过祥子形象的塑造，控诉了罪恶的社会，也揭示了祥子这类小生产者从个人主义的一端走向另一极端的堕落。祥子形象具有警世的作用。

作品对虎妞的性格表现是在双重身份的复杂关系中凸现出来的。她是车厂主刘四的女儿，后来又做了车夫祥子的妻子。她沾染着剥削者家庭的好逸恶劳、善玩心计的诸般市侩习气，缺乏教养，粗俗刁泼。因为父亲的私心而被延宕了青春，她心中颇有积怨，终于父女反目；她对爱情与幸福的追求长期被压抑，身受封建剥削家庭的损害，心理也有所变态，她是刘四的另一种压迫对象和牺牲品。她并不真的甘心一辈子做出臭汗的车夫的老婆，她嫁给祥子却想把祥子拉上她的生活轨道。虎妞对于祥子的爱是以不平等的态度体现着的，在爱的成分中更多的是畸形的性的纠缠与索取，这是对祥子心灵与肉体双重的摧残。虎妞破坏了祥子个人奋斗的目标,是导致祥子走向堕落的诱因之一。不合理的社会和剥削者家庭造成了虎妞的不幸,而她介入祥子的生活,又造成了祥子身心崩溃的悲剧结局。她是受害者,又是害人者。

《骆驼祥子》还展示了生活在祥子周围的下层社会的小人物群象:老马祖孙、二强子、小福子、绰号"白面口袋"的妓女等,他们构成了祥子悲剧的深广背景,给祥子的悲剧提供更多的现实根据。其中小福子的形象尤为令人难忘。母亲去世以后,小福子为了养活酗酒的父亲和年幼的弟弟,被迫嫁给一个军官,又遭遗弃而沦为暗娼,最后冤死在白房子(下等妓院)里。她愿与祥子相濡以沫,然而他们无法结合。她的悲惨遭遇,是对祥子的人生悲剧的一个重要的延伸与补充。

《骆驼祥子》在人物塑造上很鲜明地体现了老舍写出"灵的文学"来的主张。小说善于用丰富、多变、细腻的手法描写人物的心理活动和心理变化。祥子的性情沉默、木讷,他的语言在内心。他的愿望、追求、痛苦都是通过态度、动作、内心的质问等心理形式表现出来。祥子对于车的安身立命的感情和"态度"的心理展示,贯穿了小说的全部叙述。虎妞的性格描写也很逼真,她对刘四又拉又抗,对祥子又骗又哄,使足了心计,这些都被处理得极为细腻、准确,使她的个性十分鲜明。老舍善于刻画人物心理的艺术功力几乎体现在所有人物的塑造上,尤其以揭示人物的灵魂痛苦为最。

《骆驼祥子》的地域文化特点非常突出,地理人文环境、民风习俗、北京人的语言特征,比比皆是。祥子及其周围各种人物的描写,都被老舍置于一个人们极为熟悉的文化环境中。北京洋车夫的"门派",虎妞筹办婚礼的民俗,祥子拉车的路线……无一不透出北京特有的地方文化色彩。

《骆驼祥子》采用了经加工提炼的北京口语,生动鲜明地描绘了北京的自然景观和社会风情,准确传神地刻画了北京下层社会民众的言谈心理,简洁朴实,自然明快。文字"极平易,澄清如无波的湖水",又"添上些亲切,新鲜,恰当,活泼的味儿"[1]。作品还有选择地使用北京土语,增加语言的地方风味,人物语言取自北京人的唇舌,符合人物的身份、个性、教养。作品的叙述语言也多用精确流畅的北京口语,同时能熔古铸今化洋,长短句的精心配置与灵活调度,增加了语言的节奏感。在老舍笔下,俗白、清浅的北京口语显示了魅力和光彩。

小说结构采用了老舍所谓的"拴桩法"。小说以祥子遭遇的一系列事件为主干,而这些事件无不是与"车"紧密相连,"车"这一意象核心就像"桩",所有的事件都被拴在上面。这样的结构紧凑集中,祥子的性格展示既不离开他安身立命的"车",又不缺乏广阔的社会环境和多重人际关系。因车而"三起三落",因车而和虎妞产生"爱情"纠葛,单纯中有错综。这种结构图式既有核心又有辐射,通过祥子与周围人的关系,把笔触伸向更广大的不同阶级、不同家庭的生活之中,真实地、较为全面地反映了

---

[1] 老舍:《我怎样写〈骆驼祥子〉》,《老舍文集》第15卷,第204页,人民文学出版社1990年版。

当时社会的黑暗景象，又借此自然地揭示了祥子悲剧的必然性与社会意义。

三、《四世同堂》

《四世同堂》（1944—1948）是老舍的长篇巨构，全书一百章，八十多万字，分《惶惑》、《偷生》、《饥荒》三部。前两部写于抗战时期，曾在报纸上连载，出版于抗战胜利之后，《饥荒》在美国讲学期间完成，1949年曾在美国节译出版。1982年整部作品在国内出版。

《四世同堂》写人们在古都北平沦陷后，身为亡国奴的精神痛史、恨史。小说没有直接描写日本侵略者杀人放火、奸淫掳掠的暴行，而是通过描写战争八年之间北平每一个人、每家每户、每日每时都经历着的痛苦与屈辱，有力地鞭挞了那些武士道战争狂人和"有奶便是娘"的民族败类。这在反映全民抗战的同类题材作品中别开生面。

《四世同堂》是映现40年代沦陷区人民心态的一面镜子。小说选取北平西城一条普通的小羊圈胡同[1]，作为故都这座"亡城"的缩影，以祁家四代人的境遇为中心，展开了广阔的历史画面。小说真实反映了北平人在外族侵略者的统治下灵魂遭受凌迟的痛史，剖示了他们封闭自守、苟且敷衍、惶惑偷生的思想精神负累，并进而对民族精神素质和心理状态进行了清醒透剔的反省。祁老者为侵略者的枪炮打碎了他安度晚年的希望而痛苦，祁天佑仅求做一个安分守己的商人，却被诬为"奸商"，祁瑞宣在报国和家庭伦理的选择中惶惑与偷生，祁瑞丰竟无耻地做了汉奸。战争像一块试金石，考验着北平的每一个人。在严峻的现实面前，"亡国奴"的奇耻大辱与深刻痛苦也咬啮着他们的良知，然而更多的却是"惶惑"中的"偷生"！

《四世同堂》是民族奋起的启示录。老舍期待着中华民族在战火中的新生，以真挚的感情和沉着的信念，展示北平下层人民缓慢而艰难的觉醒过程，赞扬了他们以多种方式表现出来的反抗。连保守的祁老人也敢于横眉怒斥侵略者和民族败类，传统的诗酒文人钱默吟的坚定的民族气节与积极的斗争行动，青年司机钱仲石壮烈地与敌人同归于尽，车夫小崔反抗暴敌而掉了脑袋，学生虽然被迫参加敌伪组织的游行却谁也不肯举校旗，相声艺人则巧妙地以隐语宣泄对敌人无情的讥刺……一致体现了中华民族不甘做亡国奴的不屈灵魂。

《四世同堂》塑造了承载着传统文化的北平市民群像。作品突破了老舍以往每部作品一般集中塑造一两个或几个人物的构思框架，显示了开阔的视野和宏大的气魄。一个完整的民族传统文化形象统摄了几个北平市民形象系列，全书描写了一百多个人物，其中重要的也有三四十个。以祁家为主，冠家为辅，而钱家则穿插其间，旁及几个大杂院中的家庭，一类属小康之家，一类是处于最底层的个体劳动者。芸芸众生中，老派市

---

[1] 地理原型小杨家胡同为老舍的出生地。

民、新派市民和城市贫民三大形象系列最为突出。而在这些形象系列内部，又有各种不同个性、不同倾向、走了不同道路的差异。

祁老人是"四世同堂"中祁家的长者。他思想保守，胆小怕事，因循守旧。侵略者把战火烧到了家门口，他还一厢情愿地以为只要顶上大门便可以万事大吉。国家和民族的危亡，他可以不管，侵略者对他习惯的文化生活方式的破坏却给了他切肤之痛，庙市上没有了"兔儿爷"，他伤心了。残酷的战争与北平沦陷的现实击碎了他安度晚年的幻梦，他的心中逐渐萌生了仇恨和反抗的种子，并敢于怒斥侵略者的罪恶和卖国者的丑行。老一辈北平市民灵魂震动、觉醒、抗争的过程，在祁老人身上得到了令人信服的反映，这个新时代中的旧人物塑造得血肉丰满、光彩照人。

钱默吟是一个旧式知识分子，他身上体现出的是名士风范和侠义风骨。战前，他是一个沉浸于诗书、佳酿、花草之中的老夫子，"好象一本古书似的……宽大、雅静、尊严"。侵略者毁坏了他的家庭和他宁静的生活方式，儿子的壮烈牺牲与自己的被捕使他爆发出中国传统文化中的道德力量——杀身成仁的民族气节与操守，他勇敢地跨入了反抗者的行列。这个人物体现了老舍对中国传统文化的新的认识：传统文化"是应该用筛子筛一下的"，筛去了"灰土"，"剩下的是几块真金"，是"真正中国文化的真实的力量"，"是一种可以革新的基础"。在小说中，钱默吟以及天佑太太、韵梅都是这样的具有"金子"般性格和道德力量的人物。天佑太太、韵梅这两个普通的家庭主妇，平时成天操心老人孩子、油盐酱醋，民族危难一旦降临，她们就挺身而出，坚毅沉着，识大体讲大义。在与全民族共同经历亡国奴生活的艰苦磨难中，她们把自己无私的关怀与爱由家庭扩展到了整个国家与民族。

祁瑞宣作为"四世同堂"的第三代，是祁家的长房长孙，负有家庭的责任，在他身上有着鲜明的北平传统文化烙印的老一代市民的性格遗传；同时他又接受了前辈所不曾接受过的新式教育，他的思想和行为常在新与旧二者之间徘徊。他善良、正直、爱国，却又软弱忍从，受着传统文化思想的束缚，既想"尽孝"，又想"尽忠"，只得在不能两全的境地中优柔寡断、苦闷不已。在他身上集中体现了家庭观念与民族意识之间的矛盾。他周围的爱国救亡的激流有力地冲击着他，教育着他，他终于从矛盾、苦闷中得到解脱，走上反侵略的新生之路（甚至为地下革命刊物写稿）。瑞宣从苦闷中觉醒走向反抗的过程，也是他不断摆脱传统文化落后面影响的过程。在他的身上寄托着老舍对苦难民族在战争的血与火中自救新生的希望。瑞宣的弟弟瑞全是个热血青年，在瑞宣的支持下，他较早地觉醒，较早地走上了反抗的道路，在他身上，寄托着作者的热情和理想，这新生的一代是四世同堂的祁氏家族的未来和希望。

瑞丰这个祁家的败家子（也是民族的败类）与小说中另一个人物冠晓荷刻画得相当成功，并不脸谱化，老舍怀着对这类蛆虫的极大鄙夷，剔挖出这些丑类肮脏发臭的灵魂，达到了一定的深度。祁瑞丰一身的市侩气，却想附庸风雅；冠晓荷一肚子的小算盘，却收获不多。两个汉奸都俗不可耐，结局也同样地不妙，但两个人物各有个性，相互不会混同。冠晓荷的老婆大赤包，粗鄙、势利、没心没肝、奸诈狠毒，也被作者剥露得入骨三分。

小说中还有一批生活在亡国之都最底层的贫苦市民。在国破家亡的年头，他们比往日更为痛苦、屈辱，饱尝着亡国奴的苦味。在这些最普通、最平凡的老百姓身上，既有着自尊自重、诚实仗义的美德，又有着忍辱偷生、敷衍苟且等陋习，作者都给予了恰如其分的表现，同时也透视出蕴藏在他们心中的复仇的怒火。人力车夫小崔在大是大非面前，在民族存亡的危急关头，决不与汉奸们同流合污，终于被无辜杀戮。小崔这样的普通老百姓的爱国精神和民族气节闪耀着动人的光彩。

《四世同堂》鲜明地体现着作家的文化反思。小说叙事中心的"四世同堂"之家，实质上是中国礼教文化的象征。老舍抓住了这一文化意象，把它置于小羊圈胡同的具体环境和广阔深邃的民族抗战的历史文化背景上加以表现，对体现了民族文化精髓的北京文化进行了沉痛的反思。小说以明确的批判意识揭露了浮游在北京市民中的民族劣根性，以理性审视的目光，对"民族的遗传病"作了穿透性的剖析，显示了改造与重塑"国民性"的努力。从这个意义上说，作者选择的小羊圈胡同就成了北京近代思想文化变迁的缩影。

《四世同堂》采用的是长河奔流的结构方式，其多线索的宏大叙述，在深广度、笔力、气势上都是自觉的史诗式的追求。小说内容涉及的时间范围很长，包括了八年抗战的全过程，从珍珠港事件到日本人投降，都有直接、间接的反映；小说涉及的空间范围很广，笔触遍及北京的小胡同、大杂院、街头、郊外、广场、商店、戏园、监狱、刑场、旅馆、妓院、公园、古庙、学校乃至日伪机关、大使馆……简直就是一幅沦陷了的北京社会的全景图。作品的核心叙事对象虽然只是个小胡同，但却开拓、波及整个北京、中国、世界，在有限的天地中见出了广阔的时代与世界的风云。在人物关系的设置上，它以小羊圈胡同中的祁家四代人的生活为中心，呈辐射型、网络状展开。小说中展现了多重矛盾，既有中国人民与外国侵略者的矛盾，又有维护民族尊严者与出卖民族利益者的矛盾，也有同一个家庭内部的上与下之间、正与邪之间的矛盾，还有同一市民阶层中的其他矛盾，头绪繁多，但不枝不蔓。老舍善于在铺叙中节制，结构谨严得体，使得现代叙事中具有古典的匀调之美。

第五节　沈从文

一、概述

沈从文（1902—1988），原名沈岳焕，笔名休芸芸、甲辰、懋琳、璇若、上官璧等，湖南凤凰人。他所生长的沅水流域，位于湘西，地处湘、川、黔三省交界处，是苗、侗、土家等少数民族聚居的地方。沈从文出生于当地一个颇有名望的行伍世家，身上流淌着汉族和苗族的血液。1917年8月，照当地从行伍中求出身的习惯，尚在少年的沈从文即以预备兵名义入伍。此后在五年多的时间里随部队辗转于沅水流域,广泛了解了"旧中国一小角隅好坏人事",以及许多离奇古怪的人生,积累了宝贵的生活经验和创作素材。1922年夏,受"五四"思潮影响,沈从文只身离开湘西,来到北京,欲于地方积习所定的生活道路之外,寻求别样的人生。在北京,升学未成,在困境中开始学习写作。1924年底沈从文开始陆续在《晨报副刊》、《现代评论》、《小说月报》等刊物上发表作品。1926年出版了第一部作品集《鸭子》。1928年至上海中国公学任教,1931年至青岛大学任教。1933年返回北京,先后与杨振声、萧乾等一起主编《大公报·文艺》副刊[1],有力地扩大了京派的影响。抗战爆发后先后任西南师范学院副教授、西南联大北京大学教授,抗战胜利后任北京大学教授,并主编《大公报》、《益世报》等四种报纸的文学副刊。建国后长期在历史博物馆工作,出版有《中国古代服饰研究》(1981)。

沈从文的文学创作大致可以分为三个时期。1924年至1930年是其创作的成长期,在此时期以其奇异的生活经历及湘西社会独特风情的描写吸引了当时读者和文坛的目光。1931年至1938年是其创作的丰盛期,也是成熟期,中篇小说《边城》、长篇小说《长河》(第一卷)以及《八骏图》、《新与旧》、《月下小景》、《阿黑小史》、《湘行散记》等大量不同风格的重要作品都发表于这一时期。他以自己丰硕的创作成为京派小说的杰出代表。1939年至1949年的十年间,其创作数量有所衰减,日渐沉浸于对于社会历史、现实人生的沉思,在散文与小说中都显示了明显的知性。

综观沈从文的创作,小说题材主要有湘西人生(包括湘西军队生活、湘西少数民族生活以及部分童话及旧传说的改写)和现代都市人生两大类,其中描写军队生活、湘西少数民族生活的作品以他青少年时代的生活经验为基础。沈从文脱离湘西,进入北京,置身于都市新文化中的经历,恰恰与其湘西经历构成对比,这使沈从文取得了对于生活的双重距离,获得了超越都市、乡村的独特视角。对于都市,沈从文以一个乡村叙事者的立场打量、批判都市文明;而对于故乡湘西,他多少能够以一个现代都市知识分子的眼光,加以批判性的观照。与左翼文坛注目于社会历史之"变",注目于社会政治、经济层面的动荡及其对于人的影响不同,沈从文潜心于表现"于历史似乎毫无关系"的人性之"常"。他注目于民族的历史与文化,他关注人性,认为"一个伟大作品,总是表现人性最真切的欲望",并称自己创作的神庙里"供奉的是'人性'"。沈从文要通过创作构筑自己的理想。

沈从文小说题材内容由湘西与都市两部分构成,这两部分相互对比、相互发明,前者使后者"真正呈现出病态",后者则使前者"具有了理想化了的形态"。

在"湘西世界"中,沈从文正面提取了未被现代文明浸润扭曲的人生形式。《龙

---

[1] 《大公报·文艺》在天津出版,系以京、津为中心的北方作家的主要文学阵地之一,沈从文参与了1933年9月至1936年3月的主编工作,1936年4月至1938年8月由萧乾单独署名发稿。

朱》、《媚金·豹子·与那羊》、《神巫之爱》和《月下小景》以民间传说和佛经故事铺衍成篇，从未染现代文明的历史中寻绎理想的人生形式。这些作品中洋溢着化外民族青年男女真挚、热烈、活泼的生命活力，作者借此讴歌了野性的原生命形态。这里作者"蕴藏的热情"是明显可见的，但是，我们亦应看到"那作品背后隐伏的悲痛"[1]。《边城》既是现实的，也是理想的，它展示了沈从文的理想的人生形式。当他把这种原生命形态放到"地方的好习惯是消灭了，民族的热情是下降了"[2]的现代环境中来表现时，由这种生命形态所引发的人生悲喜剧就出现了。《柏子》、《萧萧》、《灯》、《丈夫》等篇，在对"乡下人"性格特征的展现中，对湘西乡村儿女人生悲喜剧进行了价值重估。这些作品中的"乡下人"，其道德风貌、人生形式与过去的世界紧密相连，俨然出乎原始的文化环境，他们热情、勇敢、忠诚、善良，纯洁高尚，合乎自然。但是，与此相伴随的是原始的愚昧，他们视非人的雇佣制、童养媳制和卖淫制为天经地义，对于自我悲剧性的实存状态浑然不觉，对自我命运无从把握。无论是柏子的"从不曾预备要人怜悯，也不知道可怜自己"，萧萧的始终处于被动的人生状态，老兵的奴隶式的忠诚，乡下丈夫对失去丈夫权利的懵然，都反映了作者在价值重估中对乡下人生存方式的沉痛反省。即使是以湘西军伍生活为题材的作品如《入伍后》、《会明》、《传事兵》、《卒伍》、《虎雏》、《我的教育》等，作者也都是侧重写出军人普通人的一面，努力揭示人物、事件所蕴涵的人性美。沈从文写于抗战时期的《长河》（第一卷）是在动态的现实中展现乡野素朴的人生形式。它描写沅水辰河流域一个盛产橘柚的乡镇，乡风淳朴，生活如一潭静水。最初搅动这潭静水的是传闻中的"新生活运动"，天真单纯的人们把"新生活"与兵荒马乱相联系，心理上罩上了一层阴影。真正威胁橘乡宁静的，是驻镇的保安队和强买强卖、为非作歹的保安队长。小说写出了社会历史之变，以此映衬了乡间素朴美好的人生形式之"常"；老水手的愚憨、质朴，滕长顺的义气、公正，三黑子的雄强、不屈，夭夭的活泼、乐观，都表现了美好人性面对生活剧变时的不同应对形式。作者通过对"这个地方一些平凡人物生活上的'常'与'变'，以及在两相乘除中所有的哀乐"[3]的描写，讴歌了具有朴素道德美的人性，同时也为在时代大力挤压下美好人性的行将失落唱出了一曲沉痛的挽歌。

在沈从文的小说世界中，都市文化批判系列占据了一个重要的位置，这一系列包括《八骏图》、《绅士的太太》、《或人的太太》、《某夫妇》、《大小阮》、《有学问的人》、《焕乎先生》、《一日的故事》等作品。与《边城》的理想人生形式相对照，作家在都市文化批判系列中生动地展现了他眼中的世界病态。《绅士的太太》一文开头写道："我不是写几个可以用你们石头打他的妇人，我是为你们高等人造一面镜子。"

---

1 沈从文：《〈从文小说习作选〉代序》，《沈从文文集》第11卷，第44页，花城出版社、三联书店香港分店1984年版。下引《沈从文文集》版本皆同此。
2 沈从文：《媚金·豹子·与那羊》，《沈从文文集》第2卷，第395、396页。
3 沈从文：《〈长河〉题记》，《沈从文文集》第7卷，第5页。

这实际上可视为沈从文都市小说的一个总序言。在这类小说中，他以一个"乡村叙事者"的"自然人性"的眼光，观看上流社会道德沦丧的种种面影，鞭挞"衣冠社会"的堕落和人性扭曲。《绅士的太太》以流利的笔致揭露了两个绅士家庭内部绅士淑女们的种种丑行：绅士的偷情，太太的通奸，少爷的乱伦……物欲横流的社会中，所谓高等人精神空虚、道德沦丧，已异化为两足的低等动物。《八骏图》则代表了沈从文都市文化批判的最高成就。

沈从文的小说在题材处理上，善用微笑来表现人类痛苦[1]。即使写杀戮，《菜园》、《大小阮》等也是把这一背景推远，从侧面写去。他最擅长描写的是本身就富有牧歌因素的爱情，如《雨后》、《三三》、《边城》等。在描写这类题材时，他又着意于"人与自然的契合"，以清淡的散文笔调去抒写自然风物。如《边城》对酉水岸边的吊脚楼，茶峒的码头、绳渡，碧溪的竹篁、白塔等都作了细致的描绘，精心勾画出一幅湘西风景图和风俗画。这些风物描写与情调切合其作品中显现的理想的人生形式。

沈从文的小说具有散文化的特征。他自谓"没有写过一篇一般人所谓小说的小说"，不满足于将小说"限于一种定型格式中"，自觉地抵制将故事结构化、戏剧化，希望在"糅小说故事散文游记而为一的"新实验之外，更有一种"新的形式"，即用"写故事方法，带点'保存原料'意味"。[2]在小说叙事格局方面，沈从文的小说中总有一个不知疲倦的讲述者、评论者，引领读者进入湘西世界，为读者介绍那里的山山水水，评论那里的人事。经过这一特殊的叙事者，沈从文得心应手地表现着他所观看到的大量人生故事。

熔写实、记"梦"、象征于一炉，也是沈从文小说的一个重要特色。沈从文在《烛虚·小说作者和读者》中认为小说包含两个部分："一是社会现象"，"二是梦的现象"；写小说"必须把'现实'和'梦'两种成分相混和"。从总体上看，沈从文小说有很强的写实性。《柏子》、《萧萧》等对人生实存状态的描写，都是一种现实主义的把握。但是沈从文小说为了追求理想的人生形式又自觉地掺入了"梦"的成分。《月下小景》写爱情悲剧，却用男女主人公含笑殉情作结；《边城》将人物和环境作了理想化的处理，都可以分明看出作者主观理想的张扬。沈从文小说还善用象征。《菜园》里的菊花，《夫妇》中的野花，《八骏图》中的大海，其含义都超越了形象本身。至于《边城》更是一种整体的象征。不但白塔的坍塌和重修分别象征着古老湘西的终结和新的人际关系的重造，而且翠翠的爱情波折和无望等待从整体上成了人类生存处境的象征。熔写实、记梦、象征于一炉，大大丰富了小说的抒情容量。

沈从文小说的体式丰富多样，语言古朴简峭。他不拘常例、常格，采用过对话体、书信体、日记体、童话、神话等多种体式。与结构上刻意求新相表里的，是讲究"文字组织的美丽"，他因此被称为"文字的魔术师"。他的小说语言具有独立的风貌："格调

---

1 沈从文：《废邮存底·给一个写诗的》，《沈从文文集》第11卷，第303页。
2 沈从文：《石子船·后记》，《沈从文文集》第3卷，第90页。

古朴,句式简峭,主干凸出,少夸饰,不铺张,单纯而又厚实,朴讷却又传神。"[1] 他的小说语言是在杂糅古典文学的句式,提炼湘西方言的基础上形成的。沈从文以其独特的风格为京派小说的发展作出了重要贡献。

二、《边城》

在湘西题材的小说中,沈从文所"要表现的本是一种'人生的形式',一种'优美,健康,自然而又不悖乎人性的人生形式'"[2]。《边城》是沈从文的代表作,也是支撑他所构筑的湘西世界的柱石。

《边城》的人生是在人与自然的和谐中展开的。清澈见底的白河水,翠色逼人的茶峒的山,河边的吊脚楼,掩映在桃李花树间的人家。作者浓墨重彩地渲染了茶峒民风的醇厚:这里的人们无不轻利重义、守信自约;"即便是娼妓,也常常较之讲道德知羞耻的城市中绅士还更可信任"。总之,这里的"一切莫不极有秩序,人民也莫不安分乐生"。人们与山水相依,和谐共处。作者在山清水秀的自然中,重点描绘了主人公翠翠的优美、健康、自然的人生。翠翠在茶峒的青山绿水中长大,大自然既赋予她清明如水晶的眸子,也养育了她清澈纯净的性格。她天真善良,恬静自守;情窦初开之后,内心对于爱情有着渴望,但亦仅仅止于希望,在希望中等待,在等待中希望。看似顺乎自然,不怨不争,内心却贞静自守,有所不为;面对灾难与逆境,坦然领受,哀伤中充盈着坚韧。作品中其他人物如老船工的古朴厚道,天保的豁达大度,傩送的笃情专情,顺顺的豪爽慷慨,杨马兵的热诚质朴,作为美好道德品性的象征,都从某一方面展现了理想人生形式的内涵。《边城》中的人物描写是中国画式的,作者不追求人物的多方面的复杂性格、多层次的复杂心灵描写、揭示,追求的是传神写意,情景相生,山水的光影与人文的风流交融,呈现出美丽的人生境界。

《边城》所展现的人生形式具有它的真实性,同时也融入了作者的理想。湘西社会曾经有过那样单纯、朴素的人生,有过牧歌般的乡村生活;对于沈从文的人生经历而言,在故乡愉快的少年人生所留下的真挚的情感永远是真实的。然而它又是理想化的。《边城》所处理的时间与空间并不是运动着的社会历史时空,"边城"是一个极度净化、理想化的世界。作者的理想是为湘西民族和整个中华民族的文化精神注入美德和新的活力,《边城》正是试图将这种理想化的生命形式"保留些本质在年青人的血里或梦里",去重造我们民族的品德。

《边城》的世界其实并不平静,其故事情节仍然包含了强烈的悲剧性,母女两代人

---

1 凌宇:《从边城走向世界》,第318页,三联书店1985年版。
2 沈从文:《〈从文小说习作选〉代序》,《沈从文文集》第11卷,第45页。

的婚姻悲剧客观上说明，即便在美丽的"边城"，作为人类最基本欲望之一的性爱的欲求也不能得到满足。翠翠父亲的惨烈、杨马兵的凄苦、天宝的绝望、傩送的两难，昭示着这世外桃源深层的不幸。但作者却无意开掘边城人生，尤其是翠翠人生的悲剧内涵，也无意在小说中刻画其悲剧性格。在边城，人生的欲望尽管与任何地方的人一样，但是那欲望始终是淡然的。老船夫对于自己的生活是满足的，翠翠心中有所爱有所求，却并不为此挣扎奋斗。天保与傩送，两人同时爱上翠翠，天保在明白求爱无望后就悄然退出，成全弟弟，并未在占有欲的支配下上演一出惨烈的决斗故事。在翠翠母亲的故事中，他们在爱的要求遭到阻力之际，对于环境没有采取任何抗争，双双殉情。饱经风霜的老船夫眼看翠翠走上母亲这条路，为避免悲剧命运，尽了自己的努力，而这些却促成了翠翠的悲剧，形成了对于人事的讽刺。人在环境面前的顺乎自然，安于命运的人生态度正是沈从文处理悲剧性题材时异于其他新文学作家之处。

《边城》的故事时间是静止的。中国近现代历史的剧变外在于边城世界，景物只有季节的变化，人物似乎只有年龄的变化，时间的增长给翠翠带来的那点变化对于翠翠是朦胧的，一切仿佛在梦中。一切总永远那么静寂，所有的人每个日子都是在这种单纯寂寞里度过的。历时性社会生活被以共时性方式加以叙述。《边城》的叙述是独特的：小说的大部分内容是以概述的方式叙述的，如传统国画的散点透视，随物赋形，移步换形。静止的时间与共时性的叙述决定了小说语言的特殊性。一方面，叙述者利用概述的权力架构了一个价值体系（比如乡村与都市的对立对比："即便是娼妓，也常常较之讲道德知羞耻的城市中人还更可信任"），并且随时对于笔下人物予以褒贬（如说天保、傩送"又和气亲人，不骄惰，不浮华，不倚势凌人，故父子三人在茶峒边境上为人所提及时，人人对这个名姓无不加以一种尊敬"）；另一方面，适应叙述的需要，常常使用"皆"、"必"、"从"、"从不"等语词，以实现对于叙述频率的调整，营造出悠然淡远的意味。

沈从文的大量作品构成了一个表现人性之"常"的独立自足的艺术系统，《边城》是这方面的代表作。人性中有不变的因素，但即便是不变的因素也因时代的不同而有不同的表现形式。在充满血与火的动荡不安的时代里有意回避从政治、经济角度去表现尖锐的社会斗争，既不可避免地与时代文艺主潮严重脱节，也不可避免地影响了剖析人的深度。现代都市当然有它的丑恶、肮脏和数不清的罪恶，但是现代都市作为现代文明的集中地，更有它的魅力、光荣与梦想，从社会历史的角度看，它是人类社会进步的产物，看不到这一点，片面地以对宗法式社会的美化来否弃现代生活，乃是对于历史进步的否定。当然，沈从文小说中人与自然和谐相处的天人合一的境界，人们对于欲望的淡然态度，对于欲望过分膨胀的现代人，对于无厌地索取掠夺环境的现代病，不啻一剂清凉散。沈从文小说在探索理想的人生形式时贯注了关于人的改造的思想，这触及了20世纪中国文学改造民族性格的基本命题。他企盼通过民族品德的重造，进而探索"中国应当如何重新另造"[1]。这些

---

[1] 沈从文：《若墨先生》，《沈从文文集》第4卷，第299页。

是他作品中最富于积极意义的现代思想。正是这一点使其作品题材偏离时代文艺主潮的同时，又保持了它的现代品格。这正是沈从文小说意蕴的复杂性所在。

三、《八骏图》

关于《八骏图》，沈从文曾说："我写它的用意，只是在组织一个梦境。至于用来表现人在各种限制下所见出的性心理错综情感，我从中抽象出式样不同的几种人，用语言、行为、联想、比喻以及其它方式来描写它。"[1] 在《八骏图》的《题记》中，沈从文认为，知识分子中"大多数人都十分懒惰，拘谨，小气，又全是营养不足，睡眠不足，生殖力不足。这种人数目既多，自然而然会产生观念，就是不大追问一件事情的是非好坏，'自己不作算聪明，别人作来却嘲笑'的观念"。"这种观念反映社会与民族的堕落。憎恶这种近于被阉割过的寺宦观念，应当是每个有血性的青年人的感觉。"[2] 因此，《八骏图》是对于知识者的一个解剖，同时也是对于民族之病的一个诊察。《八骏图》写的几种人都是病态的：受现代文明的压抑，教授们生命活力退化，性意识已经严重扭曲；表面上道貌岸然，内心深处却龌龊不堪。对于所写的这些人的不自然的人生形式，沈从文当然投以讽刺，在讽刺的背后，透露出作家理想的人生观，即与都市里扭曲的人性对比的乡下人人性的自然舒展。沈从文曾建议读者将他的《柏子》与《八骏图》对照起来读，"就可明白对于道德的态度，城市与乡村的好恶，知识阶级与抹布阶级的爱憎"的区别。[3]

《八骏图》运用了复杂的叙事手法。对于教授甲、乙、丙、丁、戊、庚、辛，作者调动多种叙述声音，或让人物自述，或对话，或描写，揭示出各自鲜为人知的灵魂的一角隅。小说中达士先生的书信构成一个多功能的独立的叙事声音。这是一个参与故事的有限视角，通过达士的声音，教授们的精神病态（性变态）被分析得淋漓尽致："从医学观点看来，皆好象有一点病"，"这些人富于学识，却不曾享受过什么人生。便是心灵上的欲望，也被抑制着、堵塞着"。达士的书信恰似一个人物评价大纲。在大纲之后，作者一一展示教授们的灵魂。

对教授甲的展示是由第三人称叙述者来完成的。通过达士的眼睛和意识的过滤，物理学家教授甲的房间留下的印象是：六个孩子围绕的全家福照片，枕头边放着的一部《疑雨集》，一部《五百家香艳诗》，蚊帐里挂着的一幅半裸体的香烟广告美女画；窗台上放着的红色保肾丸小瓶子、鱼肝油瓶子和头痛膏。寥寥几笔，描写简练，入木三分地呈现出一个多欲且为欲所困的教授甲，讽刺辛辣而不动声色。由达士的眼睛所见来叙

---

[1] 沈从文：《水云——我怎么创造故事，故事怎么创造我》，《沈从文文集》第10卷，第272页。
[2] 沈从文：《沈从文文集》第6卷，第166页。
[3] 沈从文：《〈从文小说习作选〉代序》，《沈从文文集》第11卷，第44页。

述教授甲，这在小说中具有双重功能，一方面通过这一双特殊的眼睛侧面描写了教授甲，另一方面，这双眼睛所见的内容同时表明了眼睛主人的兴奋中心，或者说无意识中暴露了眼睛主人的思想意识状态，甚至还展现了其潜意识的内容，这一段简练的描写，实有一石二鸟之用。

描写生物学家教授乙，仍是第三人称叙述，但这里的叙述是通过介绍达士与教授乙的行踪，以直接引语的形式，引述二人的对话来完成的。介绍行踪时，突出了乙的对于海边沙滩"一队穿着新式浴衣的青年女子"不能忘情以至不愿离开海滩，甚至忍不住"从女人一个脚印上拾起一枚闪放真珠光泽的小小蚌螺壳，用手指轻轻地很情欲地拂拭着壳上粘附的砂子"的典型细节；这些叙述凸现出一个对于女性身体有着无尽欲望而又受到压抑的形象。在对话描写中，在乙的北京、上海的比较论中，将太太放在乡下而过独身生活的方便论中，揭示了其"胡闹"经验及深藏的强烈的胡闹欲望。作者写对话时并未将双方的话语同时全部写出，通过对于特定语境中一方话语的叙述，另一方话语的内容读者已经可以想见，这样可收到简练、流畅之效。

写道德哲学教授丙也是采用第三人称，但是直接引入了教授丙的长篇独白式话语。教授丙的叙述实际上已经构成一个独立的叙述声音。这个声音的意义是双重的：一方面教授丙作为叙述者讲述的精神恋妻子病死的故事，提供了一个视精神与肉体为对立、分立的人生寓言；同时教授丙两性观也借这个故事得以表达。在教授丙看来，精神恋中女性的死源于没有发展兽性，"要她好，简便得很，发展兽性自然会好"。在教授丙的词典中，人是两立的，性爱是两立的，一面是精神，一面就是兽性。丙讲述的故事其实正是对于丙的形象的重要勾画，而他一边看爱神照片一边问"苗条圆熟"的女孩子的对话则泄漏了其内心的秘密，揭出道德哲学教授的蠢蠢欲动的"兽性"来。

对哲学教授丁的描写主要是通过达士与教授丁的辩论完成的。教授丁是个哲学崇虚论者，然而他并不自杀，因为他很情欲地爱着一些女人，他只是在荒唐的想象中疯人似地爱着她们，既不想让她们知道，更避免结婚，"我只想等到她有了四十岁，把那点女人极重要的光彩大部分已失去时，我再去告她，她失去了的，在我心上还好好的存在"。"爱她，如何能长久得到她？一切给她，什么是我？若没有我。怎么爱她？"这是一个偏执的自恋狂。哲学教授不是讲授哲学的人，而是被哲学讲述的人，既无常识，也无主体性。

教授戊是个结婚一年又离婚的人，作者通过直接引语引出戊对于为什么离婚的回答。在教授戊看来，所谓恋爱只是文学中的杜撰，事实上男女之间无非结婚生子受牵制，所以"想把女人的影响，女人的牵制，尤其是同过家庭生活那种无趣味的牵制，在摆脱得开时乘早摆脱开"。这是一个恋爱虚无论者与自我主义者。

历史学教授辛则通过达士未婚妻的来信略加勾勒：他同达士所说"真不大象他平时为人"，"简直是个疯子"。至于经济学家教授庚，在达士眼中是唯一健康的人，其证据便是"有一个美丽女子常常来到寄宿舍，拜访经济学者庚"。其实教授庚并未描写，只是通过叙述教授庚以及常常到他宿舍的女子的描写，深入刻画达士，谈及八骏中的己。

主人公达士先生也是"八骏"之一。在小说中,他首先是一个观察者、批评者、叙事者,但是他同时是作家的讽刺对象。在诊断其他七人时达士俨然一个医生,在与黄衣女子的关系中,他也是个病人。未婚妻远在异地,在信中达士对未婚妻信誓旦旦地说,"这信上有个我,与我在此所见社会上的种种,小米大的事也不会瞒你"。但是有关黄衣女子的事情和感想只保留在日记本上,一点也没有透露给未婚妻。其实黄衣女子一出现就引起了达士的兴趣,他在她们常走的地方去散步,刻意制造若干次的"不期而遇",待得女子主动表现出爱意时,却又逃避,并且自信自己有免疫力,相信自己的理性的力量。然而他终于还是竟因那一对美丽眼睛的诱惑而推迟了归期。作家在写达士之人性被扭曲时,用笔讲究,如传统小说的"草蛇灰线",一切在似有似无之间,看似漫不经心,其实构思严谨,一气贯注。与对于七教授的讽刺不同,在对于达士的讽刺中,展开的却是严肃的主题。情感是特定境遇下人的反应,也随着境遇的改变而改变,达士两年前失恋后的情感是真挚的,两年后的达士不仅改变了,而且已经"不大看得懂那点日记与那个旧信上面所有的情绪"。情感如此,理性也靠不住。达士要把在青岛所见的一切都告诉未婚妻,"小米大的事也不"隐瞒,达士并未存心作伪,然而感性、情感半点不由人,他的理性终于被情感战胜,掉入了"大海"。达士的故事正是对于七教授故事的深入阐释:凡不顾及生命的要求而以空洞的道德、哲学拘束自己的,生命的感性、感情必与它捣乱,令其口是心非,令其表里不一,令其作伪,令其献丑。正是在这个意义上,乡下人舒展的人性才是健康的人性。

第六节 曹禺

一、概述

曹禺(1910—1996),原名万家宝,1910年9月24日出生在天津一个封建官僚家庭。他的父亲官场失意,整个家庭的气氛是沉闷的。曹禺的生母在他出生后三天就因产褥热去世,继母将他抚养大。曹禺在这大家庭里孤独寂寞地成长,他常常一人躲在自己的房间读书,也经常随继母出入戏园,观看了京剧、昆曲、河北梆子、京韵大鼓、唐山落子等许多地方戏曲,以及当时流行的文明新戏,从小产生了对戏的强烈兴趣。

1922年起曹禺就读于南开中学,他广泛阅读鲁迅、郭沫若、郁达夫等新文学作家的作品,并开始写作发表诗歌、小说、散文,自1925年起参加著名的南开新剧团,在南开中学排演新戏。他先后演出过《压迫》(丁西林)、《玩偶之家》、《国民之敌》(易卜生)、《织工》(霍普特曼)等剧,并参与改编演出《吝啬鬼》(莫里哀)、《争强》(高尔斯华绥)、《新村正》(南开新剧团代表剧目),这些戏剧实践使他懂得了舞台，加深了对戏剧艺术特殊规律的理解。1928年曹禺南开中学毕业后升入南开大学，第二年转入清华大学西洋文学系。大学时代是曹禺思想发展的重要阶段。家庭衰败，父亲去世，使他深切感受到世态的炎凉并在对人生思考中发奋努力。他读过佛老，诵过《圣经》，也求教过柏拉图、尼采、叔本华、林肯，研读过孙中山的著作。1931年"九·一八"事变后，他又在高昂的抗日救亡运动中和同学去保定、长城一带宣传抗日救国，接触社会，尤其是接触士兵、工人等下层人民，也就是在这个过程中曹禺确定了"我要写戏"的人生道路。他大量阅读了西方现代戏剧家莎士比亚、易卜生、契诃夫的戏剧作品，经过五年的酝酿构思，终于在1933年完成他的第一部戏剧作品《雷雨》。剧本得到巴金的赞许和推荐，1934年7月发表在郑振铎、章靳以主编的《文学季刊》一卷三期。1935年4月首先由中国留日学生在东京演出。《雷雨》上演后引起文艺界的重视，其艺术魅力经久不衰，几十年来一直是最受欢迎的剧作之一。1935年曹禺写出了第二部戏剧《日出》，再次引起强烈反响。1936年曹禺应聘到南京国立剧校任教，其间创作并发表了《原野》。抗战爆发后，曹禺随剧校辗转到重庆江安。在高涨的救亡激情中，曹禺与宋之的合作改编抗战剧《黑字二十八》，接着他又创作《蜕变》以表现"我们民族在抗战中一种'蜕'旧'变'新的气象"。《蜕变》以后，曹禺又回到了《雷雨》、《日出》、《原野》的戏路，以四幕剧《北京人》表现抗战前北京一个没落的封建世家的崩溃。1942年曹禺离开国立剧专来到重庆，在长江边一艘轮船上将巴金的小说《家》改编成戏剧，在这一戏剧艺术的再创造中，剧作家改变了原作以觉慧为中心，着重表现青年人与旧秩序抗争的构架，把在小说中并不重要的瑞珏提到主人公的地位，以觉新与瑞珏结婚开始，着重揭示觉新、瑞珏和梅芬三人的婚姻不幸和痛苦。新中国成立后，他历任中央戏剧学院副院长、北京人民艺术剧院院长、中国戏剧家协会主席等职，先后为共和国创作了以北京协和医院为背景，揭露美帝国主义侵略罪行的《明朗的天》；以战国时代越王卧薪尝胆为题材，激励人们奋发图强的《胆剑篇》（与梅迁、于是之合作，曹禺执笔）和歌颂民族团结的《王昭君》。1996年12月13日曹禺病逝于北京。

曹禺是现代中国最杰出的戏剧家。从1907年中国第一个话剧团体"春柳社"成立到《雷雨》以前，中国话剧虽然经历了四分之一世纪的历程，但在"五四"前虽有话剧却没有话剧作家，当时演出的剧目不是翻译的外国故事，就是改编的传统故事，没有真正的话剧创作。"五四"以后到30年代，除田汉、丁西林少数剧作家的作品外，一般剧本或者脱不出移植改编的窠臼，或者形式简陋单调，话剧成了缺乏戏剧性的对话体故事，既不能同小说争夺读者，也不能同戏曲争夺观众，话剧创作远远落后于小说和新诗。进入30年代，由于左翼戏剧运动的兴起，反映工农生活和小市民阶层生活的社会现实题材戏剧大为增加，但艺术上多流于公式化。《雷雨》的诞生，以及曹禺的《日出》、《原野》等优秀剧作的相继问世，标志着中国现代话剧艺术的成熟。

曹禺的戏剧具有命运悲剧的意味。作者引人注目地借鉴了那种表现古希腊贵族阶层的生活状态和命运悲剧的美学观念与艺术形式。引起曹禺戏剧创作冲动的是"复杂而原始的情绪"，曹禺总是在他那些戏剧场景背后设置一个没出场的神秘"力量"制控和摧毁剧中人，使剧中人"受自己——情感的或理解的——捉弄，一种不可知的力量——机遇的或是环境的——捉弄"。[1] 他在写作《雷雨》时，眼前"连绵不断地若有若无地闪示这一点隐秘——这种宇宙里斗争的'残忍'和'冷酷'"。他总觉得"在这斗争的背后或有一个主宰来使用他的管辖"。[2] 因此，在《雷雨》的八个角色之外，还有一个"没有写进去"的"第九个角色"，"他几乎总是在场，他手下操纵其余八个傀儡"。他在写作《日出》时，"故意叫金八不露面，令他无影无踪，却时时操纵场面上的人物，他代表一种可怕的黑暗势力"。[3] 而那些台上充满各式欲望的人物，在弱肉强食链中一个被一个"吃掉"，连潘月亭最后也被金八所摧毁。在《原野》里，是"父债子还"、"恶有恶报"的"报应"观念在冥冥之中制控着人物的命运，以致强悍复仇的仇虎始终走不出莽莽苍苍的林子，丢不开焦母那凄厉而令人恐惶的叫魂声。在《北京人》里，剧作家以曾文清徒然无力的挣扎和懔方无价值的情感寄托表现出人不能掌握自己的命运的悲哀与无奈，而剧终懔方的觉悟和出走，则表示此时剧作家的社会理想正在取代这种命运观。剧作家带着观众以悲悯的心态俯视剧中人怎样盲目地挣扎，在情感的火坑里打滚，用尽心力来拯救自己，而不知千万仞的深渊在眼前张着巨大的口。

曹禺的戏剧不仅是命运悲剧，也是社会悲剧。曹禺戏剧所表现的这种凌驾于人之上、制控和摧毁着人的"力量"，是与其要揭露的黑暗现实、要控诉的社会罪恶结合在一起的，这些剧作总是有意识地透视从辛亥革命到抗战时期中国社会的阶级矛盾。《雷雨》揭露资本家周朴园血腥的原始资本积累和镇压工人反抗的卑鄙手段。《日出》揭露半殖民地半封建的都市社会里尔虞我诈、弱肉强食、纸醉金迷的腐败与黑暗，《原野》揭露在辛亥革命后的农村社会里，恶霸地主与反动政权勾结对农民的残酷统治。在《北京人》中，是对封建社会必然衰亡的揭示和对新生命新生活的向往。曹禺在构建这些"命运"的故事时，表现了"五四"时代精神，注入了他的社会理想，发动了对现实的批判。他写作《雷雨》、《日出》、《北京人》时，尽管没有有意识地去配合什么，去讽刺或攻击什么，但由于他具有进步的民主思想和人道主义精神，他戏剧创作的题材与情感来自于社会现实，所以他的剧作适应了新民主主义革命的要求，具有鲜明的时代特征。

曹禺剧作在揭露黑暗的同时也表达了对光明的向往。他把剧作命名为《雷雨》、《日出》、《北京人》，以及在《日出》里有意识地引录《老子》和《圣经》，正是他的政治理想抱负的诗化表露。他在写《日出》时明确表示"我要的是太阳"，"我写出了希望，一种令人兴奋的希望，我暗示出一个伟大的未来……我相信我说的未来，我也想到应该正面迎上去"。此作品中不断穿插的打夯工人的雄壮、有力的歌声，可以看出作者的这种努力。此前在《雷雨》中描写的矿工鲁大海的刚强有力，此后在《原野》里对农民复仇合理性的肯定，在《北京人》中让汽车修理工砸开曾公馆的大门，引领懔方

---

[1] 曹禺：《雷雨·序》，《雷雨》，文化生活出版社1936年版。
[2] 同上。
[3] 曹禺：《日出·跋》，《日出》，文化生活出版社1936年版。

到走向新生之路等，可以看出，作者试图将工人群众当作未来生活的"主角"、人类社会的"希望"和为中国迎来"日出"的人。

曹禺剧作"复杂原始的情绪"与他社会理想的融合，还表现为对原始生命力的肯定或赞美。在《雷雨》中，对繁漪，是表现她"雷雨般的激烈性格"和"原始的野性"，为本能的情欲所驱使对专制家庭作勇敢无畏的反抗；对鲁大海，是强调他"满蓄着精力的"、"粗暴"、"生硬"、"横蛮"之类的力度感。在《日出》中，对那作为背景的打夯的小工们，凸显了他们的打夯声"传到观众的耳里是一个大生命浩浩荡荡地向前推、向前进，洋洋溢溢地充满了宇宙"的气势。在《原野》里，以莽莽苍苍的原野，沉郁的土地为背景，展现了"充满强烈生命力的汉子"仇虎和那"眉头藏着泼野"、"黑眼睛里蓄满魅力和强悍"的花金子。在《北京人》中，是那富有象征意味的修理卡车的巨人，"他整个是力量，野得可怕的力量，充沛丰满的生命和人类日后无穷的希望都似乎在这个人身内藏蓄着"。这是对自由、强悍、力度，甚至对原始生命力、原始野性的赞美，这里有"五四"时期"劳工神圣"和民主自由等时代精神的注入，其中蕴涵着对封建礼教束缚的抗争，对社会黑暗的反抗，对人的健全自由发展的憧憬。

曹禺剧作写出了人物性格的丰富性与复杂性。曹禺非常重视写人物，他说："一切戏剧都写人物，而我倾心追求的是把人的灵魂、人的心理、人的内心世界的细微的感情写出来。""一定得把人物写透、写深，让他活起来，有着活人的灵魂"。[1]他写他同情心爱的人物，并不回避这些人物的弱点；他写他憎恶的人物，也没有将其简单地写成概念化的丑角。因此，曹禺剧作的主要人物不是公式化、概念化的形象，不是单一平面的性格，而是大多具有多侧面多层面的性格内涵，因为性格的丰富而成为"说不尽"的"圆型人物"。《北京人》中的曾思懿虚伪自私、猜忌多疑、欺善怕恶，但有时也流露作为儿媳、妻子、母亲的真实感情，她的精明能干，家族之情与她的骄横恣肆、自私伪善有机统一在一起，才形成这个性格如此丰富的生命。曹禺戏剧出色塑造的侍萍、繁漪、陈白露、金子、愫方等一系列女性形象，都是心灵受到压抑、情感复杂的人物。作者真实而多侧面地描写血肉丰满的人物性格，既肯定了她们正当的个人要求，颂扬了她们符合传统美德或时代精神的个人品质，揭示了她们内心的美好，也剖析了她们灵魂的弱点与局限，尽管剧作家显然是更多地给予她们以同情与怜悯。这就使得曹禺戏剧的人物塑造远远地超越了当时剧坛流行的简单化概念化的模式，呈现出丰富复杂的性格特色，蕴涵丰富内涵和咀嚼不尽的"魅惑力"。

曹禺的剧作具有强烈的戏剧性。他的剧作中都具有显在的扣人心弦的情节冲突，或内在的情感波澜的激荡起伏。曹禺戏剧总是在经过长久的蓄势，情节风暴即将来临之际拉开帷幕，或者是在"雷雨"之前，或者是在"日出"之前，或者是行将复仇，或者是即将出走，人物一出场就已经带着过去的许多积怨，并迅速展开冲突。一个场面比一个场面深化，每幕都有一个小高潮，又不断趋向全剧的高潮。最为典型的是《雷雨》，

---

[1] 1982年5月26日曹禺与田本相谈话记录，转引自田本相《曹禺传》，北京十月出版社1988年版。

剧中人不断地从现在的戏中发现过去的戏，而被发现的过去的戏又推动现在戏的发展。从第一幕到第四幕，一个个具有强烈戏剧性的动作连接发生，情节起伏跌宕，构成曹禺戏剧高强度的内在张力。以"散点透视"法结构的《日出》同样针线细密，处处有"戏"，并时有紧张强烈的冲突，剧中潘月亭与李石清几个回合的较量没有刀光剑影，却是精彩的唇枪舌剑。两人含沙射影，旁敲侧击，你来我往，你死我活，最终两败俱伤。强烈的戏剧性有时也表现为人物自身的内在冲突和内在情感的波涛汹涌。《北京人》中曾文清与愫方相爱，不能不警惕曾思懿，而思懿为了控制曾文清，也不能不紧张提防愫方，这三人因各自的情感而陷入矛盾冲突中。思懿当着愫方的面逼文清把信还给愫方，是矛盾冲突的一次爆发，此时此刻，三人都陷入感情激荡的旋涡，思懿的妒忌、愫方的尴尬和文清的愤慨都极为强烈。为表现戏剧人物的内在动作，曹禺还常在戏剧中设置一些精彩的抒情场景，如《日出》中陈白露对逝去青春的回忆，《北京人》中愫方与瑞贞相互倾诉心曲。《家》中觉新和瑞珏在新婚之夜的感人独白等。

曹禺十分重视锤炼戏剧语言。他给每位剧中人所写的台词，都发自剧中人的内心深处，带有鲜明的性格特征，并随着剧情、性格的发展而变化。《日出》中那些活动在陈白露休息室里的上层社会人物都具有高度性格化的语言，使人闻其声如见其人。顾八奶奶一上场就忙着说"爱情的伟大，伟大的爱情"，说自己"顶悲剧，顶痛苦，顶热烈，顶没有法子"，活现出矫揉造作和俗不可耐；张乔治的洋奴相和虚伪性同样表现在他那中英文交杂的言语中；而年轻的交际花陈白露在不同场合的语言又表现出她性格的不同侧面，在过去恋人方达生面前，她指着窗上的霜花硬说"像我"，并欢欣地拍着手说："你看，这头发，这头发简直是我！"她那少女时代的稚气仿佛又回到身上。她在靠山银行经理潘月亭面前，用"傻孩子"、"老爸爸"等带有嘲弄的玩笑来逗乐。为保护"小东西"，她又以声色俱厉的流氓腔对付打上门来的流氓黑三一伙，而当她最后服下安眠药后又哀伤地自语："这——么——年——轻，这——么——美"，流露出她在绝望中对生命的留恋。曹禺戏剧语言准确生动地表现出剧中人在特定情境中的内心情感，具有丰富的潜台词。如《雷雨》中的一段十分精彩的对话：侍萍要求在临走前看一看她分别三十年的儿子周萍，可周萍来后却重重打了鲁大海两个耳光，侍萍悲愤地大哭，走向周萍：

  鲁：（大哭起来）哦，这真是一群强盗（走至萍面前，抽咽）你是萍——
    凭，凭什么打我的孩子？
  萍：你是谁？
  鲁：我是你的——你打的这个人的妈。

作为一位母亲，多想看到离别三十年的儿子，可这个儿子却当着她的面打了她的另一个儿子，她悲愤地责问周萍，却不能说出母亲的身份。从"萍"到"凭"，从"你的"到"你打的这个人的"两次欲言又止转换语意的话语让我们看到她内心的极度悲苦。

曹禺在大学时代读易卜生时就为易卜生"是个纯真的诗人"和"各种精神状态的探索者"而打动,在他开始写作戏剧时,他宣称"我写的是一首诗,一首叙事诗"[1]。他追求和强调的是戏剧在反映现实的基础上又高于现实的超越感或距离感,他注重表现戏剧的"神"和"味",这使曹禺剧作具有强烈的诗意抒情的艺术特征。

二、《雷雨》、《日出》

四幕剧《雷雨》在一天时间(上午到午夜两点钟)两个舞台背景(周家客厅和鲁家住居)内集中表现出周、鲁两家三十年来错综复杂的人物关系,和在一个雷雨之夜所发生的人物悲剧。在这样一个充满矛盾纠葛的故事中,作者揭露了周朴园封建专制家庭的罪恶,鞭挞了封建专制赖以生存的黑暗社会,批判了封建专制与虚伪道德。

曹禺以罕见的大手笔将人物错综复杂的血缘关系和人物纠葛交织在一起,构成了丰富、紧张、扣人心弦的戏剧性。《雷雨》人物之间错综复杂的血缘关系和人事纠葛,构成了剧中的三对矛盾,组成了全剧三条情节线索:一条是周朴园和繁漪的矛盾,反映着封建专制对爱情的禁锢压迫与争取家庭民主自由要求的斗争;一条是周朴园与侍萍的矛盾,反映着剥削阶级对被侮辱被损害的下层人民所犯的罪恶;还有一条是周朴园与鲁大海的矛盾,反映着资产阶级对工人阶级的压迫。周朴园是全剧的中心,他与繁漪的冲突是剧情发展的中心线索,其他线索围绕这条中心线索而展开。

周朴园是作品的主要人物之一。这是一个带着封建胎记的资本家,在这个人物形象身上,集中表现了专横、自私、阴险、冷酷、虚伪的性格特点,而这种性格特点又主要是通过上述三对矛盾来展开的。与繁漪的关系中,主要表现了他的专横自私,第二幕中强迫繁漪吃药这场戏最能体现这一特点。与鲁大海的关系中,揭示了周朴园阴险凶残的特点,而与侍萍的关系则突出表现了周朴园的冷酷和虚伪。对于这样一个反面角色,作品写出了他性格的丰富性和复杂性。作品一方面明确地写出他的冷酷、专制、刚愎、自私,一方面也不断地描写他对侍萍的怀念:保持家里原有的陈设,夏天不许开窗,向来人打听"梅家的一个年轻小姐很贤慧,也很规矩……"甚至执意要穿有着侍萍手记的那件旧衬衫。而当他发现侍萍就站在他面前时,他又立刻紧张和猜疑起来,暴露出自私和残酷的本性。他同意侍萍在不说出生母身份的情况下见周萍,到了深夜,当侍萍再次来到周家,他又叫来周萍"跪下,萍儿!……这是你的生母"。对侍萍的怀念确实已经成为周朴园排解孤寂,甚至是自我标榜的一种心理平衡,在与侍萍的关系中,周朴园表现出二重乃至多重的性格侧面,一方面冷酷,一方面温情,一方面狡诈,一方面坦率,前者是他性格的基本方面,后者尽管次要,却并非可有可无,两者集于一身,周朴园才真

---

[1] 曹禺:《〈雷雨〉的写作》,《杂文》1935年第2期。

正显示出活生生的人的性格和情感。

繁漪这个悲剧女性是作者感受最为真切的人物，也是剧作家独特的戏剧审美发现。繁漪出身名门，知书达理，新思潮的冲击使她自我意识觉醒，她渴望得到自由和幸福，然而却生活在一个带有浓厚封建色彩的资产阶级家庭，她痛苦地忍受着周朴园的专制，她的性格被扭曲，变得乖戾阴郁，最后爆发为反抗与报复。繁漪与周萍的关系，应归结为她正当的爱情要求被环境逼成畸形发展的悲剧，在周公馆那个专制家庭里，周萍是唯一能慰藉她心灵的寄托，她不顾一切地紧紧抓住周萍不放，显示了个性解放的要求和反叛封建道德的勇气。繁漪为了爱，付出了全部的身心，舍弃了名誉、名分，一旦发现这一切换来的只是再一次受骗，她的恨就爆发了。在"最残酷的爱和最不忍的恨"的情感驱使下，她最终点燃了烧毁周公馆这座地狱的导火索，同时也毁灭了自己。"雷雨"般的性格，对封建势力及其道德观点的大胆蔑视和勇敢反叛，使繁漪成为五四新文学人物画廊里一个令人瞩目的具有强烈时代精神和个性特征的人物形象。

作品对周萍这个形象的刻画是对周朴园性格描写的一个补充。他对繁漪的始乱终弃，以及与婢女的爱恋，让人在他身上看到了当年周朴园的影子，这是周朴园这个畸形家庭培育出的畸形性格。侍萍、四凤在作品中的戏不如繁漪突出，但更令人同情感愤，通过这两个下层劳动妇女形象，从另一角度深刻地揭露了带封建性的资产阶级伦理道德的虚伪和残酷，控诉了畸形社会的罪恶。

《雷雨》的成功，除了塑造了一系列生动、富有个性而又具有典型性的人物形象外，其主要艺术特色还有：一、独特的结构艺术。《雷雨》的剧情包含了前后三十年时间的内容，为了能让这些内容浓缩到一天时间内来表现，其结构上采用了"回溯法"，即以"现在的戏"为开端，让"过去的戏"穿插其间，正面展示"现在"正发生着的事件，以回溯过去的事来推动"现在"剧情的发展，这种"回溯法"使结构凝练、情节紧凑、矛盾集中。在处理戏剧冲突时，采用的是网状结构类型，即在全剧中设置一个主要情节线索，让次要情节线索和各种戏剧矛盾围绕这一主要情节的发展来展开，同时各种矛盾和冲突之间又具有巧合性联系，一环扣一环，互相引发，互为因果，各种冲突不断促进和推动主要戏剧冲突的激化，以推进主要情节的完成。剧作还善于运用有关情节结构的多种技巧，如对重点与穿插、期待与悬念、发现与陡转等方面的处理都非常出色。二、具有丰富潜台词和充分个性化的戏剧语言。剧作中不同人物有不同的语言特色，他们的生活经验、教养、地位、心理，乃至说话的场合和环境气氛的不同，决定了所使用的词汇、语句、语调、节奏的不同。作者能够非常细致地把握并写出这种种不同特点的台词，不仅注意戏剧语言的个性化，而且讲究语言的动作性，即在人物语言中寄寓着潜在的内心活动，有丰富的潜台词，观众通过人物台词能感受到话中之话、弦外之音。三、追求戏剧的诗意。曹禺说过："我写《雷雨》是在写一首诗。"[1] 雷雨般的作家的热

---

[1] 曹禺：《简谈〈雷雨〉》，《收获》1979年第2期。

情与雷雨这一自然界的形象浑然一体，形成一个完整的情景交融的诗意境界。诗意的人物和诗意的语言也增强了全剧的诗意。

《雷雨》发表后，曹禺怀着对腐烂社会"时日何丧，予及汝偕亡"的极端憎恶的感情与抨击态度，创作出又一部四幕戏剧《日出》，从1936年6月至9月连载于《文学月刊》第一期至第四期上。

如果说《雷雨》是一部家庭悲剧，那么《日出》则是一部社会悲剧。《日出》比起《雷雨》来，其艺术视野扩展了，现实主义精神也深化了，它展示出半封建半殖民地社会"损不足以奉有余"的都市生活的图景，对现实的提示和剖析更加深刻，剧作家借此表达出对旧制度势不两立的彻底批判态度，也表达出他戏剧审判创造中对"日出"的憧憬。

《日出》描写一位叫陈白露的交际花，她一方面联系着银行家、富孀、留洋博士、职员等一批人，由此展示出上层社会的罪恶和腐烂；另一方面，她联系着书生方达生、贫苦小姑娘"小东西"等，由此展现了下层社会的痛苦和不幸。

在《日出》里，剧作家带着深厚的同情描写下层社会"不足者"的苦难，沦落风尘却有"金子般良心"的下层妓女翠喜的煎熬，落入魔爪的"小东西"的以死抗争和失业小职员黄省三在贫病中的挣扎无告。同时，也以近乎漫画的戏谑手法勾勒上层社会"有余者"的群丑图。这是曹禺喜剧才能的最初显现。这里有俗不可耐的富孀顾八奶奶，油头粉面的"面首"胡四，虚伪做作满口洋文的张乔治，包括逢迎狡黠的茶房王福生，构成令人鄙视和憎恶的又一世界。在这对立的两个世界里，人物都是充分强化与简化的，而在这两者之间，以卑琐和孤注一掷的方式向上爬却终于失败的李石清性格要复杂得多。他卑琐而又不甘于贫贱，在强烈的爬上"有余者"的欲望驱使下，他不择手段谋求"翻身"，一方面无情地裁削像黄省三那样贫病无依的小职员，另一方面又以偷看银行抵押合同要挟潘月亭。为了逢迎"有余者"，他不顾自己的儿子病重，当了自己的大氅让太太陪达官贵人打牌。他憎恨"这个世界没有公理，没有平等"，诅咒自己"不要脸"、"不要人格"，但这只能驱使他"破釜沉舟地跟他们拼"。《日出》正是在这一些人物的徒然挣扎中显示"宇宙的残忍"，即"人被捉弄着"的困境。

陈白露是《日出》的中心人物，她美丽、聪慧，总是将她骄傲的心态化作嘲讽的笑挂在嘴角，然而又不时流露那种漂泊人特有的倦怠和厌恶。因此"在热闹的时候总想着寂寞，寂寞了又常想起热闹"。她以前的恋人方达生来访，唤醒了她对"我从前有过这么一个时期"的回忆："喜欢太阳"、"喜欢春天"、"喜欢年青"的爱华女校的高才生"竹筠"，因为父亲去世，"家里更穷"而"一个人闯出来"，跟一位诗人到乡下度过一段"天堂似的日子"，又在"平淡、无聊、厌烦"中分手，成为"卖给这个地方"的交际花。一方面，她珍藏着自己美好的记忆，珍藏着她的骄傲和正义感，她是那个黑暗丑陋世界的一线光明，她嘲弄那些玩弄她的人，也能挺身而出救助贫弱无依的"小东西"；而另一方面，像寓言中那习惯于金丝笼的鸟，已失掉在自由的树林里盘旋的能力和兴趣。她"要人养活"，她要享受，她不能也不愿走出旅店豪华的休息室，最终在她的靠山潘月亭破产后,绝望而又不无留恋地微笑着服下安眠药,在日出前永远地睡去。陈白露的死,是人性、人的美好希望、人的美好追求最终被金钱社会的罪恶魔爪扼杀、泯灭的悲剧。

《日出》在艺术形式上是一次新的创造。曹禺创作《雷雨》时借鉴了易卜生《群鬼》的"回溯式"结构。当创作《日出》时,他要超越西方"结构剧""一类戏所笼罩的范围,试探一次新路"。《日出》在戏剧结构上有如下特点:一、矛盾冲突的生活化。即不再将戏剧冲突交织在几个人身上,也不再设置主要戏剧冲突,而是采用横断面的描写方法从多个侧面来表现社会生活,用诸多生活的片断像绘画中的"色点"一样来构成一幅完整的画面。二、矛盾冲突和生活画面虽然较分散,但有其内在的统一性,这种统一性是由内在的批判"损不足以奉有余"的社会制度的"观念"和外在的串缀全剧的串线人物去达到的。三、采用暗场处理的方法,对戏剧结构起辅助作用。未出场的金八,作为始终牵制着场上人物命运的阴影,在结构上也成了各种事件的一条潜在的连缀线;而反复出现的打夯工人的歌声,构成一种氛围,客观上也起到了对全剧节奏的协调作用,增强了戏剧的整体感。

三、《北京人》

写于40年代的四幕剧《北京人》代表了曹禺戏剧创作的又一高峰。在这出戏里,更深刻地蕴蓄着他对现实的历史的深思,更真挚地透露着他的希望,也更深邃地体现着他的戏剧美学的追求。

《北京人》描写的是腐朽的封建家庭的崩溃。曾经显赫的曾公馆如今无可奈何地衰败了,老一代人曾皓整日哀叹不肖子孙坐吃山空,迷恋着他的楠木棺材。曾家的第二代成为无所事事和不能有所作为的废物:长子曾文清文雅清俊却懦弱无能,长媳曾思懿将全部心思用于猜疑和钩心斗角上,女婿江泰留学归来却整日住在家里空发牢骚……他们像耗子一样活着,啃耗着自己的生命和这个世界。在曾公馆的旁边,剧作家特意设置了两户家庭,一家是曾家的邻居——开纱厂的暴发户杜家,另一家是曾家的房客——人类学研究者袁任敢和他的活泼的女儿袁园,以及身材魁梧力大无比的"汽车修理工"。剧作家的用心很明显,他是以杜家的"暴发"对照曾家在经济上的衰败,以袁家的生机对照曾家在精神上的腐朽。最后,剧作家让寄居在曾家的愫方觉悟,与冲破无爱婚姻的曾家第三代瑞贞在"北京人"的帮助下一同出走,寄托了他的社会理想和对光明的向往。正如1940年《北京人》在重庆首演时,《新华日报》特意以醒目的字体报道演出的消息:"具有柴霍甫的作风/对古旧衰老的社会/唱出最后的挽歌/以写实主义手法/从行将毁灭的废墟/绘出新生的光明。"

《北京人》着力描写了曾文清与愫方这两个悲剧人物的内心冲突和不同命运。曾文清作为曾家的长子,有着难得的清俊飘逸的骨相,淳厚聪颖,"分明是一个温爱可亲的性格",然而他那凹下去的眼睛里却流露出失望的神色,悲哀而沉郁。他的半生是在品茗、赋诗、绘画、赏花的空洞的生活中度过,这种精致细腻然而却是寄生的士大夫情趣销蚀了他生命的活力。他身上本来可以健全发展的人的意气被耗褪了,沉滞懒散,懒于动作,懒于思想,懒于用心……无能和厌倦甚至使他"懒于"宣泄心中的痛苦,"懒到他不想感觉自己还有感觉"。当他与愫方在相对无言的沉默中互相获得哀惜与慰藉时,"却又生怕泄露一丝消息,不忍互通款曲"。在家道衰败、妻子猜忌和内心苦闷中,曾文清像那只"孤独的鸟","屡次决意跳出这窄狭的门槛",但他实在是已经不会"飞"了,已经"飞不动"了,只能很快疲惫无言地回到家里。如果说曾文清接受了封建传统士大夫文化的熏陶,那么江泰则是曾经留学国外接受过现代西方文化的教育,尽管形象不同,却都是于己无补、于人无补、于世无补。曾文清最终在曾公馆的纷乱中吞食鸦片,和江泰的徒有虚名一派空话一并宣告了这个封建世家无可挽回的败落。

在《北京人》中,愫方是作者用心灵塑造的富有光彩的女性形象,作者在愫方富有传统美德的忧伤而坚韧的灵魂中注入了自己的审美理想。在曾公馆,寄人篱下的愫方最为深切地感受到这个衰败的封建世家的残酷,行将就木的曾皓在迷恋着棺材的同时紧紧抓住她不放,而心地险恶的曾思懿则对她不断冷讽热嘲。她像"整日笼罩在一片迷离的雾里,谁也猜不透她心底压抑着多少苦痛与哀愁",年复一年,她从一个少女变成了三十岁"嫁不出去"的姑娘,她却依然温厚而慷慨地抚爱着曾家的其他人。她对瑞贞说:"什么可怜的人我们都要帮助,我们不单是靠吃米才活着啊。"她支持曾文清出走,甚至愿牺牲自己来成全曾文清的"飞"。"他走了,他的父亲我可以帮他伺候,他的孩子,我可以帮他照料,他爱的字画我管,他爱的鸽子我喂,连他所不喜欢的人我都觉得该体贴","为着他所不爱的也都是亲近过他的"。愫方是以坚韧的忍爱和无私的真爱,从悲凉的生活中感到了存在的意义和温馨,因此,当她述说"我们活着就是这么一大段凄悲又甜蜜的日子啊!叫你想想忍不住要哭,想想又忍不住要笑啊"时,她表达了对日常生活中真正诗意的体验。然而她的这种几乎是无私的情感却仍然被现实所无情捉弄,曾文清的疲惫回来轰毁了她自造的乌托邦,她的诗意幻想彻底破灭,促使她决意走出黑暗窒息的王国,去寻找新的生路。

曹禺写作《北京人》时,有意识地借鉴了契诃夫的戏剧美学。他从《雷雨》紧张激荡的风格转向艺术的平淡,以"平淡的人生的铺叙"叙写发生在曾公馆里的生活故事,一个个琐碎的日常生活场景在戏剧舞台上展现,就像生活原生态那样朴实自然,剧情像流水那样随意展开,又延伸到剧中人物的内心世界,折射出人物心灵的丰富多彩与紧张冲突。戏剧从对剧中人物的情感体验、生活方式和人生态度的生动描写中,对中国传统文化进行历史观照。在那些老朽而迷恋棺材,或文雅却"飞不动"的北京人面前,剧作家特意设置了象征中华民族祖先的北京人和象征中国前途的新一代北京人。以这种"不那么现实"的场景插入对照,使观众产生超越剧情的间离效果和距离感,得以用一种审视和"悲悯的眼光来俯视这群地上的人物"。在历史观照和文化批判这一层面上,剧作家于悲悯之外,又有了几分嘲讽,戏剧则由悲剧转向喜剧。

第七节　小说创作

一、概述

　　30年代小说创作取得了很高的成就，其中反映广阔的社会生活和深厚的历史内容的长篇小说最为突出。这个时期出版了数以百计的长篇小说。1927年和1928年间，茅盾陆续发表了规模宏大的反映轰轰烈烈的大革命及革命失败以后的社会心理的长篇小说"《蚀》三部曲"（《幻灭》、《动摇》、《追求》）。1929年，他又创作了表现青年知识分子命运的长篇小说《虹》，而写于1931年至1932年间的《子夜》则更因其巨大的艺术成就而被称为"中国第一部写实主义的成功的长篇小说"[1]。这个时期涌现出了一批优秀的中长篇小说，如叶绍钧的《倪焕之》、蒋光慈的《咆哮了的土地》、王统照的《山雨》、巴金的《家》、萧军的《八月的乡村》、萧红的《生死场》、李劼人的《死水微澜》、老舍的《骆驼祥子》、王鲁彦的《野火》等。除中长篇小说之外，30年代短篇小说也进入了一个丰收期，产生了大批优秀的短篇小说作家和大量的短篇小说佳作。

　　30年代的小说作家可以依据其思想艺术倾向划分为以下几个主要的群落：

　　左翼作家群。左翼作家群的代表性作家主要有蒋光慈、华汉（阳翰笙）、洪灵菲、胡也频、柔石、丁玲等无产阶级文学倡导期的革命作家及"左联"成立以后出现的一批青年作家，如张天翼、沙汀、艾芜、吴组缃、叶紫、蒋牧良、周文、萧军、萧红、端木蕻良、葛琴、草明、欧阳山等。蒋光慈等无产阶级文学倡导期的革命作家能够自觉地感应时代脉搏，怀着满腔的革命热情，以文学为革命呐喊，在当时产生了巨大的社会影响，对于一代青年奔向光明，走上革命道路起到了积极的作用。但是，由于这些作家缺乏充分的革命斗争经验，致使他们的作品缺少真切的生活实感，思想和热情都远胜于形象，存在着公式化、概念化倾向，更有一些作品还未脱小资产阶级情调，热衷表现流行的"革命加恋爱"主题，这都表现了初期革命文学的不甚成熟。

　　蒋光慈（1901—1931）在大革命失败之后，先后写出了《野祭》、《冲出云围的月亮》、《丽莎的哀怨》和《咆哮了的土地》（后改名为《田野的风》）。《咆哮了的土地》以广阔的大革命为背景，反映了党所领导的早期农民武装斗争以及青年知识分子在群众斗争之中的成长历程，与前面几部作品相比，它在艺术上克服了空洞的感情宣泄及概念化倾向，注重人物性格的刻画和复杂的内心世界的揭示，描写手法客观细致，具有较强的生活实感。洪灵菲创作了刻画革命流亡者形象、充满革命的浪漫气息的长篇小说《流亡》、《在洪流中》和《大海》等。华汉的长篇小说"《地泉》三部曲"（《深入》、《转换》、《复兴》）反映大革命后的社会变化，因为从政治观念上铺演故事

---

[1] 瞿秋白：《〈子夜〉和国货年》，《申报》1933年3月12日。

而被瞿秋白批评为是"革命的浪漫谛克"。柔石（1902—1931）创作了著名的中篇小说《二月》和短篇小说《人鬼和他的妻的故事》、《为奴隶的母亲》，这些作品超离了当时公式化、概念化的风气，具有真切的生活实感。《二月》在相对封闭的故事背景之中，通过追求理想、不甘沉沦的青年知识分子萧涧秋与普遍的守旧意识及丑恶现实的冲突，提出了小资产阶级知识分子在黑暗中寻找出路的问题，表现了柔石对中国知识分子道路的深沉思考。《为奴隶的母亲》则通过一个"典妻"的故事，如实书写了春宝娘这一忍辱负重的中国普通农妇的悲剧命运及真实灵魂。胡也频（1903—1931）分别于1929年、1930年写出了中篇《到莫斯科去》和长篇《光明在我们前面》，它们所写的虽然仍是知识分子的爱情与革命，但其历史背景却更加宏壮。《光明在我们前面》真实地表现了知识分子在"五卅"运动的教育之下走向共产主义的思想历程，具有较高的历史认识价值。这一时期的丁玲（1904—1986）也以一个革命女作家的姿态，写出了《莎菲女士的日记》、《韦护》、《一九三〇年春上海（之一）》、《一九三〇年春上海（之二）》和《阿毛》、《田家冲》、《水》等一系列重要作品。

左翼青年作家的涌现，标志着左翼文学在创作上的进一步成熟。无产阶级文学倡导时期的种种不足，在左翼文学自身的发展中逐步得到纠正，而新出现的这一批青年作家，由于大都具有丰富的生活经历，也使他们能够在创作上避免"革命的浪漫谛克"的倾向及公式化、概念化的缺陷。杰出的讽刺小说家张天翼（1906—1985）创作了《包氏父子》、《笑》、《脊背与奶子》、《出走以后》、《同乡们》和中篇《万仞约》、《清明时节》等优秀的讽刺小说。沙汀（1904—1992）的创作成就虽然主要是在下一个文学时期，但其这一时期的创作已经初步奠定了他在左翼文学中的重要地位，成名作《法律外的航线》剪辑长江航线一艘外国商船上的一组镜头，在揭露帝国主义对中国人民的欺凌的同时，又从侧面展示了长江两岸农村的斗争烈火。《丁跛公》、《代理县长》和《在祠堂里》等显示出作家着重揭示中国农村黑暗生活的题材取向、出色的讽刺才能、浓郁的地域色彩和深厚的人物刻画功力。艾芜（1904—1992）于1933年出版了第一部小说集《南行记》，以一个漂泊的知识者的眼光观察并叙述边疆异域特殊的下层人物的生活，作者以其对人生的执著态度，书写着他们的苦难、悲愤与反抗，挖掘他们身上纯朴、善良的美好品德，表现下层人民金子一样的灵魂。吴组缃（1908—1994）以现实主义的创作方法反映30年代的农村破败，所创作的小说主要收入《西柳集》，作品的数量虽然不多，但却以其冷静细腻的观察、深刻的社会剖析、精当的表现与文体取得了较高的文学史地位。叶紫（1912—1939）的小说大都是表现大革命失败前后洞庭湖畔的农民生活和斗争的，在左翼作家之中，他以揭露农村尖锐的阶级压迫，表现血与火的阶级斗争著称，主要作品有短篇《丰收》、《向导》、《火》与中篇《星》等。

在"左翼"青年作家之中，有一批是在"九·一八"事变东北沦陷后流亡至上海及关内各地的作者，他们以对侵略者的仇恨和对家乡的怀念，创作了一批反映东北人民的生活与斗争的文学作品，引起了文坛的广泛关注，这在文学史上被称为"东北作家群"，主要作家有萧军、萧红、端木蕻良、骆宾基、舒群、白朗、罗烽等，其中的多数后来都加入了"左联"。萧军（1907—1988）的代表作《八月的乡村》描写一支抗日游击队伍的成长，正面刻画了作为游击战士的新型农民形象，斗争尖锐，笔调与风格雄浑、遒劲，洋溢着英雄主义的战斗精神。萧红（1911—1942）这时期的代表作是被鲁迅称为表现了"北方人民的对于生的坚强，对于死的挣扎，却往往已经力透纸背"[1]的《生死场》。小说描写了哈尔滨附近的农村市镇生活，表现了农民们的淳朴、苦难、愚昧、野蛮和他们的融会于民族解放斗争的生死挣扎与坚强抗争，显露了作家散漫自由、细腻精致的笔调和浓郁的抒情风格。此后，萧红又创作了收入《牛车上》、《旷野的呼喊》中的短篇小说及著名的讽刺长篇《马伯乐》。40年代，她又创作了后期代表作长篇小说《呼兰河传》和短篇小说《小城三月》，以独特的诗化小说风格奠定了其文学史地位。

京派作家群。"京派"是30年代"左联"之外最重要的文学派别，主要是指20年代末期至30年代，文学中心南移上海之后继续滞留北京或其他北方城市的一个自由主义作家群，当时亦称"北方作家"派。"京派"是一个涉及面较广的文学派别，包括有一大批的作家、诗人及理论批评家，就小说家而言，主要有沈从文、废名（冯文炳）、老向、芦焚（师陀）和萧乾等人。沈从文是京派作家的主要代表。沈从文的小说主要有两种类型，一是以湘西生活为题材，努力挖掘和表现历经磨难的底层人民坚韧、顽强、淳朴、善良的美好人性的小说，这方面的代表作有《边城》、《三三》、《丈夫》等；二是讽刺绅士阶级和某些知识者以表现和批判人性沉沦的，如《八骏图》和《绅士的太太》等。废名这一时期写有小说《莫须有先生传》。老向的小说有《庶务日记》、《黄土泥》、《民间集》等。萧乾有短篇集《篱下集》和《栗子》。芦焚有短篇集《谷》、《里门拾记》和《落日光》等，《谷》曾获《大公报》文艺奖金。

"新感觉派"作家群。"新感觉派"是指30年代以《文学工场》、《无轨电车》和《现代》等杂志为主要阵地从事小说创作的一批作家，他们的创作主要受西方新心理主义和日本的新感觉派的影响。"新感觉派"小说内容上的新异之处在于其第一次用现代人的眼光来打量上海，用一种新异的现代的形式来表达这个东方大都会的城与人的神韵，在艺术上，注重表现人物的感觉心理，强调抓取人的刹那间的感受和感觉，以象征和暗示等艺术手法精细描写，所以，又被称为"心理分析派"。"新感觉派"小说的主要作家是施蛰存、穆时英、刘呐鸥。施蛰存成名的小说集是《上元灯》，但真正体现"新感觉派"小说特点的是其小说集《梅雨之夕》，这些小说注重逼视人物内心世界，从内部来开掘包括人的梦幻与变态心理的无意识领域。施蛰存的"新感觉派"时期并不很长，不久便转向了现实主义创作，写出了既有明显的现实主义特点，而又保有心理分析小说长处的短篇小说集《善女人的行品》和《小珍集》等，其中的《春阳》是较为优秀的成功之作。被称为"新感觉派的圣手"和"鬼才"的穆时英的早期作品《南北极》尚是以写实手法表现城市黑社会和下层流民的生活，而自1932年起，他先后写出《公

---

[1] 鲁迅：《且介亭杂文末编·萧红作〈生死场〉序》，《鲁迅全集》第6卷，第408页，人民文学出版社1981年版。

墓》、《上海的狐步舞》、《牡丹》、《白金的女体塑像》等作品，以印象和卡通式的笔法、动态的结构和充满速率的表达方式来表现繁华的都市生活和都市人的精神危机，显示出典型的现代派品格。刘呐鸥的作品主要有短篇集《都市风景线》，作品也体现了"新感觉派"的基本特点。

上述作家群落或文学流派之外比较独立的小说家主要还有叶绍钧、王鲁彦、王统照、许地山、李劼人等。就思想倾向而言，他们在政治上虽然不如左翼作家鲜明和激进，但是与人民革命及时代步伐保持了一致。巴金是30年代革命民主主义作家的杰出代表，也是中国现代文学史上最优秀的作家之一，其代表作《家》便写于1931年。叶绍钧出版于1930年的长篇小说《倪焕之》在广阔的历史背景当中书写知识分子的历史道路，被茅盾赞誉为"扛鼎之作"，他的《多收了三五斗》是30年代反映当时中国农村"丰收成灾"现实的名篇之一。这批作家的优秀作品还有王鲁彦的《野火》（后改名为《愤怒的乡村》）、王统照的《山雨》、许地山的《春桃》、李劼人的《死水微澜》、《暴风雨前》和《大波》等。

30年代台湾小说创作中的杰出代表是杨逵。杨逵（1905—1985），本名杨贵，台南新化人。1924年到日本勤工俭学，1927年返台，曾任《台湾文艺》编辑和《台湾新文学》主编。杨逵的主要创作有小说《送报夫》、《鹅妈妈出嫁》、《泥娃娃》、《萌芽》、《无医村》、《春光关不住》和散文《智慧之门将要开了》等。他的小说中有着强烈的民族意识和阶级意识。《送报夫》中，主人公杨君是个流落在日本的台湾青年，五年前家中遭遇变故，父亲因抵制日本制糖会社强征家里的土地惨遭毒打，含愤而死，土地被强行贱卖。杨君希望能到东京找到工作以改变家里经济困窘的状况。到了日本快一个月才好不容易找到了一份送报的工作，可忍饥挨冻干了二十天却又被赶走，所得还不及当初交给老板的保证金。走投无路之际，又传来家中噩耗：两个妹妹夭亡，母亲与当了日本人走狗的哥哥断绝了关系，将弟弟托付给叔父后上吊自杀。杨君的遭遇，使他认识到不管是在台湾地区还是在日本，都有"好人"和"压迫人的人"两种人。在日本友人的帮助和共同努力下，他们这些送报夫团结起来，和老板进行斗争并取得了胜利。杨逵在这篇小说中既写到了民族矛盾，也写到了阶级矛盾，代表了30年代台湾文学所能达到的思想高度。小说《模范村》写了日本殖民者为了建设所谓的"模范村"，罔顾台湾民众生活的实际，大做表面文章，搞得民不聊生。作品塑造了一个具有民族意识和反抗精神的台湾知识分子阮新生的形象，他留学日本，却反对自己的父亲和日本人合作；他是少爷，却爱上了平民女子；他是既得利益阶层成员，却和普通的台湾人站在一起。最后被逼远走他乡，但他留下的新思想、新观念和政治、经济、社会类的书籍，却在陈文治等当地的知识分子和年轻人中产生了作用和影响。在这篇小说中，杨逵把抵抗殖民统治的民族精神和塑造新型台湾知识分子的形象结合起来，成功地传达出他坚定的民族意识和富于抗争的知识分子情怀。杨逵创作于30年代的小说艺术手法已相当成熟。在《送报夫》中，杨逵通过杨君的回忆和母亲的来信，设置了两条并进的线索，在两条线索上各有一系列的人物，作者通过对不同系列中的人物的"共相"和"殊相"的对比，艺术地呈现出自己的思想观念。在《模范村》中,杨逵除了继续在结构的巧思和人物的塑造上用心用力之外,还在讽刺和象征等手法的运用上颇具匠心。《模范村》这一命名本身就充满了讽刺的意味,在小说的结尾,作者以"天上星儿在闪烁着,地下却黑暗得什么都看不见","一阵鸡啼声,打破了黑夜的寂静,远近的鸡都呼应了","鸡又啼了第二次,太阳光划破了黑幕,露出光彩来了","山后一道霞光,已经透过窗口射了进来"等充满象征意味的句子,表达了作者对台湾未来命运的乐观和期待。无论从思想内容还是从艺术成就上看,杨逵的出现使30年代台湾新文学迈向了一个新的高度。

二、丁玲　张天翼

丁玲(1904—1986),原名蒋伟(玮)、蒋冰之,湖南临澧人。1923年在上海大学中文系学习,不久赴北京并开始从事小说创作。1927大革命失败之后所写的《梦珂》和《莎菲女士的日记》引起了文学界的广泛关注。至1929年间先后写出的十多篇小说分别收入《在黑暗中》、《自杀日记》和《一个女人》三个集子中。1930年参加"左联"前后,丁玲的创作在题材、格调与思想感情方面都开始发生明显的变化,创作了《韦护》、《一九三〇年春上海》、《田家冲》、《水》、《法网》、《奔》及长篇小说《母亲》等一大批作品,这些作品从对小资产阶级知识青年感情纠葛的描写转向了对工农大众的苦难和斗争的反映。1932年,丁玲加入了中国共产党,并于同年底任"左联"党组书记。1933年,丁玲被国民党当局逮捕,三年后由监禁地南京来到陕北,先后在西北战地服务团、《解放日报》和文协延安分会担任领导工作,并发表了《十八个》、《一颗未出膛的枪弹》和《我在霞村的时候》、《在医院中》等报告文学和小说作品。1946年,丁玲到华北农村参加土改,1948年出版了长篇小说《太阳照在桑干河上》。1949年以后曾先后担任《文艺报》、《人民文学》主编及中央宣传部文艺处处长等领导职务。

丁玲的小说创作主要有两类:一类是以她的成名作《莎菲女士的日记》和后期的《我在霞村的时候》、《在医院中》为代表的被称为是女性的"自叙传、血泪书和忏悔录"[1]的一些作品;另一类是以早期表现知识分子题材的《韦护》、《一九三〇年春上海》和表现工农斗争题材的《田家冲》、《水》以及后期表现土改题材的《太阳照在桑干河上》等为代表的小说,牢固地奠定了丁玲在革命作家中的突出地位。

《莎菲女士的日记》是一部日记体中篇小说,曾经给丁玲带来极大的声誉。主人公莎菲是个追求个性解放的女青年,她执拗地寻觅人生的意义却又找不到出路,鄙视世俗又不时感到有陷入纵情声色中的危险,重感情,更爱幻想与狂想。莎菲的形象具体地反映了历史投射在一部分知识青年身上的反抗而又带着病态的时代阴影,她的苦闷,是"五四"时期获得个性解放的激进青年在革命低潮中陷入苦闷彷徨的真实写照,包含着

---

[1] 蓝棣之:《现代文学经典:症候式分析》,第113页,清华大学出版社1998年版。

深厚的历史内涵。小说的心理描写真切细腻、生动逼真，代表了丁玲在这方面的艺术成就。《我在霞村的时候》写一个名叫贞贞的乡村少女。为抗拒父母的包办婚姻而去外国教堂逃避，被日本侵略军所俘虏，做了日本人的随军妓女。她利用自己的特殊身份，经常冒着生命危险为人民抗日武装送情报。当她跳出火坑回到家乡，却受到周围人们的鄙视，被认为是"丧失气节和贞操的无耻女人"。小说以层层铺垫、引人入胜的艺术手法表现了有着特殊的经历及美好追求的女性与保守而卑俗的环境之间的冲突，表达了对人物命运的深深的同情。《在医院中》通过向往革命而由上海来到延安的青年医生陆萍在一所医院中的见闻、感受、遭遇及其与环境的矛盾冲突，批评了不尊重知识与人才的弊病，在当时的共产党区域内部较早地提出了反对专制、愚昧、保守、落后等小生产习气的重要问题。陆萍是对部分奔赴延安的青年知识分子的艺术概括。作品主要以主人公的命运和心理变化为结构线索，充分发挥了作家善于细腻、委婉、曲尽其情地刻画人物的艺术特长。这些小说表现了作为一个女性作家的丁玲的体验与思考，是20世纪中国文学中较早也是最集中的对于女性意识的有力表达。

《太阳照在桑干河上》是丁玲自觉实践毛泽东延安文艺座谈会讲话精神的重要的创作收获。1946—1948年间，丁玲数次参加华北农村的土地改革，获得了大量的创作素材。1946年11月，她开始了《太阳照在桑干河上》的创作，1948年9月初版问世。小说表现了河北北部农村在党中央发布《"五四"指示》（1946）到《中国土地法大纲》（1947）公布这一时期土改运动的发展。作品以华北一个叫暖水屯的村子为背景，真实生动地揭示了各阶层人们不同的精神状态，讴歌了中国农民在中国共产党的领导之下所取得的巨大历史进步。

《太阳照在桑干河上》的成就首先在于真实地反映了土改斗争中农村生活的复杂性，这一特点集中地表现为作家对农村阶级关系的准确把握与细致描写。作品在表现农村社会阶级关系的深度、广度、丰富性及有机性上，超过了"五四"以来的同类题材作品。暖水屯有着明晰的阶级分野。以张裕民、程仁为代表的贫苦农民为一个方面，以钱文贵、李子俊为代表的地主阶级为另一方面。这两个阵营的冲突和斗争构成了小说的基本框架，但是这两个阶级的关系却又是错综复杂、难解难分的。钱文贵本人阴险凶残，他的亲哥哥钱文富却是一个朴实的农民，堂弟钱文虎是农会干部，儿子是八路军战士，大女婿张正典是村治安委员，侄女黑妮与农会主任程仁又有爱情纠葛。曾被错划为富农的富裕中农顾涌，其姻亲网伸入本村的最高与最低层，而且还延伸至村外。此外，地主之间、农民之间，甚至工作组内部也都充满了各种各样的矛盾。作家逼真地描写了这些复杂的社会关系以及这些社会关系之中人们的不同行为与心理，同时还深入描写了土地改革对农村社会结构的冲击以及由此而引发的农村社会关系的新变与重组。

成功的人物形象塑造也是《太阳照在桑干河上》所取得的重要成就。无论是农村新人形象，还是落后的反动地主，均具有生动鲜明的个性特点及思想内涵。可贵的是，作家在刻画人物性格时并不采取简单化的方法，而是注意人物性格的丰富性与复杂性，特别是相当真实地表现了与钱文贵的侄女黑妮相恋的农会主任程仁在斗争中的逡巡不前以及党支部书记张裕民在斗争中的思想顾虑。小说直率地描绘了中国农民的性格弱点与局限性,具有相当深刻的历史内涵。

《太阳照在桑干河上》也显示了丁玲善于深入细致地刻画人物心理的艺术特长,但在艺术上,也存在着个别人物(如黑妮)形象的刻画不够扎实及小说语言的芜杂等缺点。

张天翼(1906—1985),原名张元定,又名张一之,曾用名张无诤等。原籍湖南湘乡,生于南京。青少年时期曾因家贫辍学,当过小职员、记者和教员。1928年正式从事写作,1929年在鲁迅主编的《奔流》杂志发表短篇小说《三天半的梦》,此后,产量日多,逐渐以创作为业,艺术水平不断提高。30年代前期出版的作品,短篇小说有《从空虚到充实》、《小彼得》、《蜜蜂》、《反论》、《移行》、《团圆》、《万仞约》、《春风》、《追》等集子,中篇小说有《清明时节》,长篇小说有《鬼土日记》、《一年》、《在城市里》等。当时的广大读者对文学创作中的感伤主义情调及"革命加恋爱"的公式感到厌倦,张天翼的小说给文学界带来了一股新鲜活泼的气息,拥有大量的读者。1932年起,他还写过一些儿童文学作品,如《大林和小林》、《奇怪的地方》及《秃秃大王》等。

张天翼的早期小说大多集中描写小市民的灰色人生与部分知识分子的庸俗、虚伪以及他们矛盾可笑的心理状态。这些人物空虚无聊,虽有时也会感到苦闷与不满,但却无力自拔,甚至会自甘堕落,《从空虚到充实》里的荆野、《野猪肠子的悲哀》中的"猪肠子"、《移行》里的桑华,都是这类人物的典型代表。作家往往以诙谐辛辣的笔调剖析他们的灵魂,鞭挞他们的弱点。张天翼的小说以对小市民卑琐心理的刻画著称,短篇小说《包氏父子》便是这方面的代表作。小说中的老包是某公馆的一个门房,他望子成龙,一心希望儿子包国维能够读书上进,挤进上流社会。为此,他节衣缩食,千方百计地借债为其缴纳学费。而儿子包国维却不思进取、爱慕虚荣、追求享受,在资产阶级思想和富家子弟的不良影响下走上了堕落的道路。小说生动描绘了包氏父子两代人的性格与心理,在批判老包的小市民庸俗气息的同时,也揭露了资产阶级腐朽思想和生活方式对青少年的危害。

随着作者政治视野的日益开阔,阶级压迫和阶级斗争的主题开始在其小说中逐步强化,如中篇《清明时节》;一些作品还注意书写劳动人民在统治阶级的压迫和欺骗下的逐步觉醒,如《二十一个》。卢沟桥事变后,抗日统一战线内部的矛盾和斗争开始尖锐地表现出来。人民群众的抗日热情空前高涨,而国统区的军政领导却害怕人民动员起来,他们极力控制救亡运动,实行统制与包办,为此,作家于1938年4月的《文艺阵地》创刊号上发表了揭露和讽刺这一现象的著名短篇《华威先生》。小说的主人公华威先生是一个不学无术、庸俗浅薄而又自命不凡、刚愎自用,有着极强的权力欲和统治欲的国民党文化官僚。他每天乘着黄包车东奔西跑,忙于出席各种会议,插足各种抗日活动。他并不是真正地为了抗日,其实质是要人们"认定一个领导中心",把一个党派的狭隘利益和个人私利凌驾于抗日工作之上。华威先生是张天翼贡献给中国现代人物画廊的一个独特典型，这一人物形象不仅在当时是对一种社会政治现象和人物类型有力的揭露和概括，具有极大的认识价值和时代内涵，而且在客观上也表现出巨大的历史预见性。在艺术上，小说只是截取几个生活的片断和细节，通过人物的言行来刻画其性格特征，颇似一幅人物速写和"小品"，无论是内涵的深远、批判的锐利，还是讽刺的冷峭、节奏的明快及语言的捷劲、文体的圆熟，《华威先生》都堪称张天翼的代表作。

《华威先生》发表前后，张天翼还写了《谭九先生的工作》及《新生》，都是其讽刺佳作，后一并收入短篇集《速写三篇》。

三、叶紫　吴组缃

叶紫（1912—1939）是"左联"后期出现的青年作家，原名俞鹤林，湖南益阳人，1922年赴长沙求学。1925年，叶紫在长沙求学期间，曾积极参加当时的学生运动。在1926—1927年湖南农民运动高涨期间，叶紫一家都积极参加了农民运动，1927年"四·一二"政变后，他的父亲、叔父及姐姐均被杀害，家中亲人在逃难途中多半死于非命，叶紫也开始了他的流亡生活。1929年底，叶紫流浪至上海，不久加入中国共产党。1931年春，以"共党嫌疑犯"罪被捕，后被营救，1933年3月参加"左联"。1933年6月，叶紫发表了第一篇小说《丰收》。此后除陆续出版了短篇集《丰收》、《山村一夜》及中篇小说《星》以外，还发表了一些散文，另有未完成的中篇小说《菱》和长篇小说《太阳从西边出来》等。他曾得到鲁迅的指教，鲁迅在为其《丰收》所作的序中曾经充分肯定其创作的战斗意义，认为他的创作是"尽了当前的任务，也是对于压迫者的答复：文学是战斗的"[1]。

叶紫的大部分小说都真实表现了大革命失败前后洞庭湖畔农民的生活和斗争。在表现农村社会和农民命运时，特别注重对农村阶级关系的揭示，注重对农民中父子两代人的性格及其成长与冲突的展示，还特别注重对农村妇女命运的书写和对妇女解放问题的探讨。叶紫的小说中塑造了诸多不同类型的农民和农村妇女形象，有云普叔（《丰收》）和杨七公公（《杨七公公过年》）这样的更多的带有农民意识和封建思想并对生活存有幻想而迟迟未觉醒的老一辈农民，也有刘翁妈（《向导》）这样具有一定的阶级觉悟的英雄母亲，更有否定了保守的老辈农民的人生哲学和生活道路，在现实的逼迫和认真的思考下义无反顾地走上反抗道路的新一代农民形象，如《丰收》和《火》中的立秋、癫大哥，《杨七公公过年》中的福生，《向导》中刘翁妈的三个儿子，还有《星》中的梅春姐，《鱼》中机智的农民和《偷莲》中生气勃勃的农村妇女等。作家正是通过对这些人物形象的塑造而表现了自己的思考，从而也寄托了自己的希望与理想。

《丰收》是叶紫的成名作和代表作。小说集中描写的是农村的"丰收成灾"这一悲

---

[1] 鲁迅：《且介亭杂文二集·叶紫作〈丰收〉序》，《鲁迅全集》第6卷，第220页，人民文学出版社1981年版。

剧性的社会畸形现象。在30年代的"左翼"文学创作中，表现农村的"丰收成灾"是一个较为集中的题材领域，茅盾的《春蚕》和叶绍钧的《多收了三五斗》都是反映这一现象的名篇。叶紫的《丰收》更侧重在对社会主要矛盾、对农村阶级关系的描绘。作品将农民的苦难置放于中国30年代的农村阶级关系和土地革命的广阔背景上，从政治、经济及农民自身的思想弱点等方面深入探究农民命运，深刻揭示出农民苦难的社会原因，指出了通过阶级斗争争取解放的根本途径。

《丰收》通过云普叔的形象与命运，充分揭示出农民可以凭自己的勤劳品质和顽强意志而战胜大自然的灾害夺取丰收，但却无法逃避残酷的阶级压迫所带来的贫困与破产的现实。云普叔将全家人的温饱作为自己的最大梦想，他带领家人与自然灾害拼死搏斗，奋力劳作，正当迎来少有的丰收而沉醉于这一梦想之中的时候，谷价的狂跌、地主的盘剥和官府的苛捐杂税却将他的幻想击得粉碎。所有的收成不仅不够一家人的一顿温饱，在各种势力的共同欺诈和盘剥之下，最后还亏欠三担三斗多的谷子。在小说的结尾，云普叔终于在生活的教训之下逐步觉醒，走向了斗争。云普叔的命运遭际和最终觉醒，正是时代和历史的某种必然。

《丰收》中立秋的形象是新一代农民的典型代表。与其父云普叔这样的老一辈农民不同，他受传统思想的影响较小，反对父亲靠劳动求生存的人生哲学，他对统治阶级有着清醒的认识，不抱任何幻想，相信只有通过斗争与反抗才能获得整个农民阶级的解放。他积极参加党所领导的抗租抗捐斗争，并在斗争中逐步走向了成熟。在《丰收》的续篇《火》中，立秋在斗争中英勇牺牲，献出了年轻的生命。立秋的形象表明了30年代农民的反抗与斗争已经超越了早期的自发阶段，开始在党的领导之下进行自觉战斗。

《丰收》鲜明地体现了叶紫小说的艺术风格。作品洋溢着理想的光辉，充满昂扬的音调，尖锐激烈的矛盾冲突和残酷的斗争生活使得小说产生了悲壮沉雄的美学风格。结构明晰、阵线分明、笔触阔大、时亦粗疏，却包蕴着激越的时代风雨。这些特点同样体现在叶紫的其他优秀小说如《火》、《向导》与《星》之中。

吴组缃（1908—1994），安徽泾县人。原名吴祖襄，字仲华。1929年入清华大学经济系，一年后转入中文系。1930年发表短篇小说《离家的前夜》被视为其创作生涯的正式开始，以后陆续创作了《栀子花》、《官官的补品》、《箓竹山房》、《卍字金银花》、《黄昏》等作品。1934年1月，代表作《一千八百担》发表于北平的《文艺季刊》创刊号，受到高度评价。接着，又相继发表了《天下太平》、《樊家铺》和《铁闷子》等优秀作品，出版了短篇小说集《西柳集》和《饭余集》。抗战期间又有长篇小说《鸭嘴涝》（后改名《山洪》）问世。

吴组缃是中国现代文学史上少见的以不多的作品确立其文学史地位的作家。他的小说基本上可以分为两类，一类是批判封建礼教及旧的思想传统，表达对妇女命运的深切同情的，如《离家的前夜》、《卍字金银花》和《箓竹山房》等。《箓竹山房》篇幅精短，虽然不足五千字，但却是现代文学中难得的精品。作品中的二姑，虽然束缚和殉葬于旧的封建礼教而终身守寡,但对侄儿、侄媳所表现出来的诡秘行为却透显出其内心所深藏的爱火。作品气氛阴森,象征了禁锢人欲的环境。小说平凡中见奇崛,细密与凝练中透出曲折,显示出作者不凡的艺术功力。另一类是描写农村的破产与凋敝,表现农民的苦难命运和对地主阶级的批判、憎恶与嘲讽的,如《官官的补品》、《一千八百担》、《天下太平》和《樊家铺》等。

《天下太平》以深刻的嘲讽揭示了丑恶的社会环境和充满苦难与贫穷的生存现实对人的"逼迫"。《一千八百担》的副标题是"七月十五日宋氏大宗祠速写"。这篇数万字的小说并无复杂的情节,从头至尾着眼于宋家各房二十来个人物为争夺宗祠的"一千八百担"积谷而作的丑恶表演,通过地主阶级内部的钩心斗角,反映出当时的农村经济全面崩溃的现实。作品的结尾所出现的饥民的聚集和抢粮,则预示着农民运动的勃兴和地主阶级的灭亡。作品截取生活断面,以短篇小说的结构与篇幅,主要通过白描和人物对话,刻画了近二十个各有个性、生动逼真的人物形象。适当的方言、独特的风俗文化描写所产生的浓郁的地方色彩和细密而又流动的叙事风格使得作品具有相当独特的艺术魅力。

发表于1934年4月的《樊家铺》在反映30年代凋敝破败的农村现实时,更注重对人物内心世界的细致深入的刻画。善良淳朴的线子和她的丈夫小狗子,曾经想靠辛勤的劳动来改变自己的贫苦命运,但是,黑暗的现实却把他们逼入绝境,终于使得小狗子"杀人越货",而线子却"逆伦弑母"。小说的这种结局,深刻地反映了农村破产所造成的"人心大变",揭露了社会罪恶。如果说,作品对小狗子的"杀人越货"明确处理为原始性和自发性的抗争的话,那么,作家对线子弑母的处理要复杂得多,其意义也更为深刻。作品主要以线子母女的思想性格冲突为主线。这种冲突,既是善与恶的伦理冲突,更是奴才主义、市侩主义和不愿做奴隶的觉醒意识之间的冲突。作品使人们看到了破产凋敝的农村到处潜伏着的革命潜能,而农民只有破除线子母亲身上所表现出来的那种奴才主义和市侩主义,才能真正觉醒并使革命的潜能变成真正的革命现实。作品在更深刻的层次上反映了已经开始的农村变局及其趋向。

《樊家铺》有着鲜明的艺术特点。一是善于表现尖锐的性格冲突并在这种冲突中进一步刻画人物的思想性格。作品从线子娘的出场与线子间的冲突开始,一直写到作品的结局所出现的弑母场面,一步步地揭示出母女冲突激化的详细过程以及冲突的原因与实质,具有震撼人心的悲剧效果。二是以心理剖析的方法来刻画人物形象。作品主要通过细致地描绘线子丰富、曲折的内心活动来表现她的善良及其与丈夫小狗子的恩爱,而她在与母亲的不断冲突之中所表现出来的怨恨与疯狂以及最后所出现的精神幻象,不仅深刻地刻画了真实、丰富的人物性格,也使情节的发展真实可信,具有可靠的性格心理基础。三是对故事的情节结构的精巧安排。作品截取三个生活断面,且在同一地点,便于集中表现人物间的性格冲突。作品以线子母女的冲突为主线,而以小狗子的被迫铤而走险作为辅线,主线和辅线互相补充、虚实结合,使得作品既集中凝练,而又反映了广阔的社会矛盾与社会生活。另外,细致的景物描写及精警有力的对话和叙事语言也是作品的重要特点。

第八节 诗歌创作

一、概述

30年代新诗创作的社会文化背景发生了很大变化,严酷政治环境之下不同诗人的不同政治态度和思想反映,多少决定了诗歌派别的分野。上一个时期的现代新诗主要是在思想启蒙的高潮中产生,并且是在与个性解放和社会解放的合流中发展起来的,诗歌潮流的形成主要是由不同的诗歌形式的探索来决定的。而在30年代,却更多的是由于诗人的政治立场和思想倾向的不同而形成的不同诗歌流派。大体上说,活跃于30年代中国诗坛的,主要有三股诗歌潮流,即政治抒情诗歌、唯美诗歌和乡土诗歌。

政治抒情诗人主要由两部分人组成,一是后期创造社和太阳社的诗人,二是"中国诗歌会"的诗人。

1927年大革命失败后,郭沫若很快出版了诗集《恢复》。《恢复》中的大部分诗歌是抒写革命情怀,表达对敌人的愤怒和对革命前途的坚定信念的,格调高昂,激情澎湃,充满了战斗的豪情,是典型的政治抒情诗。太阳社的蒋光慈、钱杏邨、冯宪章、殷夫等,也创作了大量的政治抒情诗。这些诗歌大多是呐喊式的政治鼓动,在表达对国民党统治的强烈愤懑、歌颂无产阶级革命、号召人民起来反抗的同时,常常有着标语口号化的弊病。他们中间,殷夫的诗作较为出色。殷夫(1909—1931),原名徐祖华,另有笔名白莽等。1929年起在上海从事党的地下活动,1931年2月被反动派秘密杀害,年仅22岁。生前曾自编有《孩儿塔》、《伏尔加的黑浪》、《一百零七个》、《诗集》等四本诗集。他的政治抒情诗在思想感情和艺术表现上都有鲜明的个性特点。由于他的诗作表达了革命斗争的激情,洋溢着革命的英雄主义和乐观主义精神,因此,人们将他的代表作称为"红色鼓动诗"。写得比较动人的作品有《别了,哥哥》、《血字》、《议决》、《一九二五年的五月一日》等。在艺术上,殷夫能注意真情实感的表现,并且能给读者以情感的陶冶和美的愉悦。在诗歌取材上,他能大处着眼,小处落笔,有时还善于抓住典型的材料和富有表现力的细节,深入挖掘。殷夫的诗歌语言,形象性和议论性能够较好结合,既精警凝练,又有一定的大众性,语调激越,节奏铿锵。鲁迅在《白莽作〈孩儿塔〉序》中,曾对殷夫的诗歌以高度评价:"这是东方的微光,是林中的响箭,是冬末的萌芽,是进军的第一步,是对于前趋者的爱的大纛,也是对于摧残者的憎的丰碑。一切的所谓圆熟简练,静穆幽远之所,都无须来作比方,因为这诗属于别一世界。"[1]

1932年9月,在"左联"的领导下,穆木天、杨骚、任钧、蒲风等人发起成立了"中国诗歌会",1933年创办了《新诗歌》旬刊,其发刊词称:"我们要捉住现实,歌唱新世

---

[1] 鲁迅:《且介亭杂文末编·白莽作〈孩儿塔〉序》,《鲁迅全集》第6卷,第494页,人民文学出版社1981年版。

纪的意识"，"要使我们的诗成为大众的歌调"。他们反对新月派和现代派的唯美主义，积极提倡和推动诗歌的大众化，在现代诗歌运动中有着很大影响。蒲风（1911—1943）是"中国诗歌会"最有代表性的诗人，出版有诗歌集《茫茫夜》、《摇篮曲》、《生活》、《钢铁的歌唱》和长篇叙事诗歌《六月流火》等。蒲风的诗歌能够及时反映重大题材，表现工农大众的生活与斗争，突出对实际革命运动的鼓动作用。他的诗大都采取直接描摹，重视具体叙述，即使是一些抒情诗也常融入情节因素。蒲风还积极倡导和实践"文艺大众化"，诗歌语言朴实通俗。蒲风的诗作多少存在着抽象喊叫和政治图解的缺点。

唯美派诗歌主要是指后期新月派和现代派的诗歌创作。新月派在1927年以后的活动已经由北京转移至上海，这时的新月派诗歌的主要创作力量是徐志摩、陈梦家、饶孟侃、林徽因、方玮德、卞之琳等人。他们的主要阵地是1928年创刊的《新月》月刊和1930年创刊的《诗刊》季刊。1931年9月，陈梦家在其所编选的《新月诗选》的"序"中指出："主张本质的醇正，技巧的周密和格律的谨严差不多是我们一致的方向"，"我们只为着诗才写诗"，此可视为后期新月派的诗歌宣言。由于大革命理想的破灭，后期新月派诗人为了逃避黑暗的现实和内心的矛盾与痛苦，转而主张纯粹的自我表现和为艺术而艺术。总体上，他们的创作倾向是远离时代和人民的，但是在另一方面，他们严肃认真的艺术追求和唯美的艺术观又使他们在艺术上取得了一定的成果，这便使他们的创作呈现出较为复杂的面貌。

同属唯美而又与新月派的思想倾向相近的是30年代的现代派诗歌。现代派诗歌的代表人物有戴望舒、施蛰存、何其芳、金克木、卞之琳、林庚、徐迟、李白凤等。现代派的得名除了因为他们主要以《现代》杂志为阵地之外，还因为他们在思想艺术上受到了西方现代主义的重要影响。现代派诗歌在表现脱离时代与人民而注重表达内心世界的孤独、寂寞和惆怅等狭小的个人情绪方面，与后期新月派基本一致，但与后者相比，它们的诗绪更加朦胧，更加注重把握总体的情绪而不拘泥每一诗句和形象的具体含义，追求一种神秘的美。在艺术上，现代派主要以象征主义为中心，并不直接抒发内心情感，而是将其外化为美的形象，诗歌的语义和内涵更有暗示性、不确定性和多义性的特点。

30年代有一批以艾青、臧克家、田间为代表的诗人，他们既能坚持现实主义的创作原则，注重反映中国社会的乡土人生，又能注意吸收现代主义的艺术表现方法；既不像"中国诗歌会"的诗人那样图解政治，又不像唯美派那样常常形式主义地玩弄技巧，因此，个性意识、时代内容、艺术形象及艺术形式能在他们的创作中得到很好的结合。臧克家诗作注重表现中国的农村生活，有着浓郁的乡土气息。田间和艾青的诗歌创作开始也是以农村生活为题材的。田间的诗集有《未明集》、《中国牧歌》和《中国农村的故事》等。以短促、跳荡的诗行和变形的意象传达急促而紧张的时代节奏，是这一时期田间诗作的主要特点。艾青于1933年初在狱中第一次以"艾青"的笔名创作了他的成名作《大堰河——我的保姆》。1936年10月，他自费出版了第一本诗集《大堰河》，引起了很大反响。艾青吸收象征派诗歌的抒情艺术，以宏阔的胸襟、广泛的题材、深邃的情感、自由的形式和象征与写实相结合的手法，赢得了很高的声誉。

二、戴望舒

戴望舒（1905—1950），原名戴梦鸥，浙江杭州人。1923年入上海大学中文系学习，1925年秋转入震旦大学学习法文。20年代后期始，陆续在《无轨电车》和《现代》等杂志上发表诗作，是"现代诗派"的代表性作家。1932年赴法国留学。1929年出版第一部诗集《我底记忆》，此后又有《望舒草》（1933）、《望舒诗稿》（1937）、《灾难的岁月》（1948）等四部诗集出版。

戴望舒的成名作是发表于1928年8月《小说月报》第19卷第8期的《雨巷》。诗作发表后，在当时广为流传，作者也因此被称为"雨巷诗人"。这首诗典型地反映了30年代知识青年的苦闷、幻灭、彷徨而又对理想充满期盼的复杂心态。《雨巷》的抒情主人公不满于阴暗的现实，又找不到真正的出路，尽管理想是那么的朦胧，他仍在无望地期盼和寻找。全诗具有浓重的象征意味。诗歌中"悠长、悠长"而又"寂寥"的"雨巷"，象征了当时黑暗而郁闷的社会现实，"撑着油纸伞，独自/彷徨"的抒情主人公"我"，是一个怀着美好的希望和理想而又深感迷茫的孤独的寻求者，而诗人笔下的"丁香一样的/结着愁怨的姑娘"，则是这种美好的希望和理想的象征。寂寥的雨巷、颓圮的篱墙、凄冷的细雨、哀婉的氛围以及幽怨的姑娘等，都是诗人内心世界的象征性反映。象征、优美的旋律和流荡的节奏是《雨巷》最为重要的艺术特色。这首诗将音乐美的追求推到了极致，因此，叶绍钧称赞这首诗"替新诗的音节开了一个新的纪元"[1]。

注重表现诗人所敏锐感受到的或朦胧或明朗的"诗情"，是戴望舒这个时期诗歌创作的主要特点。在1929年的《我底记忆》之后，戴氏诗歌的"情绪性"特征不仅更加强烈，而且还为不同情绪的表达找到了相应的技巧与形式。"当你鬓发斑斑了的时候/当你眼睛朦胧的时候/金色的贝叶吐出桃色的珠"，"你的梦开出花来了/你的梦开出娇妍的花来了/在你衰老了的时候……"（《寻梦者》）所表达的既明朗又迷茫感伤的复杂情绪，无疑源自于诗人个体生命的独特体验。诗作充满了现代人对于"时间"的焦虑情绪，这里的"寻梦者"虽然衰老，但却仍然心有不甘，深怀梦想，而在另一方面，虽然他是心有不甘，深怀梦想，但却无奈地已然衰老。"衰老"与"梦想"，包蕴着何其复杂的感伤、迷茫而又苍老、疲惫的情绪体验。《对于天的怀乡病》表达了现代人灵魂深处渴望"回返"的尖锐痛楚："怀乡病，怀乡病/这或许是一切/有一张有些忧郁的脸/一颗悲哀的心/而且老是缄默着/还抽着一支烟斗的/人们的生涯吧。""怀乡病，哦，我呵/我也是这类人之一/我呢，我渴望着回返/到那个天，到那个如此青的天/在那里我可以生活又死灭/像在母亲的怀里/一个孩子笑着和哭着一样……"此外，像《我底记忆》、《生涯》、《老之将至》、《百合子》、《烦忧》等大量诗作无不传达了不同的情绪。

长于情绪的细腻体味而淡于激情的直接抒发，是戴望舒诗歌创作的第二个特点。虽

---

[1] 杜衡：《望舒草·序》，《现代》第3卷，1933年第4期。

然"情绪"在戴望舒的诗学理论和诗歌创作中处于核心地位，但是他在反复表达他所感受到的情绪时，却始终避免将这种情绪直接抒发出来，而是将主观情感外化为意象，把抽象的情绪感觉化，并且在仔细地体味和咀嚼这种情绪后，将其细腻地表现出来。诗作《我底记忆》中，主观的"记忆"被外化为存在于自我之外的客体，而此客体又是为我而存在并且为我所深深地体味与表现："我底记忆是忠实于我的／忠实得甚于我最好的友人。"诗人生活中的几乎每一个"物象"，均都"粘附"着往日的"记忆"："燃着的烟卷"、"绘着百合花的笔杆"、"破旧的粉盒"、"颓垣的木莓"、"往日的诗稿"、"压干的花片"、"凄暗的灯"、"平静的水"，"在一切有灵魂没有灵魂的东西上／它到处生存着……"在诗人这里，抽象的"记忆"被外化为具体的、生动可感而又流贯着基本一致的"情绪"的物象，沉婉低回而又含蓄温和地得到了很好的表达。戴望舒诗歌的情绪表现方式在其爱情诗中表现得尤其明显。他的爱情诗往往没有狂热的爱情呼号，而只是一种对于恋情的沉迷和对爱的苦涩的咀嚼，有时甚至是一种玩味与欣赏。如《八重子》，诗人就是以细腻的笔致和一种沉迷、体味的语调表述了对情人的"挂虑"、缅想与"祝福"。另外如《夜》中的著名诗句："温柔的是缢死在你底发上／她是那么长，那么细，那么香／但是我是怕着，那飘过的风／要把我们底青春带去"。这里没有爱的激情表白，而只是一种由恋情所生发出来的心理感受，并且在这种感受中咀嚼出"长"、"细"、"香"的复杂滋味。

摆脱外在形式的束缚，采取散文化的自由表达方式，是1929年以后戴望舒诗歌创作的自觉追求。如《微辞》："园子里蝶褪了粉蜂褪了黄／则木叶下的安息是允许的吧／然而好弄玩的女孩子是不肯休止的／'你瞧我的眼睛'，她说，'它们恨你！'／／女孩子有恨人的眼睛，我知道／她还有不洁的指爪／但是一点恬静和一点懒是需要的／只瞧那新叶下静静的蜂蝶"。仿佛是分行排列的散文，这首诗完全是口语式的词汇与节奏。而他的《我底记忆》则更被认为是"较多地运用了日常的口语，给人带来清新的感觉"[1]。

戴望舒的诗歌侧重借鉴并娴熟运用了象征主义的象征、隐喻、通感、移情和奇特的观念联络等表现手法。他的诗情，往往都是通过意象和象征来暗示与表达的。前所列举的《我底记忆》等都是如此。《乐园鸟》中的"乐园鸟"是不倦地追求着幸福的诗人的象征，《印象》中的飘落深谷的"幽微的铃声"，航到烟水去的"小小的渔船"和"颓唐的残阳"与"古井"也都无不寄染着诗人的寂寞。《夕阳下》一诗中的"远山啼哭得紫了"，是用的通感手法。《寂寞》中的"我今不复到园中去，寂寞已如我一般高"，《过时》中的"我是一个年轻的老人了"，《夜》中的"温柔地是缢死在你的发丝上"等诗句则是表现出奇特的观念联络。无论是矛盾的"年轻"与"老人"、"温柔"与"缢死"还是无形的"寂寞"与有形的"高"之间，都被诗人发现了深切的内在关联，不仅给人以新奇之感，还增强了诗的内蕴与张力，更加耐人寻味。

1　卞之琳：《戴望舒诗集·序》，四川人民出版社1981年版。

抗战以后，戴望舒的诗风发生了很大变化，诗歌的思想内涵更加具有社会性，情绪激昂，风格自然、明朗，写实性得到了进一步的加强，《狱中题壁》和《我用残损的手掌》是这一时期的代表作。

三、臧克家

臧克家（1905—2004），山东诸城人。18岁之前，一直生活于农村，对农民的苦难生活有着痛切感受。1923年，入山东省立第一师范学习。曾任小学教师，1930年考入国立青岛大学中文系，在此期间，得到时任系主任的著名诗人闻一多的指导。

1932年，臧克家开始在《新月》杂志上发表诗作，1933年出版了第一部诗集《烙印》，这是他的成名作和代表作。《烙印》的艺术手法明显受到新月派的影响，但它更加朴素与精炼，内容也更加丰富和切实，引起了广泛的反响。茅盾曾给《烙印》及其作者以极高的评价，认为"《烙印》的二十二首诗只是用了素朴的字句写出了平凡的老百姓的生活"。"我相信在目今青年诗人中，《烙印》的作者也许是最优秀中间的一个"。[1]《烙印》之后，臧克家又先后出版了《罪恶的黑手》（1934）、《运河》（1936）、长诗《自己的写照》（1936）等。

臧克家30年代诗歌的主要内容是描写农村的生活面貌及农民的苦难命运，他也因此被称为"农民诗人"和"乡土诗人"。朱自清曾经认为，正是从臧克家开始，中国现代诗歌"才有了有血有肉的以农村为题材的诗"。[2]《渔翁》和《歇午工》描写了渔夫及农民的艰辛劳作，《难民》和《老哥哥》等状写了不幸农民的悲惨命运，而《村夜》和《答客问》则描绘了军阀混战给农村带来的灾祸与动乱。《老马》是臧克家最负盛名的短诗，写于1932年4月："总得叫大车装个够/它横竖不说一句话/背上的压力往肉里扣/它把头沉重地垂下！//这刻不知道下刻的命/它有泪只往心里咽/眼里飘来一道鞭影/它抬起头望望前面。"这里的"老马"正是忍辱负重、饱受苦难的中国农民的性格与命运的象征。

臧克家诗歌最为重要的思想特征是其所自称的"坚忍主义"的人生态度。这种人生态度表现了诗人切实、冷静而又严肃的现实主义精神，也表现出他与中国农民之间深刻的精神联系。臧克家的很多诗篇都深入发掘和赞颂了中国农民的"坚忍主义"的生活态度。在《庄户孙》中，诗人在赞颂农民的"勤劳、朴实、硬朗/还有那一颗/光亮的心"的同时，还表现了他们"压死了不作声/冤死了不申诉/累死了——/为着别人"的倔强、坚忍的人生态度，由此来看，诗人笔下的"老马"形象，实际上也正是这种人生态度的最好写照。在一些诗歌中，诗人还直接表达了自己"坚忍主义"的人生哲学，如

---

1 茅盾：《一个青年诗人的"烙印"》，《茅盾全集》第19卷，第541页，人民文学出版社1991年版。
2 朱自清：《新诗杂话·新诗的进步》，作家书屋1947年版。

他的《生活》："这可不是闹着玩的/这是生活,一万支暗箭埋伏在你的周边/伺候你一千回小心里的一回的不检点"。正是认识到了生活中的危机四伏,诗人才提倡一种严峻的生活态度,警醒人们不要对生活抱有太多的"希望"(《希望》)。这样一种情绪典型地反映了大革命失败之后的社会心理氛围,特别是较有代表性地表现了当时的青年知识分子的心理状态。诗人所要求的,是能够直面人生的困境与苦况并以自己的"坚忍"和"倔强"去迎接更加坚实的而不是缥缈的"希望",如他的《生活》就曾指出:"当前的磨难就是你的对手/运尽气力去和它苦斗"、"活着带一点倔强"、"苦涩中有你独到的真味"。闻一多在《烙印·序》中说:"克家的诗,没有一首不具有一种极顶真的生活意义。没有克家的经验,便不知道生活的严重。"[1]

臧克家的诗作凝练集中,往往篇幅简短,却有很大的容量。《老马》只有8行、66个字,不仅描绘了一匹形象生动的"老马",而且还揭示出了中国农民的悲惨命运与"坚忍"性格。《渔翁》只有短短的4句,却将渔民的艰辛描绘得生动、细致而又深刻。臧克家讲求意境,他的诗往往深沉含蓄,在冷静、客观的描述当中蕴涵着强烈的情感。臧克家受到中国传统诗词的深刻影响,非常注重文字的推敲与提炼。如《难民》中的"日头坠在鸟巢里/黄昏还没有溶尽归鸦的翅膀"里的"溶"字,《不久有那么一天》中"……白鸽翻着清风/到处响着浑圆的和平"里的"翻"字,"响"字和"浑圆"一词,《难民》中的"黑夜爬过了古镇的围墙"里的"爬"字,等等,其准确、生动和精炼程度,完全可以和优秀的古典诗词相媲美。

第九节 散文创作概况

30年代散文得到了长足的发展。专门的散文刊物相继刊行,如《论语》、《人间世》、《新语林》、《太白》、《水星》、《芒种》、《杂文》、《宇宙》、《小文章》、《文艺风景》、《中流》等;一些大型文学专刊如《文学》、《现代》、《文学季刊》、《文丛》、《作家》、《光明》等均以较大篇幅开辟了散文随笔专栏,还有《申报·自由谈》、《中华日报·动向》、《大公报·文艺》、《时事新报·青光》、《大美晚报·火炬》等报刊也大力扶持杂文、小品的创作;各家书店也竞相出版散文专集,甚至编选散文丛书,据粗略统计,"从1932年至1937年间结集出版的散文集就有五百种左右"[2]。这说明,本时期散文创作的数量是相当惊人的。这一时期的散文界人气旺盛,老作家中,鲁迅、茅盾、冰心、朱自清、周作人、林语堂、沈从文、丰子恺、郁达夫、叶绍

---

1 闻一多:《烙印·序》,《烙印》,开明书店1934年版。
2 俞元桂:《中国现代散文十六家综论》,第12页,华东师范大学出版社1989年版。

钧、俞平伯、瞿秋白、郑振铎、王统照、鲁彦等,都不断地有新作问世,成果斐然,20年代末30年代初陆续走上文坛的一大批文学新人如巴金、何其芳、李广田、萧红、梁遇春、吴伯箫、丽尼、陆蠡、柯灵、萧乾、靳以、唐弢、徐懋庸、周木斋等亦身手不凡,创作了不少影响深广的优秀作品,从而使整个散文领域呈现出一派丰收的景象。

30年代散文成就最为突出的是议论性散文,尤其是以鲁迅为代表的杂文。除鲁迅外,瞿秋白的杂文也取得了一定的成就,从1931年秋到1932年夏,他在《北斗》等杂志上发表了以后收入《乱弹》的31篇杂文。这些作品在内容上主要是揭露国民党的反动统治与帝国主义的侵略,颂扬无产阶级革命文艺运动,热情企盼人民的觉醒与呼唤革命高潮的到来。在艺术上善于说理,善用比喻,在形式上比较自由,有序跋式,有诗话式,有讲故事式,有杂剧散曲式,有"传""疏"式,有通信式,有书评式,有时事评论与文艺评论式,等等,充分显示了瞿秋白在杂文艺术上的大胆开拓与创新。此外,另一些老作家如茅盾、郁达夫等也常就政治时事写杂文揭露国民党反动派。30年代在鲁迅杂文熏陶、哺育下还产生了一些杂文新秀,如徐懋庸出版了《不惊人集》、《打杂集》;唐弢出版了《推背集》、《海天集》,还有柯灵、聂绀弩等也写了不少杂文。正是由于鲁迅的提倡和示范,有一大批作家致力于杂文的创作,所以30年代杂文创作取得了突出的成绩。

30年代散文的另一重要发展是报告文学的兴盛。报告文学在30年代兴盛的原因是:一、"左联"的提倡。"左联"在开展工农兵通信运动时,提出了创作报告文学的号召。"左联"刊物上译载了介绍这种文体的论文,左翼作家们还积极创作报告文学作品和翻译出版国外的报告文学作品。这些都直接推动了报告文学的发展。二、是由报告文学的文体特点所决定的。报告文学作为文艺性的通讯报道,集新闻性、真实性、文学性、战斗性于一体,能以文学的手段迅速地反映现实生活,能最大限度地满足既喜爱文学又关心社会动向的广大读者的阅读需要。三、深刻的社会原因。"九·一八"事变后,国内政治生活急剧变幻,人们关心民族的前途,关心时事,迫切需要了解时局的变化,报告文学能迅速反映急遽发展的社会生活,因而必然兴盛起来。1930年9月《世界文化》第1期发表的柔石的《一个伟大的印象》,记述了在上海秘密召开的"全国苏维埃区域代表大会"实况,这是30年代最早的报告文学作品。"一·二八"事变后,产生了一批报道上海军民英勇抗敌的报告文学,在此基础上,阿英选编出版了《上海事变与报告文学》(1932),这是最早的一部标明报告文学之名的结集。1936年茅盾主编了规模巨大的《中国的一日》报告文学专集,这是由"文学社"征集5月21日当天的社会生活见闻的稿件,共计3000余篇,从中选出390篇,反映城乡各阶层人民的生活。30年代较优秀的报告文学作品有夏衍的《包身工》、宋之的的《一九三六年春在太原》等。

30年代各种体式的散文都取得了一定的成就,抒情散文、叙事散文、哲理散文、游记散文、传记散文都出现了优秀的作家和作品。

在抒情散文方面,何其芳和丽尼是较突出的。何其芳有抒情散文集《画梦录》,作品表达的是一种孤独寂寞的情绪,这一情绪既是青年人青春期被压抑情感的表现,又来自作者对社会人生的厌恶、逃避直到自我封闭,同时也是30年代还未找到真正出路的一部分小资产阶级知识分子思想情绪的流露。《画梦录》在文体上近乎散文诗，在艺术上除依事托物以抒情怀外，还注重运用想象选择意象，借鉴象征手法，语言词彩较绚丽。丽尼有散文集《黄昏之献》、《鹰之歌》、《白夜》，这些作品多写秋风、冷雨、黄昏和黑夜，表达的是个人的烦闷与悲哀，但其后期作品则能从个人狭窄的感情天地脱出，转而表现大众的苦难。

叙事散文方面，较有成就的有李广田和陆蠡。李广田有散文集《画廊集》、《银狐集》、《雀蓑集》等。李广田描绘得较多的首先是农民阶级对土地的深沉依恋，其次是抒发农民的忧郁与寂寞。与他所状写的这些乡村人事一起展开的还有旧中国乡村衰败的景色，衬托得他的乡土"画廊"益发沉郁苍凉。李广田的散文善于结构故事，常常用一些生活的片断，加以抒情和风光描写来写人物，他的文字不雕琢，追求淳朴、静美的境界，有一股感人的力量。陆蠡有散文集《海星》、《竹刀》，其中有些是抒情散文，但写得较好的是记人的，而且多是写农村人物的那些作品。他的散文讲究构思，有真情，景物描写优美，格调比较沉郁，语言较欧化。

30年代哲理散文写得较有特色的是丰子恺、梁遇春。丰子恺有散文集《缘缘堂随笔》、《车厢社会》、《缘缘堂再笔》。他的散文受佛学影响较深，常表现一些从日常生活、时序变换中悟出的道理；在艺术上其较多受古典散文影响，描写细密，感情真挚、醇厚，文字挥洒自如，呈现了一种自然的、近乎童真的境界。梁遇春有散文集《春醪集》、《泪与笑》，前者有一半篇幅是20年代的作品，但主要影响却在30年代。梁遇春的散文善于在拉杂闲谈或解析知识中讲一些人生哲理，善于在表面看似消极的、玩世的色彩背后曲折地反映对生活的不满；文笔既幽默风趣，又清新婉转。

30年代游记散文写得较好的是郁达夫，著有散文集《屐痕处处》、《达夫游记》。他的散文寄情山水，有逃避现实的一面，但字里行间仍不时流露出作家对国事、民情的忧虑之情；在艺术上，他的游记清新秀美，才情纵横，富有神韵。

传记散文在30年代也有发展。郭沫若在1928年前后写的《我的幼年》、《反正前后》，1933年出版的巴金的《片断的回忆》、许钦文的《钦文自传》、庐隐的《庐隐自传》、张资平的《资平自传》、沈从文的《从文自传》等，都是较好的传记散文。作家们或叙自己的人生经历，或记友人，真切动人，而且也保留了不少有价值的史料，对研究和理解有关作家与作品有一定参考性。

第十节　戏剧创作概况

30年代戏剧的发展首先体现为左翼戏剧运动的蓬勃展开。1929年11月，沈端先、郑伯奇、冯乃超、钱杏邨等在上海共同发起组建上海艺术剧社，旗帜鲜明地提出发展

"新兴戏剧",即"无产阶级戏剧"的口号,并在1930年春两次公演,演出罗曼·罗兰的《爱与死的角逐》、弥尔顿的《炭坑夫》、辛克莱的《梁上君子》、据雷马克小说改编的《西线无战事》,以及冯乃超、龚冰庐合编的《阿珍》。"无产阶级戏剧"口号的提出,揭开了左翼戏剧运动的崭新一页,它使进步戏剧工作者看到了前进的方向。田汉就是在其启发下,宣告南国社的"转向",并带动一批剧社"向左转"的。其标志就是在1930年随"左联"成立的"中国左翼剧团联盟",以及后改为以个人身份参加的"中国左翼戏剧家联盟"。

左翼戏剧运动较大地推动了左翼戏剧创作的发展,不少左翼戏剧家写的剧本富有时代气息,紧密结合当时的斗争,具有宣传鼓动的作用。冯乃超等的《阿珍》、欧阳予倩的《同住三家人》、适夷的《SOS》、《活路》、袁牧之的《一个女人和一条狗》、阿英的《春风秋雨》等,都是当时左翼剧社经常上演的剧目。《同住三家人》描写军阀混战下城市劳动人民的苦难生活,指出必须提高觉悟,"跟大家去打开一条出路",作品具有较强的生活实感,比较深刻,艺术技巧上也较成功。《春风秋雨》以1927年土地革命为背景,歌颂革命青年的坚忍不拔,讽刺卑鄙小人的阴险奸诈。农村斗争生活也引起左翼戏剧家的普遍关注,田汉、洪深、谷剑尘等都有农村题材剧作发表。

洪深于1929年起参加左翼文艺运动,受左翼文学影响,1930年至1932年间相继创作了《五奎桥》、《香稻米》、《青龙潭》,合称"农村三部曲",这是现代话剧史上首次较全面地表现农村生活和农民抗争的戏剧作品。《五奎桥》反映在灾难中求生的农民与乡绅的尖锐冲突;《香稻米》描写"谷贱伤民"、"丰收成灾"导致农民破产;《青龙潭》表现农民在经济衰败中挣扎的愚昧和迷信。代表作《五奎桥》将农村封建地主与农民的尖锐矛盾集中在一座桥上,这是地主周乡绅的祖辈为纪念"一门两代人中出了一个状元四个举人"的"盛事"而建的"私桥",大旱成灾,当地农民租来"洋龙船",要求拆桥过船,打水救灾,于是,拆桥与护桥的矛盾实际上具有阶级压迫和农民抗争的"时代性"内容。受左翼思潮影响,剧作家以"乡下人性命交关的事"的特定情境——"旱灾、荒年、贫穷、困苦、饿死——逼得大家拼命",写出了"乡下人真反了"的时代性和合理性,并描写了这一矛盾冲突的激化和结局:作为农民带头人的李全生获得了更广泛和有力的群众拥护,因而最终赢得了拆桥斗争的胜利。

30年代中期,由于民族矛盾上升,左翼戏剧家提出的"国防戏剧"很快形成热潮,夏衍的《赛金花》曾被称为"国防戏剧的力作",继之又有他的《都会的一角》和田汉的《回春之曲》,还有许多是热血沸腾的戏剧家们集体创作的剧作,如《走私》、《咸鱼主义》(洪深执笔),《汉奸的子孙》(于伶执笔),《我们的故乡》(章泯执笔),《放下你的鞭子》(崔嵬等改编)。"七·七事变"后,在上海的剧作家立即集体创作《保卫卢沟桥》,由崔嵬、张季纯、马彦祥、阿英、于伶、宋之的、姚时晓、舒非等十七人参加写作,夏衍、张庚、郑伯奇、孙师毅四人整理成三幕连续剧,经过短时间的紧张排练,8月7日就由上海各大剧团的著名演员合作演出。

30年代还有两种值得注意的戏剧运动。一是革命根据地里的"红色戏剧",这是在中国共产党领导下的，在红军中开展的演出，后来推广到在根据地翻身农民中演出。"红色戏剧"配合当时的政治任务，多采用幕表剧形式，按照真人真事演出，因为表达了强烈的革命激情和士兵、农民的愿望，常常收到很好的宣传效果。

另一种是熊佛西主持的"农民戏剧实验"。曾有"南田（汉）北熊"之说的熊佛西1926年离美归国，主持北京国立艺术专门学校戏剧系。1932年至1936年间到河北定县从事长达五年的农民戏剧的研究和实验。为了配合农村演剧，熊佛西创作了反映农民生活的戏剧《屠户》、《牛》、《过渡》等。尽管剧作家宣称："这里没有左倾右转的思想"，但他本着"人道的要求，广大民众的呼声"，在真实地描写农村景象，描写农民苦难中，同情农民，憎恶地主恶霸，抨击反动政权的态度是鲜明的。熊佛西还积极培养农民演员，建立适应农民戏剧要求的剧场，探索农民戏剧的演剧方式。这与当时左翼戏剧正在倡导的"戏剧的大众化"方向是相通的。

这一时期的中国现代戏剧，不仅表现出鲜明的时代特征，而且作为一种文体，在从自觉走向成熟的过程中，表现出鲜明的阶段性特征。

一、剧作家大量涌现，戏剧创作水平大幅度提高。这一时期，20年代初就活跃于剧坛的田汉、欧阳予倩、洪深、熊佛西、谷剑尘、白薇等剧作家在思想和创作上有了新的发展，更加引人注目的是，一批戏剧新人，如曹禺、夏衍、李健吾、于伶、宋之的、陈白尘、凌鹏、章泯、阿英、左明、袁牧之、陈楚淮等登上剧坛，或一鸣惊人，或初露头角，相继推出了曹禺的《雷雨》、《日出》、夏衍的《上海屋檐下》等一批优秀剧作，形成了具有相当规模的剧作家队伍。戏剧创作水平的提高，尤其是《雷雨》、《日出》的诞生，推动了戏剧演出的发展。至1936年底《雷雨》在全国上演了五六百场，加上同时期其他的大剧场演出，使职业化、营业性的剧场戏剧得以确立。20世纪初从国外舶来的现代戏剧，到30年代中期，因《雷雨》的诞生，终于在中国大城市立足，成为中国现代文学不可或缺的组成部分，也成为中国现代都市文化不可或缺的重要内容，这标志了中国现代戏剧的成熟。

二、戏剧与现实的关系更为直接和密切。左翼戏剧运动明确提出了表现工农大众的生活和反抗，反映社会的阶级矛盾和民族矛盾，这与"五四"时期"爱美剧"主要侧重从爱情婚姻来表现社会生活相比有很大的发展。当民族矛盾日益激化时，戏剧又进一步在反侵略的旗帜下调整自己定位，加强了它的现实性、群众性和鼓动性。另一方面，在反映生活的深度上，左翼戏剧存在庸俗社会学的非审美化的倾向，如剧本概念化、公式化的人物和标语口号的话语，这种倾向自左翼戏剧始延续下来。

三、现实主义戏剧的主流地位开始确立，现代派戏剧思潮的影响逐渐削弱。现代派戏剧之于中国现代戏剧创作，与其在中国的传播相类似，开启于"五四"时期，鼎盛于20年代，30年代延续下来，如陈楚淮写了《骷髅的迷恋者》、《幸福的栏杆》等，徐訏写了不少影响不大的"未来派"戏剧，但从整体上看，没有前一时期那么热闹，随着全民族抗日战争的爆发，现代派戏剧创作逐渐趋于消隐。

第三章
40年代文学（1937—1949）

第一节　概述

　　40年代文学，又称现代文学的第三个十年，指从卢沟桥事变（1937年7月7日）到中华人民共和国成立（1949年10月1日）的十二年，包括抗日战争、解放战争两个历史时期的文学活动。抗日战争爆发后，大片国土沦陷，全国实际上分为国民党统治区、共产党领导的解放区（抗战时称为抗日民主根据地）和日伪统治下的沦陷区三大部分（中间还包括1937年11月至1941年12月的上海"孤岛"时期），文学也因此形成国统区文学、解放区文学和沦陷区文学同时并存的格局。就其主流来说，三个区域的文学都受到现实政治文化的强烈影响，较自觉地将文学与现实政治环境结合起来，为民族解放和人民革命的事业作出努力。由于政治环境上的差异，三个区域的文学在创作成绩和创作特点上都有明显的差异。因为三个区域地缘范围受战争形势的影响有所变化，各区域文学的形态也呈现一定的交错局面。这一时期大致可分为三个阶段：

　　一、抗战初期（1937年7月—1938年10月）。抗战初期，整个国家体现出高昂的抗战热情，文学也呈现出团结、奋发的面貌。1938年3月27日，中华全国文艺界抗敌协会在武汉成立，形成了文艺界的抗日民族统一战线。作家们普遍表现出对战争的关心，积极地反映战争，歌颂战争英雄。以文学为抗战服务，是这时期文学的共同特征，积极的英雄主义和昂扬乐观的气息是这时期文学的主导风格，文学体裁则往通俗化、小型化、轻型化方向发展：速写化的小说、墙头诗、朗诵诗、传单诗、街头剧、活报剧风行一时，报告文学和朗诵诗尤为繁荣。

　　二、抗战中期（1938年10月—1944年9月）。1938年10月武汉失守，抗日战争进入艰难的相持阶段，1941年1月爆发皖南事变，进一步加剧了国内复杂的政治形势。战争局势和政治矛盾促进了作家们对中国历史和文化进一步的思考，使这时的文学表现出历史文化反思的特点。作家们通过反思历史和文化为民族的振兴寻找新的出路，通过作品表达对时代、民族、个人的重新认识，一些作家于郁积心态下创作了具有时代总结和心路探索意义的史诗性作品；这一阶段知识分子题材的创作得到恢复和强化，小说、戏剧、诗歌中的知识分子题材出现了一个高潮。这一阶段作品的色调多偏重于忧郁和沉重。

三、抗战后期及解放战争时期（1944年9月—1949年9月）。1944年湘桂战役的大溃败，暴露了国民党政权的腐朽，也预示了其必然灭亡的命运。抗日战争于1945年8月取得胜利，但国民党的腐败并没有使人们生活得到本质的改变，反而加剧了生活的动荡。这使国统区的民主运动普遍高涨，与此同时，人民解放战争在全国范围内进行。作为时代政治的反映，讽刺成了这一时期文学的主色调，喜剧品格在小说、戏剧、诗歌、杂文等领域中得到了积极的发展。它们在中国弃旧迎新的前夜，显示了文学的现实品格。

由于战争政治的介入，这一时期的文艺思想论争比前两个时期更为激烈频繁，其中重要的有：

一、抗战初期关于文艺与抗战关系以及抗战文艺公式化、概念化问题的论争。面对抗战初全民性的抗战题材创作，当时主持国民党《中央日报》副刊的梁实秋表达了不满情绪，希望文学能够表达更丰富多样的生活和主题[1]。这种"与抗战无关"的观点得到了沈从文的应和，他认为作家不必工具化地服务于战争现实，可以从更长远的思想建设角度为民族未来服务。左翼作家对这些观点进行了明确的批评。孔罗荪批评梁实秋的言论"抹杀了今日全国文艺界的一个共同目标：抗战的文艺"[2]；张天翼指出，文艺创作中的"差不多"、"八股"要反对，但目的恰恰是为了更紧、更深入地把握时代和现实。[3]其他人的文章多数对"与抗战无关"的观点进行了批驳。

二、1939年至1941年展开的关于文艺的"民族形式"问题的讨论。抗战初期，围绕旧形式的利用问题曾经出现过"旧瓶装新酒"的讨论。1938年，毛泽东提出"民族形式"问题，引起解放区和国统区两地进一步的讨论。论争的焦点是如何看待"民族形式"的来源。向林冰在《论"民族形式"的中心源泉》等文中，认为创造新的民族形式的途径就是运用民间形式，并褊狭地认为"五四"以来的新文学是不健康的。葛一虹在《民族形式的中心源泉在所谓"民间形式"吗？》中则完全否定民间形式有可继承的合理成分，认为应该走"五四"新文学的西方化倾向。郭沫若《"民族形式"商兑》和胡风《论民族形式问题》将讨论推向深入。郭沫若认为，中国新文艺"从民间形式取其通俗性，从士大夫形式取其艺术性，而益之以外来因素，又成为旧有形式与外来形式的综合统一"。这一问题在毛泽东《在延安文艺座谈会上的讲话》中有进一步的论述。

三、1945年至1949年关于现实主义与主观论的长期论争。论争源于胡风文艺思想与毛泽东文艺思想的冲突，直接导火索则是深受胡风影响的舒芜的长篇论文《论主观》。胡风认为"主观战斗精神"是"艺术创造的源泉"，强调"主观"在创作中的决定作用，并批评当时创作中的"客观主义"。邵荃麟、冯雪峰、何其芳等发表文章批评他们的论点。胡风发表《置身在为民主的斗争里面》等文章支持舒芜，进一步阐述自己的思

---

[1] 梁实秋：《"与抗战无关"》，《中央日报》，1938年12月6日。
[2] 罗荪：《再论"与抗战无关"》，《国民公报》，1938年12月11日。
[3] 张天翼：《论"无关"抗战的题材》，《文学月报》第1卷第6期，1938年。

想。论争到中华人民共和国成立前结束，双方并未取得一致意见，但对有关现实主义的一些重要理论问题，诸如创作的主观与客观、政治性与艺术性、作家与生活、歌颂与暴露等进行了探讨，影响较深远。

此外，40年代的文艺论争还有1938年张天翼小说《华威先生》引起的关于抗战文学"讽刺和暴露"问题的讨论；1940年前后对"战国策派"的批评；1945年前后围绕戏剧《清明前后》和《芳草天涯》而展开的关于"唯政治倾向"和"非政治倾向"的讨论；中华人民共和国成立前夕东北对萧军思想和香港左翼批评家对自由主义文艺思想的批判等。

综观这些文学论争，理论焦点是如何理解和处理文学的民族化与现代化的关系、创作中的客观真实与作家主体精神的关系、文艺与政治的关系以及创作中的个人追求和文艺的大众化方向的关系。论争取得了诸如文学的民族化和大众化等方面的理论进展，也存在着相当严重的片面性和简单化倾向，在涉及文艺与政治的关系等问题时表现得尤为明显。

1942年5月延安文艺座谈会的召开和毛泽东《在延安文艺座谈会上的讲话》在次年的公开发表，是抗战文艺运动中最重要的历史事件，也是解放区文学运动的发展标志。以此为标志，解放区文学运动分为前后两大阶段。1939年起，许多作家和知识分子因向往光明而来到解放区根据地，延安集聚了大量文学青年，为解放区的文艺发展准备了作家队伍。解放区政府对文艺发展相当重视，刊物阵地繁荣。1938年，由毛泽东、周恩来倡议，在延安成立了鲁迅艺术学院（后改名鲁迅艺术文学院，简称鲁艺）。1942年以前，解放区的创作成绩以诗歌较为突出，田间、柯仲平、何其芳、艾青都有新的成就；小说以丁玲的《在医院中》和《我在霞村的时候》反映知识分子与新生活关系的作品最典型，反映农村生活的作家以孔厥为代表。1942年以后，解放区文学有突破性的发展。受毛泽东《讲话》的影响，文学的工农兵方向得到贯彻，文艺为现实政治服务的意图更为强烈；文学创作在民族化和大众化方面取得较大的发展。赵树理、孙犁、周立波、丁玲的小说，新歌剧《白毛女》，诗歌《王贵与李香香》、《漳河水》等取得了很高的成就。与此同时，为工农兵、为人民的文学在国统区影响日益扩大与增强，毛泽东文艺思想对抗战以来整个文艺界的创作和理论批评，产生了深远的影响。

延安文艺座谈会的召开，代表了战争时代中国共产党对革命文艺的特殊要求。解放区文艺思潮的核心内容就体现在《在延安文艺座谈会上的讲话》。毛泽东《讲话》的中心是解决文艺为群众及如何为群众的问题，目的在求得文艺对革命的有力配合。《讲话》要求文艺工作者"站在无产阶级立场上"，使文艺为人民大众，首先"为工农兵"服务。《讲话》从解放区的实际出发，要求文艺工作者在学习马克思主义的同时，必须"深入工农兵群众，深入实际斗争"，从而为作家世界观的转变和创作源泉的获得指明了根本途径；指明"在普及基础上的提高"和"在提高基础上的普及"的辩证关系；指出文艺源于生活，"却可以而且应该比实际生活更高，更强烈，更有集中性，更典型，更理想，由此就更带普遍性";指出要借鉴吸收中外文化遗产中的精华,同时也说明这是"流"而不是"源"。所有这些,都丰富和发展了马克思主义文艺理论,对解放区文学和新中国文学产生了巨大的影响,在中国现代文学史上具有划时代的意义,客观上统一了解放区的文学思想,积聚了解放区所有的文学力量为抗战服务。《讲话》在文艺与政治的关系的论述中,明确以政治标准为第一,艺术标准第二,对文艺自身的特点与规律没有给予充分的重视。在脱离了战争环境后,这一思想的局限性表现得更为明显。

1937—1945年间,随着日本相继发动侵华战争和太平洋战争,台湾的殖民当局也在台湾实行军事统治,1936年9月,日本殖民当局开始推动"皇民化"运动。在文学领域,于1937年4月强令废止台湾报刊的汉文栏,中文文艺刊物全遭摧残,台湾新文学运动陷入低谷。这一时期,台湾作家只能用日文进行创作,发表作品的园地主要有《文艺台湾》、《台湾艺术》、《台湾文艺》、《台湾新报》、《台湾文学》等。

这一时期台湾重要的文学社团是"银铃会"。"银铃会"自1943年开始活动,到1949年结束,是台湾新诗发展史上一个重要的诗人团体。其主要成员和重要作品包括张彦勋(代表作《葬列》、《蟋蟀》)、林亨泰(代表作《灵魂の产声》)、詹冰(代表作《五月》、《思慕》)、锦连(代表作《挖掘》)、萧金堆(代表作《山的诱惑》、《凤凰木的花》)等,"银铃会"发行油印刊物《缘草》(也译《岸边草》),后改为《潮流》,共出20期。

1945年10月,台湾光复,重回祖国怀抱,摆脱了日本殖民统治的台湾文学也随之发生了重大的改变。这些变化主要表现在台湾本省籍作家的集体"失声"和大陆作家大批来台这两个方面。由于日据时期殖民当局的"皇民化"运动,造成了许多台湾作家只能用日语创作而不能用汉语书写,所以,这些跨越日据时代的作家在光复后反而在创作上难以为继,出现了一种群体性的沉寂。与此同时,台湾光复之后,有许多大陆作家来到台湾,如许寿裳、李何林、台静农、黎烈文、梁实秋、胡秋原、苏雪林等,再加上一些曾在大陆生活过的台湾省籍作家如张我军、王诗琅、林海音、钟理和等,也在这时回到台湾。这些作家的到来,改变了台湾文学中的作家队伍构成,对这一时期的台湾文学生态,产生了重要影响。

这一时期的香港文学,一个突出的特点,是内地作家两次南来香港,一次是抗战爆发后的1938年前后,一次是国共内战开始后的1946年左右。两次内地作家南来香港,都促进了香港新文学的繁荣。前一次内地南来作家中除了早两年来的许地山之外,还包括郭沫若、茅盾、巴金、郁达夫、夏衍、戴望舒、林语堂、萧红、端木蕻良、施蛰存、叶灵凤等。他们一方面创办或接办了许多文艺刊物和报纸副刊(如茅盾主编《文艺阵地》,茅盾、叶灵凤先后主编《立报·言林》,戴望舒主编《星岛日报·星座》等),另一方面,也对香港本地作家如侣伦、舒巷城、李育中、夏易、阿宁等人的创作产生了重大影响,使香港在抗战爆发后曾短暂地成为一个新的文化中心。后一次大陆南来作家则包括郭沫若、茅盾、叶圣陶、夏衍、臧克家、胡风、邵荃麟、袁水拍、欧阳予倩、林默涵、周而复等。他们的到来,在香港文坛掀起了"左翼"浪潮。

第二节 国统区文学创作

一、概述

抗战时期文学存在国统区文学、解放区文学和沦陷区文学同时并存的格局，由于各区域在时空上处于不断的变动中，作家和创作也呈现一定的交错局面，尤其是沦陷区文学，无论就其区域时空还是作家的流动来说，情况变异程度都是很大的，要完全按区域来叙述文学发展状况其准确度是难以达到的。因此，为了叙述的方便，本节所谓的"国统区文学创作"是将处于不断变异流动中的沦陷区文学创作包含在内的。

抗战时期小说创作的主流题材是抗战。尤其是抗战初期，许多作家直接描绘抗战现实，反映战争的真实细节，歌颂时代英雄。丘东平的《一个连长的战斗遭遇》、《第七连》取材于淞沪抗战，对爱国军民浴血奋战的壮举作了真实描写，对抗日将士的心理作了细致刻画，显示了悲壮之美，有较大影响。姚雪垠的《"差半车麦秸"》、《牛全德与红萝卜》，以通俗的语言和形式赞颂了抗战中的普通士兵，表现了在战火中锻造国人灵魂和民族新性格的新主题。此外，《刘粹刚之死》（萧乾）、《春雷》（陈瘦竹）、《乌兰不浪的夜祭》（碧野）、《北运河上》（李辉英）、《东战场别动队》（骆宾基）等，也是抗战小说的名篇。

以社会剖析和世情讽刺为主题的小说，则有张天翼的《华威先生》（与《谭九先生的工作》、《新生》一起收入《速写三篇》），沙汀的《在其香居茶馆里》、《堪察加小景》、《淘金记》、《还乡记》，艾芜的《山野》、《石青嫂子》，吴组缃的《山洪》等，这些作品刻画个性鲜明的人物形象，分析由于民族矛盾刺激而迅速变动中的社会人群之间的复杂关系，反映了丰富的社会历史内容。其中《华威先生》等显露了犀利的讽刺锋芒，并进而形成了抗战初期的讽刺暴露文学潮流。这方面的作品还有茅盾的《腐蚀》、萧红的《马伯乐》、张恨水的《八十一梦》、《五子登科》、黄药眠的《陈国瑞先生的一天》等。

沈从文的《长河》、废名的《莫须有先生坐飞机以后》，都对民族历史与现实进行了文化探询与反省；巴金的《憩园》、老舍的《四世同堂》则对中国式的家族文化进行了叩问。一度深切关怀乡土文化的师陀，在《结婚》中，抨击了畸形的现代都市文明毁灭人性的罪恶。他的系列短篇小说集《果园城记》从多角度对果园城人生活方式、生活情调的表现中，流露出处于文化过渡时代国人所共有的爱恨交织的文化情结，含蓄深沉，极富韵味。萧红的《呼兰河传》与之异曲同工。师陀还有《马兰》、《无望村的馆主》等作品。冯至的《伍子胥》将历史题材作诗化处理，在散文诗的叙事方式中将古代的传奇故事与真实的人生体验融合在一起。

钱锺书的《围城》、路翎的《财主底儿女们》都是关注知识分子人生道路的杰出作品。

40年代文坛有一批女作家引人瞩目。南方的代表是上海的张爱玲和苏青。苏青的长篇自传体小说《结婚十年》以纪实笔法写现代女性挣脱家庭主妇地位走上职场的道路，真实直率地表现了女性对婚姻的幻想和失落的痛苦，以及对情欲的渴求等复杂心理。北方的代表是北平的梅娘，她的作品有中篇小说《蚌》、短篇小说集《鱼》，以及长篇小说《夜合花开》等，以女性细致敏感的笔触叙写人生，反映了沦陷区青年的内心痛苦和艰难的成长道路，笔调细腻清隽，富有可读性。

李广田的《引力》、齐同的《新生代》、夏衍的《春寒》、王西彦的《古屋》、郁茹的《遥远的爱》、骆宾基的《北望园的春天》等，也是当时有影响之作。

40年代后期出现了以徐訏和无名氏为代表的"现代罗曼司"小说。这类小说以传奇化的情节，杂糅以爱国主题、情爱故事和浓郁的异域情调，具有很强的浪漫色彩，受到大众欢迎。徐訏有《风萧萧》、《鬼恋》、《吉普赛的诱惑》、《精神病患者的悲歌》等小说。无名氏（卜乃夫）有《北极艳遇》（单行本名为《北极风情画》）、《塔里的女人》、《野兽、野兽、野兽》、《海艳》等。

1937—1945年间，当台湾新文学笼罩在"皇民化"阴影之下的时候，台湾文坛也涌现出一批虽用日语创作，却有强烈的民族意识的作家，代表人物有吕赫若、张文环、龙瑛宗、吴浊流等。吴浊流（1900—1976），本名吴建田，笔名吴晓耕，新竹人。少时受日语教育，1964年以自己全部积蓄创办《台湾文艺》杂志。1969年，设"吴浊流文学奖"。主要作品有短篇小说《水月》、《泥沼中的金鲤鱼》、《陈大人》、《先生妈》、《功狗》等，另有长篇小说《亚细亚的孤儿》（原名《胡志明》，后改为《胡太明》，1956年重版时定名《亚细亚的孤儿》，又名《被扭歪的岛》）。吕赫若（1914—1947），本名吕石堆，台中人。1935年1月在东京《文学评论》上发表成名作《牛车》。1941年，同张文环、黄得时等一起组织启文社，参与《台湾文学》的编辑。1943年2月《财子寿》获首届"台湾文学奖"。1944年出版小说集《清秋》。此外，还有小说《风水》、《逃走的男人》、《台湾女性》等。吕赫若的小说表现最多的内容是：一、表现阶级对抗，如《暴风雨的故事》中的老松与宝财之间就有着佃农与地主之间的那种被压迫与压迫的关系；二、展示妇女命运，如给人做妾的淑眉（《前途手记》），和曾经获得过自由平等爱情的双美（《女人的命运》），最终的结局不是在忧郁压抑的心境下悲惨地死去，就是在惨遭抛弃后走向堕落的泥潭；三、反思传统文化，如《财子寿》中对周海文吝啬、自私、凶狠、好色、没有责任心等"品质"的刻画，要揭示的正是传统家族制度的弊端；四、直面中日关系，如通过《邻居》中"我"对日本人田中夫妇的依恋之情，《玉兰花》中"我"对日本人铃木的温馨回忆，以及在《故乡的战事一——改姓名》、《故乡的战事二——一个奖》、《月光光——光复以前》等几篇作品中对日本殖民者"亲善"的虚伪本质的无情揭露，表明了作者对普通日本人怀有感情而对日本殖民者深恶痛绝。在艺术上，吕赫若的小说题材多样，人物形象生动饱满，人物的内心世界丰富复杂，作品结构充满巧思且富有变化，叙事语言清爽却又极富弹性。吕赫若文学世界的丰富性和复杂性，正是这一时期台湾文学的最佳写照。

这一时期香港文学的创作成就，除了内地南来作家在香港期间的创作之外，香港本地较为活跃的作家和主要的作品有侣伦的长篇小说《穷巷》、李育中的诗作《都市的五月》等。

抗战初期戏剧运动异常活跃。为了适应戏剧服务对象的变化，出现了小型化、轻型化和通俗化的街头剧、活报剧、茶馆剧、朗诵剧、游行剧、灯剧等，被戏剧界称为"好一记鞭子"的三个短剧《三江好》、《最后一计》和《放下你的鞭子》，是小型街头剧的代表。直接再现抗战场景的大型戏剧《保卫卢沟桥》、《台儿庄》、《八百壮士》，以及夏衍的《咱们要反攻》、荒煤的《打鬼子去》、易扬的《打回老家去》、尤兢（于伶）的《省一粒子弹》、西苓的《在烽火上》，也都是很有影响的优秀剧目。抗日战争进入相持阶段以后，戏剧活动逐渐由农村、战区移向大后方的城市，演出场所则由街头移向剧场，多幕剧的创作随之兴起，题材更为丰富，戏剧风格也转向沉郁厚重。40年代后期，为反抗和批判国民党政府的独裁统治，国统区剧作家创作了大量揭露和讽刺国民党黑暗腐败统治的剧本。

现实题材创作方面，成就最为突出的是夏衍，此外，老舍、田汉、宋之的、于伶等作家也都有重要创作。老舍的主要作品有《残雾》（1939）、《国家至上》（与宋之的合作，1940）、《张自忠》（1940）、《面子问题》（1941）、《大地龙蛇》（1941）、《归去来兮》（1942）、《桃李春风》（1943）等。《归去来兮》可视为老舍抗战时期戏剧的代表作。田汉40年代的主要剧本有《秋声赋》（1941）、《风雨归舟》（1942，又名《再会吧，香港》，与洪深、夏衍合作）、《黄金时代》（1942）、《丽人行》（1946—1947）、《朝鲜风云》（1948）等。宋之的的《鞭》和《祖国在呼喊》是其40年代较有影响的作品。五幕剧《鞭》（又名《雾重庆》），通过叙述一群由北平流亡到重庆的大学生生活无着，报国无门，最后在恶浊社会环境的熏陶下走向沉沦的过程，在批判小资产阶级知识青年的软弱性、妥协性之余，更深入地揭露抨击了国民党统治区的黑暗。剧本反映了较为广阔的社会生活，描绘出一幅幅雾气沉沉，灰暗、污浊的社会图景，人物性格也较鲜明，在重庆演出时，曾引起很大的反响。宋之的在解放战争时期还写了独幕讽刺喜剧《群猴》。剧本以国民党"国大代表"选举为背景，让国民党各派系的代表人物变戏法，拉选票，作耍猴式的自我表演，充分暴露了国民党所谓"民主宪政"的虚假内幕。《夜上海》（1939）和《长夜行》（1942）是于伶抗战时期的代表作。《长夜行》写的是上海沦陷前后一群小学教师与敌伪势力进行斗争的情形，主人公俞味辛和他的爱人任兰多，都是爱国知识分子，他们恪守"人生有如黑夜行路，失不得足"的人生信条，在贫病交迫与威胁利诱面前，保持节操，毫不动摇，表现出"决不屈服于侵略者的坚强意志"。沈浮的《重庆二十四小时》（1943）、《金玉满堂》（1943）、《小人物狂想曲》（1945）等，张骏祥（笔名袁俊）1944年写的四幕剧《万世师表》，也都是抗日战争时期有一定影响的剧作。茅盾写于1945年的《清明前后》通过抢购"黄金"时各种人物的表演和不同的命运，暴露了国民党政权的腐朽，提出了中国民族工业的出路问题。吴祖光的《捉鬼传》（1942）是讽刺喜剧的力作。剧本借民间传说中钟馗捉鬼的故事，影射社会现实。剧本中恶鬼肆虐，欺凌百姓，正是国民党为非作歹、祸国殃民的真实写照。《风雪夜归人》（1942）写的是京剧名旦魏莲生与官僚姨太太玉春的恋爱悲剧，控诉了黑暗现实摧残、迫害艺人的罪行。

　　在历史题材创作方面，40年代有两个创作高潮。一是上海"孤岛文学"的"南明史剧"，主要有阿英的《碧血花》、《葛嫩娘》、《海国英雄》，于伶的《大明英烈传》等，通过对郑成功等明末反清斗争中英雄人物的歌颂，激励大众的爱国热情；二是1941年至1943年前后的"战国史剧"和"太平天国史剧"，同样寄寓了作家们以古喻今、借古讽今的思想意图。郭沫若从1941年12月到1943年4月，先后创作了《棠棣之花》、《屈原》、《虎符》、《高渐离》、《孔雀胆》、《南冠草》等6部历史剧。这些剧本以古鉴今，反映了人们反侵略、反投降、反专制，主张团结御敌、争取自由解放的心声，揭露鞭挞了卖国投降、专横凶残、卑鄙无耻的小人，热情歌颂了屈原等有民族气节、忠贞刚烈的"脊梁"式人物。此外，欧阳予倩创作了《忠王李秀成》（1941）。剧本以李秀成为核心人物，展示了太平天国后期的历史风云，突出了忠与奸的矛盾斗争，以沉痛的笔调总结了太平天国失败的主要原因在于内部分裂，奸臣掌握朝政、背叛革命。阳翰笙创作有《李秀成之死》、《天国春秋》和《草莽英雄》等，其代表作《天国春秋》以"杨韦事变"为主要线索，刻画了杨秀清、韦昌辉、洪宣娇等几个主要人物，对太平天国后期内部的自相残杀作了充分的揭示和批判。作家们之所以将笔触集中在太平天国后期，是因为由"杨韦事变"自然会使人联想到"皖南事变"，书写历史的目的在于针砭现实。

　　中国新诗在抗战以后进入了一个更加成熟的季节，在民族历史和现实的土壤中深深扎根，在多样化的艺术融合中寻找发展现代民族诗歌的道路。民族的危亡震撼了一代诗人的心灵，他们和全国人民一道积极投身到火热的抗日救亡与民族解放运动中去。就在抗战前期短短的几年中，出现了大量抗战诗歌、诗集。这一时期的诗歌表现出共同的时代特征，所有的作品都以爱国主义为主题，忠实地记录了抗战初期昂奋的民族情绪和时代气氛。抒情的方式大多是宣言式的战斗呐喊，同时加入了大量的议论，这适应了现实性、战斗性的时代要求，容易产生鼓动性效果，但有时也难免空乏，未能达到诗歌应有的审美效应。

　　1938年前后，在武汉、重庆等地兴起了朗诵诗运动的热潮。《时调》、《新时代》、《五月》等刊物及《大公报》都发表朗诵诗。高兰是诗歌朗诵运动的主要推动者和主要作者，他的《我的家在黑龙江》、《哭亡女苏菲》等诗，采用自由活泼的形式，并融进了戏剧中抒情独白的某些技巧，突出了朗诵的特点，深受人们的欢迎。光未然以写作朗诵诗和歌词见长。他写于1935年的歌词《五月的鲜花》和写于1939年的《黄河大合唱》组诗，以及写于1940年的长篇叙事诗《屈原》等，都是传诵一时的佳作。

　　一些在30年代初期出现在诗坛的年轻诗人，如艾青、田间、柯仲平等迅速成长起来，成为抗战诗歌阵地上的先锋和主将。1940年，艾青几经辗转，从中国东部到中部、北部，再到南部、北部，一路流浪，使他一方面感受到了全国普遍高涨的抗日情绪，另一方面也更多地接触到了中国苦难的现实。在此期间，艾青创作了大量的优秀诗篇，形成了他继《大堰河》之后诗歌创作的第二个高潮。艾青成为该时期最杰出的诗人。田间（1916—1985）也是抗战时期较受欢迎的诗人之一。他在抗战前即已出版《未明集》、《中国牧歌》和《中国农村的故事》等诗集，表现出进步的思想倾向和对农村现实的深切关怀。抗战爆发后，田间紧紧把握住民族的战斗意志和时代的战斗节奏，创作了一系列鼓点式的战斗诗篇，结集为《给战斗者》和《抗战诗抄》等。田间善于以精短有力的诗句来表现战斗的激情，鼓点式的节奏，雄壮的声势，与抗战前期的时代精神正相契合，在读者中产生了强烈的共鸣。闻一多先生称赞田间为"时代的鼓手"，指出他的诗歌中具有一种积极的"生活欲"，"鼓舞你爱，鼓动你恨，鼓励你活着，用最高限度的热与力活着，在这大地上"。[1]《义勇军》、《给饲养员》等街头短诗以及长诗《给战斗者》是田间的代表作，表现出了鲜明的时代性和强烈的战斗性。解放战争时期，田间还创作了长篇叙事诗《戎冠秀》、《赶车传》（第1部）等，但艺术个性已大为减弱。

抗日战争进入相持阶段以后，诗歌创作中的沉思因素日渐增强，出现了一些以纯粹艺术精神和深层民族精神著称的诗人和诗作。冯至是这一创作倾向的主要代表。抗战时期，冯至创作了诗集《十四行集》（1942年桂林明日社初版），以强烈的人文关怀和现实勇气，深沉地思考了战争时代个体生命的意义和人类的前途命运问题，表达了勇敢承担存在的信念和极富生命存在哲学的深度，同时还传达了诗人对民族危机的警醒和对民族解放光明前景的坚定信念。诗歌富有哲理性和抽象性。其代表作有《我们准备着深深地领受》、《我们听着狂风里的暴雨》、《我们站在高高的山巅》、《有多少面容，多少语声》和《我们来到郊外》等。年轻诗人力扬的长篇叙事诗《射虎者及其家族》以及陆志韦的组诗《杂样的五拍诗》和罗大冈的组诗《诗料》等，也都致力于深层思想的探索。

从抗战胜利前夕至新中国成立这一阶段，不同风格流派的许多进步诗人都以政治讽刺诗为武器进行战斗。郭沫若的《进步赞》、《猫哭老鼠》，臧克家的《有的人》、《宝贝儿》、《生命的零度》，邹荻帆的《幽默的人》等，都是政治讽刺诗中的力作，他们对国民党腐朽势力进行了辛辣的讽刺和无情的嘲弄，诗歌的喜剧性品格在这一时期得到了蓬勃的发展。袁水拍（1916—1982）以"马凡陀"笔名发表的《马凡陀的山歌》是这个时期影响最大的政治讽刺诗集。诗人善于从政治上把市民阶层里某些司空见惯的社会生活现象，用漫画式的手法和讽刺语言予以鞭挞，寓讽刺于叙事之中；并汲取民歌、民谣、儿歌中的艺术经验，采用为群众喜闻乐见的五言、七言等诗歌形式。语言通俗易懂，可诵可唱。其中，《抓住这匹野马》、《主人要辞职》、《一只猫》、《这个世界倒了颠》、《发票贴在印花上》和《万税》等都是代表性的讽刺诗作。

40年代的国统区先后出现了两个重要的诗歌流派：七月诗派和九叶诗派。

七月诗派是以胡风主编的《七月》和《希望》等刊物为主要阵地的现实主义抒情诗派。40年代的著名诗人艾青和田间也曾在这些刊物上发表过诗作。七月诗派的主要代表

---

[1] 闻一多：《时代的鼓手——读田间的诗》，《闻一多全集》第3卷，开明书店1948年版。

性诗人有鲁藜、绿原、阿垅、曾卓、牛汉等。七月诗派在创作上坚持现实主义原则,主张发扬"主观战斗精神",要求作者"突进"到现实生活中去,在生活中、斗争中去发现诗意,创造诗美,并要表现出主客观的密切融合,内容与形式的和谐统一。七月诗派注重主观感情的直接宣泄和抒发,同时也重视抒情的形象化,注意意象的新颖明确,想象的丰富奇丽,象征的确切深刻。在诗形上,有大体整齐押韵的小诗,有鼓点式短句的"田间体",有抒情议论的长句诗行体,有随诗情起伏而变化多样、句式长短交错的"艾青体"。在语言上,他们重视运用灵活自然、充满生活气息的口语,简洁有力,色彩强烈。七月诗派在艺术上的追求和创造把自由体新诗推向了一个新的高峰。绿原充满浪漫憧憬的诗集《童话》,振聋发聩的《给天真的乐观主义者们》等政治抒情诗,以及《终点,又是起点》、《伽利略在真理面前》、《你是谁?》等都是优秀之作。鲁藜的诗集《醒来的时候》、《锻炼》中大量朴实而清新的短诗,抒写了诗人在抗日民主根据地的新鲜感受,《泥土》是表现新的人生哲学的名篇。其他如阿垅的《纤夫》、牛汉的《鄂尔多斯草原》等都是充满力度和激情,足以显示七月诗派风格的代表作。

九叶诗派,是40年代中后期形成的一个追求现实主义与现代主义相结合的诗歌流派。以《诗创造》(1947年7月创刊)和《中国新诗》(1948年6月创刊)等刊物为主要阵地,聚集了辛笛、陈敬容、杜运燮、杭约赫(曹辛之)、郑敏、唐祈、唐湜、袁可嘉、穆旦(查良铮)等一群诗人。该诗派主要有九位代表诗人,1980年出版诗歌合集《九叶集》,因而被称为"九叶诗派"。九叶诗派一方面"扎根现实",用诗歌形式传达了中国人民诅咒黑暗、渴望光明的时代情绪,同时也表达了他们厌倦现实政治纷争,渴望宁静与和平的自由主义思想。在艺术上,他们深受20世纪西方文化与诗歌的熏陶和影响。既反对逃避现实的唯艺术论,也反对扼杀艺术的唯功利论,企图在现实和艺术之间求得恰当的平衡。他们把诗歌的审美原则建构在内心世界和外在世界的重叠点上,完成了对现实主义和浪漫主义的超越,蕴涵着很强的现代主义诗歌因素。

二、沙汀　艾芜

沙汀(1904—1992),原名杨朝熙,又名杨子青,四川安县人。1926年毕业于四川省立第一师范学校。1930年,与中学同学艾芜在上海相遇,共同研究小说创作,并就题材问题写信向鲁迅请教,得到鲁迅的热情指导。1931年开始文学创作,1932年用"沙汀"笔名出版短篇小说集《法律外的航线》(又名《航线》),同年加入"左联"。40年代创作的短篇集有《爱》、《土饼》、《苦难》等。作品大都以四川农村为背景,反映国民党和地方军阀统治下的广大农民的悲惨生活。

抗战开始,沙汀回到四川成都,不久赴延安,在鲁迅艺术学院工作。1938年底,随贺龙将军到晋西北和冀中抗日游击区。1939年回到延安,并写了《随军散记》(后改题为《记贺龙》)。1940年,离开延安回到四川家乡,创作了著名的短篇小说《在其香居茶馆里》等。"皖南事变"后，回到家乡安县从事写作，著有短篇小说集《播种者》、《兽道》、《呼嚎》、《堪察加小景》，中篇小说《闯关》（又名《奇异的旅程》）、《封锁线前后》，长篇小说《淘金记》、《困兽记》、《还乡记》等。

沙汀抗战时期的小说主要是揭露那些借抗战之名营私舞弊，大发国难财的国民党基层官吏和鱼肉乡民的土豪劣绅，无情地撕下他们冠冕堂皇的"抗战"外衣，刻画出他们可憎、可鄙、可笑之态。《在其香居茶馆里》就是这方面的著名短篇。该作以抗战时期国统区的兵役问题为题材，描写了发生在四川乡镇茶馆里的一幕征兵丑剧：因为新任的县长扬言要整顿兵役，镇里的联保主任方治国害怕被牵连，匆忙向县里告密，结果导致当地土豪邢幺吵吵的已经逃了四次兵役的第二个儿子被抓了壮丁。二人的矛盾由此激化，在茶馆公开争吵，以致大打出手。这场冲突让双方互揭老底，大出其丑，不仅使镇上的所谓头面人物统统失去了体面，而且通过喜剧性的结局，暗示了新任县长的所谓整顿兵役也是一场骗局。正是这位高喊"整顿兵役"的新县长，在接受了贿赂之后，借一个可笑的理由，将邢幺吵吵的儿子"开革"出来，让其再次逃过了征兵。结尾之处这画龙点睛的一笔，将作品的批判锋芒指向了兵役蔽政产生的根源——国民党政府的腐败与黑暗。小说的主要角色均是一些反面人物。联保主任方治国，是一个奸猾胆怯、善于看风使舵的"软硬人"，"碰见老虎他是绵羊，如果对方是绵羊呢，他又变成老虎了"。这一形象，构成了对地方政治极大的讽刺。邢幺吵吵则完全是一个典型的土豪劣绅的形象。他粗暴蛮横，无所顾忌，蓄意寻衅，是个不忌生冷的"火炮性子"。他的所作所为，让人们看到了旧社会乡村肮脏的一面。

《在其香居茶馆里》显示了作者高超的艺术成就。一是其杰出的讽刺艺术。作者没有采用讽刺作品中常见的夸张、漫画化手法，而是用客观写实的笔墨，描绘那些可憎、可恶而又可笑的人事，将那些假、丑、恶的东西集中揭示出来，使整个作品产生了辛辣的讽刺力量。二是独特的场景安排。小说中人物的刻画，都是在对其香居茶馆的场面描写中完成的。对茶馆内格局描写和气氛的渲染，呈现出有主有次、有浓有淡、层次分明的立体感，场面充满了生活气息和地方色彩。三是精湛的结构艺术。作品采用了双线结构，设置了一明一暗或者说一虚一实两条线索：一条是以其香居茶馆为舞台，明写、实写方治国与邢幺吵吵之间的争斗；另一条是通过场面中不同人物的对话，或侧面穿插，不断给读者以提示——邢幺吵吵的大哥与新任县长正在县城相互勾结。最后，"蒋门神"上场，将这两条互相联系又平行发展的线索扭结到一起，造成了一个具有极大讽刺力量的结局。

抗战后，沙汀接连完成了描写四川农村生活的三部长篇：《淘金记》、《困兽记》与《还乡记》。《淘金记》是"三记"中最优秀者。它描写的是1939年冬天，四川农村小镇北斗镇上一场围绕着开发筲箕背金矿的斗争。这金矿原来是地主何寡妇家的一处坟山，开金厂的林幺长子与恶霸流氓白酱丹都想得到它，但何寡妇以祖坟为何家的风水所系为由，拒绝了两人，从而引起一系列的争夺。作品以此为中心事件，在表现地主恶霸势力之间弱肉强食、财产兼并的过程中，生动传神地写活了一组旧中国底层社会的邪恶人物：地主婆何寡妇的精干、吝啬、溺爱，封建帮会流氓头子林幺长子的浑身泼皮劲头，国民党农村基层政权的代表人物，联保主任龙哥的胡作非为等，都写得栩栩如生，而没落士绅白酱丹这个人物更是塑造得鲜明突出，意义深远。正是这些人物构成了国民党反动腐朽统治的社会基础。在艺术上，《淘金记》既保持了沙汀小说的一贯风格，又显示了作者丰富的生活积累和艺术技巧的圆熟。作者往往把主观的倾向寓藏在情节的背后，在不动声色的客观叙述中，用人物自身的言行完成各自的性格塑造，体现作者的思想意图；由于作者对四川农村的生活和历史、各阶层人物的心理状态和地方风俗习惯有过长期冷静的观察和剖析，对四川的方言土语也非常熟悉，因而绘制出一幅幅乡土气息十分浓厚的四川农村风俗画；作品中的讽刺锋芒更尖锐、更见力度，也更具有艺术概括力，显示了作者讽刺艺术的进一步发展。

《困兽记》写于1943—1944年，小说描述了抗战后方一群乡村小学教师挣扎奋斗却难以自拔的苦闷生活。他们曾希望进行抗战的演出活动，但因反动政治的高压被迫取消，在百无聊赖中，田畴、吴楣、孟瑜三人发生了家庭爱情纠葛，结果，他们除了相互伤害之外，毫无所得。小说深刻地反映了国统区进步知识分子在时局逆转后陷于精神困境的真实处境与心境。整个作品笼罩着抗战后期国统区知识界沉重抑郁的气氛。1946年写的《还乡记》，第一次塑造了走向集体斗争的贫农形象冯大生，而且一扫过去作品中的低沉情绪，在深刻揭示人物思想性格发展趋向的同时，有力地渲染了农民的反抗和斗争生活，作品基调高昂明朗。

在抗战胜利前后和解放战争时期，沙汀又有短篇集《呼嚎》和《医生》。作者凭借对四川农村的谙熟以及高度的政治热情，运用多种艺术手法，从不同角度深入、迅速地反映了社会现实中的尖锐矛盾，几乎揭露了国民党濒临灭亡前所做下的每一件丑行：征兵、征粮、通货膨胀、选伪国大、二五减租骗局、镇压学生运动、发动内战的不得人心等，从而全面敲响了蒋家王朝覆灭的丧钟。有些作品还表现了国统区人民争民主、反内战的主题，表达了城乡人民在民主运动中的战斗要求。

沙汀的小说比较深刻地反映了抗战以后国统区的社会现实；他的小说艺术性比较强，尤其善于从讽刺、暴露的角度切入生活，取得了不凡的成绩，对中国现代讽刺文学作出了较大的贡献。

艾芜（1904—1992），原名汤道耕，出生于四川省新繁县一个乡村教师家庭。受"五四"反封建思潮的影响，为反抗封建包办婚姻，于1925年离家出走，漂泊于中国西南边境与缅甸、马来西亚、新加坡等地，在社会底层过着自食其力的贫困的流浪生活。艾芜到上海后，怀着把他"身经的，看见的，听过的，——一切弱小者被压迫而挣扎起来的悲剧切切实实地绘了出来"（《南行记·序》）的意图，开始从事文学创作。

艾芜的第一个短篇集《南行记》，共收八篇小说，作品以一个漂泊知识者的眼光观察并叙述边陲异域特殊的下层人物生活，刻画出各式各样的下层流民形象，包括偷马贼、烟贩子、滑竿夫、强盗、流浪汉等。这些人被旧社会随意抛出了正常的生活轨道，被迫采取各种奇特的谋生手段，表现出强烈的生存意识与朦胧的反抗精神。艾芜以对人生的执著态度，叙述下层人物的悲剧故事。其中最著名的是《山峡中》，作品描写了为当时人们所不熟悉的生活天地和人物性格。这是一群为生活所迫沦为窃贼的人们，他们不甘心"一辈子只有给人踏着过日子"，但却找不到正确的反抗道路，只是过着流浪和盗窃的生活。作者描写了一个名叫小黑牛的农民的悲惨命运，他"在那个世界里躲开了张太爷的拳击，掉过身来在这个世界里，却仍然又免不了江流的吞食"，在此，作者严厉地批判了逼迫小黑牛走上这条不归路的虎狼世界。小说还描写了一个热情、泼辣、天真而善良的年青姑娘野猫子，她的出现，不仅为作品的阴沉气氛增加了一丝光亮，而且显示了这些流浪者被扭曲的性格外表之下蕴藏的美好而淳朴的本质，在她身上，寄托了作者对这一群特殊人物的全部同情、理解与赞颂。《山峡中》以及《南行记》中其他小说的故事均放在一些饶有诗意的自然风光中加以描画，情景交融，气氛动人，这些绮丽、神秘风光与作品中的那些强悍、美好的人物结合在一起，就构成了作品独特的艺术境界。30年代初期艾芜还写过一些较有影响的小说，如《南国之夜》、《欧洲的风》、《咆哮的许家屯》、《夜景》、《海岛上》、《太原船上》等，其中的《太原船上》曲折地歌颂了红军的英勇业绩，反映了革命根据地的崭新面貌。

　　抗战爆发后，由于战争环境的严酷，艾芜早年作品中的浪漫风格有所消退，明显地转向了对现实压迫与苦难的揭示。这一时期他一共写了三部长篇。《丰饶的原野》是作家根据对故乡农村生活的回忆创作的，着重通过三个农民形象来解剖我们的民族性格，探索"以农立国"的祖国命运。"在邵安娃身上看出奴性的服从，在刘老九身上看出坚决的反抗，在赵长生身上看出了反抗和服从的二重性格。"[1]《故乡》的故事发生在江南山区红军长征时经过的某边远小城。出身于地主家庭的大学生余峻廷，抗战后从上海回到故乡，小说以他为贯穿人物，展开了小县城里一系列冲突。教育局长徐松一表面上提倡"新生活运动"，实际上却贪赃枉法，买婢纳妾，还要办银行、发票子、开公司，搞买空卖空。通过他和土豪龙成恩、乡村民族资产者蔡兴和等人的矛盾冲突，反映抗战时期内地农村社会的黑暗。作品中还写到一个印刷工人雷志恒，他曾带领农民冲进了衙门进行斗争，但被瓦解。失败后，他逃出故乡，投奔光明。最后，余峻廷也在看清了家乡的腐败后，无可奈何地出走了。从艺术上看，这部小说对人物性格的刻画、对人物心理的描写等，与《丰饶的原野》相比，有了不少进步。1948年出版的《山野》，是作者重要的抗日题材的长篇小说，作品结构非常紧凑，在一日一夜的时空里，容纳了广西吉丁村山寨面临日寇入侵所发生的全部事件，而吉丁村在某种程度上又是全国抗战的一个缩影。作品不仅写到了民族矛盾，而且反映了阶级、宗族、爱情等诸种关系，展现了抗日阵线的各类斗争，也暴露了我们民族内部的各种精神痼疾。

　　此外，艾芜还有中篇小说《一个女人的悲剧》、《芭蕉谷》等，把视野投向了各式各样在贫苦无告中挣扎的农村妇女。1947年所写的《石青嫂子》，表现的是内战给一个

---

[1] 艾芜：《春天·改版后记》，自强出版社1946年版。

劳动妇女带来的不幸，但她表现出坚强的韧性，对生活仍然怀有一定的信心。这个人物为艾芜所塑造的妇女形象作了一个较好的总结。抗战之后艾芜的作品虽然失去了他宝贵的浪漫主义精神，但其所反映现实的深度与广度则大大增强，同时，在挖掘中国人民性格的美好底蕴方面，也保持了他一贯的不懈的追求。

三、钱锺书　路翎

钱锺书（1910—1998），江苏无锡人，字默存，号槐聚，曾用笔名中书君。1929年考入清华大学外国语文系，1935年考取英国退回庚子赔款留学名额，在牛津大学英国语文系攻读两年，获副博士（硕士）学位后，赴巴黎大学研究院研究法国文学。1938年回国，先后在清华大学、西南联大、湖南蓝田国立师范学院、上海暨南大学任教授。建国后任清华大学外文系教授、中国社会科学院文学研究所研究员。他的创作不多，除《围城》外，仅有散文集《写在人生边上》、短篇小说集《人·兽·鬼》，他的主要精力是在中外文学研究上，著有诗学专著《谈艺录》与《管锥编》等。

揭露抗战期间中上层知识分子的众生相，是钱锺书小说的主旨之一。《猫》的主人公爱默，爱慕虚荣，作为毕业于一家美国人办的学校的主妇，她在自己的周围构建了一个由教授、学者、作家、记者等名流组成的王国，她穿插其间，操纵着丈夫和朋友，也操纵着友情，然而，丈夫携带着情人的出走，一下子使她面目无光，让她深深地体会到一种精神的幻灭感。《纪念》里的曼倩，表面上自视很高，其实内心相当脆弱，一场理想之外的平凡的偷情，对于她，就仿佛是黯淡的生活里加进了一丝光亮。通过这些描写，钱锺书无情地袒露了某种类型的知识分子的心态。他们既在中国传统思想文化的土壤中生长，又不同程度地接受了西方文明的照射；但并没有真正吸收健康的养料，顶多是得其形而失其神，即以形而论，也是些思想糟粕。这在长篇小说《围城》中有着更为集中的描绘。

《围城》的思想意蕴是多层次的，大致可分为三个层面。其一，社会批判层面。作品围绕着主人公方鸿渐的人生足迹，展示了战时上层知识分子中的形形色色：这里有在国外买假博士头衔回国招摇撞骗的韩学愈，有趁上任之机携带药品高价出售给学校发国难财的教授李梅亭，有依靠亲属的政治背景当上文学系主任的汪处厚，有只同"西洋大哲学家"通过几封信就声名大振被封为中国大哲学家的褚慎明，有引"同光体"为同道活现了一个"遗少"面目的"大诗人"董斜川等，这些人物构成了当时社会上特别是教育界、知识界的腐败景观。其二，文化批判层面。《围城》中的人物，大多患有崇洋症，但骨子里还是传统文化起主导作用。作品中的方鸿渐先后同鲍小姐、苏文纨、唐晓芙、孙柔嘉发生瓜葛，但却在一场又一场的爱情冲突中败北，他懦弱的性格，悲剧的结局，正是传统文化的束缚所致。李梅亭、韩学愈、高松年等人的庸俗、卑琐、无聊、虚荣、争斗等劣根性，也是传统文化的产物。至于柔顺之下深藏心机的孙柔嘉，在她身上也可看出旧式女性的面孔。由此作品表现了对西方文化的反思，揭示出近代文明本身的诸多弱点，特别是当这种文明一旦落在一个非常讲究传统的国度里所起的种种畸变。其三，哲学反思层面。钱锺书夫人杨绛在电视剧《围城》的片头上写道：《围城》的主要内涵是"围在城里的人想逃出来，城外的人想冲进去。对婚姻也罢，职业也罢，人生的愿望大致如此"。确实，《围城》对人生、对现代人命运的思考，已从形而下的层面跃上了形而上的层面。"围城"这一意象深刻地道出了现代文明的危机和现代人生的困境这个带有普遍意义的问题。

《围城》不仅是旧中国知识分子灰色人生的真切写照，而且还有对此类知识分子病态人生的历史原因的深刻分析。小说深刻地揭示出了造成方鸿渐等人文化性格的因素：首先，是中国传统文化的糟粕与西方文明的堕落对方鸿渐产生的影响。方鸿渐出身在一个前清举人兼乡村绅士之家，他也接受了"五四"新文化的影响，厌恶这个封建家庭，可是他在欧洲留学四年，并没有学得西方文明的精髓，只是拾到外国人的牙慧，西方唯利是图的价值观，花天酒地的人生观，给他那积淀了若干封建糟粕的躯体里又注入了及时行乐、荒唐颓废的血液，从而使他无视国难，缺乏理想，不讲气节，生活消沉。其次，社会现实的黑暗，人与人关系的险恶，是导致方鸿渐"围城人"性格的社会基因。在他所处的环境中充斥着乌烟瘴气。家庭、家族中的夫妻争吵、兄弟反目、妯娌斗法，小乡镇学校滑稽可笑的附庸风雅，点金银行的飞短流长，三闾大学的钩心斗角，上海报社的无聊庸俗……直接造成了方鸿渐的生存困境，这就越发使他陷入深深的精神危机，只能在"一无可进的进口，一无可去的去处"的"围城"中沉沦。再次，方鸿渐的"围城人"性格还与他自身的弱点有关。身为大时代的青年，他与其同道们并没有明确的人生追求，无力把握自己的命运，对社会人生悲观失望，更缺乏积极进取、服务人民的精神与勇气，从而只能沦为"无毛两足动物"。

《围城》的主要艺术特色是：一、杰出的讽刺艺术。《围城》中的讽刺不是用夸张人物行为的方法，而是精细地透视他们的五脏六腑，乃至每一根颤抖的神经，从中挖掘那与光彩体面的外观相矛盾的因素，揭示人物内心的阴暗、丑恶和言不由衷。二、丰富的想象和联想与哲理化、知识性的有机融合。作者熔古今中外的知识于一炉，用丰富的想象和联想，把渊博的知识渗透在日常生活的描述之中，使画面变得新鲜、生动、厚实，讽刺艺术的知识化、生活化、趣味化得到了充分的体现。三、丰富的表现手法。《围城》广泛地运用比喻、夸张等多种艺术手法，尤其精妙地将它们与高超的讽刺艺术结合起来，既妥帖传神，又具有很强的艺术感染力。四、精湛的语言艺术。《围城》的语言清新、传神、精辟、畅达，虽移用了大量西洋典故而无欧化气息，尽管夹杂着不少洋文，但读来仍流畅自如，充分显示了一个学者型作家的艺术才力与功力。

路翎（1923—1994），原名徐嗣兴，出生于江苏南京一个赵姓商人之家，父亲早逝乃从母姓。童年时期的路翎曾经到母亲的舅父家——苏州一个封建大家庭去探亲，耳闻目睹了许多封建家庭成员为了祖产明争暗斗的情形，这给他日后创作《财主底儿女们》提供了最初的感性材料。"八·一三"战后，他随家西迁到继父的老家湖北省汉川县，因思念在血泊中呻吟的南京故里，沉痛地写下了《秋在山城》、《一片血痕与泪迹》等散文。1937年冬，路翎又随家入川，1940年5月，首次署名路翎的短篇小说《"要塞"退出以后》在《七月》上刊出，并日渐融入"七月派"的精神之中。"七月派"主张要高扬现实主义的旗帜，创作要"直入"生活、紧贴时代，把小说的美学意义与其应有的社会职责、时代使命感密切联系起来；在承认创作反映生活的基础上，特别强调发扬"主观战斗精神"去能动地影响现实、改造现实。路翎是真正能代表"七月派"小说的这一创作风格的。

路翎写了一系列反映矿工们的悲惨遭遇与自发反抗的小说。《家》、《黑色子孙之一》、《何绍德被捕了》、《卸煤台下》等都是凝聚着矿工们拼死求生的血泪和心灵搏斗的悲剧，其浓郁的生活气息和注重表现人物的精神动态的艺术颇受人赞誉。1943年3月作为"七月新丛"之一出版的《饥饿的郭素娥》可以说为他早期小说的思想艺术作了一个总结。该作以矿山生活为背景，通过郭素娥这一形象表现了劳动人民求幸福求解放的生命意志。美丽而强悍的郭素娥，面临着物质上与精神上的双重"饥饿"，渴望美满的家庭生活，敢于傲视社会的冷眼，向宗法家族势力与流氓势力挑战，当她被当作物品转卖时，宁死也不从，喊出了"你们不晓得一个女人底日子，她挨不下去，她痛苦"，最终被用火铲活活烙死。这部小说发表后获得了很大的反响。

长篇小说《财主底儿女们》是路翎的代表作，也是中国现代文学史上不可多得的优秀力作。全书分上下两部，分别创作于1945年和1948年。小说以"一•二八"上海抗战以后十年间我国的社会生活为背景，描写了苏州头等富户蒋捷三一家在内外各种力量冲击下分崩离析的过程，集中刻画了财主的儿女们，也就是出身于剥削阶级家庭的青年知识分子在大时代的激荡下的摸索挣扎，在尽可能地容纳更为广阔的社会图景的同时，史诗般地记录了我国抗战期间重大的历史变迁，为我们认识那个重要的历史时期以及一代知识分子的心路历程提供了极富价值的范本。作品的人物多达七十多个，遍及官、兵、绅、商、学；人物活动的舞台由苏州、上海、南京、江南旷野、九江、武汉，一直伸展到重庆、四川农村；这十年中所发生的一系列重要的历史事件，诸如"满洲国"成立、华北危机、长城抗战、北平学生运动、西安事变、汪精卫投敌、南京陷落、迁都重庆等，都历历在目。

作者刻画的中心人物，是财主蒋捷三的三个儿子——蒋蔚祖、蒋少祖、蒋纯祖。这是三个完全不同的类型，作者从人物性格的不同侧面，人物命运的不同走向去描写他们，旨在为当时的知识分子所走过的曲折道路提供不同的生活类型。

长子蒋蔚祖是一个性格懦弱、无所作为的公子哥儿，最终因忍受不了大家庭内部的倾轧和妻子的放荡行为而精神崩溃，以致自杀。这个形象的塑造，鲜明地揭示了蒋蔚祖这种无能的末代继承人的生活和心境。他们的软弱以及同旧式家庭割舍不断的联系必然被激昂的时代狂澜所吞没，他们的痛苦哀嚎反映的正是他们力图挣扎却又无从摆脱旧生活的羁绊从而不得不与之偕亡的凄凉心情。

二少爷蒋少祖年轻时曾是一个十足的"新派"人物，在新思潮的鼓荡下，他厌恶旧家庭"尽是铜臭的生活"，毅然离家出走，东赴日本留学，接受了自由新风的洗礼，成为蒋家"第一个叛逆的儿子"。回国后投身于民主运动，抗战爆发后也曾一度卷入抗日爱国的浪潮中。然而，毕竟"世家公子"的根性太深，他所持的资产阶级自由派思想又无力抗拒顽固、黑暗的社会现实，于是不免陷入深沉的苦闷之中，并最终抛弃了追求"现代文明"的初衷，重走复古主义的老路。小说对这个人物极其矛盾、复杂的心态的剖析，真切而深刻地反映了那个动荡社会中一部分看透了一切从而时进时退、左右失据的知识分子的精神状态。

小说中描写的三少爷蒋纯祖，是一个在民族解放斗争中死守个人主义立场而四处碰壁的苦闷绝望的知识分子的典型。蒋纯祖背叛家庭，反抗传统，始终是一个不妥协、不安定的追求者、漂泊者。在从南京流亡武汉、重庆途中，他看到了人民的挣扎和同胞的自相残害，痛感中国的愚昧和落后；他曾参加了一个宣传抗战的演剧队，又难以接受组织内的家长式统治；在四川穷乡僻壤的石桥场，他以孤傲的个性，向宗法制农村的冷酷和愚昧挑战；最后，在事业与爱情都遭到封建恶势力的破坏后，他狼狈而逃，以致病逝。他的奋求与抗争，他在民族解放战争的大悲壮历程中所饱尝的精神苦刑，深刻地概括了那一时代未能与人民结合，没有找到光明出路的知识分子的共同悲剧。

《财主底儿女们》以史诗的笔触，描写人的灵魂的搏斗，在揭示人的灵魂的复杂、丰富性方面具有特殊的价值；他对我国传统小说的表现手法进行了大胆的突破，作品采用兼容政治、哲理、抒情等多种艺术要素的夹叙夹议的叙述艺术，开创了一种新的小说样式，为我国现代小说艺术的多样化发展作出了有益的贡献。

40年代后期，路翎还创作了长篇小说《燃烧的荒地》，中篇小说《蜗牛在荆棘上》、《嘉陵江畔的传奇》以及十余个短篇，大多以农村和农民为题材。在这些作品中，牧歌式的田园风光已经消退，"返璞归真"的甜蜜梦想也不复存在，充溢其中的只是一种崩毁和倾斜的动荡感，以及在社会苦难和沉重的精神奴役创伤的挤压下的农民们所发出的震耳欲聋的生命的呻吟和呼啸。从艺术上看，他的这些小说也许不够精致，感情的抒发也许不那么节制，但却别有一种狂野雄放、元气淋漓的风格，有力地传达了路翎所理解的"艺术的原始强力"。

四、张爱玲　张恨水

张爱玲（1921—1995），生于上海，祖籍河北丰润县，原名张瑛。7岁开始试写小说，14岁模仿鸳鸯蝴蝶派的笔调写成章回体小说《摩登红楼梦》。1939年考取英国伦敦大学，因战争爆发未能去成，改入香港大学。1942年从香港返回上海，真正开始了自己的文学生涯，并很快成为40年代上海孤岛文坛上一颗耀眼的新星。1944年小说集《传奇》出版后，产生了轰动效应。

张爱玲及其作品出现在一个非常严峻的时代与特殊的地域。老作家柯灵在80年代写就的《遥寄张爱玲》一文中曾经作过这样的评述："中国新文学运动从来就和政治浪潮配合在一起，因果难分。'五四'时代的文学革命——反帝反封建；30年代的革命文学——阶级斗争；抗战时期——同仇敌忾，抗日救亡，理所当然是主流。除此之外，就都看作是离谱,旁门左道,既为正统所不容,也引不起读者的注意,这是一种不无缺陷的好传统,好处是与祖国命运息息相关,随着时代亦步亦趋,如影随形;短处是无形中大大削减了文学领地……我扳着指头算来算去,偌大的文坛,哪个阶段都安放不下一个张爱玲。"正是上海沦陷,才给张爱玲提供了大显身手的舞台,"幸与不幸,难说得很"。[1]

张爱玲的小说往往以超脱于政治与阶级的观点去看待人生。作者努力寻求一种普遍的永恒的东西,在用文学烛照人生时常常带着某种诗意境界,并对上海独特的地方文化精神和更广泛的人性世界有深刻的揭示,因而作品带有较多的抽象意味;同时,又由于作者不太关注社会中复杂的阶级关系,所以也有比较忽略现实背景的缺点,其结果往往是不能探究出现实社会的本质,尤其是不能准确揭示现实社会现象的深层根源,从而使作品在纷乱的人生面前充满着迷乱感和虚无感。这里既显示了她在艺术上的独特追求,也流露了其作品的思想局限。在《传奇》中,张爱玲最感兴趣的是描述一种"普遍的永恒的人性",人不分阶级,帮工的佣人同富贵小姐、少爷是一样的处境,一样的心态;人也不分时代,现实世界不过是"荒唐的古老的世界"的再现,现代人的性格弱质往往有着"古老"印迹。《桂花蒸·阿小悲秋》中帮佣的劳动妇女阿小会有"在那水里照见自己的影子,总像是古美人"的顾影自赏;而《倾城之恋》中的白流苏也在对影自怜:"向左走了几步,又向右走了几步,她每走一步都仿佛是含着失了传的古代音乐节拍。"写人间的悲欢,着眼于整个人类,又从远古时期找出人的共同根性,这就是张爱玲所追求的"使那作品成为永生的"文学的"永恒"性。但这也使她在对纷乱世界的成因作出解释时往往显得无能为力,涂抹着较为浓厚的神秘的、宿命的色彩。实际上这也反映了张爱玲自己的独特心态:作为清朝显宦的后裔,她一方面熟悉日益金钱化的旧式家庭生活,有对金钱毁灭人性的强烈愤懑;另一方面也深感时代正处于破坏之中,更大的破坏还要到来。一种强烈的现实没落感使她不能不陷于迷乱和困顿。

张爱玲的小说描述了新旧交替时代的中国都市男男女女千疮百孔的经历,并集中地暴露了每个人身上的那种邪恶性。《金锁记》中的曹七巧,扛着金钱的枷锁"多年的媳妇终于熬成了婆",并没有感到幸福,而是精神上一片空虚。尤其可怕的是,长期的情欲压抑造就了她变态的性格:她已经容不得任何美好的东西,甚至自己儿女的婚姻幸福也成了她的眼中钉、肉中刺,非加以毁坏就不能使她称心,这是对中国读者熟悉的传统慈母形象的彻底解构,也揭示了压抑人性的封建文化对人心灵的巨大戕害。《十八春》中的姐姐曼璐,竟然主动帮着人面兽心的丈夫设计蹂躏自己的妹妹,希图通过这一举动讨好丈夫,挽救自己失败的婚姻,不惜牺牲了自己的妹妹曼桢一生的幸福。这里,人性的自私、贪婪、凶残等,已不仅仅是加诸对自己构成利害冲突的对象,而是切切实实地存在于中国人一向视为最美好的亲情之中。如此阴冷而入木三分的描写,在整个中国现代文学中都是很少见的。

---

[1] 柯灵:《遥寄张爱玲》,《读书》1985年第4期。

张爱玲的小说生动而深刻地刻画了现代都市社会封建性的生活、道德观念与日益浓厚的资本主义文化之间的尖锐矛盾。她的小说背景主要在沪、港两地,正是典型的半封建半殖民地社会,生活于这一社会的人们人生观、价值观普遍异化,对金钱、欲望的疯狂追逐,冲击着传统的两性关系与婚姻家庭,瓦解着温良恭俭让的东方伦理道德观念,扭曲着蠢蠢欲动的人的本能情绪,致使她笔下从没有出现过为爱情而存在的浪漫理想主义者,大多是被金钱驱使的可怜虫。《沉香屑:第一炉香》中的葛薇龙为了享乐与金钱,背叛了没落世家恪守的传统道德观念;《倾城之恋》中左右着华侨富商范柳原与白流苏的一段缠绵悱恻的爱情的,却是经济的、市侩的、战争的因素。《金锁记》里的曹七巧出身低微,其兄嫂为了攀附上流社会,不惜将她出卖给大公馆里的残疾人为妻,她得到了金钱,却不得不以牺牲正常的生理和情感欲求为代价,终于沦为黄金的囚徒。她的悲剧,是对封建礼教和现代金钱势力的双重罪恶的批判。

张爱玲的小说真切地表达出了女性在现代社会的生存处境。女人所处的环境,所受的压力,有旧家族内的冷漠眼光,有命运的拨弄,更有来自女性自身的精神重负。在张爱玲的笔下,除了像曹七巧那种在别人的左右下毁坏了一生,她又反过来疯狂地毁灭别人,因而极具有破坏性的女人之外,其他女性大多只能在情爱中坠入卑俗的不幸。这"不幸"并没有任何实在的发动者,每一女性都同时既是"不幸"的承受人,也是这种"不幸"的内在动因。她们或无可奈何地匍匐在男性的欲网之下,一生只能被动地与人搭配家庭,使临时的组合婚姻成为女性的全部,如《连环套》;或写女人的妻性、母性甚至情人性的难以实现,如《红玫瑰与白玫瑰》。这类缓慢毁灭的过程,丝丝入扣地记录下了现代女性痛苦挣扎的轨迹,细腻地披露了她们复杂的内心世界,取材范围虽小,心理开掘却很深。

张爱玲的小说将浓厚的中国古典小说智慧与深刻的现代生存体验结合起来,成为现代文学史上融汇新旧、雅俗共赏的典范文本。阅读《传奇》,读者不难察觉张爱玲对中国古典名著《红楼梦》、《金瓶梅》的继承,作品所述的无一不是"男女间的小事情",但是这些"小事情"无一不透视着大的时代社会生活;貌似陈旧的古典情调中时时沉淀着浓稠的现代人生体验;华美、富丽、苍凉、雅致而通俗的传统笔法又常常反馈出现代小说技巧的高超;她的小说语言既纤细、精致,又潇洒、空灵,有力地传达出作品的情调、氛围与底蕴。所有的这些努力,都使其作品散溢着持久的艺术魅力。

张恨水(1895—1967),原名张心远,祖籍安徽潜山,生于江西广信一个小官吏家庭。15岁时开始写作,早期小说有浓郁的鸳鸯蝴蝶派气息。1924年发表成名作《春明外史》,始脱离鸳蝴派色彩。1926年发表的《金粉世家》,是其第一部具有现代意义的通俗巨制,小说写京城三世同堂的国务总理金家,以其七少爷金燕西和出身寒门的女子冷清秋的婚姻悲剧为主线,穿插与金家有关的百十个人物,写出巨宦豪门的一朝崩溃,整个家族树倒猢狲散的结局。小说打破了中国古典小说封闭式的结尾模式,呈开放式结构。《啼笑因缘》(1930)是张恨水的代表作,作品描写了城市下层人民的生活,叙述了沦落风尘的说书艺人沈凤喜与青年樊家树的悲剧爱情故事，揭露了悲剧制造者地方军阀的野蛮无道，有力地抨击了现实黑暗政治。小说表现的是中国现代都市生活和传统道德心理相互冲突的主题，对沈凤喜一家的生活和小市民心理状态有较细腻的刻画。该书出版后非常畅销，张恨水也因此被视为旧派通俗文学中社会言情小说的集大成者。

"九·一八"事变后，张恨水的思想发生了转变。在短篇小说集《弯弓集》"自序"中，他说，"今国难当头，必以语言文字，唤醒国人"，"略尽吾一点鼓励民气之意"。为此，他站在民族的立场上，在自己的作品中增添了许多抗日爱国的内容，同时，对社会现实的批判也更深广。《丹凤街》（又名《负贩列传》）与《八十一梦》就是这一阶段颇具写实精神的代表性作品。《丹凤街》写以菜贩子童老五为首的一群民间义士，设计救助被卖给官僚赵次长做姨太太因而跌入火坑的秀姐，他们虽然失败了，但作品弘扬的疾恶如仇、重言诺、轻生死的传统美德和民间的"侠义"精神，在当时的抗战环境下，无疑具有积极的现实意义。《八十一梦》（1943）是一部想象性的社会讽刺小说，共写了十四个梦。作者满怀对国计民生的忧患，以悲郁的孤独感，透过时局的弊端，将国难时期大后方的种种丑陋现象用梦的形式做了奇特的揭示。作品具有谴责小说的意味，想象的依据不出神话传说、历史典故、古代文学的范围，托梦讽世也是借用中国古典小说的传统形式，但它有暴露也有反省，字里行间时时交织着抨击时弊与批判国民性的双重思想。它的每一个单元都是独立的，似乎与古典小说的常见写法相近，但其梦幻的意念又有内在的理路可循，具有现代小说的技法。

五、艾青

艾青（1910—1996），原名蒋海澄，浙江金华人。艾青出生于一个地主家庭，但曾被送到一个贫苦的农妇家里抚养，因此从小就了解农民生活的苦难，建立了对底层大众的感情。1928年，艾青考入杭州国立西湖艺术院绘画系，1929年，他赴法国学画，其间阅读了不少法文现代诗，其中他最喜欢的是凡尔哈伦的诗，并深受其影响。"九·一八"事变后，艾青回到了多灾多难的祖国。1932年7月，他因参与进步学生运动被捕，被关进上海的监狱。1933年初的一个雪天里，他在狱中创作了《大堰河——我的保姆》，第一次使用"艾青"这一笔名。这首诗发表后，在整个文坛引起了强烈的反响，从此艾青便步入现代著名诗人的行列。1936年，他从狱中所写的诗中选出九首，结集出版了第一本诗集《大堰河》。1937年至1940年，艾青几经辗转，"从中国东部到中部，从中部到北部，从北部到南部到西北部"，这一段流浪经历，使他一方面感受到了全国普遍高涨的抗日情绪，另一方面也接触到了中国苦难的现实。在此期间，艾青创作了大量的优秀诗篇，形成了创作的第二个高潮。这些诗大致可分为两组：一组是以北方生活为主，表现灾难深重的民族命运，风格忧郁深沉，称为"北方组诗"，包括《雪落在中国的土地上》、《北方》、《乞丐》、《补衣妇》、《手推车》、《我爱这土地》、《旷野》等；一组是以诗人自己的激昂情绪为中心，以太阳和火为主要象征物，表现不屈不挠的民族精神，比较自由豪放，称为"太阳组诗"，包括《太阳》、《煤的对话》、《向太阳》、《吹号者》、《他死在第二次》、《火把》等。这两组诗在艺术上取得了很高的成就，形成了艾青独特的艺术风格。1941年艾青到了延安，创作风格更转向明朗和激昂。

艾青的诗歌具有强烈的时代感和厚重的历史感，诗歌的主要思想内容有：一、写出了民族的悲哀，人民的苦难。如《雪落在中国的土地上》，诗中反复出现的"雪落在中国的土地上，／寒冷封锁着中国呀"这两句诗，以及对生活在死亡恐怖之中的北方人民的描写，都深深地道出了我们民族和人民所面临的灾难。他的《手推车》、《乞丐》描画了流亡难民们艰难的生活，在《北方》一诗中更是一再呼喊出"北方是悲哀的"。二、艾青的诗在描写苦难的同时，还非常注重从中挖掘顽强挣扎、坚韧奋斗的民族精神。他诗中那些赶着马车的中国农夫，撑船的船夫，默默地为人缝补的补衣妇，都有着这样的性格。正是这样一种不甘沉沦于苦难之中的精神，使人们在悲哀的国土上依然能看到希望和信心。《吹号者》、《他死在第二次》等诗中，作者更是直接塑造了坚强不屈、英勇战斗的民族战士的形象。三、表达了对祖国、对人民的深沉的爱。爱国主义是艾青诗中永远唱不完的主题，这种感情表现得最为动人的是《我爱这土地》，诗中表示，无论祖国多么贫穷落后，痛苦多于欢乐，但这毕竟是自己的祖国，因此即使痛苦到死也不愿意离开这里，传达出了刻骨铭心、至死不渝的伟大而深沉的爱国感情。"为什么我的眼里常含着泪水？因为我对这土地爱得深沉"，艾青的这两句诗曾引起无数中国人发自内心深处的共鸣。四、表现对光明、理想、美好生活的不息的追求。太阳、光明、春天、黎明、生命与火焰，是艾青几十年如一日热情讴歌的"永恒"主题。这在"太阳组诗"中表现得最为充分，在艰难的抗战时期，这些诗起到了鼓舞人心，激励人民斗志的作用。

艾青的诗歌突出地表现着一种独特的情调，这便是浓浓的忧郁情绪。读他的诗，我们随处可遇见"苦难"、"灾难"、"悲哀"、"忧郁"、"忧愁"、"沉痛"等字眼，可以说，浸透了诗人灵魂、永远摆脱不掉的忧郁，是构成诗人诗歌艺术个性的重要元素之一。有人将之称为"艾青式的忧郁"。形成艾青诗歌这种忧郁情绪特征的原因是多方面的：一、是艾青早年独特的生活经历所决定的。诗人从小被父母寄养在一个叫作大叶荷的农民家里，为了哺育艾青，这位贫苦的农妇把自己的女孩溺死，这使得艾青多年以来一直感到十分痛苦和愧疚，很早就感染了农民的忧郁，再加之后来诗人一个人在法国学画，长时期地咀嚼着异国游子孤寂的心情，从而进一步强化了诗人的忧郁气质。二、是由艾青所秉承的中国传统知识分子的忧患意识所决定的。在抗战的炮火中，当艾青辗转于中国的"北方"，他不仅理解了"载负了土地的痛苦的重压"的北方农民的现实苦难，而且对这"古老的国土"所"养育"的"世界上最艰苦与最古老的种族"的感时愤世、忧国忧民的传统，产生了心灵的契合。三、来自艾青对时代现实生活的忠实而严肃的思索。抗战初期，当大多数诗人还沉湎于廉价的乐观中，预言着轻而易举的胜利时，艾青却通过对生活的深刻观察与思考，很快从盲目乐观的情绪中冷静下来，他在"全民抗战"的热闹场面中看见了阴影和危机，看见了祖国大地的贫穷和人民生活的苦难，对中华民族新生历程的长期性、艰巨性有了充分的认识，从而在《雪落在中国的土地上》中写下了这样的诗句："中国的路，是如此的崎岖，是如此的泥泞呀。"四、与艾青吸取的西方文化艺术养分也有关系。西方现代象征派、印象派所表现的大都是个人在现代社会中的孤独感和失落感，对宁静古老乡村风光的追念等，这都对艾青的创作产生了深远的影响。综上所述，艾青诗歌的忧郁特征应当是由上述诸种因素复合而成的产物，并且，艾青的忧郁并不表示他对生活绝望，而是体现为一种对生活的认真、执著和信念。

　　艾青诗歌在艺术上的独特建树：第一，注重诗歌意象的选取和诗歌形象的创造。在艾青的诗中，特别注重采用独特、生动、具体可感而又具有丰富底蕴的意象，把一些抽象的东西加以形象化地表述。艾青诗歌的中心意象是"土地"和"太阳"，在这两个出现频率最高的中心意象里，凝聚着诗人对生活的独特观察、感受与认识，凝聚着诗人独特的思想与感情。在"土地"意象里，蕴涵着艾青对祖国——大地母亲最深沉的爱，对劳动人民——大地的儿子最深厚的情感；在"太阳"意象里，则凝聚着艾青对光明、理想、美好生活的热烈不息的追求。除"土地"、"太阳"意象外，艾青诗中其他意象的运用，如《手推车》就是通过两组手推车的意象，构成了一个"悲哀"的中国的形象，因而在段末出现"北国人民的悲哀"这样主观性的句子时，人们不仅不会觉得概念化，反而体会到了其中的深刻、深沉、凝重和富有内蕴。第二，注重感觉印象与所宣泄的主观感情的有机融合。如《旷野》中写"薄雾在迷蒙着旷野"，首先是从感觉出发，那"渐渐模糊的灰黄而曲折的道路"，那"在广大的灰白里呈露出的/到处是一片土黄，暗赭/与焦茶的颜色的混合"，那"灰白而混浊/茫然莫测"的"雾"。但诗人并非止于对外界自然光、色的敏锐感觉，诗句也并不是对感觉、印象的简单记录，而是融入了主观情感："你悲哀而旷达、辛苦而又贫困的旷野呵……"由于这种主观感情的投入，旷野中的色彩便具有了象征意义，能引起人们丰富的联想。第三，散文化语言和自由体形式的追求。艾青不仅是自由诗体的自觉提倡者，还别具一格地提倡诗的"散文美"，他的诗常常呈现出这样的特点：以散文式的诗句自由地抒写，诗歌中不仅意象纷呈，而且容纳了大量的现实生活细节，辅之以有规律的排比和反复，造成了和谐的节奏与回荡的旋律，呈现出别样的音乐美。艾青的诗，标志着"五四"以后自由体诗发展的又一个重要的阶段。

六、穆旦

　　穆旦（1918—1977），祖籍浙江海宁，生于天津，原名查良铮，1934年在《南开中学生》发表散文诗《梦》时始用笔名"穆旦"。1935年从南开学校毕业并考入清华大学外文系，后随校进入西南联大。1940年2月毕业，留校任助教。1942年2月参加中国抗日远征军,任司令部随军翻译。1945年10月至东北创办《新报》(1946年5月—1947年8月)。1949年8月自费赴美芝加哥大学留学。1949年之前,穆旦共发表百余首新诗。1937年至1948年的诗作主要收入诗集《探险队》(1945年昆明文聚社出版)、《穆旦诗集(1939—1945)》(1947年5月自费出版)、《旗》(1948年2月上海文化生活出版社出版)。穆旦是九叶派诗人中成绩最突出的,风格显著。

穆旦的诗持久深入地探索和表现了"自我",表现了很强的反思和批判精神。《我》、《我向自己说》、《自己》、《从空虚到充实》、《蛇的诱惑》、《神魔之争》、《隐现》、《诗八首》、《诗二章》、《诗》、《诗四首》等诗中显示了穆旦对于"自我"的独特探索与表现。

穆旦诗中的"我"是生活在混乱而黑暗的现时代现实中的分裂、残缺、矛盾而痛苦的"我"。《诗八首》既是关于爱情的诗,也是关于自我的诗。与传统的爱情诗不同,处于爱恋中的情爱主体不再是统一而深情的情感主体,他们被困于灵和肉、理性和情感、时间与空间、我和你(爱恋中两个相对的主体)、人类与造物主的差异、矛盾之中,抒情主体人格分裂而痛苦,全诗也因此具有强烈的知性特色。在诗人笔下,爱充满了矛盾、隔膜:"你的眼睛看见这一场火灾,/你看不见我,虽然我为你点燃;唉,那燃烧着的不过是成熟的年代,/你底,我底。我们相隔如重山!"爱情中情感与理性相冲突:"我越过你大理石的理智的殿堂,/而为它埋藏的生命珍惜;你我的手底接触是一片草场,/那里有它的固执,我底惊喜。"爱的过程犹如行进于独木桥上:"相同和相同溶为怠倦,/在差别间又凝固着陌生","他存在,听从我底指使/他保护,而把我留在孤独里,/他底痛苦是不断的寻求/你底秩序求得又必须背离"。尽管如此,诗人并不否定爱的力量、永恒:"风暴,远路,寂寞的夜晚,/丢失,记忆,永续的时间,/所有科学不能祛除的恐惧/让我在你的怀里得到安憩——//……那里,我看见你孤独的爱情/笔立着,和我底平行着生长!"全诗对于所礼赞的爱情及其全过程有超越的观照和深入客观的理性分析,诗因此显得峻峭幽深;热情中有思辨,抽象中有肉感,时杂以冷酷的自嘲;在语言上娴熟地运用了现代诗的象征、暗示、抽象与具体扭结的技巧,诗歌语言意义繁密而富于弹性。

穆旦诗中的"我"深深植根于中国现实之中。他早期的诗作中已经透露出关注现实人生的倾向。《流浪人》、《一个老木匠》、《更夫》等诗,抒写了知识者对于苦难人生的感受,体现了诗人对于现实人生的观察与理解,融合了诗人对人生的怀疑和心灵的痛苦;不乏写实的外形,根底却是高度个人化的抒情。随着诗人的成长和人生阅历的加深,穆旦诗中所表现的对于社会人生的感受和思绪也日益深刻。在社会人生的现实中探讨个体,在个体生命的展开中体认现实,成为穆旦诗的显著特色。在对个体生命的自觉感悟与沉思中,交织着他对人类命运、历史沉浮和民族忧患的沉思,使他的诗以痛苦的丰富和感情的严峻著称。《在寒冷的腊月的夜里》、《赞美》等诗中,表现出他对黑暗现实的忧愤和对大时代的内在感应;《野兽》中,野兽既是个体,也是民族,它的"凄厉的号叫"中回荡着对于腐败,对于压迫复仇的呼喊;《从空虚到充实》中,空虚寂寞的生命、心灵在民族的苦难中获得充实、意义；《赞美》深沉雄健，有对于历史的透视、对苦难中国的理解以及对知识分子自身的反思；《旗》既是旗之颂，又是无名牺牲者的挽歌："你渺小的身体是战争的动力，／战争过后，而你是唯一的完整，／我们化成灰，光荣由你留存。"

穆旦的诗，致力于展现自己心灵的自我搏斗和种种痛苦而丰富的体验，充满了深沉的内省与思辨的力量。"我们做什么？我们做什么？／啊，谁该负责这样的罪行：／一个平凡的人，里面蕴藏着／无限的暗杀，无限的诞生。"（《控诉》）穆旦诗中的"我"正是时代的产物、社会的反映，在"我"的形象系谱中显示出深厚的社会历史内容。

《森林之魅——祭胡康河上的白骨》是作者对1942年夏撤退途中死难于缅甸野人山士兵的悼诗，直面战争与死亡，礼赞了生命与永恒。诗由"森林"、"人"的对话及"葬歌"组成，在生命与自然的对立统一中展开。生命在原始森林内异常脆弱，诗的构思是诗人对于典型处境的独特把握。人的死亡被从自然的角度观察，用自然的眼睛写生命的死亡，寄沉痛于悠闲，貌似达观，实则深挚。可是诗并不因此消沉，在"葬歌"中，诗转为人类的视角深情地唱道："你的身体还挣扎着想要回返／而无名的野花已在头上开满。""那刻骨的饥饿，那山洪的冲击，／那毒虫的咬啮和痛楚的夜晚，／你们受不了要向人们讲述，如今却是欣欣的林木把一切遗忘。"死亡前生命瞬间的愿望与无知的自然相对立、比照，生命的痛楚、生的愿望被凝固、凸显，表现了作者强烈的人道关怀。最后诗人带着忧伤唱出了对无名战士的赞美："你们死去为了要活的人们的生存"，"没有人知道历史曾在此走过，／留下了英灵化入树干而滋生"。借大自然的生生不息，歌唱无名战士的崇高、不朽与永恒。在穆旦的诗中，这首诗写得比较明朗，直抒胸臆，很少现代派的技巧，却具有真挚动人的力量。

七、夏衍　陈白尘

夏衍（1900—1994），浙江省杭州人，原名沈乃熙，字端先，1921年入日本福冈明治专门学校，1925年入日本九州帝国大学，1927年4月从日本回国，在上海从事党的宣传工作，1929年6月与郑伯奇、冯乃超、钱杏邨等组织上海艺术剧社，宣传"普罗列塔利亚戏剧"，1929年参与筹备"左联"，1930年4月艺术剧社被查封后，夏衍联系戏剧协社、南国剧社等，于同年8月成立"中国左翼剧团联盟"（后改为以个人名义参加"中国左翼戏剧家联盟"），在上海初步奠定左翼戏剧的阵地。夏衍是继田汉、曹禺之后，在中国现代戏剧史上产生重要影响的剧作家。

夏衍1935年创作了独幕剧《都会的一角》和《中秋月》（又名《相似》），1936年4月发表了讽喻历史剧《赛金花》，同年12月，又写出了历史剧《自由魂》（又名《秋瑾传》）。夏衍最初的戏剧创作往往为了思想政治的宣传而缺少必要的含蓄和深沉。曹禺的《雷雨》、《日出》等剧作促使夏衍反思，从而使他的戏剧创作发生了具有深刻意义的转折，1937年发表的《上海屋檐下》可以视为他现实主义戏剧创作的真正起点，从这里开始，夏衍把眼光从历史题材转向现实题材，从英雄、传奇人物转向平凡、普通的人民。他以洗练含蓄的手法，通过平凡的、普通的，甚至是琐碎的日常生活题材，平静、朴实地反映生活，表现时代潮流在人们心灵上荡漾起的涟漪，透过平凡的日常状态获得对于生活本质的时代性发现。

《上海屋檐下》在弥漫着江南梅雨季节抑郁、沉闷的空气中，展示了上海一幢普通弄堂房屋的横断面，通过五户人家灰色而压抑的充满矛盾、痛苦的生活，反映了上海这个畸形的社会中的一群小人物的喜怒哀乐，从小人物的生活中反映出一个时代。住在灶披间里的小学教员赵振宇用"比上不足，比下有余"的"譬如说"麻醉自己；潦倒在亭子间的大学毕业生黄家楣为了不使满怀希望来上海的父亲失望，强作笑脸典当衣物略尽人子之情；"摩登少妇"施小宝因丈夫出海而被逼迫落入流氓魔爪；进出阁楼的老报贩整日凄凉地哼着京剧《李陵碑》中"盼娇儿，不由人，珠泪双流"的曲子，以抒发丧子之悲。二房东林志成与杨采玉和匡复之间的感情纠葛是全剧的焦点，革命者匡复入狱后，林志成承担起照顾匡复的妻子杨采玉和女儿葆珍的责任，并终于与杨采玉同居。八年后，匡复出狱，三人会面。剧作细致深入地描写他们进退两难的尴尬和掀动起巨大的感情波澜。《上海屋檐下》不断地以真实场景告诉人们这是"为了生活"，同时以带有强烈感染力的戏剧动作提示人们："不，人不能这样生活！"在艰难征途上已身心疲惫的革命者匡复，多么渴望、需要妻女的情感抚慰，但他在目睹了"上海屋檐下"人们难以排解的痛苦后，终于振作起重新生活的勇气，离开了这陷于感情纠葛的家。

抗日战争爆发后，夏衍立即与在沪著名作家集体创作了大型话剧《保卫卢沟桥》，接着又先后创作发表了《一年间》（1938）、《赎罪》（1938）、《娼妇》（1939）、《心防》（1940）、《冬夜》（1941）、《愁城记》（1941）等戏剧作品。1942年夏衍到重庆后连续创作或改编四幕剧《水乡吟》（1942）、五幕剧《法西斯细菌》（又名《第七号风球》，1942）、六幕剧《复活》（1944）、四幕剧《芳草天涯》（1945）等。

夏衍在抗日战争时期创作的戏剧紧密结合当时的社会现实，在民族矛盾尖锐、人民群众奋起抗日救亡的时代背景下，描写各阶层人民，尤其是知识分子怀抱爱国热情不畏艰险困苦，"在荆棘里潜行，在泥泞里苦战"的历程。在《法西斯细菌》中，献身科学的细菌学家俞实夫被日本帝国主义的侵略所逼迫，从东京到上海到香港，希望固守自己的"科学之宫"。但在事实的教训下，终于认识到"法西斯与科学不两立"，从而投身到全民族的抗战中去。从《一年间》到《心防》，从《水乡吟》到《芳草天涯》，都是描写作为知识分子的主人公因时代动荡，生活艰难，战火驱迫而发生家庭离析的倾向，又在民族危机面前作出了合乎民族利益大义和道德规范的选择。在《心防》中，知识女性杨爱素以一曲"生命诚可贵，爱情价更高，若为自由故，两者皆可抛"启示刘浩如平息因家庭争吵引起的内心苦闷，以理智克制爱情冲动，要"为着自由，战斗下去"。刘浩如临危受命，毅然决定留在孤岛上海坚持一场特殊的战斗，"要永远使人心不死"，要用自己的笔"为上海五百万人的'心防'而战"。在《水乡吟》中，梅漪为了报复"残忍地离开"自己的颂平而违心地嫁到浙西偏僻的水乡，五年后，又因梅漪夫家救护了已成为游击队员的颂平，梅漪重新燃起恋情。日本兵即将扫荡，她悄悄为颂平和自己办了两张"通行证"，但她最后却深明大义地将这两张"通行证"交给颂平，让颂平带她的小姑漱兰离去。到《芳草天涯》，剧作家更是集中描写了知识分子在战时困苦中的爱情波折。心理学教授尚志恢为"逃避"与太太石咏芬的家庭矛盾去到桂林，邂逅富有青春活力的进步青年孟小云，两人"不自禁"地萌生爱慕之情，尚志恢、石咏芬、孟小云都陷入爱情纠葛的苦闷之中。剧作家一面借助剧中人发出"弱者啊！你的名字叫知识分子"的感叹，一面又按照他戏剧创作的一贯模式，让陷入感情旋涡痛苦徘徊的主人公在他的亲友的一番"容忍"和"同情"的劝告下，以自我克制和情感升华转移的方式，跳出个人感情的圈子。在迫近的战火面前，孟小云毅然参加了战地服务队，尚志恢相随斩断儿女情思，石咏芬也开朗振作起来。如果说在《法西斯细菌》中，夏衍是从知识分子在反法西斯战争中的命运的角度，展示了知识分子与人民斗争之间的联系，那么，《芳草天涯》更是借助这场战争的洗礼，更为细腻，更为动人地展示了知识分子情感的波折和升华。作者用平淡的笔墨来写人物的灵魂，细致而不露痕迹，在看似平静的画面的背后隐藏着深沉的感情，作品显示出清淡、质朴、隽永、飘逸的艺术风格。

陈白尘（1908—1990），江苏淮阴县人，原名陈增鸿。1926年考入上海文科专科学校，1927年转入上海艺术大学，成为田汉领导的南国社成员，开始了他的戏剧生涯。1929年冬，他与左明、赵铭彝、郑君里等从南国社分出，另组摩登剧社。1933年春他因在家乡从事抗日宣传被国民党当局逮捕入狱，1935年出狱在上海做"亭子间作家"。抗战爆发后，陈白尘置身于抗日民族战争和反蒋民主运动的洪流中，为我国戏剧运动、戏剧教育与戏剧创作作出了重要贡献。

陈白尘戏剧创作坚持现实主义方向。他一方面从历史素材中寻找戏剧性，《汾河湾》（1932）、《虞姬》（1933）、《石达开的末路》（1936）、《金田村》（1937）等，以遥远的历史故事呼应现实，鼓动现实大众中激荡着的抗战热情；另一方面他从现实生活提炼喜剧性，以他特有的幽默和讽刺才华，写出一部部"大时代的小喜剧"：《魔窟》（1938）、《乱世男女》（1939）、《未婚夫妻》（1940）、《禁止小便》（1941）、《升官图》（1946）。

陈白尘的第一部讽刺喜剧《征婚》，描写一对未婚夫妻在租房、求职和婚姻自由的矛盾中所遭遇的种种令人啼笑皆非的尴尬，暴露国民党统治扼杀人的基本权利的黑暗现实。沿着这一思路，剧作家创作出《未婚夫妻》和《结婚进行曲》。后者描写的重点从逃婚、征婚转到结婚，主人公黄瑛"天真未凿、罔知世故"，她在"求职"、"租房"与"结婚"等一系列事件中充满了辛酸的喜剧矛盾。剧作通过黄瑛"在苦难生活中打滚"的过程赞扬了青年主人公对自己独立人格和幸福生活的顽强追求，并辛辣地嘲讽了阻碍他人幸福的丑陋现象。最后一幕写职业妇女毫无出路成为悲剧的结尾。因此，剧作家又把《结婚进行曲》称为"悲喜剧"。

写作于1944年的六幕正剧《岁寒图》，通过一个医生的防痨计划的失败来反映一个黑暗时代。剧作描写了主人公黎竹荪大夫火一般的爱国热情、坚贞自守的高尚气节和壮志难酬的悲剧命运，在讴歌那些民族脊梁式的"酷烈的严寒里的耐寒人物"的同时，鞭笞他周围的市侩主义，而且更深入地揭示了造成这种正直知识分子不得其所，投机者反而处处得意的社会现象的原因，批判国民党腐败的官僚政治。

创作于1945年10月的《升官图》是陈白尘的代表作。剧作以夸张、变形、漫画化的手法描写了"一个凄风苦雨之夜"两个强盗的升官梦。在梦中，他们冒充知县和秘书长，与知县太太、各局局长以及前来视察的省长大人狼狈为奸，沆瀣一气，演出了一幕幕"贪污成风，廉耻扫地"的丑剧，最后，在群众愤怒的声讨中，强盗的美梦被惊醒。该剧是40年代后期的又一部"官场现形记"，1946年3月在重庆公演，连演四十场，随后在上海连演一百几十场，轰动剧坛。

《升官图》按照喜剧创作的规律，巧妙构思，在荒诞奇特的形式下揭示出现实的深度真实，梦境为喜剧艺术的自由发挥起了重要作用，使喜剧艺术的各个因素充分活跃起来，并使因情节的离奇构建和人物描写的高度漫画化而造成的荒诞取得了合理性和真实感，又以夸张所带来的力度更强烈地反映了社会本质的"真"，引发人民群众的共鸣。剧作的深刻之处在于它以生动的情节把官僚政治中的贪赃枉法、营私舞弊现象和这个政权压迫剥削人民的实质有机地结合起来，以揭示其反动性和腐朽性。同时，又以漫画化的喜剧手法暴露其集团内部的寡廉鲜耻，将政治批判与道德批判结合在一起。还以序幕、尾声的"造反"场景写出这些群丑"多行不义"必然失败的下场，以被压迫者"我们要审判你们"的怒吼做出了历史的判决。

抗战胜利后，陈白尘创作了《幸福狂想曲》、《天官赐福》以及《乌鸦与麻雀》等喜剧电影剧本。

第三节 解放区文学创作

一、概述

毛泽东《在延安文艺座谈会上的讲话》发表以后，解放区文学创作的面貌发生了重要变化。解放区文学广泛运用农民喜闻乐见的文学形式，在语言上基本采用大众口语，不少还是方言土语，晓畅生动，自然质朴。文学从未如此与群众接近，群众也从未如此获得文学的关注，这是历史的进步，也是新文学的发展。当然，这一历史的进步中同时也包含着对于文学的某种限制。

解放区文学中，戏剧的发展是特别引人注目的。抗战初期延安戏剧以小型作品居多，多为"急就章"，普遍存在简单化、公式化的缺点。延安文艺座谈会后，文艺工作者首先致力于秧歌剧的改造创新。1943年2月9日起，鲁艺秧歌队创作并演出《兄妹开荒》（原名《王小二开荒》，王大化、李波、路由编剧）等新秧歌剧，得到毛泽东、朱德、周恩来等人的好评。此后在延安各地迅速掀起了秧歌剧演出热潮，据统计，从1943年到1944年春节的一年多里，演出的秧歌剧达300多个。影响大的秧歌剧主要有《夫妻识字》（马可）、《牛永贵挂彩》（周而复、苏一平）、《红布条》（苏一平）等。这些新秧歌剧摒弃了旧秧歌侧重男女两性关系的思想内容，选择现实的劳动生活题材，描绘健康有活力的工农兵形象，加之采用了传统秧歌载歌载舞、生动活泼的民族形式，受到广大群众的欢迎。新秧歌剧运动促进了民族歌剧的探索与发展，也加强了解放区文学和农民大众的联系。

延安文艺工作者在广泛吸收秧歌剧、地方戏曲和西洋歌剧的长处的基础上，创造了新歌剧。《白毛女》（原为六幕，后改为五幕，延安鲁迅艺术学院集体创作，贺敬之、丁毅执笔，马可、张鲁等作曲）、《王秀鸾》（傅铎编剧）、《血泪仇》（马健翎编剧）、《赤叶河》（阮章竞编剧）和《刘胡兰》（中国人民解放军第一野战军政治部战斗剧社集体创作，魏风、刘莲池等执笔）等是新歌剧的代表性作品。

《白毛女》以流传于民间的"白毛仙姑"传说为素材，经过改造，融进了歌颂新政权、穷人得解放的思想内容，塑造了杨白劳、喜儿、大春等农民形象。剧中表现的喜儿的生活道路，表现了"旧社会把人逼成鬼，新社会把鬼变成人"的全新主题。《白毛女》继承了秧歌剧长于抒情的特点，精心设计了一系列精彩的抒情唱段；同时参照中国古典戏曲歌唱、吟诵、道白相结合的手段，适当安排剧中人物的道白，以推进剧情，适合大众欣赏习惯；在大量采用民族、民间音乐素材的同时，还借鉴了西洋歌剧齐唱、重唱、合唱、伴唱等形式以及音乐的戏剧性、性格化的传统，在广泛的继承借鉴中创造了新型现代民族歌剧的经典。

新秧歌运动的开展，促进了对传统旧戏曲的改造。旧戏曲改造成绩比较突出的有《逼上梁山》、《三打祝家庄》和《血泪仇》。新编京剧《逼上梁山》（杨绍萱、齐燕铭等执笔）在保存原著基本情节的基础上，增添了贫苦农民李铁颠沛流离，店员李小二为救李铁而遭难，以卖肉为生的曹正痛打高衙内等情节，表现了阶级压迫的严酷，突出了人民创造历史的主题。1944年元旦前后，该剧由延安平剧院演出，产生了轰动效应。毛泽东称"这是旧剧革命的划时期的开端"。

在延安文艺座谈会以后，解放区的话剧创作更加贴近现实生活，形式灵活多样，注意吸收民间戏曲的优秀成分，富有民族风格和乡土气息，更加大众化。1942年底创作的《把眼光放远一点》（冀中火线剧社集体创作，胡丹沸执笔）是延安文艺整风后较早出现的优秀独幕剧。《抓壮丁》（三幕话剧，丁洪、陈戈、戴碧湘、吴雪集体创作，吴雪执笔）、《同志你走错了路》（姚仲明、陈波儿）则标志着解放区话剧创作的成熟。此外反映农民对敌斗争的话剧有《粮食》（洛丁、张凡、朱星南集体创作）和《十六条枪》（冀中火线剧社集体创作，崔嵬整理），反映土改运动较有影响的话剧有《反"翻把"斗争》（李之华），以部队战斗生活为题材的话剧还有杜烽的《李国瑞》、鲁易、张捷的《团结立功》等。在反映工人生活的话剧中，《红旗歌》（刘沧浪等集体创作，鲁煤执笔）较有影响。

根据地早期诗歌主要是朗诵诗和街头诗。柯仲平1937年11月到延安，不久即与李雷、萧三等人倡导朗诵诗运动，光未然的《黄河大合唱》成为根据地最杰出的作品之一。柯仲平有代表作《边区自卫军》和《平汉路工人破坏大队》等。街头诗最早出现于抗战之初的上海、武汉等地，形成运动则在延安。1938年8月7日，由延安边区文协战歌社与西北战地服务团战地社发起"街头诗运动日"，一时延安的大街小巷贴满了诗人们的作品。街头诗大多是政治抒情诗和小叙事诗。抗战后期在人民军队中兴起的"枪杆诗"与朗诵诗、街头诗运动一脉相承。

文艺座谈会以后，诗歌创作力求向民间歌谣学习，在借鉴中谋求发展。诗歌工作者在深入民间的过程中，积极参与群众诗歌创作活动，诗人们搜求、整理、发表了大量的新民歌作品。《移民歌》[1]、《咱们的领袖毛泽东》、《十绣金匾》等新民歌及战士诗人毕革飞的"快板诗"都曾广泛流传。民歌浓郁的乡土气息、质朴生动的语言、流畅明快的节奏、巧妙自然的比兴手法等对诗人产生了重大的影响。柯仲平、公木、阮章竞、张志民、李季等诗人借鉴民歌的艺术手法，创作了一批群众喜闻乐见的作品，这就是歌谣体新诗。内容的颂歌性，诗人的代言性，表现的叙事性，语言的口语性，体式的民谣化，是歌谣体新诗的基本特点。李季的《王贵与李香香》、阮章竞的《漳河水》、张志民的《王九诉苦》和《死不着》、田间的《戎冠秀》等是这方面的代表作。歌谣体新诗的叙事化倾向是40年代史诗性追求的一种表现形式。在解放区也还有诗人创作抒情诗，何其芳的《夜歌和白天的歌》以其亲切真诚赢得了读者长久的喜爱。

解放区早期的小说创作以丁玲为代表，她的《我在霞村的时候》、《夜》、《在医院中》等作品，表现解放区新人的成长，也深刻揭示了遗留的旧思想旧道德对人的压制与腐蚀，提出了反对小生产者思想习气的问题，具有独特的认识价值。文艺座谈会以后，解放区的小说创作呈现出了新的面貌，代表性作家有赵树理和孙犁，康濯、孔厥、刘白羽等也都曾名重一时。康濯的《我的两家房东》，通过青年农民金凤与栓柱的恋爱婚姻故事，表现了新一代农民对于旧婚姻制度的反抗和精神上的新气象，语言清新、朴素、明快。孔厥的《受苦人》、《一个女人翻身的故事》亦颇有可观之处。此外，秦兆阳、葛洛、马烽、西戎、束为也都发表过表现农村生活的优秀作品。刘白羽反映部队生活的《政治委员》、《无敌三勇士》、《战火纷飞》、《火光在前》（中篇），对人民军队中的新型官兵关系和阶级感情作了生动的表现，部队生活气息浓厚。此外，邵子南的《地雷阵》、华山的《鸡毛信》、管桦的《雨来没有死》等作品也都是表现军事生活的名篇。

解放区最早出现的中长篇小说是章回体的抗日题材小说。其中《洋铁桶的故事》

---

[1]《移民歌》又名《毛主席领导穷人翻身》，李有源、李增叔任等集体创作。民歌第一段即日后广泛流传的《东方红》前四句歌词。

（柯蓝）、《吕梁英雄传》（马烽、西戎）、《新儿女英雄传》（孔厥、袁静）等"新英雄传奇"，以章回体的传统文学形式表现人民武装斗争的新内容，传奇性的故事情节和充满英雄气概、乐观主义精神的英雄人物形象，是这类小说的共同特征。

《种谷记》（柳青）、《高干大》（欧阳山）、《太阳照在桑干河上》（丁玲）与《暴风骤雨》（周立波）都是反映农村改革的长篇小说。《种谷记》反映土地改革后的解放区农村由单干向初级集体化过渡的过程，表现了农民心理的复杂变化；《高干大》着力塑造了具有实干精神的农村干部高生亮的形象，同时通过对社主任任常有的塑造，表达了揭露和批判主观主义、官僚主义的主题。但这两部作品在艺术魅力上均有欠缺。《太阳照在桑干河上》和《暴风骤雨》是最早出现的反映土地改革运动的长篇力作。《太阳照在桑干河上》真实地表现了华北一个叫暖水屯的村庄错综复杂的社会关系，展现了土地改革运动时期中国农村的现实，对农民的深层心理世界有较好的揭示。小说以工作组领导群众如何揭露出狡猾、隐蔽的大地主钱文贵为线索，突出地表现了土改运动对农村社会心理的震荡，展现了阶级的、宗族的、伦理道德等文化心理的深刻变化。小说中，工作组长文采、村主任张裕民、地主李子俊老婆、富农顾涌，以及农村少女黑妮等人物形象都得到了生动鲜明的塑造，给人留下较深的印象。《暴风骤雨》通过对东北一个叫元茂屯的山村里曲折艰难的土改运动的描写，着意表现了农村阶级斗争的尖锐和残酷，故事情节通俗而曲折，尤其对东北农村风土人情作了生动描写，熟练运用方言土语，带有浓厚的东北地方色彩。这两部小说于1951年分别获苏联斯大林文学奖金二、三等奖。草明的《原动力》是解放区文学中较早反映工业建设的长篇小说。

解放区散文创作的成就主要集中在报告文学、速写和文艺通讯方面，较著名的散文作家有华山、吴伯箫、刘白羽、孙犁、周而复等，他们这一时期写下了不少反映抗日根据地和解放区军民生活的散文作品。

二、赵树理

赵树理（1906—1970），山西省沁水县人，原名赵树礼。1925年考入山西省长治第四师范学校，受到"五四"新文学的影响，开始了新诗和小说的创作。抗战爆发后，赵树理参加了革命，同年加入中国共产党并从事文化普及工作。1943年5月他发表了成名作《小二黑结婚》，被时任八路军副总司令的彭德怀称赞为"像这种从群众调查研究中写出来的通俗故事还不多见"[1]。接着他又推出了中篇小说《李有才板话》、长篇小说《李家庄的变迁》、短篇小说《孟祥英翻身》、《邪不压正》、《地板》、《福贵》、《传家宝》、《田寡妇看瓜》等，受到老百姓的广泛欢迎，也引起了文艺界的高度重视，郭沫若、茅盾、周扬为他写了肯定性的评论。1947年7、8月间，晋冀鲁豫边区文联

---

[1] 董大中：《赵树理年谱》，第266页，北京文艺出版社1994年版。

为发展文艺召开座谈会,在这次会议上,边区文联负责人陈荒煤作了总结性发言《向赵树理方向迈进》,正式提出"赵树理方向",号召作家向赵树理学习。

赵树理的小说多取材于他所熟悉的生活,多以反映农村社会或农村工作中存在的问题为主题。《小二黑结婚》讲述的是,刘家峻的青年队长、射击英雄小二黑与村里俊美的姑娘小芹恋爱,遭到了各自父母二诸葛和三仙姑的反对,更遭到掌握着村政权的流氓恶棍金旺、兴旺兄弟的嫉恨和迫害。后来在新政权的支持下,两位青年终成眷属,二诸葛、三仙姑受到批评教育,金旺兄弟受到处理。《小二黑结婚》的故事情节源自赵树理在工作中听到的一个真实案件——进步青年岳冬至因为自由恋爱被迫害致死。《小二黑结婚》的主题是通过描写小二黑和小芹两人自由恋爱受阻及最后在新政权的支持下突破阻碍获得幸福婚姻的经历,宣传自由恋爱、自主婚姻的合法性,歌颂共产党新政权。《小二黑结婚》虽脱胎于一件真实的案件,但他改变了原案件悲惨的结局,原因是赵树理在了解案件的过程中,发现许多村民,包括受害者的亲属,都认为自由恋爱是不正当的。《小二黑结婚》的创作正是针对这一现实问题。赵树理的小说大多是"问题小说",小说的主题,往往是他"在作群众工作的过程中,遇到了非解决不可而又不是轻易能解决的问题","如有些很热心的青年同事,不了解农村中的实际情况,为表面上的工作成绩所迷惑,我便写《李有才板话》。农村习惯上误以为出租土地不纯是剥削,我便写《地板》"。[1]《李有才板话》是赵树理早期创作的又一代表作。它叙述的是阎家山农民长期以来深受地主阎恒元的压迫,抗战后阎家山成为抗日根据地,阎恒元表面上失去了权力,实际上他暗地里通过利用落后的农民和干部,打击、分化、收买农民中的积极分子,仍然继续操纵着村政权,使党的各项政策无法落实,贫苦农民依然受到压制。派到村里的章工作员虽然工作热情高,但年轻、缺少工作经验,犯了主观主义、官僚主义的错误。后来,穷苦农民出身的县农救会主席老杨来到这里,发现了问题,他走群众路线,得到农民的信任,弄清楚了阎恒元等人的罪证,鼓励农民改选村政权并清算了阎恒元一伙。

赵树理的小说成功地塑造了一系列传神的人物形象。《小二黑结婚》中写得最传神的是二诸葛和三仙姑这两个落后人物形象。二诸葛老实、善良、胆小怕事,然而封建思想、家长作风严重,他因看儿子小二黑和小芹"命相不合",坚决反对他俩的婚事,并给小二黑收了一个八九岁的小姑娘做童养媳,到了区里还求区长"恩典恩典",别让小二黑、小芹成婚。这是一个在封建思想统治、封建势力压迫下十分软弱、迂腐的农民形象。三仙姑也是封建社会的受害者,但她又不同于二诸葛。她是一个被封建糟粕严重腐蚀、已沾染了许多恶习的女性形象。她游手好闲,贪图享乐,生活作风轻浮,竟还和女儿争风吃醋。虽然她也是封建包办婚姻的受害者,但她变态的性格又给家人带来了更大的伤害。二诸葛、三仙姑是赵树理贡献给中国新文学的两个独特的人物形象。在《李有

---

[1] 赵树理:《也算经验》,《人民日报》1949年6月26日。

才板话》中,赵树理成功地塑造了三类农民形象。一类是成长中的青年农民形象。他们比较容易接触新思想,比较勇敢,往往站在和地主斗争的前列。小顺、小保、小元、小明等小字辈人物都是与阎恒元斗争的中坚力量,然而由于他们的思想认识能力尚有局限,对解放自己的信心还不是很足,有部分人还经不起敌人糖衣炮弹的轰击。另一类是李有才这样的有智慧有一定生活斗争经验的老贫农形象。李有才是小说的中心人物,也是塑造得最成功的一个形象。他无家无业、一贫如洗、性格开朗、机智幽默,对地主有着较深的恨,有着较强的革命要求,生活阅历较丰富,故较有城府,更懂得保存自己的重要,讲究策略,讲究机智应变。在和地主面对面的斗争中,他一开始采取了观望、等待的态度,然而当他对党有了较正确的认识后,就坚决地投入了革命斗争中。李有才以快板为武器,团结了阎家山的贫苦群众,揭露了阎恒元等人的阴谋诡计和险恶用心。还有一类是老秦这样落后的不觉悟的农民形象。老秦虽自己一辈子受尽欺压,终日受穷,但内心里却鄙视穷人,敬畏当官的,他胆小怕事,认为穷人造反是大逆不道,老杨领导阎家山人民斗倒阎恒元之后,他在老杨面前感激地跪下了。《李有才板话》中的这三类形象塑造得非常真实,这主要是因为赵树理并没有刻意地拔高这些农民形象,在描写他们革命性的同时也看到了农民的落后性和局限性,显示了他的现实主义精神。

赵树理对中国传统的评书体形式加以改造,创造了一种新的评书体的小说形式,推进了中国现代小说的民族化。在写法上,赵树理的小说借鉴了中国传统的评书或章回体小说中注重故事连贯和完整的写法,抛弃了呆板的套式,加以革新,这在较大程度上适应了中国农民的欣赏习惯。在人物塑造上,既注重在叙述故事中介绍人物,又注意以人物的行动来揭示人物的心理和性格,尤其注重将人物放到具体的情境中去加以表现,用人物自己的语言、行为动态地展开人物的性格,这也正是中国传统小说表现手法的重要特点。赵树理的小说无论是在形象体系还是在情节结构上,往往具有明显的对称性。以《小二黑结婚》为例,从人物设置来说,人物之间不仅存在着对应关系(小二黑与小芹、二诸葛与三仙姑、小二黑不管事的娘与小芹管不了事的爹、村长与区长、金旺与兴旺等),而且对每一方描写的笔墨也大致相等,这使人物性格在相互映照、彼此衬托中更加鲜明突出,给人们难忘的印象。从情节结构看,作者在小二黑结婚这一中心事件中设置了小二黑、小芹与二诸葛、三仙姑以及小二黑、小芹与金旺、兴旺之间的两组主要矛盾冲突,各自形成了一条矛盾线索,时而交替,时而合流,互为因果,在大故事之中又有许多小故事,各个小故事之间既相对独立又彼此相连,构成大故事不可分割的组成部分,使情节发展环环相扣,前因后果、来龙去脉十分清楚。

在小说语言方面,赵树理注重使用经过提炼、纯化了的北方农民口语,加入必要的现代语汇,偶尔融入说书的语调,创造出一种既质朴通俗、简洁有力,又生动活泼、幽默有趣的语言。这种独特小说语言的创造,既成就了赵树理小说独特的艺术风格,也为中国现代小说语言的民族化和丰富性作出了重要的贡献。赵树理的小说创作为解放区文坛带来了新的活力,在解决新文学与农民沟通问题上提供了一些成功的经验。这种经验给许多作家以启示,40年代及50年代有一些山西作家如马烽、西戎、胡正、孙谦、束为等，在赵树理小说经验的影响下从事创作，并最终形成了文学史上被称为"山药蛋派"的文学流派。

三、孙犁

孙犁（1913—2002），生于河北省平安县，原名孙树勋。1936年在白洋淀做小学教师，1938年参加抗战，在晋察冀根据地工作。1939年开始正式发表小说、散文，先后出版了《荷花淀》、《芦花荡》、《嘱咐》、《采蒲台》等作品集。

孙犁的小说基本上以他的家乡冀中平原农村为背景，具体生动地描写了抗日战争和解放战争中，冀中地区人民的斗争生活。他热爱故乡和故乡的人民，对冀中水乡的自然景观和风土人情，对人民在斗争中焕发出来的高尚情操和人情美、人性美，有着深切的感受和独特的发现。他把战争年代人民群众所表现出来的为保家卫国而进行的可歌可泣的斗争，交织在白洋淀水乡如诗如画的背景上，用充满诗意的笔致来加以表现。他的小说并没有很强的故事性，也很少对生活细节作精致的描绘，往往是抓取个别的生活片断、场景，渲染上或浓或淡的主观情感色彩，这形成了他小说所特有的诗意抒情的风格。他的小说在创作方法上虽以现实主义为主，但却带有较强的浪漫主义气息。早在1941年他就在《论战时的英雄文学》一文中说过：在表现农民的斗争中可以渲染浪漫主义，因为"浪漫主义适合于战斗的时代，英雄的时代。这种时代，生活本身就带有浓烈的浪漫主义色彩"[1]。这种艺术的追求，使他的小说往往充满诗情画意，颇具写意画特色。

孙犁的小说侧重于从人的心灵、情感和生活诗意的层面表现人物性格的丰富与优美。他努力表现普通劳动者在民族解放斗争中明大义、识大体、顾大局的宽阔胸襟和在艰苦环境中所持有的乐观、健康、纯洁的品性，着力描画翻身农民在艰苦斗争生活中所追寻的诗意人生，揭示他们平凡而又丰富的内心世界。孙犁小说的另一个显著特征是他着意刻画和赞美的主人公都是妇女，如《老胡的事》中的小梅、《丈夫》中的媳妇、《麦收》中的二梅、《荷花淀》与《嘱咐》中的水生嫂、《芦花荡》中的两个女孩、《钟》里的尼姑慧秀、《"藏"》中的浅花、《纪念》中的母女俩、《山地回忆》中的妞儿、《光荣》中的秀梅、《吴召儿》中的吴召儿等。这些年轻妇女各具神采，却都表现出高尚的情操、刚毅的性格，以及革命的激情、欢乐的精神，可以说这是孙犁塑造的独特的人物形象体系。作家正是从这些纯真健美的青年妇女身上挖掘出了时代精神的美。妇女，尤其是农村妇女，在旧社会地位低下，而在解放区，她们的聪明才智第一次得到了发挥。孙犁通过描写她们的思想感情，反映出多姿多彩的时代光辉。

在孙犁塑造妇女形象的诸多小说中，写得最传神、最动人的是他的代表作《荷花淀》。小说的故事发生在抗日战争时期冀中平原的白洋淀地区。小苇庄以水生为首的七

---

[1] 孙犁：《论战时的英雄文学》，《孙犁文集》第4卷，第336页，百花文艺出版社1982年版。

个游击队员到区上报名参了军,两天后水生嫂等几个青年妇女去探望自己参军的丈夫而未遇,之后在归途遇敌,水生等游击队员巧歼敌寇,经过战斗洗礼的女人们,在丈夫们的激励下,也自觉承担起了保家卫国的战斗任务。作品的动人之处在于,作者不仅描绘出了荷花淀这诗情画意的环境,更写出了丈夫、妻子们细致的内心情感活动,成功刻画了以水生嫂为代表的抗日根据地的青年妇女形象。水生嫂是一位普普通通的农村劳动妇女,勤劳、善良、纯朴、温顺中包含着坚韧,平静下蕴藏着激情。她关心丈夫,上敬老人,下疼孩子,是一位生长在中华大地上的贤妻良母。在大敌当前、丈夫出征之际,她虽依依不舍但又深明大义,没有豪言壮语,平静地,然而却毅然地将家庭生活的重担独自承担起来,让丈夫安心地去打仗。她经不住同伴们的鼓励和爱情的驱使,不顾敌情的严重,贸然地去探望丈夫,这显示出她的单纯可爱而又不成熟。她在遇敌时显示出了宁愿死去也绝不受辱的坚强决心。最终她带领同伴们"成立队伍","学会了射击",警戒敌人,保卫生产,"配合子弟兵作战,出入在那芦苇的海里"。在战斗中成长起来的她和她们,与男儿们一样,不愧为中华民族的英雄儿女。

孙犁擅长以散文的手法来写小说,虽以抗战生活为题材,却不以金戈铁马的厮杀、尖锐激烈的冲突、曲折惊险的情节取胜,而往往是以一条简单的情节线索串联起几个重要场景,用饱含诗情而又灵巧轻捷的笔触精雕细琢,将写景叙事、抒情写人融于一体,从中发掘出生活的诗意和人情美的光华。景物描写非常出色,不仅洋溢着冀中平原淳厚的泥土气息和水淀荷花的幽幽清香,而且与人物的心境、情节的发展相契合。孙犁很注意小说语言的优美,描写、叙述清新自然、优美动人,人物语言也达到了高度的个性化和口语化。总之,孙犁的小说具有散文的韵味,充溢着既深沉又明丽的诗的情调,以其美的特质与独特的艺术风格在解放区小说中占有特殊的位置。后来有一批作家如刘绍棠、韩映山、丛维熙等,追随其创作风格,在五六十年代形成了被称之为"荷花淀派"的小说流派。

四、李季 阮章竞

李季(1922—1980),出生于河南省唐河县,1938年进陕北抗日军政大学学习,1943年春到延安,先在靖边县任小学教员,后又到三边专署教育科编写教材,为此他走遍了三边的各个区乡,收集了三千多首陕北信天游民歌,这成为他走向文学创作道路的一个契机。1945年他创作了叙事长诗《王贵与李香香》,该诗是作者运用民歌形式来表现陕北人民悲惨生活和斗争经历的一个尝试,获得了巨大的成功,被茅盾誉为"是一个卓绝的创造,就说它是'民族形式'的史诗,似乎也不算过份"[1]。

《王贵与李香香》的故事情节并不复杂,它写青年农民王贵的生活,13岁时,他的

---

[1] 茅盾:《再谈"方言文学"》,原载《大众文艺丛刊》第1辑,香港生活书店1948年版。

父亲因交不起租被地主崔二爷打死,他被崔二爷抓去做揽工,在这期间,他和同在社会底层的李香香相爱。陕北地区革命烈火一起,王贵便"暗地里参加了赤卫军",早就垂涎于香香美色的崔二爷听到这风声后,将王贵抓起来毒打并关押,香香报信找来游击队救了王贵,两人成亲后,王贵报名参加了游击队。没多久,崔二爷带着白军回来了,香香被抓去,遭崔二爷逼婚,香香正伤心欲绝,王贵和游击队打回来消灭了白军,活捉了崔二爷,香香和王贵终于团圆。这首诗的动人之处不仅在于客观地反映了革命的曲折性和爱情的纯洁、坚贞,更在于对信天游的改造、借鉴而形成的独特的抒情意味。

信天游是陕北一种抒情意味非常浓重的民歌形式,它的特点在于比兴手法的广泛运用,两句一段,歌者叙事或抒情,往往采用联唱方式,以一件事为中心,使叙事和抒情达到完美的统一,有极强的表现力。爱情是信天游的传统题材,自然质朴是其突出的艺术风格。《王贵与李香香》中,作者套用了信天游的一些原句,如"山丹丹开花红姣姣,香香人材长得好","俊鸟投窝叫喳喳,香香进洞房泪如麻"。可以说,《王贵与李香香》完全达到了可以和民间信天游混真的地步,而且写得非常生动:"一颗脑袋象个山药蛋,两颗鼠眼笑成一条线",短短两句,就把地主丑恶的面貌表现了出来。对信天游形式的套用、仿作使作品具有音乐美,也弥补了当时文坛上新诗创作中暴露出的叙事和抒情相疏离的缺陷,为新诗创作的民族化作出了很大贡献。

《王贵与李香香》的成就不仅表现在它对信天游形式的继承上,还表现在对这一民歌形式的创新上。首先,它为信天游增添了新的表现主题。信天游多用来表现男女爱情,而《王贵与李香香》则将爱情和革命艺术地结合在了一起;其次,该诗也给信天游增添了一些新的词汇,使这一传统的艺术形式具有了时代感。诗中的"红旗"、"白军"、"革命"、"同志"、"赤卫军"、"少先队"、"自由结婚"等都是随着时代发展出现的新名词,这些新名词经作者的巧妙选择、搭配,在诗中显得非常贴切、自然、容易理解,也使旧艺术形式得以表现新的思想、新的事物。《王贵与李香香》较好地体现了毛泽东《在延安文艺座谈会上的讲话》中提出的文艺大众化、民族化的精神。

虽然《王贵与李香香》获得了极好的评价,但李季仍清醒地意识到自己诗歌创作的不足,意识到信天游这一民歌形式的局限。信天游一般用来抒情,故它的描写往往较粗疏,无法驾驭比较大的历史场面,无法淋漓尽致地刻画人物的行为特征,尤其是激烈的战争场景和细致复杂的心理世界,这局限了它表现事物的深度和广度。继《王贵与李香香》之后,李季一直寻求着对已有创作风格的突破,建国后他创作的叙事长诗《菊花石》、《报信姑娘》、《五月端阳》、《生活之歌》、《玉门诗抄》都显示了他企图突破这种"民歌体"的努力,但这些作品无论从艺术成就还是从思想性上都未能超出《王贵与李香香》,之后李季又回到了他熟悉的人物的生活中去,回到民歌形式上去,创作了叙事长诗《杨高传》三部曲,这部作品未能继《王贵与李香香》之后再给人们带来惊喜,但他在诗歌创作道路上不停探索的精神促进了同时代人对诗歌创作诸问题的思考。

阮章竞(1914—2000),出生于广东省中山县,1935年在冼星海、吕骥等指导下参加抗日救亡的歌咏活动，1937年起在太行山抗日根据地工作直至全国解放。从1943年起，他先后发表、出版了大型话剧《未熟的庄稼》、独幕话剧《糠菜夫妻》、大型歌剧《赤叶河》、长诗《圈套》、长篇叙事诗《漳河水》。《漳河水》也是采用"民歌体"的创作形式，在新诗形式上进行了探索，该诗在当时产生了较大的反响。

《漳河水》叙述了漳河边三位性格各异的年轻女子翻身前后的不同命运及各自翻身的斗争历程，歌颂了党领导下人民革命的胜利。长诗的第一部写解放前荷荷、苓苓和紫金英三个姑娘都希望能嫁个如意郎君，可那时，"断线风筝女儿命，事事都有爹娘定"，"爹娘盘算的是银和金"，于是"荷荷配了个'半封建'"，受够了丈夫、婆婆和小姑的打骂；"苓苓许了个狠心郎"，尝尽了被丈夫毒打、辱骂的滋味；"紫金英嫁了个痨病汉"，一年不到丈夫病逝，留下她和"墓生孩"孤苦伶仃。三个女子回娘家时相遇，各自哭诉着自己不幸的命运，那情景是"声声泪，山要碎"。第二部写共产党领导人民得解放，荷荷率先在争取自由的斗争中摆脱了丈夫和婆家，重新找到了自己的心上人，并当上了生产组的领导人；苓苓在荷荷的帮助下不仅成为劳动能手，还巧妙地制服了丈夫"二老怪"，三姐妹中最不幸的紫金英也在两位好友的影响下逐渐觉醒了，她鼓起勇气摆脱了传统的桎梏，走向了新生。第三部是长诗的高潮，写妇女们以自己参加生产劳动的好样儿，改变了人们几千年来形成的封建意识，"二老怪"打心底里真诚地向苓苓承认了错误，长诗在喜悦的高潮中结束。

这首诗在艺术特色上和李季的《王贵与李香香》有共同之处，都采用了民歌的形式，但它又有自己鲜明的色彩。这首诗并不重于曲折情节的安排，而是着力于开掘这三个女子的内心生活，不侧重于故事而侧重于感情的抒发。诗中写得最细的是紫金英内心的悲苦、孤寂和不平。诗中写紫金英不敢改嫁，她想到的是"带犊孩儿是路边草，进门爬墙头"，"改嫁难保不走荷荷路？改嫁难保不受苓苓苦？"想到这些，她安慰自己"咬牙咬牙守寡吧，少受骂，少挨打，把墓生孩守大！"于是她只好"看尽花开看花落"。听到流言蜚语，她内心很不平，"扪心自问我犯啥错？难道寡妇就不该活？"可面对好友的帮助，她又有所顾虑："人都骂我是败东西，跟上姊妹不坏你名誉！"所有这些内心活动都刻画出了紫金英的悲苦、孤寂、愤怒和善良的内心世界，也揭示了封建思想在中国传统妇女心灵上留下的巨大阴影。诗歌还非常注意根据女主人公不同的个性、命运来安排场景、渲染气氛。写荷荷的不幸时，是"东山月儿云遮住"，写苓苓的不幸时，是"北岸石鸡半夜哭"，写紫金英的不幸则"河边草儿打穀棘"，对比中丰富了诗歌的表现手法，也增添了艺术感染力。

这首长诗采用了民歌的比兴手法及三七言、七七言、七七五言和七言四句这几种常见的民歌结构，但作者在保持民歌主要特色的同时也注意吸取中国古典诗词简练典雅的句法，如"梨树花开月明天"等。阮章竞将向民歌学习与吸取古典诗词艺术的长处较好地融为一体，有效地弥补了民歌偏于直白显露的不足，使诗歌不仅具有民歌的山风野气、天真烂漫、纯朴自然的特点，又不失雅致，表现力更强。向古典诗词和民歌学习是中国新诗民族化的一条道路，阮章竞的诗歌在这方面做出了独到的探索。

第四章
50至70年代文学（1949—1977）

第一节　概述

1949年至1966年"文革"爆发，这期间的文学一般称作"十七年文学"，它以革命现实主义为主导，取得了一定的创作成绩，也因为"左"倾思潮的不断干扰而屡受挫折，其发展轨迹是曲折起伏的。"文革"十年中，极"左"思潮占统治地位，文学事业遭到空前的劫难。

新中国成立前夕，"中华全国文学艺术工作者代表大会"（第一次文代会）在北平召开。这是来自解放区和国统区两支文艺队伍胜利会师的盛会，它标志着在经历了新民主主义革命后，文艺工作即将进入社会主义革命和社会主义建设的新阶段。

50年代前中期，文艺领域开展了一系列思想批判运动。其中规模较大的有三次，即关于电影《武训传》的讨论，对《红楼梦》研究的批判和对胡风文艺思想的批判。

孙瑜导演的电影《武训传》是一部思想内容比较复杂的作品。对武训这一形象及其行乞兴学的"义举"应如何评价，本可以在思想、学术领域内进行公开的讨论，但事实上，却发展成了一场事先定调的全国性批判运动，行政干预的不正常方式代替了正常的学术论争和文艺批评，致使影片的编导者及曾经肯定过《武训传》的批评者受到了不公正的待遇，尤其是开始了一种政治过多干预文学的局面。

著名散文家、学者俞平伯对《红楼梦》颇多研究，形成一家之言，李希凡、蓝翎对其持不同见解，本来亦应在学术范畴内争鸣，但是，毛泽东同志却在1954年10月16日写给中央政治局的《关于红楼梦研究问题的信》中指出："这是三十多年以来向所谓红楼梦研究权威作家的错误观点的第一次认真的开火……"于是，在全国范围内旋即开展了一场批判资产阶级主观唯心论的思想斗争——从对俞平伯的政治性围攻深入到对胡适学术思想的全面批判。这次"开火"已被事实证明是不利于学术和艺术发展的。

1954年前后，全国还开展了反胡风集团的斗争。胡风是我国现代著名的诗人和文艺理论家，他的一系列文艺观点曾不止一次在文艺界引起论争。1954年7月，胡风写就三十万字的《对文艺问题的意见》，呈交中共中央，由此引发了一场有组织的"粉碎胡风反革命集团"的斗争，胡风被捕入狱，许多人受到株连。直至1988年，"胡风反革命集团"案才得到彻底的平反纠正。

随着全国工作重心由急风暴雨式的阶级斗争向大规模经济建设转移，1956年5月2日，毛泽东同志在最高国务会议上提出了"百花齐放，百家争鸣"的方针。这一方针为文艺界解放思想、繁荣创作提供了十分有利的条件。在其影响下，一批敢于揭露社会阴暗面或真实描写人性、人情的作品冲破"禁区"应运而生；文艺理论和文艺批评也摆脱教条，产生了秦兆阳《现实主义——广阔的道路》、钱谷融《论"文学是人学"》、钟惦棐《电影的锣鼓》等有一定独立见解的文章。

然而，这一大好局面，却因1957年整风反右斗争的严重扩大化而遭断送。一大批作家、理论家被划为"右派分子"、"反党分子"；一大批优秀作品被视为反党反社会主义的"毒草"；文艺组织、文艺刊物也受到不同程度的冲击。这样，文坛艺苑元气大伤，"左"倾教条恶性膨胀，广大文艺工作者的创造性和积极性被严重地挫伤。

1958年至1960年，文艺界还开展了对"修正主义文艺思想"的批判运动，旨在追溯所谓"右"的历史渊源。其结果，自然是引起文艺思想、文艺理论的极大混乱。

1962年9月，中共八届十中全会把社会主义一定范围内存在的阶级斗争进一步扩大化、绝对化，致使一大批文艺作品和一些学术观点横遭政治批判，文艺政策调整所取得的宝贵成果，被愈演愈烈的"左"倾思潮吞噬殆尽。时至1965年，经江青、张春桥、姚文元的精心策划，《评新编历史剧〈海瑞罢官〉》在《文汇报》公开发表，这实际上已是"文革"的预演。

总体看来，"十七年"的文学是延安文艺座谈会提出的社会主义现实主义文学的直接延续。1958年，毛泽东提出"革命现实主义和革命浪漫主义相结合"的创作方法，强调对革命理想的表现，但就基本面而言，各种体裁的文学创作仍然以革命现实主义为主。特别是从50年代中期至60年代初期，无论是历史题材还是现实题材，无论是小说、散文还是诗歌、戏剧、电影，都曾涌现过一批较好的作品，显示了现实主义文学创作的实绩。

"十七年"的革命现实主义文学创作有其明显不足的一面。不少作品因政治宣传、中心任务的制约而被迫付出真实性受损的代价。一系列政治批判运动之后，不能写劳动人民精神奴役的创伤，不能表现社会生活中的阴暗面，几乎已成为作家们不可违拗的创作原则。至于"革命现实主义和革命浪漫主义相结合"的口号，虽没有发展成为创作的主潮，但其具体的功利目的所产生的负面影响却是客观存在的。受"大跃进"的影响，这种创作方法带有浓重的理想化乃至空想化的倾向。一些作品严重脱离现实，助长了浮夸风。这不仅影响了现实主义的深化，而且对现实主义创作构成了逆向冲击。1962年以后，"千万不要忘记阶级斗争"的政治形势，更是造成了现实主义之路越走越窄的局面。

从1966年开始至1976年结束的十年"文革"，是一场给全国人民带来严重灾难的内乱，它使社会主义的文艺事业出现了空前的大倒退。"文革"期间，在文化专制主义和文化蒙昧主义阴霾的笼罩下，文艺界的组织机构被取缔，大量优秀作品被禁毁，许多作家遭到残酷迫害。"十七年"文学遭到全盘的否定，除了八个"革命样板戏"和一些属于"阴谋文艺"的作品外，整个创作园地已是一派冷落萧条的景象。与此同时，江青等人利用舆论工具鼓吹阶级斗争的文艺理论，提出"根本任务"论、"三突出"原则和"主题先行"论等观点，肆意颠倒文艺与生活的关系，扼杀作家的主体意识，扭曲文艺的创作规律。其结果，必然导致"人"的失落、"自我"的失落以及文学本体的失落。

尽管如此，"文革"文学亦并非一片空白。部分作家在举步维艰的现实条件下，或公开或秘密地创作出一些具备一定美学价值的好作品。有的小说在狱中写就，以手抄本的形式流传于民间，有的诗歌在友人间交流，或被迫藏于作家个人手中，等待着暗夜的破晓。1976年清明前后，由人民群众自发开展起来的"天安门诗歌"运动，代表了文学对政治现实的积极参与精神。那些说真话、抒真情、现民心、表民意的诗作，不啻充满战斗激情的重锤，敲响了"四人帮"即将毁灭的丧钟，预告了一个重要历史转折点的到来。

纵观1949年以后"十七年"和"文革"十年的文学，有不少历史教训值得记取。

首先，社会主义文艺事业遭到严重破坏乃至空前劫难，其根本原因在于1949年以后"左"倾思潮愈演愈烈，终于发展到了登峰造极的地步。而这，正好迎合了相当一部分人"左"比右好、宁"左"勿右的思想。从这个意义上说，无论是文艺界还是全社会，反"左"实际上是一项比反右更为长期、更为艰巨也更为重要的任务。

其次，文艺与政治虽不无联系，但毕竟分属两个不同的范畴，用政治乃至专政方式来解决文艺问题，是违反文艺规律的错误做法，危害性极大。然而，这种风气并非肇始于"文革"，早在"十七年"间，甚至解放区文学时期便已有明显的体现。这种"精神内伤"的治疗途径，只能是彻底改变"文艺等同于政治"的观念，实事求是地按照文艺规律办事。

再次，社会主义文艺事业只有充分发扬民主，并取得法律的保障，才能免遭戕害、健康发展。

与大陆"十七年"时期相对应的台湾50—70年代，是台湾文学最为繁荣的时期之一。现代主义文学的兴起和乡土文学论战是50—70年代的台湾比较突出的文学现象。

1949年12月，国民党正式宣布从大陆迁往台湾。在50年代初期和中期，国民党当局为了政治的需要，极力推动"反共文学"，与此同时，以"思乡"、"怀旧"为主要表现内容的文学也大行其道。

50年代中期至60年代，是台湾现代主义文学思潮最活跃的时期。现代主义文学在台湾的最初登场，是从诗歌开始的。1953年2月，纪弦创办了诗刊《现代诗》。1954年3月，由覃子豪、余光中等发起成立了"蓝星诗社"，出版《蓝星诗刊》、"蓝星丛书"等。1954年10月，由张默、洛夫、痖弦等为核心成员的"创世纪"诗社成立，出版《创世纪》。1956年1月，纪弦在台北召开现代诗人第一次年会，宣布成立"现代派"。1956年9月，夏济安主编的《文学杂志》在台北创刊，为台湾现代主义文学的蓬勃兴起起了推波助澜的作用。1960年3月，由白先勇、欧阳子、王文兴、陈若曦等人创办的《现代文学》正式出版。该刊致力于对西方现代主义文学的介绍、对创作的提倡、对文学批评的鼓励和对传统文学的学术分析。特别是对20世纪西方现代主义文学及其重要作家的系统介绍，对60年代台湾现代主义文学的全面繁荣和走向成熟，起到了重要的作用。

从70年代初开始，随着民族主义思潮的抬头，台湾现代主义文学被视为"西化"的文学并遭到批判，关注社会、描写现实人生的乡土文学受到重视，并由此引发了关于乡土文学的论战。

乡土文学论战以1972年关杰明、唐文标、高准等人对现代诗的批判为前导，到1977年4月，论争双方的冲突走向激烈。论争历时一年，以彭歌、余光中、朱西宁等人为一方，强调文学要表现人性，反对乡土文学中所含有的阶级意识和地域意识；另一方以陈映真、王拓、叶石涛等人为代表，强调文学要关注社会现实，并注重民族特色，反对文学的个人化和西化倾向。在论战过程中，由于有些乡土文学论者（如叶石涛）在文章中突出强调"台湾意识"和"台湾中心论"，隐隐有分离主义的倾向，又遭到了同是乡土文学阵营的陈映真的批判。这场论战，就文学与现实的关系、文学与传统的关系、文学的社会作用、文学所表现的人性和社会性等问题进行了探讨，对台湾文学的发展，起到了重要的作用。乡土文学在台湾文学中的影响，得到了扩大，并在相当大的程度上改变了台湾文学的生态。台湾文学的面貌，从此变得更加丰富多彩。

许多台湾文学中的重要作家和作品，均出现在50—70年代。其中，重要的诗人有纪弦（代表作诗集《槟榔树》）、余光中（代表作诗集《与永恒拔河》）、痖弦（代表作诗集《深渊》）、洛夫（代表作诗集《魔歌》）、郑愁予（代表作诗集《郑愁予诗集》）、杨牧（代表作诗集《传说》）等；重要的散文家有张秀亚（代表作散文集《三色堇》）、琦君（代表作散文集《烟愁》）、王鼎钧（代表作《开放的人生》）、余光中（代表作《左手的缪斯》）、张晓风（代表作《从你美丽的流域》）、三毛（代表作《撒哈拉的故事》）等；重要的小说家有林海音（代表作《城南旧事》）、朱西宁（代表作《铁浆》）、白先勇（代表作《台北人》）、欧阳子（代表作《魔女》）、王文兴（代表作《家变》）、陈若曦（代表作《尹县长》）、七等生（代表作《我爱黑眼珠》）、聂华苓（代表作《桑青与桃红》）、於梨华（代表作《又见棕榈 又见棕榈》）、吴浊流（代表作《亚细亚的孤儿》）、黄春明（代表作《锣》）、陈映真（代表作《将军族》）、王祯和（代表作《嫁妆一牛车》）、李昂（代表作《杀夫》）、高阳（代表作《胡雪岩》）、琼瑶（代表作《窗外》）等；重要的剧作家有李曼瑰（代表作《国父传》）、姚一苇（代表作《红鼻子》）等。

50—70年代的香港文学，在小说领域总体上呈现出现代主义文学和通俗文学双峰并峙的局面，同时第三波南来作家（1949年前后一批偏右的文化人南下香港）的创作也构成这一时期香港文学的重要内容。与此同时，这一时期学者散文成为香港散文的代表。第三波南来作家，许多都以大陆生活为题材，创作以怀旧为主题的作品。代表人物有徐訏（代表作《时与光》）、徐速（代表作《星星·月亮·太阳》）等。从50年代中期开始，一股现代主义的文学思潮在香港悄然兴起。1955年8月，代表香港现代主义文学先声的《诗朵》出版，此外，《文艺新潮》（1956）、《新思潮》（1959）、《好望角》（1963）等杂志的创办和《香港时报》副刊《浅水湾》的改版，都对香港现代主义文学的崛起起过重要的作用。50—70年代香港现代主义文学中的重要作家有刘以鬯（代表作《酒徒》）、西西（代表作《我城》）、马朗（代表作《太阳下的街》）、李维陵（代表作《荆棘集》）、昆南（代表作《卖梦的人》）等。

香港的通俗文学在50年代开始逐渐盛行，通俗小说和文体范畴模糊的"框框"杂文为其两大基本类型。在通俗文学中，以50年代出现的梁羽生（代表作《龙虎斗京华》等）、金庸的新武侠小说（代表作《书剑恩仇录》等）、60年代兴起的卫理斯（倪匡）的科幻小说（代表作《钻石花》等）和70年代开始走红的亦舒的言情小说（代表作《喜宝》）为突出代表。"框框"杂文则是香港特有的文体类型，这类文字大都是只供一次性消费的文化"快餐"。

第二节 "十七年"的小说

一、概述

"十七年"的小说，是"十七年"文学的一个重要门类。它主要继承此前解放区文学的传统，坚持这一时期所理解的社会主义方向。以革命现实主义为主潮，展现中华民族除旧布新的时代风貌，与"十七年"的社会变动相一致。这些小说扩大了中国小说的政治内涵，呈现了自身的特征。

从1949年至1966年间，随着社会的不断变化，"十七年"的小说在历史题材和现实题材两个领域，取得了突出的收获。在历史题材方面，本时期小说以反映民主革命为主，描写了中国共产党领导的各个历史阶段的革命斗争。杜鹏程的《保卫延安》、吴强的《红日》、曲波的《林海雪原》，以及初版时署名罗广斌、杨益言的《红岩》，是四部反映解放战争的长篇小说。同样取材于解放战争，峻青的《黎明的河边》、茹志鹃的《百合花》是本时期短篇小说的代表作。

本时期，许多作家以抗日战争和二三十年代的革命斗争为长篇小说的描写对象，使民主革命时期的广阔生活得到了充分的反映。孙犁的《风云初记》用抒情的笔调，再现了滹沱河畔的抗日风云。知侠的《铁道游击队》、冯志的《敌后武工队》、冯德英的《苦菜花》和李英儒的《野火春风斗古城》，分别反映鲁南、冀中、胶东、保定等地区复杂的敌后斗争，情节曲折，富有传奇色彩。高云览的《小城春秋》，记录了30年代厦门大劫狱事件，反映了第二次国内革命战争的一角。杨沫的《青春之歌》，通过叙写林道静的成长过程，展示了30年代前期北平抗日救亡运动的情景，概括了一代青年知识分子寓个体于集体，寓人生于革命的生活道路。欧阳山的《三家巷》，透视一条胡同里三个家庭的矛盾纠葛，重现了20年代包括省港罢工、广州起义在内的南国风云。梁斌的《红旗谱》，气势恢宏，笔墨酣畅，富有层次地反映了从20世纪初叶开始的中国三代农民，由自发反抗走向自觉革命的历史途程和必然命运，概括了民主革命时期中国农民的生存状态，塑造了我国新文学史上党领导下的农民革命英雄的光辉谱系，因此享有中国农民革命运动的史诗之誉。在中短篇小说方面，孙犁的《铁木前传》和《山地回忆》，或感喟解放初期人际关系的微妙变化，或拾掇戎马生涯中军民之情的生活片断，凭借生活的本色叩击读者的心扉。王愿坚的《党费》《七根火柴》，则是革命斗争生活的速写，热情刻画了长征时期英勇悲壮的共产党员形象，给读者留下了深刻印象。

作为民主革命题材的延伸，抗美援朝战争也进入到文学世界，杨朔的长篇《三千里江山》，陆柱国的长篇《上甘岭》，路翎的短篇《洼地上的"战役"》，是这些创作中的佼佼者，具有一定的影响。本时期，在近代历史题材方面，出现了李六如的长篇《六十年的变迁》和李劼人的《大波》。前者借鉴中国传统历史小说的叙述特点，以回顾式的叙述方法，从个人角度再现了近代历史；后者全面描画了近代史上著名的保路运动，再现了这一波澜壮阔的群众运动发展的前因后果及曲折过程。在古代历史题材方面，60年代初出现了一次短篇小说创作热潮，陈翔鹤的《陶渊明写〈挽歌〉》《广陵散》，黄秋耘的《杜子美还家》，徐懋庸的《鸡肋》是其中的代表作品。在长篇小说领域，则以姚雪垠反映明末农民起义的长篇《李自成》（第一卷）为代表。

总之，就历史题材而言，本时期小说以民主革命为主要内容，再现了中国人民在共产党领导下浴血奋斗的历史进程，反映了军事战争、农民运动、学生运动以及监狱斗争等各种斗争形式，歌颂了革命前辈艰苦卓绝的光辉业绩，表现了他们不畏艰险、不怕牺牲的英勇气概和为共产主义而献身的崇高品质，回响着革命英雄主义的主旋律。反映民主革命斗争的小说，之所以在历史题材领域数量最多，成就最大，是因为民主革命斗争是一段难忘的岁月。新中国的诞生，虽然告别了那段历史，但那可歌可泣的历史事实和可敬的人们，要求文学给予形象的记载和热情的歌颂。同时，许多作家曾经为了民族的兴存，一手拿枪一手握笔，投身民主革命，积累了丰富的创作素材。1949年以后，作家们获得了从事精神生产的良好条件，过去置身其间的熟悉的生活，激起他们强烈的表现欲望，并且感染一批年轻作家间接体验他们未曾经历的民主革命生活，同样迸发出创作的灵感。再者，新民主主义和社会主义是两个不同的阶段，两者之间有何联系，怎样认识今天幸福生活的来之不易，怎样珍视和发扬革命传统、建设社会主义事业，这是新的生活向人们提出的现实问题，也要求作家将艺术的触角伸进昨天，以引导读者理解与珍惜今天。这样，反映民主革命斗争的小说，便在"十七年"取得了显著的成就。

与历史题材相辉映，正在行进的现实生活成为本时期小说创作的另一个普遍的题材。在现实题材中，又以反映农村生活的小说最为醒目。从土地改革运动到合作化运动，从大跃进、人民公社到党的农村政策的调整。农村所进行的一系列运动，都在这些小说中得到了充分的表现。

　　以短篇开端，马烽的《一架弹花机》、赵树理的《登记》、康濯的《水滴石穿》、谷峪的《新事新办》、高晓声的《解约》，传达了因土地关系的变动，政治上翻身的农民在家庭、婚姻观念方面，争取从封建束缚中解脱出来，获得民主与自由的要求。继土改之后，农业合作化是又一场轰轰烈烈的社会运动，它给农村生活所带来的变化，为小说创作提供了丰富的素材。李准的《不能走那条路》从贫富两极分化的角度，叙写两个农民打算买卖土地的故事，在个人发家与共同富裕的冲突中，提出了久经贫困的农民获得土地以后，是应该回到解放前的私有制，还是应该走集体道路的问题，是当时率先以文学的形式揭示了互助合作必要性的小说。接着，秦兆阳的《农村散记》、康濯的《春种秋收》、马烽的《三年早知道》、西戎的《宋老大进城》等，描写了这种必要如何变成了农村的现实。用长篇小说的形式反映农业合作化并具有代表性的作品，是赵树理的《三里湾》、周立波的《山乡巨变》和柳青的《创业史》（第一部）。《三里湾》侧重表现合作化过程中新与旧、公与私、个体与集体、先进与落后两种观念的矛盾，反映社会主义改造的迫切性；浓郁的生活气息中保持着赵树理一贯的轻松和幽默。《山乡巨变》以鲜明的时代色彩描绘湖南乡村的风土人情，侧重表现合作化对农村生活的深刻影响，赞美建立在新的生产关系之上的农村景观和农民的精神世界。《创业史》旨在表现农业合作化运动中，农民在放弃私有制，接受公有制过程中思想、心理的变化，其反映农村生活的广泛性和深刻性，以及对合作化运动中各个阶层的细致描写，使它成为一部具有史诗追求的长篇小说。

　　农业合作化之后出现的短篇，如王汶石的《新结识的伙伴》、李准的《李双双小传》，以轻松的笔调抒写了中国农村劳动妇女，由家庭走向社会，从奴隶到主人的夙愿，加上在有限条件下对人物进行的个性化描写，有一定的历史价值。但它们毕竟产生于"大跃进"时代，不可避免地打上了"左"的胎记。马烽的《我的第一个上级》、茹志鹃的《静静的产院》、赵树理的《实干家潘永福》、《套不住的手》、张庆田的《"老坚决"外传》、西戎的《赖大嫂》，力图与虚饰、浮夸的颂歌相悖逆，张扬求实精神，着力于对实干人物形象的创造，具有较为厚实的生活基础，不同程度地回答了现实生活中提出的问题。60年代前期问世的两部长篇，浩然的《艳阳天》、陈登科的《风雷》，着重描写两条道路的对立和两个阶级的斗争，反映农村社会主义变革的尖锐性、复杂性，不乏各自的特色，但也明显地受到日益强化的阶级斗争理论的影响。

　　在现实题材中，本时期还有三种类型的小说不可忽视。一类是反映工业建设的长篇，如周立波的《铁水奔流》、雷加的《春天来到了鸭绿江》、艾芜的《百炼成钢》、周而复的《上海的早晨》、草明的《乘风破浪》，以及杜鹏程的中篇《在和平的日子里》。这类作品大体反映了"十七年"初期工业战线的生活，表现了工人阶级的精神风貌，但艺术个性普遍较弱。另一类是王蒙的《组织部新来的青年人》、刘绍棠的《田野落霞》、李国文的《改选》、李准的《灰色的帆篷》等短篇小说，勇于正视现实矛盾，大胆干预生活，触及人的灵魂，表现了较强的探索精神和批判意识。再一类是萧也牧的《我们夫妇之间》、宗璞的《红豆》、陆文夫的《小巷深处》、邓友梅的《在悬崖上》、高缨的《达吉和她的父亲》等短篇小说，冲破表现人情、人性的禁区，大胆地描写人的内心世界，充满浓郁的人情味。后两类作品主要出现于1956年毛泽东提出"双百方针"之后，因此也被称为"百花文学"，它们在50年代后期遭到了不同程度的粗暴批评。

总之，本时期现实题材的小说，广泛反映了1949年以后的社会生活。由于农业在我国占有重要地位，注目农村的变迁，关心农民的命运，是"五四"新文学的一个优秀传统；由于解放后农村的政治、经济发生了巨大变动，并由此而引起了广大农民伦理道德观念和文化心理的巨大变化；由于许多作家本身就来自农民家庭，并能深入农村生活，对农村生活比其他生活更加熟悉，因此，在整个现实题材中，本时期的农村题材小说，相对而言数量较多，且具有一定的思想深度。

"十七年"的小说变化曲折。1956年至1962年是一个高潮。作为高潮孕育期的前6年，《风云初记》、《保卫延安》、《三里湾》等作品，为后来的各题材小说创作提供了丰富的艺术经验。作为落潮期的后4年，《李自成》、《艳阳天》、《风雷》等，则是高潮过后的余波。50年代中期到60年代初期的7年间是小说创作的高潮，主要表现是：小说数量激增，作家队伍扩大，题材领域拓宽，表现手法多样，作品的思想内涵逐步深化，一批有影响的作品大多产生于这一时期。

"十七年"小说的缺点是显而易见的。第一，简单、机械地理解文艺与政治的关系，把文艺为社会服务的功能，等同于直接服务于政治。从新中国成立初期的"赶任务"，到1958年以后的"写中心"、表现"尖端题材"，外部环境要求作家强化自身的政治意识，过多地考虑及时配合现实斗争，阐释党的具体政策，宣传历次政治运动。这不仅设置了描写内容的禁区，限制了题材的多样化，而且影响了作家的创造精神，使他们不能独立自主地对生活进行深刻的思考，往往急功近利，把关于历史和现实的现成的政治结论奉为创作宗旨，以为小说家的任务只是赋之以图像，故而许多作品缺乏来自生活的独到发现，缺乏经得起时间检验的思想深度。第二，由于从抽象的政治结论出发，一些小说不是采用文学的构思方法，而是采用非文学的构思方法，或者停留于对生活表象的描述，注重事件的铺叙，纠缠生产方案之争，对素材提炼不够；或者演绎政治运动的过程，设置人为的冲突，用人物的言行去证明先验的思想，等等，形成了图解理念的思维模式，有公式化、概念化倾向。第三，对现实主义的理解比较狭隘，创作方法和表现手法不够多样，更缺乏有批判现实主义深度的作品。本时期小说虽以现实主义为主潮取得了成就，但对现实主义的过分强调，使它几乎变成包容一切的唯一的创作观念。同时又片面地理解现实主义的含义，只承认肯定性的"革命"的歌颂，才是对生活真实客观的反映，才是对社会本质规律的揭示，而排斥敢于正视现实矛盾，揭露生活阴暗面的作品；把典型化仅仅归结为塑造高大完美的无产阶级英雄形象，指责"中间人物"，非难人性、人情，使作家不能真正重视人，不能写人的心灵、人的情感，不能围绕人物的命运，构成以人物性格为中心的艺术整体，刻画丰富多彩的艺术形象，揭示人物复杂的精神世界，因而不少人物形象类型化、模式化。尤其是英雄人物，常常被拔高为理想化的超人。虽然在他们身上倾注了作家的感情与寄托，但终因缺乏坚实的生活基础，而缺少较高的审美价值。在表现手法上，追求民族化、大众化，注意故事的完整、情节的生动和语言的通俗，注意通过人物的言行、外貌，用环境气氛的烘托来塑造形象，但因多年中断了中西文化交流，忽视了丰富多样的艺术手法与方法，作家的创作个性、风格特色，尤其是现代艺术意识，没能得到更广泛、更充分的表现。从总体上看，"十七年"小说的题材内容、人物形象、创作方法、表现手法、艺术风格等缺乏多种色彩，这一点应该予以正视，不容避讳。

这一时期台湾的小说创作，大致可分为四种形态：（一）具有浓厚的现代主义文学色彩，以白先勇、王文兴、欧阳子、七等生等人的创作为代表；（二）带有浓郁的乡土气息和现实主义意味，以林海音、陈映真、黄春明、王祯和等人的创作为代表；（三）表现海外中国人生活的作品，以於梨华、聂华苓等人的创作为代表；（四）通俗文学作品，以琼瑶的创作为代表。在香港，这一时期的小说创作呈两极对立的态势，即一方面是先锋姿态明显的现代主义小说，以刘以鬯为代表；一方面是通俗化大众化的武侠、言情小说，以金庸、梁羽生和亦舒为代表。

白先勇（1937—   ），主要作品有《寂寞的十七岁》、《台北人》、《孽子》等。白先勇的小说，在处理"传统"与"现代"的关系、塑造独特的人物形象、"历史感"的具备、语言的成熟等方面，具有卓越的成就。在"传统"与"现代"的关系上，其作品在"传统"（有人物、有情节、有发展、有结局）的外壳下潜隐着"现代"（大胆叛逆的精神气质、对人的生存困境的终极思考、惊世骇俗的题材内容、意识流手法的"中国化"运用）的内核，"传统"是其根基，"现代"是其神髓，"现代"被融入"传统"，"传统"表现着"现代"。在塑造独特的人物形象方面，无论是《寂寞的十七岁》集中的金大奶奶、玉卿嫂、杨云峰，还是《台北人》集中的尹雪艳、金大班、钱夫人、赖鸣升、余嵌磊，还是《孽子》中的李青、吴敏、小玉，这些人物虽然地位不同，身份各异，但在穿越两个世界（或生与死，或爱与恨，或大陆与台湾，或世俗社会与同性恋世界）、难以忘怀过去、敢爱敢恨、充满沧桑感、颇具神秘性等方面，却有着某种内在的相似性。"历史感"在白先勇的小说中主要体现为作品人物均为"历史中人"——都生活在现实环境和历史回忆的错位之中，借此，作者流露出自己对人在历史长河中的相似状态的轮回、人在历史面前的渺小、历史给人留下的沧桑感的洞察、体认、自觉和感慨。在语言上，白先勇的小说语言既流淌着传统白话的精髓（如《红楼梦》、《金瓶梅》的白话风格），又熔铸进现代白话的成果；既蕴涵了传统诗词的节奏和神韵，也吸纳了西方文学语言的某种表达方式，最终锻炼出一种圆熟、从容大气、饱满而又细致的现代白话语言。

欧阳子（1939—   ），本名洪智惠，主要作品有《那长头发的女孩》、《秋叶》

等。欧阳子的小说，以细腻的心理描写见长，"心理二字囊括了欧阳子小说的一切题材"[1]，而在对人物心理的刻画中，又主要以感情生活为视角，展现属于潜意识范畴的人格分裂和心灵压抑——这种人格分裂和心灵压抑往往源自情感与道德的剧烈冲突。在欧阳子的作品中，感情常常挣脱出世俗道德的框架，发生在姐夫与小姨之间（《墙》）、母子之间（《近黄昏时》、《秋叶》）和同性师生之间（《最后一节课》）。由于这种情感的惊世骇俗，它使人物的内心受到道德的巨大压力，引致深切的痛苦。情感的非常态性在欧阳子的笔下除了以"非常态关系"表现之外，还常以一种极端情感的方式出现。《魔女》中母亲对赵刚的那种受虐式的爱，《花瓶》中石治川对冯琳的爱极而惧，《觉醒》中母亲对儿子充满占有欲的爱，无不揭示出人在"情到浓时难自已"的备受折磨和痛苦。对深隐在心理深层的非常态领域进行深入挖掘和大胆剖析，使欧阳子成为一个"人心的原始森林中勇敢的探索者"[2]，她的"扎实的心理写实"[3]，不但写出了人心、人性中的种种情状，而且也对其笔下的人物寄予了深深的同情和悲悯。

林海音（1919—2001），本名林含英，主要作品有《城南旧事》、《金鲤鱼的百裥裙》、《婚姻的故事》、《晓云》等。林海音的小说，以对北平生活的"忆旧"和对女性成长、爱情、婚姻生活的表现为主。她的代表作《城南旧事》从少女英子的角度，描写了二三十年代北平城南的一些旧人旧事：有因爱情被扼杀而发疯的秀贞，也有跳出苦海、走向新生的兰姨娘；有宋妈的爱心和无奈，也有父亲的早逝……在经历和感受了这些城南旧事之后，英子"不再是小孩子"了——城南的那些有温馨也有惨烈的旧事伴随了英子的成长，成为她人生中难以抹去的早期记忆。在《金鲤鱼的百裥裙》和《婚姻的故事》等作品中，林海音对女性的悲惨命运和婚姻悲剧进行了充分的展示，对女性的身世和命运寄予了深深的同情。林海音的小说人物生动，情节感人，文字温婉清丽，富有女性气质和古典美。

陈映真（1937— ），本名陈永善，主要作品有《将军族》、《第一件差事》、《夜行货车》、《赵南栋》等。陈映真是台湾杰出的乡土文学作家，小说是他关怀人生、同情弱者、反抗专制、思考社会的重要手段。对普通民众深厚博大的爱使他具有人道主义的情怀，对黑暗专制不屈不挠的反抗体现了他自觉的批判意识，对祖国统一的坚定信念和对异族殖民台湾（日本的政治殖民、欧美的文化殖民和美日的经济殖民）的理性反省则是他强烈的民族主义精神的反映。从总体上看，人道主义情怀、批判意识和民族主义精神，构成了陈映真小说世界的核心，也是他小说创作的基本主题。在《将军族》、《面摊》等作品中，陈映真在描写普通民众间的互爱互助的同时，也投注进自己深厚的感情。《唐倩的喜剧》对游走于西方各种时髦学说中的唐倩进行了嘲讽，《华盛顿大楼》系列则对美、日国际资本涌入台湾地区，对台湾社会、经济、文化等各方面都

---

[1] 白先勇：《蓦然回首·崎岖的心路——〈秋叶〉序》，第28页，尔雅出版社1978年版。
[2] 同上书，第31—32页。
[3] 同上书，第31页。

产生的巨大的负面影响进行了深入的批判，对新的民族意识的觉醒也寄予了厚望。《铃铛花》、《山路》、《赵南栋》是对国民党黑暗统治的正面涉及，小说揭示的是那段不堪回首的历史对人们造成的精神伤害，以及这种伤害的波及深远——陈映真的愤慨，也深隐其中。

虽然陈映真在早期创作中也曾受到过西方现代主义文学的影响，但"文学来自社会，反映社会"的理念不久就成为陈映真的文学原则和文学追求。注重文学对社会的反映以及文学的社会功能，使陈映真的小说带有凝重的社会内涵和沉甸甸的社会责任感，这体现在他小说的主题、人物乃至语言等诸多方面。在陈映真的小说中，不仅可以感受到他思想的深刻、文学的才能，更能感受到他人格的魅力。

於梨华（1931—　），主要作品有《又见棕榈　又见棕榈》《雪地上的星星》《考验》等。於梨华在台湾文坛以创作留学生题材小说著称，表现留学生们生活的艰辛、爱情的不幸、事业的受挫、文化的无根是她的留学生题材小说的基本内容，通过这些内容打破人们对留学生生活的"美好想象"，则构成了她的留学生题材小说的重要主题。《又见棕榈　又见棕榈》中的牟天磊出国后，无论是事业还是爱情均难称成功，倒是饱受精神上寂寞、文化上弱势的痛苦，而他没有出国的同学、恋人、老师，却生活得平淡而又充实——这使他在回美国还是留中国台湾地区两者之间犹豫再三。大量出现在於梨华笔下的那些笼罩着失败感的留学生活，都隐隐昭示着这样一个主旨："不要对出国抱着太高的梦想和期望"。[1] 对留学生活"过度期望"的警示使得於梨华的留学生题材小说具有一种颇为急切的姿态——急切地要把"真相"和"忠告"宣示于众，这自然使她的小说创作带有一种较为明显的价值偏向。在艺术上，於梨华的小说情节生动曲折，心理描写细腻，语言对话出色，可读性较强。

聂华苓（1925—　），主要作品有《一朵小白花》、《失去的金铃子》、《桑青与桃红》等。对世界（现实的世界、情感的世界、心理的世界）的变化充满困惑和怅惘，可以说是聂华苓小说的基本主题。《珊珊，你在哪儿？》表现的是李鑫对旧时记忆中的珊珊的寻找，以及这种寻找的彻底失望——现在的珊珊已不再是过去的珊珊，连同珊珊一同消失的还有儿时的那个美好的世界。《失去的金铃子》中"我"（苓子）在经历了舅舅和巧姨的爱情悲剧之后，从一个"快乐的小太阳"成长为一个忧郁的成人，就此告别快乐的童年世界。《桑青与桃红》中的桑青，在经历了战乱的大陆时期和梦魇的台湾时期之后，到美国变成了桃红，与旧世界（大陆、台湾）的割裂和在新世界（美国）的茫然体现出桑青（桃红）在不断变化的世界面前无所适从的悲剧处境。与表现世界变化对人物所造成的影响这一基本主题相适应，聂华苓的小说在艺术上注重对人物心理的分析，常用对比、象征、意识流等手法来刻画人物，结构精致，文字清丽。

琼瑶（1938—　），本名陈喆，主要作品有《窗外》、《几度夕阳红》、《在水一

---

[1] 夏祖丽：《热情敏感的於梨华》，《台港文学选刊》增刊，1988年11月。

方》等40余部长篇小说。琼瑶是台湾言情小说的代表人物,其创作从60年代就已开始,在70年代达到鼎盛。琼瑶的小说人物常常是女性读者心目中的白马王子和男性读者心目中的白雪公主,男女主人公每每一见钟情,可是在情深意浓之时,必会出现波折——或是外来的阻力、压力,或是前辈未了的恩恩怨怨,或是男女之间的误会,或是男女中一方自觉"不配"的退缩。这种波折要经过种种机缘得以化解之后,男女主人公才能复归于好,于是情更浓、意更深,爱情更圆满。这种模式化的写作因为与人们对爱情的理想化想象和潜在期待的对应,而一再地打动着不断涌现的青年读者。理想化的人物、跌宕起伏的情节、令人"同感"的情感、传统意象和诗词歌赋的引进,再加上清丽流畅的语言,使琼瑶的小说别成格局,成为六七十年代台湾言情小说的"主流"和"代名词"。

刘以鬯(1918—2018),本名刘同绎,主要作品有《天堂与地狱》、《酒徒》、《寺内》等。刘以鬯是香港现代主义文学的重要作家,他的"纯"文学作品充满了创新精神和实验色彩。对于创造并试验新的技巧和表现方式,刘以鬯有着不竭的兴趣。他的小说,在内容上注重对"内在真实"的挖掘和表现,在形式上强调结构和语言的重要性——形式上的种种实验,正构成了刘以鬯小说的真正生命。《酒徒》对时代社会的批判,对人维护尊严和价值的艰辛的表达,都是通过"我"的意识流动和诗化语言呈现出来,这构成了《酒徒》的价值核心。此外,像赋予古代"故事"以新的意义(《寺内》、《蛇》等)、用同样的场景展示因微小因素的变化而导致人生结局不同的荒诞(《打错了》)、将人物排除在小说之外(《吵架》、《动乱》)等,都是刘以鬯在小说创作上努力"实验"的体现。

金庸(1924—2018),本名查良镛,主要作品有《书剑恩仇录》、《射雕英雄传》、《天龙八部》、《鹿鼎记》等15部武侠小说。金庸是"新派武侠小说"的代表人物,他的武侠小说,是对以还珠楼主、宫白羽、郑证因、王度庐等人为代表的旧派武侠小说的突破。在他的小说中,"武"不再是纯粹的"武","侠"也不再是孤立的"侠",而是将"武""侠"合而为一","武"熔神奇和哲理于一炉,"侠"则具体化为普通人的言行。他小说中身怀绝技的侠义之士,不再是不食人间烟火的某种理念的化身,而是具有烦恼、痛苦和弱点的普通人。这些小说将历史知识、心理分析学说、古典诗词、佛理禅宗、存在哲学、人性挖掘、爱情故事、武功争斗、复仇寻宝等种种因素融为一体,借助生动的形象、曲折的情节、圆熟的文字表达出来,满足了不同层次读者的需求,并激发起现代读者的阅读兴趣和阅读快感,使"深者得其深(看到人生哲理),浅者得其浅(看到爱情武打)",从而成为现代"成人童话"的渊薮。由于金庸武侠小说的影响既深且广,被认为代表着一场"静悄悄的文学革命"。

梁羽生(1924—2009),本名陈文统,主要作品有《龙虎斗京华》、《十二金钱镖》、《白发魔女传》等35部武侠小说。梁羽生是"新派武侠小说"的又一代表人物,他的武侠小说,注重"侠"(正义的行为)和"情"(精神追求)。在"武"和"侠"之间,往往"侠"是筋骨,"武"是血肉;"侠"是目的,"武"是手段。在"情"和"欲"之间,常常只有"情"的纠葛而不见"欲"的涉及,真正是"发乎情止乎礼"。

而在"侠"和"情"之间,则以"情"为主导;由是,"情""侠""武"重要程度依次递减。以情感贯穿"武""侠",注重爱情描写和塑造女性形象,是梁羽生武侠小说的基本特色。由于梁羽生过于注重"侠"的正义性和"情"的纯洁性,因此他的小说在人性挖掘上显得有些单薄。

二、几部重要的长篇小说

长篇小说是"十七年"文学中最兴盛的体裁之一,产生了不少有影响的作品。其中较重要的有《红日》、《红岩》、《红旗谱》、《青春之歌》、《创业史》等。

《红日》,作者吴强(1910—1990),江苏涟水县人。1933年春加入"左联",1938年参加新四军。1957年出版代表作长篇小说《红日》。

将历史纪实与艺术创造相结合,表现广阔的战争画面和生活图景,是《红日》的显著特色之一。小说着眼于1946年秋末冬初到1947年春夏之际,华东战场涟水、莱芜、孟良崮三个相互衔接的战役,并以孟良崮战役为重点,形象地叙述了华东野战军粉碎敌人重点进攻,变战略防御为战略进攻的历程。为了忠实于整个战局和敌我双方的宏观部署,小说对双方的高级将领,如陈毅、粟裕、李仙洲、张灵甫等形象,使用真名实姓,增强了作品的真实感。同时,作者又充分运用了文学创作的形象思维,艺术地设计沈振新统率的一个军的战斗生活,虚构了大量的人物、情节、细节,把历次战役史实的描述与艺术形象的创造有机结合,构成一个艺术的整体,使其总体走向有根有据,服从历史的规定,而叙事的具体展开和行进的轨迹,又不被历史事实所束缚。所以,《红日》"不是写战史,却又写了战史;写了战史,但又不是战史"[1]。《红日》正面反映革命战争,其主线和重点在于描写战斗的场面与过程,但它又与以前出现的一般战争题材的小说不同,除了直接叙写敌我双方的激烈交锋以外,还腾出笔墨叙写广阔的军旅生活风情,描写了沈振新与黎青的夫妻关系,梁波与华静的爱情,姚月琴与胡克的初恋,杨军与阿菊的婚姻,以及军首长和士兵的业余活动,后方医院的和平生活,地方政府对战争的支持,老百姓与指战员的友好交往等。丰富多彩的生活内容,不仅增加了小说的容量,使之张弛相间,打破了战争小说一味描写战斗场面或战斗过程而造成的单调、沉闷,而且拓宽了军事文学的视野,为其后多侧面多层次地描写战争题材,提供了有益的启示。

力图生活化、个性化地表现人物的复杂性格,是《红日》的显著特色之二。沈振新、梁波是我军高级将领,作为正、副军长,他们共同的特征是具有长期的革命斗争经历,对敌人无比仇恨,对革命坚定不移。涟水一战他们失利而未挫其志,善于总结经验教训,深邃地洞察战争形势,准确地把握战争的规律和特点。在莱芜战役中,梁波精心

---

[1] 吴强:《〈红日〉修改本序言》,《红日》,第4页,中国青年出版社1959年版。

指挥羊角庄侦察与吐丝口战斗，在孟良崮战役中，他又率领炮兵团作战；沈振新则身先士卒，亲临前沿阵地，带病组织反攻。这些都表现了他们进行大规模作战的丰富经验和出色的指挥才干。对于每一项作战计划的周密部署和具体实施，又显示了他们的沉着冷静与果敢坚毅。在揭示沈、梁共同特征的同时，小说还采用互补手法，通过一系列情节与细节，写出了各自的个性。如沈振新深夜缅怀阵亡的苏团长；严厉批评刘胜骄傲自满以后，又给他披上自己温暖的大衣；他既痛责石东根醉酒纵马的行为，又充分而热情地肯定他的战功；他批评战争与爱情不相容的"古怪"论调，支持梁波与华静、姚月琴与胡克的恋爱；合情合理地处理姚月琴缴获的手枪，等等。这些都表现了人物丰富的情感世界，它们和其他描写一道，共同塑造了沈振新这位身经百战、指挥若定的高级将领严肃而温和、理智而热情、伟大而普通的形象。梁波是另一种类型的革命家、军事家，小说刻画这个人物，意在突出他更为浓郁的生活情趣，以便与沈振新相互辉映。无论是对待艰苦复杂的对敌斗争，还是对待日常生活，无论是与军团首长相处，还是与普通战士交往，或者处理个人爱情问题，他都表现出乐观开朗、活泼幽默、妙趣横生、坦率真诚的性格。如果说沈振新偏于内向，因可敬而令人可亲的话，那么梁波则偏于外向，因可亲而惹人起敬，他们都是刻画得比较成功的艺术形象。

张灵甫是华东战场非人民武装力量的代表。作者带着强烈的仇恨塑造这个人物，但没有将其简单化，而是把他作为一个艺术形象，真实地描写他性格的各个侧面，挖掘其复杂的内心世界。他是蒋介石麾下出色的干将，他所统帅的74师给养优厚，装备精良，拥有比我军更为强大的实力。小说从历史和生活出发，既注意刻画其凶猛顽固的外表和空虚怯弱的本质，又注意刻画其深谙韬略、骄横狂妄、自命不凡、刚愎自用的个性特征。因而他迥异于过去那种政治脸谱化的苍白形象。他的失败，不仅是他个人的悲剧，更主要的是他所属的那个悖逆人心的社会集团的悲剧，这说明了蒋家王朝的崩溃实属必然，任何"将才"都无法扭转其命运。张灵甫形象的成功塑造，为当代文学提供了可取的经验。

《红岩》，1961年出版，作者罗广斌、杨益言。罗广斌（1924—1967），四川成都人。中学时代即投身学生运动，参加地下党外围组织。1948年入党，年内被捕，囚禁于"中美合作所"渣滓洞、白公馆集中营。他在狱中坚持斗争，1949年11月重庆解放前夕越狱脱险。杨益言，1925年出生，四川武胜人。1944年入上海同济大学学习，1948年初因参加反对美蒋的学生运动被开除。同年8月被特务机关逮捕，关押于渣滓洞集中营，1949年脱险出狱。解放后，罗广斌和杨益言同在重庆团市委工作，根据狱中斗争的亲身经历，合作撰写了报告文学《圣洁的鲜花》、革命回忆录《烈火中永生》，以及长篇小说《红岩》等作品，在读者中引起了较大的反响。

《红岩》是一部反映黎明前光明与黑暗最后决战的长篇小说。1948年至1949年，中国革命处于历史转折关头，人民解放战争已经取得决定性胜利。但在山城重庆，敌人正疯狂地搜捕共产党人，利用监狱残酷地迫害革命者，敌我双方进行了一场尖锐激烈的特殊斗争。小说以重庆地下党和被囚禁于"中美合作所"的共产党人的斗争事迹为素材，艺术地再现了他们在狱中战胜残酷的刑讯和疯狂的屠杀，终于迎来革命胜利的历史，充分暴露了敌人凶残暴戾的阶级本性，热情歌颂了共产党人忠贞不渝的革命信念和威武不屈的英雄气概。作者以胜利者的姿态描绘两种政治力量、精神力量之间惊心动魄的较量，使小说充满了浓重的悲壮色彩。

这种悲壮色彩，主要是通过刻画许云峰、江姐、成岗、刘思扬、华子良、余新江、齐晓轩、双枪老太婆等战斗集体，塑造共产党人的英雄群像来实现的。在黎明前夕，他们明知个人可能看不到自己为之浴血奋斗的理想的实现，但仍然胸怀大局，追求光明，在极端艰苦的环境中，以种种奇特的方式，同黑暗势力作最后的斗争，经受了生与死的严峻考验，集中体现了我党地下工作者忠于革命、不怕牺牲、敢于胜利的崇高品质。这个战斗集体以许云峰、江姐为杰出代表，他们除了具有共产党人的共性特征外，还具有鲜明的个性。许云峰是一位久经考验、成熟老练的党的地下工作者。他善于审时度势，有胆有识，有勇有谋，无论是敏锐地发现并果断地处理沙坪坝书店问题，还是沉着镇定地挺身而出，掩护市委书记李敬原脱险，或者被捕后随机应变、义正词严地舌战群敌，粉碎敌人的劝降阴谋，直至赤手空拳挖通地牢出口，为难友集体越狱巧做准备而自己英勇就义，这些都充分表现了他丰富的斗争经验、卓越的领导才干和高尚的英雄气节。江姐是一位感情深沉、坚贞不屈的巾帼英雄。她平易近人，关心同志，当她在接受任务赴川北途中，突然发现日夜思念的丈夫惨遭敌人杀害，头颅被悬挂在城楼示众时，虽然悲痛欲绝，但为了身负的重任，又以惊人的自制力强压住内心的悲愤，赶赴华蓥山，不露声色地与双枪老太婆会面，经他人点破后才与战友相抱痛哭，不久，她又擦干泪水，继承先烈遗志，继续坚持战斗。被捕以后，面对非人的折磨，她始终坚贞不屈，临刑前泰然自若地梳理头发，修整衣衫，亲吻"监狱之花"，深情地与难友诀别，以从容镇静的仪态，显示了革命者的威严和为理想英勇献身、义无反顾的英雄风采。

在艺术上，《红岩》也很有特点。首先，小说通过尖锐复杂的矛盾冲突和惊心动魄的斗争场面刻画人物形象。作品主要描写重庆地下党和被囚禁在"中美合作所"的共产党人的顽强斗争，这一特殊题材，决定其矛盾冲突必然是尖锐复杂的。一方面从大局看，全国即将解放，黎明就要到来，革命者对此坚信不移，其心理和精神信念处于优势，但他们又身陷绝境，失去行动自由。敌人虽然大势已去，处于劣势，但他们正凭借坚固的牢狱，垂死挣扎。因而，在特殊环境中，双方展开了针锋相对的斗争，出现了一个又一个诸如许云峰舌战群敌、难友集体绝食、龙光华追悼会、狱中新年联欢等惊心动魄的斗争场面，光明与黑暗、革命与反革命的殊死拼搏，给小说增添了扣人心弦的传奇色彩。

其次，《红岩》采用了多线索的网状结构方式。全书主要通过一些重点人物的活动，将白公馆和渣滓洞集中营的斗争、重庆地下党领导的工人运动和学生运动，以及华蓥山革命根据地的武装斗争等三条线索联系起来，并以狱中斗争为主线，以城市地下斗争和农村武装斗争为副线，编织成一个艺术的整体，完整地反映了全国解放前夕，重庆山城革命斗争的真实面貌。在处理"线"与"点"的关系时，小说既着力描写斗争场面，又注意它们与线索展开的内在关系，使两者相辅相成，以场面推动线索的发展，以线索的发展显示场面的价值，并且场面的描写不断使线索跌宕起伏、曲折多变，从而增加了小说的可读性和艺术感染力。

《红旗谱》，作者梁斌（1914—1996），河北蠡县人。1949年前主要从事地方党政工作和文化宣传活动。30年代中期开始创作反映故乡生活的短篇小说《夜之交流》《三个布尔什维克的爸爸》，以及由后者扩充而成的中篇小说《父亲》。它们所反映的高蠡暴动、保定二师学潮等震撼人心的事件，久久感动着作者，使他逐渐不满足于原先那些对生活片段的描写，计划写作五部连续的长篇，构成一幅威武雄壮、绚丽多彩的农民革命斗争的宏伟长卷。第一部《红旗谱》，1957年出版，写反割头税和二师学潮斗争。第二部《播火记》，1963年出版，写高蠡暴动。第三部《烽烟图》，1983年出版，写"七七"事变前后北方抗日救亡运动。"文革"期间，他被迫中断原定创作计划，改写反映土改运动的长篇《翻身纪事》，1978年出版。在梁斌的整个文学创作中，《红旗谱》占有重要的地位，它由短篇发展到中篇，又从中篇发展到长篇，酝酿时间最长，准备工作最细，投注力量最多，可谓呕心沥血。它不仅代表了梁斌小说的最高成就，也是"十七年"文学中较负盛誉的作品之一。

《红旗谱》是一部具有民族风格的农民革命斗争的史诗，表现了深刻的思想内涵。作品起笔于清朝末年，长工朱老巩、严老祥阻止恶霸地主冯兰池毁钟侵田，大闹柳树林，揭开了20世纪中国农民斗争的序幕。冯兰池得胜，朱老巩呕血身亡，严老祥漂泊异乡，朱老明串联28户穷人三告冯兰池失败，埋下了两个阶级的世仇，孕育了子辈朱老忠、严志和与冯家的矛盾。朱老忠带着复仇的火种出走关东，挖参、打鱼、淘金，历尽磨难。25年后重返故土，继续与冯家抗争，并让儿子大贵去当兵，资助严志和次子江涛去读书；他凭直觉寄希望于"一文一武"报仇雪恨。但残酷的现实，使他遭受一系列打击，给了他很大的教育。后来他找到了党，在党的领导下，组织农民起来参与反割头税和保定二师学潮等集体斗争，才真正改变了与冯家乃至地主阶级之间的斗争形势，结束了悲剧命运。这是一部中国农民寻求自身解放之路的曲折历史。这部历史的展开，立足于滹沱河畔，反割头税和保定二师学潮等斗争，反映了冀中农民运动的风貌，同时它们又与全国范围的大革命时期的农民运动、北伐战争、"四·一二"政变、秋收起义等遥相呼应。这样，冀中平原的风云，不仅成了大革命前后中国革命的写照，而且把农民的反抗和新民主主义革命结合起来。作品通过对农民反抗过程的描述，概括了民主革命斗争的历史，艺术地表明了亿万农民是中国民主革命的主体力量。农民的反抗斗争，如不汇入共产党领导的无产阶级革命洪流，就不可能获得成功。作者说："一部具有民族风格的小说，首先是小说的主题。在我来说，主题思想又是和小说的内容同时形成的。"《红旗谱》所描写的一系列重大事件，它对农民的生存状态、斗争方式和历史命运的精确反映，在"十七年"文学创作中是不多见的。

就人物而论，《红旗谱》在特定的历史内容和深厚的地域土壤上，塑造了性格鲜明的、具有民族文化心理特点的人物形象。在以朱老忠、严志和两家为主体的农民英雄谱系中，朱老忠的形象尤为醒目。他的性格集纳了中国农民英雄的传统要质。第一，家族乃至阶级的世仇，孕育了他强烈的反抗性。朱老忠生长在慷慨悲歌之燕赵之地，少年时期亲睹了父辈与冯家的斗争，家破人亡的悲惨遭遇，使他直观地感受到沉痛的压抑，其父关于"只要有口气，就要为我报仇"的遗言，滋生了他出于阶级本能的反抗性。这种反抗性贯穿其一生，铸成他疾恶如仇、刚正不阿的主导性格。第二，二十余年闯荡江湖的传奇经历，使他增添了"为朋友两肋插刀"的侠义性。他对乡民穷人救危扶困，不惜用血汗钱给朱老明治眼病；卖掉心爱的牛犊资助江涛上学，以及替严家操办丧事，冒险探监等情节，都表现出朱老忠的粗犷豪爽、慷慨仗义。第三，不寻常的人生磨难，曲折的斗争历程，使他逐渐加深了对现实生活的认识，养成了"出水才看两腿泥"的坚韧性。他经受了大贵被抓去当兵、运涛被捕、严家丧失"宝地"等一系列打击后依然表现出坚韧不拔的性格；面对敌强我弱的局势，他没有硬拼蛮干，而是一切从长计议，抱定"大丈夫报仇，十年不晚"，讲究斗争策略，显得深谋远虑、沉着镇定。总之，朱老忠是一个生活在20世纪初叶，新旧两个时代交替时期的农民英雄的典型形象。他的身上既保留了旧时代豪侠的特征，又增进了新时代英雄的精神。他所走过的道路，既是旧时代农民自发反抗斗争的终结，又是新时代农民自觉革命的开始。自从找到共产党，参加党领导下的革命斗争，其反抗性便获得了自觉性，有了更明确的内容，更开阔的革命理想；他的侠义性，表现为从对少数穷人的患难救助，发展到谋求整个阶级的解放，心胸更为宽广；他的坚韧性，由仅仅依靠朱、严两家孤军奋斗，发展到盼望井冈山的烈火烧到冀中平原，从而最终成为一名农民革命斗争的英雄。其典型意义，在于朱老忠的生活道路、斗争经历和性格特征，集中概括了20世纪初期，新旧两个时代交替时期的中国农民由草莽好汉成长为农民革命英雄的历史踪迹与必然趋势。

《红旗谱》在艺术上重视文学的民族形式。小说以锁井镇两户农民三代人与一家地主两代人之间的尖锐冲突为中心组织故事情节，结构虽然不是章回体，但有意借鉴了中国古典小说的布局技巧，每部分六七千字，相对独立，各部分之间环环相扣，引人入胜。刻画人物形象，则主要采用古典小说常见的通过人物的行动，特别是通过人物的对话，以粗线条勾勒人物性格方法。同时又适当吸收外国小说的表现手法，通过静态的叙述和人物心理活动的描写，工笔细描，发掘人物的内心世界。因此，作品"比西洋小说的写法略粗一些，但比中国的一般古典小说要写得细一些"[1]。在语言方面，小说从词汇到语法，都注意语言的个性化、口语化、生活化。此外，小说还注意描写中国北方农村的风俗画与风景画，使作品深深扎根于厚实的民族土壤之中。

---

[1] 梁斌：《漫谈〈红旗谱〉的创作》，《春朝集》，第50页，上海文艺出版社1980年版。

《青春之歌》，作者杨沫（1914—1995），出生于北平，祖籍湖南省湘阴县。中学时期，杨沫因家道中衰和为了逃避包办婚姻，被迫辍学，离家出走河北乡间等地，先后担任小学教员、家庭教师和书店职员。1949年后，曾从事妇女工作、报刊编辑与电影编剧，后为专业作家。1958年出版代表作《青春之歌》。

《青春之歌》是一部探索民主革命时期青年知识分子道路问题的长篇小说。中国现代知识分子是现代中国社会的一个复杂群体，他们在各个时期的生存状态、精神面貌与命运归宿，一直是新文学创作的重要内容。1931年"九·一八"事变爆发后，中华民族面临生死存亡的危机。日本帝国主义的入侵，使国内的阶级关系发生变化，阶级矛盾日益尖锐。以爱国青年为先导的抗日救亡运动，到1935年"一二·九"运动前后掀起新的高潮。在国难当头，民族危亡的严峻时刻，不同类型的知识分子对民族命运表现出不同的态度，对人生道路做出了不同的选择。《青春之歌》以林道静的生活轨迹为主线，展现了她从争取个性解放到走向献身于社会解放的革命事业，最终实现人生价值与生命意义的艰难旅程，谱写了一曲壮丽的青春之歌。

林道静的成长道路是艰难而曲折的。挣脱包办婚姻，愤恨地离家出走，是林道静追求个性解放的开端。她出身于官僚地主家庭，但其生母是一位被侮辱、被残害的佃农的女儿，林道静在继母的虐待下长大成人。这种特殊的家庭际遇，一方面使她从小就养成了反抗压迫和同情弱者的品格，一方面又使她获得前往北平求学的机会，得以提高文化素养，开阔眼界，接受时代潮流的熏陶，萌发个性解放的思想。因此，当继母阴谋将她作为贡品，献给公安局长胡梦安时，她没有屈从就范，而是愤然出走，流落北戴河，投奔杨庄小学的表哥张文清，企图走自食其力的道路，取得独立的人格尊严和做人的权利。但迎接她的社会现实，比其家庭更加黑暗。校长余敬唐见她风姿不凡，又想把她送给县长做姨太太。林道静孤立无援，反抗无门，只得纵身跳进狂涛茫茫的大海，以自杀来控诉社会的黑暗与罪恶。这是其性格的必然，也表明了她对个人奋斗道路的绝望。

爱情的希望及其破灭，是林道静由追求个性解放走向献身于社会解放的转折。作品集中概括了我国30年代众多青年知识分子的曲折经历与艰难的成长过程，揭示了青年只有投身社会解放事业，才能真正地实现人生追求和个性解放。这不仅延伸了"五四"以来知识分子题材的作品题旨，而且在民主革命结束以后，对青年人生道路的探索，仍然不乏指导意义。

浓郁的抒情笔调，是《青春之歌》的艺术特点。无论是描绘社会环境、自然环境，还是叙写事件、渲染气氛，作者总笔墨含情，情景交融，显示了杨沫作为一位女作家所特有的轻柔情愫。

《创业史》，作者柳青（1916—1978），陕西省吴堡县人。1947年创作了他的第一部长篇《种谷记》，反映陕甘宁边区的大生产运动。1951年完成第二部长篇《铜墙铁壁》，1952年起到陕西省长安县安家落户，历时14年，其间曾任长安县委副书记。1960

年出版了第三部长篇小说《创业史》（第一部）。

《创业史》描写了农业合作化前后农村错综复杂的社会关系与尖锐激烈的矛盾斗争，反映了农村社会主义改造的过程。梁生宝互助组的建立与成长，不仅震动了蛤蟆滩，而且时时牵动各色人等的思想心理，迫使他们做出严峻的选择。小说围绕四条线索，展开了50年代前期农村广阔的生活与斗争画面。一是梁三老汉、王二直杠等贫苦农民，迷恋旧时代的创业道路，企图依靠传统的生产方式发家致富，与互助合作运动格格不入。二是富裕中农郭世富，凭借优厚的经济实力，与互助组公开较量，顽固维护私有制，幻想再度雇工剥削。三是富农姚士杰，刻骨仇恨新社会，暗中施展阴谋，妄图扼杀互助组，实行阶级报复。四是党员、村代表主任郭振山，背离党的宗旨，热衷个人发家，幕后支持互助组的反对势力，曲折干扰、抵制互助合作运动。这四种力量自觉不自觉地相互交织、纠合，阻碍着合作化运动。然而，梁生宝、高增福等积极分子，依靠集体力量冲破重围，最终使蛤蟆滩农民放弃私有制，接受公有制，走上了社会主义道路，显示了农村社会主义改造的历史必然性。

在各种矛盾斗争和人物关系中，梁生宝始终处于轴心位置。这是一个50年代农村社会主义创业者的英雄形象。作为世代贫穷的农民的儿子，他从父辈血脉中继承了与穷苦命运抗争的进取精神，而父辈惨败的事实和个人受穷的生活经历，使他很快接受党的教育，明确真正的创业史究竟应该怎样谱写。因此，质朴的进取精神，在他身上便升华为坚定的社会主义信念、改造世界的博大胸襟和扭转乾坤的非凡气魄。它们主导人物的全部行动，支配梁生宝抛弃个人的一切，把肉体与灵魂毫无保留地献给集体事业。他渴望走共同富裕的道路，谋求全体农民的幸福，创社会主义大业，这是梁生宝思想性格的核心，也是他区别于以梁三老汉为代表的老一代创业者的本质所在。小说紧紧围绕这一核心，对人物进行了多侧面的刻画。在创业过程中，面对来自各方面的困难与阻力，不管是社会的，还是自然的；不管是物质的，还是精神的；不管是公开的较量，还是隐蔽的破坏干扰，他始终毫不动摇，一往无前，表现了创业者坚韧不拔的毅力和顽强的拼搏精神。外出买稻种、推广新法育秧、进山砍竹子等情节，表现了他勤勤恳恳、任劳任怨的务实作风。吸收白占魁入组，耐心帮助继父梁三老汉，正确处理与郭振山的矛盾，又表现了他的忠厚、善良、真诚、淳朴。总之，这是一个完全摆脱了小生产者私有观念羁绊的社会主义新人形象，在他身上体现了作家的社会政治理想和美学观念，代表着那个时代的精神追求。

梁三老汉是《创业史》中塑造得最精彩的中国老一代农民的典型形象。在旧社会，他经历了发家成梦的辛酸史，解放后他凭直觉感激新社会给他带来新的希望，但这希望仅仅是做一个三合头瓦房院的长者。作为背负着几千年私有观念的小生产者，他倾向于个人发家致富。当梁生宝不愿听从他的安排而组织起互助组时，他便自发地反对集体事业，同妻子大吵，发泄对儿子的不满，暴露了自私、落后、狭隘、保守的小生产者意识。同时，他又具有普通农民勤劳、善良、朴实的品质。土地的获得，痛苦的回忆，以及父子之情，使他在精神和感情上接近梁生宝及其所从事的事业，如他时刻关注互助组的命运,为进山割竹子的梁生宝担心,几次偷看新法育秧,对梁大老汉和王瞎子退出互助组没有好感,等等,反映了梁三老汉一方面不满意梁生宝,一方面又希望梁生宝成功,内心深处充满矛盾,其性格具有明显的二重性,是一位动摇于集体致富与个人发家两条道路之间的人物。对于农业合作化运动,他经过了从反对到怀疑、由怀疑到承认、由承认到信服的发展阶段,最终站到了互助组一边。小说富于层次地表现了这个人物告别私有观念、树立集体意识的心理与思想的变化过程。梁三老汉精神世界的复杂性,是老一代中国农民的艺术写照,具有深刻的典型意义。

将宏大的结构与精细的描写、深刻的心理刻画与哲理性的议论相结合,是《创业史》显著的艺术特色之一。柳青曾经说过:"这部小说要向读者回答的是:中国农村为什么会发生社会主义革命和这次革命是怎样进行的。回答要通过一个村庄的各个阶级人物在合作化运动中的行为、思想和心理的变化过程表现出来。"[1]小说站在历史高度,探索中国农民的历史命运,概括中国农民的生活道路,绘制50年代前期农村生活的全景,气势磅礴,构架宏伟。而在具体展开生活画面,刻画梁生宝、梁三老汉等人物形象时,又能够做到精细入微。尤其是对人物心理流程的状写,常常淋漓尽致,入木三分。在进行历史概括和精细描写时,作者善于将自己的情感,对事物的评价,对生活的认识以及对人物的剖析,化为哲理性的议论,或者融化于情节之中,或者直接站出来面对作品中的人物和读者抒情议理,表明作家鲜明的倾向性。

《创业史》同样也存在着明显的不足,主要是作品以社会政治运动的全过程作为小说的描写对象。在反映中国农村社会主义革命,强调社会主义方向时,过分夸大农村两个阶级、两条道路的斗争。简单化地用阶级分析的理论和方法配置人物,处理农业合作化运动中的矛盾冲突。把解放初期一般贫苦农民劳动致富的要求,一概当作资本主义倾向加以批判,对富裕中农的描写,过分强调他们自私、落后的一面,对富农的描写,在批判的同时忽视了他们丰富的内心世界。这些既是《创业史》的局限,又是时代所留下的"左"的印记。

三、王蒙 茹志鹃

王蒙,河北南皮人,1934年生于北京。1948年入党。解放初期从事共青团工作,1953年创作长篇小说《青春万岁》,1956年发表短篇小说《组织部新来的青年人》,震动了当时的文坛。1957年被错划为右派,中断创作生活,先后下放到京郊和新疆农村劳动。1978年返京任专业作家,错案得到纠正,重新焕发创作热情,推出一系列著名的短、中、长篇小说,积极进行大胆的艺术探索,取得了丰硕的成果,引起了广泛的社会反响。他新时期的主要作品,短篇小说有《春之声》、《悠悠寸草心》,中篇小说有

---

[1] 柳青:《提出几个问题来讨论》,《延河》1963年第8期。

《布礼》、《蝴蝶》、《风筝飘带》、《杂色》，长篇小说有《活动变人形》、《恋爱的季节》、《踌躇的季节》等。

《组织部新来的青年人》是王蒙早期创作的代表作。它通过一位名叫林震的年轻人新调入北京一个区委组织部工作的经历与感受，揭露了某些党的领导机关有待克服的官僚主义及其对革命事业的危害，提出了人们在新的历史时期普遍关心的社会问题，表明了健全和纯洁党的肌体的重要意义，歌颂了青年人积极思考、追求真理、敢于斗争的精神。

小说主要刻画了区委组织部副部长刘世吾的形象。这是一个性格复杂、充满矛盾的官僚主义者。他参加革命多年，曾经热情地献身于人民解放事业。他有经验，能力强，魄力大，只要下决心，可以干得很出色。但由于生活环境和社会地位的变化，他对事业和生活丧失了热情，不断用世俗的现实否定曾为之奋斗的理想，成熟的外表下掩盖着可怕的冷漠与圆滑。对于一切，他不再操心，不再爱，不再恨，"就那么回事"，成为他对待现实的处世哲学，并且他还制造了诸如"条件不成熟"，"成绩是基本的，缺点是前进中的缺点"等一套似是而非的理论根据，为自己的处世哲学辩护，使其消极麻木的精神状态和得过且过、不求进取的工作作风合法化。这不仅迷惑了一些人，而且助长了王清泉、韩常新等另一种类型的官僚主义，给党的事业造成了更大的损失。尽管刘世吾对自己也有所反省，自责"我处理这个和那个人，却没有时间处理自己"，表现了性格复杂的另一面，但他毕竟心灵污垢过重，改变不了自己的积习。这是一个50年代中期那些曾经创造了新的生活，结果却不能为新生活激动的、意志严重衰退的时代落伍者的艺术典型。在这一人物身上，寄托了作者对理想、激情、人生等问题的思考。

《组织部新来的青年人》体现了作者早期小说贴切近生活、干预生活的特点，也显示了独特的青春小说气息。1956年，我国的社会形势发生了重大变化，工作重心逐渐转向大规模的经济建设。"双百"方针的提出，解放了作家的思想。王蒙以青年人特有的胆识开风气之先，遵循现实主义精神，积极直面现实，敏锐而深刻地发现并揭露了生活中与新的历史转折格格不入的消极因素。在题材、主题和人物方面进行了有益的探索和开拓，表现了50年代的浪漫主义精神和理想主义色彩。《组织部新来的青年人》是50年代中期"干预生活"文学思潮的代表作。

茹志鹃（1925—1999），祖籍浙江杭州，生于上海。1943年参加新四军，开始文艺宣传与写作活动。1955年转业到作协上海分会工作。1958年发表成名作短篇小说《百合花》，形成清新、俊逸的艺术风格。

《百合花》取材于人民解放战争，通过对"我"、"通讯员"、"新媳妇"三者之间的生活片断的描写，赞美了英雄战士与人民群众的高贵品质，揭示了军民的血肉关系是赢得革命战争胜利保证的主题。

这个主题对于军事文学来说是严肃而深刻的，但小说在表现方式上没有正面描写激烈的战斗过程、宏大的战斗场面和曲折复杂的故事情节，而是从小处落笔，选择侧面表现战争的角度，围绕路遇、借被等普通的事件，刻画小通讯员和新媳妇两个平凡的人物，通过前沿包扎所一个不大的空间，运用诸如枪筒里的树枝、野菊花和衣肩上的破洞、开饭的馒头、撒满百合花的被子等细节，前呼后应，精巧严密地结构布局，以小见大地构思全篇。于表面的微波细浪映现惊心动魄的激流洪波，使"小"而不"小"，"细"而不"细"，同样获得了出色的艺术效果。

细腻地刻画人物的内心世界，是本篇的另一特色。小说主要描写了三个人物，无论是小通讯员、新媳妇，还是"我"，内心世界都十分丰富，细致入微，其变化轨迹富有层次。"我"对小通讯员，起初"生气"，接着发生"兴趣"，继而从心底热爱，由衷敬佩。小通讯员对"我"，途中拘谨、腼腆；没有借到被子，他焦灼、抱怨，得知原因后则惊讶、歉疚。新媳妇开始为借不借被子而犹豫、犯难，为给伤员擦洗而忸怩、羞涩，但当她得悉小通讯员为救护民工而献身时，她由震惊而崇敬，终至庄严而虔诚地为他缝补衣肩破洞，盖上自己结婚用的新被子。作者始终把艺术笔触深入人物的内心，精心捕捉其细微变化。由远及近，由淡到浓，由表及里，刻画了质朴、憨厚、具有高尚情操的普通士兵形象，以及纯真、善良、深明大义的农村少妇形象。突现了人物鲜明的精神风貌，强化了小说的抒情诗意，体现了清新、俊逸的艺术风格。《百合花》的成功启示文坛：反映悲壮的战争题材，除了常见的慷慨激昂之外，还可以有其他的笔调。

第三节 "十七年"的诗歌

一、概述

"十七年"的诗歌创作，总体上呈现出一种曲折盘旋的发展态势。

天安门城楼上五星红旗的升起，标志着中华民族的历史掀开了新的一页。摆脱了深重苦难的人民群众，满怀喜悦地赞美新生活，歌颂党和领袖，欢声笑语响彻神州。这一时代的"兴奋点"，必然使敏感的诗人们适时地调整创作视角，尽兴地喷发心中激情。于是，一首首昂扬欢快的"颂歌"，构成了1949年以后初期诗坛的主旋律。曾经预言古老中国必将像火中凤凰一样获得新生的郭沫若，以一曲格调高亢、情绪豪迈的《新华颂》率先揭开颂歌诗潮的序幕，表达了亿万人民的心声。暗夜里曾向渴望光明的人们传递过"黎明的通知"的艾青，面对新时代的晴空艳阳，高唱起《我想念我的祖国》。何其芳抚今追昔、百感交集地欢呼《我们最伟大的节日》，臧克家分外深切地感受到《祖国在前进》。此外，冯至的《我的感谢》，朱子奇的《我漫步在天安门广场上》，石方禹的《和平最强音》，王莘的《歌唱祖国》等，也都是这一时期影响较大的诗作。

50年代初期，新中国诗苑还涌现出一批反映抗美援朝战争的作品。其中，未央的《驰过燃烧的村庄》、《祖国，我回来了》，情感热烈而深挚，在当时的读者中广为传诵。

　　随着经济建设高潮的到来，方兴未艾的颂歌浪潮产生了重心的转移。各条战线上火热的斗争生活，吸引了诗人们专注的创作目光；人民群众忘我的劳动精神，激发起诗人们强烈的创作欲望。李季在西北石油矿区写出《玉门诗抄》、《生活之歌》等力作，被称为"石油诗人"。阮章竞离开漳河沿，以组诗《新塞外行》展示祖国建设童话般的奇迹。徐迟笔下传出钻机的轰鸣，冯至诗中不乏钢花的飞溅。戈壁舟咏赞"命令秦岭让开路"的建设英雄们，邵燕祥为"我们架设了超高压送电线"而自豪。芦荻欢快地唱出《田园新歌》，流沙河抒情地奏起《农村夜曲》，田间的《马头琴歌集》成为内蒙古草原牧民新生活的写照，闻捷的《天山牧歌》回响在广袤的新疆大地。此外，公刘的《边地短歌》、《黎明的城》，雁翼的《大巴山的早晨》、《在云彩上面》，梁上泉的《云南的云》、《喧闹的高原》，傅仇的《伐木者》、《森林之歌》，严辰的《在同一片云彩下》等，展现了社会主义建设的动人图景。张永枚的《骑马扛枪走天下》，李瑛的《野战诗集》，白桦的《金沙江的怀念》等，也从新生活的各个方面折射出时代的光彩。

　　颂歌主潮无疑给诗坛带来了明朗的色调和昂扬的诗风，但与此同时，诗歌创作中若干不应忽视的缺失亦逐渐暴露了出来。其主要表现为：题材不够多样，形式比较单一；简单配合政治运动、中心工作的"传声筒"倾向已在部分诗作中初露端倪；以赞颂新时代、新生活为己任的诗人们，大抵致力于外部现实图景的描绘而回避"自我"形象的抒写；对人的精神世界、情感世界作深入揭示的诗篇更是凤毛麟角。凡此种种，均导致50年代前中期的诗坛未能摆脱"大一统"的创作格局，而作品艺术风格的趋同，诗人艺术个性的萎缩，都是不利于诗歌的健康发展的。

　　1956年"双百方针"提出以后，文艺界一度生机盎然，诗歌创作也出现了某些变化。随着取材范围的拓宽，此前鲜见的爱情诗、山水诗、咏物诗、赠答诗渐次增多。艾青的诗作还较多地涉猎国际题材，陆续有《南美洲的旅行》、《大西洋》等佳篇问世。一些独立思考的诗人，已不再满足于随波逐流，表现单一的颂歌主题，而敢于正视生活中错综复杂的矛盾，以或冷峻或嘲讽的笔触，对新的历史条件下依然存在的种种时弊进行揭露和抨击。邵燕祥的《贾桂香》，流沙河的《草木篇》，以及公刘、公木、袁水拍等人的一些诗作，均以其执著的思想探索显示了诗歌创作中现实主义精神的深化。

　　然而，这种创作上的民主自由，很快便因1957年反右斗争的扩大化而荡然无存。艾青、公刘、唐祈、吕剑、公木、白桦、流沙河、周良沛、苏金伞等一批才情出众、卓有建树的诗人被逐出诗坛，其他幸存者则被迫暂停了刚刚开始的创作探索。

　　1958年，在毛泽东的号召下，全国范围内开始了"新民歌运动"，出版了新民歌的选集《红旗歌谣》，涌现了大量的农民诗人和"新民歌"，给诗坛带来了表面繁荣的创作景观。实际上，这些"新民歌"均或多或少地受当时"左"的思潮的影响，虽在一定程度上反映了人民群众战天斗地的精神风貌，但那种背离现实、"浪漫"浮夸、粉饰生活的通病却相当严重。即使在《红旗歌谣》这样的精选本中，构思独特、立意深刻、内容真实、形式脱俗的优秀诗作也很少见。同时，诗歌理论界对民歌形式的大力推崇，对"民歌道路"的过分强调，也抑制了诗人个性风格的形成与发展。这不仅对"五四"以来新诗的"开放"传统构成了逆向冲击，而且也将1949年以后的诗歌创作引向了一条窄路。

50年代末，政治领域内的"反右倾"斗争，不啻一场严霜降临诗苑，迫使不少诗人掩藏起真情实感，回避着现实题材。少量顶着"风头"抒写真情的诗作，如蔡其矫的《雾中汉水》，郭小川的《望星空》等，则遭到不公正的批评。于是，那种与眼前现实生活拉开一定距离的长篇叙事诗，便俨如石缝中的花卉顽强地生长、发展起来。此类作品大致上分为两类，一类是反映革命斗争历史的，如郭小川的《将军三部曲》，闻捷的《复仇的火焰》，臧克家的《李大钊》，李季的《杨高传》，王致远的《胡桃坡》，马萧萧的《石牌坊的传说》等。另一类是表现神话故事、民间传说的，如李冰的《巫山神女》，戈壁舟的《山歌传》，梁上泉的《神奇的绿宝石》等。

60年代初，经过文艺政策的逐步调整，诗坛气氛再度显得比较宽松。严阵、李瑛、雁翼等克服图解政治的创作倾向，注重诗歌艺术质量的提高，向诗坛奉献出一批构思新颖、意境优美、音韵和谐的佳作。郭小川、贺敬之等则将50年代颂歌诗潮中已经定型的政治抒情诗推向了新的发展阶段。但1962年以后，随着"反修防修"任务的强调，"千万不要忘记阶级斗争"口号的提出，诗歌创作又出现新的转折。这时，政治抒情诗因常撷取重大的政治题材，抒写革命者的人生哲学，具备激昂的战斗风格而迅速发展起来，成为独领风骚的诗坛主旋律。除郭小川、贺敬之又有重要作品问世外，阮章竞、闻捷、张志民、陆棨等也纷纷涉足这一诗体。于是，讴歌爱情、吟咏山水、摹画习俗、表现田园牧歌的作品，遂变得不合时宜。严阵从清新明丽的《江南曲》演变为豪迈激越的《竹矛》便是突出的一例。这一阶段，红日、红旗、青松、烈火等，成为政治抒情诗中常见的象征性意象，而抒情主人公则完成了由"小我"向"大我"的彻底转换。

至此，诗歌发展道路越走越窄的趋势已日渐明显——对诗歌创作必须服务于政治、配合中心运动的片面强调，势必冲淡诗人对真实的社会生活、复杂的情感世界的体验。这不仅导致创作中构思的单调，形象的雷同，个性的泯灭，而且也扼制了诗人对不同艺术风格的积极探索。

"十七年"中，少数民族的诗歌创作引人注目。蒙古族的纳·赛音朝克图和巴·布林贝赫，维吾尔族的铁衣甫江·艾里耶夫，藏族的饶阶巴桑，白族的晓雪和张长，侗族的苗延秀，土家族的汪承栋，壮族的韦其麟，朝鲜族的金哲，仫佬族的包玉堂，傣族的康朗英等，都是诗作颇丰、有一定影响的诗人。经陆续发掘、整理，各少数民族的叙事长诗，如藏族的《格萨尔王传》、蒙古族的《英雄格斯尔可汗》、《嘎达梅林》、彝族的《阿诗玛》、壮族的《百鸟衣》、傣族的《召树屯》等，也给诗苑增添了奇异的光彩。

这一时期台湾的诗歌创作，代表作家有纪弦、余光中、痖弦、洛夫、非马、杨牧、叶维廉、吴晟、罗青等。

余光中（1928—　），"蓝星诗社"创办人之一。诗歌作品有《舟子的悲歌》、《蓝色的羽毛》、《钟乳石》、《莲的联想》、《白玉苦瓜》、《与永恒拔河》、《浪子回头》、《高楼对海》等诗集二十余种。余光中的诗歌创作，经历了"格律诗"（1950—1957）、"现代派"（1958—1960）、"反西化之新古典主义"（1961—1964）和"融通圆熟"（1964—至今）等不同时期。这一发展历程实际昭示出余光中的诗歌创作，从受白话新诗中的新格律派影响，到从西方现代派诗歌中寻找艺术营养，再转而到中国古典诗歌中发掘艺术资源，最终杂糅种种，形成自己的风格。在余光中的诗中，历史回顾、"故事"重构、异国见闻、爱情书写、哲理沉思、怀人写景、诗友赠答均成为他诗歌创作的主题，而在余光中的诗作中最重要也最核心的主题是"乡愁"——现实中的乡愁和文化上的乡愁。在表现形式上，余光中诗作的感情抒发常常借助节奏和意象的暗示来完成，节奏把握的到位，意象设置的浑成，每每令人惊叹。其诗结构精致，在开头和结尾处尤见匠心，富"建筑的美"。诗歌语言或气势磅礴，或清雅柔媚，一些词语的搭配，既新奇又合理，充满智慧。无怪乎他被称为"诗坛祭酒"[1]。

痖弦诗歌作品有《痖弦诗抄》、《深渊》、《盐》（英文集）等。痖弦的诗"可以说是民谣风格的现代变奏，且有超现实主义的色彩"[2]，在题材上他喜欢"表现小人物的悲苦和自我的嘲弄，以及使用一些戏剧的观点和短篇小说的技巧"[3]。或许是受超现实主义和存在主义的影响，在主题表达上，痖弦的诗作表现出对人的生存本质进行追究的浓烈兴趣，常常以现实世界为材料和载体，表现一种终极性的探询，"要说出生存期间的一切，世纪终极学，爱与死，追求与幻灭，生命的全部悸动、焦虑、空洞和悲哀"[4]是痖弦诗歌创作的动机和追求。"甜是他的语言，苦是他的精神"，痖弦的诗融现代观念、民谣风格和哲理沉思为一体，为台湾现代诗在表现深度、现代与传统的交融等方面作出了独特的探索。

洛夫诗歌作品有《灵河》、《石室之死亡》、《魔歌》、《隐题诗》等诗集十余种。洛夫在台湾诗坛有"诗魔"之称，这既是指洛夫诗歌创作的变化多端，同时也是指他的诗作具有神奇的艺术魔力。在洛夫的诗作中，既有浪漫的抒情，也有现代主义探索的结晶；既有对内心世界的挖掘，也有对客观世界的拥抱；既有"以小我暗示大我"，也有"以有限暗示无限"。洛夫诗作中的意象以刚硬雄奇为主，语言大气魁伟，淋漓酣畅而又充满张力。

杨牧诗歌作品有《水之湄》、《花季》、《灯船》、《传说》、《瓶中稿》等诗集

---

[1] 颜元叔：《诗坛祭酒余光中》，九歌出版社1994年版。
[2] 痖弦：《痖弦自选集·有这么一个人》，黎明文化事业公司1977年版。
[3] 同上。
[4] 痖弦：《中国新诗研究》，第49页，洪范书店1981年版。

十余种。其早期诗作受当时诗风的影响,以充满现代风的形式表现敏感的文学少年的种种思考和探索(《水之湄》),进入大学以后,"开始自觉地实验着新技巧垦拓着新境界"[1],自《花季》以降,这种"实验"和"垦拓"的努力,可以说贯穿了杨牧诗歌创作的全过程。从总体上讲,杨牧的"实验"和"垦拓"集中体现在对这样几对关系的思考上:诗歌的自由创造(自由)和相对自足(局限)、诗歌的社会功能(表现社会)和自身建构(追求本体)、诗歌的传统继承(回眸古典)和异质吸取(放眼世界)、诗歌的客观描摹(外向观察)和主观书写(内视冥思)。杨牧在自己的诗歌创作中,既恣肆挥洒又注重有机性,表现社会是立足于"诗"的立场和以"诗"的方式。诗歌的"个性化"以兼容古典和西方的双重身影为前提,以自己的独立思考为提升,而"表达自己——我自己的意志,心灵,和欲愿"[2]则成为他诗歌创作的原初动力和自觉追求。对"美"、"忘我的爱"的歌颂,以及对历史(人物)的同情和对死亡的沉思是杨牧诗歌的基本主题,对心灵世界的反刍是杨牧诗歌的基本取向,对沉思和默想的热衷是杨牧诗歌的基本气质,形式的"音乐化"、"格律化"、"多样化"探索和语言的纯美追求则构成了杨牧诗歌的基本风貌。

叶维廉诗歌作品有《赋格》、《愁渡》、《醒之边缘》、《野花的故事》等。在诗歌理念上,叶维廉提倡"纯诗",意图抛却由语言和概念建立起来的世界,剥离语言和概念中的道德、情感积淀,摒弃叙述性,而把"诗"建立在借用语言和概念来表现万物形象,在形象中建构和寄寓意义。《赋格》和《愁渡》可以被看作叶维廉"纯诗"理念的实践。70年代叶维廉的诗风有所改变,"纯诗"的实践有所变通,对叙述性也不再绝对剔除,借助对自然的描写抒发自己对世界、人生的感悟,是这一时期叶维廉诗作的重要内容。从对"纯诗"的提倡和实践,到对叙述性的回归和对语言所指的重新借助,使叶维廉的诗歌创作具有不同于常人的轨迹,也使他的诗在台湾诗坛独树一帜,别具风格。

二、闻捷 郭小川 贺敬之

闻捷(1923—1971),原名赵文节,江苏丹徒县人。1944年开始文学创作。1955年在《人民文学》上陆续发表组诗、叙事诗,结集为《天山牧歌》,博得广泛赞誉。1962年发表《叛乱的草原》。

闻捷的爱情诗从不对男女的情爱作落俗的描写和空泛的吟咏,而是颇具独创性地把爱情与新的时代气息、新的劳动生活和新的道德情操糅合在一起表现,从而艺术地揭示出人们爱情观念的深刻变化。《苹果树下》巧妙地以苹果喻指爱情——苹果未成熟时,

---

[1] 杨牧:《杨牧诗集Ⅰ·序》,洪范书店1978年版。
[2] 杨牧:《〈北斗行〉后记》,见《杨牧诗集Ⅱ》,洪范书店1995年版。

姑娘对小伙子的求爱不予理睬；而当秋天来临，"淡红的果子压弯绿枝"时，姑娘才笑吟吟地向小伙子暗示："种下的爱情已该收获。"这里，苹果的生长与爱情的发展和谐联系、互相映衬，两位在苹果园里播种爱情的恋人共同谱写出一曲建设新生活的劳动之歌。《夜莺飞去了》表现一位有志青年夜莺似的飞越天山，奔赴金色的石油城。当他成为一名真正的矿工再度飞回故乡时，必将获得姑娘纯洁的爱情。在诗人的心目中，辛勤的劳动才能奏出优美的青春乐章，爱情的鲜花也只为壮丽的建设事业开放。

设置简单的人物和情节，在富有幽默情调的叙事当中抒情，是闻捷爱情诗艺术表现方面的主要特色。民族风情、地域色彩的描摹与点染，生活气息浓郁，是闻捷爱情诗艺术表现方面的又一显著特色。诗人以其浓郁的艺术笔墨，描绘出天山南北特有的绮丽风光和淳朴人情，旨在为新生活"激情的赞歌"增色。作品所展示的是立体的风俗画卷，给人以审美的愉悦。

总之，闻捷的爱情诗构思新颖，语言优美，韵律和谐，格调清丽，且叙事、绘景、抒情融为一体，充满积极向上的进取精神。但有时诗人不免将作品中人物的理想情操绝对化，无意间对丰富微妙的爱情做出简单化的处理。

闻捷诗歌中最受人称道的，除《天山牧歌》外，还有具备史诗规模的长篇叙事诗《复仇的火焰》。在艺术形式方面，长诗构架宏大，情节曲折，气势雄浑，语言流畅而富有节奏。对草原自然景观和民族风情习俗的描绘亦充分显示了丰赡的美学意蕴。

郭小川（1919—1976），原名郭恩大，河北丰宁县人。1937年参加八路军，曾在延安马列学院学习。1949年以后，先后在中南局宣传部、中共中央宣传部和中国作家协会等部门工作。曾与陈笑雨、张铁夫同志合作，以"马铁丁"为笔名写思想杂谈，产生过较大影响。50年代中期发表组诗《致青年公民》，显示了诗与政论相结合的特点。其后，又创作叙事长诗《白雪的赞歌》、《深深的山谷》、《一个和八个》和《将军三部曲》等。"文革"中，在遭受隔离审查的逆境下，仍写下了《团泊洼的秋天》、《秋歌》等充满豪情的诗篇。

由《投入火热的斗争》、《向困难进军》、《在社会主义高潮中》、《闪耀吧，青春的火光》等组成的政治抒情组诗《致青年公民》，是郭小川的成名作。该组诗感情热烈奔放，韵调铿锵，如同战鼓与号角一样催人奋进，但诗中也存在着以宣传鼓动性政论代替艺术形象创造的倾向。

当诗人对自己笔下过多的"政治性的句子"感到不安和不满之后，他便开始了创作上的多方面探索。抒情诗《望星空》把人生道路与宏观世界的奥秘联系起来思考，诗风变得深沉而凝重；《白雪的赞歌》、《一个和八个》等叙事诗则注重表现人物丰富的情感内涵，思考严肃的思想话题，力图塑造出生动的艺术形象。诗人的这些探索很快受到严厉的批评，因此未能得到进一步的发展，但诗人重视在诗歌中追求"新颖而独特的东西"的创作宗旨却从这里确立了起来，并促成了其与众不同的艺术风格的形成。

郭小川诗歌的艺术特色，首先表现为时代激情与人生哲理的有机结合。他的许多政治抒情诗密切关注时代风云，以火热的激情表达重大的社会主题。诗中往往活跃着一位将"自我"融入"大我"的抒情主人公的形象——无论是直抒胸臆还是托物言志，都洋溢着对党和人民、对社会主义建设事业的一往情深；同时，这位抒情主人公对现实生活、人生理想和革命前程的理解与思考，也因化作染上鲜明时代色彩的形象、凝聚着深刻隽永的哲理而更能启发人的心智，引发读者精神上的共鸣。郭小川诗中所蕴涵的哲理，并非居高临下的政治说教，而是在时代的感召下，从生活矿藏中结晶出来的一种激情表达，其独特的思想价值、审美价值自然分外引人瞩目。

郭小川诗歌的艺术特色，还表现为对形式技巧的刻意求新，多方探索。诗人曾在《月下集·权当序言》中说："我在努力尝试各种体裁……民歌体、新格律体、自由体、半自由体、'楼梯式'以及其他各种体，只要能够有助于诗的民族化和群众化。"50年代，他的《致青年公民》采用了马雅可夫斯基的"楼梯式"，但这一外来形式经过他的消化与改造，已具备了中国特色：不仅外观上保持了阶梯般的整齐，而且能有规律地押韵，分行的长句也未失却内在的节奏，读来全无生搬硬套的痕迹。60年代，他的不少名篇均系感物抒怀或托物言志之作。诗人成功地借鉴了我国古典辞赋善于铺张、渲染、排比、重叠的表现手法，创造出独树一帜的"新辞赋体"。这种诗体句式偏长、气度恢宏，情、理、景、物常融为一体，且节奏自由，文采斐然。脍炙人口的《甘蔗林——青纱帐》读来如流水行云，美感充盈，这除了得益于构思的新颖、意象的别致外，铺张、排比、对偶等辞赋手法的出色运用，也发挥了很大的作用。诗人巧妙地将现实与历史、今天与昨天、幸福与斗争联系起来，两相比照，不仅使全诗回荡着既激越又柔和的抒情旋律，而且也让我们领略到一种汪洋恣肆、纵横捭阖的生动气韵。

贺敬之，1924年生，山东峄县（今枣庄市）人。1940年奔赴延安，在鲁迅艺术学院文学系学习，曾与丁毅共同执笔，集体创作过新歌剧《白毛女》。1949年以后一直担任文艺界的领导工作。1956年，采用陕北民歌"信天游"形式写成《回延安》。此后，又陆续发表了《三门峡歌》、《放声歌唱》、《东风万里》、《桂林山水歌》、《西去列车的窗口》等，结集为《放歌集》。

贺敬之1949年以后的诗作大致分为两类：一类是构思精美、意境清新、带有民歌气息或颇得古诗神髓的抒情短诗，如《回延安》、《三门峡——梳妆台》《桂林山水歌》等。另一类是表现我国政治生活中的重大题材，诗风豪放的长篇政治抒情诗，如《十年颂歌》、《雷锋之歌》等。

《回延安》是诗人重返革命圣地延安时，抒写内心丰富感受的动情之作。当他与延安阔别多年，又赤子般地扑向"母亲"的怀抱时，那难以抑制的拳拳之情便如潮水般奔涌而出。诗人描绘话新叙旧的重逢场景，回忆自己喝延河水、吃小米饭、投身革命的成长经历，对延安的山水草木、人情风俗——延安精神和延安人作了由衷的赞颂。全诗生活气息浓郁，地方色彩鲜明，语言质朴清新，读来感人至深。

1956年，中国共产党诞生35周年之际，贺敬之创作了集"颂歌"之大成的《放声歌唱》。长诗展现在我们眼前的，是广阔历史背景下多姿多彩的动人画面。典型细节的灵活穿插，自由驰骋的丰富想象，不仅艺术地勾画出党在各个历史时期的丰功伟绩，而且从不同的角度成功地塑造了党的光辉形象。诗中奔腾的激情、磅礴的气势，均给当时的读者留下了深刻的印象。

贺敬之的诗歌带有革命浪漫主义的特色。他的不少诗作都没有停留在描写现实的层面，而往往思接千载，想象较为奇特丰富，通篇充溢着浓重的抒情韵致。在《放声歌唱》里，诗人化作艺术的精灵，时而遨游天际，时而漫步大地，时而向远古的祖先吐露心曲，时而对未来的公民倾诉衷肠……奇幻的想象超越了时空的限制，将古今中外融为一体。至于以革命理想主义为基调的主观抒情，在贺敬之的诗歌中更是屡见不鲜。特别是那些长篇政治抒情诗，从不"嘲风月，弄花草"，宣泄个人伤感、消沉的情绪；诗人在提出并回答政治生活中及人生道路上的一系列重大问题时，常常先鸟瞰式地展现历史和现实的图像，再用乐观向上的瑰丽笔墨勾画出革命事业光辉的前程、灿烂的远景。

贺敬之的诗歌形式多样，艺术风格独特。他的早期诗作多采用自由体。《回延安》、《桂林山水歌》等抒情短章具有民歌风味。政治抒情诗的体式，则以从苏联诗人马雅可夫斯基处横移过来的"楼梯式"为基础，有机地融入我国古典诗词讲究凝练、整饬、意境、音律的优长，显得开阖有致，舒卷自如，流畅简洁，韵调和谐。

当然，时代的局限也使他的某些诗作无可避免地受流行政治概念的影响而带有"左"的印痕。尤其是他的政治抒情诗中所包含着的时代浮夸虚假成分，是值得我们今天思考的命题。

第四节 "十七年"的散文

一、概述

为了直接而迅速地反映新时代的伟大变革，表现经济建设蒸蒸日上的喜人局面，"十七年"期间作家们纷纷将纪实性强、信息量大的通讯报告作为表达内心激情的工具。

抗美援朝战争开始后，不少作家奔赴朝鲜战场，进行实地考察、采访，写下了大量的战地通讯。魏巍的《谁是最可爱的人》，巴金的《生活在英雄中间》，刘白羽的《朝鲜在战火中前进》，菡子的《和平博物馆》，黄药眠的《朝鲜——英雄的国度》，靳以的《祖国——我的母亲》等，均是这一时期有代表性的个人作品集。《朝鲜通讯报告选》（共3集）、《志愿军一日》（共4集）、《志愿军英雄传》（共3集），则是战地通讯报告的大型选集。这些作品或叙写激烈悲壮的战斗场景，或追述烈士舍身报国的英勇事迹，或揭露侵略者的残暴罪行，或讴歌中朝两国人民的深情厚谊；显示出内容真实、感情充沛、文笔质朴的艺术特色；成为当时对广大读者进行爱国主义和国际主义教育的形象教科书。

反映社会主义经济建设的沸腾生活，表现祖国日新月异的面貌变化，成为通讯报告创作的又一重要内容。《祖国在前进》、《经济建设通讯报告选》（共2集）、《散文特写选》（1953—1956）等，均是当时产生较大影响的作品选集。就单篇而言，柳青的《王家斌》、《一九五五年秋天在皇甫村》，秦兆阳的《王永淮》、《老羊工》，沙汀的《卢家秀》等，描述山乡巨变、赞颂新风蔚然、反映新人成长，形象地展现了社会主义改造在农村结出的硕果。靳以的《到佛子岭去》，李若冰的《在柴达木盆地》，北桥的《我怎能不歌唱》，肖殷的《孟泰仓库》等，表现的是工业战线如火如荼的建设高潮和创业者艰辛而崇高的劳动生活，亦具有较大的感染力。此外，华山的《童话的时代》和臧克家的《毛主席向着黄河笑》，以诗意笔触抒写我国人民根治黄河的强烈愿望，描绘出征服黄河的壮丽远景。碧野的《新疆在欢呼》，杨朔的《滇池边上的报春花》等，则将少数民族地区的新生活摹画得各具特色。

这一时期，除了通讯、报告、特写大量涌现而外，其他的散文品种也有不少佳篇深受读者欢迎。抒情散文如老舍的《我热爱新北京》、秦牧的《社稷坛抒情》；游记散文如叶圣陶的《游了三个湖》、碧野的《天山景物记》；传记文学如吴运铎的《把一切献给党》、高玉宝的《高玉宝》；杂文如马铁丁的《思想杂谈》等。从总体上说，这些作品的创作势头虽不如通讯报告强劲，但它们的出现，却成为60年代初散文创作空前繁荣的一种预兆。

50年代中期，在"双百方针"的影响下，一批有胆识的作家发挥散文通讯的现实参与功能，对社会现实中的阴暗面进行了勇猛的批判。刘宾雁的《本报内部消息》、《在桥梁工地上》，白危的《被围困的农庄主席》是其中的代表作品。它们对现实中的官僚主义者、形式主义作风进行了深刻的揭露和严厉的批判，充分发挥了散文的现实批判功能。在当时社会的颂歌潮流中，这些作品无疑属于不和谐的音符，在稍后的反右运动中，它们普遍遭到严厉的打击。

1957年反右斗争的扩大化，使一些干预生活的好作品遭到不公正的批判。刚挣脱压抑处境、开始出现兴盛趋势的杂文，则因不能见容于当时的政局而昙花一现，走向衰落。1958年盲目"大跃进"的"左"倾错误，也使散文园地受到了浮夸风、"共产风"的不良影响，部分作品成为时代政治理念的宣传品。然而，接连两场政治风雨，都没有从根本上对散文创作这棵大树造成致命的重创。应该说，它枝叶受损是严重的，主干未伤则是幸运的。随着党对文艺政策的不断调整，散文创作很快就迎来了复苏的春天，出现持续繁荣的局面。

60年代初期，抒情散文的创作率先异常地活跃起来，一时间百花竞放，佳作如林。

其视界的开阔，题材的丰富自不待言，更令人瞩目的是艺术技法的精湛，美学风貌的多样。当时，广受赞誉的散文集有冰心的《樱花赞》，杨朔的《海市》、《东风第一枝》，刘白羽的《红玛瑙集》，秦牧的《花城》、《潮汐和船》，曹靖华的《花》，吴伯箫的《北极星》，袁鹰的《风帆》，峻青的《秋色赋》，魏钢焰的《船夫曲》，杨石的《岭南春》，何为的《织锦集》，陈残云的《珠江岸边》，方纪的《挥手之间》，郭风的《叶笛集》，柯兰的《早霞短笛》等，至于脍炙人口的名家单篇，更是不可胜数。它们争奇斗妍，充分显示了散文园地的一派丰收景象。

具有强烈时代感的报告文学，较前一时期的通讯报告而言，更见题材领域的开拓和艺术质量的提高。一批优秀作品的涌现，标志着这种文学样式已逐渐以其鲜明的个性特征从散文大家族中独立了出来。《为了六十一个阶级兄弟》（《中国青年报》记者集体采写）和《英雄列车》（郭光）描绘一方有难、八方支援的社会主义新风尚；《红桃是怎么开的？》（魏钢焰）报道纺织女工赵梦桃的先进事迹；《祁连山下》（徐迟）记述画家常书鸿对艺术的执著追求；《毛主席的好战士——雷锋》（陈广生等）赞颂雷锋平凡业绩中所体现出来的崇高思想境界；《县委书记的榜样——焦裕禄》（穆青等）塑造了焦裕禄同志鞠躬尽瘁为人民的感人形象；《手》（巴金、茹志鹃等）叙写我国医疗史上第一次断手再植成功的奇迹……此外还有《无产阶级战士的高尚风格》（郭小川）、《小丫扛大旗》（黄宗英）等一批佳作，也及时反映了各条战线的新人物、新事物、新风尚、新道德，字里行间闪烁着振奋人心的时代光彩。但不可否认的是，这其中也不同程度存在着浮夸和虚假的痕迹，在一定程度上背离了散文"写真实"的原则。

60年代初期，《北京晚报》的"燕山夜话"，《前线》杂志的"三家村札记"和《人民日报》的"长短录"，均是颇有影响的杂文专栏。邓拓、吴晗、廖沫沙、夏衍、孟超、唐弢等人经常为其撰稿。夏衍的《一个奇迹》、《冷面孔》、《"废名论"存疑》，巴人的《论人情》、《上得下不得》，徐懋庸的《武器、刑具和道具》等是其中有影响的作品。这一时期的杂文，大多从介绍生动的故事入手，借古喻今，有的放矢。作者们迂回曲折而又旗帜鲜明地针砭时弊，扶正祛邪，旨在通过历史知识的传播，让读者领悟讲科学、讲民主和倡导实事求是作风的重要性。如果说以史为鉴观照现实，体现了此类作品共同的思想价值，那么，词锋锐利而又文化底蕴丰厚，则构成其艺术上的显著特色。可悲的是，不少卓有建树的杂文作家，在"文革"中都遭到不同程度的冲击与迫害，有的甚至为散文的振兴付出了生命的代价。

综观"十七年"的散文创作，有不少经验教训值得认真总结。首先，散文的健康发展离不开宽松的政治环境。不难看出，50年代前中期通讯报告的兴盛，有其政通人和的社会背景；抒情散文的两度潮涌，也与1956年"双百"方针的提出和60年代初文艺政策的调整密切相关；而1957年反右之后杂文的冷寂，则从另一方面印证了政治风雨对文学创作的摧残。其次，创作队伍的形成对散文的繁荣至关重要。1949年以后，耕耘在散文园地的，既有久负盛名的文坛宿将，又有才思横溢的文学新秀；既有多才多艺的诗人小说家，又有阅历丰富的学者和教育家。正是他们体现在创作中的个性色彩，在一定程度上规避了散文艺术风格的单调重复。再次，"左"倾理论和僵化观念势必遏制散文的多元功能。散文创作本应十分自由，但在"文艺必须服务于政治"等口号的束缚下，它却变得不能"干预生活"、触及时弊；不能暴露阴暗、抨击丑恶；不能表现个性，袒露真实情感。作家们只好被迫收缩思想空间，专注于现实中的"光明"面，以清一色的"颂歌"取代散文（尤其是杂文）的讽刺、批判功能。这种"自我封闭"状态对于创作主体，对于散文创作的繁荣，都是十分有害的。

这一时期台湾的散文创作，呈现百家争鸣的态势，代表作家有琦君、余光中、张秀亚、王鼎钧、张晓风、三毛、杨牧等。香港则在70年代活跃着一大批以学者身份进行散文创作的作家，著名者有金耀基、高克毅、董桥、陈之藩、逯耀东、思果、梁锡华、黄维梁、潘铭燊、小思、也斯等。他们的作品，思想深湛、学识阔大、机智幽默、文笔雅致。香港学者散文在70年代的兴起（80年代达到高潮），使香港散文成为那一时期中国当代文学中最有实绩的领域之一。

琦君本名潘希珍，散文作品主要有《烟愁》、《三更有梦书当枕》、《桂花雨》、《细雨灯花落》等。琦君的散文，大多写亲情、友情、爱情（婚姻）。在写"情"的诸种题材中，"母亲"（母爱）是她持久的、重要的书写对象，除了"母亲"（母爱），写伉俪情深、舐犊之情和友朋往来的作品也为数不少，像《我的另一半》、《〈我的另一半〉补述》、《楠儿住校后》、《遥寄楠儿》、《师与友》、《话友》等，从名字上就可以知道写的是什么。写"情"之外，写故乡，写自然，写动物也是琦君散文的一大特点。从琦君的写作题材中不难看出，以爱心看待世界，体会、感受和付出爱，是她散文的核心主题。在艺术上，安详和平淡是琦君散文的总体气质，文字的细腻和朴实，是这种气质的有机组成。

余光中散文作品有《左手的缪斯》、《掌上雨》、《逍遥游》、《听听那冷雨》、《青青边愁》、《记忆像铁轨一样长》、《凭一张地图》等十余种。余光中对"五四"以来散文的滥情倾向和语言"夹生"深表不满，不但提出了"现代散文"的概念，而且还以自己的创作实践，为"现代散文"树立了标杆。他的散文，题材广泛，或说文论艺，或追思前贤；或神游古典，或跋涉"西"域；有对历史现实的臧否，也有对亲朋好友的"诉""说"；上下几千年，纵横几万里，宇宙之大，人心之微，无不成为余光中散文创作的材料。余光中的散文具有如下特点：（一）变化多样。诗的意蕴、小说化的叙事、电影的手法，被余光中不拘一格，纵横调度，拿来作为他扩张"弹性"的有效手段。（二）美感浓烈。余光中的散文虽然不乏"杨柳岸晓风残月"式的纤婉，但"大江东去，浪淘尽，千古风流人物"式的豪迈无疑要占主流。这种挟云裹月、气吞山河、滔滔滚滚、势不可挡、充满阳刚气的美感，令人既受其震慑又觉美不胜收。（三）文字酣畅。余光中的散文富阳刚美与他的语言有很大的关系。在总体上讲，他的散文语言气势磅礴，刚劲有力，中国文字被他"压缩、捶扁、拉长、磨利，拆开又并拢,折来且迭去"[1],形成了一种富于变化而又浑成圆融的独特语言。余光中在散文创作上所取得的成就,使他成为台湾文学乃至"五四"新文学以来散文作家中的杰出者。

杨牧本名王靖献,另有笔名叶珊,散文作品主要有《叶珊散文集》、《柏克莱精神》、《年轮》、《搜索者》等。杨牧的散文,题材广泛,有对生于斯长于斯的乡土的热爱(《台湾的乡下》),也有对大陆故土的深情(《南方》);有与西方浪漫主义诗人的神交(《给济慈的信》),也有对师友学术生平的追忆(《卜弼得先生》);有对社会不良现象的批判(《闻彰化县政府想拆孔庙》),也有对现代教育制度和人文精神的思考(《柏克莱精神》);有对人生意义的探索(《搜索者》),也有对自己内心世界的反省(《自剖》)。在杨牧的许多散文中,"反思"和"探索"为其核心主题。"反思"是撇开"意识积淀",对历史沿革、思想传统、社会现象、体制规范进行自己独立的判断;"探索"是对外在的宇宙世界和内在的自我存在进行终极追问——"为什么是这样?"这种主题的确立,实因作者对"独立之精神,自由之思想"原则的坚守和秉持所致,也使杨牧的散文在总体上不以感性见长而以知性见重。然而,这种对知性的偏重,并不妨碍杨牧在艺术上将诗性引入散文创作,诗性的思绪、诗性的心态和诗性的语言,构成了杨牧散文艺术的最大特色。"探索"不仅是杨牧散文的核心主题,也是他散文艺术精神的体现。对重复自我的警惕,使杨牧自觉地在散文艺术上不断创新,《年轮》可以被视为这种艺术"探索"精神的代表。在这部散文集中,杨牧融散文、诗歌、散文诗于一体,将散文与诗歌进行嫁接,充分体现了其散文艺术的诗性特点。

三毛本名陈平,散文作品主要有《撒哈拉的故事》《稻草人手记》《雨季不再来》等近二十种。三毛的散文以经历(人生经历和情感经历)的独特性和探险性取胜,在世界各地(欧洲、非洲、美洲)的游历和遭遇的不平凡爱情(特别是和荷西的爱情)是三毛散文的基本内容。由于三毛的游历经历一般人难以做到(地域广,包括撒哈拉沙漠这样的地方),她获得的爱情也颇富传奇性(如她在散文中所写),所以,由率性而为的个性所引发的种种不平凡的人生内容,使她的散文在很大程度上满足了读者,特别是女性读者的人生幻想和情感期待——在某种意义上讲,三毛做了他们想做而没能做的事(周游世界,深入沙漠),得到了他们渴望而不易获得的浪漫爱情。于是这些读者(尤其是好遐思、富浪漫的年轻女读者)在三毛似真似幻的散文世界里寻找到了共鸣和寄托,因为三毛的散文替代他们实现了他们在现实生活中难以实现的梦想。再加上三毛多愁善感的文字和充满"正义感"的种种议论,三毛散文终于以它率真、冒险、传奇、浪漫的特质,成为台湾散文中别具一格的存在。

董桥,原名董存爵。祖籍福建晋江。台湾成功大学毕业,英国伦敦大学留学。1980年起任《明报月刊》总编辑,主要作品有评论散文集《在马克思的胡须丛中和胡须丛

---

[1] 余光中:《逍遥游·后记》,时代文艺出版社1997年版。

外》，散文集《双城杂笔》、《藏书家的心事》、《另外一种心情》、《从前》等。

　　董桥以博学著称，他博学的一大源头来自他对中西"骨董"的爱好与用心。中土的书法、字画、古玩和西洋的旧版书、藏书票，不但是他品鉴的对象，也是他写作的题材。在董桥的散文中，或以对"骨董"的提及来说人，再由人及史；或以"人"来写"骨董"——这些"人"无分中外古今，均有一番不足为外人道的坎坷、辛酸经历，在历史中渐行渐远的身影和充满悲凉的沧桑感，是他们的共同特征。他们每一个人都有情、有趣、有"古"意，许多还和"骨董"有牵连——站在今天的角度看，他们本身也成了"骨董"。流淌在他们身上的那种情、趣、意，在今天已隐身在历史的深处，不易见到了。

　　于是，写"骨董"的物，写人的"骨董"，就成为董桥散文的重要特征。无论是写物还是写人，董桥在它们（他们）身上寄托的，都是对中国文化无尽的乡愁，和对过往的历史（也就是"从前"）深深的哀思。这一点在董桥的散文集《从前》中表现得尤为突出。在《旧日红》、《风萧萧》、《玉玲珑》、《石头记》、《砚香楼》、《宝寐阁》、《师山庐》、《字里秋意》等文中，人的老派和物的古旧，以"互文"的方式构建出一个属于过去的世界——一个有文化的"从前"世界。这个世界中的人，"谦谦君子，温润如玉"，这个世界中的物，结晶了中华文化的精髓。这个世界的日渐消隐，怎不使人惆怅莫名？

　　除了将旧人与古物相联接，写出历史的斗转星移，写出作者的感慨万千，董桥还善于以普通人的日常人生，写人性的温暖和世事的无常。在他的散文《云姑》、《耳语》、《戴洛维夫人》、《古庙》、《南山雨》、《寥寂》、《榆下景》、《雪忆》、《湖蓝绸缎》中，董桥既写到欲念的沸腾、人生路上的孤独，也写了相濡以沫的爱情、深藏心底的忠贞。当然，"欲念""孤独"也好，"爱情""忠贞"也罢，最后的结局大概都逃不出"无奈"二字。在为人、造物上，董桥倾心"从前"而无奈当今，可是在命运面前，即使是"从前"的人和事，董桥似乎也只能以无奈面对——造化弄人，"从前"和现今是一律的。

　　董桥自己说"怀旧是常情"，这句话也可以用来指称董桥的散文创作："怀旧"的"常情"可以说贯穿了董桥散文写作的全过程。当然，贯穿董桥散文写作全过程的，还不只是作为"常情"存在的"怀旧"。广博的学养，深刻的识见，内敛的深情，深浓的书卷气，典雅而又意兴飞扬的文字，在他的作品中是一以贯之的。

　　董桥的散文从总体上看静深、内敛、雅致，瘦劲中自有氤氲，淡笔中映现浓情。放在中国现代散文中看，周作人的博（知识性）和淡（无烟火气），钱锺书的深（世事洞明）和理（用情而不滥情），董桥的散文都有了。

二、杨朔　秦牧　刘白羽

　　杨朔（1913—1968），原名杨毓瑨，山东蓬莱县人。1942年奔赴延安，深入部队、工矿、农村,创作出中篇小说《红石山》、《北线》、《望南山》等。1949年以后参加抗美援朝战争,著有长篇小说《三千里江山》及通讯报告集《鸭绿江南北》、《万古青春》。50年代中期开始致力于艺术性散文的创作,作品先后结集为《亚洲日出》、《海市》、《东风第一枝》和《生命泉》等。

杨朔散文在思想内容方面带有强烈的时代特点,他常常"从生活的激流里抓取一个人物,一种思想,一个有意义的生活片段,迅速反映出这个时代的侧影"。《香山红叶》看似只记述了一次偕友人登香山、觅枫叶的见闻,但在文章收尾处,作者却笔锋一转,把那位老向导喻为"一片曾在人生中经过风吹雨打的红叶",并进而通过他"越到老,越红得可爱"的精神面貌,引发读者去思考、感悟正是新时代的阳光雨露滋润了这片"红叶"的题旨。《樱花雨》在表现日本姑娘君子胆怯、柔弱性情的同时,又极为敏锐地捕捉了她在谈及反美罢工时眼睛里迸跳出来的火花。这就把像樱花一样不怕风雨摧残的日本人民勇于抗争的大无畏时代精神折射了出来。

杨朔的散文还常常从普通劳动者的言行中发掘美质,赞颂他们为社会主义事业作无私奉献的情操。《茶花赋》中的普之仁,是个"双手满是茧子,沾着新鲜泥土"的养花人。在作者心目中,这位平凡劳动者的崇高,在于他积年累月地用自己的汗水培植花木,美化着我们的生活。《荔枝蜜》里的养蜂人老梁,也正像他朝夕相伴的小蜜蜂一样,"对人无所求,给人的却是极好的东西"。而远处田野里辛勤插秧的农民,又让作者联想到他们"实际也是在酿蜜——为自己,为别人,也为后世子孙酿造着生活的蜜"。

杨朔的散文具有独特的艺术风格。首先,寻求诗意的艺术构思。他善于缘物生情,托物言志,常常从细微处落墨,通过比兴或象征手法营构诗意形象,创造诗的意境,借以表达深远的旨意。其次,缜密精巧的艺术结构。他讲究剪裁布局,又谙识艺术辩证法,行文时云遮雾障,峰回路转,每在"转弯"后升华,卒章显其志。

但是,杨朔的散文创作存在着较大的局限:首先是主题上的单一,片面表现歌颂时代的主题;其次,在谋篇布局上存在着刻意求工的较重的人工斧凿痕迹;再就是艺术表现的沿袭套路乃至渐成模式。这些缺陷给当代散文带来了长期的"模式化"操作的不良影响。有的篇什为"十七年"散文的歌颂模式提供了范例。

秦牧(1919—1992),原名林觉夫,广东澄海县人。1932年由新加坡回国。抗战后开始文学创作,1949年以后著有散文集《星下集》、《贝壳集》、《花城》、《潮汐和船》及文艺随笔集《艺海拾贝》。

秦牧的散文取材广泛,立意高远,注重知识性、趣味性与思想性的结合。他善于凭借精细的观察叙述,描写古今中外的风土人情、轶闻趣谈。举凡日月星辰、山川水泽,抑或花草树木、飞禽走兽,一旦出现在他的笔下,便能平中见奇,不同凡响,且寄寓着一定的见解与思想。与30年代的林语堂、周作人所标榜的"以自我为中心,以闲适为格调"的小品文不同,秦牧散文虽也旁征博引地表现宇宙之大,草芥之微,但它却并非那种供人茶余饭后摩挲把玩的"小摆设",而总是给读者以正确的思想启迪和健康的审美熏陶,在知识性和趣味性中包含着积极的思想主题。

在艺术表现方面,秦牧的散文颇具特色。

首先,纵横联想,能放善收。他的联想与想象的笔触如天马行空,驰骋自由。文中诸多知识性材料看似纷呈无序,实际上却能依靠思想或抒情的线索而"向心"地凝聚起来,做到杂而不乱,散而归一。

其次,文笔生动,声情并茂。他经常采用林中散步、灯下谈心的行文方式,与读者进行思想感情的交流。他擅长运用各种修辞手法,或用一串排比造成语言的气势,或借贴切的比喻营构传神的形象,或引用精警的谚语、诗词留给读者深长的回味……因此,无论叙事绘景,还是状物抒情,都能产生色彩斑斓、妙趣横生的审美效应。

秦牧创作散文常具备几套艺术笔墨,因而其风格特征是多姿多彩的。概括地说,或劲健、或潇洒、或机智、或深沉、或平易、或幽默,均能富有情趣、引人入胜。但秦牧的散文同样有自己的模式,其哲理思考过多地与现实政治连在一起,限制了它们更丰富的内涵。有些作品也存在着材料堆砌过多、知识重复使用、说理略嫌单调和抒情效果不强的瑕疵。时过境迁之后,秦牧散文的局限性更为明显。

刘白羽(1916—2005),生于北京,1936年开始文学创作。抗战后赴延安,出版短篇小说集《五台山下》、《龙烟村纪事》和通讯报告集《延安生活》、《游击中间》等。1949年以后,他以主要精力从事散文创作,出版过报告文学集《早晨的太阳》、《万炮震金门》和散文集《红玛瑙集》等。

刘白羽的散文擅长抒写激情,表现理想,政治色彩鲜明,时代气息浓郁。航行于长江原是普通的生活现象,但《长江三日》却在推出一幅山崖峭拔、水流湍急、暗礁奇险的长江画卷的同时,抒发对祖国山河的挚爱之情,并引发读者思考"战斗、航进、穿过黑暗、走向黎明"的深刻哲理。这样,不断前进的江轮便成为无产阶级革命的一种诗意象征。《日出》采用独特的视角,带着饱满的激情,从万仞高空来描绘云蒸霞蔚的日出景观。在作者的心目中,那"火一般鲜红,火一般强烈"的旭日,分明是战胜了黑暗的伟大祖国朝气蓬勃、前景灿烂的写照。《青春的闪光》、《灯光》等,大致上也都借助富于生命力的象征性事物展开联想,引导读者进行哲理的思索。

刘白羽散文具有鲜明的艺术特色。

首先,他善于运用剪辑手法将历史和现实交织成形象的艺术画面,表达新颖深刻的主题。《红玛瑙》由两句墙头小诗"地球是颗红玛瑙,我爱怎雕就怎雕"引出回忆,把昔日杨家岭窑洞的灯光、宝塔山下开荒的情景与今天延安的新风貌联系起来。通过一系列形象画面的组合,提炼出从延安起步的革命者应永葆革命青春的主旨——"要创造一个红玛瑙一样鲜红、通明的新世界",就必须"努力把自己锻炼成为永远鲜红、通明的红玛瑙一样的人"。《青春的闪光》在时空的频频跳跃中,将几个不相关联的生活片断有机地糅合起来——天安门前英姿飒爽的青年建设者、抗战时期侵略军从这里隆隆滚动过去的坦克、新中国开国大典时广场上欢乐的人潮……而建设前线的千军万马则使作者激情难抑地为其"青春"的"红色闪光"而高歌。这里，历史与现实画面的交错叠印，产生了强烈的艺术效果。

其次，他擅长融情入景，营造情景交融的壮阔气象，显示出雄浑、豪放的风格特征。《长江三日》叙写"江津号"轮船从长江上游顺流而下的航程，浓墨重彩地描绘出沿途绚丽如画的景致。无论是巍巍群山、浩浩江流，还是稠密灯火、灿烂阳光，都寄寓着作者思索革命航向和生活底蕴的豪迈激情。而激情与画面的两相交融，便形成了一种壮美的艺术境界，令人读之难忘。《平明小札》、《冬日草》等，所显示的虽是别一种清新隽永的格调，但这些"思索的片断"仍表现出托物言志、借景抒情的特点。

第五节 "十七年"的戏剧

一、概述

较之于诗歌和小说等其他文学体裁而言，戏剧在"十七年"之初的状况似乎要更为热闹一些。主要原因在于1949年以后政府对于戏剧的重视和大力提倡。为了适应新的形势的需要，全国解放以后，党和政府采取了一系列措施，鼓励、促进戏剧的发展。除了对来自解放区和国统区的戏剧团体进行改造和重建外，还相继成立了中央戏剧学院和北京人民艺术剧院，这两个机构为培养和发展中国的戏剧表演艺术人才作出了巨大的贡献。1951年6月，文化部在北京召开了全国文工团工作会议，对文工团的工作方针、任务与分工作了规定。会议之后，各省市、自治区都先后成立自己的话剧团，大大激发了戏剧工作者们的创作热情。1956年3月，由文化部主持召开的全国话剧观摩演出大会将"十七年"初期的话剧事业推向高潮，来自全国各地的四十一个剧团、两千多名话剧工作者参加了大会，演出了三十多个多幕剧和十九个独幕剧，成为话剧艺苑一次空前的盛会。

在这样一种整体氛围下，1949年以后的五六年中，戏剧创作在数量和质量上都取得了一定的成就。在题材方面区别于诗歌和小说的一个重要特点是，这一时期的戏剧在工业题材的写作领域获得了成功。著名剧作家夏衍1949年以后完成的第一部话剧作品《考验》就是这方面的代表，它通过工厂里两个领导（杨仲安、丁纬）、两种思想作风的冲撞，展示了在新的条件下共产党员所面临的考验。另外，杜印、刘相如、胡零创作的《在新事物面前》、崔德志的《刘莲英》等也都塑造了较为鲜明的工人形象，成为工业题材领域的重要收获。

引起剧作家们热情关注的另一类题材是农村题材，对于农村变化和农民命运的表现构成了本时期农村题材话剧的主要景观。由安波编剧、荣获东北区第一届戏剧音乐舞蹈观摩演出大会剧本奖的《春风吹到诺敏河》，第一次把农业合作化运动搬上舞台。这出剧目以中农孙守山退社后又入社的矛盾冲突为主线，反映了农业合作社的发展历程。海默的《洞箫横吹》也是一部表现合作化运动的话剧，它构思巧妙，角度新颖，以一支铝管制成的洞箫贯穿全剧始终，该乐器竖吹为箫，音色凄凉，横吹为笛，音调欢快，以此反映不同时期农民生活和命运的不同状态。另外一部较有特色的戏剧作品是独幕剧《妇女代表》（孙芋编剧），塑造了新型农村妇女张桂荣的形象，是较早反映1949年以后农村妇女生活和地位的剧作。该剧本获得1953年独幕剧征稿一等奖。

除此之外，反映革命战争题材的剧作在本时期也占据了相当的分量。较为成功的代表作有陈其通的《万水千山》，它第一次将红军两万五千里长征的英雄事迹搬上舞台。胡可编剧、刘佳导演、华北军区政治部文工团演出的《战斗里成长》是反映民主革命战争题材的作品。宋之的的《保卫和平》、胡可的《战线南移》等是对抗美援朝战争的描写。这些作品在当时应该说代表了革命战争题材话剧的最高成就。

"十七年"初期的话剧成果除了上述诸种题材的创作外，还有反映知识分子思想改造的《明朗的天》（曹禺），通过新旧社会对比、歌颂新社会的《龙须沟》（老舍），还有表现少数民族生活的《在康布尔草原上》等。

1956年"双百"方针的提出给50年代的文坛带来了生机，戏剧创作也不例外，在1956—1957年间，《同甘共苦》、《布谷鸟又叫了》、《上海滩的春天》等多幕话剧在克服概念化、公式化方面做出了一定的努力。其中杨履方的《布谷鸟又叫了》，通过布谷鸟从"不叫"到"又叫"的经历，反映了50年代人们解放思想的历史要求；艺术上注重矛盾冲突中刻画人物个性，生活气息浓厚。

但在1957—1958年间，党的工作方针的严重失误给戏剧界带来了不良影响，"反右"斗争扩大化使得一批戏剧家被错划为"右派分子"。《戏剧报》上被点名批评的戏剧工作者达数百名，打击面之广是1949年以后空前的，戏剧队伍也因此而遭受严重损伤。在1958年的"浮夸风"中，大批的剧作都是"写中心、唱中心、演中心"的产物，戏剧成为政治的附庸，甚至一些老剧作家也不能免俗，像老舍在这时期写了《红大院》，田汉创作了《十三陵水库畅想曲》，都以盲目的热情和错误的观念渲染了共产主义社会的指日可待。

当然，这并不意味着50年代末60年代初的戏剧界没有好的作品，有些作家仍然在体现个性化方面作着自己的努力，并且取得了一定的成绩，比如在"话剧民族化"方面做出有益探索的《茶馆》（老舍编剧），反映农村生活变化的《枯木逢春》（王炼编剧），表现当代战士生活的《霓虹灯下的哨兵》（沈西蒙执笔，漠雁、吕兴臣合著），反映工业生活面貌的《激流永进》（胡万春、佐临、仝洛）、《第二个春天》（刘川）等等，都是相对成功的代表。

这一时期的话剧还有一个特色，即出现了具有一定水平的历史剧。它们在某种程度上挽救了"公式化"、"概念化"对话剧创作的大规模损伤,主要作品有郭沫若的《蔡文姬》、《武则天》,田汉的《关汉卿》、《文成公主》,曹禺(执笔)、梅阡、于是之的《胆剑篇》,老舍的《义和拳》,丁西林的《孟丽君》等。这些剧作虽然取材不同,但都注意了人物形象的塑造和戏剧冲突的展示,较好地做到了历史真实与艺术真实的统一。

"十七年"话剧创作是在"左"倾思潮的干扰中艰难、曲折地行进着的。至少有如下两个特点基本贯穿了本时期的话剧写作始终,维持着话剧的艺术生命:一是现实主义精神。这时期的剧作家们尽可能地按照生活的本来面目,真实、具体地反映现实,反映人民的要求和愿望;二是为我们提供了一定数量生动鲜明、富有时代特征的典型形象。无论是张桂荣(《妇女代表》)还是刘莲英(《刘莲英》),无论是王利发、秦仲义、常四爷(《茶馆》)还是陈喜、童阿男、鲁大成(《霓虹灯下的哨兵》),都以其鲜活的个性,在文学史的人物画廊中留下了一席之地。当然,"十七年"的话剧创作所存在的缺陷与不足也是非常明显的,服务现实的意图太强,导致题材狭窄、主题单一、现实深度的开掘不足,以及对生活中消极和阴暗面的忽略等,都在很大程度上影响了这个时期话剧的整体水平。

严格说来,戏剧是包含话剧、戏曲、歌剧、电影等在内的一个综合性概念,这里我们关注的主要是话剧,兼及其他几种样式。其中戏曲是我国一种源远流长的艺术形式。为了使这种艺术形式更好地跟上时代的发展,50年代初,从中央到地方都设立了专门的戏曲研究与实验机构,将戏曲改革与现实政治紧密地挂上钩来。以"推陈出新"为基本方针,以"大力发展现代剧目""积极地整理、改编、上演优秀的传统剧目"和"提倡以历史唯物主义观点,创作新的历史剧目"为基本措施,戏曲改造得到了较好的实现。"十七年"的戏曲在如下两方面做出了变革的努力,一是整理改编旧有传统剧目,比如对越剧《梁山伯与祝英台》和昆曲《十五贯》的改编,都是成功的尝试;二是创作新的剧目,包括现代戏和新编历史剧。前者的代表作有评剧《刘巧儿》、沪剧《罗汉钱》、吕剧《李二嫂改嫁》,后者影响较大的作品像吴晗的《海瑞罢官》(京剧)、田汉的《谢瑶环》(京剧)、孟超的《李慧娘》(昆曲)。在后来的政治运动中,这些作品和它们的作者无一例外地受到严厉的批判和人身伤害,但是他们的艺术成就是不会被抹杀的。

我国歌剧的创作历史比较短暂,是一个相对薄弱的环节。延安时期出现了以《白毛女》为代表的新歌剧,直到50年代中后期,才再出现了像《小二黑结婚》(田川、杨兰村执笔)、《王贵与李香香》(于村执笔)、《刘胡兰》(于村等)、《江姐》(阎肃)、《洪湖赤卫队》(湖北省实验歌剧院集体创作)等有影响的作品。

二、老舍的《茶馆》

老舍本是一个擅长小说创作的作家,但是本时期写作的主要是戏剧作品,这同样是他"为人民而写作"的思想主旨的体现。他曾在不同的场合表达过这样的看法:"以一部分劳动人民现有的文化水平来讲,阅读小说也许多少还有困难。可是,看戏就不那么麻烦。""剧本排演出来,就连不识字的人也能看明白;所以我要写剧本。"[1]为了更好地将文学创作服务于现实,新中国成立之初,老舍就献上了优秀的话剧作品:1950年,他写出了新中国成立以后的第一个剧本《方珍珠》,接着,1951年的《龙须沟》以其独特的艺术才力揭开了我国话剧的新篇章。为了表彰老舍卓越的艺术功绩,1951年12月,北京市人民政府授予他"人民艺术家"的称号。从此,老舍全身心地投入到戏剧创作中,为我们留下了大量的戏剧作品,到1965年为止,他先后创作了话剧《春华秋实》、《青年突击队》、《西望长安》、《茶馆》、《女店员》、《全家福》等,京剧《青霞丹雪》、《十五贯》(由昆曲改编),另外还有歌舞剧、曲剧、二人台等数种剧目。在1949年以后直到1966年去世为止的十多年间,老舍一直真诚、热情地捕捉并表现新生活中的新事物、新现象,自觉"赶任务不单是应该的,而且是光荣的"[2]。因为过于急切地跟踪政治形势,他曾经多次陷入创作失败的痛苦和选择的矛盾中,其戏剧创作也多次遭遇过"集体修改"、越改越差的命运。在他的创作中,也包括相当一部分因为"赶任务"而思想简单、艺术粗疏的作品(如《春华秋实》、《青年突击队》等),其艺术质量远不能和他在1949年以前相比。但是,老舍对艺术和人民的态度是真诚的,这使他最终在《茶馆》这部优秀的剧作中,为自己的生命画上了一个圆满的句号。

如果说《龙须沟》是老舍1949年以后第一次展示了自己戏剧创作的实力,并且给中国当代戏剧带来了一次高潮的话,那么写于1957年的《茶馆》则给老舍,也给整个戏剧界带来了又一次的辉煌。《茶馆》一经上演便引起轰动,被批评家称为文艺界"惹人注目的事件之一"[3]。"文革"之后,《茶馆》重新与观众见面,再一次引起了海内外人士的赞赏。有评论家指出:《茶馆》"毫无疑义是半个世纪以来中国话剧舞台上出现的第一流作品中最前列的几个之一,是中国话剧史上应该占有突出地位、应该详细描述的作为一个阶段的代表作品之一"[4]。作为第一个出国演出的话剧,《茶馆》在德国、瑞士、法国、日本、新加坡、加拿大等国家同样引起轰动,欧洲戏剧界称赞《茶馆》是"东方戏剧的奇迹",在日本被誉为是"继梅兰芳访问演出后的第二次轰动"[5]。

《茶馆》之所以能够得到如此高的评价和赞扬,是因为它在以下方面取得了相当的艺术成就。

首先是匠心独运的艺术构思。与传统话剧不同的是,这部戏没有贯穿始终的故事情

---

[1] 《老舍剧作选序》,人民文学出版社1978年版。
[2] 陈徒手:《人有病,天知否》,第61页,人民文学出版社2000年版。
[3] 张庚:《〈茶馆〉漫谈》,1958年5月27日《人民日报》。
[4] 刘厚生:《〈茶馆〉——艺术完整的高峰》,《人民戏剧》1980年第9期。
[5] 葛一虹主编:《中国话剧通史》,文化艺术出版社1990年版。

节和戏剧冲突,而是截取了三个历史片断,借以展示三个时代的运命变迁,这是纵向的时间选择;在横向的人物行为表现方面,老舍选择了一个最有表现力的地点,即裕泰茶馆——这里是"三教九流会面之处,可以容纳各色人物。一个大茶馆就是一个小社会"[1]。正是在这个联系着广泛生活面的环境中,我们通过形形色色的人物的行动看到了他们所处的时代的变动。可以说,老舍靠"一个茶馆三幕戏"埋藏了三个时代。[2]

第一幕戏反映的是戊戌变法失败后的中国社会现实。通过茶馆里的人物对话和人物行为我们目睹了这个社会的嘴脸:行尸走肉的庞太监居然在将死之时买一个农村女孩当老婆,他过着腐败而奢侈的生活,"连家里打醋的瓶子都是玛瑙作的",而乡下农民却因为生计问题卖儿卖女,"五斤白面就可以换一个孩子";有钱人为一只鸽子大动干戈,穷人却在为能"一天吃上一顿粥"而发愁,以至于一个孤苦老人叹息道:"这年月呀,人还不如一只鸽子呢!"第二幕戏选择的时代背景是辛亥革命失败后北洋军阀统治时期。用剧本中"胆小而爱说话"的松二爷的一句话概括即是:"大清国不一定好啊,可是到了民国,我挨了饿!"无休止的军阀混战使人民陷入了痛苦的深渊,而荒唐的社会继续出现荒唐的现实:因为经济的缘故,兄弟两人决定合娶一个老婆;刘麻子稀里糊涂被杀头;各式各样的摊派、征款、强行勒索使得裕泰茶馆这样的本分生意难以为继……人民的生活更加窘困。第三幕反映的是抗战胜利后国民党统治时期的社会现状。混乱和黑暗并没有因为时间的前进而有所改变,这是一个群魔乱舞、沉渣泛起的社会:流氓、地痞小二德子以国民党特务身份混进大学,镇压进步爱国学生;比"外国人更像外国人"的小刘麻子成为统管妓女、舞女、女招待的"花花公司"总经理;相面为生的小唐铁嘴成了反动会道门的"唐天师"……当时的腐败与混乱由此可见一斑。

《茶馆》的三幕戏之间并没有情节上的直接、必然的联系,但是从三个历史片段的人物经历和人物变迁中,我们无疑看到了中国半个世纪的历史变化。这一戏剧结构不仅减少了时空的限制,而且在最大限度上呈现了剧作的思想容量。

其次,《茶馆》在艺术上的出色表现还在于它为我们提供了极为成功的艺术典型。剧作中正式出场的人物达七十人之多,其中有名有姓的将近五十人,这些人物性格各异、职业各不相同,为了安排好这些人物,老舍作了周密、精心的考虑:"我采用了四个办法:一、主要人物自壮到老,贯穿全剧。这样故事虽然松散,而中心人物有些着落,就不至于说来说去,离题太远,不知所云了。……二、次要人物父子相承,父子都由同一演员扮演。这样也会帮助故事延续。……三、我设法使每个角色都说他们自己的事,可是又与时代发生关系。……四、无关紧要的人物一律招之即来,挥之即去,毫不客气。"[3]这样的设计使人物群落主次分明、重点突出、性格鲜明,而人物的身世、遭遇

---

[1] 老舍:《答复有关〈茶馆〉的几个问题》,《剧本》1958年5月号。
[2] 同上。
[3] 同上。

和不同时段的继承关系又让我们看到了时代发展的面影。

裕泰茶馆的老板王利发无疑是这个庞大的人物群体中最为成功的一个艺术典型。这是一个勤勤恳恳的中下层生意人形象，拥有祖上传下来的茶馆，但本钱不大，为了保住门面，他真诚地遵循着父辈的老办法"多说好话，多请安，讨人人的喜欢"，从而养成了委曲求全、四方逢迎的为人处世之道。第一幕戏中秦仲义出场时，王利发的表现就最典型地体现了他的精明和圆滑世故的性格特点：作为房东的秦仲义提出提高房租的建议时，王利发殷勤地迎合道："二爷，您说得对，太对了！可是，这点小事用不着您分心，您派管事的来一趟，该长多少租钱，我一定照办！"这样的语气既突出了秦仲义的身份和地位，显示了对秦的体贴入微，同时又给自己留下了缓冲的余地。当秦仲义与常四爷在如何对待插草标卖身的小女孩问题上发生冲突的时候（前者要"轰出去"，后者则"要两个烂肉面"给她们吃），王利发则两者兼顾，一面对常四爷说："您是积德行好，赏给她们面吃！可是我告诉您：这路事太多了，太多了！谁也管不了！"一面又讨好地转向秦仲义："二爷，您看我说的对不对？"那种八面玲珑的个性真是活灵活现。但王利发的个性中绝不仅仅是世故与圆滑，因为跟下层人民接近，他有一定的正义感，他的善良使他本能地倾向、同情穷苦的百姓，在极度艰难的时候收留了无家可归的康大力和康顺子。

王利发奉行祖传的处世哲学，但并不保守固执。为了茶馆的生存，他也曾费尽心机地不断进行时髦的改良：长桌、方桌、长凳、小凳一律改为小桌与藤椅，桌上加盖浅绿色桌布，神龛撤除，时装美人取代了墙上的"醉八仙"，甚至一度想添女招待以吸引顾客……但是这一切都无济于事，在混乱不堪的社会状态下，裕泰茶馆每况愈下，最终被霸占。绝望的王利发对旧社会发出了血泪的控诉："人总得活着吧？我变尽了方法，不过是为了活下去！是呀，该贿赂的，我就递包袱。我可没做过缺德的事，伤天害理的事，为什么就不叫我活着呢？我得罪了谁？谁？皇上，娘娘那些狗男女都活得有滋有味的，单不许我吃窝窝头，谁出的主意？"王利发含恨上吊自尽，告别了那个颓败的世界，用生命做出了最后的控诉。

另外两个成功的艺术典型当属常四爷和秦仲义。常四爷是一个旗人，为人耿直刚强，豪侠仗义，爱打抱不平，与王利发的个性形成了鲜明的对比。但戊戌年间因说了句"大清国要完"，被当作谭嗣同的余党抓入大牢，从此日子越过越穷。这个"凭良心干一辈子"、"只盼国家像个样儿"的硬汉子最后也发出了"我爱咱们的国呀！可是谁爱我呢"无奈而悲凉的呼号。

茶馆的房东秦仲义带有新兴民族资本家的色彩。年轻时在维新思想的影响下，他走上了"实业救国"的道路。卖掉产业，集中资金开办工厂，但是他的设想和计划遭遇了一次又一次阻碍和打击，最后他的工厂被国民党当作"逆产"没收了，秦仲义剩下的也只有诅咒和愤怒。他和王利发、常四爷一起成为旧社会的见证人，并为腐败透顶的半殖民地半封建社会唱了一曲最后的挽歌。

另外，《茶馆》在语言方面也体现了老舍作为一个语言大师所达到的那种炉火纯青的境界。老舍的话剧语言都是经过提炼的北京方言,带有浓厚的地方文化意味,朴素流畅而又韵味十足。同时,由于话剧是一门对话的艺术,老舍尤其注重人物对白的性格化和个性化呈现。他自己曾经这样说过:"我总希望能够实现'话到人到'。这就是说,我要求自己始终把眼睛盯在人物的性格与生活上,以期开口就响,闻其声知其人,三言两语就勾出一个人物形象的轮廓来。"[1]因此,《茶馆》中不同身份、不同性格的人物说话的口气、态度和方式均有所不同,甚至同一个人物在不同场合出现时的语气和神情也会发生变化:秦仲义的年轻气盛和后来的无奈苍凉,冯狗子的狗仗人势,宋恩子、吴祥子的老练油滑等,在简短的对话中即形象地呈现出来。

第六节 "文革"文学

一、概述

1966年5月至1976年10月进行的"文化大革命",给中华民族造成了难以估量的损失,同样也使文艺事业遭到了空前的劫难。在极"左"思潮的指导下,60年代初期就有一批作家作品和文艺观点遭到批判,小说《保卫延安》《刘志丹》、散文《三家村札记》和多个文艺思想受到严厉的批判。为了进一步把文艺界"全盘系统的抓起来",对文艺界实行"全面专政",1966年2月2日至20日,林彪委托江青在上海召开了部队文艺工作座谈会,形成了《林彪同志委托江青同志召开的部队文艺工作座谈会纪要》,紧锣密鼓地推动了"文化大革命"的爆发,使一场政治灾难与文学灾难,从一开始就难解难分。

《林彪同志委托江青同志召开的部队文艺工作座谈会纪要》,是摧残社会主义文艺事业的宣言书。它打着文化革命的旗号,炮制"文艺黑线专政论",污蔑文艺界1949年以来,基本上没有执行党的方针,被一条与毛主席思想相对立的反党反社会主义的黑线专了政。这条黑线就是资产阶级的文艺思想、现代修正主义的文艺思想和所谓30年代文艺的结合。这一论断,践踏了"五四"以来的新文化传统,全盘否定了我国30年代以来,以及"十七年"的文艺成就,为推行文化虚无主义和封建蒙昧主义制造了理论根据。

"文艺黑线专政论"是"纪要"的核心。它首先把1949年以来文艺理论方面的代表性论点归纳为"黑八论",即"写真实"论、"现实主义广阔的道路"论、"现实主义

---

[1] 克莹、李颖编:《老舍的话剧艺术》,第241页,文化艺术出版社1982年版。

的深化"论、反"题材决定"论、"中间人物"论、反"火药味"论、"时代精神汇合"论和"离经叛道"论,叫嚣着要有计划地对它们开展彻底的批判,从而造成了文艺理论领域的大混乱。

其次,谴责1949年以来文艺作品的"黑"。"纪要"说,"在这股资产阶级、现代修正主义文艺思想逆流的影响或控制下,十几年来,真正歌颂工农兵的英雄人物,为工农兵服务的好的或者基本上好的作品也有,但是不多;不少是中间状态的作品;还有一批是反党反社会主义的毒草"。"有些作品,歪曲历史事实,不表现正确路线,专写错误路线;有些作品,写了英雄,但都是犯纪律的,或者塑造起一个英雄形象却让他死掉,人为地制造一个悲剧的结局;有些作品,不写英雄人物,专写中间人物,实际上是落后人物,丑化工农兵形象;而对敌人的描写,却不是暴露敌人剥削、压迫人民的阶级本质,甚至加以美化;还有些作品,则专搞谈情说爱,低级趣味,说什么'爱'和'死'是永恒的主题。这些都是资产阶级的、修正主义的东西,必须坚决反对。"

"纪要"的推行,给文艺界带来了灾难性的后果。依据"纪要",一些极"左"人士在文艺界任意混淆是非,把艺术问题、学术问题、思想问题一律归结为政治问题,上纲上线到具有特定含义的阶级斗争、路线斗争的高度,进行所谓一个阶级推翻另一个阶级的政治大革命,造成了文艺理论上的极大混乱。他们把1949年以后涌现的优秀之作,几乎无一例外地宣判为毒草,强加上"复辟资本主义的宣言书"、"机会主义路线的颂歌"、"鼓吹叛徒哲学的黑标本"、"制造战争恐怖"、"丑化工农兵形象"、"为阶级敌人张目"、"贩卖人性论"、"宣扬谈情说爱的低级趣味"等各种各样的罪名,大张挞伐,或打入冷宫,或付之一炬,造成文艺园地百花凋零、万马齐喑的局面。他们肆无忌惮地摧残文艺队伍,大兴文字狱,对作家进行打击迫害,或关进牛棚,或下放干校,或投入监狱,严重摧残其身心,剥夺其创作权利,致使数百名文艺家被迫害而死,蒙受冤假错案劫难的更无计其数。大批判、大揪斗、大迫害、大摧残、大横扫之风席卷全国。

"文革"期间,江青一伙在全盘否定"十七年"文学的同时,还攫取了《红灯记》、《沙家浜》、《智取威虎山》等60年代初期京剧改革的成果,并将它们连同现代京剧《奇袭白虎团》、《海港》,现代舞剧《红色娘子军》、《白毛女》,以及交响音乐《沙家浜》等8个剧目,封为革命"样板戏",吹捧它们是向封、资、修文艺顽强进攻的突出代表。

在树立"样板戏"的同时,野心家们为了实现篡党夺权的政治阴谋,还授意突击炮制了小说《虹南作战史》、《初春的早晨》、《金钟长鸣》、《第一课》,电影《欢腾的小凉河》、《反击》、《春苗》、《决裂》,话剧《盛大的节日》等"阴谋文艺",用来图解他们的政治纲领。这些所谓的文艺创作,彻底沦为阴谋政治的工具。

在批判"黑八论"以后,为了给"阴谋文艺"提供理论根据,江青一伙又以总结创作经验为名,提出了"根本任务论"、"三突出"创作原则、"主题先行论"等一整套创作理论。"根本任务论"是"文革"文学理论的核心命题。它规定"塑造工农兵英雄人物是社会主义文艺的根本任务";文学应该满足人民群众日益增长的精神需求,形象塑造是实现这一目的的手段与途径。"根本任务论"服从灭"资"兴"无"的政治需要,偷梁换柱,本末倒置,不仅改变了社会主义文艺的方向,而且践踏了"双百"方针,否定了英雄形象塑造以外的其他文学,取消了文学的丰富性、多样性,导致了"文革"时期阴谋文学的一体化。所谓"三突出"创作原则,就是"在所有人物中要突出正面人物;在正面人物中要突出英雄人物;在英雄人物中要突出主要英雄人物"。这是从"根本任务论"出发制定的形式主义的创作模式,完全违背了文艺创作的规律,导致了文学创作的公式化,使文艺丧失了独创性。所谓"主题先行论",就是说文学创作必须从与走资派作斗争的主题出发来设置作品的构架,然后再到生活中找素材编故事。这不仅颠倒了文学与生活的关系,以及精神生产的过程,取消了作家的主体性,而且无论哪种体裁的创作,都要表现他们早已确定的"老干部等于民主派,民主派等于走资派,走资派要打倒"的主题,把文学直接用来图解政治阴谋,煽动造反派与走资派进行斗争。不管是江青之流亲自树立的样板,还是他们授意炮制的文学怪胎,无一不是这一套阴谋理论的注脚。

"文革"主流文学直接受制于政治,为阴谋家所控制与操纵。但是,在压迫和专制的环境下,还有两类文学值得我们关注。

一类是不遵从政治之命的文学。当阴谋文艺在思想上陷入僵化、堕落、欺骗、虚假的绝境,在艺术上日趋贫乏单调,公式化、概念化甚嚣尘上的同时,一些作家尽管横遭迫害,但始终没有泯灭艺术良知。他们采取种种方式抵制"左"倾思潮,与阴谋文艺顽强抗争,艰难曲折地维护艺术的尊严,创作了一些具有一定艺术价值的作品。其中影响较大的,长篇小说有黎汝清反映革命历史题材的《万山红遍》、克非描写农业合作化运动的《春潮急》、姚雪垠再现明末农民起义的《李自成》(第二部)、李云德反映"十七年"初期东北地区工业建设的《沸腾的群山》、孟伟哉描绘抗美援朝的《昨天的战争》、郭澄清反映历史题材的《大刀记》、曲波描写特殊斗争生活的《山呼海啸》。中、短篇小说有李心田反映30年代红军后代生活的《闪闪的红星》、蒋子龙描写企业整顿的《机电局长的一天》。戏剧方面,有话剧《万水千山》、晋剧《三上桃峰》、湘剧《园丁之歌》;电影方面有张天民编剧的歌颂石油工人的《创业》、谢铁骊编导的反映海防前线女兵生活的《海霞》等。

另一类是相对于公开文学的"地下文学"。它们不像主流文学那样通过常态的媒介运行和被大众接受,而是以尽可能隐蔽的手抄渠道自发地传播。作者在创作中面临着受压迫、收缴、查禁、围剿,甚至批斗、坐牢的危险,读者也经受了不少的风险和考验。主要作品有:穆旦的《智慧之歌》,华汉的《华南虎》,张扬的《第二次握手》,郭小川的《秋歌》、《团泊洼的秋天》,舒婷的《船》、《赠》、《春夜》,北岛的诗歌《你说》、小说《波动》以及写于1973年但1979年才得以在《诗刊》公开发表的《回答》,芒克的《城市》和《太阳落了》,以及1976年"四·五"天安门运动中涌现的"天安门诗歌"等。尤其是《第二次握手》和"天安门诗歌",充分表现了文学对高压手段进行的英勇不屈的抗争。前者以手抄本的形式，被广大读者冒着极大的风险秘密流传，成为"文革"时期影响最大的"地下文学"作品。有的作者也因此被捕入狱，备受非人磨难，甚至差点被枪毙。后者则推动"地下文学"进入可歌可泣的高潮，谱写了中国当代文学史上的悲壮挽歌与战歌。它们像"林中的响箭，黎明的曙光"，挖掘了埋葬"文革"文学的坟墓，揭开了新时期文学的序幕。

"地下文学"中，知青创作是一个值得关注的现象。郭路生（食指）是其中影响最大的诗人，他在"文革"中创作了《这是四点零八分的北京》、《相信未来》等作品，真实表达了青年人的困惑和苦闷，在同龄人中产生了较大影响。"白洋淀诗群"是知青创作的集体现象。1969年后，一些下放到河北白洋淀地区的北京知识青年，自发地组织诗歌活动，私下里交流创作经验，主要诗人有多多、芒克等。北京和山西等地的知青，如北岛、江河、郑义等与他们有密切的联系。这些诗人有共同的志趣和内心感受，受到俄罗斯等抒情诗歌传统的较大影响，用诗歌表达了他们这一代人的困惑、迷惘和叛逆精神。在审美上回归含蓄深沉，强调意象的个人化和优美化。这是一个较为松散的诗歌创作群体，集中体现了与主流诗歌不一样的艺术追求。"白洋淀诗群"与"文革"结束后出现的朦胧诗有直接而深刻的联系，其中的许多诗人后来成为朦胧诗的重要成员。

这两类文学，都是中国当代文坛特殊的文学现象。它们是在"文革"时期特殊的历史环境中产生的，相对于阴谋文艺或公开的主流文学来说，表现出强烈的"异端邪说"的色彩。其中有些不仅不雷同于阴谋文学，而且也不雷同于"十七年"文学，对"左"倾思潮有所反拨，不同程度地凝聚了作家的独立思考，抒发了作者的真性情、真歌哭，在题材、体裁、手法、风格上有所开拓。它们与新时期文学有着内在和精神上的联系。但也应该清醒地看到，这些作品毕竟诞生于特殊时期，无论从创作动机，还是就作品效果而言，它们都是在用文学的形式参与抗击阴谋政治的斗争。其思维方式，并不完全是文学的。总之，无论是公开文学中屡经磨难、挣扎存活之作，还是地下文学中辗转传抄之作，它们在压迫中生长的史实，都充分表明，"文革"时期，真正的文学艺术，并没有被斩尽杀绝，如"野火烧不尽，春风吹又生"。尽管它们难以摆脱文学从属于政治的阴影，不可避免地带有长期以来形成的"左"倾思潮的印痕，但毕竟是相对于主潮的潜流与支脉。就主潮而言，"文化大革命"的十年，是中国当代文学史上最黑暗的一页。文化专制主义盛行，导致了中国当代文学的堕落。"左"倾文艺思潮发展到登峰造极的地步，物极必反地预示了它们崩溃之日的来临。

二、浩然的《金光大道》

浩然，1932年出生，河北省宝坻县人。1956年发表处女作短篇小说《喜鹊登枝》，步入文坛。1964年起从事专业创作，开始出版三卷本长篇小说《艳阳天》。1970年开始创作多卷本长篇小说《金光大道》，第一部1972年出版，第二部1974年出版，第三、

第四部分别写于1974年至1975年和1977年。作者自述"皆因我受江青政治株连均被搁置"[1]，1994年连同前两部一道，出版《金光大道》全四卷。此外，还于1974年出版中篇小说《西沙儿女》。新时期则有长篇《苍生》等问世。

《金光大道》是浩然的代表作之一，也是"文革"时期主流文学的代表作之一。作品描写的是，解放初期华北地区一个名叫芳草地的村庄，于土改结束后坚持毛泽东的革命路线，在党的领导下，与社会上的资本主义势力、党内的错误路线和暗藏的阶级敌人，以及自然灾害进行斗争，坚定不移地"组织起来"，建立、巩固、发展农业生产合作社，走上社会主义的金光大道。小说反映了50年代前期农村的革命演变过程，揭示了我国农业社会主义改造运动中两个阶级、两条道路、两条路线尖锐复杂的斗争，歌颂了毛主席的无产阶级革命路线的伟大胜利。

一切从阶级斗争的角度出发是"文革"的理论形态和现实存在，也是"文革"文学的统一主题。就作品所反映的内容而言，浩然对于曾经轰轰烈烈的农业合作化运动，具有比较深厚的生活积累；就作者进入文坛以来的文学实践而言，甚至就《金光大道》的某些描写而言，也显示了作者较为扎实的艺术实力。但诚如浩然在90年代所痛诉的那样："当时的'极左'思潮相当严重，我的创作思想确实受到一些影响。""不可避免地打上了那个时期的烙印，留下难以弥的缺憾。"这影响、烙印和缺憾，首先表现在文学观念上，把文学作为阶级斗争的工具，只求作品的实用价值，放弃文学的审美功能，颠倒生活与观念的关系，视观念重于生活、先于生活。将"文革"时期被推向极致的斗争氛围推演到农业合作化前后，运用"文革"时期被推向极致的斗争哲学去图解50年代的农村生活，将原本丰富复杂的社会存在和生动多彩的文学世界，纳入一切斗争化的模式，充分表现了"文革"文学的斗争主题。尽管它表现的是远离"文革"的对象，但它始终把写什么和为什么写这两个区别明显的、最基本的文学问题合而为一，使题材与主题变为同义复词。该小说骨子里面洋溢着饱满的"文革"意识，因而备受青睐，使作者"腾飞"到了如茅盾所谴责的那样，在当时的中国文坛上只有"八个样板戏、一个作家"的"辉煌"境地。

其次，在艺术构思上，《金光大道》集中代表了"文革"文学的构思模式。为了表现以阶级斗争为纲的主题，小说从第一卷互助组的出现，到第四卷高级社的建立，设计了高大泉与张金发、田雨与王友清、梁海山与谷新民等人物形象，从村、区到县两条线索、三级斗争，安排了地主歪嘴子妄图变天，拉拢腐蚀村长张金发下水，漏网富农冯少怀暗施诡计，反革命分子范克明潜入天门区政府内部施展阴谋等情节。高大泉、梁海山，包括老贫农周忠、邓三奶奶等，代表正确路线，坚决走社会主义道路；张金发、谷新民，包括非贫农冯少怀、歪嘴子、范克明等，代表错误路线，坚决走资本主义道路。抓生产的犯错误，党的书记来帮助，贫苦农民一诉苦，最后揪出暗中虎，教育大家擦亮

---

[1] 浩然：《有关〈金光大道〉的几句话》，《金光大道》，第5页，华龄出版社1995年版。

眼，斗争奔向新征途。作者殚精竭虑编织三级斗争、两条线索这种结构模式，显然是为了将50年代初中期的农村生活，统统归结于阶级斗争、路线斗争，渲染斗争的广泛性、尖锐性、复杂性。通过高大泉与张金发、田雨与王友清、梁海山与谷新民的三级较量，特别强调两个阶级、两条道路的斗争必然反映到共产党内，社会上的阶级敌人千方百计在党内寻找代理人，形成党内的两条路线斗争，从而直接演绎了"无产阶级专政下继续革命理论"，适时适宜地图解了"文革"主流意识形态。此外，尽管小说还描写了修筑泄水渠、试种棉花、挖沙改土等生产内容，但人与自然的矛盾和生产方式的变化，很显然是为了服从阶级斗争的需要，无非想表明农业合作化运动，追根溯源乃是农村中的阶级斗争与路线斗争，一切矛盾冲突均由此而产生和发展，解决矛盾冲突必须相应地使用"斗争"这个武器。小说还涉及所谓的"人情世态和爱情纠葛"，描写了高二林与钱彩凤的婚恋，但他们的爱情在作者笔下显然已经失去其本义。钱彩凤是作者为富农分子冯少怀破坏合作化而设计的美人计，充当货真价实的政治模特，从而以别一种方式与途径，深深地切入了"文革"实质，印证人是一切社会关系的总和，而"人"是从属于一定阶级的。1949年以后地主阶级已被推翻，尽管他们人还在心不死，但在强大的无产阶级专政面前，已经是死老虎，如同秋后的蚂蚱蹦不了几下，真正具有威胁力的是用糖衣裹着的炮弹攻击无产阶级的资产阶级。本应最具创造性的艺术构思，在小说中成了演绎这种斗争理论的范本，难怪在既肃杀又萧条的文坛，浩然及其《金光大道》大放"金光"，红甚紫焉。

如此说来，《金光大道》所显示的斗争模式化的构思，也是一种"有意味的形式"。它的产生再充分不过地表明，"文革"文学只要表现以阶级斗争为纲，就必须人为地设置两个阶级、两条道路、两条路线斗争的矛盾冲突，因此会不可避免地陷入构思的模式化，而构思的模式化反过来又有利于宣扬以阶级斗争为纲的"意味"。小说创作纯粹成为一种把"党的书记"、"生产队长"、"贫苦农民"、"暗藏敌人"等要素放到情节中，进行翻来覆去的编织的政治游戏。"形式"最终变成"意味"的殉葬品。这与其说是"形式"的迷误、颓败，不如说是"意味"的变态、荒诞；与其说是"文革"文学的沉痛教训，不如说是那段历史的莫大悲哀。

再次，按照"根本任务论"，塑造高大完美的英雄形象。高大泉贯穿《金光大道》首尾，是作者竭力刻画的杰出人物，聚集着"文革"英雄的全部特性。他始终立场坚定，爱憎分明，具有高度的政治觉悟。由于世代贫穷，祖辈和自身苦难的经历，使他深感压迫剥削的罪恶和受压迫剥削的痛苦，所以善于以阶级斗争的目光看待生活，处理问题。小说中的人物一切为了无产阶级的利益而存在，他摒弃七情六欲，没有任何个人的情感欲望，只有英雄非人的神性。小说千方百计通过一些情节、细节的设定，表现高大泉勤俭、朴素、忠厚、善良，以及稳实持重、勤勤恳恳、任劳任怨等品格，并把它们作为对这个高大英雄形象塑造的拾遗补阙，使他不仅"高""大"，而且"全"，不仅成为政治上对敌斗争的楷模，而且成为社会道德的榜样。无可否认，高大泉是《金光大道》坚持"根本任务论"而产生的炙手可热的典型，是"文革"文学中无产阶级英雄形象的典范。在他身上的确倾注了作家出色地执行"根本任务论"的心血，完满地体现了"文革"文学的追求。

《金光大道》共分四卷，各卷之间既相对独立，又互相连贯。1994年集中推出时浩然说："这部书不但酝酿时间长，而且雄心勃勃：想给中华人民共和国的农村写一部'史'，给农民立一部'传'；想通过它告诉后人，几千年来如同散沙一般个体单干的中国农民，是怎样在短短的几年间就'组织起来'，变成集体劳动者的；我要如实记述这场天翻地覆的变化，我要歌颂这个奇迹的创造者！""在执笔时，我尽力忠于生活实际，忠于感受，忠于自己的艺术良心，大胆地写人情世态和爱情纠葛等其时很不时髦的情节和内容。"[1]重新推出《金光大道》以及作者对它的重新解说，引起了文坛乃至社会的激烈争议。其间涉及许多值得深思的问题：作家当初非常明显的创作意图与若干年后的重新述解，前后出入颇大，究竟哪个可信？读者对同一个作品在当年的认识与今天的认识之间，到底存在怎样的关系？昨天和今天的评价之间的关系，究竟该如何恰当地处理？等等。作家重新解说也好，读者重新评价也好，或者有的赞叹"《金光大道》再放金光"也好，或者有的称之是"耐人寻味的事情"，暗示其非同寻常也好，似乎都改变不了一个最基本的事实，这就是《金光大道》表现了强烈的"文革"意识，起码不完全像浩然90年代所说的那样。其实，毫无必要隐讳、辩解无可争辩的事实。身处文化专制的时代，作家要以作品表明自己的存在，一般很难忠于生活实际，忠于感受，忠于自己的艺术良知，而斗胆地"很不时髦"，去远离和对抗主流意识形态，更别说"腾飞"到"辉煌"的境地了。承认这一曾经有理由虽未必合理的存在，并不会黯淡作者在文学史上的色彩。当然，《金光大道》作为特定时期的产物，本身就已经成为历史，让它保留原貌再版，这对读者认识过去的历史和过去的文学，以及认识那个时期的作者不能说没有意义。

---

[1] 浩然：《有关〈金光大道〉的几句话》，《金光大道》，第4、6、7页，华龄出版社1995年版。

第五章
新时期文学（1978—2000）

第一节 概述

新时期的中国文学是从"文化大革命"宣告结束开始的。

"文革"结束后，文艺界结束了万马齐喑、百花凋零的局面，拨乱反正、正本清源是文艺界面临的首要任务。作为本期国家政治生活中的大事，拨乱反正和思想解放运动对新时期文学重建的影响是多方面的。1978年5月，中国文学艺术界联合会在北京举行了第三届全国委员会第三次扩大会议，中断十年之久的全国文联及其所属的各个协会从此恢复工作。同年12月，党的十一届三中全会召开，会议批判了两个"凡是"的错误观点，确立了把党和国家的重点转移到社会主义经济建设上来的大政方针，一批冤假错案，包括文艺界的冤假错案，如《刘志丹》案、错划右派作家案、胡风反革命集团案等，开始得到平反和纠正。1979年10月，第四次全国文代会在北京召开，这是在经历了30年的风风雨雨之后，文艺工作者的一次具有广泛代表性的"五世同堂"的盛会。邓小平同志代表党中央向大会致了《祝词》，肯定文艺工作者的成绩，并提出了任务和发展方向，从而使得这次大会在文学发展史上具有里程碑的意义。

"文革"对人们思想的影响是深层的，十年的余毒阴魂不散，时时阻碍着文艺前进的道路，文艺创作者与评论家必须克服这种影响才能前进。在十一届三中全会思想路线的指导下，从1978年直到90年代后期，文艺理论工作者经历了一系列的专题讨论与争鸣：理论方面包括共同美问题、人性论与人道主义问题、形象思维问题、文艺与政治关系问题、文艺的倾向性与真实性问题、文学艺术的典型性问题、歌颂与暴露问题、社会主义悲剧问题等。在文学本体方面包括"性格二重组合原理"等问题、文学方法论问题、文学观问题、文学的本质、特征、功用问题、文学批评与鉴赏理论的建设问题、小说文体问题等。在创作方面包括文艺真实性问题、朦胧诗问题、爱情描写问题、题材问题、伤痕文学的评价问题、文学寻根问题、现实主义问题、现代主义文学倾向问题、新时期文学"向内转"问题等。有关这些问题的论争，都很好地推动了本时期理论建设和文艺创作的发展。

总体而言，新时期的文学呈如下态势：

其一，从现实主义的回归到现实主义的深化与超越。现实主义是我国自"五四"新文学诞生以来就确立的宝贵的文学传统。饱受创伤的作家刚刚从"文革"的梦魇中解放出来，一拿起手中的笔，就用他们的作品预示着现实主义传统的回归。《班主任》、《伤痕》、《天云山传奇》、《犯人李铜钟的故事》等作品，表明"文革"之后"人"的价值的被发现。与此同时，这些作品引发了关于现实主义的讨论。讨论涉及现实主义的许多问题，尽管意见不尽一致，但新时期的文学应该恢复和发扬现实主义精神，真实性是现实主义的灵魂，则是大家的共识，现实主义文学获得了它在新时期应有的地位。

1980年出现了现实主义与现代主义的争论。1985年之后，现代主义文学作品得到进一步的发展，但这并不代表现实主义受到冷落。直到90年代，现实主义文学一直在迈着它依旧沉稳的步伐，只是在行进中兼容并蓄了现代主义的一些技巧和理论主张。从新时期开始时的伤痕文学、反思文学、寻根文学、改革文学到80年代后期的新写实小说，到1996年出现的现实主义新浪潮，应该说现实主义文学一直不乏鼎力之作。

其二，现代主义的"登陆"与繁荣。十年的动乱使中国基本上与世隔绝，"文革"之后，在国门外徘徊已久的欧美现代派文学迅速被纳入中国作家的视野。80年代初期，有关现代派文学的观点在中国得到翻译、介绍和研究。在1981年关于朦胧诗的讨论中，已经涉及了借鉴现代派文艺技法的问题。改革开放改变了长期以来由于政治原因造成的诸多成见，开阔了人们认识外部世界、了解外部世界的眼界与胸怀，国外的多种学说、思潮也迅速在我国的文学创作上得到了越来越多的体现和尝试——尽管这种尝试在初期不免显得有些生硬和粗糙。

1985年是现代派文学值得纪念的一年。这一年不仅出现了《你别无选择》的作者刘索拉，还出现了马原和残雪。他们是真正由中国本土孕育而出的现代派作家。由于他们的出现，现代主义文学潮流开始在中国形成阵势。但是，即便如此，中国的现代派文学还是需要寻找自己的哲学支点，也由于这个原因，中国的现代派文学要形成自己的艺术气度还有待时日。从长远的角度看，生存竞争使它还处在一种不稳定的反叛与调整之中，如同先锋派的作家余华所说的那样："……我开始相信一个作家的不稳定性，比其他任何尖锐的理论更为重要，一成不变的作家只会快速奔向坟墓，我们面对的是一个捉摸不定与喜新厌旧的时代……作家淙淙不断的生命力在于经常的朝三暮四。"[1]

90年代，文艺界发生了很大的变化。社会主义市场经济体制的确立，不仅大大加快了中国经济、政治变革的历史进程，而且对文学的发展也产生了很大的冲击。90年代文学所呈现出的多种形态、多元格局是前所未有的。开放之中的现实主义文学与起源于80年代后期、由对形式的实验探索而兴起的先锋派创作相继勃兴，成为90年代的两道风景。生活百态、世俗人情、家庭婚姻、意识流程、心灵震颤直至印象、感觉、直觉、梦幻、孤独、迷惘、荒诞等都一一显现于笔端。与此同时，一些作家更加求实求真，他们

---

[1] 余华：《〈河边的错误〉跋》，长江文艺出版社1992年版。

甚至抛弃了文学惯用的虚构，去作采访实录。口头实录文学、纪实小说等的悄然兴起，以及新时期以来一直方兴未艾、蔚为大观的报告文学代表了这一种文艺观念。

20世纪80年代以后的台湾文学，它的主体构成是战后出生的"新生代"作家群及其作品。这一时期的台湾文学，在政治走向开放和大众消费时代来临的环境下，处于众声喧哗的状态，从总体上看主要有这样一些特点：（一）新一代乡土文学作家登上文坛；（二）报道文学崛起；（三）政治文学勃兴；（四）都市文学兴盛；（五）女性主义文学有了新的发展；（六）"另类"文学登场；（七）留学生文学继续延伸；（八）探索戏剧得到重视；（九）少数民族文学有了长足的发展；（十）艺术形式的创新层出不穷。

当70年代后期乡土文学的中坚作家置身乡土文学论战之际，更年轻的新一代乡土文学作家已经悄然登场，他们承续了乡土文学的写实基调和主题范畴，并在艺术上有所发展。自60年代台湾经济起飞以来，环境污染等一系列经济发展所带来的问题也日益突出，许多作家出于对现实的关注，开始倡导和写作报道文学（类似于大陆的报告文学）。这一文类在70年代出现，到80年代蔚为大观。进入80年代以来，随着政治环境的宽松，台湾文学中以前不能碰触的禁忌题材（如"二二八"等）此时开始受到作家的重视，"牢狱"、"人权"等极具政治敏感性的议题，此时也成了一种能够引发社会关注的创作资源。80年代台湾的政治小说，直接向现行政治体制挑战，批判政治弊端，表达争取民主和人权的政治主题，对后来台湾的社会发展产生了一定的影响。

随着台湾社会都市化的逐步形成，都市文学在某种意义上已成为80年代台湾文学的主流。表现都市人的冷漠和都市对人的巨大压迫感，成为这类作品的主要内容。在台湾进入80年代以后，由于社会富裕程度的加深，妇女的经济地位、社会地位都有所提升，妇女的主体意识得到加强，女性作家在作品中或直面现代女性在当代社会的真实处境，或直接触及敏感的政治问题和现实社会弊端，呈现出一种泼辣阳刚的"新女性主义"的风貌。

台湾社会在80年代走向开放，以往受到压制的各种观念也有了伸展的空间。在文学上出现了一些"另类"的文学，这类文学以"世纪末"、"颓废主义"、"同志书写"为特征，大胆地表现暴力、怪异之美以及同性恋世界而成为主流文学之外的"另类"。它的登场，无论是文学观念、审美情趣，还是主题关注、文字表达，都给台湾文学带来了一定的冲击。台湾社会的开放，也使探索戏剧有了观众市场，过去被忽视的少数民族文学也开始受到重视。

在整个80年代以来的台湾文学中，由于受到西方后现代主义理论的冲击和影响，许多青年作家的文学观念相对于他们的前辈已有了很大的改观，西方各种日新月异的哲学、文学和社会理论，不但拓展了他们的视野，也为他们在艺术上进行大胆的探索和试验提供了理论支撑。一时间，对艺术自身进行反省，促使文学向着大众化、通俗化的方向发展，破除"语言拜物教"，创作"后设小说"，打破文学边界（跨越文类），使用拼贴的手法，采取戏谑的笔调，推崇"冷漠"，强调知性，好用嘲讽等，成为80年代以后台湾文学在艺术上的一个突出特点。

80年代以后的香港文学，因为香港社会乃至中国内地社会一系列的经济、政治变化，也在总体风貌上呈现出了一些新的态势。从总体上看，主要有这样一些特征：

（一）作家队伍的构成有了新的变化。这一时期，构成香港文坛主体的作家，主要由两部分人组成：一部分是在香港文化教育背景下成长起来的战后新生代本土作家，另一部分是内地改革开放后从内地移民中脱颖而出的新一代南来作家。前者认同香港，大多受英式教育，因此受西方文化艺术影响较深，在创作上更多地表现为对探索性和实验性的热衷；后者因为是移民，大多在内地完成教育，受中国文学影响较深。他们虽然是"外来者"，但能很快地融入当地社会，并以内地经验衬托香港经验，创作出别具一格的作品，在内地引起较大反响。香港作家队伍的这一新变化，重建了香港文学的创作格局，也对香港文学的未来发展产生了重大的影响。

（二）文学与政治的关系出现了新的局面。五六十年代在冷战格局下的香港文坛，基本上笼罩在二元对立的政治分野之中，作家也因政治倾向的不同而划分为左右两派。到了80年代以后，这一现象有了很大的改观。

（三）通俗文学、先锋文学和社会文学三足鼎立，形成了以都市文化为核心的多元化的文学格局。80年代的香港通俗文学，武侠小说、科幻小说和"框框"杂文仍然受到欢迎，但更加大行其道的是以亦舒、李碧华、梁凤仪为代表的言情小说。相对于此前人数有所增加的"精英"作者群所创作的先锋文学，也构成了这一时期香港文学的重要方面。主要由南来作家创作的社会文学，以现实主义作为观察和剖析香港社会的武器，题材也多与香港社会现实有关；以写实的风格反映来自底层的人生及其呼声，形成了他们作品的现实批判锋芒和特色。

（四）"九七"回归对这一时期的香港文学产生了重大而又深远的影响。从1982年9月邓小平在与撒切尔夫人的会谈中，提出将于1997年7月1日收回香港主权，并在香港实行"一国两制"之后，香港回归进入倒计时。香港回归这一重大的历史事件，自然会在香港文学中留下印记。香港文学中不但出现了许多以香港回归为题材的作品，如余光中的《别香港》、《香港结》、《过狮子山隧道》、《香港四题》等，而且香港与内地的文化交流和文学交往日益密切，中国内地文学和香港文学出现了前所未有的互动，"中国元素"开始更多地进入香港文学。

第二节　新时期小说

一、概述

新时期的小说创作是新时期文学最有成就的一个领域。

第一，新时期小说拥有一支阵容强大且不断补充新的血液的作家队伍。老作家仍笔耕不辍，时有新作；中年作家实力雄厚，堪称中流砥柱；新作家层出不穷，勇于探索。老、中、青三代作家，他们之间在文学观念等方面虽然不乏差异，甚至偶有交锋，但共同为我国新时期小说创作的发展与繁荣作出了重大贡献。第二，新时期小说创作的题材领域不断开拓和突破，反映了广阔的生活领域。第三，新时期的小说创作流派纷呈，气象万千。从"伤痕小说"开始，新时期小说不断涌现新的艺术潮流，紧随其后，分别有"反思小说"、"改革小说"、"寻根小说"、"意识流小说"、"现代派小说"、"实验小说"、"新写实小说"、"新体验小说"、"纪实小说"、"乡土小说"、"新状态小说"、"女性小说"、"现实主义冲击波小说"等形形色色的小说潮流相继出现，极大地丰富了新时期文学。第四，新时期小说的艺术表现方式丰富多样。新时期小说创作艺术表现方式的探索表现为两个方面的继承关系：一是纵向继承我国古代文学的表现手段；二是横向继承和学习西方现代主义、后现代主义的表现技巧。比较而言，这一倾向更为突出，实践者最众，成就也最大，对于文学观念的解放和使我国文学适应改革开放的现代化历史进程，缩短和世界文学的差距有着不可低估的意义。尚需指出的是，新时期小说创作中的现实主义方法已经更趋开放，它通过对现代主义以至后现代主义某些艺术技巧的广泛吸纳获得了新的表现形态，具有更加旺盛的生命活力。第五，作为一种社会意识形态，新时期小说对于振奋民族精神、批判民族"痼疾"、重铸民族灵魂以及人道主义的复归，无疑在一定程度上起到了思想启蒙的历史作用。

三十多年来，新时期小说所走过的是一条不断探索的发展之路，从1976年到现在，每一时期都会出现一股新的小说潮流，有时在同一个时期还有不同的小说潮流同时出现，呈现出多元共生的文学景观，这些小说潮流主要有以下几种。

"伤痕小说"

"伤痕小说"是新时期文学涌现出来的第一个潮头。1977年11月，刘心武的短篇小说《班主任》在《人民文学》发表，立即引起轰动。《班主任》是新时期文学的开山之作，在当代文学史上具有特殊的地位和价值。随后，卢新华的短篇小说《伤痕》发表于1978年8月11日的《文汇报》，"伤痕文学"和"伤痕小说"的得名便源于此。小说写的是"文革"时期的"革命小将"王晓华和"叛徒"母亲划清界限后去辽宁插队，后得知"叛徒"罪名为"四人帮"所强加，便带着悔恨交加的心情赶回上海，看望阔别八年的母亲，不料母亲因在"文革"中遭受摧残、重病缠身，待她赶到时，已经与世长辞了。小说从母女感情的角度入手，揭露了"文化大革命"给我国人民带来的"累累伤痕"，尤其是给青少年的心灵造成的创伤。当时，产生较大社会反响的"伤痕文学"的代表作还有：短篇小说张洁的《从森林里来的孩子》、王蒙的《最宝贵的》、王亚平的《神圣的使命》、肖平的《墓地与鲜花》、李陀的《愿你听到这支歌》、宗璞的《弦上的梦》、陈国凯的《我该怎么办》、韩少功的《月兰》，中篇小说丛维熙的《大墙下的红玉兰》、《第十个弹孔》、礼平的《晚霞消失的时候》，长篇小说莫应丰的《将军吟》、竹林的《生活的路》、周克芹的《许茂和他的女儿们》等。这些小说或者对"四人帮"的罪行进行揭露和控诉，或者表现对人民遭遇的深切同情，或者歌颂对"四人帮"的不屈斗争，或者提出令人警醒的社会问题，及时地感应了时代脉搏，表现了时代主题，反映了人民的心声。

"反思小说"

"反思小说"的出现晚于"伤痕文学"，它以茹志鹃于1979年2月在《人民文学》上发表的短篇小说《剪辑错了的故事》作为标志。比之于"伤痕文学"，"反思小说"在历史内容上进一步扩展和深化了，它把作品所反映的社会现实由"文革"向前推至50年代中期，对解放以来特别是50年代中期以来的极"左"路线进行了深刻的批判与反思，作家的目光更为深邃，作品的主题也更为深刻，带有更强的理性色彩和悲剧意味。"反思小说"的主要作品还有鲁彦周的《天云山传奇》、刘真的《黑旗》、高晓声的《李顺大造屋》、古华的《芙蓉镇》、张弦的《被爱情遗忘的角落》、叶文玲的《心香》、张一弓的《犯人李铜钟的故事》、韩少功的《西望茅草地》、李国文的《月食》、王蒙的《蝴蝶》、张贤亮的《灵与肉》等。《李顺大造屋》写的是农民李顺大从土改时便立志造成三间屋，在近30年的时间里，三起两落，几经折腾，最后只是在1977年冬天，国家的政治、社会形势好转以后才实现了这一心愿。小说通过对普通农民辛酸经历的描写，深刻地反思了1949年以后30年历史进程中的经验教训，可算是"反思小说"的代表作。

"改革小说"

"改革小说"的小说虽然在1975年便已出现，但其作为一种潮流，却兴起于1981年前后。随着我国社会主义现代化事业的向前推进，作家们纷纷收回反思的目光，将热情投注于沸腾的现实生活。"改革文学"是指那些反映我国各个领域的改革过程及其引起的社会变革、价值冲突及心理震荡的文学作品。1979年《人民文学》第7期发表的蒋子龙的短篇小说《乔厂长上任记》是"改革文学"的发轫之作。此后，一大批"改革文学"作品如张锲的《改革者》、柯云路的《三千万》和《新星》、张洁的《沉重的翅膀》、李国文的《花园街五号》、张贤亮的《男人的风格》、蒋子龙的《燕赵悲歌》、王润滋的《鲁班的子孙》、张炜的《秋天的愤怒》、贾平凹的《浮躁》《腊月·正月》、路遥的《平凡的世界》等相继出现。这些作品真实地反映了新旧体制转换时期的社会矛盾，记录了改革的艰难及其导致的伦理关系和道德观念的变化，有些小说还着重从民族灵魂的深处探求改革的动力与阻力，显现了足够的深度。"改革文学"在创作方法上以现实主义为主，注重人物形象特别是改革者形象的塑造，在1985年以后，变得更加开放，开始多方面地吸收现代主义表现手法（如《夜与昼》等），促进了现实主义的发展。随着我国改革开放的深入，"改革文学"仍在继续，但与起初相比，尚需重大突破。

"寻根小说"

"寻根小说"的前奏可以追溯至80年代初汪曾祺、邓友梅、吴若增等所写的一些小说如《受戒》、《那五》、《翡翠烟嘴》等，但其真正兴盛却是在1985年。韩少功发表于《作家》1985年第4期上的文章《文学的"根"》，开启了一场规模浩大的文化寻根运动，随后，阿城的《文化制约着人类》、郑万隆的《我的根》、李杭育的《理一理我们的根》等文章纷纷响应，同时，他们又以自己的创作实践来体现自己的文学主张，"寻根小说"得以形成，它与诗歌及理论批评领域中的"寻根"倾向一起，构成了在当代文学史上有着重要地位的"寻根文学"。

"寻根小说"最显著的特点是：（一）以现代意识观照现实和历史，反思传统文化，重铸民族灵魂，探寻中国文化重建的可能性。（二）作品题材和文化反思对象的地域特点。这方面，主要有韩少功的"荆楚文化"小说、贾平凹的"陕秦文化"小说、李杭育的"吴楚文化"小说、张承志的"草原文化"小说等。（三）注重对题材所蕴涵的深层的历史文化信息进行艺术传达，在表现手段上既有中国传统文学的手法（如语言上的继承在阿城小说中极为明显），又运用现代派的象征、暗示、抽象等方法，丰富和加深了作品的文化意蕴。

"现代派小说"

"现代派小说"滥觞于1979年宗璞的《我是谁》、茹志鹃的《剪辑错了的故事》、王蒙的"意识流小说"等一批作品中，但这些作品一般只是着重于对现代主义技巧的吸收，较少现代派的真正内核即"现代意识"。真正具有现代派特征的小说的产生和飞速发展，是在1985年前后。刘索拉发表于《人民文学》1985年第3期的中篇小说《你别无选择》，被认为是中国当代文学第一部成功的"现代派小说"。《你别无选择》以夸张、变形的戏谑方式描绘了音乐学院一群学生的群像，揭示了他们在实现自我的过程中的荒诞、反抗、疲惫、迷茫以及执著的追求精神和骚动不安的内心世界。小说节奏急促，人物夸张、变形，情节散乱无章，体现了极端情绪化的风格，在语言上借鉴"黑色幽默"小说玩世不恭、放荡不羁的方式，极好地传达了一群青年人的情绪状态。作品的主体意蕴在于表现人类普遍的荒诞性，体现了充分的现代意识。

"现代派小说"的代表性作家主要有刘索拉、徐星、残雪、王蒙、洪峰，他们当中代表性的"现代派小说"分别有刘索拉的《你别无选择》、《蓝天绿海》、《寻找歌王》，徐星的《无主题变奏》，莫言的《红高粱》、《球状闪电》、《透明的红萝卜》，残雪的《苍老的浮云》、《黄泥街》、《突围表演》，王蒙的《布礼》、《蝴蝶》，洪峰的《奔丧》、《生命之流》等。

"实验小说"

1985年前后，文坛上出现了一股更具有后现代主义倾向的小说潮流，由于当时的文学界对于后现代主义还很陌生，所以有的人将其归入"现代派小说"之中，但更多的人称其为"实验小说"或"先锋小说"。"实验小说"的特点主要有：（一）在文化上表现为对意识形态的回避与反叛，对一切意识形态进行彻底的消解；（二）在文学观念上颠覆旧的真实观，一方面放弃对历史真实和历史本质的追寻，另一方面放弃对现实的真实反映，文本只具有自我指涉的功能；（三）在文本特征上，体现为叙述游戏，更加平面化，结构上更加散乱、破碎，因为意义的消解也导致了文本深度模式的消失，人物趋于符号化，性格没有深度，放弃象征等意义模式，追求文本的游戏性，通常使用戏拟、反讽等写作策略。

"实验小说"的代表作家有马原、洪峰、格非、余华、苏童、孙甘露、潘军、叶兆言、北村、吕新、林白、海男等，他们各自的代表性作品分别为：马原的《虚构》、《冈底斯的诱惑》，洪峰的《极地之侧》、《第六日下午或晚上》，格非的《迷舟》、《大年》、《褐色鸟群》、《青黄》、《欲望的旗帜》，苏童的《平静如水》、《我的帝王生涯》，孙甘露的《访问梦境》、《信史之函》，余华的《现实一种》、《鲜血梅花》、《古典爱情》等。其他作家如王蒙、王安忆等均写过实验性的作品，如王蒙的《来劲》、王安忆的《纪实与虚构》等。

"新写实小说"

"新写实小说"的创作发生于1988年前后，但其作为一种小说潮流被正式命名并产生广泛的社会影响，却源自于《钟山》1989年第3期推出的"新写实小说大联展"。

"新写实小说"的特色在于：（一）其创作方法虽然"仍是以写实为主要特征，但特别注重现实生活原生形态的还原，真诚面对现实、直面人生"，因此，它不再注重塑造典型环境中的典型性格，也不注重对生活的提炼和加工，作品中的现实生活呈现出一种毛茸茸的原生状态；（二）"新写实小说"的主题意蕴更多的是表现现实的荒诞、丑恶、灰暗或无奈，因此，创作主体往往是对现实取一种无奈的认同态度，缺少强烈的理性批判精神；（三）"新写实小说"大多采用客观化的叙述态度，是一种缺乏价值判断的冷漠叙述。

"新写实小说"的主要作家有刘震云、刘恒、池莉、方方等。此前的"实验小说"作家苏童、叶兆言等也写有不少"新写实小说"。一般以为，刘震云的《一地鸡毛》、《单位》、《官场》，池莉的《烦恼人生》、《不谈爱情》、《太阳出世》，方方的《风景》、《桃花灿烂》等是"新写实小说"的代表作。1990年代后，这部分作家在坚持书写现实生活的原生态的同时，写了不少以历史为题材的"新历史小说"。

"晚生代小说"

90年代初，一种叫作"晚生代小说"的潮流开始出现。"晚生代小说"作家主要有韩东、鲁羊、朱文、邱华栋、述平、陈染、张梅、毕飞宇、何顿、东西、刁斗、须兰、李冯、罗望子、吴晨骏等，由于他们大多出生于"文革"后期甚至于70年代，所以文学界亦将他们称为"晚生代作家"。"晚生代小说"作家之间虽然存在着一定的差异，但他们的创作仍然表现了一定的共性。（一）"晚生代"作家们游离出固有的意义系统，也不像"实验小说"那样激进地反对意义模式，作品中依稀表现出一定的精神内容，而其指向度又是暧昧不明的，带有明显的个体性；（二）"晚生代小说"所涉及的题材一般都是都市生活，作品中出现的人物也大多是其同代人；（三）在文本策略上，"晚生代小说"广泛地借用此前"实验小说"带有的后现代特征的技法，一个明显特点是：他们经常将作家自身的经历或现实生活的真实事件带入文本，使文本内容处于真实与虚构之间的暧昧状态。

"女性小说"

80年代中后期，刘索拉、残雪、池莉、方方等一批女作家涌上文坛，她们依然关注外部世界，但更多地动用了女性自身的感觉系统与思维结构，显现出愈来愈鲜明的个体特征。尽管80年代是女性写作群星灿烂的时代，但她们的许多作品都超越了性别立场，关注的是人类共同面对的问题。女性文学对当代文学的深刻嵌入造成了女性话语与男性话语的难以割离，甚至在有意无意间放弃了女性经验的丰富庞杂以及这些经验自身可能构成的对男权文化的颠覆与冲击，即便是王安忆名重一时的"三恋"和铁凝的《玫瑰门》也仍然没有离开两性的传统文化范式。

新时期女性文学话语的真正复归是在90年代，以陈染、林白、徐小斌、徐坤、张欣等女性作家为代表，写出了一批关注女性的问题、用女性的直觉去表达她们的生存感受的作品，在新时期文学中具有开创性的意义。90年代的女性写作主要表现出以下一些特征：第一，这些女性作家在其小说文本中，把女性作为一个有性别特征的社会群体和文学群体，以颇为成熟的方式与丰富的形态，冲出"男权话语中心"和"女性规范"，表现出充分的性别意识和性别自觉。第二，她们的小说背对广阔的社会人生舞台，独向女性的心灵世界，与小说创作的"客观化"潮流分庭抗礼，表现出浓厚的"主观化"倾向，刻意表现出女性特有的生存体验和深层意识。第三，由于90年代中国社会最重要的变迁便是急剧推进的商业化与都市化的进程，在90年代的女性写作中也反映出都市故事的飘忽甚至荒诞。她们不仅借重非写实的手法去书写都市与都市女性的性别经验，而且敏锐地反映出当代都市生活特有的社会文化景观。

"现实主义冲击波小说"

"现实主义冲击波小说"是出现于1996年并对文坛产生一定冲击的一个小说潮流，以作家刘醒龙、关仁山、谈歌、何申等为代表，他们较有影响的作品分别为《分享艰难》（刘醒龙）、《九月还乡》（关仁山）、《大厂》（谈歌）、《穷县》（何申）等。"现实主义冲击波小说"的意义在于将关注的目光投向当时的社会现实，诸如民工进城、工人下岗等都在作品中有所反映，但其共同的不足也是显而易见的：一是作家的视点有待真正下沉，关注普通百姓的哀乐悲欢；二是对现实的理性批判精神有待加强；三是尚需克服过于偏重写实的"报告文学化"倾向——写好人物。

经过广大作家的共同努力，多向探索，新时期小说取得了相当高的文学成就，构成了中国大陆当代文学史上最为光辉的篇章。

80年代以后台湾重要的小说家有黄凡、袁琼琼、朱天文等。都市文学作者黄凡，本名黄孝忠，主要作品有《赖索》、《大时代》、《都市生活》、《慈悲的滋味》、《黄凡的频道》等。黄凡的文学成就，几乎是与80年代一起降临的。1979年10月，他的第一篇小说《赖索》震动文坛。这篇小说与其后不久发表的《人人需要秦德夫》一起，构成了黄凡小说的两大系列：政治文学和都市文学。

黄凡曾在作品中一再强调"这是个不确定的时代，一切都不确定"。这种"不确定感"贯穿了黄凡小说创作的全过程。无论是在他的政治小说中,还是在他的都市小说中,遍布着的就是这种"不确定性"。在他的政治小说中,政治只是一种游戏,毫无正当性、合法性和严肃性可言,无论是党外运动(后来的"台独")还是国民党,双方政治行为的卑劣其实如出一辙。在政治游戏的过程中,真正虔诚和狂热的普通民众最终成了"受害者"和"受愚弄者"——以一种执著和严肃的态度对待一个"不确定"的游戏,自然会遭受到肉体和心灵的双重伤害,且其受伤程度之深,令人触目惊心。政治是不确定的,对不确定的政治以确定的态度对待,只能导致悲剧的结局。黄凡的深刻性在于,政治小说只是他展示"不确定性"的一个重要方面,但不是唯一的方面。他没有囿于政治层面和领域来表现"不确定性",而是把这种对"不确定性"的表现推展到他小说创作的所有领域。在他的另一大类创作——都市文学中,同样贯穿着这种"不确定性":在他众多的都市题材作品中不难发现,从人的身份、地位,到人与人的关系;从感情世界,到生理变化;从道德伦理,到生老病死,无不瞬息万变,变不胜变。

80年代以后台湾新女性主义作家袁琼琼主要作品有《自己的天空》、《两个人的事》、《沧桑》、《红尘心事》等。袁琼琼是台湾80年代新女性主义的代表人物之一。在她的作品中,通过爱情故事和婚姻悲剧揭示两性关系的复杂,呈现女性主义立场,并对女性在当代社会的命运进行思考,是她小说的最大特色。在她的代表作《自己的天空》中,袁琼琼以一个被鄙视、被抛弃的女子静敏的人生轨迹,对女性如何寻找"自己的天空"以及是否能找到这样的天空,进行了深刻的思考。而袁琼琼以这样的作品成为新女性主义文学的代表,其蕴涵也实在大可玩味。

朱天文也是80年代以后台湾新女性主义作家,主要作品有《小毕的故事》、《炎夏之都》、《世纪末的华丽》、《荒人手记》等。朱天文的小说创作题材丰富,主题多样,但从总体上看,她对于时间迁逝和空间流转,有着持久的兴趣和锐利的敏感。时间是她小说的核心主旨:在她笔下反复出现的有关"成长"和"青春"的主题,说到底都是对时间的语言再现。至于空间,在朱天文的小说中除了承担小说展开的背景功能之外,每每以台北市为中心,向台中市、高雄市、日本、印度、欧洲、美洲、非洲等地辐射推展的空间走向,昭示着朱天文对人在天地间生存的"流动性"怀有深切的感触。

这些都是就朱天文小说中时空表现的"现象"而言的,进而言之,在这些时空表现的背后,内蕴着朱天文独特的时空观:时间对人的意义,要么是留在记忆中的成长经历和消失了的青春,要么就是不能承受之重的无形压力;而人无论置身何处总得归属于某个空间的宿命,则先天地限定了人的生存自由度——空间(环境)将与时间一起,实现对人的"控制"。

人如何面对时空的"控制",是朱天文小说中的一个突出命题。纵观朱天文众多的小说,撇开人物、题材、主题的种种差异,在根本上,她其实是在通过自己的作品向人们表明:她笔下的"时间"的"空间",都是人的异化(使人成为非人)之源,都使人迷失其间而不自觉。朱天文书写这样的"时间"和"空间",就是要提醒人们警觉"时间"和"空间"对人的控制。

那么，如何才能摆脱或反抗"时空"对人的控制呢？在朱天文那独特的文字世界里，透逸出作者的兴趣所向，她是在用文字对这个虽然压迫人，虽然空洞，却自有其繁华、嚣闹和充满令人目为之眩的"色相"世界的描绘、张扬，而对当下社会人间悲剧的冷静思考和在表现这个社会时着意的文字狂欢，构成了朱天文小说世界的一种特质。看上去这有点矛盾，但说到底这两者在朱天文那里是统一的：她越是用语言桑巴舞舒展地搅动现实"时""空"的声色喧哗，巨细靡遗，就越是在根本上向人们宣告着人生（人类）苍凉的底子。前者是朱天文施展自己语言才能的载体，是"朱天文风"的审美品格之所在，后者则是她思想深度的真正底层——朱天文最终的深度应该在这里。

这一时期香港文学中的代表作家有西西、施叔青、陶然等。西西本名张爱伦，又名张彦，小说作品主要有《我城》、《像我这样一个女子》、《哨鹿》等。西西在香港作家中是个有着多种文体实践经历和富于形式探索精神的作家，她的小说，题材多样，领域宽广，古今中外，兼容并包，其中尤其注重对都市形态和女性处境的揭示，在《我城》、《飞毡》、《浮城志异》、《美丽大厦》等作品中，西西对现代都市（以香港为原型）的历史发展和复杂构成进行了艺术化的展示，现代都市的"都市病"（城市"本身的病"和城市中"人的病"）在这些作品中以一种夸张、放大、变形甚至荒诞的姿态呈现出来，令人对都市的危机和人在其中的异化产生"警觉"。在《像我这样一个女子》、《哀悼乳房》等作品中，对于情感缺失和身体遭损女性的生存状态，西西以一种"女人的同情"予以了深入的挖掘，体现了她对现代女性在精神和肉体两方面的"宿命"的思考。在艺术上，西西的小说既有相当写实的一面，也有她写现代诗时的色彩，奇特的想象、现实和幻觉的交融、神魔和童话的代入、平实和童稚兼具的语气，使西西的小说具有现实主义、现代主义、魔幻现实主义共存的特点。

施叔青本名施淑卿，主要作品有《约伯的末裔》、《香港的故事》、《香港三部曲》（《她名叫蝴蝶》、《遍山洋紫荆》、《寂寞云园》）等。施叔青的早期小说探讨的是发生在"远离都市，不受文明力量的左右"的"荒原"上的"死亡——性——疯癫"[1]，"死亡、性、疯癫"三位一体的梦魇世界和神秘力量构成了她早期小说的核心。到了她的《香港的故事》，外来者的独特视角使她对香港社会和人物有了不同寻常的发现——以女性的情感困境寓示香港命运，这成为《香港的故事》的总主题。这一主题向前延伸就是对香港历史作纵深勘探的《香港人三部曲》，在这部系列长篇中，施叔青通过对青楼女子黄得云的形象塑造，将香港历史和黄得云的个人身世叠加起来，以黄得云的沦落风尘象征香港的被殖民遭际，而此前的有关"性"和"女性"的书写积累，也都在这部三部曲中得到施展和发挥。细敏的观察能力、锐利的思考能力、丰富的想象能力、繁盛的内心世界和才气纵横的语言表达能力，是深隐在作品中的施叔青给人们留下的印象。

---

1 白先勇：《鹿港神话——〈约伯的末裔〉序》，见《白先勇文集》（四），第183页，花城出版社2000年版。

陶然，本名涂乃贤，主要作品有《蜜月》、《旋转舞台》、《岁月如歌》、《追寻》、《与你同行》、《一样的天空》、《表错情》等。陶然的小说构思精巧、形态优美、判断严肃、语言雅致，自成一个独特的艺术世界。在香港文学的整体构成中，占有着重要的地位。

从总体上看，陶然小说的基本气质主要体现在批判性、历史性、探索性这三个方面。三个方面共同作用，形成了陶然小说的独特性。

所谓批判性，是指陶然在他的作品中，对于社会不公和制度黑暗，进行了不遗余力的批判。对香港社会资本主义残酷特性的一再揭示，构成了陶然文学世界基本的主题，而深含在这种揭示背后的批判性立场，则源自陶然关注下层民众并同情弱者的人道主义情怀。

所谓历史性，是指陶然的爱情小说大多贯穿着对于历史错位和人生遗憾的表现，有一种强烈的历史感。陶然有在大陆接受教育并长期生活的背景，这使他的作品总是闪回着大陆的历史面影。在创作的早期他更多的是把"历史"作为一种静态的背景或因素代入到作品中，到了后期"历史"的出现开始更多地和男女之间的感情，以及深蕴在感情背后的人生无奈和莫测命运相缠绕，这成为陶然在创作中代入"历史"的主要方式。

所谓探索性，则是指陶然在长期的小说创作生涯中，总是在寻求小说艺术的突破，不断地进行着艺术探索。从陶然的小说创作历程来看，他的小说艺术，经历了从现实主义到现代主义再到杂糅各种艺术手法的过程。这些创作手法极大地丰富了他的小说艺术世界，并使他的小说创作在现实主义的基底上带有了先锋的色彩。

二、王蒙　张贤亮　刘心武

王蒙，1934年生于北京，祖籍河北南陂县。曾任文化部部长、中国作家协会副主席。1978年始，王蒙进入了创作的探索喷发期，发表了长篇小说《相见时难》，小说集《冬雨》、《冻的湖》、《蝴蝶》、《木箱深处的紫花绸服》、《〈夜的眼〉及其它》、《王蒙中篇小说集》、《妙仙庵剪影》等。

王蒙对新时期文学的贡献，首推对西方现代派意识流手法在小说创作中的借鉴和运用。1979年起继《夜的眼》这部对新时期艺术创新产生较大影响的作品之后，《布礼》、《春之声》、《风筝飘带》、《蝴蝶》等"集束手榴弹"式的意识流小说以主题隐晦、人物虚化、情节淡化、放射性心理结构、时空倒错、内心独白、幻觉、梦境、大容量的生活信息等特征吸引了大批作家，与稍前出现的朦胧诗一起突破了传统文学的描写观念。

《活动变人形》是王蒙的一部相当重要的长篇小说。小说主人公倪吾诚是40年代留学归来的知识分子，曾接受过西方教育，一度希望能借助西方文化改造自己也改造社会，而一旦触及中国的现实，陷入家庭的牢笼，他的全部理想和憧憬都被粉碎，终究一事无成，成为灵魂分裂、四处碰壁的畸形人物。这一人物形象是"五四"以来新文学史上又一种知识分子的典型。东西文化的冲撞造成了倪吾诚式的悲剧，作品由此表达了文化的讽刺功能。另一个人物姜静珍被封建礼教蚕食了灵魂，终日被本能冲动所折磨，但又以变态心理疯狂折磨着别人。她是"自食者"，又是"食人者"。王蒙从对具体社会历史问题的反思进入到对中国文化的反思层面，以特有的散漫、洒脱的散文式文体，大段的内心独白和意识流描写，时空跳跃加之变形、荒诞手法的运用，强化了作品的表现力和感染力。

1992年发表并出版的《恋爱的季节》与40年前的《青春之歌》（杨沫）有很多共同之处。作品描写了新中国成立初期北京一群青年团干部的生活和婚恋故事。作者突破了以往的小说传统，强化了人生的悲剧意识，切入人性深度。起初主人公们当真仿佛生活在一个亲密无间的集体大家庭中（连上厕所都统一行动），随着复杂社会生活的展开，典型的50年代之梦悄无声息地走向破碎，扭曲的人性使一代青年的生活成为历史的悲剧。

发表于1994年的《失态的季节》以一批右派分子下放到北京市远郊山村劳动改造为主线，真实表现了那个失态时代的特殊氛围，揭示了处于当时"政治怪圈"两难境地的右派们复杂的思想和精神的失态：由开始的恐惧、迷惘、失落到自嘲、自虐、他虐。与以往同题材的小说有明显区别，《失态的季节》基本洗净了那些作品中普遍存在的意识形态因素和拔高人物的理想主义光辉，对"失态"的时代及人类命运、生存之谜进行了深入的思考。

王蒙的小说风格不仅体现在结构随意化，而且语言幽默、抒情、调侃，立意富有寓意。

张贤亮，1936年生于南京，原籍江苏盱眙县。1981年4月调入宁夏文联从事专业创作。主要作品有：短篇小说《邢老汉和狗的故事》、《灵与肉》等，中篇小说《绿化树》、《男人的一半是女人》（《唯物论者的启示录》系列）和《河的子孙》、《无法苏醒》，以及长篇小说《男人的风格》、《习惯死亡》、《我的菩提树》等。

张贤亮是一个喜欢将自己苦苦思索的人生哲理融会到作品之中的作家。从《灵与肉》开始，作者就试图用唯物主义的观点去解释一个生活中的重大命题——知识分子在与体力劳动者的接触中，以及在他自身的体力劳动过程中所发生的一系列心灵变化究竟给人们带来了什么样的启示。因此，他的作品理性色彩很浓，当然，这个理性色彩是建立在现实主义的对感性生活的描写之上的。

《灵与肉》描写一个受到二十多年社会冷遇的右派许灵均在灵与肉的磨难中得以精神升华的故事。一面是富豪的生身父亲的诱劝（它是一种金钱美女的享乐主义外力的象征），一面是患难与共的妻子与乡亲的善良（它是一种符合传统规范的真善美的伦理主义内驱力的召唤），许灵均最后终于坐着马车回到了大西北荒原上那间用自己的灵与肉筑成的小土屋里去了。这是一首对劳动和劳动人民的赞歌，是对中华民族勤劳善良的优秀品质的礼赞；作者要讴歌的正是劳动创造人、劳动人民塑造知识分子优秀品格和真正灵魂的哲理。然而，作者将传统的道德原则和美学渗透于整个作品，把获得劳动人民的感情作为知识分子存在的唯一前提，这在某种程度上暴露了作者自觉不自觉地在图解那个年代中某种较为褊狭的改造知识分子的理论。作家把自己的审美理想寄寓在一种褊狭的主题中，有时不免会对社会与生活作出一种凝固的描述。可以很清晰地看出，作者在这一审美原则的统摄下创作出了同一主题内涵的许多作品。

《绿化树》描写知识分子章永璘在肉体磨难中所承受的灵魂洗涤的心路历程。这部作品引起了争论，争论主要在知识分子究竟要受什么样的改造这一问题上展开。可以看出，作者虔诚地描绘了马缨花、海喜喜、谢队长这样的劳动者，重塑了章永璘这个"人"的性格。尽管他们有许多缺点，但他们心地是善良的，精神是崇高的，尤其马缨花，她用一个劳动人民的乳汁，也用一个女性的温情改造了一个心灵卑下的人物，她是章永璘心灵（也是作者心灵）中的维纳斯，是传统美德的对应物和象征体。作者极其逼真地抒写了"我"心灵历程中的每一次颤动，同时辅以哲理性的诠释，给人一种将苦难神圣化和将农民神圣化的感觉。确实，作者以震动人心的笔触抒写了一个人扬弃旧我的转化过程，但是缺乏一种以社会文明进化的当代意识观照人物的态度，使作品在某种程度上受到了囿于抒发一种原始情感的反文化局限。但是我们不能否认，《绿化树》所提供的主题是有其社会意义的，对它的争议也证明了作者敏锐的观察力和艺术感觉。

《男人的一半是女人》同样是一部颇有争议的作品，它之所以引起如此巨大的反响，除了作品大胆地描写了健康的性以外，还在于它为我们提供了一个新的视角，即人创造环境，环境也创造人。人在不断创造中获得新生。在《男人的一半是女人》中，作者用"卢梭忏悔录"式的自白阐述了一个精神和肉体都出现"阳痿"的章永璘的内心世界，展现了灵与肉的搏斗，展现了人的潜意识。从这部作品来看，作者似乎对灵与肉的再造不仅仅是停留在过去的审美表达上，也就是说，这部作品中的章永璘逸出了《灵与肉》中许灵均和《绿化树》中章永璘的性格轨迹，给人一种难以把握的不确定性。作者用性障碍作为作品的本体象征，以表述那种不满足于自我被别人（甚至包括真善美的化身）重塑和再造甚至设计制作的主题内涵。黄香久终究没有成为马缨花式的美的化身，这说明了作者哲学意识的变化与发展，章永璘的离异与反叛正是知识分子主动改造环境，与马缨花抗争的写照，他不再是在肉欲和旧道德之间徘徊的人物，他要寻求自我价值和自由意识。作者喊出"女人永远得不到她所创造的男人"的强音，正是对自己从前作品的悖逆。作者不仅对"左"倾路线对人的残害进行了深刻大胆的揭露和抨击，同时也将知识分子的创造欲上升到了一个新的主题内涵中。

张贤亮的小说在艺术上存在着两个明显的局限：一是沿用了传统小说中"才子落难，佳人搭救"的情节模式；二是往往运用大段哲理性语言来深化主题，造成一种气势，使人警醒。然而也由于大段的哲理（甚至大段地引用导师语录）的存在，切割了小说画面和人物心理流程的连续性，容易给人一种支离破碎的概念化感觉，尽管作者后来有所觉察，如在《男人的一半是女人》中采用了局部的象征主义手法——如与大青马对话，但仍露出斧凿之痕。其艺术上的可取之处在于，其一，作者在描写中糅进了风俗画，使之与环境、人物心理共同形成一个诗意化的境界，增强了作品的感染力与可读性。如他小说中反复出现的大西北高原风光与风土人情，充满着各种情调和诗意。其二，对人物心理世界的剖示具有多层次的立体效果，这主要是作者采用了多种艺术手法所致，如旁白（即抒情、议论）、自白（第一人称的叙述）、对白（人物对话），更重要的是作者有深入人的潜意识和性意识层面进行艺术表现的胆识，这不仅丰富了作品的表现技巧，同时也开掘了人的心理新层面，给以后的当代中国小说创作提供了新鲜经验。

刘心武，1942年生于四川成都。1977年发表的短篇小说《班主任》不仅是他的成名作，也成为新时期小说和"伤痕文学"的发轫之作，标志着文学新的转机。小说塑造了"好学生"谢惠敏和"小流氓"宋宝琦两位心灵被扭曲的少女少男形象，揭示了"文化大革命"给社会生活和人们精神带来的创伤。"救救孩子"的呼声正是时代转型期中国知识分子集体无意识的反映。尽管小说艺术手段相当传统，思想政治化倾向鲜明，但因和时代思潮契合，而具有开创性意义。随后的《爱情的位置》、《醒来吧，弟弟》，《穿米黄色大衣的青年》等都是揭露社会问题的力作，尽管艺术上有欠精致，但新时期初期读者注重思想性的心理使这些作品产生了很大反响。

1980年发表的《如意》，作者在创作倾向上有了很大转变，不再过于追求文学的政治功能，而确立了人性、人道主义的文化立场。石义海和金绮纹两个小人物的命运是悲剧性的，他们在特定的历史环境中因各自的政治缘故而不能缔结婚姻。作者将人道主义关怀融化在对人性以及人的命运思考中，使"如意"隐含着现实压抑下的原欲之苦和对爱情的向往的寓意。

1979年发表的《我爱每一片绿叶》是刘心武定位于人性、人道主义立场和表意策略的滥觞之作。他提出了保护个人隐私的命题，在新时期文学中较早倡导个性主义的人文精神。

1985年创作的《立体交叉桥》标志着刘心武的创作有了一个飞跃。时空观的引入使这篇小说开始重视立体、交叉、多层次、多侧面地去写人、人的内心及人与人之间的关系。作品主要描写北京一户普通居民，由于居住空间的壅塞而导致的家庭成员之间的矛盾和挤压，以及人们在心灵空间上的窘迫和压抑。它触及人性深层的复杂性和差异性，比较充分地展示了人物内心世界的丰富性，表达了希望在人们居住的空间和心灵上建造一座座彼此沟通的"立体交叉桥"。作者摈弃了人物塑造上的意念化倾向，侯家三兄妹形象的丰富性在于对人物内心的挖掘深度。这篇小说没有了刘心武以往小说中的关键时刻作者总要站出来议论一番、表明自己的爱憎和判断的弊病，而把价值判断完全留给了读者。

较充分地显示出刘心武新的探索成就的是发表于1985年的《钟鼓楼》。作品写了80年代北京一个与古老的钟鼓楼联成整体的四合院中九户居民一天的日常生活，以及与他们联系着的历史和现实的社会关系，是普通的京华市民社会生态景观的缩影。作者通过三组人物反映出了京华市民生活风貌和心理情态的演化。青年一组的人物对生活还没有深入的体味，其中既有接近时代潮流、堪称社会中坚力量的荀磊、冯婉珠、郭杏儿等，也有喜欢随波逐流的新娘潘秀娅、新郎薛纪跃等人，还有浑浑噩噩、自得其乐的卢宝桑式的人物。以詹丽颖、慕樱、詹台智、韩一潭等为代表的中年一代经受了历史的变幻、生活的困苦，性格丰富，命运曲折。而薛大娘、薛永泉、卢胜七、荀兴旺、海老太太等老北京传统市民内心存留着传统与现代的剧烈冲突。小说在总体上采用截取生活横断面的方式，以薛家的喜事作为四合院都市居民一天里的中心事件，横向上把里里外外三十多个人物串联起来，使各个家庭、各种人物在同一时间和空间里活动。作者把《钟鼓楼》结构比喻为"橘瓣式"，貌似各自分离，却又能吻合成一。这幅全景动态的市民生活风景画由众多画幅和色调构成，作者把北京钟鼓楼的沿革，四合院的变迁，饭馆酒肆的兴衰，结婚风俗的变化……有机地融汇到现代生活方式与古老传统的冲突、交融过程中。

《四牌楼》是刘心武的第三部长篇小说，其若干素材在80年代中期《私人照片簿》中就出现了。这部小说写了蒋氏家族的众多个体及其相关群体的悲欢离合，生死歌哭，折射出20世纪北京都市文明的变迁。作者运用自叙传的文体，客观冷静、严酷悲悯又忧伤的叙述语调加深了它的自剖和忏悔色彩，对知识分子边缘化进行了冷静反思。

刘心武在艺术表现上一直追求中和之美，在新与旧、现代与传统、变革和守旧间多取其中点，不断积极探索。他的很多作品有理想主义的象征韵味，《如意》中的"如意"，《钟鼓楼》中笼罩全局、象征人世沧桑的钟鼓楼，《四牌楼》中象征人类超越欲望和难以超越的局限的四牌楼等都寄托了刘心武对人生社会终极价值的叩问，袒露了作者对文学、人生的思考。

三、高晓声　陆文夫　汪曾祺　林斤澜

高晓声（1928—1999），江苏省武进人。1954年发表处女作短篇小说《解约》。1954年初，与方之、陆文夫、叶至诚等人筹办《探求者》文学月刊，主张"运用文学这一战斗武器，打破教条束缚，大胆干预生活，严肃探讨人生"，并发表体现这一主张的小说《不幸》，被划为右派，下放原籍劳动。1979年右派平反，重返文坛后，高晓声陆续发表短篇小说《"漏斗户"主》、《李顺大造屋》，由《"漏斗户"主》、《陈奂生上城》、《陈奂生转业》、《陈奂生出国》等所组成的"陈奂生系列"小说是其最有影响的作品。

在70年代末80年代之初，高晓声的乡土题材小说以其"表现的深切和格式的特别"

而独树一帜。这些小说相当真实地反映了新中国成立以来中国农民的生活历程,深刻揭示了造成他们辛酸命运的政治、经济、历史及民族性格和民族心理等深层根源,形象地显示了极"左"路线给人民造成的苦难。同时,新时期的社会变革所带来的农民性格和心理方面的变化在其小说中也有着大量细致逼真的描绘。尤其深刻的是,高晓声通过李顺大、陈奂生、刘兴大(《水东流》)等一系列典型形象的塑造,深入探讨了"左"倾错误和封建残余得以蔓延的温床(即民族的"劣根性")。这样,他便延续了"五四"以来中国现代文学对于"国民性"问题的探讨。从鲁迅、赵树理而至高晓声,他们所塑造的农民形象,恰好构成了中国农民从民主革命到80年代的命运变迁和灵魂的演进史。这不仅是其现实主义成就的一个重要方面,同时,也是其小说在思想主题方面的深刻之处。

高晓声的小说创作坚持现实主义的美学原则,他以深刻的"探求者"的眼光,塑造了一批被称为"中国农民的灵魂"的人物形象。他们有着中国农民善良、朴实、忠厚的传统美德,也有数千年的历史传统所积淀下来的民族"劣根性"。在李顺大(《李顺大造屋》)身上,我们可以发现柳青的《创业史》中梁三老汉那样的以"造屋"为自己的最高理想,并且为其奋斗终生的辛酸与苦难。在某种意义上,《李顺大造屋》正是对于柳青《创业史》的重新改写。其笔下的陈奂生形象,则更有着鲜明生动的性格特点和深厚的历史内涵。陈奂生的形象最早出现于小说《"漏斗户"主》之中,这里的陈奂生,是一个像李顺大一样以满足一家人的基本生存——吃饱肚子——为自己最高愿望的底层农民,而其勤勉一生,却仍然食不果腹,只有在实行了新的经济政策之后,他才摆脱了几十年的穷困与饥饿。陈奂生的性格特点在《陈奂生上城》中得到了最为集中的展示。中共十一届三中全会之后,农民的物质生活有了很大改善,陈奂生"囤里有米,橱里有衣","肚子吃得饱,身上穿的新","身上有了肉,脸上有了笑","无忧无虑","满意透了",他在"自由市场开发了"的形势下,也有了空闲上城卖油绳。小说在真实反映农民物质生活发生重大变化的同时,极其敏锐地表现了他们在物质生活改善之后精神面貌所发生的变化,提出了新时期农民应该有着怎样的精神生活、精神状态以至性格这一重要问题:在生活改善之后,陈奂生的"精神面貌和去年大不相同了",他在精神生活方面出现了新的需求:"哪里有听的,他爱去听,哪里有演的,他爱去看,没听没看,他就觉得没趣。"但是,作为一个没有文化的底层农民,他自然不可能向往某种更加丰富和文明的精神生活,只希望自己"要是能碰到一件大家都不曾经过的事情,讲给大家听听就好,就神气了"。他和县委书记的巧遇就给了他这一资本,因此后来,"陈奂生一直很神气,做起事来,要比以前有劲多了"。在"陈奂生系列"后来的几篇小说中,作家始终将笔墨集中于刻画人物的精神、性格。就作家对陈奂生这个形象的主体姿态来看,他显然是以"哀其不幸,怒气不争"的复杂情感来进行描写的。

在《且说陈奂生》一文中,高晓声曾经指出:"我希望我的作品,能够面对人的灵魂","一个作家应该有一个终生奋斗的目标,有一个总的主题。就我来说,这个总的主题就是促使人们的灵魂完全起来。"他又清醒地意识到,"人的灵魂扎根于历史的、现实的社会之中,他受历史和社会生活的制约,但又无时无刻不想突破这种制约前进"。显然,绘写、改造和重铸受到历史制约的民族灵魂,是作家的自觉追求,而这正是对以鲁迅为代表的"五四"启蒙主义写作的继承。长期以来的小农经济方式和封建残余的影响造成了李顺大和陈奂生们巨大的性格缺陷,这种缺陷最为集中地表现为他们的奴性意识和阿Q式的精神遗存,他的"只要不是欺他一个人的事,也就不算是欺他"(《"漏斗户"主》)的自我欺骗,他在"上城"时以"五元钱就买到了精神的满足"的自我安慰,既使人忍俊不禁,又令人深思。

高晓声的创作手法虽然主要是现实主义的,但他并未故步自封,而是"寓洋于土,土洋结合",采用中西合璧式的艺术手法,成功借用西方表现人物心理活动的方法,细致入微地绘写人物的精神世界和心理历程,且把它们与人物的活动、故事情节紧密结合。

高晓声的小说基本上以情节的自然发展为线索,但也并非全然按照时空顺序,有时也有类似于"意识流"的时空跳跃与切入。《陈奂生上城》中的陈奂生在招待所醒来之后作者所运用的补叙和回忆便是如此。在人物刻画上,高晓声善于运用多种手段,使人物形象丰满而生动。

首先,作者善于通过个性化的细节来表现人物的性格和精神世界,如《"漏斗户"主》之末尾陈奂生百感交集的泪水和《陈奂生上城》中的他在招待所房间里的举动及其付款时的细节。其次,作者还善于通过个性化的人物语言来刻画人物性格。再次,人物之间以及人物自身的前后对比、心理描写的细致生动也有助于人物形象的刻画。

高晓声的小说语言富于幽默感,这主要是通过大词小用等方法来实现的,如陈奂生的"侦察有没有他想买的帽子"等。由于他一生的大部分时间都生活于其家乡武进,他又极善于吸收鲜活的群众语言,所以,他的语言极富乡土气息。

陆文夫,1928年生,江苏泰兴人。6岁时全家迁往靖江县夹港,在这里接触到三教九流,各色人等。1945年考取苏州中学。解放初期,他在新华社苏州支社当记者时开始文学创作,以《荣誉》、《小巷深处》等小说在文坛上崭露头角。1957年因"探求者"一案中断了他对现实主义道路的探求。"往后的二十年间两次批判,一次批斗,三次下放,做了七年的车工和保全工,举家在农村落户九年。"[1]在这期间曾重操旧业,于60年代初写下《二遇周泰》、《葛师傅》等作品。1977年重返文坛,写出了许多脍炙人口的作品,有《小贩世家》、《特别法庭》、《美食家》、《唐巧娣翻身》、《围墙》,而后又有《井》、《毕业了》、《清高》等作品不断问世。这些作品是陆文夫在现实主义道路上执著探求的硕果,也是他在艺术上不断开拓的标志。

---

1 陆文夫:《陆文夫自传》,《作家》1983年第8期。

汪曾祺（1920—1997），江苏高邮人，1943年毕业于昆明西南联大中文系。1940年开始发表小说，主要作品有《邂逅集》、《晚饭花集》、《汪曾祺文集》（五卷本）、《汪曾祺全集》（八卷本）等。

在文体上，汪曾祺大多选择短篇小说的形式，数量也不是很多。真正引起反响的是1980年发表的《受戒》。那时的文学创作尚没有从"伤痕"中挣脱出来，《受戒》的发表使人耳目一新，人们惊异地发现汪曾祺小说的别一种风格和别一样的情趣。随着《大淖纪事》、《异秉》、《岁寒三友》、《八千岁》等一系列故乡怀旧作品的发表，他那种清新隽永、生趣盎然的风俗画描写风格得到了文坛的普遍赞誉。

值得注意的是，在汪曾祺复出文坛之前，他已经辍笔了四十年。他常用一个80年代中国人的眼光来回顾、咀嚼四十多年前的那些温馨的旧梦，其中分明浸润着作家对人生和社会的更深刻的认识。《受戒》和《大淖纪事》等作品看似有一种超脱的人生境界，实则正是作者对于健康人性的呼唤与追求，是合乎人们传统的理想道德规范的。

《受戒》用抒情的笔调描写了一个小和尚与村姑的恋爱故事，作家有意识地将那种晶莹剔透、充满着纯情的爱情领入诗的情境。作品对小和尚明海和村姑英子恋爱过程的描写本身就是一种返璞归真的象征，作者把明海当作一个普通人来描写，让其按照自然天性发展，表达了对健康人性的礼赞。作者一方面描写明海和尚每天开山门、扫地、烧香、磕头、念经等超凡脱俗的苦行僧生活；一面又描写"野和尚"们杀猪、吃肉、打牌、搓麻将，甚至逾越"门禁"偷情的世俗生活，可谓打破了人与宗教之间的隔膜，真挚感人，充分地显现了作家对于充满着纯情的自然之爱的眷念之情。《王四海的黄昏》中视爱情为最高人生境界的武功艺人的故事，《晚饭花》中秦家三姐妹自觅郎君的爱情故事，都寄托着作者对于纯真淳朴的自然健康的人性美的追求，以及对戕害这种自然健康人性的黑暗势力的愤懑与控诉之情。无疑，作者是把这种人性美纳入传统的道德伦理规范的，一旦这种人性美被压抑和扼杀，作者就通过对顺乎自然和超脱功利的人生境界的描绘来宣泄胸中的块垒。当然，倘若他笔下的人物难以得到"超脱"，就会酿成一曲人性美被压抑和戕害的悲剧。如《徙》中高雪高远的志向终于被不幸的现实所替代，那看似平淡实则刻骨铭心的悲剧内涵，正是作者对传统封建道德的抨击。

汪曾祺的小说之所以吸引人，其中一个重要因素在于读者长期在一种传统单调的情节性的小说模式中进行惯性的阅读，而他将这种淡化情节的小说展现在人们面前，铺开一幅幅清新淡泊、意蕴高远、韵味无穷的水乡风俗画，而且是运用平和恬静的散文、随笔的笔调，向读者娓娓地叙说着一个个优美动人的小故事。人们一下子就被这种优雅的审美情趣与叙述风格所吸引。这种审美情趣的转移虽然有其深刻的社会背景因素，但也与作家深厚的文学修养和特殊的审美态度分不开。

汪曾祺的小说同时兼具散文化与诗化的特征，他认为"散文诗和小说的分界处只有一道篱笆，并无墙壁（阿左林和废名的某些小说实际上是散文诗）。我一直以为短篇小说应该有一点散文诗的成分"[1]。他的小说读起来平和淡泊，但细细地咀嚼却意味无穷，寓人生哲理于凡人小事的叙述之中，寓真善美于平庸琐碎的事件描写之中，化神奇为平淡。小说里每一个人物描写都可以看作一首诗，散发着迷人的诗情画意。处处均似闲笔，实则处处精心设计。他在"酿造'情调'，雅化人物，让人物带上自己的文化心理从而显出丰美的氛围上却显得谨严而功力深厚"[2]。与好的散文一样采用传统的白描手法，寥寥数语就勾勒出一个活脱脱的人物形象来，然其笔下的人物又有诗的神韵——潜藏着真善美与假恶丑对立的底蕴。不仅仅如此，他小说中的语言和氛围都充满富有画意的描绘，造成了一种诗的韵味。它们与人物的诗意相契合，为形成整个小说的总体诗境作了恰到好处的渲染和铺陈。

从总体风格的角度考察，汪曾祺的小说强烈地传达出了一种清新隽永、淡泊高雅的风俗画效果。他对故乡苏北水乡的风土人情烂熟于心，这些描写涌入笔底时，作家在游刃有余的叙述中，显得得心应手，潇洒自如。《受戒》和《大淖纪事》之所以吸引了众多的读者，其中重要的因素是它们那种别种风情的风俗描写，就像《受戒》结尾处将充满着生活情趣的水荡景色描绘得那样楚楚动人，犹如一幅美丽的画面，恒久地定格在读者的视知觉之中。汪曾祺的每篇小说都几乎很用心地去描摹风土人情，不惜大量笔墨，但绝非停滞于风物志、风情志的叙述，而是有其深刻的人生内涵。这就使他的小说不同于其他作家的小说，浓重的乡土风俗的氛围和在这种氛围中活动着的人，相互形成了有机的整体，自然天成，别有一番情趣和意蕴。这一点与他师承沈从文的"边地"小说有着紧密联系。

汪曾祺的小说语言亦是别具一格的，简洁明快，纡徐平淡，流畅自然，生动传神，是一种"诗化的小说语言"[3]。作者善用口语叙述，但连缀起来阅读却韵味十足。他擅长用短句，往往两三字一句，既简洁又生动。对人物对话的描写也往往采用短句，极富诗的含蕴。虽极为简洁平常，然而韵味绵长，不仅精到地刻画出人物内心世界的微妙变化，同时也使读者读出了叙述中的诗意，读出了语言的节奏、色彩和音乐美来，这一点，没有深厚的文学功底是难以达到的。另外，作者往往采用传统白描技法，达到一个表现至善至美心灵世界的良好艺术效果。

综观汪曾祺的小说创作，它的出现是对1949年以来单一的审美情趣和单一的小说形式技巧的一次冲击。可以说，汪曾祺小说的复现，是新时期小说创作多元化趋势的第一次体现。然而，由于时代的局限，作者所提出的"回到现实主义，回到民族传统"的口号，还只是对"瞒和骗"的文学的一种简单的反拨和平面的复归，在某种程度上也有排拒现代性之嫌。

---

1 汪曾祺：《晚饭花集·自序》，人民文学出版社1985年版。
2 邓嗣明：《弥漫着氛围的抒情美文》，《文学评论》1992年第3期。
3 李国涛：《汪曾祺小说文体描述》，《文学评论》1987年第4期。

林斤澜，生于1923年，浙江温州人。出过小说集《春雷》、《飞筐》（短篇小说散文合集）、《山里红》、《林斤澜小说选》等。1984年以后有《矮凳桥》和《十年十癔》系列小说。

50年代的林斤澜曾用他那支饱蘸热情的笔歌颂过美好的新生活，其笔调欢快明朗，抒情热烈。然而经历了十年浩劫，当作家重新提起中辍了12年的笔时，他变得异常深沉冷峻、隐晦犀利。作为一个老作家，他是唯一能够保持自己恒定的母题——深刻揭示十年浩劫对人性的残害，恒定的艺术表现形式——将写实手法与变形手法有机融合在一起的作家。

林斤澜的小说之所以深刻且耐人寻味，在于作者以冷峻的笔触鞭挞了"四人帮"统治的黑暗时代，将那个时代里美与丑、善与恶、真与假的灵魂反差进行无情的曝光。"'疯狂'主题在林斤澜笔下，以冷峻、严厉、深沉、尖刻、嘲讽、诡奇的笔调，描写出那个颠三倒四的年代里，可悲可怕可笑的疯狂气息，塑造出一批'很不正常的生活里，活出来很正常的人'。林斤澜不写悲欢离合，哀婉感伤，却专注于发掘表面冻结了的心灵深处，生命与人性的尊严，自由与责任的分量。他不写血淋淋的专横残暴，阴险毒辣，却勾勒带有疯狂气息的思想、理论和举动，揭示其必然灭亡的历史特征。"[1]其实，这一评述仅仅道出了林斤澜笔下人物的表层特征，而未看出其笔下一个个看似不正常的人物却有着最正常、最合人性、最美好的灵魂。不正常的是那个疯狂的时代，那个被人们习以为常了的不正常民族文化心理的惰性力。因而，他笔下的人物愈是"疯狂"，愈是变形，则愈表现出主题内涵的深刻性。《神经病》里的几位正常人只不过做了一些"不合时宜"的事，便都被当作"神经病"。作者提出了究竟是他们疯了还是时代疯了的诘问。《一字师》里的中学教师出于职业习惯，改正了大字报上的错别字，横遭厄运。表面上看来是这位教师太迂腐，但作者并非是嘲讽他的"劣根性"，而是鞭笞那个葬送文明的黑暗社会，从而达到歌颂健康人性、礼赞知识的目的。《阳台》里的那位历史教授似乎很可悲，他好像始终逃脱不了旧的思维模式，时代在变，而他的思想一点未变，竟然在"牛棚"里打入党报告，真令人啼笑皆非。然而在一笑之后，读者却可以从苦涩的笑中品味到一个真正的人的高贵品质，发现一种丰满的精神是可以超越一切环境而永存的人生真谛。后来，林斤澜致力于系列小说的创作，他的《十年十癔》系列仍然专注于对那个疯狂时代的控诉，从各个不同的角度写出了人生的种种病态，只是这种病态不属于他笔下"疯狂"的主人公，狂人的疯狂正深刻地揭示出一个畸形的时代。《哆嗦》中的麻局长和游击司令都是敌人大刀砍过来都不知下跪的英雄，然而一见"万寿无疆"就哆嗦。显然，作者并不只是在鞭挞民族的劣根性——奴才主义的集体无意识，麻局长最后真的疯了（而且是"文革"过去了许多年后），在这里，作者深刻地揭示了十年劫难给我们民族和人民留下的心理"癔病"。《白儿》中看山老人是一个时代的弃儿，

---

[1] 黄子平：《"沉思的老树的精灵"》，《文学评论》1983年第2期。

一切生生死死对于他来说已不复存在，唯有他对白儿的一片纯真的感情才显得有价值有意义；他是带着一种崇高的纯情埋葬了自身的"人"，而那些被那个时代激起了兽性的人们对人性的杀戮，正是那黑暗岁月里人与兽的界限被消弭的具象表现。"狂人不狂"，是时代疯狂了，是时代精神挤压下的许许多多的人们疯狂了。更可悲的是，时代虽已变迁，但作为真正的"人"却尚未得到精神的解放，看山老人还沉迷在那个病态的时代氛围中，患上真正的"瘾病"，这难道不是历史的阴影笼罩所致吗？《五分》中的姐姐经历了反右至"文革"的坎坷，真的变成了疯子，但即使真疯了，也逃脱不了被"正法"的下场。其实，你很难看出姐姐是否真的变成了疯子，因为她临刑时还写了一首《历史将宣告我无罪》的诗。正是这个疯与不疯的不确定形象，深刻地揭示出那个时代颠倒黑白的本质特征。《催眠》打破了历史和现实之间的时空，创造出一个扑朔迷离的怪诞的心理世界。本来是战争年代一个极平常的玩笑，然而那个畸形时代竟能通过它致使刘鳌、董幼萌这样的人在人域与鬼蜮之间徘徊，乃至于落得个终身迷懵。这篇作品深刻地总结了"文化大革命"这场闹剧的本质——人，在这场闹剧中丢失了主体性，在"人造的海"里沉浮，"人到这里，不论多么个性特别，也要不了单儿，您，随大流吧"。这深刻揭露了这场灾难是以牺牲人的个性为代价，以宣扬现代迷信为前提的人类罪恶。

揭露畸形社会残害健康人性，泯灭美好人性的本质，从而寻觅健康美好人性的复归，可能是林斤澜小说创作的主旋律，并且，应当指出的是，其有些作品不仅仅限于"文革"十年的时间和空间，像《火葬场的哥们》、《矮凳桥》系列中的篇什等，然而，这些作品仍是在探索人生的母题下对人生世相进行描绘抒写的。

在50年代走出来的一批作家中，除王蒙外，林斤澜对小说形式技巧的探讨是最下功夫的。他以传统的艺术技巧为本，大量吸收和借鉴了西方现代派艺术的技巧，形成自己一套独特的艺术表现形式。奇特夸张的人物形象，平淡而富有变化的情节，客观、冷静、非严格写实的方法，浓缩精炼的结构，简洁冷隽的白描语言，以及某些细节的不真实和非逻辑性，构成了他的小说短小而精深，平淡而诡奇，冷峻而深刻的深层意蕴。此外，林斤澜的小说是极不讲究情节安排的，情节极简单，往往是采撷生活中的一朵小小浪花，是历史瞬间里的一个小镜头定格，然而作者能够在此基础上精雕细刻，创造出奇异的、包孕万千的艺术境界来，以小见大，以少总多，显示出作家深厚的艺术功底。

林斤澜的小说往往使读者很难寻觅到一个确切的现成答案，正如孙犁所言："看过他一些作品，我了解到斤澜是要求倾向客观的，他有意排除作品中的作家主观倾向。他愿意如实地，客观地把生活细节展露在读者面前，甚至作品中的一些关键问题，也要留给读者去自己理解，自己回答。"诚然，林斤澜的作品留下了大量的"空白"，让读者进行再创造。但是作家的主体思维往往是通过变形、夸张等艺术手法来进行间接表现的，非再三咀嚼难以体味和再创造。林斤澜的小说是高度简洁凝练的艺术结晶，因此在表现手法上往往采用写意的白描来夸张表现人物与情节。如果仔细读他的作品，可以看出其中人物变形描写与环境变形描写暗合的逻辑联系；同时，在虚写与实写的连接点上也能找到一种象征的意蕴；你还可以发现作者在冷峻的白描中渗透着浓烈的抒情色彩。

如《十年十癔》之五的《白儿》中，连续三次反复出现的看山老人的呼唤："他唤：'白儿！'/他静听唤声在太阳里溶化。"到第四次变成了："他唤：'白儿！'/他静听唤声在黑洞共鸣。"这不仅写出了老人心理变化的层次，而且，强烈的抒情性增强了作品的悲剧艺术效果，正是在这里，我们说，林斤澜的小说具有强烈的诗性特征。

四、韩少功　张承志　贾平凹

韩少功，生于1953年，湖南长沙人。1978年以后发表的《西望茅草地》《风吹唢呐声》等为其早期代表作品。后一阶段以《归去来》、《爸爸爸》、《女女女》、《马桥辞典》和《暗示》等为代表作品。

《西望茅草地》以粗犷的笔墨勾画了一个失败的"英雄"形象。作为茅草地国王的"酋长"，张种田是一个带着强烈封建家长意识的"农民领袖"。在极"左"思想的熏陶下，他倡导的是绝对平均主义的原则，误以为共产主义精神就是过苦行僧的生活，在他的王国里采取的是绝对的禁欲主义原则，乃至于造成了扼杀人性的悲剧（他甚至以牺牲自己女儿为代价去维护那种荒唐的原则）。尤其可笑的是，他苦思冥想出那套在严刑拷打和生死抉择面前来考验知识青年的方法，更显示出动乱年代的荒唐和农民革命者的愚昧简单。作者并没有平面地把这个人物描写成一个反面形象，而是深刻地揭示出：一方面张种田不愧为革命战争考验过的老战士，在他身上仍可以看见那种身先士卒、吃苦耐劳、患难与共、平易近人的无产阶级优秀品质，而这一切是处于彷徨、迷茫与寻找之中的"知青文学"应当珍惜的精神资源；另一方面，作为一个失败了的"英雄"，这个人物留给人们的思考是深刻的：虽然张种田领导开发这片茅草地的事业是以闹剧形式收场的，但他却以自己整个生命虔诚地投入这场他心目中新的革命战争，他用一种小农个体生产方式去领导大生产，用传统封闭的封建主义思想（他还自以为是正统的马列主义）去压抑正常健康的人性（他以为是小资产阶级的情调），用呆板僵化的军阀作风作为维持秩序的灵丹妙药……这一切都构成了这个人物丰满的个性特征。那种堂·吉诃德式的愚昧与耶稣受难式的悲剧感有机地结合在这个人物的身上，使之成为一个富有立体感的、多重性格的人物形象。

《爸爸爸》不仅是韩少功突破自身思维模式的一次嬗变，而且对新时期小说观念的蜕变也起着推动的作用，是80年代中期"寻根文学"思潮中的一篇重要作品。《爸爸爸》塑造了丙崽这个很难概括的艺术形象。我们尽可以把丙崽作为一种意象或人生的象征，把他所生活的氛围和环境看成一种凝固了的社会空间。作者把一种具有远古意识、初民思想的生产方式和生活方式呈现在读者面前，意在把人性中的愚昧、蛮荒、冥顽不化的"集体无意识"加以抨击与放大。小说中揭示出的八种人性文化表现形态作为一种稳态的意识结构，渗透于我们民族的"集体无意识"之中，韩少功将它们进行变形、夸张与放大，其目的是想引起疗救的注意。

《爸爸爸》在文体上也有其独特的贡献，全文弥漫着一种飘忽不定、扑朔迷离的神秘感。作品"打破生与死，人与鬼的界限，打破时空界限，吸收欧美现代派时序颠倒、多角度叙述、幻觉与现实交错等艺术手法"[1]。这虽然给读者的阅读带来了一定的障碍，但所留的艺术想象空间则更广阔深远。整个作品在神秘的描述之中所透露出来的象征意蕴，更能促发读者去思考更深层的意蕴。小说对夷蛮山地的风俗和自然景观，以及糅进的神话的描写，为小说的内容表达和形式表现增添了赏心悦目的色彩效果。

　　当然，《爸爸爸》还存在着模仿哥伦比亚魔幻现实主义作家加西亚·马尔克斯的长篇小说《百年孤独》的痕迹，一定程度上还有内容与形式背离的倾向，但是，它毕竟融入了民族文化心理的特质，而且把新时期的小说创作形式向前推进了一步。

　　张承志，生于1948年，回族，籍贯山东。主要作品有中短篇小说《黑骏马》、《北方的河》、《错开的花》、《奔驰的美神》、《神示的诗篇》，散文集《绿风土》、《荒芜英雄路》、《清洁的精神》、《牧人笔记》和长篇小说《金牧场》等。

　　张承志的小说洋溢着浓郁的理想主义的光彩。一方面，他把对祖国和人民命运的关注作为自己创作的母题与基调，另一方面，他的作品还渗透着凝重的历史感和浪漫主义精神，给人以深邃的思考和热烈的情思。《北方的河》是以几条北方的河作为抒情描写的客体，来抒发一代人青春奔放流逝的悲壮。整个作品是一个完整的象征对应：一边是无定河、黄河、湟水和记忆中的额尔齐斯河与黑龙江，一边是那个充满着青春活力的"他"的青春足迹。一个作为抒情描写的客体，一个作为作家的主体和人物的主体，两者共同构成一个有机艺术整体。从外在的描写到人物内心世界的描写，构成了整个作品和谐统一的旋律。北方的河流作为作者描写的客体，既是具体的又是抽象的。说它是具体的，因为作者把河作为一个个自然景观来进行具体细致的描绘，给人以视觉美的感受；说它是抽象的，因为作者把对河的描写作为一种象征和隐喻，处处将其与人物的经历和心灵世界的变化轨迹相契合对应，乃至把对河的描写抽象成一种内在的气质和精神，给人以一种形而上的知觉美的感受，从而达到其浪漫主义的抒情目的和对理想主义的弘扬。他笔下的河最终是一种民族精神和时代精神的汇合，它象征着祖国和人民的文化和人格力量勇往直前、奔腾不息的历史必然，象征着充满理想的人的生命流程的价值和意义。作品的主人公"他"是一个伟岸的、充满着青春活力的人物，在"他"的生命流程中，充满了对理想的执著追求、对事业的诚挚和热爱、对爱情的忠贞不渝以及对大自然的征服欲。在"他"高速运转的生活节奏中，凭着一颗对祖国和人民的赤子之心，为了中华民族的科学崛起，他拼命地追回被历史耽误而流逝的青春，以加倍的努力工作着。从"他"身上可以看到一代知识青年在逆境中成长的事实，同时也可以感受到动荡的生活铸就了这一代人勤奋的特质和向上的理想，使"他"们自觉地把个人的命运与祖国和人民的命运维系在一起。相信未来，

1　丁帆、徐兆淮：《新时期乡土小说的递嬗演进》，《文学评论》1986年第5期。

执著地追求理想,成为这一代青年的生活准则和生命的全部意义。正如作者在小说开头写到的那样:"我相信,会有一个公正而深刻的认识来为我们总结的:那时,我们这一代独有的奋斗、思索、烙印和选择才会显露其意义。"

《北方的河》与张承志的许多小说一样,呈现出一种诗化小说的倾向。除上文提到的象征、隐喻的结构框架以外,他的小说还有着强烈的节奏感。有人认为张承志的小说非常突出地运用了诗的表述方式,以诗的精神来结构小说,从而达到了诗的境界。他也讲述故事,也描写和叙述,但他是把广阔的纷纭万象的世界吸收到他的自我世界里去。以深刻丰富的内心体验,让这个世界充满观照和感受的活力,把这个世界带到意识的光辉里。虽然他也塑造人物、描摹事物、组织情节,但他以哲学家的抽象思辨、历史学家的宏观视野赋予它们以深刻的"暗示"内涵,从而使小说达到形而上的层面,具有崇高的、悲剧性的、神圣的审美效果。张承志的诗化小说对新时期小说文体的变革是起了一定促进作用的。从风格上来看,《北方的河》具有雄浑壮观、激越奔放的阳刚之美。小说正像黄河之水一样,充满着壮美之气势,文笔酣畅,一泻千里,给人以激情和美感。

贾平凹,生于1953年,陕西省丹凤县人。1973年开始发表作品,迄今为止,先后创作诗歌、小说、散文、文学评论计三百余万字。主要作品集有《兵娃》、《姊妹本纪》、《山地笔记》、《早晨的歌》、《贾平凹小说新作集》、《月迹》、《野火集》、《爱的踪迹》、《商州散记》、《晚唱》、《商州》、《贾平凹集》及长篇小说《浮躁》、《废都》、《白夜》、《土门》、《高老庄》、《怀念狼》、《病相报告》、《秦腔》、《高兴》等。1983年以后,贾平凹深入商州地区,写了一组"商州系列"中长篇小说,主要作品有:《小月前本》、《鸡窝洼的人家》、《九叶树》、《腊月·正月》、《商州》、《冰炭》、《远山野情》、《古堡》、《天狗》、《浮躁》等。还有短篇《火纸》、《黑氏》、《水意》等。这一时期,作者以全方位的视角剖示整个人文环境的变迁给人的心理世界带来的巨大变化,同时把笔触深入到人的意识深层结构中去,展示历史的道德外力与人的生命本真内力之间的冲突。同时,在形式技巧上也有新的探求,作者试图以更新的表现手法来观照自己笔下的人物,使之更富有现代美感。其风格是缠绵悱恻中透露出阳刚之气,悲恸抒情中力透着哲理性的思考。

《腊月·正月》和另外几个中篇创作一样,描写了农村商品经济的发展带来的传统文化心理的蜕变,作家从人们的生活方式、道德观念、价值观念的改变中,发掘了时代思想冲突的焦点。那种恪守土地、"重农轻商"、"重义轻利"的传统心理在农村商品经济大潮的冲击下面临着解体,人们恒定的传统文化心理正在悄悄地偏移,而作者着力在《腊月·正月》中塑造了一个与时代思想相悖逆的人物韩玄子,这就注定了这个形象的悲剧性。整个小说是把韩玄子作为一个传统道德的化身进行描述的,他集传统道德的优长和惰性于一身,是一个具有立体感的多重性格人物;只要仔细品味,他身上的那种所谓优秀的传统道德亦正是阻碍历史前进的惰性力。他是一个民族劣根文化的缩影:大度下隐藏着狭隘自私，光明磊落下潜伏着保守落后的封建意识，他是整个村镇传统的封建秩序的维护者和执行者、监督者，他与新经济力量代表者王才之间的斗争，正体现着农村中守旧的封建卫道者与改革者之间的根本冲突。作者以冷峻细腻的笔法解剖了韩玄子的具有时代悲剧特征的心理世界，并深刻地提示出，在韩玄子传统道德的外衣下，包裹的依然是一种狭隘、落后的小农意识。

如果说《腊月·正月》等中篇小说只是从微观角度来剖示一种文化心态的话，那么，《浮躁》则是从宏观的角度，较全面地显示出城乡改革（尤其是农村改革）所面临着的政治方面、经济方面以及文化心理方面的重重障碍。《浮躁》看起来是封建家族势力与农民改革者之间的冲突，实际上抒写出了我们这个时代的一种普遍的精神特征：浮躁。主人公金狗是一个有知识的新型农民，他与梁生宝式的"社会主义新人"不同：一方面要与强大的封建宗法势力作斗争，另一方面还要在与自身的传统道德、文化心理的相生相克的灵魂决斗中获得自我精神的解放。这个形象不再是像梁生宝那样的思想单纯的人物，而是一个充满着进取精神，高扬着个体意识，裹挟着诸多优劣因子的复杂形象。金狗在与封建闭锁的、充满着理性秩序张力的传统文化心理作战时，充分意识到自身（包括整个新一代农民阶级）的孱弱，以及在一片旧意识的废墟上重建新的价值观念的必要性。"浮躁"是一种概括，它概括出了我们所处的时代骚动不宁而又充满了生气的精神特征。作者正是在这一视角的焦点下描写出旧价值观的毁灭和新价值观的萌动。因而，小说中金狗、雷大空们与田家、巩家的斗争，以及金狗与小水、英英、石华等人的爱情纠葛，统统可以看作一种浮躁的时代情绪的外化。作者将这种浮躁情绪放在一个特定时代的人文环境中加以考察，从而提出了新一代农民在改革大潮中面临的多重历史使命——对整个人文环境的改造和自我觉醒、自我拯救的命题是同样重要的。

在艺术上，贾平凹的小说呈现出变化多端的个性：从柔美婉约的抒情风格到散文化的风韵，从充满着故事情节力度的"复归"到兼收并蓄现代派小说的技巧（《商州》就吸收了结构现实主义的表现技巧），作者在不断地调整着自己的艺术视角。贾平凹的小说，在描写动荡的心理世界时，往往把人文背景的氛围作为自己重要的描述对象，他注重描绘乡土风俗风情的小说，"几乎是一幅幅力透纸背的醇厚风俗画面，理与趣的高度统一，含蓄而和谐，达到了相当圆熟的艺术境界"[1]。同时，贾平凹深得中国古典文学描写的神韵，将其有机地融入自己的作品之中。他的语言精练而清新、深沉而绚丽、明快而含蓄。他既不泥旧，亦不赶时髦，一切形式的变化均以内容的表达为依据。贾平凹是一个在不断改变着自己艺术轨迹的过程中时时给人以新的阅读快感和新的思考的作家。

90年代以后，贾平凹先后创作出版了长篇小说《废都》、《土门》、《高老庄》

---

[1] 丁帆、徐兆淮：《新时期风俗画小说纵横谈》，《文学评论》1984年第6期。

等，其中尤以《废都》最具影响，也最有争议。《废都》通过对"著名作家"庄之蝶的生存状态及"废都"之中社会世相的描写，较为独特地反映了特定历史时期中国社会的现实图景及一种文化精神状态。

庄之蝶是一位因文学创作的成功而获得一定社会地位的著名作家，但在"废都"之中，他却由一位"文化精英"堕落成一个"文化闲人"。昔日的社会理想与文化雄心已不复存在，代之以难以自拔的沉沦和淫乐。无度的淫乐除了给他短暂的精神慰藉和肉体快乐之外，根本无法使他获得精神的复苏，等待他的只能是"文化的休克"。作品由此昭示出：在一个价值失衡、物欲泛滥的文化废墟中，是不可能用欲望来拯救个体生命的虚空的，同时也无法挽救"废都"的既倒之势。从这个意义上来说，《废都》所提出的文化命题是深刻而严肃的。

《废都》以庄之蝶的命运为主线，反映了文化、经济、政治、法律、新闻、宗教以及市井民间等廓大的社会生活，同时也较生动地描写了西京文人的生存风貌。尤为值得注意的是，作品所塑造的牛月清、唐宛儿、柳月、阿灿四个富有寓意特征的女性形象，倾注了作者较多的文化思想内涵。

在精细逼真的社会世相描摹和现实写真的基础上，吸收现代主义的象征表现手法，来丰富作品复杂的主题内涵（如"废都""老牛""女人"等具象的本体象征），是《废都》显著的艺术特征。此外，广泛吸收我国古代小说的叙事技巧，注意情节和细节的描写，也是其重要的特点，这在《废都》的语言风格及志异手法等方面均有相当鲜明的体现。然而，《废都》在以男女性爱为象征"外衣"的描写有所失度，受到明清艳情小说的负面影响，同时显现出现时文学中"商业炒作"的迹象，这也是当时文坛和学界争议的焦点之所在。

五、莫言　张炜　马原　苏童　余华

莫言，原名管谟业，生于1956年，山东高密人。主要作品有小说集《透明的红萝卜》、《红高粱家族》和长篇小说《丰乳肥臀》、《檀香刑》、《生死疲劳》等。

1985年中篇小说方兴未艾时，莫言以他的中篇处女作《透明的红萝卜》震动了文坛，随之而至的中篇《球状闪电》、《爆炸》、《金发婴儿》和短篇《枯河》、《老枪》等使人目不暇接。1986年莫言写了《红高粱家族》系列，一篇《红高粱》便使得整个文坛沸沸扬扬，直到电影《红高粱》获得多项国际大奖，其"红高粱"的余波仍在整个文艺界呈现出此起彼伏之状。莫言成了评论界的热门话题。考察"莫言现象"，我们不难看出，1985年以后大量西方文学涌入中国文坛，造成了整个文学审美观念的变化。在这个文学大背景下，许多青年作家借鉴西方文学的形式技巧，模仿和创作出许多使中国读者耳目一新的作品来。尤其是对70年代后的拉美文学的借鉴，成为文坛的时尚。莫言在思想上和艺术上受到哥伦比亚魔幻现实主义作家加西亚·马尔克斯和美国意识流小说作家威廉·福克纳的影响，其创作改变了中国传统小说的轨迹，成为新时期军事文学的又一个里程碑。虽然我们可以清晰地看到莫言模仿加西亚·马尔克斯的痕迹，但更应看到莫言把一种感知方式熔铸在对自己民族的审视上的气魄。莫言崇尚马尔克斯，就在于"他之所以能如此潇洒地叙述，与他哲学上的深思密不可分。我认为他在用一颗悲怆的心灵，去寻找拉美迷失的温暖的精神家园。他认为世界是一个轮回，在广阔无垠的宇宙中，人的位置十分渺小。他无疑受了相对论的影响，他站在一个非常的高峰，充满同情地鸟瞰着纷纷攘攘的人类世界"[1]。莫言亦是"用一颗悲怆的心灵"去揭开我们民族文化心理的世界，去寻觅我们民族"迷失的温暖的精神家园"的。莫言以一种奇异然而新鲜的艺术感觉重新认知我们民族的生命和文化心理。

《红高粱》描写了一个并不新颖而且极其简单的抗日故事："我"爷爷余占鳌在墨水河畔伏击日寇以及和"我"奶奶的爱情纠葛。这种被渲染过无数次的故事框架，何以能释放出如此灿烂动人的艺术光辉呢？

首先，它以敢生敢死、敢爱敢恨的生命意识作为基调，对农民真实的文化心理进行原生状态的描述。一方面浓墨重彩地渲染了一种火红的高粱般的民族性格，一方面通过战争这一特殊的环境来开掘真正属于农民意识的正负两个层面。作者写了神秘的"红高粱"，写了那些充满了隐喻和象征性的人物的内心世界，写了那些主人公的灵魂面貌及思想行为，乃至情感实践的精神准则——他们的伟大与渺小，强悍与虚弱，自尊自信与自卑自贱，善良与残忍，坦率与狡猾，机智与愚昧，以及那种足以使民族强盛的气概与足以使民族停滞不前的落后的传统意识，均使读者感悟到一个以农民为主体的民族所不可避免的精神状态。作品虽然以抗日为背景，以伏击为线索，但作者着力要揭示的是一个民族的过去，以及这种过去与现在、将来的某种有机的精神联系。可以说，《红高粱》所要证明的是民族精神之魂的复杂内核，而在以往的以抗日生活为描写对象的小说中，还没有出现过这样深刻独到的，既充满了血腥味，又富有神秘感的优秀作品。《红高粱》中的主人公们，无论是"我"爷爷，还是罗汉大爷，在他们的血液中都浸润着无拘无束的农民式的叛逆性格和土匪习气，同时亦保留着除暴安良、抗御外侮的坚韧不拔的、伟大的生命潜能。他们虽然有着不同的外部经历和性格特征，但其身上"基本的气质却是相通的，那就是体现在整个人格中的风骨，以及由此而带给生命的厚重感。同时又体现着民族民间精神的两个方面，一个是勇敢抗争，一个是勤劳耐苦。这两个方面构成中华民族的内聚力"[2]。作者没有给这些人物戴上"英雄"的光环，而是让他们停留在真正的农民心态上，使之呈现为一个未经雕琢定型的民族文化心理的原型。"我"奶奶是一个充满了生命张力的、非"贤妻良母"式的中国妇女形象。她打破了封建礼教的束缚，作者更多的是让她接受了大自然的熏陶，她是一个充满着情欲和野性的女人，"什

---

[1] 莫言：《两座灼热的高炉》，《世界文学》1986年第3期。
[2] 季红真：《忧郁的土地，不屈的精魂》，《文学评论》1987年第6期。

么事都敢干，只要她愿意"，她的活法悖逆了传统的道德，然而，她的生命意识却给人以新的美感。正是这个形象的塑造，使人们看到民族生存意识和生命力的高扬。"我"奶奶除了具有正义勤劳的中国妇女特质外，更重要的是在她的灵魂中，渴求着一种朴素的自由和解放的本能需要，是一种归于自然的人类本性的需求。在她倔强的生命旅程中，我们看到她和余占鳌在高粱地里火焰般的野合，并没有那种污秽的感觉，她的纵欲充满着对封建礼教的亵渎，而这种亵渎正是一个在道德规范压力下生长多年的中国人生命意识的自觉。正如她在弥留之际的默祷："天，什么叫贞节？什么叫正道？什么是善良？什么是邪恶？你一直没有告诉我，我只有按着我自己的想法去办，我爱幸福，我爱力量，我爱美，我的身体是我的，我为自己做主，我不怕罪，不怕罚，我不怕进你的十八层地狱。我该做的都做了，该干的都干了，我什么都不怕。但我不想死，我要活，我要多看几眼这个世界，我的天哪……"正是这种反叛精神重新诠释了我们民族对于生命意识的理解，它渗透了"红高粱"般炽烈的生命张力。

其次，《红高粱》中交织着悲剧与反讽的复合美感，即它写的是一出悲剧，但又不同于传统的悲剧美学原则。它不是在最悲恸之处引起人们的"悲悯""同情""崇高"的美感，从而达到教化之目的，而是采用"反讽"的技巧，给人以一种新鲜的美学感受。写到最惨烈之处，作者往往笔锋一转，以轻松甚至幽默调侃的笔调将读者从本来的悲剧审美轨迹中拉出来，进入一个更为广阔的想象世界，使之富有多义的审美意蕴。在孙五剥罗汉大爷人皮时，作者用一种奇异的感觉来写这一场面：一方面是写罗汉大爷"一股焦黄的尿水从两腿间一窜一窜地龇出来"，"肚子里的肠子蠢蠢欲动，一群群葱绿的苍蝇漫天飞舞"；另一方面又写"父亲看到大爷的耳朵苍白美丽，瓷盘的响声更加强烈"。前者近乎一种亵渎意识，而后者又掺杂着一种幽默调侃的意味。本来这一场面正是塑造这位"抗日英雄"的最好契机，然而这种对传统悲剧原则的背叛，正是为了表现那种原生状态的生命意识。有人以为："以乐境写哀境，以鹊笑鸠舞写伤心惨目，以轻快写紧张，以洁净衬腌臜，以霁颜写狂想，把小说中的悲惨和悲壮、坚韧和崇高推到令人震骇的极境。"[1] 总之，莫言笔下的悲剧已经打破了传统的战争题材悲剧的审美观念，给人一种新鲜的、廓大的悲剧审美空间。尽管莫言是从福克纳那里借来的"反讽"的艺术技巧，但这有助于军事文学悲剧观念的演进和发展。

在现实主义精神中容纳大量的现代派表现技巧，造成小说创作的新格局，是莫言《红高粱》艺术上的又一成功之处。整个《红高粱》充满了象征和隐喻，森林般的红高粱本身就是中华民族精神内核的象征，而每一个人物和画面均充满着深刻的寓意。有人认为这是一种"神话模式"，是借鉴了马尔克斯的魔幻技巧。不管怎样，象征、隐喻、暗示、借代等手法的运用，增强了作品的表现力。正如莫言所言，没有象征和寓意的小说是清汤寡水。空灵美、朦胧美都难离象征而存在。

---

[1] 雷达：《游魂的复活——评〈红高粱〉》，《蜕变与新潮》，第427页，中国文联出版公司1987年版。

魔幻现实主义的原则是"变现实为幻想而又不失其真"。莫言的作品中充满着幻象，这种幻象充满着浪漫色彩和诗的意境。这种美学效果的产生，有赖于作家运用童话、寓言的手法，把幻象与现实糅合在一起，精确地表现出人物内心世界以及作者的主观世界奇特的心理过程，这也构成了莫言小说"忧郁的主调"之下"一方面是凄楚、苍凉、沉滞、压抑，另一方面则是欢乐、激情、狂喜、抗争"的独特的叙事风格。[1]

张炜，1956年11月生于山东省龙口市，原籍山东省栖霞县。1980年开始发表小说，主要作品有长篇小说《古船》、《九月寓言》、《家族》、《柏慧》、《外省书》、《能不忆蜀葵》、《丑行或浪漫》、《刺猬歌》，中短篇小说《声音》、《一潭清水》、《秋天的愤怒》和散文《融入野地》等。

《古船》是张炜的第一部长篇小说，是中国当代文学中最为优秀的长篇小说之一，也是张炜的代表性作品。小说以胶东地区的洼狸镇为中心，重点选取了"土改"前后、"大跃进"时期、所谓的"自然灾害"时期、"文化大革命"时期和改革开放的20世纪80年代等几个重要时期来叙写。在四十来年的广阔的历史背景上，政治动荡和家族命运紧密结合，作品全景式地、笔墨凝重、惊心动魄地书写了中国农村的社会历史变迁和中国农民的精神与生存，充分表现了作家对于现实、历史、文化和人性的深邃思考，尤其因其对中国传统文化、中国当代历史、中国农民命运和当时的改革现实的热忱关注和深刻思考而引人注目。深沉而强烈的情感，使小说产生了相当动人的力量。

隋抱朴是作品中用力最多的主要人物。表面上，他是超越于政治风云、家族争斗以及农村经济改革之外的"旁观者"和"逃遁者"，但在本质上，他在老磨房的艰苦思索，却显示出他是在对历史、人性和当时的改革现实进行深刻的"超越性"思考，爱欲、鲜血、罪与苦难，长久地折磨着他，使他成了中国现当代文学中一个引人注目的忏悔者形象。

如果说隋抱朴主要还是一个沉默思想者形象，隋见素则是一个与其相对的行动者形象，两人互相映衬。赵炳的形象虽然着墨不多，但也耐人寻味，积淀着相当丰厚的历史内容。此外，像赵多多、隋不召以及张王氏等人物形象，塑造得也较为成功，与隋抱朴等人物形象一起，组成了形象鲜明、内涵丰富的人物体系。

艺术上，张炜的《古船》在坚持现实主义创作方法的同时，又广泛汲取了现代主义的象征、魔幻和隐喻等艺术手法。艺术风格和艺术结构气势恢宏，深沉凝重，既有强烈的理性色彩，又有相当动人的情感力量，取得了极高的成就。因此，有论者认为，在中国现当代文学历史中，《古船》是一部理应享有较高地位的开创性作品。其开创性主要体现在两个方面：其一，它对"土改"、"大跃进"、"文化大革命"诸般重大历史事件的描写采用了忠于历史、忠于自己的心理真实的艺术立场（而不是采用意识形态立

---

[1] 季红真：《忧郁的土地，不屈的精魂》，《文学评论》1987年第6期。

场）。对于由《红旗谱》、《创业史》等所代表的意识形态化的文学传统所哺育的一代中国作家来说，需要经过艰难的脱胎换骨式的精神挣扎才能做到。其二，隋抱朴所表现出的历史反思能力、内心自审能力、爱的能力，以及在漫长的灵魂搏斗中所达到的精神高度和精神力量，在很长一段时间的中国文坛上，都是空前绝后的。"那个静静地坐在磨房里达十年之久，悄悄地进行忏悔和自我搏斗达十年之久的形象，可以说是整个新文学史上最有力量的小说形象。"[1]

90年代以来，张炜小说最为重要的成就和特点，便是民间意识的凸显。张炜在该时期的两部长篇小说《家族》和《九月寓言》，对此有着相当突出的表现。

《家族》的民间意识，主要体现为对民间伦理的极力张显。而这种张显，又是以民间伦理对于国家伦理的挑战来进行的。具体在作品中，这种遭受挑战的国家伦理，又分别是20世纪上半期现代中国的国家伦理，以及在20世纪下半期演变为国家伦理的革命伦理。

《九月寓言》的民间意识，体现为对大地民间的诗意赞颂、浪漫书写和基于这种民间立场上的对于生命、历史与现代文明的复杂思考。作品以寓言的方式讲述延鲅村的故事。所有的故事都发生在九月，发生在大地上收获的季节。这是因为，这样的季节意味着生命的充实、展开和实现。另一方面，故事发生的空间也总是野地，因为野地是一切生命的本原。正是在这样的时空中，生命得到了最大限度的展演——那黑漆漆的野地中，青年男女们漫无目标地奔跑，他们"在土沫里翻滚，钻到庄稼深处歌唱"，闪婆和露筋在野地里日夜浪游，金祥不远千里地穿越野地，背回铁鏊子……正是这些近乎无法无天的生命力量，使得小村人获得了一种超越苦难的充沛元气。即使是小村的血腥暴力，似乎也因为生命的展演而淡化了恶的意味。大地民间，成了张炜审视社会、历史和人的生存的基本依据。

延鲅这样一个乡村世界，包括进入其中的外部历史，都被张炜的大地民间所包容和审判。大地民间元气淋漓和自在自洽的生命状态，不仅批判了作品中以"工区"作为象征的现代文明，同时也为现代文明指出了一条摆脱沉沦的救赎之路。但在另一方面，张炜对大地民间的诗意赞颂与价值肯认，又是相当矛盾的。他在以大地民间作为价值与感情的双重基点批判和审视现代文明的同时，却又相当清醒地意识到，面对日益逼近的现代文明，大地民间又是那样的脆弱。工区人的生活诱惑着延鲅村人，尤其是其中的青年男女。肥的私奔，龙眼和憨人去做矿工，特别是小村在最后的灭顶之灾，无不喻示着现代文明的生猛和大地民间的脆弱。大地民间，终致沦陷。所以在这样的意义上，《九月寓言》既是张炜对大地民间的赞歌，也是一曲不无悲凉的哀歌和挽歌。浓厚的浪漫主义气息和抒情色彩，使作品的歌唱品质尤为突出。

---

[1] 摩罗：《灵魂搏斗的抛物线》，《当代作家评论》1997年第5期。

马原，生于1953年，辽宁省锦州市人。马原的小说创作以1984年发表的小说《拉萨河女神》为界，分为前后两个时期。前一个时期，马原主要以现实主义或现代主义的创作方法从事小说创作，其中包括其1982年发表的第一篇小说《海边也是一个世界》。从《拉萨河女神》开始，马原发表了一系列以西藏为故事背景，并且在叙事方式上极具先锋性的小说。它们主要是《拉萨河女神》、《冈底斯的诱惑》、《叠纸鹤的三种方法》、《游神》、《大师》、《虚构》等。另外，马原的其他小说如《错误》、《西海的无帆船》、《涂满古怪图案的墙壁》、《战争故事》、《倾诉》、《旧死》、《没住人的房子总归要住人》及长篇小说《上下都很平坦》等，同样体现了极强的先锋性。可以说，正是马原引发了80年代中后期中国小说的叙事革命。[1]

马原先锋小说的重要特点首先在于，在小说中频频出现"马原"的形象，并以此来拆除真实与虚构之间的界限，使得小说呈现出既非虚构亦非写实的状态。在《虚构》、《拉萨生活的三种时间》和《叠纸鹤的三种方法》中，"马原"都成为马原的叙述对象，"马原在此不仅担负着第一叙事人的角色与职能，而且成了旁观者"。在《涂满古怪图案的墙壁》《战争故事》和《西海的无帆船》等小说中，"马原"甚至还被其所虚构的小说人物反身叙述，这样，似乎连"马原"也成了一个被虚构出来的形象。

其次，马原所叙述的故事往往是缺乏逻辑联系、互不相关的片断，这些片断只是靠马原的叙述"强制性"地拼合在一个小说之中。《叠纸鹤的三种方法》由叙述者的叙述（马原的自我叙述以及关于新建和罗浩的叙述）和叙述中的叙述人（小桑格和刘雨）的叙述（一桩刑事案件和一个收养群狗的老太太的故事）拼合而成，而小说中众多的故事之间其实毫无关联，它们唯一的联系便是通过马原的手笔被强行扭合在一起。另外，《旧死》拼合了海云和曲晨的故事，《游神》拼合了契米、神秘的印度沙拉以及围绕着所谓的乾隆六十一年古钱币及其铸币钢模的故事。正如有的论者所指出的："马原的不少小说经常把几个可以完全独立的故事排列在一起，在排列中再交叉。各个故事有可能是残缺的，也可能是完整的，但它们的排列——有序或无序，如果读者想从中寻找惯常观念的联系机制，怕百分之九十的人要失望，剩下的百分之十的人完全可能做出十种不同的解答。"

再次，由于马原将小说的叙述过程与叙述方法视为创作的最高目的，他的故事因此也丧失了传统小说故事所具备的意义。马原更关心故事形式，更关心如何处理这个故事，而不是想通过这个故事让人们得到故事以外的某种抽象观念。在马原的先锋小说中，叙述不仅是手段，更是目的。马原笔下的生生死死、是是非非，甚至西藏这样一片蕴涵丰厚的历史文化内涵的神秘土地，均未获得某种"意义"。

---

[1] 邵燕君：《从交流经验到经验叙述》，《文学评论》1994年第1期。

马原的先锋小说以《冈底斯的诱惑》和《虚构》较有代表性。

中篇小说《冈底斯的诱惑》发表于《上海文学》1985年第2期。小说叙述了几个互不关联的"西藏故事"：一是老作家的西藏经历，二是猎人穷布的猎熊故事，三是陆高和姚亮看天葬的过程，四是藏民顿珠、顿月兄弟的故事。这几个互不相联的故事各自独立又被交错叙述。故事既不完整，也无明确的线索，往往是突如其来，又倏忽而去，显得莫名其妙。小说成功地利用（或戏耍）了读者的期待心理，它设置悬念，似有追索，但结果往往又是突兀出现，且与原先的期待形成强烈的反差（如对陆高与姚亮去看天葬的叙述）。《冈底斯的诱惑》的叙述方法也极为独特，老作家的故事、穷布的故事分别运用了第一、第二人称的叙述视角，陆高、姚亮及顿珠、顿月兄弟的故事，采用的却是正面叙述的方法。

中篇小说《虚构》在开头部分便煞有介事地声称：作家在根据自己在麻风村——玛曲村七天的经历和观察结果"编排一个耸人听闻的故事"。紧接着，作家便叙述了自己在玛曲村的怪异经历，这些经历构成了小说《虚构》的故事主体。但是在小说结尾，作家又直接拆穿了上述经历的虚构性。一方面，他自陈自己的玛曲村经历是依据其西藏经历、妻子在麻风病院的工作经历、有关麻风病的书籍等虚构而成；另一方面，在拆穿自己的虚构经历之后，他又强行为上述虚构杜撰了一个结尾。这便是小说《虚构》所叙述的其进入玛曲村的时间是5月3日，他在玛曲村度过了七天时间，然而其离开的日期却是5月4日，这也在时间上取消了他的经历。在先锋小说颠覆旧有真实观、拆除真实与虚构界限、专注叙述游戏等方面，马原的《虚构》可谓达到了极致。

苏童生于1963年，江苏省苏州市人。苏童是60年代作家群中令人瞩目的一位，他的创作开始于80年代，在很长一段时间内，他的作品常常采用少年视角，以少年的眼光发现和体验自己周围的世界。用苏童自己的话说，作品向人们展示的是"一条狭窄的南方老街（后来我定名为香椿街），一群处于青春发育期的南方少年，不安定的情感因素，突然降临于黑暗街头的血腥气味，一些在潮湿的空气中发芽溃烂的年轻生命，一些徘徊在青石板路上的扭曲的灵魂"[1]。其中较为著名的有《桑园留念》、《乘滑轮车远去》、《伤心的舞蹈》、《蓝白染房》、《井中男孩》、《你好，养蜂人》以及长篇《城北地带》等。这些作品的叙事口吻常常是孩童式或摇滚青年式的，他们在生活中是柔弱的，他们懵懵懂懂地目睹和承受世界的种种变化，显得无动于衷或无能为力。苏童以一种"弱式否定"的方式表现了少年在这一时期的心理状态——彷徨、孤独、忧伤，而且总让人觉得是在母亲眼光的注视下的，这体现了苏童作品的女性气质特点。

---

[1] 苏童：《苏童文集·少年血·自序》，《苏童文集·少年血》，江苏文艺出版社1993年版。

如果说苏童的少年体验作品让我们感受到了女性的意味和自我保护的倾向的话，那么他的家族系列作品则充满了死亡、动乱、暴力和绝望。苏童曾经一往情深地反复构建他的"枫杨树"故乡，执著地虚拟一些家族的兴衰史，其中包括《飞越我的枫杨树故乡》、《一九三四年的逃亡》、《罂粟之家》、《祖母的季节》、《十九间房》、《祭奠红马》以及长篇《米》等。在这些作品中，苏童表现出两种情绪，一方面是对"故乡"的眷恋和描绘，另一方面则是千方百计地逃离家园。"还乡"与"逃亡"就像是一枚硬币的两面，人物从乡村走向城市，而叙述则从城市回到乡村。苏童在他的作品中总显示出无"根"的漂泊，正如他自己所言："人们就生活在世界的两侧，城市或者乡村，说到我自己，我的血脉在乡村这一侧，我的身体却在城市那一侧。"[1] 他的第一个中篇《一九三四年的逃亡》，向我们展示了历史如何由田园乡村向都市文明推进的轨迹，而《飞越我的枫杨树故乡》则在强烈的意念中复制出一幅令人神往的乡村图画。"我的枫杨树老家沉没多年/我们逃亡到此/便是流浪的黑鱼/回归的路途永远迷失"，叙述人和人物的情绪分裂加强了小说的张力，这种分裂在他的第一部长篇《米》中得到了统一。这部长篇完整地刻画了五龙在乡村和都市间双向漂流的全部过程。在枫杨树乡村，五龙是个无父的孤儿，一个来自乡村的无家流浪者，一场大水使五龙不得不带着对故乡和对城市的幻想踏上逃亡之路。他进了城并在米店获得了栖身之地，但却反复追问自己："我是否真正远离了贫困的屡遭天灾的枫杨树乡村呢？现在我真的到达了城市了吗？"于是他通过各种手段占领城市，从对米店的占领（以毒攻毒气死冯老板）到对米店女孩的占领（与织云通奸、赶走抱玉、最终占有绮云）。这时，五龙已由城市的"儿子"变成了城市的"父亲"。接下来，是城市给五龙的致命打击，他先后染上梅毒，失去双腿，又被敲掉满嘴的金牙，他占有过的城市最终又吞没了他。他报复了别人，别人又报复了他，五龙终于以他个体生命的沦丧完成了乡村→城市→乡村的流浪。这是历史的轮回，也是人性的轮回。苏童以《米》作为枫杨树系列的终结，既整合了枫杨树零散的叙述，同时又把笔端导向了由农业社会向工业社会转化的过程中人性的畸形和变态。

苏童更为广泛地被了解和接受的是他的红粉系列，这当然与影视界的介入有很大的关系。首先是《妻妾成群》被拍成电影《大红灯笼高高挂》，获得了奥斯卡最佳外语片提名奖，随后是《红粉》登上银幕。他曾把这一类作品结集为《妇女乐园》。苏童笔下的红粉女子，都来自江南古城那些美丽而腐朽的角落。这些形象的塑造在新时期文学中具有开拓的意义，他没有像以往的作品那样，主要表现封建社会男权中心对女性的践踏蹂躏，而是突出她们在这种被压抑、被控制、被奴役、被改造的状态下病态的美丽和悲凉。她们对男人基本上采取妥协、迁就、讨好的方式，而将锋芒和阴谋实施到自己的姐妹身上，相互算计，相互折磨，表现出其豆相煎的悲剧命运。《妻妾成群》中陈佐千家

---

1 苏童：《苏童文集·世界两侧·自序》，《苏童文集·世界两侧》，江苏文艺出版社1993年版。

的四房太太就是如此，无论是表面上看似呆板固执实则冷酷圆滑的大太太毓如，还是满面笑容、暗中使绊的二太太卓如；无论是冷艳刚强、任性多情的三太太梅珊，还是初入大院单纯感伤的四太太颂莲，甚至丫头雁儿都搅在一群争宠的女人行列里。她们相互倾轧的目的，只不过是为了获取在陈佐千心中稳固的地位。苏童以人性的审视目光，探究个体感性生命的律动，表现女性在特定的环境下诡诈、狠毒、乖戾的复杂心态。这里不再是男人与女人的冲突，而是女人与女人的对立，使得其间的悲剧意味更加震撼人心。

说到苏童小说的风格，大约可以用"凄艳"这个词去概括。我们至今没有看到苏童一篇欢乐的作品，它们总是忧伤而美丽的。但这只能说明他作品总体上的调子，事实上，苏童是不喜欢一种固定的风格的，他不止一次地表达过这样的意思。作为一个写作者，他始终渴望一种流动而摇曳的小说风格，不愿意被固定在所谓的风格的惯性中，因为一个作家的风格可能就是他为自己设置的艺术陷阱。苏童认为一个小说家对每一篇未竟的新作都应该保持挑战性的、新鲜的和陌生的心态，他说为了拥有这样一种心态，做再大的努力也是值得的。苏童的前期创作对小说形式就有多种尝试，如叙述人称的自如转换（《罂粟之家》），历史场景与现实画面的交替出现（《一九三四年的逃亡》），复调方式的运用（《井中男孩》），还有图形表述、诗行排列、不加标点等等，但随着时间的推移，他的风格由繁复走向简洁，由俏丽走向平实。《妻妾成群》体现了作家对中国传统话本小说的领悟，白描手段运用得相当成功；《米》则由他常用的第一人称的叙事方式转成第三人称叙事，采用"全知全能"的古典叙述模式，从而最大限度地体现了现实的客观性和在历史虚构上的纵深感。

余华，生于1960年，浙江省人。余华自1987年发表短篇小说《十八岁出门远行》以来，作品的数量并不多，但大多有影响并受到好评。其中，尤以短篇小说《死亡叙述》、《爱情故事》、《往事与惩罚》、《鲜血梅花》、《我没有自己的名字》，中篇小说《四月三日事件》、《现实一种》、《世事如烟》、《难逃劫数》、《古典爱情》和长篇小说《在细雨中呼喊》、《活着》、《许三观卖血记》所取得的成就更为突出。

余华小说最为明显的先锋性在于他的"冷漠叙述"。在他的大量作品中，余华总是近乎偏执地迷恋于对暴力、灾难尤其是死亡的叙述。无论是《一九八六年》中的疯子对自己的慢条斯理的自戕，还是《古典爱情》中对于"人肉市场"的描写以及《往事与刑罚》、《死亡叙述》、《现实一种》中的"死亡叙述"，抑或是《活着》、《许三观卖血记》、《在细雨中呼喊》中对爱情与亲情的描述，叙述语言都表现出近乎残酷的冷漠，叙述者的主体意向已降至感情的冰点。作为一种极端的后现代主义的叙述方法，余华的冷漠叙述极好地实现了对于历史（《一九八六年》）、时间（《往事与刑罚》）、理性（《河边的错误》）、爱情（《爱情故事》）和伦理（《现实一种》、《往事如烟》）的彻底颠覆。

其次，除了上述的主题性颠覆之外，余华小说的先锋性与颠覆性还明显地表现在他所惯常使用的文类性颠覆，即对旧有的文类实行颠覆性戏仿。余华的《鲜血梅花》可以视为对武侠小说的颠覆，《河边的错误》是对公案—侦探小说的颠覆，《一个地主的死》是对抗战小说的颠覆，《古典爱情》所颠覆的，则是古老的才子佳人小说。由于已经程式化的旧有文类更多接纳和保留的是封建社会及其他历史时期僵化的价值观念与正统意识形态，所以余华小说"文类颠覆的目的依然是价值观的颠覆"[1]。

中篇小说《现实一种》原载于《北京文学》1988年第1期，较为典型地体现了余华小说的基本特点。小说讲述的是兄弟仇杀的故事。山岗四岁的儿子皮皮无意间摔死了山岗的堂弟山峰的儿子，由此便引发了一场家族内部的互相仇杀。先是弟弟山峰出于复仇踢死了侄子皮皮，接着哥哥山岗又杀死了弟弟山峰，最后山岗因杀人罪而被枪决。余华在叙述这一家族令人惊心动魄的灾变与毁灭时，所用的叙述语调却是惊人的冷漠与安详。在讲述这一悲剧时，叙述主体既无激愤，亦无悲悯，相反，却是用一种极其精细且略显调侃的语调来叙述一系列的死亡与杀戮，对文化伦理及人性本质进行了极端的颠覆，其先锋性是极为突出的。

《许三观卖血记》是一则关于民族生存的巨大寓言，但更是20世纪后半期以来中华民族的生存现实。这样的现实，虽然被作家以近乎无奈的温和笔调加以展示，从而使作品更像是一首跳跃着温和旋律的"很长的民歌"[2]，但其所书写的人物命运以及现实本身，则是充满了暴力、屈辱与苦难。实际上，余华平静与幽默的叙述实践不仅未能"有效缓解"现实的苦难，从而与现实建立起妥协性的关系，反而使这样一首"温和"的民歌充满了残酷、辛酸与凄苦。正是在这样的残酷、辛酸与凄苦的复杂交响以及充满苦难的现实背景上，回荡与升腾着伟大而又温和的"父性"的旋律。

许三观的"父性"是近乎原始的。它的原始性，不仅像《丰乳肥臀》中的母亲一样超越了政治与历史（小说所涉及的"大跃进"、20世纪60年代初的所谓"自然灾害"以及"文革"），而且还超越了伦理。在小说之中，许三观最高，也是最为基本的伦理追求便是在社会层面上的平等，以及在家庭内部建立于血亲伦理基础上的"父性"的实现。许三观所追求的平等，不过是"和他的邻居一样，和他所认识的那些人一样"，是一种原始意义上的平等，而不是现代性意义上的伦理原则。当他得知妻子与何小勇曾有私情，并且生有一乐之后，他甚至要两个儿子去奸污何小勇的女儿，并且以与林芬芳发生私情来追求这种平等。

而其"父性"的实现，却因为一乐的问题陷入了相当深刻的伦理困境。也正是在这一点上，小说表现了"父性"的伟大。许三观是在付出了多年原始性的父爱以后，方才发现一乐非其所生，在短期的"伦理尴尬"之后，表面上，是一乐对许三观的深爱与眷恋感动了许三观，从而消除了这一尴尬，但实际上，多年以来，许三观亦已注入的父爱

---

[1] 赵毅衡：《非语义化的凯旋》，《当代作家评论》1991年第2期。
[2] 余华：《我能否相信自己》，第136页，人民日报出版社1998年版。

同样是一个不能忽视的伦理基础,而且,他与一乐之间血缘的匮乏,以其对后者更多的"献血"作了象征性的弥补。许三观的原始"父性",终于超越了伦理,显示了它伟大与宽厚的本质。

六、王安忆　陈染

王安忆,福建同安人,1954年生于江苏南京。自1976年发表第一篇作品起,已先后出版中短篇小说集《雨,沙沙沙》、《黑黑白白》、《王安忆中短篇小说集》、《尾声》、《流逝》、《小鲍庄》、《神圣祭坛》、《王安忆集》、《乌托邦诗篇》、《荒山之恋》,长篇小说《六九届初中生》、《黄河故道人》、《流水三十章》、《米尼》、《纪实与虚构》、《长恨歌》和《一个故事的三种讲法》,散文集《蒲公英》,长篇游记《旅德的故事》和文学理论集《故事和讲故事》等。王安忆的小说创作可以分为三个主要阶段。

以优美的抒情笔调,细腻地表现年轻人对理想和爱情的真诚追求,执著地表现生活中的美,这是王安忆小说创作的第一个阶段。正如作家所自白的:"生活中有很多阴暗、丑陋,可美好的东西终是存在。我总是这么相信着,总是怀着这样的心情看待生活。"[1] 这一阶段的作品主要有被合称为"雯雯系列"的《雨,沙沙沙》、《命运》、《广阔天地的一角》、《幻影》和《一个少女的烦恼》、《当长笛solo的时候》等其他小说。"雯雯系列"较为真切地表现了女知青雯雯在插队的农村及返城以后的经历与心理、情感方面的变化,构筑了一个纯真、美丽的艺术世界,作品中的雯雯纯朴、文静、好思、内秀,寄托了作家最为美好的情感与祝愿。由于王安忆这一时期的创作真切细致地表现了青春女性的情绪天地,而且在雯雯身上不难发现作家自身的经历,所以,这一时期亦被称为作家的"青春自叙传"[2]时期。

1981年以后,王安忆的创作走出了雯雯们单纯、狭小的艺术天地,进入了较为广阔的现实世界,这是其小说创作的第二个阶段。这一阶段,王安忆先后发表了《本次列车终点》、《墙基》、《庸常之辈》等短篇小说和《尾声》、《命运交响曲》、《归去来兮》、《流逝》等中篇小说。与前一阶段相比,这些小说的题材更加广泛,作品所反映的现实人生也更加广阔,人物形象丰富多样,作家更多地是从人的价值和人的文化心理的视角来进行思考。因此,作品的主题意蕴也更加深刻、丰厚。在艺术手法上,作家也作了新颖的探索。这些作品为作家赢得了较高的声誉,也奠定了作家在文坛上的地位。

1984年以后,王安忆的小说创作进入了一个新的境界。她开始以较为深邃的历史眼光和更加深刻的文化哲学视角观照社会历史和人的命运与情感变迁,往往站在中西文化

---

[1] 王安忆:《雨,沙沙沙·后记》,《雨,沙沙沙》,百花文艺出版社1981年版。
[2] 王安忆、斯特凡亚、秦立德:《从现实人生的体验到叙述策略的转型》,《当代作家评论》1991年第6期。

冲突的高度来思考民族文化的历史命运及其制约下的民间生存。这些作品主要有《大刘庄》、《小鲍庄》等本土文化小说，《一千零一弄》、《好婆与李同志》、《鸠雀一战》、《悲恸之地》等都市文化小说，《荒山之恋》、《小城之恋》、《锦绣谷之恋》、《岗上的世纪》等性爱文化小说及《逐鹿中街》、《神圣祭坛》和《弟兄们》等女性文化小说。

《小鲍庄》是"寻根文学"中的优秀作品，它通过对一个小小村落几个家庭和十多个人物的生存、命运与心理状态的立体描绘，剖析了我们民族世代相袭的以"仁义"为核心的文化心理结构。作品深刻地指出，"仁义"在中华民族集体无意识里已经等同于某种"原罪"意识（作品开头所写的那个"祖先赎罪"的故事即是证明），同时，也揭示了"仁义"文化走向衰落的历史命运。作家一方面发掘和表现了民族精神中善良、厚道、团结、抗争等美好素质，另一方面也批判了愚昧迷信、知天顺命的民族劣根性和落后的宗族意识。小说中捞渣这一形象有着巨大的象征意义，他身上集中了中华民族全部的美德，传统自然也包含着"仁义"这一道德准则，而他的死亡则是民族文化中"仁义"观念走向消亡的象征。正如王安忆所指出的，《小鲍庄》"恰恰是写了最后一个仁义之子的死，我的基调是反讽的。……这小孩的死，正是宣布了仁义的彻底崩溃！许多人从捞渣之死获得了好处，这本身就是非仁义的"[1]。《小鲍庄》的艺术特色主要在于它所采用的块状的神话结构与多头交叉的叙述视角。

王安忆发表于1986年的被合称为"三恋"的《荒山之恋》、《小城之恋》和《锦绣谷之恋》着意淡化人的社会性，将探索的笔触勇敢地伸入"性"的领域并以此来探讨人性的奥秘。在这些作品中，作家一方面以女性特有的细腻而感性的笔触和叙事风格描绘女性的性爱心理，另一方面以其女性作家独有的立场表现了女性在两性关系中的处境和心态。"三恋"之中，尤以《小城之恋》所取得的成就最为突出。

90年代之后，王安忆又发表了《叔叔的故事》、《乌托邦诗篇》、《伤心太平洋》、《我爱比尔》、《文工团》、《天仙配》等中篇小说及《纪实与虚构》、《长恨歌》等产生较大反响的长篇小说，这些作品喻示着作家的创作取得了新的突破。

《长恨歌》是一部有着丰厚的思想文化蕴涵和较高艺术成就的长篇小说。主人公王琦瑶是40年代享尽风光的"上海小姐"，自委身于当时的军政要人李主任起，便开始了跌宕起伏的悲剧性命运。在李主任机毁人亡之后的几十年中，王琦瑶先后又与阿二、康明逊、程先生、老克腊等男性产生情感纠葛，最后却在一次窃案中死于非命。王琦瑶是一位典型的上海女性形象，她不仅有着独特的个性特点，更体现了上海文化的基本精神。她的悲剧命运实际上还是历史变迁中上海文化精神的写照，作家通过对王琦瑶命运的书写，为一种已经远逝了的旧文化形态唱了一曲无尽的挽歌。

作家对上海文化精神的揭示很多时候是通过对上海的洋场和市井场景的描绘，通过

---

[1] 王安忆、斯特凡亚、秦立德：《从现实人生的体验到叙述策略的转型》，《当代作家评论》1991年第6期。

对上海市民的日常生活方式富有文化意味的准确把握和精细描摹得以完成的,并在人物的性格命运中发掘独具特色的文化精神,在历史变迁中提示二者共存亡的血肉关系,这是《长恨歌》取得成功的一个重要原因。王琦瑶和程先生这两个人物的形象塑造和命运书写便鲜明地体现了作品的这一特点。除了王琦瑶及与其相关的几位男性,作品中的其他几位女性如吴佩珍、蒋丽莉、严家师母等人物形象也都蕴涵丰富,具有个性特色。王安忆细写一位女子与一座城市的纠缠关系,历数十年而不悔,竟有一种神秘的悲剧气息。[1] 作品的叙述语言精练老到、从容不迫,议论精辟有力、富有智慧,体现出作者对世事的参透与颖悟。

陈染,1962年出生于北京。她的出现可以说是纯粹的女性写作的开始,她的创作一方面体现了鲜明的女性意识,体现了对男性文学话语的主动告别,独自漫步于自己的精神荒原,在没有依赖关系的诉说中确立了女性的独立身份;另一方面在获得女性独立身份的同时又表现出一种深刻的失望情绪,在漂泊无着的心路之旅中独自承受着巨大的孤独和缺失。陈染的作品序列从一开始便呈现出直视自我、背对历史、社会和人群的姿态。她作为一个女人来书写女人,作为一个都市的现代女性来书写现代都市女性的故事,几乎所有的重要作品都以第一人称的女性叙事人的方式,把那些极端的女性经验作为叙事的核心,不断地说着"自己的故事"。这里面有同一个人经验的反复叙述(《与往事干杯》、《巫女与她的梦中之门》、《麦穗女与守寡人》),有对特殊家庭的表述(《无处告别》、《与往事干杯》),也有对两性爱情和婚姻的呈现(《嘴唇里的阳光》、《潜性逸事》)。她的主体人物都是具有类似外形和气质特点的女性(肖蒙、黛二、水水),这些女性形象表现出了传统性别角色所难以容忍的耽于沉思、强烈的主体意识、反叛乃至不轨的个性特征。

《与往事干杯》是陈染的成名作,它对于陈染来说相当关键。小说的主体情节是一个少女与父子两代人的恋情故事,其中穿插进行的还有一个几乎可以剥离出来的完整的少女童年故事。但小说最终要告诉读者的并不只是这样一个戏剧性的故事,而是尖锐地表达了女性爱欲的困境,表现了女性在成长过程中的自恋、自省、迷惘和确认。这部小说不仅使她在文学界声名鹊起,更重要的是其中写到的一所破败的尼姑庵,后来成为她小说中经典性的人文环境。它是一个象征,一个隐喻:它是一座废墟,一个与世俗物质隔绝的处所,意味着封闭、阻隔、非人性、倒错、陷阱,而这一切又与少女、青春、情感、性等联系在一起,少女所处的状态及其感受因此变得意味深长。

陈染深受西方女性文学观的影响和熏染,受弗吉尼亚·伍尔夫《一间自己的屋子》的影响,陈染在一定限度内创造了自己相对封闭狭小、与现实隔绝的空间。在西方女性

---

[1] 王德威:《海派作家,又见传人——论王安忆》,《女性与文学》,香港岭南学院现代中文文学研究中心1997年版。

主义文学的启示下,她的小说具有激进的姿态和富于挑战的意味。其中《另一只耳朵的敲击声》最具代表性,这是一部没有依赖关系、刻意宣谕女性独立身份的作品,它以炫目的方式表达了女性的焦虑和精神压抑,传达出女性意识深层次的巨大痛苦。这部作品显示了陈染作为小说家的成熟,她表达的不只是女性的立场和女性独立的身份,更是她对女性主义文学的超越,展示和诉说了漂泊无归的心灵秘史。主人公黛二在她的小说中具有普遍的意义,她们对男性是失望和隔膜的,而母亲的窥视、女友的出卖又使黛二们失去了最后的自信。作者在揭示女性的压抑和心理困境的同时,也传达了人类所共同面临的困扰,用意象、情节、语词构筑了她所感觉到的20世纪末面临的难以化解的矛盾。传统的人文情怀只在想象中魅力无比,但女主人公又别无选择地生存于现代技术文明中,这使她的小说既飘散着强烈的抒情气息又隐含着浓郁的感伤情绪。

第三节 新时期诗歌

一、概述

新时期的诗歌创作,是在对现实主义诗歌传统的恢复、继承、重建和不断的变革与超越之中开拓其曲折道路的。二十多年来,广大诗人坚持继承20世纪中国新诗的优秀传统,广泛吸纳世界诗歌的艺术经验,艰苦探索,使得新时期诗歌呈现出开放多元、充满活力的新局面,这种崭新的文学局面在诸多方面都有所表现。

一是诗人队伍的不断壮大。

新时期诗歌创作成就的取得,归根结底依赖于创作主体的创作力量。其中,不断壮大的、具有较高艺术素质的诗人队伍是一个关键性的因素。纵观新时期的诗歌创作,诗人队伍的构成主要有以下几个方面:一是文学评论界和文学史家所称的"复出的诗人"。他们主要包括40年代便活跃于诗坛,但是由于逼仄的艺术观念,解放后被迫停止创作的"九叶诗人",有辛笛、杜运燮、陈敬容、杭约赫(曹辛之)、郑敏、唐祈、穆旦等,也包括1955年因为"胡风反革命集团"冤案而被迫辍笔的"七月"派诗人,他们有胡风、鲁藜、绿原、牛汉、曾卓、冀汸、卢甸、彭燕郊、罗洛等,还有在1957年的反右斗争中遭到错误打击而停止歌唱的艾青、公木、吕剑、公刘、苏金伞、白桦、邵燕祥、流沙河、胡昭、梁南、昌耀、孙静轩、赵恺、林希等;二是在五六十年代始活跃于诗坛,在"文革"中受到迫害的诗人,主要有贺敬之、李瑛、邹荻帆、严阵、顾工、雁翼、严辰、柯岩、张志民、方冰、沙鸥、韦丘、柯原、沙白、晓雪、晏明等人;三是在70年代末80年代初涌现出来的青年诗人。在当时,青年诗人在年龄上的涵盖面较为宽泛,许多实际上已经是中年的诗人也被纳入这一范围,这些青年诗人主要以雷抒雁、曲有源、熊召政、张学梦、骆耕野、傅天琳、李纲、高伐林、陈所巨、叶延滨、周涛、杨牧、章德益、李发模、李松涛等为代表；四是在"文化大革命"末期即已开始从事地下诗歌创作，只是在新时期才"浮出历史地表"的朦胧诗诗人群，这一诗歌群体还包括一些受到他们影响，在诗歌风格上与他们较为接近的年轻诗人，主要有北岛、舒婷、顾城、黄翔、食指、多多、江河、杨炼、芒克、梁小斌、王家新、王小妮、严力、方含等；五是在80年代中期出现，后被笼统地称为"新生代"或"第三代"的诗人，这些诗人实际上分别属于不同的诗歌群落，在艺术追求上也有极大差异，他们有海子、骆一禾、西川、于坚、韩东、翟永明、唐亚平、伊蕾、海男、周伦佑、万夏、欧阳江河、陈东东、廖亦武等人。这些基本的诗歌队伍，加上情况较为特殊的著名诗人如蔡其矫、黄永玉、刘征等和广大的业余诗人，新时期的诗歌先后拥有万余人的创作队伍。

二是诗歌美学形态走向多元。

中国当代诗歌在新时期之初的主要任务是重新承继中国现代新诗的优良传统，恢复诗歌的现实主义品格。这一任务主要是从两个方面完成的：一是对诗歌现实主义品格的丧失进行严肃自觉的反思。新时期之初，艾青和公刘曾经发表专文，呼吁诗歌曾经丧失的"真实性"，要求诗人"说真话"（艾青《诗人必须说真话》、公刘《诗与诚实》），有些诗人甚至以诗的形式为诗的真实性辩护（蔡其矫《诗》）；二是一些诗人勇敢地对现实、历史和自我进行批判性的反思，出现了一大批产生广泛社会影响的作品，如艾青的《在浪尖上》、黄永玉的《曾经有过那种时候》、雷抒雁的《小草在歌唱》、叶文福的《将军，不能这样做》、公刘的《读罗中立的油画〈父亲〉》、白桦的《阳光，谁也不能垄断》、刘祖慈的《为高举的和不高举的手臂歌唱》、骆耕野的《不满》、熊召政的《请举起森林般的手，制止！》、赵恺的《我爱》、邵燕祥的《长城》、李发模的《呼声》、张学梦的《现代化和我们自己》等著名诗篇。

1979年，在"文化大革命"后期便已产生、以"今天派"为主要创作群体的朦胧诗开始在诗坛上出现。它的出现，打破了诗歌领域现实主义独领风骚的一元化局面，并且对现实主义的诗歌传统进行了超越性的变革。虽然朦胧诗的创作曾经在1981年前后受到主流诗坛的"围剿"、"压制"与"排斥"，但是，随着党的"双百方针"的进一步贯彻以及创作自由的倡导，文化空间不断走向宽松与开放。不仅朦胧诗的创作开始向纵深发展，它的精神意识和艺术表现方法也在一定程度上影响了现实主义诗歌的写作。因此，实际上在1984年前后，朦胧诗已经由初登诗坛时的"异端"逐步为整个社会所接纳，确立了牢固的文学史地位。

在80年代中期，诗坛上开始出现更加年轻的一代诗人，评论界大都将其称为"第三代诗人"、"后朦胧诗群"、"后崛起诗群"或"新生代诗人"。第三代诗人的诗歌创作在精神意识和艺术表现方法方面不仅与此前的朦胧诗人存在着很大差异，而且其自身也是一个相当混杂的群体，在很多方面都不同。虽然如此，但其文学史意义却是非常重要的。他们中间尚未出现像艾青和北岛那样有着世界性影响的诗人，但是他们丰富、驳杂的艺术实践，打破了此前诗坛现实主义诗歌和朦胧诗二元对峙的局面，将中国当代文学，特别是诗歌的美学形态带入了多元化的历史时期。正如一位诗评家所指出的，"诗的多元秩序的建立开了中国文学多元化的先河"，"除了'五四'初期那一个短暂的时刻，中国新诗发展进入常态的运行始于今日"。

三是诗歌艺术的多向探索。

新时期诗歌普遍追求个性化的表现方式。现实主义诗歌和朦胧诗的抒情主体明显强化，诗人纷纷追求"表现自我"，努力表现自己的独特遭遇和心灵历程（曾卓《悬崖边的树》）、倾诉自我的内心情感（林子《给他》、舒婷《会唱歌的鸢尾花》）、塑造自己独异的人格形象（昌耀《慈航》、江河《纪念碑》）。"第三代诗歌"中具有后现代主义特点的作品，虽然存在着主体性的衰落和自我的消解等倾向，但是诗人仍然在寻找各自独特的个人话语方式，这在"非非主义"诗人中表现得尤为明显。

在表现技巧上，朦胧诗广泛吸收现代主义诗歌的表现手法，如象征、暗示、隐喻、变形、通感、幻觉、直觉等，其中的不少技法也为现实主义所采用，如李瑛的《我骄傲，我是一棵树》、流沙河的《太阳》、邵燕祥的《我是谁》、骆耕野的《车过秦岭》等。第三代诗歌的艺术探索更加丰富多样，甚至更加放荡不羁，他们在诗体、语言等方面的探索更加前卫，也更具实验性。口语化、语言还原、谐谑、荒诞、反美、反象征、反意象等方法经常为他们所采用。

此外，新时期的诗歌批评与小说批评相比虽然相对薄弱，但仍然是一个充满活力的文学领域。从新时期之初对现实主义的探讨与辩护开始，经过围绕着朦胧诗和第三代诗歌等诗歌现象的多次论争，新时期诗歌批评为诗歌的健康发展作出了极大的贡献。

二、朦胧诗

"文化大革命"后期，在河北的白洋淀地区以及北京等城市出现了一些"诗歌群落"或"诗歌沙龙"。部分青年诗人创作了与当时的主流诗歌显著不同、表现当时的知识青年真实心态的"地下诗歌"。这些诗歌的精神意识与艺术手法都程度不同地带有现代主义的特点。在当时文化专制主义的情势之下，它们只能以"手抄本"或"口头"的形式在民间流传。从事这种创作的诗人主要有食指、芒克、多多、根子、方含和严力等人，他们的创作对其外围的诗歌写作者如北岛、舒婷等人产生了重要影响。1978年底，上述诗人开始聚集于北京的一份油印诗刊《今天》，并在上面发表作品。1979年，这些诗人的作品又开始在《诗刊》、《福建文学》等刊物上发表。自此，诗歌领域开始了一场围绕着这些作品的论争。当时的论争焦点在于"看懂"与"看不懂"等问题。1980年5月7日的《光明日报》发表了谢冕的题为《在新的崛起面前》的为这些诗歌辩护的文章，文章中第一次使用了"朦胧"这样的字眼来指称这些诗歌的特点。1980年8月，《诗刊》发表了章明的题为《令人气闷的朦胧》一文，对这些诗歌提出了批评。此后，"朦胧诗"一词便被论争双方共同使用，逐渐固定下来。

朦胧诗主要吸收西方现代主义诗歌如象征主义、意象派、超现实主义等诗歌流派的表现技巧，注重象征、暗示、联想、变形、意象等手法的运用，在美学特征上更加朦胧、多义，表达了这批诗人对人的本质的现代思考和对人的自我价值、心灵自由的追求，也表现了对于现实的严峻批判、怀疑及对美好境界的朦胧向往。朦胧诗最有代表性的诗人是北岛、舒婷、顾城、江河、杨炼、梁小斌、王小妮和王家新等。他们在1980年前后分别发表的《回答》（北岛）、《致橡树》（舒婷）、《远与近》（顾城）、《纪念碑》（江河）、《大雁塔》、《诺日朗》（杨炼）和梁小斌的《雪白的墙》、《中国，我的钥匙丢了》、王小妮的《我感到了阳光》、《碾子沟里，蹲着一个石匠》、王家新的《中国画》等诗作，因为诗意情愫和表现方式的特别，引起了诗坛的广泛注意，这些也是朦胧诗中较早产生影响的代表性作品。

北岛是朦胧诗中有着世界性影响的重要诗人。

强烈的忧患意识和现实批判精神是北岛诗歌的首要特点。他决不回避现实的丑陋、黑暗和荒谬，对于现实的险恶有着足够的警觉，他的很多诗歌是对现实进行指控和揭露的。在"天安门事件"发生后，他便写出了后来产生广泛社会反响的著名诗篇《回答》。在"四人帮"的专制统治正在肆虐的时候，他便看见"在那镀金的天空中，/飘满了死者弯曲的倒影"（《回答》）。他能够敏锐地发现"以太阳的名义，/黑暗在公开掠夺"（《结局或开始——献给遇罗克》），指出"自由不过是/猎人与猎物之间的距离"（《同谋》）……无疑地，现实生活阴暗的一面在北岛这里得到了充分的揭示，同时也遭到了诗人有力的质疑与挑战。在黑暗的现实面前，诗人并不是无所作为的："一只被打碎的花瓶/嵌满褐色的沙滩/脆弱的芦苇在呼吁/我们怎么来制止/这场疯狂的大屠杀。"（《冷酷的希望》）"芦苇"尽管"脆弱"，但却有着自己的尊严，因此，对于他已经不再相信的世界，诗人提出了勇敢不屈的宣战："告诉你吧，世界/我——不——相——信！/纵使你脚下有一千名挑战者/那就把我算做第一千零一名。"（《回答》）

北岛的诗歌还表现了对生活的热爱和对理想的执著追求。有时，诗人是在追求爱情、自由、人道与和平，有时，诗人的理想却又是某种抽象、朦胧的希望。"我是人/我需要爱/我渴望在情人的眼睛里/度过每一个宁静的黄昏/在摇篮的晃动中/等待着儿子第一声呼唤/在草地和落叶上/我写下生活的诗。"（《结局或开始——献给遇罗克》）诗人并不对世界作整体性的拒绝，相反，人世的温馨和浪漫同样吸引着他，即使是在"文革"那样的年代，诗人仍然有着充分的乐观和希望："新的转机和闪闪星斗/正在缀满没有遮拦的天空/那是五千年的象形文字/那是未来人们凝视的眼睛。"（《回答》）当"文化大革命"的专制暴力剥夺了烈士生命的时候，诗人仍然相信"从星星的弹孔中，/将流出血红的黎明"（《宣告》）。因此，烈士的牺牲对于个体生命来说，是一种悲壮的"结局",而对历史,却是新的"开始"(《结局或开始——献给遇罗克》)。

在艺术表现方式上,北岛善于用鲜明、独特、坚实的意象,并且通过意象之间的拼接、跳跃和组合营造出复杂的富有张力的意象结构,表达作者丰富的思想情感。如"沉重的影子像道路/穿过整个国土","在父辈们肖像的广阔背景上/蝙蝠划出的圆弧,和黄昏/一起消失"(《同谋》),"烟囱喷吐着灰烬般的人群","消失的钟声/结成蛛网,在裂缝的柱子里/扩散成一圈圈年轮"(《古寺》)。在北岛的很多诗作如《冷酷的希望》、《太阳城札记·孩子》、《岛》、《空间》及《结局或开始——献给遇罗克》中,有着"孩子"这样一个重要意象,它充分地表达了诗人对于旧世界的弃绝和对理想世界的追求与向往。至于北岛诗中意象结构的转换、拼接与组合,在《古寺》《雨夜》以及上述作品中,有着相当明显的表现。

舒婷的诗歌表现了从"文革"中起步的一代青年从狂热、迷茫到觉醒、奋起与追求的心灵历程,也表现了青年人深厚的友情、爱情的美丽、忧伤以及对于国家命运的关切和忧虑,她的不少诗歌散发着理想主义的光辉。

舒婷能够把对个人丰富复杂的内心世界的揭示和对自我情感的抒发,与对社会现实的关怀和感知结合起来,从而使其诗歌获得深广的社会内涵及丰厚的人性内容。这样,个体的价值便在国家和民族的历史发展中得到了实现。虽然"自我表现"是朦胧诗的重要特点,也是在关于朦胧诗的论争中备受关注的一个焦点,但在舒婷这里,"小我"和"大我"的结合是比较成功的,这也是其在朦胧诗群中较早地为广大读者和当时的主流诗坛所接纳的重要原因。正如诗评家所指出的,舒婷是"以自己的感悟方式,在个人青春的失落中感应民族的命运,在自己不甘沉沦的追求中寄寓一代人的精神探求。这使她的历史反思的主题表现,复合着个人与时代的双重视角,以及忧伤与奋起的双重情绪。把个人的复杂感情和内心隐秘加以展示,并借此建立通向世界、通往人的心灵的出发点和通道"[1]。《祖国呵,我亲爱的祖国》是舒婷的代表作之一。诗作将个体自我与代表祖国丰富的历史侧面的平易而又新奇的意象连在一起,使自我形象和民族形象融为一体,密集的意象通过相互关联、转化,分成四个蕴涵不同情感、反映祖国四个典型历史侧面的意象群落和艺术画面,而且四个意象群落又层层递进,有力地表达了祖国从苦难到新生的历史进程,表达了有着从"迷惘"到"深思"继而"沸腾"的特殊情感的一代青年的共同心声,以及他们无法割断的与祖国命运和民族前途的血肉关联。诗作发表后,引起了广泛的反响。曾获1976—1979年全国中青年诗人优秀作品奖。舒婷的其他很多作品如《土地情诗》、《风暴过去之后》、《这也是一切》及《会唱歌的鸢尾花》等也明显地具有上述特色,表现了较强的社会意识和现实关怀精神。

舒婷善于从具体的事物出发,运用想象、联想和意象的拼接与组合,表达多层次的

---

[1] 洪子诚:《中国当代新诗史》,第416页,人民文学出版社1993年版。

丰富意蕴。舒婷的诗歌典雅、端丽，怨而不怒、哀而不伤，具有独特的艺术风格。

顾城的早期诗作具有一定的社会意识，如《呵，我无名的战友》对"天安门事件"的反映，《永别了，墓地》对红卫兵运动的反思，还有其著名的《一代人》对"一代人"与黑暗时代之间关系的精辟概括："黑夜给了我黑色的眼睛，／我却用它寻找光明。"但是这类作品即使在其早期诗作中也占少数，而且很快地，顾城就放弃了直接观照现实的写作方式，而且他早期创作中鄙弃世俗、并以其诗歌中所创造的纯净优美的童话世界和与此相对的创作方法得到了强化，这种诗歌精神一直贯穿至其诗歌创作的最后。因此，在80年代，人们称他为"童话诗人"。

顾城的大多数作品都是篇幅短小的抒情诗。他对纯美的理想世界的向往和对隐秘的内心世界的揭示往往也是通过象征的方法来完成的，他的很多诗作也表现出诗人出色的对于感觉的捕捉和表现才能。"他那孩子般的目光善于找到新的角度，从普通事物中开掘诗美。他善于发现和创造出人意料的意象并给以巧妙的组合，使普通事物呈现种种奇异的光彩。"[1]如他的《小巷》："小巷／又弯又长／／没有门／没有窗／／你拿把旧钥匙／敲着厚厚的墙"，一个平凡习见的事物在他的笔下，具有丰厚、深长的象征意味，而《弧线》则表现出他对意象和感觉的捕捉、表现和组合才能："鸟儿在疾风中／迅速转向／／少年去捡拾／一枚分币／／葡萄藤因幻想／而延伸的触丝／／海浪因退缩／而耸起的背脊。"

除了北岛、舒婷和顾城外，朦胧诗中还有江河、杨炼等重要诗人。江河著有诗集《从这里开始》、《太阳和他的反光》等。《祖国啊，祖国》、《纪念碑》和《太阳和他的反光》是其诗歌代表作。杨炼著有诗集《荒魂》、《黄》、《界》等，他在朦胧诗时期的代表作是《大雁塔》和《诺日朗》等。

三、第三代诗人

如果把50年代走上诗坛的公刘、邵燕祥和白桦等人作为共和国的第一代诗人，而将"文革"后出现的北岛、舒婷和顾城等人作为第二代诗人，那么，80年代中后期涌现的更为年轻的诗人则可称为"第三代诗人"。这批诗人，也被评论界命名为"后朦胧诗群""后崛起诗群"或"新生代诗人"。

一般来说，第三代诗人大都出生在"文革"时期，缺少朦胧诗人所具有的对于社会历史和人生挫折的深切沉重的内心体验，他们的艺术超越对象直接针对以北岛、舒婷为代表的朦胧诗，高呼着"Pass舒婷、北岛"的口号，纷纷发表自己的诗歌宣言，高举自己的诗歌旗帜。以1986年《深圳青年报》和安徽的《诗歌报》联合举办的"中国诗坛1986现代诗群体大展"为标志，集中展示了数十个诗歌"流派"的宣言与诗作，一时

---

[1] 李新宇：《中国当代诗歌潮流》，第304—305页，山东大学出版社1993年版。

间，全国的诗歌创作动地而起，数以百计的诗歌群落或诗歌"流派"纷纷出版油印或铅印的各种形式的民间诗刊，诸如"新感觉派"、"莫名其妙派"、"日常主义"、"呼吸派"、"撒娇派"、"病房意识"、"太极诗"等种种名目的"流派"纷纷出笼，这种局面曾被诗评家称为是"美丽的混乱"。十多年来，当年的很多"流派"均烟消云散了，经过时间的淘洗，真正具有创作实绩并且产生了一定影响的"流派"或"群落"主要有：

（一）北京诗群

北京诗群主要有海子、西川、骆一禾、牛波、贝岭、严力、雪迪、阿吾、马高明、黑大春、大仙、戈麦和藏棣等人，他们并无统一的诗学主张和诗歌刊物。坚持严肃认真的诗歌精神和人文传统，着力于对人类精神家园的追怀与守护是他们比较一致的方面，浪漫性和唯美性是他们创作的主要特色。

（二）四川诗群

四川诗群实际上包含了1986年参加"现代诗群体大展"的"非非主义"和"莽汉主义""整体主义"等诗人，其中的欧阳江河、翟永明、钟鸣和柏桦较早知名。四川诗群是第三代诗人中最擅诗歌行动、也最生机勃勃的诗歌群落。

"非非主义"以周伦佑、蓝马、杨黎、尚仲敏、何小竹等为代表，以《非非》、《非非年鉴》、《非非评论》等内部诗歌报刊为阵地，偶尔在公开诗坛亮相，写出了极有影响的《红色写作》（周伦佑）、《反价值》（周伦佑）、《前文化导言》（蓝马）、《非非主义创作方法》（周伦佑、蓝马）等诗学论文及诗歌作品。"非非主义"是第三代诗人中具有较强理论意识，并在诗学理论建设方面做了不懈努力的一个诗歌群落。"非非理论主要由'前文化'理论、'艺术变构'论、'反价值'理论以及诗歌语言（理论）四个部分构成"[1]，其实质是"要挣脱文化对人的意识、感觉、语言的束缚，用诗作为手段，使人回到'前文化'的状态中去。"[2] 这种诗歌理论无疑是偏执的，但在诗歌精神遭受严重挫折的市场社会，注重诗歌理论的探讨却又是难能可贵的。周伦佑的《头像》、《第三代诗人》，蓝马的《某某》、《的门》和杨黎的《冷风景》等都是"非非主义"较有影响的代表性作品。周伦佑选编的《打开肉体之门——非非主义：从理论到作品》是汇集了"非非主义"的代表性论文与作品的公开出版物。

"莽汉主义"受到美国"垮掉的一代"诗人的明显影响。"嘲讽性的、放荡不羁的态度，语言的随意性口语化，对于'优美'、'崇高'的摧毁和破坏，是这些作者创作的主要特征"[3]，成员有万夏、李亚伟、胡冬、马松等。胡冬的《我想乘上一艘慢船到巴黎去》和李亚伟的《中文系》、《二十岁》是"莽汉主义"的代表作。

---

[1] 周伦佑：《异端之美的呈现》，《打开肉体之门——非非主义：从理论到作品》，敦煌文艺出版社1994年版。
[2] 洪子诚：《中国当代新诗史》，第436—437页，人民文学出版社1993年版。
[3] 同上书，第437页。

（三）上海诗群

上海诗群的主要成员有王寅、陈东东、陆忆敏、宋琳、张真、刘漫流、张小波、李彬勇和孙晓刚等。作为一群都市诗人，他们着力表现都市人的复杂体验，表现他们在都市中的漂泊与焦灼，以及对都市的依恋、热爱、恐惧、嫌恶与逃离。斑驳的城市意象、快速的语流和急促的诗歌节奏，是上海诗群的主要创作特点。上海诗群各个成员之间亦有差异，如陈东东的诗歌就有着更加明显的语言意识和形式感，诗歌风格也较为精致，而陆忆敏的诗歌却有着一定的女性意识。宋琳、张小波、孙晓刚和李彬勇的诗歌合集《城市人》（1987）是一部较有影响的诗集。

（四）"他们诗群"

"他们诗群"是指围绕着一份民间诗刊《他们》所聚集起来的诗人，主要成员有南京的韩东、昆明的于坚、西安的丁当、上海的王寅和福建的吕德安等。"他们诗群"的创作态度和创作风格可以用于坚的概括来表述："在这些诗歌中，我看到一种冷静、客观、心平气和、局外人式的创作态度。诗人不再是上帝、牧师、人格典范一类的角色，他是读者的朋友，他充分信任读者的人生经验、判断力、审美力。他不指令，他只是表现自己生命最真实的体验，这些诗歌表面上看起来是冷漠的、非抒情的、毫无意义的，然而它在那些好的读者看来，却是有生命的、有意味的，他的客观性使读者有可能从不同的角度去感受，呈现一种多义的审美效果。"[1]

（五）"女性主义诗群"

80年代中期以来，一群女性诗人由于共同体现了女性主义的创作特色而被诗歌评论界命名为"女性主义诗群"。实际上，她们并不是以某种"团体"而组织起来的。她们分布在不同的地域，有些也分别属于上述不同的诗歌群落。成员主要有天津的伊蕾、四川的翟永明、云南的海男、贵州的唐亚平和上海的陆忆敏等。

阵容庞大且又庞杂的第三代诗人中出现了不少具有显著的创作特色和重要的创作影响的诗人，撮其要者，主要有海子、于坚和翟永明等人。

海子（1964—1989），原名查海生，安徽怀宁人，生长于农村。1979年考入北京大学法律系，1983年毕业后至中国政法大学工作。1989年3月26日在河北省山海关附近卧轨自杀。在短暂的生命里，海子创作了200多万字的诗歌、小说、戏剧等文学作品和文学论文。生前出版有诗集《土地》。身后有《海子诗全编》（1997）出版。海子的诗歌主要有抒情短诗和"史诗"两种类型。海子的抒情短诗有着鲜明的浪漫主义风格，表达了诗人古朴、纯真地对于人类精神家园的渴望，诗歌语言素朴、纯净，熠熠生辉，有着天才般的质素。"麦地"、"村庄"、"母亲"、"太阳"和"黑夜"、"骨头"、"死亡"等典型意象所表现的，是一个大地赤子对于人类精神始源的永恒念想以及在对此念想的追寻之中所产生的太阳般燃烧的、真纯、凄凉而又绝望的精神焦虑，如他的

---

[1] 于坚：《诗歌精神的重建》，见陈旭光编《快餐馆里的冷风景》，北京大学出版社1994年版。

《亚洲铜》、《阿尔的太阳》、《村庄》、《麦地》、《祖国（或以梦为马）》、《四姐妹》、《青海湖》等。海子的长篇"史诗"《河流》、《传说》、《但是水、水》，特别是他的《太阳·七部书》，充分体现了诗人将叙事与抒情、激情与理性、个人的精神体验和人类文化精神进行融合的追求与努力。海子曾经说过："我的诗歌理想是在中国成就一种伟大的集体的诗，我不想成为一个抒情诗人，或一位戏剧诗人，甚至不想成为一名史诗诗人，我只想融合中国的行动成就一种民族和人类的结合，诗和真理合一的大诗。"[1]

于坚出版有诗集《宝地》。主要作品有《感谢父亲》、《尚义街六号》、《0档案》和《飞行》等。于坚的很多诗歌注重描写平凡以至平庸琐碎的日常生活，以平易、浅俗的日常口语在不动声色的宣叙之中来表现历史或生活的温馨、无奈或荒诞。于坚的诗歌比较注重语感，对于当代诗歌口语化的写作风格有着一定影响。

翟永明被称为是"舒婷之后最重要的女诗人"[2]，是当代女性主义诗歌的主要代表。先后出版有诗集《在一切玫瑰之上》（1989）、《翟永明诗集》（1994）、《黑夜的素歌》（1997）、《称之为一切》（1997）及散文随笔集《纸上建筑》（1997）等。有影响的代表性作品有《女人》（1984）、《静安庄》（1985）、《人生在世》（1986）、《死亡的图案》（1987）、《称之为一切》（1988）、《颜色中的颜色》（1989）、《咖啡馆之歌》（1992）及《时间美人之歌》（1996）等组诗。翟永明的多数诗歌都是以幽深、诡奇甚至是带有女性特点的、神经质般的语言及其直逼女性灵魂的笔致，揭示了在社会、历史和男权文化的迫压之下，女性隐秘的精神痛楚和生命体验，也揭示了女性心理深处的勇锐抗争。翟永明的诗歌表明了当代女性诗歌已经由舒婷诗作中所表现出来的"女性意识"的自觉，发展为女性"话语意识"的充分自觉，标志着女性主义诗歌的进一步成熟。

第四节　新时期散文

一、概述

散文的复苏首先是从悼念性的文章开始的。当作家们从"人妖"颠倒的"文革"噩梦中苏醒过来，终于走到了光明的天空之下，最初的反应就是对浩劫之中逝世的领袖、

---

[1] 海子：《伟大的诗歌》，《海子诗全编》，上海三联书店1997年版。
[2] 张同道：《探险的风旗——论20世纪中国现代主义诗潮》，第569页，安徽教育出版社1998年版。

亲人、朋友的深切怀念。在对故人的哀思和对他们业绩与情操的赞颂之中，表达对林彪、江青反革命集团所犯下的罪行的无比痛恨之情。由于作家们都亲身经历过那个荒谬的年代，感受很深，这些散文大都写得感情浓郁、充沛。对革命领袖、无产阶级革命家的怀念也大都摒弃了神化的迷雾，着重在对他们血肉之躯的塑造之中凸现其伟大，显得真切动人。《毛泽东之歌》（何其芳）、《临江楼》（何为）、《望着总理的遗像》（巴金）、《永远活在我们心中的好总理》（冰心）、《巍巍太行山》（刘白羽）、《长江横渡》、《梅岭诗意》（菡子）、《岚山情思》（柯岩）、《怀念萧珊》、《一封终于发出的信》（陶斯亮）、《星》（黄宗英）、《幽燕诗魂》（丁宁）、《忆邓拓》（丁一岚）、《忆何其芳》（荒煤）等都是这类作品的优秀之作。

最初的阵痛过后，"挽悼"散文中那种愤激的、痛苦的情绪被深沉、冷静的思考所代替。知识分子对于"文革"悲剧的认识开始突破纯感情的层次，由哀悼与控诉转向了对自我个体、社会历史、文化生态及心态的反思与审视。新时期散文的思想容量得到了极大的拓展。老作家巴金以八十高龄写成的42万言的《随想录》，审视自己也审视社会，剖析自己也剖析时代，以"不隐瞒、不掩饰、不化妆、把心赤裸裸地掏出来"的巨大的真实力量震撼了文坛。以其为标志，新时期散文说真话、抒真情、重理性的美学原则开始复归与强化。《干校六记》（杨绛）、《炼狱中的圣火》（王西彦）、《云梦断忆》（陈白尘）以及老作家孙犁的《秀露集》、《晚华集》、《老荒集》等，或反映动乱期间对人间温情的孜孜渴求、对现实的无言抗争，或反映在那个人人自危的时代中个人压抑忧郁的心情，都或多或少地融入了对于那个时代的思索，重新把自己当作审美对象。这反映了散文作家们痛定思痛之后思想的拔高，以及他们在摆脱了过去政治功利性影响之后，所表现出的广阔的文化视野。在此之后，一大批中青年作家，如赵丽宏、苏叶、王英琦、薛尔康、徐开垒等，以及一些同时也从事其他种类文学创作的作家，如忆明珠、王蒙、张洁、汪曾祺、贾平凹、史铁生、张承志、韩少功等，则承上启下，以他们风格各异的创作，共同促成了新时期散文的进一步复苏与繁荣。

散文本来就属于最不规则、最自由的文体。新时期的散文既贯通古代传统和"文革"之后由西方传入的文学理论，又融会了诗歌、小说、电影等各种体裁的特点，在整体上呈现出复杂性与多样性。一批作家，如斯妤、张承志、史铁生等，受"意识流""象征隐喻"等来自西方的手法的影响，日益重视抒写心灵，注重人生的感受和生命的细微体验。在曹明华、周涛等人的散文里，强烈地传达出现代人的生命体验。以余秋雨的散文集《文化苦旅》以及韩少功的一些散文为代表，理性精神的张扬使他们的散文中蕴涵了丰富的现代文化哲学内涵。在结构方面，杨绛的《干校六记》化用清代沈复的《浮生六记》，显示了传统散文结构表现现代生活的可能性；贾平凹等人的小品则无视结构，自然成趣；而《挂在树梢上的风筝》（田野）、《童心启示录》（谷一海）等，都以新颖的结构引人注意。另外，《商州初录》（贾平凹）、《回老家》（张辛欣）、《醒时几梦》（艾煊）等散文则标志了长篇散文在新时期的复苏。

总的来说，新时期散文创作的可贵特色就是，一些已有的范式和传统的禁区已被冲破，"五四"散文以作家个性为本位的传统得到恢复。作家的创作思想、审美意识、文体观念（包括对于叙述和语言的重视）都大大解放，写作技巧也日益成熟。他们用各种方式自由自在地抒写自己的思想情感，充分表露自己的精神个性，使新时期的散文创作从题材到内容都有了极大的自由空间。由于当今人们生活节奏加快，兴趣转向了消遣文章与短制文章，可以预见，散文的进一步繁荣与全方位的嬗变将是一股不可逆转的潮流。

新时期散文的品种也较以前丰富，作家回忆录、人物传记、札记随笔、游记以及散文诗等文体纷纷出现。尤其引人注目的是，两栖于新闻与文学的报告文学"由附庸而蔚为大国"[1]，成为散文的一支主力军，并且以持续不断的创作实绩，影响和推动着新时期文学的发展。

新时期的报告文学从一开始就确立了追求真实与解放思想两大特性。在"文革"结束后的最初几年，知识分子首先把审视的眼光投向了他们刚刚经历过的那个时代，报告文学成为他们反思历史、借以"立此存照"的有力的工具。《命运》（杨匡满、郭宝臣）、《正气歌》（张书绅）、《一封终于发出的信》（陶斯亮）、《历史的审判》（穆青等）等，或投视"四五"天安门事件，或记录平反冤假错案，或为历史转折期的重大事件写照……这些报告文学在当时都引起了广泛的反响。

1978年，《人民文学》第1期发表了徐迟的报告文学《哥德巴赫猜想》，第一次把知识分子作为作品的主人公，介绍数学家陈景润的事迹。作品很快在全国引起轰动，一大批描写不同科学领域和知识分子五彩人生的优秀报告文学作品，如《地质之光》（徐迟）、《大雁情》（黄宗英）、《祖国高于一切》（陈祖芬）、《高山与平原》（理由）等，如群星闪耀。《哥德巴赫猜想》因此成为新时期报告文学的奠基石和通向更高峰的里程碑。

之后，从较早的《励精图治》（程树榛）、《热流》（张锲）到80年代中期的《北京人》（张辛欣）、《公共汽车咏叹调》（刘心武），再到90年代中期的《深圳传奇》（倪振良）、《城市与人》（韩作荣）等，全方位、多角度、多层次地反映改革成为报告文学的主旋律。与之同时，以70年代末80年代初的边境战争和国际性的体育比赛为背景，涌现出《从悬崖到坦途》（雷铎）、《中国姑娘》（鲁光）、《扬眉剑出鞘》（理由）等一批军事、体育题材的报告文学作品。《人妖之间》（刘宾雁）、《三门李轶闻》（乔迈）、《毕竟东流去》（王兆军）、《中国的小"皇帝"》（涵逸）、《唐山大地震》（钱钢）、《丐帮漂流记》（贾鲁生）、《倾斜的足球场》（理由）、《神圣忧思录》（张敏等）等作品，标志着报告文学作家们对社会问题投入了深切的关注。报告文学在思想方面，比其他任何时期都更强烈地表现出"干预生活"的姿态；在艺术表

---

[1] 参见中国作协副主席张光年1983年3月24日在全国四项文学评奖授奖大会的讲话。

现手法方面，也越来越成熟与多元化。但报告文学在新时期应该注意防止庸俗化与功利性；另外，它的日益发展还召唤着的自身的理论建设进一步加强。

二、巴金　张中行　余秋雨

"文革"带给巴金的震动是巨大的。他一夕之间被抛入生活的最低层，成为"无产阶级专政的死敌"、"牛鬼蛇神"，他连同他的整个家庭都经受了炼狱一样的洗礼。当最终从十年动乱的阴影中走出来之后，他的思想感情发生了巨大的变化。他原有的悲剧意识和痛苦的生命意识复苏了，不再像过去那样热情、明朗，变得严峻、深沉。他从国家、民族的根本利益出发，本着对历史负责的态度，深刻地反思自己也反思历史，解剖自己也解剖时代，开始了他"说真话"的历程。

1977年5月起，巴金在《文汇报》上连续发表了《一封信》、《第二次解放》两篇文章，诉说自己在"四人帮"横行中的遭遇，表达了自己重新面对新生活的信心，开始了作家、艺术家对"四人帮"的第一声控诉，也最早唤醒了新时期散文的悲剧意识和"说真话"的美学原则。之后，《大公报》开辟了《随想录》专栏，向巴金组稿。

《随想录》是巴金文学道路上的又一座丰碑，同时，它为新时期的散文树立了说真话的榜样，扫除了长期在文坛上存在的夸饰现象，为现实主义传统找到了转机，是新时期散文中一部"里程碑式的作品"。《随想录》反映了巴金在经历了新中国历史上荒谬的十年之后，对自己、对时代、对导致这场民族悲剧的深层原因的思考和剖析，充分体现了一位文学大师坦荡而且真诚的灵魂，和他所自觉担负的神圣的历史责任感。它的影响和价值远远超出了文学作品本身的范畴。冯牧指出："（《随想录》）无论在思想上、艺术上都是十年文学中最有文献价值、思想价值、艺术价值的重要著作"，"这部巨著在现代文学史上，可与鲁迅先生晚年的杂文相并比"。[1]

"说真话"是《随想录》一个最为显著的特色。《随想录》的150篇文章，是巴金"用真话建立起来的揭露'文革'的'博物馆'"[2]。巴金说："我把它当作我的遗嘱写"[3]，又说"我的作品不是写给长官看的"，"我不是按照别人的意志写作，哪怕是长官的意志"，"我必须用最后的言行证明我不是一个盗名欺世的骗子"。[4] 十年浩劫原来是一场大骗局，惨痛的现实教训使巴金比过去任何时期都更为清醒，他以自己彻悟之后无比沉痛深刻的"赎罪"精神，以一个历经坎坷的长者对于社会的责任感，用自己的经历对后来者发出谆谆告诫："我们已经吃够了谎言的亏，现在到了多讲真话的

1　冯牧：《这是一本大书》，《文艺报》1986年9月17日。
2　巴金：《随想录·合订本新记》，《随想录》，人民文学出版社1988年版。
3　巴金：《巴金选集》第9卷，第522页，四川人民出版社1983年版。
4　巴金：《无题集·后记》，《随想录》第五集，人民文学出版社1986年版。

时候了。"[1]

　　强烈的"说真话"的意识促使巴金对自己的过去进行严格的自审和反思。在《"豪言壮语"》中，巴金坦白地承认自己"文革"之前十七年中文章的"歌德派"倾向；在《说真话》中，他从当年说假话的《大寨行》，写到"文革"中间自己编写的上百份的"思想汇报"，剖析、批判自己"别人'高举'，我就'紧跟'；别人抬出'神明'，我就低首膜拜"的弱点；《遵命文学》写自己遵张春桥之命，违心地写文章批判《不夜城》；《怀念烈文》写自己在没有人强迫的情况下，写下了一些让自己感到脸红的反右文章……这类文章在整个《随想录》中占了相当大的比重。巴金从祖国、民族的利益出发，现身说法，自揭伤疤，正是为了给后代"立此存照"，让今人和后人都能和他一起，从中汲取教训经验，获得正视现实、面对未来的勇气，体现了一代文学宗师在身经历史灾难之后所表现出来的光辉的人格力量。

　　巴金的光辉之处，还在于由自己的磨难推及整个民族所蒙受的磨难，由自己的痛苦推及整个民族所受的痛苦。他以"自己"反观"历史"，又以"历史"反观"现实"，把对自己的审视上升到对整个民族的审视的高度，从而形成了《随想录》在更深层次上的忧患意识和反思精神。在《合订本新记》中，他说："为了净化心灵，不让内部留下肮脏的东西，我不得不挖掉心上的垃圾，不使它们污染空气。我没有想到就这样我的笔会变成扫帚，会变成弓箭，会变成了解剖刀。要清除垃圾，净化空气，单单对我个人要求严格是不够的，大家都有责任。我们必须弄明白毛病出在哪里，在我身上，也在别人身上……那么就挖吧！"

　　于是，在《"腹地"》中，他揭露了林彪、"四人帮"们为了整死整倒作家而采取的欲加之罪，何患无辞的卑劣手段；在《"结婚"》中，披露他们以谣言杀人的惯用伎俩；在《"骗子"》中，他问："有了封建特权，怎么能要求不产生骗子？"在《我的噩梦》、《人道主义》中，他则反复思索"人为什么变成兽"、"人怎样变成兽"的问题……在对"文革"的深刻反思与总结中，巴金涉及了政治、历史、哲学、教育、法律等许多方面存在着的现实问题，并不再掩饰自己的看法，是其所是，非其所非，表现了一位作家与思想家直面真理，不再受现实与世俗羁绊的大无畏的勇气。

　　《随想录》中，打动人心的还有动乱过后，作家回首过去时流露在字里行间的深沉的悲痛情感。他所写的怀念周总理、陈毅、冯雪峰、胡风、老舍、黎烈文、赵丹、方之、丽尼、萧珊等人的一系列文章，寄托着作家对一场历史浩劫的喟然嗟叹，对亲朋故人的无穷哀思，读来无不使人荡气回肠，催人泪下。其中《怀念萧珊》一文，描述了在那个非常时代，萧珊为了"我"而惨遭的种种非人的、肉体和精神的双重折磨，和她在生命的最后时刻仍然对"我"表现出的深深的关切，整篇文章流露着动乱过后的老人对惨遭不幸的妻子萧珊的深切的怀念与自责之情。文章中说："她本来可以活下去，倘使

---

[1] 巴金：《探索集·人到中年》，《随想录》第二集，人民文学出版社1981年版。

她不是'黑老K'的'臭婆娘'。一句话，是我连累了她，是我害了她。"这是自责，更是对一个酿造了许许多多人间悲剧的时代的控诉。文章在平实质朴的语言之中蕴涵深情，自有一种感人肺腑、撼动人心的力量。

巴金在《随想录》中追求的是"无技巧"的境界。他认为："艺术的最高境界，是真实、是自然、是无技巧"，"几十年来我所追求的也就是：更明白、更朴实地表达自己的思想"。[1]事实上，《随想录》充分体现了巴金的这种艺术追求。在形式上，《随想录》做到想什么说什么，想什么写什么，不拘一格，没有固定的章法，也没有对结构的刻意营造和雕琢。语言也基本上是直白的口语，没有任何藻饰，平实、自然，于平淡中含蕴深沉，于朴实中显现风华。这种特色与巴金晚年真诚地面对人生、面对自己灵魂的思想相一致，形成了巴金后期散文的主要风格，也是一位成熟的小说家、散文家文学技巧高度圆熟、练达的表现。

张中行（1909—2006），河北省香河县人。80年代开始散文创作，1986年出版《负暄琐话》，其后一发不可收，分别于1990年、1994年出版《负暄续话》、《负暄三话》。其庄重、典雅的叙述，质朴而不失俊俏的文风与纯正、厚实的传统文化功底，一时倾倒了众多具有一定学养的读者。

《负暄琐话·尾声》中透露，作者写作"琐话"的念头早在多年前就有萌动："我还是十几年前，70年代初期，长年闷坐斗室的时候，正事不能做，无事又实在寂寞，于是想用旧笔剩墨，写写昔年的见闻。……可是说起拿笔，在那个年月，杯弓蛇影，终归是多写不如少写，少写不如不写，于是就只想了想便作罢。"直到"文革"结束，"风狂雨暴变为风调雨顺"，作者才开始动笔。还是在这篇《负暄琐话·尾声》中，张中行提出，艺术创作有"造境"，有"选境"。所谓"选境"，指的是"现实中的某些点，甚至某些段，也可以近于艺术的境"，将这些"点"与"段"再现出来，就是"选境"。多年以后，张中行在写作《流年碎影·婚事》时坦承："人生的不易，不如意事常十八九，老了，馀年无几，幸而尚有一点点忆昔时的力量，还是以想想那十一二为是。"这也就意味着，"三话"所呈示的那些"现代硕儒"们的嘉言懿行，都是经过了作者的精心选择，并不代表这些人物一生功过是非的全貌。对于其笔下的这些文化人的怪言奇行，张中行也并不完全认同。例如，对于林公铎的"上课喜欢东拉西扯，骂人"与胡适的"公报私仇"（参见《胡博士》、《红楼点滴二》），钱玄同的"不判考卷"（《红楼点滴三》），作者就采取了一种微讽、调侃的态度；对于熊十力的治学态度，作者固然钦佩，但对他的学问、学说，作者却抱着极大的怀疑："我是比熊先生的外道更加外道的人，总是相信西'儒'罗素的想法，现时代搞哲学，应该以科学为基础，用科学方法。我有时想，二十世纪以来，'相对论'通行了，有些人在用大镜子观察河外

---

[1] 巴金：《探索集·探索之三》，《随想录》第二集，人民文学出版社1981年版。

星空，有些人在用小镜子寻找基本粒子，还有些人在用什么方法钻研生命，如果我们还是纠缠体用的关系，心性的底里，这还有什么意义吗？"（《熊十力》）

"三话"感染读者的除了以"过来者"、"当事人"的身份讲述了许多不见于"正史"的"野史"、轶事之外，更多的则是在貌似平淡、枯涩的叙述背后所隐藏的那份浓郁的感情——一种被作者有意压抑，但又时常遏制不住地弥散出来的、似乎没有具体所指却又相当沉郁、令读者不知所措的感情。例如，他常常叹息"逝者如斯"，他"常常不免有幻灭的悲哀"（见《周叔迦》），他愿意"难得糊涂"（《难得糊涂》），他总是念叨"找不到心的归宿"而痛楚地呐喊"吾谁与归？"（《桑榆自语》），他自称《负暄琐话》的写作"就主观愿望说却是当作诗和史写的"（《负暄琐话·小引》），他还在《负暄琐话完稿有感》一诗中发问："姑妄言之姑听之，夕阳篱下语如丝。阿谁会得西来意，烛冷香销掩泪对。"从这些不说还说、欲说还休中我们不难体会到作者有一种难言的隐痛。

"三话"在描写了若干现代史上"可感""可传"的怪儒奇士之外，还描写、探究了不少历史上、现实中的才女们的爱情生活、情感世界（《归懋仪》、《张纶英》、《玉井女史》、《柳如是》等），并常常对那些终成眷属或比翼双飞的男女流露出一种羡慕，如"这就使我又想到陈竹士，据说他与续娶的夫人王倩相伴，室内挂一副对联，词句是：'几生修得到，何可一日无。'意思是居然得到，也就离不开。此亦一境也，在他是'实'；他以外的人呢，大多是修而不到，也就只能安于无。每念及此，回首红尘，不禁为之三叹"（《才女·小说·实境》）。从类似的慨叹中，我们隐约感到，作者写作"三话"的内驱力之一，是那份"此情可待成追忆，只是当时已惘然"的忧伤和怅然。

张中行的"三话"运笔随意，语言平实自然，以真面目示人。那意态，正如他所说，是晒着暖烘烘的太阳说着"闲话"，笔随意走，所到之处都是自己的所思所想，自然天成，不拘格套，形成了富有特色的"闲话"风格。如《辜鸿铭》一文，作者先用了四个自然段将写辜鸿铭的缘由交代清楚，然后才是"言归本人的正传"，按"由小到大"的顺序来写，先说"字"，再说"文"，再说"'性格'的怪"，又说"比性格更深重的'思想'"。最后归结说"辜鸿铭的特点是'怪'"。全文脉络清楚，收放自然。

在"三话"中，首先问世的《负暄琐话》品质最佳。而后二种，则多少有些"为文造情"的意味，行文也不如《负暄琐话》干净、利落。还应指出的是，90年代以来，以随笔的方式谈论、评说民国人物成为一股潮流，而张中行的《负暄琐话》某种意义上是这种潮流的滥觞。

余秋雨，1946年生，浙江余姚人，著名学者、散文家。出版有散文集《文化苦旅》、《山居笔记》以及选集《文明的碎片》、《秋雨散文》等。

在《文化苦旅》与《山居笔记》所收的系列散文中，首先给读者留下深刻印象的是他深沉的文化忧患意识。《文化苦旅》开篇的《道士塔》和《莫高窟》，表明作者一方面为灿烂的中国文化骄傲不已,一方面又以极其沉痛的笔调记叙莫高窟屡遭洗劫的不幸,这种矛盾心境的背后,则是作者对中国文化自身先进与落后因素并存的无奈与体认。《乡关何处》中,他在为七千年前河姆渡的故乡文明,为同乡王阳明、黄宗羲等的人品学识骄傲不已的同时,又几乎是以同样的激情,指出"使故乡名声大振的悠久文化中包含着大量无法掩饰的蒙昧和野蛮"。《笔墨祭》中,他从一支毛笔,看到了"可敬可叹的中国文化"善承袭而少创新的保守因子。

余秋雨的文化忧患意识形成的另一原因是古今文明的对比。《青云谱随想》为徐渭、朱耷、原济等洋溢着生命激情的画家而骄傲,同时却发问:能体现坦诚而透彻生命的"现代艺术家在哪里?"《千年庭院》里,作者思考的是:"在人类的整体素质特别在文化人格上,我们究竟比朱熹、张木式们所在的那个时候长进了多少?"在《西湖梦》中,作者没有严厉地发问,但对白娘子为追求"做一个人"而不惜以命相搏的描述,也引发我们现代人对"人"的价值进行积极思考。怎样以传统文化的成就和弱点作现代文化的参照系,实现现代文化对传统文化的全面超越;以及在新时代的环境下,怎样将中国悠久的传统文化与现代文明结合起来,从而使传统文化获得新生的机会,也许这些是余秋雨所思考的。在本体意义上,《文化苦旅》及其他系列文章就是一个现代知识分子和传统文化的一次对话。

余秋雨散文的第二个特点是厚重的历史感。

文化散文的特点之一就是对"史"的重视,但余秋雨笔下的"历史"并不是独立存在的。他的散文自人文山水出发,最终归结到对文化的思考,历史只是文化的附丽物。《道士塔》、《莫高窟》写敦煌的历史,《一个王朝的背影》从有清以来一直写到慈禧,《十万进士》(上、下)纵写千年的科举制度,其他如《阳关雪》、《柳侯祠》、《青云谱随想》、《废墟》、《流放者的土地》、《脆弱的都城》、《抱愧山西》、《苏东坡突围》等,莫不如此。他笔下的历史又不单单是历史学家笔下的历史,而是经过他的审美眼光过滤过的历史。在他讲述历史的过程中,读者不难感受到某种相当浓郁的、展示人生或命运(包括历史命运)的思情气息,一种可以读者引起共鸣的审美冲动。究其实,余秋雨是在"感悟"历史。他在《文化苦旅·自序》中说:"我站在古人一定站过的那些方位上,用与先辈差不多的黑眼珠打量着很少会有变化的自然景观,静听着与千百年前没有丝毫差异的风声鸟声……大地默默无言,只要来一两个有悟性的文人一站立,它封存久远的文化内涵也就能哗的一声奔泻而出……"在这里,历史的回忆与追踪只是一个传达心灵感受的博大场所。这是余秋雨散文描写历史时的特色所在。

余秋雨散文的第三个突出的特点就是他在散文中所表现出的理性精神。

文化散文之所以不同于学者散文,其区别之一是,二者虽然同样需要文化知识构架的支撑,但前者更需要有一种文化精神,要求作者用现代人的眼光和情怀来观察生活、思考历史和把握时代,并倾注进个性和"自我"色彩。在余秋雨的散文里,经常可以见到洞幽烛微、层层深入、充满哲学思辨和独特体验的理性精神闪光点。余秋雨是诗人也是学者,他对自己所钟爱的中国传统文化倾注了相当的激情。与此同时,学者的理性使他的激情不至过于泛滥，反而促成了他在文化哲学层次上的生命体悟和独到见解。在《抱愧山西》中，他通过并不广为人知的历史材料引出：如今贫困的山西，本来是中国最富的省份，在19世纪和20世纪初一直是全国的金融中心。它衰落的原因，是19世纪中叶以来"连续不断的激进主义的暴力冲撞"——包括太平天国运动、辛亥革命以及后来的军阀混战的结果。在《苏东坡的突围》中，作者给特别善于防忌倾轧的国民性找到了一个有力的佐证。当"世界级的伟大诗人"苏东坡在遭到小人的诬陷之后，"长途押运、沿途示众"，在极度悲怆之后找到自己位置时，这一切已经构成了一个时代乃至一个民族的耻辱。这种切入点自然让人很容易想到"文革"中的人妖颠倒、宵小横行、知识分子饱受折磨的动乱岁月。

收入《山居笔记》的《一个王朝的背影》，比较能代表他的创作水平。这篇散文最鲜明的特点就是大气淋漓。它写的是平常散文很少触及的题材——承德山庄。作者写承德山庄，但更是写清王朝从康熙到慈禧的兴衰变迁史，写一个庞大的王朝连同它的园林怎样最终败在一个没有读过什么书、没有建立过什么功勋的女人手里。散文还以深情而略带无奈的笔触，写了汉族知识分子的心路历程：他们从反抗到逃避到和解，到认同。作者在文章的最后写道："当康熙的政治事业和军事事业已经破败之后，文化认同竟还未消散。为此，宏学博才的王国维先生要以生命来祭奠它……因此，王国维先生祭奠的该是整个中国的传统文化，清代只是他的落脚点。"文章以政治军事和一群强者英武的雄姿开头，却以文化的殉国作结，不能不让人感受到作者宏大的气魄和开阔的视野。

余秋雨的散文之所以深受读者欢迎，主要归功于他的行云流水、华丽雍容、时时在变化中可见思维的机智的散文语言。余秋雨散文的另一特色就是采用了小说式的叙事形态。《文化苦旅》的第一篇《道士塔》由景开始，从最初发现敦煌的道士写起，还插进一定的细节描写，从而使散文带有了一定的情节性。这使得他的散文在进行理性思考的同时，对大多数读者都能保持相当的吸引力，不至于令他们感到枯燥。

余秋雨散文也存在一定的缺陷，比如他的散文中偶有作秀的成分和史实的错误；再如，由于过于讲求语句的气势和节奏，有时不免空洞或失实。除此之外，如何突破自己，也是余秋雨需要考虑的问题。

第五节 新时期戏剧

一、概述

像任何一种文学体裁一样，戏剧也在新时期获得了新生，曹禺、陈白尘等老一辈剧作家和苏叔阳、李龙云、沙叶新、刘锦云、高行健等一大批中青年剧作家构成的戏剧队伍，为新时期的话剧事业带来了生机和活力；在戏曲领域，郭启宏、魏明伦等人对戏曲的现代性改造，也为传统剧种注入了一股新鲜的血液。总之，新时期的戏剧在"文革"结束之后走向了更为个性化，也更具生命力的境界。

现实主义精神在戏剧中复归的最初体现是在1977年至1978年间出现了一些揭露、批判"四人帮"的话剧，王景愚、金振家的《枫叶红了的时候》是较早以喜剧形式讽刺"四人帮"倒行逆施的话剧作品，苏叔阳的《丹心谱》则把知识分子与恶势力较量中的高贵气节作了淋漓尽致的展示，而宗福先的《于无声处》选择"四五"天安门事件作为表现对象，更显示了他直面现实的勇气和艺术敏感。

与此同时，歌颂老一辈革命家的话剧也大量涌现，白桦的《曙光》，所云平、史超的《东进！东进！》，沙叶新的《陈毅市长》，邵冲飞、朱漪、王正、林克欢等创作的《报童》，丁一三的《陈毅出山》等是这类作品的代表。尽管这些作品中的政治色彩还相当浓厚，但它们为话剧创作现实主义精神的复归无疑起了推波助澜的作用。

70年代末期，思想领域的进一步解放带来了话剧写作中现实主义精神的空前高涨，剧作家们纷纷探讨各式各样的现实问题，表达自己的社会愿望，以至于在70年代末期形成了一个"社会问题剧"创作的高潮。崔德志的《报春花》、赵梓雄的《未来在召唤》、赵国庆的《救救她》、邢益勋的《权与法》、沙叶新的《假如我是真的》等是当时的优秀剧本，剧作家们对"血统论"、青少年犯罪问题、官僚主义等社会问题进行了揭露与批判，表现了直面现实的勇气和魄力。

戏剧创作的活跃与发展也给这一领域带来了新的问题，尤其是在社会问题剧的创作上出现诸如创作思想、创作倾向及对待一些社会问题的主观态度选择问题。为了解决和探讨这些问题，1980年召开了剧本创作座谈会，这次会议使得"社会问题剧"中的一些不良倾向得到了纠正，现实主义戏剧继续稳步向前发展。反映社会问题的话剧开始走向新的层面，即不单纯地暴露黑暗，展示腐败，而是将这些社会问题与改革大潮结合起来，在改革的大背景下揭示生活中的矛盾。这一时期较有影响的戏剧作品有宗福先、贺国甫的《血，总是热的》、中杰英的《灰色王国的黎明》、梁秉坤的《谁是强者》、水运宪的《为了幸福，干杯》、李杰的《高粱红了》等。虽然在这些作品中，官僚主义、特权意识、不正之风仍是剧作家们关注的焦点，但与前期的社会问题剧（诸如《假如我是真的》等）相比，这些作品中多了积极、乐观、明朗的东西。剧作家们不再仅仅提出问题而不探究解决问题的答案，他们总是在正视社会弊端的同时指出一条走出昏暗的途径（这个途径即是"改革"），不管这种途径是否一剂包治百病的良药，我们毕竟从这些话剧作品中看到了作家们真诚的努力。

这个时期的剧作明显地呈现出以下特点：第一，鲜明的批判色彩。剧作中要揭露什么、赞扬什么全部一目了然，作家的主体倾向性非常鲜明。第二，强烈的社会性和政治性。剧作关心的都是政治问题，而对文化、自然、生活层面的表现比较漠然。第三，戏剧方式的传统性。戏剧舞台的封闭性没有得到改变，所谓的"第四堵墙"并未打破，在手段和形式上，这时期的戏剧没有太多的突破。

这种局面在作者与观众的双重期待中最终发生了变化，随着人们艺术观念、审美趣味的改变，戏剧风格、样式、手法的单一性遭到了质疑。一些剧作家（尤其是年轻的剧作家）开始用新的艺术手段，表达对生活和人的生存问题的思考，从而为新时期的话剧领域提供了一批具有创新精神的剧作。较早出现的一部极富探索意味的剧作是由马中骏、贾鸿源、瞿新华合作的《屋外有热流》，这部发表在1980年第6期的《剧本》上的作品在当时引起了相当强烈的反响，并获得该年度"中华全国总工会"授予的"勇于创新奖"。这部剧作最为明显的特点是放弃了传统的写实手法，用荒诞、象征等现代戏剧技巧组织剧情。在外在环境的"冷"与"热"的背景上，展示人内心的"热"与"冷"，从而将人物的心理活动转化成了一种直觉舞台形象。剧作通过哥哥赵长康与弟弟妹妹生活环境、生存观念和道德理想的反差对比，歌颂了一种高尚人格与奉献精神，同时贬斥了当时社会上出现的金钱至上、自私自利等个人主义的风气。为保护抗寒稻种而牺牲的哥哥，虽身处严寒的东北，却充满对生活的热烈期待，而身居都市（温室）的弟弟妹妹，在互相的算计中，感受到的是无法抵抗的寒冷。剧作就这样在"热"与"冷"的渲染中展开了一场关于生与死、金钱与正义、欲望与良知的追问。

在"荒诞剧"《屋外有热流》获得了一定意义上的成功之后，"探索戏剧"的艺术探索走向更为广泛而深入的层面。谢民的《我为什么死了》对于时空的灵活拓展，高行健的《绝对信号》的"意识流"应用，《车站》的荒诞手法和浓缩了的心灵真实，刘树纲的《十五桩离婚案的剖析》，贾鸿源、马中骏的《街上流行红裙子》的多维视角等，这些作品在实践现代戏剧手段方面作了成功的尝试。

在1985年这个带有分水岭意味的年份里，戏剧像其他文学体裁一样，也迎来了它的探索的活跃时期。这一年及紧随其后的1986年，"探索戏剧"的创作出现了至今看来仍不失其经典地位的话剧：由高行健创作、北京人民艺术剧院演出的《野人》，王培公、王贵的"青年戏剧"《WM（我们）》，刘树纲编剧、中央实验话剧院演出的《一个死者对生者的访问》，陶骏、王哲东等人编剧、上海师大学生自编自演的多元组合剧《魔方》，孙惠柱、张马力的"心理分析剧"《挂在墙上的老B》，马中骏、秦培春的写实、象征并存的"异面融合剧"《红房间白房间黑房间》以及魏明伦的荒诞川剧《潘金莲》等，这些戏剧一同构成了新时期戏剧史上最为亮丽的一页。

《一个死者对生者的访问》在题材选择上并无太多的奇异之处：公共汽车上一个青年人叶肖肖因发现并揭露一桩盗窃行为而被害至死。但作者并没有局限在对这种见义勇为事件的关注，而是借助这个死去的魂灵对目击者的访问，展开了一场关于人类灵魂的大拷问：在面对歹徒的时候，其他的当事人为什么不能助一臂之力？是什么原因阻止着他们站出来制止一场本可以避免的悲剧？作者让死者与生者的对话贯穿全剧，并且因此而将所谓的"意识流"变成了"情节流"，在对事件的追溯中完成了主题的探讨。

《魔方》的创新意味在于以"拼贴"的方式将九个在逻辑上互不相关的故事段落结合在一起，运用象征和隐喻手法完成了对于社会与人的思考。包括"黑洞"、"流行色"、"女大学生圆舞曲"、"广告"、"绕道而行"、"雨中曲"、"无声的幸福"、

"和解"、"宇宙对话"在内的九个片段各有自己独立的意念表达,全剧视点散漫,但却整体上形成了一个令人吃惊的艺术"魔方",折射出剧作家独特的思考方式——"舞台是一个千变万化的大魔方,世界也是如此"[1]。可见作者正是希望借这样的方法获得对于世界和人生进行某种解读的角度。由于《魔方》的独到表现,它被收入欧洲著名的《格雷高世界戏剧大全》,这应当是对《魔方》的最高的肯定。

当我们再次回望80年代的中国戏剧创作时,1986年四川自贡川剧团上演的新戏《潘金莲》无疑应是当之无愧的标志性作品。这部剧作是魏明伦站在历史的高度对《水浒传》中的女性潘金莲的命运作出的一次反省,在她与四个男人(张大户、武大郎、武松、西门庆)的关系中揭示其悲剧命运的必然。更为引人注目的是,魏明伦将现代戏剧手法纳入到传统戏曲的创作,使得川剧《潘金莲》在荒诞之中呈现出开放且极富活力的现代品格。剧中施耐庵、吕莎莎、贾宝玉、红娘、安娜·卡列尼娜、曹雪芹、武则天甚至人民法庭庭长的出现彻底打破了时间、空间对人物和剧情的限制,使得剧作能够以较大的自由度传达并强化着自身的主题。

新时期戏剧除了这种以表现为主的现代派戏剧之外,还有以再现为主的现实主义戏剧。80年代初期李龙云的《小井胡同》、80年代中期刘锦云的《狗儿爷涅槃》以及80年代后期何冀平的《天下第一楼》基本代表了写实为主的再现主义戏剧的发展过程。

二、沙叶新　高行健

沙叶新(1939—　),出生于江苏南京。他作为剧作家,在自己的创作道路上一直为找寻一种新的戏剧品格而作着个人的努力。这种努力不是追新,不是哗众取宠,而是出于对戏剧的热爱和在热爱基础上的真诚探求。新时期以来,沙叶新的主要剧目有《陈毅市长》、《假如我是真的》(又名《骗子》)、《大幕已经拉开》(与李守成、姚明德合作)、《马克思秘史》、《寻找男子汉》、《论烟草之有用》(与李守成合作)以及《孔子·耶稣·披头士列侬》和《白雪·太阳·人》等。沙叶新的剧作呈现出的独特韵味,是新时期话剧史上不可忽略的代表。

沙叶新是一个敢于直面生命真实的作家,"寄深情于现实"[2]是他一贯的艺术准则,而选择一个新颖的方式或者角度,表达自己对于生活现实的独特理解,更是沙叶新的话剧一直具有生命力的原因之所在。70年代末期曾一度出现一个表现老一辈革命家的戏剧高潮,其中陈毅的形象出现在不止一部剧作中(比如丁一三的《陈毅出山》,所云平、史超的《东进!东进!》等)。但沙叶新的《陈毅市长》却以一种巧妙的结构方式将这位革命家的形象塑造得鲜明生动、真实丰满,这种结构就是他自己所谓的"冰糖葫

1　陶骏、陈亮:《我们的解法——〈魔方〉编导原则的几点诠解》,《上海戏剧》1985年第4期。
2　沙叶新:《〈陈毅市长〉创作随想》,《人民日报》1980年8月1日。

芦式"的戏剧形式。剧作以解放初期百废待兴的上海为背景，截取了在陈毅担任市长后的十个生活横断面突出主人公的个性。这十个故事之间没有必然的联系，各有其核心和戏剧冲突，但又同时指向想人民之所想、急人民之所急的市长陈毅的人格刻画。这种方式带来的直接效果，是提供给我们一种多角度、多侧面审视、观察人物的可能性。同时，一个非常重要的改变在于，沙叶新在对伟人陈毅的表现中，避免了神圣化和某种人为的拔高倾向，把陈毅的世俗意味用生活细节作出了传达。于是我们在陈毅同化学家齐仰之的接触中，或在他同资本家的交往中，看到了一个平易近人、风趣幽默、谈吐洒脱、襟怀坦荡的可亲可爱形象。这种生活化的表现非但不会抹杀陈毅的个性，相反，一个平凡而又伟大的人物因此跃然纸上。这种人物表现方式在沙叶新的另外一部剧作《马克思秘史》中，再一次得到成功体现。马克思不再是一个遥远的、模糊的、高不可攀的圣者，而是一个天真、直爽、略带孩子气，同时又心存矛盾的普通人形象。作者借马克思之口宣称"人所具有的，我都具有"，这在反拨现代迷信和个人崇拜风气的同时，对伟人给予了更为客观的评判。

　　戏剧创作在经历了80年代中期的热闹探索之后逐渐走向了疲惫与荒凉，一个戏剧家必须面对的问题是，怎样将现代艺术表现手段与观众的审美趣味结合起来，使得戏剧获得一种新的生命力。在这样的背景下，沙叶新作出了自己的选择。1986年，他创作的《寻找男子汉》带有一种幽默喜剧的色彩，但在那种看似现实感极强的生活事件背后，是作者对于民族文化底蕴的审视与反思。剧中主人公——现代女青年舒欢对"真正的男子汉"的寻求，正是作者对民族阳刚之气的呼唤与张扬。在此之后，沙叶新开始以轻喜剧的方式，去表现某种关于宏观整体文化的思索，从而在一定程度上兼顾了话剧的通俗意味和哲学深度。1988年创作的《耶稣·孔子·披头士列侬》，在80年代中后期走向低谷的话剧写作现象中显示了它的实力。故事展开的背景是"天堂"、"月球"、"金人国"、"紫人国"等幻想式的世界中，耶稣、孔子、披头士列侬三个承载了不同文化和哲学背景的人物，在这些世俗的世界中遭遇着文化和人的诸种状况，彼此观念的碰撞和冲突带来了富有意味的场景：一方面是喜剧化的荒诞呈现，另一方面是喜剧背后的对人生观、价值观的深刻思考——人为了摆脱灾难而依赖于神的存在，而上帝在被人类抛弃之前就已经遗忘了人类，极权主义和拜金主义扭曲了人的灵魂……在这样的状态下，作者发出了"人如何完善自己的生活，什么样的社会才是健全的社会"的追问。在这场中外文化代表的跨时空聚会中，作者呼唤着一种超越时空限制的理想化文化状态的存在。

　　在这部充满着绚丽的想象和哲理意味的剧作中，作者显然是付出了他的激情与心血。在具体创作的过程中，沙叶新感受着一个探索者的惶惑："它总像脱缰的烈马，不听我的指挥。"[1] 但无论如何，在80年代这个戏剧的艰难生存期，沙叶新的艺术选择为

---

[1] 沙叶新：《它对我是个谜》，《十月》1988年第2期。

话剧创作提供了新的可能性。在这个意义上,《耶稣·孔子·披头士列侬》当成为新时期话剧史上不可忽略的一笔。

高行健(1940—),生于江西赣州,1962年毕业于北京外国语学院。在新时期戏剧的艺术探索过程中,他是一个坚持时间最长,并且兼具了理论与创作实践双重能力的作家。在话剧写作领域,高行健以《绝对信号》、《车站》、《野人》、《彼岸》等作品奠定了他在探索戏剧中不可替代的位置。同时,在理论方面,他的《现代小说技巧初探》、《现代戏剧手段初探》也显示了不俗的眼光。

高行健是一个不守旧、更不安于现状的剧作家,他曾明确宣称:"艺术创作就意味着标新立异,重复别人的形式和手法同重复自己的一样令人乏味。"[1]因此,他的每部剧作从创作方法、表现形式到戏剧格式上都有所不同,变化和变化中的创造是高行健话剧写作的一个准则。

作为最初的话剧作品,《绝对信号》中那个发生在"一列普通货车的最后一节守车"上的故事并不新奇:待业青年黑子为弄到与恋人蜜蜂成亲的钱,在车匪的胁迫下走上犯罪道路,但在好友的感召与鞭策下,他弃恶从善,最终与车长、小号等齐心协力,制服了车匪。引人注目的是剧作新颖的形式意味,这首先表现在它打破了传统戏剧的线性结构,将原来那种情节上的封闭进程("发生—发展—高潮—结局"的流向)改为一个过去、现在、未来交叉重叠、多维并举的演进过程,这个过程是借助于想象、回忆、独白、心理展示等多种方式完成的。其次,演出过程中使用"小剧场"的演出方式,即将舞台安置在观众中间,演员可以在观众席和舞台之间来回走动,这在一定程度上打破了"第四堵墙",大大缩短了演员与观众的距离。

如果说《绝对信号》在主题和某些手段上还存留着传统话剧的成分的话,那么,《车站》则更为典型地运用了荒诞派戏剧的艺术表现方式。就高行建个人而言,在戏剧创新的道路上又走上了一个新的层面。《车站》的戏剧结构和故事方式都有些类似于贝克特的《等待戈多》,只是等待的对象变成了一辆迟迟没有停站的公共汽车。十年的生命在白白的等待中耗损掉了,大多数的人在时间的消耗中牢骚满腹、怨天尤人,却从不付诸行动。只有一个"沉默的人",在公共汽车没有停靠之后,从车站开始走向自己的目的地,他响彻舞台的有力的脚步声是一个警示,同时也是对那些充满惰性的等待者的批判和嘲讽。《车站》的情节更为淡化,呈现出一种散文化的状态;这部剧作的另外一个特点是人物性格刻画不再是话剧表现的主要任务。所谓的人物形象,在剧中不过是某个具体身份、职业和声音的符号,通过这些信息传达的是对于社会与人的整体观照,这一观照以复杂、多维的形态,隐喻在出场的角色行为与角色言语中。

在高行健所有的戏剧作品中,《野人》应该说是最为成熟的一部,它是多声部哲理

---

[1] 高行健:《〈野人〉和我》,《戏剧电影报》1985年第19期。

剧的一个典范。"多声部"作为一个戏剧概念,原指舞台上几个人同时说话这样一种情境,后来,戏剧表现的多层主题也被称为"多声部"。《野人》即是作者从不同侧面出发,对现实和历史作出的一次多角度多方向的思考,正如他自己在关于演出的建议与说明中所指出的,剧作是将几个不同的主题交织在一起,构成一种复调,又时而和谐或不和谐地重叠在一起,形成某种对位。其中,生态保护和维护生态平衡是贯穿诸种主题的一个线索,围绕这一主线展开的命题包括关于野人之谜的追问,原始文化的寻踪,现代文明生活的危机——家庭、婚姻、爱情、事业等陷入的尴尬境况……这些命题纵横开阖,互相交织但并不零乱,归根结底它们都落脚于对文明与自然和谐、平衡关系的呼唤上。无论是生态学家对原始森林的迷恋与向往,还是老歌师对大自然的膜拜,抑或是剧中带有情感倾向性地对自私的林区干部和浅薄记者的批判,以及话剧结尾细毛在梦中与野人手拉手的快乐奔跑,都在表明这出话剧在"形散"的同时做到了"神不散"。"野人"的象征意义无疑是双重的,一方面他是极其自然化的、自由的生命呈现,另一方面,他又带有"人"的特征,有一定的情感与人性。也许在野人的身上恰恰蕴涵着作者对现代人的某种失望和一种人格理想的期待。《野人》的结构庞杂而开放,舞台表现技巧大胆新颖,其中融入了歌舞、音乐、民谣、哑剧、说唱等多种手段,这一切使这部剧作更富艺术张力,也更具有艺术感染力。

三、90年代戏剧

进入90年代以来,戏剧创作与其他文学样式一样,随着社会变革和市场经济体制的逐渐形成,无论是在审美趋向还是演出接受方面都发生了一些变化,基本的格局大体上可以概括为主旋律戏剧、通俗戏剧、实验戏剧和商业戏剧四分天下。

就主旋律戏剧创作来讲,1994年,成都军区战旗话剧团的无场次话剧《结伴同行》,讲述了一个优美的故事:一辆行驶在青藏高原的军车上,几个不期而遇互不相识的新兵、老兵和军官的恋人,由于某个契机而互相袒露内心、共诉衷肠。根据真人真事创作的《徐洪刚》,努力突破真人真事的局限,在平凡中塑造英雄,使英雄主义的旗帜牢牢扎根于现实的土壤之中,获得了时代感和厚重感。该剧用相当多的篇幅去写英雄成长的过程,对英雄成名之后的处境也提出了让人思考的问题。在表现英雄模范人物的戏剧中,上海戏剧学院演出的《徐虎》也很有特色,平和自如,贴近人物性格,这同样是作者深入生活的结果。剧中有这样一场戏:过春节时,一幢楼的灯灭了,邻居们吵了起来,徐虎默默地为他们接好了电线。当电灯突然亮了时,大家都愣住了:我们怎么啦?我们怎么这么无聊地争吵?我们失去了什么?这就把观众引向了对徐虎的精神境界的体认。剧中许多地方采用诗化的语言和朗诵剧的方式,具有较强的感染力,表现出文字锤炼的功夫。主旋律戏剧不仅歌颂英雄模范人物,而且也关注现实的重大命题。1997年新春伊始,首都舞台上演出的《厂长马恩华》就是这样一部戏,它被称为"讴歌新时代弄潮儿的好戏"，是由河北省话剧团的艺术家们根据真人真事搬上舞台的，讲的是在国有企业艰难之际，马恩华临危受命，按市场经济规律办事，扭亏为盈的事迹。可以说这是紧密配合当时形势的一出戏，人物的塑造也主要建立于富有时代气息的冲突之中。还有获第五届中国戏剧节优秀剧目奖的《虎踞钟山》，由邰钧林、嵇道青根据同名电视剧改编，潘西平任导演。该剧提出了和平年代里军队如何搞好现代化建设、怎样走精兵之路的问题。戏剧通过对一个军事学校的教学生活的有声有色的展现，把和平年代里的军事题材处理得生动活泼、意蕴深邃；并且充分运用舞台语言刻画人物性格，特别是在戏剧冲突之中，塑造了刘伯承元帅的光辉的舞台形象。

通俗戏剧是90年代戏剧中最具活力的一个构成部分，有人指出戏剧的趋世俗性"渗入抑或同化着各式戏剧话语及表现，即便是主流话语（严肃的、主旋律戏剧），也一改以往的惯性被通俗话语所置换"[1]。这里的通俗戏剧只是指在戏剧题材和观念传达上呈现出世俗化特性的戏剧。譬如1994年出现的一批以市民生活和爱情、婚姻、家庭为题材的，内容趋向于通俗化的作品。像《热线电话》借用传播中"热线电话"的时尚，描写了在经济大潮冲击下，一对青年男女恋爱的波折和一对已婚中年知识分子出现的情感错位。本来是给听众指点迷津的两位"热线电话"节目主持人，自己也不幸地陷入了情感危机的旋涡，反过来却需要听众来给以劝慰和鼓励。情节颇有戏剧性，内容也不乏道德劝喻，同时也很有时代色彩。《同船共渡》刻画了一位温良宽厚、真挚朴实的老船长形象，他具有丰富的人生阅历，渴望在晚年获得人生温暖。他不是什么圣人先哲，但在他那饱经风霜的人生历程中，在他那有情又有威的待人处事中，却蕴涵着深刻的人生哲学。他善解人意、宽以待人的事迹，感人肺腑。此外还有像在1993年上演的《大西洋电话》里的女医生、《留守女士》里的乃川、《美国来的妻子》里的元明清、《情感操练》中的小职员、《灵魂出窍》中的款爷等人物，都堪称富有人情味的形象。他们或作为新的世俗偶像，或作为新的生存方式的牺牲者，其形象本身并无多少深刻的内涵。但是，一方面这类戏剧传递着较多的现实生活的信息，人们较关心的现实生活中的一些热点问题如下海、出国、炒股、房改等，在这类戏剧中得到直接的反映；另一方面，在文化转型的特定时刻，这类戏剧所塑造的人物弥补了主流意识形态的空白，他们在传统的价值观念与现代的生活方式之间获得了某种平衡。他们的日常性，对大众来讲便有了颇为迷人的感性魅力和现实人生中情感的抚慰。

先锋性实验话剧在90年代虽然没有像80年代那样的生存空间，但还是不断地有人进行着有益的探索。1993年上演的新版《雷雨》在这方面可以称作代表，它以别开生面的舞台景观，以及对剧本原作的全新阐释，在戏剧界引起很大反响，并得到曹禺本人的首肯。该剧导演是戏剧学博士王小鹰，他以原版《雷雨》为底本（历来的演出本都是删去了序幕和尾声的修改本），恢复了序幕和尾声，删去了鲁大海这个角色，周朴园也不再

---

[1] 叶志良：《世俗神话——九十年代戏剧现象刍议》，《戏剧文学》1996年第4期。

被演绎为罪魁祸首似的人物，以突出全剧超越社会性解释和阶级斗争思想的意图，并将剧中人物的悲剧命运归结为"迷惘不可知的力量"。在舞台空间安排上也是令人耳目一新，戏剧场景不再是周公馆，而是在像炸开了一个大口子的神秘幽深的坑洞，给人以废墟般的印象，仅有的几件作为人物表演凭借的道具如桌、椅、镜框、楼梯等散置其间。序幕与尾声是手持蜡烛的剧中人物，幽灵般静立于昏暗的背景中，如一群死去的活人，在做庄严的人生悲悼，悲悼着一个个灵魂的毁灭。1993年的实验话剧中，还有像过士行的《鸟人》、孟京辉的《思凡》等，在力求既保持探索的品位和先锋的立场，又努力适应大众审美情趣以立足于文化市场方面作出了有益的探索。

1994年，实验话剧中出现了上海戏剧学院的《大劈棺》，孟京辉的新作《我爱×××》，以中国青年艺术剧院青年演员杨青为首的"亚麻布戏剧工作室"创作演出的《爱在伊甸园》，自由剧人牟森编导的新作《与艾滋有关》等实验话剧问世。《我爱×××》以一种"大朗诵"的方式一口气诉说了几百个"我爱……"，从而成为"文革"后成长起来的一代青年的宣言。《爱在伊甸园》的特点是没有固定的剧本，演员们是根据共同掌握的故事梗概和自己所扮演的角色行为的大体走向，当场与对手进行即兴表演；演出以"环境戏剧"的方式进行，即把剧情搬到大宾馆的"夜总会"厅堂，演员散坐在观众之中，有戏时用灯光把他（她）突显出来，无戏时则与观众一样默坐着。戏剧情景从一组演员（角色）转向另一组演员（角色），在戏剧高潮处将各组演员（角色）串联起来，形成一个完整的故事。这训练了演员临场发挥的能力，强化了演员与观众之间面对面的交流和感应。《与艾滋有关》走得更远，出现在舞台上的是一个像模像样的大厨房，一群青年男女（既是演员又是角色）忙碌着绞肉切菜和面，包起了猪肉白菜馅的包子，也有人在油锅里炸肉丸子，或在烧胡萝卜烧红烧肉……戏的结尾是开饭，由十来个民工（剧组雇来的真正的民工）上台，把做好的饭菜"消灭"掉。在演出过程中演员们边干边闲聊着，一切都在漫不经心中进行，台下的观众几乎听不清他们在说什么，只凭感觉去估摸。前后约一个半小时，戏在不知开始中开始，在不知结束中结束。

实验戏剧的一个重要构成部分是对外国经典作品的演出。1994年，中央戏剧学院由徐晓钟导演、以"环境戏剧"方式演出了契诃夫的名剧《樱桃园》。《樱桃园》在演出空间的设定、舞美、灯光、音响、化妆等方面都作出了不同于以往的处理，力求充分体现戏剧技术空间的新因素和新美质，使原本仅作为辅助手段的东西都成为具有相对独立性的艺术抒情符号，从而大大地丰富了戏剧的艺术表现力。这一年，中央实验话剧团演出的《浮士德》也富于探索性，它采用了商业包装，不仅增添了震耳欲聋的摇滚音乐，而且还有无线电遥控的飞艇在观众头顶上游弋。1998年，林兆华导演了《三姊妹·等待戈多》，将契诃夫与贝克特的这两部名剧糅于一体、合而为一，这无疑极富实验性质。演出后得到的评论褒贬不一，较多的意见是"看不懂"、"沉闷"、"这是话剧吗？"。正如吴文光所说："林兆华和他的合作者们在一个'正在丧失的'的地方寻找诗意、激情、等待，他们理应为自己的固执付出代价。"[1] 也许这是所有先锋性实验戏剧都必然付出的代价。

严格说来，商业戏剧不是可以与上述三种戏剧相并举的戏剧题材或主题类型，这里之所以将它特别提出，是因为90年代文化市场对戏剧的作用，使其产生了新的制作和演出方式，其最大特征便是以商业化策略经营戏剧生产。1994年，由谭路璐任独立制作人、中央实验话剧院演出的《离婚了，就别来找我》，无论是从剧作者还是从制作人的角度说，都是以票房收入为旨归的，所以，不论是剧名还是内容都十分切合广大市民观众的欣赏趣味，而且在艺术手法上也采用了很能引人入胜的"破案戏"的包装，来串联情节。不仅如此，它还选用当红明星江珊和史可出任主角，上演之前也做足了宣传攻势，戏一上演票就销售一空。演至第六场，制作人投入的十万元成本就全部收回来了。北京人艺上演的《蝴蝶梦》，不仅情节事件被游戏化了，而且许多台词和演员的表演也充满着调侃的意味。这样的艺术处理，都为的是把深沉的哲理思考尽可能消解在轻松愉悦之中，其成功与否中同样也以卖座率来衡量。在1996年出现了《几尔加美休》、《棋人》、《好人润五》、《三个女人》、《楼顶》、《谁都不赖》、《红河谷》、《冰糖葫芦》、《别为你的相貌发愁》等一批独立制作人制作的话剧演出，它们毫不遮掩地追求商业效应。应该说，独立制作人体制给话剧带来了社会资金以及全新的市场操作观念，有利于人才资源的有效组合，但是，商业戏剧在中国毕竟处于草创阶段，而独立制作人体制也未尽完善。譬如它由于重视媒体的宣传炒作而特别害怕批评，对通俗的追逐使戏剧直面现实的能力进一步降低，对明星的依赖和对经济效益的强调使之不能担负培养话剧新人和话剧观众的重任等，这些都是"商业戏剧"面临的问题。

在90年代的戏剧创作中，戏曲的现代化问题随着几部有影响的戏剧作品的出现而引起人们关注。1994年，淮剧《金龙与蜉蝣》得到好评，其重要原因在于，它是以现代审美意识包装传统戏剧的一次成功尝试，它借助参与剧情的现代灯光技术、充满现代气息的舞蹈造型，营造出崭新的戏剧氛围，使原本只能在淮北农村演出的戏剧，在上海、北京等大城市的戏剧舞台上占据一席之地，且引起轰动效应。1995年出现的川剧《山杠爷》，显示出剧作家们对传统川剧加以变异而使之获得新生所作的努力。这不仅表现在它对现代社会生活作出的回应，而且体现在它对传统生命形态的转换和敏锐把握，并且这种把握是以川剧作为一种具有独特性的艺术形式的展示来实现的。1996年，围绕孔繁森的事迹也出现了许多戏剧创作，其中有代表性的有京剧《圣洁的心灵》，作者通过深入生活认真体验，抓住了人物内心世界的闪光之处。戏剧让人们看到，孔繁森面对社会上那么多不尽如人意的事情，面对西藏地区那么多贫穷的人民，内心焦灼不安，在这种焦灼之中，他意识到自己作为一个共产党员，只有从自己做起，为祖国、为社会贡献全

---

1 吴文光：《阅读到舞台》，《读书》1998年第7期。

部力量,甚至奉献自己的生命。1997年中国艺术节在成都举办时,四川川剧院上演了魏明伦编剧的川剧《变脸》。与同名电影相比,川剧《变脸》更加注重以变脸为代表的川剧艺术形式本身作为艺术表现符号的独特魅力。1999年初,越剧《孔乙己》在上海演出,这部由鲁迅作品改编制作的戏剧作品,引起颇多的争议,主要集中于由著名越剧演员茅威涛扮演孔乙己是否合适、是否篡改了原著、越剧《孔乙己》是否保持了越剧的艺术独特性等问题。争论也许不会有结果,但不管怎样,越剧《孔乙己》又一次向我们提出了戏剧的现代化问题。

后 记

这本教材是专为全国自学考试"中国现代文学史"科目编写的。该教材内容紧扣《中国现代文学史自学考试大纲》要求,既全面完成了《中国现代文学史》课程的目的任务和课程的学科目标,又充分考虑到了自学考试的特点,为考生完成自学和考试最大限度地提供了方便。

该教材编写,是以丁帆、朱晓进主编的《中国现当代文学》(南京大学出版社2007年出版)为基础的。参加编写《中国现当代文学》的先后有丁帆、朱晓进、徐德明、贺仲明、沈义贞、彭耀春、何言宏、王文胜、林道立、王菊延、陈霖、栾梅健、刘志权、陈小明、汪政、方忠、刘俊等教授。《中国现当代文学》曾被评为教育部优秀教材和教育部指定"普通高等教育'十一五'国家级规划教材"。以此为基础,由丁帆、朱晓进改写重编成目前的这本《中国现代文学史》自学考试教材。在改写重编过程中,不仅修改了原书中的一些错误之处,而且为了达到自学考试教材的要求,更是对章节安排作了较大的调整,对所有的章节作了删改,对许多章节作了改写和重写。

我们冀望广大使用该自考教材的考生和辅导老师们予以批评指正。

丁帆、朱晓进
2011年3月28日